Buch

London um 1750: Shanna, die schöne, verwöhnte Tochter des reichen Plantagenbesitzers Trahern, will ihren eigenen Kopf durchsetzen, denn ihr Vater möchte sie mit einem Mann seiner Wahl verheiraten. Um seine Pläne zu durchkreuzen, heiratet sie heimlich Ruark Beauchamp, einen jungen Mann aus guter Familie, der, wegen Mordes zum Tode verurteilt, seine letzten Tage im Gefängnis verbringt. Sie will damit eine Ehe eingehen, die nur auf dem Papier besteht, sie aber von der lästigen Schar der Bewerber befreit, die es nur auf das Geld ihres Vaters abgesehen haben.

Ein Sklavenaufseher ihres Vaters kauft jedes Jahr in Londoner Gefängnissen billige Arbeitskräfte, die dann ihre Schuld auf den Zuckerrohrplantagen des reichen Trahern in der Karibik abbüßen können. Unter diesen Männern befindet sich auch Ruark. So trifft Shanna ihren längst totgeglaubten Ehemann wieder.

Ruark fordert nun die Einlösung des Eheversprechens, aber Shanna ist anfänglich zu stolz, ihr Wort gegenüber einem verurteilten Verbrecher und Sklaven zu halten. Dann aber siegt die Leidenschaft über ihren Trotz. Gegen ihren Willen verliebt sie sich in Ruark...

Autorin

Kathleen E. Woodiwiss wurde in Alexandria, Louisiana, geboren. Heute lebt sie mit ihrem Mann und ihren drei Söhnen in Minnesota. Ihre Bücher haben inzwischen allein in den USA eine Auflage von über 25 Millionen Exemplaren erreicht.

Demnächst erscheint:

Wohin der Sturm uns trägt. Roman (41091/August 1991)

Im Goldmann Verlag liegen bereits folgende Taschenbücher von Kathleen E. Woodiwiss vor:

Der Wolf und die Taube. Roman (6404)
Eine Rose im Winter. Roman (8351)
Geliebter Fremder. Roman (9087)
Wie Staub im Wind. Roman (6503)

Aus dem Amerikanischen
von Rolf Palm

GOLDMANN VERLAG

Ungekürzte Ausgabe

Die Originalausgabe erschien unter dem Titel
»Shanna« bei Avon Books, New York

Umwelthinweis:
Alle bedruckten Materialien dieses Taschenbuches
sind chlorfrei und umweltschonend.
Das Papier enthält Recycling-Anteile.

Der Goldmann Verlag
ist ein Unternehmen der Verlagsgruppe Bertelsmann

Made in Germany · 3. Auflage · 4/93
Genehmigte Taschenbuchausgabe
© der Originalausgabe by Kathleen E. Woodiwiss
Alle deutschen Rechte bei C. Bertelsmann
Verlag GmbH, München 1978
Umschlaggestaltung: Design Team München
Umschlagillustration: Avon Books, New York
Druck: Elsnerdruck, Berlin
Verlagsnummer: 41090
AK · Herstellung: Ludwig Weidenbeck/Str.
ISBN 3-442-41090-8

1. Teil

Ist dies das grause Drachentier?
So sehnenstark, so breit die Brust,
Das niemals einen Herzschlag rasten mußt'?
O es zu reiten, welche Lust!
Drum greif das Zaumzeug von der Wand
Und schnall's ihm auf mit fester Hand –
Du hast ja Furcht noch nie gekannt.
Schau nie zurück beim wilden Ritt durchs Land.

So trug das Ungeheuer dich ums Erdenrund,
War, in die Knie gezwungen, folgsam dir so wie ein Hund.
Du läßt die Zügel schleifen – und
Es dreht sich um. Du starrst in einen Höllenschlund.

Die Pranken lang, das Auge wild und auch die Krallen.
Du trafst, zum Jagen, schon die rechte Wahl:
Das schlimmste Ungeheu'r von allen.
Du steigst herab – und siehst nun selbst als Unheil dich.
Bist seinem Bann verfallen . . .

1

Mitternacht, 18. November 1749
London

Schier undurchdringlich war die Nebelnacht, die über London lag und die Stadt nun fest in ihren kalten Fängen hielt. Frost kroch vom Kanal her auf die Hauptstadt zu, und wer ein Haus sein eigen nannte, suchte mit einem stets aufs neue angefachten Kaminfeuer gegen den Biß des Winters anzukämpfen. Tief hingen die Wolken, und ein feiner Nieselregen fiel herab. Der Ruß aus unzähligen Schornsteinen drang beizend in Nasen und Lungen ein.
Wahrlich eine Nacht zum Gotterbarmen! Doch hüllte sie die Sturmfahrt einer Kutsche ein, die wie von Furien gepeitscht durch Londons enge Straßen raste. Unter den hohen Rädern, die holpernd übers Kopfsteinpflaster schleuderten, spritzten steil die Wasser- und die Schmutzfontänen auf – um gleich darauf in die mit feinem Tropf- und Kräuselmuster überzogenen Pfützenspiegel zu sickern.
Der Mann auf dem Kutschbock, dem ein übergroßer Umhang etwas Unheimliches verlieh, schleuderte wohl manchen Fluch über das Gespann, wenn er an den Zügeln riß, doch verlor sich seine Stimme im rasenden Hufgetrappel der beiden Apfelschimmel und im mahlenden Radgerassel, deren Echos scheppernd aus den Nebelschwaden widerhallten. In den trüben Lichtflecken, die ein paar Torlaternen vor den Barockfassaden vornehmer Bürgerhäuser spendeten, tauchte das Gefährt nur als Gespensterschatten auf. Und von den Traufen auf den Dächern grinsten stumm granitene Wasserspeier und ließen sich den Regen aus den Mäulern rinnen, als gierten sie einer gar zu flüchtigen Beute nach.
Im roten Samt der flauschig-weichen Kutschenpolster suchte Shanna Trahern sich gegen das halsbrecherische Schlingern ihres Wagens anzustemmen. Die niederdrückende Novembernacht draußen vor den ledernen Fensterblenden berührte sie nur wenig. Einsam, tief ins Spinnennetz ihrer Gedanken eingesponnen, starrte Shanna vor sich hin. Im Lichtstrahl der Laterne war ein hartes, sprödes Funkeln in Shannas blaugrünen Augen zu erkennen. Doch nicht eine Spur freundlicher Wärme, nicht ein Hauch tröstlicher Liebe war in diesen Augen zu entdecken. Shannas Antlitz, so erregend jung und schön, ließ jegliche Empfindung

vermissen. Doch wozu sollte sie auch jetzt, fern dem Schwarm ihrer Bewunderer, die ihr den Hof zu machen pflegten, ein Bild der Grazie und Anmut bieten? Gewiß, auch sonst gab Shanna sich nur selten, allenfalls aus der Laune eines Augenblicks, besondere Mühe. Dann freilich konnte kein Mann auf der Welt ihrem Zauber widerstehen. Die finstere Entschlossenheit jedoch, die in dieser Mitternacht aus ihren Augen blitzte, hätte sogar heldischen Gemütern das Fürchten lehren können.
»Ein Fluch muß auf mir liegen!« Shannas Lippen kräuselten sich im stummen Selbstgespräch. »Der Himmel liebt mich nicht! Sonst wär' mir dieser Weg gewiß erspart geblieben. Denn wo auf der Welt muß sich in solcher Nacht ein Mädchen auf die Straße wagen, um Lösung ihrer Herzensqual zu suchen...« Und wieder irrten Shannas Sinne durch das Labyrinth, das sie so häufig schon durchmessen. »Welch grausamer Scherz des Schicksals, daß ich unter dem brandigen Geäst des väterlichen Reichtums das Licht der Welt erblicken mußte! Wär' ich nur arm, ich wüßt' schon einen Mann zu finden, der mich um meiner selbst willen zum Weib begehrte!«
Sie seufzte auf, als sie – zum, ach, wievielten Male – ihre Gefühle und Gedanken überprüfte. Was hatten Schönheit und Reichtum ihr bis jetzt gebracht? Drei Jahre hatte sie auf Europas besten Schulen vergeuden müssen, gelangweilt bis zum Wahnsinn fast, denn dort, wo man höheren Töchtern einzutrichtern suchte, wie eine edle Jungfrau sich bei Hof beträgt und wie sie ihre Garderobe wählt, war, zum Beispiel, von der schwierigen Kunst des Schreibens und des Rechnens kaum die Rede gewesen. Doch sie war schön, und Schürzenjäger hatten sie wie ein seltenes Wild gehetzt, um sich – auf ihre Kosten – im Ruf der Unwiderstehlichkeit zu baden. Und hatte es sich erst herumgesprochen, daß sie Orlan Traherns Tochter war, eines der wohl reichsten Männer in der Handelswelt, dann stellte sich mit unvermeidlicher Regelmäßigkeit auch schon ein Schwarm von heuchlerischen Junggesellen in durchaus verbesserungsbedürftigen Lebensumständen ein, um nur allzubald um ihre Hand zu bitten. Diese Stutzer hatte sie dann stets die Geißel ihres Spottes fühlen lassen; grausam und mit Worten, die wie Peitschenhiebe schmerzten, fetzte sie ihnen jede Illusion entzwei, woraufhin sie sich dann samt und sonders, tief in ihrer Männlichkeit getroffen, schmollend zurückzogen.
Ernüchtert und enttäuscht war Shanna aus Europa heimgekehrt. Und hatte sich von ihrem Vater schelten lassen müssen, weil ihr offenbar kein Mann gut genug fürs Ehebett gewesen war.
»Unter all den hitzigen jungen Hengsten an den Höfen, die um dich herumscharwenzelten, hast du nicht einen einzigen von Stand gefunden, der deinen Kindern Rang und Namen gibt?«

Solche Worte hatten Shannas Stolz verletzt und ihr die Tränen in die Augen getrieben. Doch ungerührt von ihrer Pein hatte Orlan Trahern fortgepoltert und damit den Stachel nur noch tiefer in ihr Herz getrieben.

»Gott verdamm' mich, Mädel, wozu hab' ich mir denn ein Vermögen zusammengescharrt, wenn nicht für Kind und Kindeskinder? Doch ging's nach deinen Launen, würd' alles schon zugleich mit dir ins Grab geschaufelt werden. Hol's der Teufel, ich will Enkel haben! Oder willst du zur alten Jungfer werden, die jeden Freier abweist? Wie mächtig könnten deine Kinder einst bei Hofe werden, wenn nur ein Titel ihnen dorthinauf verhülfe! Zwei Dinge braucht man auf der Welt, um von gekrönten Häuptern anerkannt zu werden. Das eine kann ich deinen Kindern auf den Weg mitgeben – ein Vermögen, und zwar mehr, als sich in einem Menschenleben je verprassen läßt. Fürs zweite müßtest du jetzt sorgen – für einen Namen, vor dem kein Mensch die Nase rümpft. Für einen Stammbaum, der so fein und rein ist, daß er schon eines saftigen Schusses Blut so richtig mitten aus dem Volk bedarf, um aufrecht steh'n zu bleiben. Solch ein Name kann die Türen ebensoweit öffnen wie Besitz. Doch wenn sie sich bei keinem anderen nennen lassen können als ›Trahern‹, dann werden sie ihr Leben lang nur Krämer bleiben!« Orlans Stimme wurde scharf vor Zorn. »Wenn das nicht die Hölle ist! Da hat man nun eine Tochter, die so schön ist, daß Barone, Grafen, Herzöge sogar vor ihr katzbuckeln und sich hinter ihr begeifern – aber nein, das gnädige Fräulein muß auf einen Märchenprinzen warten, der ihrer unberührten Reinheit würdig ist und auf schneeweißem Roß dahergeritten kommt!«

Es war Narrheit, daß sie wütend Widerworte gab. Orlan schmetterte seine schwielige Faust auf den Tisch und verbot ihr, Zorn im Blick, den Mund.

»Ein Jahr Gnadenfrist sei dir jetzt noch gewährt!« donnerte seine Stimme auf Shanna herab. »Hast du dir bis dahin nicht die Flausen aus dem Kopf getrieben, hast dich nicht in einen Clan von bestem Adel hineinvermählt, dann pack' ich dir den ersten, besten Bauernlümmel, der noch jung genug fürs Kindermachen ist, als Bräutigam ins Bett. Und müßt' ich dich in Ketten zum Traualtar schleppen – diesmal wirst du mir gehorchen!«

Vor solcher Grobheit hatte Shanna sich in ungläubiges Schweigen geflüchtet. Sie wußte zu genau, dies war kein Scherz. Bei Orlan Trahern war ein Wort so gut wie Brief und Siegel.

Nur wenig ruhiger fuhr er fort. »Da wir zur Zeit, wie's scheint, ohne Unterlaß in Fehde liegen, will ich dich von meiner Gegenwart erlösen. Ralston hat in London einen Handel für mich abzuschließen. Mit ihm wirst du segeln. Auch Pitney begleitet dich auf der Reise. Wohl weiß ich, wie geschickt du meinen braven Pitney um den Finger wickeln kannst, denn das gelang dir schon als kleines Mädchen. Doch Ralston wird es vielleicht schaffen, euch beide vor dem Schlimmsten zu bewahren. Deine Zofe Hergus darf dich ebenfalls begleiten. Doch am zweiten Dezembertag im nächsten Jahr ist deine Frist verstrichen, und du kehrst – sei's mit, sei's ohne Mann – nach Los Camellos heim. Und findest du bis dahin keinen, hast du in dieser Angelegenheit kein Sterbenswörtchen mehr zu sagen!«

Orlan Trahern war als Kind ein hartes Los zuteil geworden. Kaum zwölf, hatte er mit ansehen müssen, wie man seinen Vater, der ein Wegelagerer gewesen war, an einem Straßenbaum in Wales erhängte. Und Traherns Mutter, die sich dann als Scheuerfrau ihr hartes Brot verdienen mußte, starb ein paar Jahre später am Wechselfieber, ausgezehrt von Hunger, Schufterei und ungeheizten Kammern. Orlan hatte sie beerdigt – und an ihrem Grab geschworen, sich und den Seinen ein besseres Leben zu erkämpfen.
Die graue Eiche mit dem Vater, der am Strick baumelte, stets vor Augen, hatte der junge Bursche schwer gearbeitet, unentwegt darauf bedacht, sich peinlich ehrlich zu erweisen. Seine Zunge war geschickt und sein Witz flink, so begriff er schnell das Spiel mit Geld und Macht, Zins, Investitionen und, vor allem, mit dem scharfkalkulierten Risiko, das ein Höchstmaß an Gewinn bringt. Anfangs mußte er sich noch das Geld für seine Unternehmungen borgen, doch bald bewegte er schon eigenes Geld, und die anderen borgten dann bei ihm. Er war begabt, und was immer auch er in die Hände nahm, seine Kisten füllten sich mehr und mehr. Landgüter begann er zu erwerben, Häuser in der Stadt, herrschaftliche Villen in den Grafschaften – Besitz, viel Besitz. Als Gegenwert für Kronanleihen war ihm eines Tages dann ein Lehen auf eine kleine, grüne Insel im Karibischen Meer zugeschrieben worden – und dort lebte er nun auch zurückgezogen, um seinen Wohlstand zu genießen und seine gewinnträchtigen Unternehmungen mit Muße zu betreiben.
Was für ein Mann war Orlan Trahern jetzt? Aufstieg und Erfolg hatten ihm bei schmuddeligen Verkaufsgenies und gerissenen Geschäftemachern den Ehrentitel »Lord« verschafft, und ein Lord war er in der Tat im internationalen Marktgeschehen. Die echten Aristokraten allerdings nannten ihn bei diesem falschen Titel nur, wenn er ihr Gläubiger war, ansonsten stuften sie ihn tief unter ihrem eigenen Stand ein und hielten die Gesellschaft seinem Ehrgeiz fest verschlossen. Doch Orlan war nicht der Mann, der zu Kreuze kroch – wozu hatte er so hart gelernt, wie man Menschen marionettengleich an ihren Drähten bewegt? Genau das ver-

suchte er nun bei seinem einzigen Kind. Freilich, während er sich sein Vermögen erwarb, hatte Trahern auch manche Kränkung schlucken müssen, und das hatte ihm im Lauf der Zeit seine stolze, schöne Tochter – wenn auch von ihm wohl kaum bemerkt – entfremdet. Mehr und mehr hatte Shanna sich in sich selbst zurückgezogen.
Aber Shanna hatte das Temperament ihres ebenso dickköpfigen wie freimütigen Vaters geerbt. Früher hatte Shannas Mutter manchen Bruch zwischen Vater und Tochter zu kitten verstanden, doch Georgina Trahern war vor fünf Jahren gestorben, nun gab es niemanden mehr, der den aufbrausenden Orlan zu besänftigen oder die eigensinnige Shanna an ihre Pflichten zu erinnern vermocht hätte.
Freilich, Ralston bot Garantie genug, daß Shanna sich den Wünschen ihres Vaters beugte, und so ließ sie auch gehorsam, kaum in London angekommen, schon eine Vielzahl adliger Abkömmlinge um sich kreisen, Barone, Herzöge und dergleichen. Doch leidenschaftslos zählte sie sich auf, was ihr bei diesem oder jenem nicht gefiel. Bei dem einen störte sie die aufdringliche Nase, bei einem anderen war's die freche Hand, hier ein blödes Zucken im Gesicht, dort asthmatisches Gehuste, aufgeblasener Stolz.
Freilich, auch der Anblick eines fadenscheinigen Hemdes unterm Kamisol oder einer runzelig-leeren Börse am Gürtel ließ sie einem Heiratsantrag kühl begegnen. Nichtsdestotrotz trieb die Aussicht auf die Mitgift und ein in seinem wahren Ausmaß unvorstellbares Erbe Londons Stutzer zu lächerlichem Übereifer und zu affigstem Getue an. Jeder war gern bereit, ihr alle Wünsche von den Augen abzulesen – außer ihrem sehnlichsten, den sie auch oft und laut genug verkündete, nämlich sie in Frieden zu lassen. Mehr als einmal mußte Shanna ihren guten Mister Pitney um handgreifliche Hilfe zur Unterstreichung dieses ihres Wunsches bitten. Es kam nicht selten vor, daß eine Abendgesellschaft, die Miß Shanna gab, oder eine Ausfahrt aufs Land mit einer Prügelei einiger Heiratskandidaten ihr turbulentes Ende fand. Und jedesmal oblag es Pitney dann, eine neuerlich enttäuschte Shanna heimwärts zu geleiten. Machten auch manche ihr den Hof mit Zartgefühl und Vornehmheit, die meisten versuchten es nur aufdringlich und keck. Doch fast bei jedem mußte Shanna bald erkennen, daß die Herzen, die ihr angetragen wurden, für sie weit weniger hitzig flammten als für ihr sagenhaftes Geld. Und sie glaubte schließlich, daß kaum einer sich nach einer Gattin sehnte, die mit liebevollem Herzen ein Leben auch in Armut mit ihm teilte – alle sahen nur das Gold in ihres Vaters Hand.
Andere Ehrenmänner, die sich um Shannas Gunst bemühten, waren durchaus bereit, aufs Hochzeitszeremoniell zu verzichten – wohl aus dem schlichten Grund, daß sie bereits ein Eheweib ihr eigen nannten.

So legte ihr ein Graf, der sie sich als Mätresse halten wollte, leidenschaftsvoll Leben, Hab und Gut zu Füßen – bis seine Kinder, sechs an der Zahl, den Antrag unterbrachen. Diesen Abenteuern stand nur wenig Schönes gegenüber, und bald konnte Shanna kaum noch Reize an den Männern, die sie umgaben, finden.

Ein weiteres Ungemach, das Shannas Jahr in London überschattete, rührte aus dem Vertrag von Aachen her, der Englands Krieg mit Frankreich beendet hatte. Nun schwärmten Horden von Soldaten und Matrosen, aus der Fremde heimgekehrt, ziel- und geldlos durch die Stadt, feuerten mit Gin ihre überflüssige Heldentugend an und suchten mit Stehlen und Überfällen den Frieden zu überleben. Londons Bürger wagten sich nachts kaum noch auf die Straßen. Shanna hatte sich gewagt, doch einmal nur, und was sie da erlebt, hatte ihr die Lust an abendlicher Ausfahrt ausgetrieben. Ohne ihren flinken, muskelstarken Pitney an der Seite, der den Strolchen Beine machte, hätte Shanna nicht nur ihren Schmuck, sondern gewiß auch ihre Tugend eingebüßt. Im April, als ein galanter Viscount sie zum Friedenstempel führte, um Händels Feuerwerks-Musik zu lauschen, wäre es wiederum fast um sie geschehen. Denn plötzlich setzte das Feuerwerk den Rokoko-Pavillon in Brand, den König Georg, um den Friedensschluß zu feiern, hatte bauen lassen; voll Entsetzen mußte Shanna mit ansehen, wie die Röcke eines jungen Mädchens Feuer fingen. Eine beherzte Burschenschar riß dem Kind die lodernden Kleider bis aufs Hemd vom Leib. Im nächsten Augenblick packte der wackere Viscount Shanna bei den Armen, zerrte sie zu Boden und warf sich über sie. Zwar versicherte er später Shanna hoch und heilig, daß er sie mit seinem eigenen Leben vor einer wildgewordenen Rakete schützen wollte. Vielleicht hätte sie ihm sogar geglaubt, hätte er nicht bei dem galanten Rettungsakt die Bänder ihres Mieders zu öffnen gesucht. Der Kanonenschlag war nur ein sanftes Brummen im Vergleich zu Shannas Zorn. Des rasenden Volks nicht achtend, das in ihre Richtung stürmte, hob Shanna ihre Hand und schickte den Edelmann mit einem sengenden Backenstreich zu Boden. Mühsam kämpfte sie sich durch die Menge ihren Weg zur Kutsche frei, wo endlich Pitneys breite Schultern dem glücklosen Kavalier den weiteren Einstieg in Shannas Wagen – und ihr Leben – versperrten.

Doch das war nun Vergangenheit. In dieser novembernebelschweren Mitternacht zählte für Shanna nur noch eins: Die Gnadenfrist war fast verstrichen, und noch immer hatte sie keinen Bräutigam. Doch Shanna war eine Frau mit einem eigenen Kopf. Ganz wie ihr Vater konnte sie schlau und listig sein – und jetzt galt es, alle List und Schläue aufzubringen. Um das Schicksal abzuwenden, das ihr Vater ihr bestimmen wollte, war sie zu allem bereit. Zu allem – außer zu entfliehen. Denn wenn sie

ehrlich war, mußte sie sich eingestehen, daß sie, trotz allem, ihren Vater von ganzem Herzen liebte.
An diesem Nachmittag erst war Shannas fast schon erloschene Hoffnung zu neuem Leben erwacht. Pitney, der wahrlich treue Freund, hatte einen langersehnten Bescheid gebracht. Zu gleicher Zeit erwies sich auch der Zufall günstig, der den mißtrauischen Ralston auf wenigstens eine Woche nach Schottland führte. Nie hätte Shanna einem Mann wie Ralston ihre Pläne offenbart – da hätte sie lieber ihrem Vater selbst gebeichtet. Also hatte Shanna Sorgfalt walten lassen, um Mister Ralston Arglosigkeit vorzutäuschen. Ging alles gut, so hatte Shanna sich Mut zugesprochen, dann waren, bis er heimkam, alle Würfel längst gefallen.
So saß Shanna nun im wohlgeschützten Inneren ihrer luxuriösen Kutsche – und während ihre Sturmfahrt durch Londons nebelumwallte Mitternacht sich ihrem geheimnisvollen Zielpunkt näherte, legte sich eine erwartungsvolle Beklemmung um Shannas wildpochendes Herz. Vom Lärm des Räderrasselns überdeckt, versuchte ihre Stimme sich zaghaft an dem Namen, der so ungewohnt auf ihren Lippen war – und doch so voller Hoffnung und Verheißung.
»Ruark Beauchamp. Ruark Deverell Beauchamp...« Nein, die Erhabenheit dieses Namens war nicht zu leugnen, wie auch der Adel der Beauchamps von London nicht. Und trotzdem mußte Shanna allen Mut zusammennehmen, um vor sich selbst ihr Unternehmen zu rechtfertigen, denn noch einmal rührte ihr Gewissen sich.
»Ich tu' kein Unrecht! Es ist nur ein Handel, der uns beiden Vorteile bringt. Dem Mann mach' ich die letzten Tage leicht, er wird sogar in einem ehrenvollen Grab zur letzten Ruh' gelegt – und all das für einen Dienst, den er mir nur auf kurze Zeit erweist. In zwei Wochen ist mein Gnadenjahr vorbei!«
Doch schon nagten andere Zweifel in ihr, tückevolle Fragen flogen Shanna an wie Fledermäuse in der Nacht. Ob dieser Ruark Beauchamp wirklich ihrem Zweck entsprach? Und ob er nicht ein Unhold war, mit einem Buckel und verfaulten Zähnen?
Shanna reckte, mit Trahernschem Trotz, ihr Kinn vor, das freilich in jeder Stimmung liebenswert anzuschauen war. Sie schob – Ablenkung suchend vor den tausend Ängsten, die sie zu umschlingen drohten – die Fensterblende hoch und starrte in die Nacht. In den Straßen, die ihr Wagen jetzt durcheilte, hingen die Nebelschwaden tief und dicht und hüllten geisterhaft die lichtlosen Schenken und Spelunken ein, die dort am Wegrand lagen. Trostlos war die Nacht. Doch waren Nebel und Nässe nicht viel leichter zu ertragen als die wilden Sturmgewitter, die ihr den Seelenfrieden raubten?

Shanna ließ die Fensterblende fallen, schloß die Augen – doch das Bangen blieb. Sie zitterte; sie stieß die schmalen Hände tief in ihren Muff, verklammerte die Finger fest. Es hing so vieles ab von dieser einen Nacht – durfte man denn da erwarten, daß alles segensreich verlief?
Wenn nun dieser Ruark über sie nur lachte? Aber sie hatte doch so viele Männerherzen schon in ihren Bann geschlagen – warum also nicht auch dieses? Doch was, wenn er ihr Flehen mit einem rüden Scherzwort von sich wies?
Shanna schüttelte die Mutlosigkeit, die sie von neuem zu befallen drohte, von sich ab. Sie begann die Waffen, die ihr zur Verfügung standen, für das Duell mit dem Unbekannten zu schärfen. Noch nie, bis jetzt, hatte Shanna die Verlockung ihrer Weiblichkeit so rücksichtslos ins Spiel geworfen. Nun fing sie an, das ohnehin freche Dekolleté ihres roten Samtkleides so zu ordnen, daß es noch aufreizender wirken mußte – und überlegte, ob wohl ein normaler Mann jammervollen Mädchentränen widerstehen konnte.
Irgendwo aus der Nacht klang Glockenläuten.
Die Kutschenräder donnerten wieder übers Kopfsteinpflaster, und Shannas Herzschlag schien sich dem wilden Rhythmus anzupassen.
Reglos hing die Zeit in dieser Nacht.
Ungewißheit pickte wie ein grauer Vogel an der Borke ihrer Sinne, und irgendwo tief drinnen fragte Shanna sich, welcher Wahnsinn sie auf diese Bahn getrieben hatte.
Warum hatte es so kommen müssen? Hatte ihr Vater in seiner Sucht nach Anerkennung bei Hof Verständnis und Verstand verloren? War sie vielleicht nur Schachfigur in einem undurchschauten Spiel? Vater hatte doch auch Mutter innliglich geliebt – und nie ein Wort darüber verloren, daß sie nur eines schlichten Schmiedes Tochter war. Warum also trieb er nun sein einziges Kind in einen Ehestand, der nur mit Abscheu zu ertragen war? Warum verstand er nicht, daß ihre Sehnsucht einem Gatten galt, zu dem sie voll Bewunderung, Liebe und Respekt aufschauen konnte?
Shanna lauschte in die Nacht, doch keine Stimme gab ihr Antwort; nichts als das stete Hufgetrappel war zu vernehmen, das Shanna ihrer schwersten Prüfung immer näher brachte.
Endlich verlangsamte die Kutsche ihre rastlose Fahrt und bog von der Straße ab. Pitneys Stimme wurde laut, als das Gefährt vor der unheildrohenden Mauer des Gefängnisses von Newgate zum Stillstand kam.
Shannas Herzschlag verfiel in einen chaotischen Rhythmus – und nun dröhnten auch schon die schweren Schritte Pitneys übers Kopfsteinpflaster. Rasend hub Shannas Herz an, ihr bis zum Hals hinauf zu schlagen, und wie zugeschnürt war ihr die Kehle. Gleich einer Gefangenen vor dem

Urteilsspruch wartete Shanna nun darauf, daß sich die Wagentür öffnete.
Pitney beugte sich herein.
Pitney war ein Riese von Mann, der es trotz seiner fünfzig Jahre noch jederzeit mit zwei Strolchen gleichzeitig aufnahm. Zwischen mächtigen Schultern saß ein breiter, runder Kopf; unter dem Dreispitz, in seinem muskelstarken Nacken, hatte Pitney sich das strohige Haar zu einem Zopf zusammengebunden. Pitneys Vergangenheit – gewiß, wie Shanna ahnte, dem Brigantenlebens ihres Großvaters ebenbürtig – war in ein geheimnisvolles Dunkel gehüllt, das Shanna nie mit naseweisen Fragen zu lüften wagte. Jedenfalls brauchte sie sich, wenn Pitney bei ihr war, nie zu sorgen. Zwar galt er nach außen hin als Diener, der bei Trahern in Brot und Löhnung stand und der vor allem Shanna auf ihren Reisen als Leibwächter begleitete, doch gehörte er eigentlich schon zur Familie. Auf Los Camellos führte er ein von den Traherns und ihrem Wohlstand unabhängiges Leben und vertrieb sich seine Zeit mit Drechseln und Schreinern. Der Tochter Traherns war er ebenso ergeben wie dem Vater, er hatte Shanna noch nie verpetzt. In mancher Hinsicht betete er sie an, bei vielem half er ihr mit seinem Rat, und mußte sie ihr Herz ausschütten, hielt Pitney immer Trost für sie bereit. Bei einigem, was ihr Vater nie gebilligt hätte, war er immer schon ihr Mitverschworener gewesen.
Nun richtete der Riese mit seiner tiefen, rauhen Stimme das Wort an Shanna: »Euer Entschluß steht fest? Es soll also sein?«
»Ja, Pitney«, sagte Shanna leise – und dann, entschlossener: »Ich steh' es durch.«
Sorge machte Pitneys Miene finster. Im schwachen Licht der Kutschlaternen suchten seine grauen Augen Shannas Blick. »Dann macht Euch bereit.«
Shanna faßte sich, zog entschlossen einen dichten Spitzenschleier vors Gesicht und richtete die Kapuze ihres schwarzsamtenen Mantels so, daß ihr langes Goldhaar und ihr Antlitz unerkennbar wurden.
Pitney ging voran. Shanna mußte, als sie ihm nun zum Haupttor folgte, den fast überwältigenden Drang, in einer anderen Richtung zu entfliehen, niederkämpfen. Doch dann gewann sie wieder Herrschaft über ihre Sinne. Mochte es auch Wahnsinn sein, was sie nun vorhatte – einen verabscheuungswürdigen Mann zu ehelichen war dagegen eine Hölle.
Sie traten in die Wachstube hinein. Der Kerkermeister raffte sich von seinem Lumpenlager auf und buckelte trinkgeldgeil auf Shanna zu – ein Mann von grotesker Fettleibigkeit mit rammbockgleichen Armen. Da seine Schenkel von unglaublicher Dicke waren, mußte er, um sich fortzubewegen, die Beine weit auseinandersetzen, so daß er mehr zu rollen

als zu gehen schien. Doch war er auch, bei allem Leibesumfang, seltsam kurz; an Shanna, die selbst für ein Mädchen zart und schmächtig wirkte, reichte er kaum heran. Sein pfeifender Atem, von der Anstrengung des Sicherhebens noch beschleunigt, strömte in der engen Stube den Geruch von abgestandenem Rum, Lauch und Fisch aus. Shanna mußte sich geschwind ein parfümiertes Tüchlein vor die Nase halten.
»Milady! Und hab' ich doch schon Angst gehabt, Ihr möchtet Euch die Sach' noch anders überlegen!« gluckste er frohlockend und suchte ihre Hand, um einen Kuß darauf zu schmatzen.
Shanna unterdrückte einen Ekelschauder, zuckte schnell zurück, bevor er ihre Finger greifen konnte, und verbarg die Hände im sicheren Hort ihres Pelzmuffs, unentschlossen, ob die üble Berührung seines Mundes auf ihrer Haut nicht eher zu ertragen war als der Pestgestank, der als unsichtbare Wolke um den Wärter hing.
»Ich bin hier, wie angekündigt, Mister Hicks«, sagte sie fest. Da der Gestank nun unerträglich wurde, zog sie ihr Spitzentüchlein wieder aus dem Muff hervor und schwenkte es vor ihrem verschleierten Gesicht. »Bitte«, würgte sie, »laßt mich jetzt den bewußten Mann in Augenschein nehmen, damit wir zu unserem Handel schreiten können.«
Der Kerkermeister zögerte, kratzte sich bedächtig das Kinn und überlegte, ob aus der Sache nicht noch mehr als schon versprochen herauszuschlagen war. Schon einmal hatte diese Lady das Gefängnis aufgesucht, auch damals tief verschleiert, das war jetzt zwei Monde her. Seitdem quälte die Neugier den dicken Mister Hicks, doch war er bis jetzt nicht daraus schlau geworden, was die Lady daran fand, einen zum Tod Verdammten sehen zu wollen. Freilich war die Gier nach einem wohlgefüllten Beutel Grund genug für Hicks gewesen, dem Mann, der mit der Lady kam, die Namen aller Eingekerkerten zu nennen, die für den letzten Gang zum Galgenbaum gezeichnet waren. Schon damals hatte Hicks aufmerksam den Ring an ihrem Finger wahrgenommen, ebenso den Schnitt ihrer Gewänder, die unauffällig waren und dabei doch Geld verrieten. Vermögend war die Dame, soviel schien gewiß, und da hieß es, sich nicht zu genieren, ihr noch manches mehr als angeboten abzuzwakken – wenn's nur ging. Dort indessen saß der Haken. Solange die Lady in Begleitung war, getraute Hicks sich nicht, mehr zu fordern – und der Riese wollte ihr, wie's schien, kein Augenblickchen von der Seite weichen.
Nichtsdestoweniger war's eine Schmach, daß eine Dame mit so betäubend süßem Duft eine ganze Stunde ihres Lebens hier an einen Galgenstrick verschwenden wollte. Dieser Bursche, Beauchamp, den sie besuchte, war ein Unruhestifter, und niemals hatte Hicks einem bissigeren Hund den Kerker zum Quartier gewiesen. Nachdenklich rieb der Ker-

kermeister sich die fette Wange und erinnerte sich des Fausthiebs dieses Schurken. Was würde er nicht geben, um diesen räudigen Hund kastriert zu sehen! Gewiß, der Tod war ihm bestimmt, für Vergeltung war also gesorgt, doch wäre ein langsameres Ende für den Schelm weit mehr nach Hicks' Geschmack gewesen.

Mister Hicks stieß einen tiefen Seufzer aus, schnaufte und schnappte einen Schlüsselbund vom Haken.

»Müssen in den Kerker, wenn wir 'n seh'n woll'n! Wird nämlich in einem Kerker ganz für sich allein gehalten. Hetzt sonst v'leicht gar das ganze and're rattige Gezücht hier in den Löchern geg'n uns auf!« Weiterschwätzend zündete er ein Talglicht in einer Handlaterne an: »In der Schenke damals hat's eine ganze Handvoll Rotröcke fast nicht geschafft, ihn in Ketten zu legen. Aus den Kolonien stammt er, ist ein Halbwilder, wenn Ihr mich fragt!«

Falls er damit Shanna Angst einjagen wollte, sah er sich getäuscht. Shanna hatte sich gefaßt. Sie wußte, was sie nun zu tun hatte, um ihre Schicksalsknoten aufzulösen. Und war sie schon bis hierhin ihren Weg gegangen, so durfte sie auch bei den letzten Schritten kein Hindernis mehr gelten lassen.

»Geht endlich voran, Herr Kerkermeister«, ließ Shanna sich vernehmen. »Ich muß mich überzeugen, ob Mister Beauchamp meinen Zwecken dienlich ist, vorher seht Ihr keinen Penny. Und für den Fall, daß Mister Beauchamp Ärger macht, wird Pitney uns begleiten.«

Von Hicks' Visage schwand das Lächeln, seine Achseln zuckten. Und da er keinerlei Entschuldigung mehr fand, um Shanna weiter hinzuhalten, nahm er die Laterne auf und leuchtete seinen Besuchern voraus. Mit seinem eigenartig rollenden Gang bewegte er sich aus der Wachstube hinaus, durch die schweren Eisentüren in den Hauptbau des Gefängnisses hinein und dann einen nur schwach erhellten Korridor hinab. Ihre Schritte hallten von den Bodensteinen wider, von den Mauern, auf die das Talglicht geisterhafte Schatten warf. Unheimlich, aber unecht war die Stille, die hier herrschte; die Gefangenen schliefen jetzt nach Mitternacht, doch hier und dort war Stöhnen, und unterdrücktes Weinen zu vernehmen. Wasser tropfte aus unsichtbaren Mauerspalten, und das Geräusch von Wesen, die durchs Dunkel huschten, erfüllte Shanna mit kaltem Grauen. Sie fröstelte. Zitternd schloß sie ihren Mantel fester.

»Wie lange hält man diesen Mann hier schon gefangen?« fragte sie und blickte bang und ahnungsvoll ringsum. Unbegreiflich schien ihr, wie Menschen in solchen Löchern den Verstand bewahren konnten.

»Drei Monde sind's nun bald, Milady!«

»Drei Monde!« rief sie aus. »Doch schriebt Ihr nicht, das Urteil sei soeben erst gefällt? Wie geht das an?«

Hicks schnaufte. »Der Richter wußte lang' nicht, wie er mit dem Burschen umgeh'n soll, Milady. Hat man's mit einem Namen wie Beauchamp zu tun, dann nimmt sich jeder wohl in acht, wen er da hängt. Und selbst Lord Harry macht sich, scheint's, vor dem Marquis Beauchamp die Hosen voll. Da war Old Harry wohl arg in Verlegenheit, doch da er nun mal Londons Richter ist, lag's ganz bei ihm und keinem and'ren. Und dann, 's ist grad 'ne Woche her, sprach er sein Machtwort – hängen soll der Mann.« Hicks' massige Schultern hoben sich und fielen dann zusammen, wie unter allzu schwerer Bürde. »Mich deucht, 's ist, weil der Bursche aus den Kolonien ist und, soweit man's weiß, ohne Verwandtschaft hierzulande. Old Harry hat mir persönlich aufgetragen, den Schelm so an den Galgen zu bringen, daß kein Aufhebens entsteht. Wenn Ihr mich fragt – die anderen Beauchamps und der Marquis sollen nichts davon erfahren. Und da ich nun so schlau bin, wie ich bin, Milady, dacht' ich mir, wenn man schon mir die Sache in die Hände legt, um sie unterderhand zu regeln – dann ist der Mister Beauchamp grad' der richtige für Euch!«

»Wohlgetan, Mister Hicks«, gab Shanna, schon ein Jota freundlicher, zur Antwort. Die Angelegenheit stand günstiger, als sie gehofft! Blieb allerdings die Frage nach dem Aussehen dieses Menschen – und nach seinem Einverständnis.

Der Kerkermeister stieß den Schlüssel in ein Schloß und zog an einer Tür. Kreischend gaben rostige Angeln nach. Shanna tauschte einen schnellen Blick mit Pitney. Die Stunde war gekommen, da Shannas Plan entweder ein vorzeitiges Ende fand – oder seinen Anfang nahm.

Mister Hicks hob die Laterne, und Shannas Blick erfaßte die Gestalt darin. Der Mann kauerte auf einer schmalen Pritsche und hielt mit beiden Händen eine fadenscheinige Lumpendecke um die Schultern, dürftiger Schutz gegen die Kerkerkälte. Der Schein des Talglichts fiel auf sein Gesicht. Nun rührte er sich und hielt die Hände vor die Augen, als schmerzten sie ihn. Wo ihm zerfetzt der Ärmel von der Schulter hing, entdeckte Shanna eine häßliche Wunde, und wo zuvor wohl Eisen ihm das Handgelenk umklammert hatten, war die Haut rot und wundgescheuert. Strähnig schwarzes Haar und ein dunkler Bart verbargen das Gesicht fast ganz, und wie Shanna nun auf ihn hinunterstarrte, schien er ihr als Teufelskreatur, die aus den Eingeweiden dieser Erde gekrochen war. Sie schauderte. Ihre schlimmsten Ängste waren Wirklichkeit geworden.

Der Gefangene schob sich an der Kerkermauer hoch, bis er aufrecht saß, und beschattete mit seiner Hand die Augen.

»Hol' dich der Teufel, Hicks!« hob er nun an zu grollen. »Kannst du mich nicht wenigstens in Frieden schlafen lassen?«

»Auf die Beine, krummer Hund!«
Hicks wollte ihm mit seinem Knüppel einen Hieb versetzen, doch der Gefangene gehorchte auch so. Schleunigst zog der Kerkermeister sich ein paar Schritte zurück.
Shanna hielt den Atem an, denn nun begann die hagere Gestalt sich zu erheben – sie reckte sich und streckte sich, bis sie den Kerkermeister gut um Hauptesläge überragte. Und nun sah Shanna auch, wie breit die Schultern waren und wie behaart – unterm offenen Hemd – die Brust, die sich nach unten hin zu einem flachen Bauch und schmalen Hüften verjüngte.
»Du hast Besuch von einer Lady!« Hicks' Stimme war längst nicht mehr so frech. »Und sollt's dir in den Sinn geraten, ihr ein Leid's zu tun – sei gewarnt!«
Der Gefangene mühte sich, mit seinem Blick das Dunkel hinter der Laterne zu durchdringen.
»Eine Lady? Welchen Irrsinn treibst du, Hicks! Oder ist's gar noch eine raffiniertere Tortur?«
Die Stimme, sanft und tief, klang angenehm in Shannas Ohren, wohlgesetzt und fließend war der Tonfall, längst nicht so nachlässig und geschludert, wie es in England so oft zu hören war. Ein Mann aus den Kolonien, hatte Hicks gesagt, das hieß aus Amerika. Vielleicht war deshalb seine Sprache besser ausgefeilt. Doch da schwang auch noch etwas anderes in seinen Worten mit – ein belustigter Spott, der diese Kerkermauern mit Verachtung zu strafen schien.
Shanna hielt sich weiterhin im Schatten und prüfte sorgsam diesen Mann, der Ruark Beauchamp hieß. Seine Kleidung war so zerlumpt wie seine Decke, an manchen Stellen nur von Schnur zusammengehalten. Die Kniehose war auf der einen Seite fast bis zur Taille zerrissen, grobes Flickwerk deckte nur knapp die Hüften. Ein Leinenhemd, das wohl einst schneeweiß gewesen, jetzt freilich schmutzgesprenkelt war, hing dem Mann in Fetzen von den Schultern und ließ magere Rippen sehen, die indessen, aller Entbehrungen zum Trotz, immer noch mit straffen Muskeln bespannt waren. Ungleichmäßig lang und wirr hing ihm das Haar – doch sprungbereite Wachsamkeit lag in den Augen, die Shannas Umriß dort im Schatten zu erfassen suchten. Da es ihm mißlang, verbeugte er sich formvollendet in die Dunkelheit hinein. Und abermals klang Ironie aus seinen Worten.
»Ich muß Euch um Vergebung bitten, werte Dame, denn mein Quartier hat kaum Empfehlenswertes vorzuweisen. Wär' mir Euer Kommen angekündigt worden, hätte ich mit Freuden die Behausung hier, die ich mein eigen nenne, aufs Gefälligste geschmückt. Nur leider«, er wies lächelnd auf seine Umgebung, »gibt es hier nicht viel zu schmücken.«

»Halt dein verdammtes Maul im Zaum!« fuhr Hicks diensteifrig dazwischen. »Die Lady hat Euch einen Handel vorzuschlagen. Da bitt' ich mir Respekt aus. Sonst . . .«
Er klatschte sich den Knüppel in die offene Hand, um anzudeuten, was sonst zu erwarten sei, und lächelte dazu, wohl weil er sich wieder einmal für recht listig hielt.
Der Verurteilte zog eine Augenbraue hoch und starrte Hicks so lange an, bis dieser sich, nicht wohl in seiner Haut, zu winden begann.
Shanna hatte sich derweil ein Herz gefaßt. Alles ging so glatt vonstatten, als hätte sie ihr Leben lang nur auf diese Stunde hingelebt. Ihr Selbstvertrauen regte sich aufs neue, und sie trat mit einer anmutsvoll fließenden Bewegung ins volle Laternenlicht.
»Kein Grund, den Mann zu schinden, Mister Hicks«, tadelte Shanna sanft.
Mit ihrer dunklen, honigsüßen Stimme zog Shanna die Aufmerksamkeit des Gefangenen nun vollkommen auf sich. Shanna schritt langsam um den Mann herum und betrachtete ihn von Kopf bis Fuß und von allen Seiten, als hätte sie den Wert eines kostbaren Tieres abzuschätzen. Beauchamp verfolgte Shannas Rundgang mit einem amüsierten Blick aus seinen golddurchschossenen Bernsteinaugen. Wenngleich ihm auch der lange schwarze Mantel, der Shanna samt ihrem weitausgestellten Reifrock vollkommen umhüllte, keinen Hinweis auf ihr Alter noch ihre Gestalt erlaubten, gaukelte ihm doch die Phantasie ein gutes Dutzend wahnwitziger Bilder vor.
»Ich habe davon reden hören«, sagte er und verschränkte die Arme über seiner Brust, »daß gewisse adelige Witwen aus den Kreisen um den Hof sich dann und wann von eigenartigen Gelüsten treiben lassen. Freilich mangelt mir's bis jetzt noch an Beweisen, daß sich unter diesen Hüllen wirklich eine Frau verbirgt. Halten zu Gnaden, hohe Frau, es ist schon spät, auch hält der Schlaf noch meinen Geist umfangen. Doch wenn's auch um mein Leben ginge – ich vermag nicht zu erraten, welchem Ziele Euer Kommen dienen soll.«
In seinem Lächeln lag nur wenig Hohn, doch in seiner Stimme war die Keckheit nicht zu überhören.
Absichtlich trat Shanna nun so nah an ihn heran, daß ihr Parfüm ihm in die Nase steigen mußte.
»Habt acht, Milady«, warnte Hicks. »Der Mann ist unberechenbar. Hat schon ein Mädchen umgebracht, und das war sogar schwanger. Hat es einfach totgeprügelt. So einer ist das nämlich!«
Hinter seiner Herrin trat Pitney jetzt ins Licht und stellte sich beschützend neben sie; drohend ragte die riesige Gestalt im engen Kerkergeviert auf und ließ alle anderen zwergenhaft erscheinen. Der Todeskandidat

gab nur, wie Shanna sah, mit einem Wimpernzucken seine Überraschung kund.
»Fürwahr, Milady, Ihr seid wohlgewappnet!« Beauchamps Stimme hatte an Keckheit nichts verloren. »Ich werde mich schon vorsehen, keinen unbedachten Schritt zu tun – will ich den Henker doch nicht um den sauer verdienten Lohn betrügen.«
Shanna überging seine Ironie und zog aus ihren Mantelfalten ein silberglänzendes Fläschchen hervor. Sie hielt es ihm entgegen. »Einen Brandy, Sir«, sagte sie sanft. »Wenn's Euch beliebt.«
Ruark Beauchamp streckte langsam seine Hand aus, und ehe er die Flasche an sich zog, legte er für einen kurzen Augenblick die Finger über ihre Hand. Gelassen lächelte er ihrem verschleierten Antlitz zu.
»Dafür dank' ich Euch, Milady.«
In jeder anderen Lage hätte Shanna den Mann für seine Unverfrorenheit gescholten. Sie sah ihm zu, wie er die Flasche entkorkte und an seine Lippen hob. Doch er hielt inne und versuchte abermals, mit seinem Blick den schwarzen Spitzenschleier zu durchdringen.
»Mögt Ihr, Milady, den Brandy mit mir teilen?«
»Nein, Mister Beauchamp, laßt es Euch nur mit Muße munden.«
Ruark nahm einen langen Zug aus Shannas Flasche, dann seufzte er anerkennend.
»Fast hatte ich vergessen, daß es solchen Luxus gibt.«
»Seid Ihr den Luxus denn gewohnt, Mister Beauchamp?« erkundigte sich Shanna unaufdringlich.
Der Mann aus den Kolonien hob die Schultern und wies mit einer Handbewegung über sein Verlies.
»Gewiß doch mehr, als Ihr hier seht.«
Mir will scheinen, dachte Shanna, daß der Herr mit seiner Auskunft hinterm Berge hält. Nach drei Monaten in diesem Loch dürfte er die Gegenwart von Damen auch um Etliches willkommener heißen. Nichtsdestotrotz zog sie nun abermals ihre Hand unterm Mantel hervor, diesmal mit einem kleinen Bündel.
»Mögen Eure Tage auch gezählt sein, Mister Beauchamp, so läßt sich für Euer Wohlbefinden manches tun. Dieses hier soll Euren Hunger lindern.«
Shanna streckte ihm das Bündel entgegen – doch Ruark rührte sich nicht vom Fleck. Shanna sah sich gezwungen, selbst das Tuch auszubreiten. Zum Vorschein kam ein kleiner Laib süßen Brots nebst einem großzügig bemessenen Stück scharfen Käses.
Mißtrauisch starrte der Gefangene Shanna an: »Milady«, beschwor er sie, »Ihr könnt nicht wissen, wie sehr mich diese Gabe lockt. Doch muß ich auf der Hut sein, will mich dünken. Weiß ich doch nicht, was Ihr als

Gegengabe fordern werdet – und was, um Himmels willen, könnte ich Euch denn schon bieten!«
Über Shannas Lippen huschte der Schatten eines Lächelns. Ruark glaubte, es hinter dem Schleier zu erahnen. Das, freilich, beflügelte aufs neue seine Phantasie.
»Eine Gegengabe? Wohlan denn, leiht mir Euer Ohr auf einen Augenblick, Sir. Ich hab' einen Handel mit Euch zu bereden.« Shanna legte Brot und Käse auf den grobbehauenen Holztisch neben Ruarks Bett. Dann stellte sie sich entschlossen vor den Kerkermeister hin. »Laßt uns allein. Ich will mit diesem Mann unter vier Augen reden.«
Unter dunklen Brauen her betrachtete Beauchamp gespannt die Fremden, die in seinen Kerker eingedrungen waren – in schweigsamer Geduld, wie eine Katze vor dem Mauseloch.
Der Riesenschatten Pitneys rückte näher, Besorgnis zeichnete das breite Gesicht. »Shanna, wißt Ihr, was Ihr tut?«
»Vollkommen.« Shannas schmale Hand wies auf die Tür. »Begleitet Mister Hicks nach draußen.«
Der dicke Kerkermeister äußerte vergrätzt Protest: »Wenn ich das zulass', wird der Schweinehund Euch noch den Hals brechen . . .!« Und wer würde ihm den Lohn zahlen, wenn dem Weib etwas geschah? Er flehte: »Milady, ich würd's nicht wagen!«
»Es ist mein Hals, der hier auf dem Spiele steht, nicht Eurer, Mister Hicks!« fuhr sie ihm streng dazwischen und, als könnte sie Gedanken lesen, fügte sie hinzu: »Für Eure Dienste werdet Ihr auf jeden Fall belohnt.«
Hicks' dicke Backen färbten sich fast puterrot, und seine stotternden Lippen schienen fast zu flattern, als er seine übelduftende Luft ausstieß. Mißtrauisch warf er einen Blick auf den Gefangenen, dann machte er an der Mauer die Laterne fest, an der er schließlich noch einen Kerzenstummel entzündete, den er auf Ruarks Holztisch fand.
»Ihr kennt den Burschen nicht, Milady!« warnte er verzweifelt. »Bleibt wenigstens auf Distanz. Und ruft nur gleich um Hilfe, wenn er 'ne falsche Bewegung macht.« Er versuchte, seinen Häftling mit Blicken zu durchdringen. »Weh' dir, du traust dich, gottverdammter Hund, dann will ich dafür sorgen, daß du baumelst, eh' die Sonn' aufgeht!«
Mit einem säuerlichen Gurgeln in der Kehle stapfte Hicks davon. Pitney blieb stockstill stehen. Unentschlossenheit hatte ihm tiefe Furchen ins Gesicht gezogen.
»Pitney. Bitte«, sagte Shanna – und als er immer noch keine Anstalten machte, sich zu entfernen, wies sie flehentlich zur eisernen Kerkertür. »Ihr braucht nicht um mich zu bangen. Was kann mir schon geschehen?«

Endlich sprach der Riese, doch nur zu Ruark hin. »Wenn du diese Stunde überleben willst«, polterte seine Stimme, »dann schau, daß der Lady nicht das kleinste Ungemach geschieht, sonst wirst du dir wünschen, man hätt' dich gestern schon gehenkt! Darauf geb' ich dir mein feierlichstes Wort!«
Ruark schätzte mit seinem Blick die mächtige Gestalt ab. Er nickte, nicht ohne Respekt. Pitney drehte sich um und schritt von dannen, immer noch mit finsterem Unmut im Gesicht. Hinter sich schloß er die Tür, doch schob er von außen gleich das Guckloch auf. Aus der Zelle blieb sein breiter Rücken sichtbar, als er sich nun, auch zur Abwehr eines ungebetenen Lauschers, auf dem Zellengang postierte.
Der Gefangene hatte sich nicht vom Fleck gerührt.
Shanna durchmaß gemächlichen Schritts die Zelle und nahm einen Standort außerhalb Ruarks Reichweite ein. Sie ließ ihre Kapuze sinken und blickte ihn an. Dann zog sie sich den Schleier vom Gesicht und ließ ihn auf den Tisch an ihrer Seite hinabsinken.
Durch diesen Anblick überwältigt, vermochte Ruark Beauchamp keinen Laut hervorzubringen, kein Wort, keinen Seufzer, keinen Atemstoß. Ihm, dem nun zum erstenmal so recht die Entbehrungen seines langen, aufgezwungenen Zölibats ins Bewußtsein drangen, schien Shanna so schön, daß ihm die Knie zitterten.
Er sah das helle, honigfarbene Haar, das in Kaskaden ungezähmter Locken über ihre Schultern, ihren Rücken fiel – ein herrlich volles, üppiges Haar in gewollter Unordnung, goldene glänzende Strähnen. Ruark kämpfte die Versuchung nieder, seine Hände durch diesen seidigen Wildwuchs gleiten zu lassen, über die zarten Wangenknochen, auf denen die Farbe ihrer Jugend blühte. Er sah die Züge ihres Antlitzes, die gerade und fein gemeißelte Nase – ein Abbild der Vollkommenheit. Er sah die zartbraunen Brauen über Augen, die hell und meergrün unter den üppigen Fransen pechschwarzer Wimpern funkelten. Diese Augen erwiderten seinen Blick – offen, doch unauslotbarer als das tiefste Wasser, in das er je geschaut. Er sah die weichen, rosaroten Lippen, anmutsvoll gerundet, die ihn mit einem unbestimmten Lächeln folterten. Shannas cremefarbene Haut rötete sich leicht unter seinem heißen Blick. Mit eisernem Willen hielt Ruark sich in der Gewalt und vertiefte noch sein Schweigen.
Scheu murmelte Shanna: »Bin ich so häßlich, Sir, daß Eure Zunge keine Worte finden mag?«
Ruark zwang seiner Stimme eine Gelassenheit auf, die er in seinen Sinnen freilich kaum empfand. »Eure Schönheit, Milady, hat mir das Augenlicht geblendet. Man wird mich wohl, so fürchte ich, an der Hand zum Galgen leiten müssen. Nach all der Trübsal meines Kerkerlebens

vermag mein Gemüt nur mühsam solchen Glanz zu verkraften. Steht zu vermuten, daß ich Euren Namen wissen soll – oder soll er Teil Eures Geheimnisses bleiben?«
Shanna befand, daß sie ihr Ziel getroffen habe, und bewahrte sich die übrigen Waffen ihres Arsenals für eine nächste Runde auf. Ähnliche Geständnisse hatte sie dutzendweise vernehmen müssen, mit fast sogar den gleichen Worten, und daß der Lumpenhund nun ebenfalls die abgedroschenen Phrasen über seine Lippen brachte, beleidigte beinahe ihren Stolz, doch mußte sie ihr Spiel weiterspielen. Also schüttelte sie den Kopf – und damit verführerisch auch ihre Lockenmähne – und lachte mit wohlabgemessener Zaghaftigkeit.
»Nein, Sir. Meinen Namen will ich Euch schon nennen, doch muß ich mich Eurer Verschwiegenheit versichern, denn mein Name ist auch die ganze Bürde meines Kummers. Ich bin Shanna Trahern, Orlan Traherns Tochter.«
Sie hielt inne, um die Wirkung abzuwarten.
Ruark vermochte sein Erstaunen kaum zu meistern. »Lord« Trahern war in allen Kreisen wohlbekannt, und unter jungen Herren war Shanna oft genug – auch wenn man sie noch nie von Angesicht zu Angesicht gesehen hatte – Gegenstand erhitzter Diskussionen. Shanna war für alle Welt die Eiskönigin, der unerreichbare Preis, das Herzeleid der Schwärmer und das Kopfzerbrechen der Stutzer. Kurzum, für jeden Mann der Traum, der sich niemals erfüllte.
Ruark zog die Brauen hoch.
Befriedigt fuhr nun Shanna fort. »Mir ist's darum zu tun, mein lieber Ruark«, begann sie mit herablassender Vertraulichkeit, »Euren Namen in Besitz zu nehmen.«
»Meinen Namen?« brach es ungläubig aus ihm hervor. »Ruark Beauchamp? Ihr wollt den Namen eines zum Tod Verdammten, wo Euch doch Euer eigener jede Türe öffnet? Das kann ich nie und nimmer glauben!«
Sie trat dicht an ihn heran, um ihren Worten mehr Gewicht zu geben. Mit flehentlich weit offenen Augen blickte sie tief in die seinen, und ihre Stimme sank zu einem Flüstern herab.
»Ruark, ich bin in Not! Ich soll mich, ganz gleich wie, einem Mann von Namen anvermählen, und welche Bedeutung die Familie Beauchamp in England hat, wird Euch wohl kein Geheimnis sein. Natürlich würde keine Menschenseele je von mir erfahren, daß Ihr kein Blutsverwandter dieser Beauchamps seid. Und so, wie's steht, werdet Ihr selbst wohl fürderhin kaum noch Gebrauch von Eurem Namen machen können – ich hingegen wüßte ihn gar wohl zu nützen.«
Verwirrung trieb durch Ruarks Sinne wie ein Wirbelwind, unerfindlich blieben ihm die Motive dieses Mädchens. Was mochte wohl dahinter-

stecken? Ein Geliebter? Oder gar ein Kind? Schulden kaum, dafür war sie viel zu reich. Sein ratloser Blick traf ihre blaugrünen Augen.
»Gewiß gestattet Ihr Euch einen Scherz, Madam. Einem Mann die Heirat anzutragen, der zum Henker geht? Bei meinem Wort, die Logik seh' ich nicht!«
»Die Angelegenheit ist ziemlich heikel.« Shanna drehte ihm verschämt den Rücken zu und richtete kleinlaut über ihre Schulter das Wort an ihn.
»Mein Vater gab mir ein Jahr Gnadenfrist, um einen Gatten zu erwählen, und gelingt's mir nicht, dann wird ein Bräutigam, den er mir bestimmt, mich zum Altar führen. Mein Vater sieht mich schon als alte Jungfer welken und will Erben für sein Vermögen. Der Gemahl, den ich ihm bringen muß, soll einer Familie entstammen, die dem Hofe König Georgs angehört – doch hab' ich bis jetzt noch keinen finden können, und das Jahr ist fast verstrichen. Die letzte Hoffnung, einer Ehe zu entgehen, die dann im Zorn mein Vater für mich schließt – die seid einzig und allein nur Ihr . . .«
Nun kam der schwerste Teil. Vor diesem schmutzigen, zerlumpten Schelm aus den Kolonien mußte sie sich zur Bittstellerin erniedrigen. Sie hielt das Antlitz abgewendet, um ihren Widerwillen zu verbergen.
»Ich habe mir nun sagen lassen«, hob sie mit Vorsicht an, »daß ein zum Galgen Verurteilter sich einem Weibe anvermählen kann, um so eine Linderung für seine letzten Tage zu erlangen. Ruark – ich kann Euch vieles geben, Essen, Wein und gute Kleidung, warme Decken. Auch ist, so will mich dünken, mein Anliegen . . .«
Ruarks Schweigen erschreckte Shanna. Um wenigstens sein Antlitz zu befragen, so weit das Dämmerlicht es möglich machte, wandte sie sich nach ihm um. Ruark hatte sie jedoch inzwischen – von ihr in ihrem Eifer unbemerkt – zu einem Fleck hinmanövriert, wo nun, als sie ihm gegenüberstand, das Licht voll auf sie fallen mußte. Verärgert und verängstigt mußte sie sich eingestehen, daß er ihr tückisch das Heft aus der Hand gewunden hatte.
Ruarks Stimme klang angespannt, als er nun zum nächsten Zug ansetzte.
»Milady, Ihr stellt mich auf eine höchst peinliche Probe. Meine Mutter, eine gute Frau, versuchte stets, mich zu einem Ehrenmann zu erziehen, der Frauen mit Respekt begegnet. Mein Vater allerdings . . .« Shanna hielt, indem sie näher trat, den Atem an. »Mein Vater, ein kluger Mann, brachte mir in früher Kindheit schon die Regel bei, an die ich mich seitdem gehalten habe.«
Er schritt langsam um sie herum, fast so, wie sie zuvor um ihn. Er hielt erst an, als er hinter ihr stand. Kaum wagte sie jetzt noch zu atmen. Sie wartete. Sie spürte seine Nähe. Und fand den Mut nicht mehr, sich zu bewegen.

»Niemals . . .« Ruarks Flüstern war dicht an ihrem Ohr und rührte ein Prickeln von Furcht in ihr auf, »niemals soll man eine Stute kaufen, wenn sie eine Decke trägt.«
Shanna zuckte zusammen. Seine Hände glitten über ihre Schultern und auf die Schließen ihres Mantels zu.
»Ist's erlaubt?« fragte Ruark, und seine Stimme, wiewohl sanft, schien den Kerker bis in den letzten Winkel auszufüllen. Ruark nahm Shannas Schweigen als Zustimmung. Alle Muskeln in ihr spannten sich an, als seine Finger nun die samtenen Schlaufen lösten. Er nahm ihr den Mantel ab – und Shanna durchlebte einen tiefen Augenblick des Bereuens. Die Attacke, so sorgsam geplant, war in einem Sturm untergegangen, den sie nicht vorhergesehen hatte. Aber sie konnte sich auch jetzt noch kein Bild von der Verheerung machen, die ihre Anwesenheit im Kerker unter den Sinnen des Gefangenen anrichtete. Zwar war das dunkelrote Samtkleid, das sie trug, von ausgesuchter Schlichtheit, doch steigerte es gerade deswegen ihre Schönheit aufs eindringlichste. So nämlich war sie selbst das göttliche Schmuckstück, das seltene Juwel – und das wiederum machte aus dem Kleid mehr als ein Kleidungsstück: ein Kunstwerk. Das enggeschnürte Mieder über der weitausgestellten Krinoline ließ ahnen, wie schmal Shannas Taille wirklich war, und hob zur gleichen Zeit Shannas Busen in gewagter Zurschaustellung fast über den tiefen, geraden Schnitt ihres Dekolletés hinaus. Im goldenen Glanz der Talglichtlaterne schimmerte Shannas Haut fest und warm wie Satin.
Ruark stand dicht bei ihr, sein Atem strich sanft über ihr Haar. Auf stummen Flügeln schwebte die Zeit dahin, und noch immer rührte Ruark sich nicht. Seine Nähe drohte Shanna zu ersticken. Sein Brandy-Atem drang in ihre Sinne ein, sie spürte seine Augen über ihren Körper wandern. Wäre der Anlaß nicht der Not entsprungen, sie hätte vor Abscheu längst die Flucht ergriffen, mit aller Kraft mußte sie den Drang bekämpfen, einfach davonzulaufen. Daß sie sich diesem Mann so zur Schau stellen mußte, erfüllte sie mit schmerzhafter Empörung. Aber da war Shanna letzten Endes doch aus dem Holz ihres Vaters: Hoher Gewinn stand auf dem Spiel, also kannte ihre Geduld, Entschlossenheit und Tücke keine Grenzen.
Ruarks Sinne indessen, vollkommen im Bann dieser wunderbaren Mädchenerscheinung, die auf so fassungslose Weise plötzlich in das Elend seiner Todeszelle eingetreten war, taumelten vor unwiderstehbarem Verlangen, dieses Traumbild in die Arme zu nehmen. Ihr Duft, ihre sanften, reifen Kurven schärften seine Begierde zu einem fast unerträglichen Schmerz. Shannas atemberaubende Schönheit erquickte seine Seele aufs höchste, und vor den Bildern all der Köstlichkeiten, die seinem Anblick noch verborgen waren, begann seine Phantasie zu taumeln.

Immer stärker wuchs in ihm die Not, die Wärme ihres Körpers unter sich zu fühlen, seine bebenden Arme um sie zu schlingen und Sättigung für die Gier seiner Lenden zu suchen. Doch im gleichen Augenblick wurde er sich – allzu schmerzlich – seiner Lumpen, seines Schmutzes bewußt. Aber war da nicht auch noch etwas anderes, hinter der Fassade ihrer Schönheit? Etwas, das er nicht mit Händen greifen konnte – ein Hauch von Sarkasmus, ein kurzes Aufblitzen von Unaufrichtigkeit, eine eigenartige Spur von Hochmut? Gewiß, sie wäre nie zu ihm gekommen, hätte ihr noch eine andere Wahl offengestanden. Und er wußte, daß Trahern ein mächtiger Mann war. Doch andererseits fand er es schwer vorstellbar, daß selbst ein Mann wie er seinem einzigen Kind solche Zwänge auferlegen mochte. Noch immer wußte Ruark nicht, was er von allem halten sollte.
Shanna ertrug Ruarks schweigende Nähe nicht länger. Sie fuhr herum und sah ihm ins Gesicht.
»Fändet Ihr's denn gar so widerwärtig, Euren Namen mit mir zu teilen? Ist Eure Antwort wirklich nein?« Warum, um Himmels willen, hatte sie es nötig, diesen Bauernlümmel anzuflehen?
Ruark stieß einen rauhen Seufzer aus, und mit enormem Willenszwang gelang es ihm, scheinbar ungezwungen zu erwidern: »Nun, da gibt's wohl allerhand zu bedenken, Shanna, findet Ihr das nicht?« Er sah sie fragend an, tiefe Falten furchten seine Stirn. Shanna nickte. Also fuhr er fort: »Außer meinem Namen ist mir nichts geblieben. Dennoch würde es manchen schmerzen, ihn noch tiefer in den Schmutz gezogen zu sehen.«
»Ich versprech's Euch, Ruark, Mißbrauch ist nicht meine Absicht«, beeilte sie sich zu versichern. »Ich borge ihn mir nur auf Zeit, und find' ich einmal jenen einen, den ich wirklich lieben kann, leg' ich ihn wieder ab. Wenn Ihr einverstanden seid, so will ich Euch mit allen Ehren in geweihter Erde zur letzten Ruhe betten, in einem Grab, das Euren Namen trägt. Könnten dann jene, die Euch teuer sind, Eurer noch in Schmach gedenken?«
»Und für meine letzten Tage wollt Ihr mir das Leben leichter machen, Shanna?« Er sprach, als habe er ihre letzten Worte nicht gehört. »Das freilich würd' mir meine letzte Freude nehmen – den fetten Mister Hicks zu ärgern.«
Als sei er tief in Gedanken eingesponnen, marschierte Ruark in der Zelle auf und ab. Vor der Pritsche blieb er schließlich stehen, und wieder blickte er sie fragend an.
»Erlaubt Ihr mir wohl, Platz zu nehmen, Shanna? Verzeiht, für Euch gibt's keinen Stuhl. Doch falls Ihr's wünscht, dürft Ihr Euch zu mir setzen.«

»Nein, nein, ich dank' Euch sehr«, erwiderte sie schnell. Sie starrte auf das grauverfilzte Stroh und konnte einen Schauder nicht ganz unterdrücken.

Ruark ließ sich in der Ecke nieder, zog, an das feuchte Mauerwerk gelehnt, ein Knie hoch, stützte seinen Arm darauf und ließ die Hand locker baumeln.

Shanna rüstete sich für die letzte Runde, als er sie nun fest ansah. Jetzt muß ich's schaffen, dachte sie, jetzt oder nie. Immerhin hatte er sie nicht einfach ausgelacht.

»Glaubt Ihr denn, ich rede leichtfertig daher, Ruark? Mein Vater ist ein Mann von eisernem Willen. Vieles wird ihm nachgesagt, doch an seinem Wort hat bisher niemand zweifeln müssen. So zweifle auch ich nicht – er wird handeln, wie er sagt, und mich zu einer Ehe zwingen, die ich verabscheue.«

Ruarks Blick war nunmehr fest und stetig, doch blieben seine Lippen stumm. Jetzt freilich war Shanna an der Reihe, rastlos auf und ab zu gehen – doch ihrem Anliegen konnte das nur dienlich sein. Sie bewegte sich mit der natürlichen Anmut einer jungen Frau, die fest im Leben stand; sie hatte nichts von jener zimperlichen Zierlichkeit, die bei Schönheiten des Hofs und der Salons so oft zum Lachen reizt. Die Selbstsicherheit in ihrem Gang verlieh jeder ihrer kleinsten Bewegungen eine sanftfließende Grazie. Ruark betrachtete sie bewundernd von allen Seiten; längst nahm er, was sie sagte, kaum noch wahr, denn in seinem Sinn hatte er den Preis längst festgesetzt. Er wartete nur noch auf den rechten Augenblick.

Shanna hielt in ihrer Wanderung inne, stützte die Hände auf den Tisch und beugte sich zu ihm vor. Verlockend öffnete sich ihr Kleid, und Ruarks Blick fiel genau dorthin, wo sie ihn fallen sehen wollte.

»Ruark«, sprach sie fest, und widerwillig hoben sich seine Augen und trafen ihren Blick. »Hab' ich etwas an mir, das Euch widerwärtig ist?«

»Nein, Shanna, meine Liebe.« Seine Stimme war gedämpft, doch klang sie hohl im Kerker. »Ihr seid schöner, als es meine Sinne zeichnen könnten. Und ich genieße diesen Augenschmaus so sehr, daß ich mir wünsche, diese Stunde würde niemals enden. Doch bedenkt nun auch das Folgende. Liegt Euch die Sache wirklich so am Herzen, wie Ihr sagt, will ich mit Euch um meinen Namen handeln. Doch der Preis wird hoch sein, Shanna, und ich bitt' Euch, sagt mir, ehe Ihr geht, Euer Ja oder Euer Nein, denn Ungewißheit mag ich nicht ertragen.«

Shanna hielt, im voraus seine Worte fürchtend, ihren Atem an.

»Hört also meinen Preis. Zum Hängen bin ich hoffnungslos verdammt – aber ich will die Chance, die mir bleibt, ergreifen, um einen Erben zu zeugen. Der Preis ist also, daß Ihr die Brautnacht auch mit mir verbringt, daß die Ehe nicht nur im Gelöbnis, sondern auch in der Tat vollzogen wird.«

Shanna stöhnte auf, Zorn und Empörung loderten in ihrem Blick. Daß er es wagte! Alle ihre Verachtung wollte sie ihm entgegenschreien – doch nur ein irres Lachen brach aus ihr hervor und erschütterte das Verlies.

Ruark schwang die Beine auf die Pritsche und verschränkte die Hände hinter seinem Haupt. Er fühlte sich so wohl, als säße er in einer Schenke beim braunen Bier.

»Da habt Ihr's«, lachte er höhnisch. »Ich wollte sehen, welchen Preis Ihr Eurer Herzensnot beimeßt – und nun weiß ich's. Für ein Anliegen, das Euch vorgeblich auf der Seele drückt, fordert Ihr meinen Namen, der mein letztes und mein einziges Besitzstück ist und den nur ich allein vergeben kann. Doch da verlange ich von Euch – daß der Preis etwas sei, das Ihr allein vergeben könnt – dann ist es Euch auf einmal viel zu teuer. Wohlan denn, lehnt den Preis nur ab, tretet zurück von Eurem Handel – und fügt Euch in das Geschick, das Euer Vater Euch bestimmt.«

Ruark griff nach der Flasche und hob sie hoch. »Ein Schluck auf Eure Hochzeit, Shanna, meine Liebe!«

Er trank, dann schaute er sie mit einem matten Lächeln an. Shanna erwiderte seinen Blick mit wenig Wärme.

Dieser schmutzige Narr! Glaubte er, sie unterkriegen zu können? Langsam schritt sie auf ihn zu, grüne Blitze in den Augen, ihr Haar ein wilder Wasserfall; wie eine Zigeunerin ließ sie ihre Hüften schwingen. Er hatte sie verletzt, nun trieb sie ihm das Grinsen aus, denn wo der Verstand in Ängsten bebt, übernimmt der Zorn den Zügel.

Breitbeinig, Hände auf den Hüften, baute sie sich vor ihm auf. Sie streckte einen Finger aus und setzte ihn ihm auf die Nase.

»Schaut Ihr?« höhnte sie. »Ich scheu' mich nicht, Euch zu berühren, dreckig, wie Ihr seid, Schwein, das Ihr seid, über meinen Kummer Spott zu gießen. Und würde ich mit Euch das Lager teilen – was hätt' ich denn davon? Nur das Machtwort meines Vaters gegen einen Wechselbalg aus Euren Lenden eingetauscht!«

Ruark warf den Kopf zurück und lachte ihr ins trotzige Gesicht. »Das Machtwort Eures Vaters, meine Liebe, scheint mir so unausweichlich wie der Tod zu sein, dem ja auch niemand entrinnt. Doch was geschieht, wenn ein mit Müh' gefundener Bräutigam zu guter Letzt die Witwe heimführt – und unter seinen Händen eine unberührte Jungfrau findet? Was wird er dazu sagen? Daß sie ihrem Vater Lügen aufgetischt! Mein Wechselbalg indessen – wie Ihr Euch auszudrücken beliebt –, der mag entstehen oder vielleicht auch nicht, das liegt bei Gott. Wenn nicht, nun denn, für Euch ist's kein Verlust und die Sache nur Gewinn. Wenn doch,

kann Euer Vater immerhin den Witwenstand Euch nicht bestreiten.« Er seufzte tief. »Ja nun, was soll's? Ich seh' schon, Risiko ist wohl nicht Euer Fall. Ihr wollt nur meinen Namen, alles andere noch dazu, ich aber soll dabei gar nichts gewinnen. Auf jeden Fall nicht das, was mir bis in den letzten Atemzug ein kostbares Juwel gewesen, ein Angedenken nämlich, das mir dann in der Tat die letzten Tage leichter machte. Doch weh' mir, ich soll nur geben, nichts bekommen. Also nun genug davon. Ihr seid in der Tat bezaubernd, liebe Shanna.«
Er legte, zärtlich streichelnd, eine Hand auf ihren Arm.
»Hat man Euch denn nichts davon gesagt, als man Euch diesen Handel vorschlug, daß Ihr dann mein seid, bis ich hänge? Das ist der Preis, den eine Frau zu zahlen hat, wenn sie den Mann zur Ehe bittet. So wie es die weisen Männer sagen – bis daß der Tod sie scheidet!«
Shanna starrte fassungslos den zerlumpten Frechling an, der keine Chance mehr zum Überleben hatte und ihr dennoch ihre Chancen nahm. Die Falle, die er ihr gestellt, die sich nun langsam um sie schloß, wurde ihr erst jetzt so recht bewußt.
»Aber ich bin doch in so entsetzlich großer Not!« flüsterte sie und begriff auch gleich die Wahrheit ihrer Worte: Frei durfte sie sich erst fühlen, wenn er tot war. »Als ich herkam, hatte ich mir alles so gut ausgedacht und fühlte mich stark genug, nicht nachzugeben. Nun geb' ich nach. Der Handel sei beschlossen.«
Ruarks Mund öffnete sich nur einen kurzen Augenblick. Das hatte er nicht erwartet. Und plötzlich fühlte er sich leicht. Das allein war ja schon fast das Hängen wert! Er erhob sich, stand vor ihr, und dennoch nicht, sie zu berühren. Flach preßte er sich die Hände an die Schenkel und kämpfte sein Verlangen nieder. Seine Stimme war nun zärtlich, fast ein Flüstern.
»Ein Handel. Ja, ein Handel. Und wisse, meine schöne Shanna, daß der erste Bräutigam in deinem Leben sich sein Recht um allerhöchsten Preis erwarb.«
Shanna starrte in die warmen Bernsteinaugen und fand in diesem Augenblick weder Erwiderung noch sonst ein Wort. Sie hob ihren Mantel auf, erlaubte Ruark – noch immer wie betäubt –, ihn ihr umzulegen, ordnete den Schleier, zog die Kapuze vor und bedeckte sorgsam wie zuvor ihr Haar.
Schließlich, schon zum Gehen bereit, begegnete sie noch einmal seinem Blick, doch zuckte sie zurück, als seine Hände sich ihr näherten. Doch er schob nur eine widerspenstige Locke aus ihrem Gesicht, schloß nur eine vergessene Kapuzenschlaufe. Shanna sah ihn durch den Schleier an. Seine Augen waren weich und sehnsuchtsvoll und streichelten sie.
»Ich muß nun die Vorbereitungen treffen«, sagte sie fest und nahm ihren

ganzen Mut zusammen. »Wenn's soweit ist, schick' ich Pitney, Euch zu holen. Es dauert einen Tag, vielleicht auch zwei. Gute Nacht.«
Mit mühsam zurückgewonnener Fassung drehte sie sich um und ging. Ruark hätte jetzt am liebsten aufgebrüllt vor Glück. Nicht einmal ein flüchtiger Gedanke an Hicks konnte seine Freude dämpfen, als er sich später, nun wieder in der Finsternis, auf die Pritsche streckte.

2

Endlos zog der Tag sich in die Länge. Zu normalen Zeiten hätte Ruark Beauchamp wohl dies oder jenes dagegen zu unternehmen gewußt. Doch in den engen Kerkermauern blieb ihm keine andere Wahl, als den Abend abzuwarten. Auf dem Eßbrett trockneten Reste seines Morgenmahles ein – Ruark war so rundum satt, wie es wohl kaum je einem Gefangenen hinter Newgates eisernen Toren vergönnt gewesen. Seine Mahlzeit hätte leicht das Los manch armer Seele lindern können, die wegen unbezahlter Rechnungen in den Kerkern schmachtete – oder in Erwartung ihres Henkers, der unterm Galgen von Tyburn in Bereitschaft stand. Tyburn: nur drei Stunden Fahrt waren es von Newgate bis dorthin; drei Stunden Zeit, um noch ein letztes Mal ein ganzes Menschenleben zu bedenken, wenngleich auch Gaffer und Spötter meistens dicht die Strecke säumten, die – gierig auf Sensationen – das Schauspiel nicht verpassen wollten. Tyburn warf seinen Schatten immer noch in Ruarks Zelle.
Ein Rasiermesser hatte man Ruark Beauchamp nicht zu geben gewagt, so bedeckte weiterhin der wilde Bartwuchs sein Gesicht; doch dank der sauberen Kleidung, die Kerkermeister Hicks gebracht, bot Ruark nun schon ein gefälligeres Bild. Leinenhemd, Kniehose und Kniestrümpfe wie auch ein Paar Lederschuhe kamen nach drei Monaten in stets denselben Lumpen ihm schon gelegen. Ein Eimer Wasser – mit einem Schuß Rum versetzt, um das Fauligwerden zu verhindern – war ganz fürs Waschen draufgegangen und zum Teil auch für den Durst. Seit Shannas Besuch schien an Wasser kein Mangel mehr zu herrschen, und das Abendessen begleitete gar eine Flasche Wein.
Nichtsdestotrotz durchmaß Ruark Beauchamp, von immer drohenderen Schatten der Schlinge und vom unaufhaltsamen Verrinnen seiner nur noch knapp bemessenen Zeit getrieben, Stunde um Stunde mit unstetem Schritt das enge Viereck seines Kerkers. Zweifel und Ängste folterten seinen Sinn. Ob Shanna wirklich Wort hielt und nach ihm schicken würde, war für Ruark unmöglich zu wissen. Nur einmal noch die Außenwelt zu sehen, wäre allein schon ein berauschender Genuß gewesen, doch mehr noch schlug die Erinnerung an das schönste aller Mädchen – und wie er sie in seinem Arm gehalten hatte – alles Denken und Empfinden in seinen Bann. Doch was, wenn sie inzwischen anderen Sinnes geworden wäre? Wenn sie sich überlegte, daß ihres Vaters Willkür

am Ende vielleicht doch noch leichter zu ertragen war als eine Nacht mit ihm, dem Todeskandidaten? Oder hatte er sich alles nur eingebildet? War alles nur ein Traum, aus dem Abgrund seiner Hoffnungslosigkeit heraufbeschworen? War denn tatsächlich Shanna Trahern, das verklärte Sehnsuchtsbild aller Junggesellen in der alten und der neuen Welt, hier in diesem seinem Kerker aufgetaucht und hatte einen Pakt mit ihm geschlossen? Ach, einbilden konnte man sich vieles – nur das eine nicht: daß ein so stolzes Weib wie Shanna einem Manne, der das Kainszeichen des Mörders auf der Stirne trug, in die Arme sank.
Vor der Kerkertür hielt Ruark in der ruhelosen Wanderung inne und preßte seine Stirn gegen das kalte Eisen. Das Spukbild des geliebten, überirdisch schönen Angesichts, der gold- und honigfarbenen Haarpracht, die um zarte Schultern wehte, der reifen, runden Brüste, die sich fast aus ihrem roten Samtgewand befreiten – all das war in tausend erregenden Einzelheiten Ruarks Gedächtnis eingebrannt, verfolgte ihn, trieb ihn in quälende Ungeduld, für die es nur dann Erlösung geben konnte, wenn Shanna endlich sein war, falls dieser Augenblick je Wahrheit werden sollte. Und ihm wurde klar: Was Hicks mit Brutalität nicht schaffen konnte, das vollbrachte nun dies Trugbild – ihn zu brechen. Aber dennoch klammerte er sich fest an seine Visionen, denn wenn sie verblaßten, mußten andere, viel grausamere an ihre Stelle treten: der Galgenbaum und seine bittere Frucht.
Er wanderte. Er setzte sich. Er wusch sich. Und er wartete.
Schließlich, als die Verzweiflung unerträglich wurde, warf er sich aufs Stroh, der Folter und der Ungewißheit müde. Er rieb seinen knisternden Bart – und winselte, als er sich seiner schäbigen Erscheinung bewußt wurde. Der beste Eindruck, den Shanna noch von ihm gewonnen haben konnte, mußte der eines Barbaren gewesen sein.
Er warf sich die Arme über die Augen, wie um die quälenden Illusionen fortzuscheuchen, und fiel in einen unruhevollen Schlaf. Doch auch jetzt fand er den Frieden nicht. In kalten Schweiß gebadet, schreckte er auf, mit einem nagenden Schmerz in seinen Lenden.
Er lag noch im Kampf mit seinen widersprechenden Empfindungen, als das Echo von Schritten zu ihm drang. Als die Schritte dann genau vor seiner Zellentür innehielten, war er mit einem Schlag hellwach. Ein Schlüssel rasselte im Schloß, die Tür wurde aufgestoßen. Ruark schwang die Beine über den Pritschenrand. Zwei bullige Wächter mit gezogenen Pistolen drangen ein und trieben ihn in den Gang hinaus. Ruark, froh über jede Unterbrechung seiner dumpfen Langeweile, beeilte sich zu folgen. Er trat über die Schwelle und sah sich Mister Pitney gegenüber.
»Er kommt dich holen, Drecksack!« stieß Hicks ihm seinen Knüppel in

die Rippen. »Bin eigentlich dagegen, daß sich Pack wie du an feine Leute schmeißt. Aber die Lady will unbedingt ihre Hochzeit haben. Du gehst jetzt mit dem Mann«, er wies auf Pitney und grinste gehässig, »doch meine beiden braven Knechte John Craddock und Mister Hadley sind ebenfalls mit von der Partie. Die treiben dir schon die Faxen aus, falls du noch welche hast.«
Der fette Kerkermeister kicherte, als die schweren Eisen um Ruarks Handgelenke geschlossen wurden. Die Kettenenden griff sich Mister Pitney mit seinen prankenhaften Händen. Dann gab Mister Hicks ein Zeichen und führte den Zug durch die Zuchthausgänge bis zum äußeren Tor, wo schon der Wagen wartete. Das Gefährt war eher eine beschlagene Eisenkiste auf Rädern, mit nur einem winzigen Gitterfenster in der Seitentür. Auf dem Bock saß noch ein dritter Wärter, der bereits die Zügel zwischen den dicken Fingern hielt. Gegen die Kälte und den Nieselregen hatte er sich den Umhang fest um die Schultern geschlungen. Er drehte nicht einmal den Kopf, als die Männer nun aus dem Tor heraus ins Freie traten. Nur seinen Dreispitz rückte er einen Fingerbreit tiefer ins Gesicht.
»Also tut, was Mister Pitney sagt!« gab Hicks jetzt seinen Knechten auf den Weg. »Und bringt mir ja den Galgenstrick wieder heim, tot oder lebendig.« Die schwarzen Knopfaugen des Kerkermeisters hefteten sich auf den Gefangenen. »Denkt daran, beim geringsten Anzeichen von Fluchtversuch – voll draufhalten und Kopf ab!«
»Nur Eure Grazie übertrifft noch Eure Freundlichkeit, Herr Kerkermeister«, sagte Ruark keck. Dann reckte er seine Schultern. »Können wir nun endlich unserem Geschäft nachgehen, oder wünscht Ihr noch weitere Angelegenheiten mit diesen Ehrenmännern zu bereden?«
Hicks winkte ihn in den Wagen. Und zeigte ihm auch gleich, wie fein er ein Messer in alten Wunden umzudrehen wußte. »Nur rein mit dir, verdammter Schuft. Pitney wird wohl, hoff' ich, dafür sorgen, daß du nicht auch die Lady hinmachst wie das Mädel in der Schenke – und das trug sogar ein Kindchen unterm Herzen!«
Ruarks Augen wurden hart, als der Kerkermeister geifernd grinste und höhnisch kicherte, doch die jungen Kerkerknechte verzogen selbst unter Pitneys finster prüfendem Blick keine Miene. Stumm schritt Ruark an ihm vorbei, würdigte ihn keiner Antwort, klammerte die Hände um die Wagendachkante und hob sich und seine Ketten mit einem federnden Schwung in das Gefährt. Mit wenig Hoffnung auf Bequemlichkeit kauerte er sich in eine dunkle Ecke. Hicks sperrte die Tür von außen zu und ließ seinen Knüppel gegen die Holzwände knallen.
»Gebt jetzt gut acht auf das Stück Dreck«, mahnte er alle. »Laßt Euch nicht scheel ansehen von dem Teufelsbraten, mich kümmert's nicht,

wenn er eine Beule oder zwei mit heimbringt. Also aufgepaßt, daß nichts passiert!«
Mit einem plötzlichen Ruck begann das schwere Fahrzeug seine rumpelnde Fahrt. Es war fast Mittag. Ruark hatte keine Ahnung, wie lange die Fahrt dauern würde noch wohin sie ging. Im engen Ausschnitt des hohen Fensters huschten Fetzen bleigrauen Himmels und naßkalter Dächer vorbei. Jenseits der letzten Vororte Londons wurden die Pferde, wie es schien, zu schnellerem Schritt gezwungen. Durch die Gitterstäbe sah Ruark strohgedeckte Bauernhäuser in der Ferne und Äcker, von niedrigen Hecken und Mäuerchen begrenzt, auf denen noch ein Rest der letzten Ernte stand. An Dörfern und Herrensitzen vorbei zog sich der schmutzige, kurvenreiche Weg, doch nirgendwo war eine Menschenseele sichtbar, denn der Regen vertrieb alle von Feld und Straße. Nur ein paar grunzende Schweine, die hier und da vom Wegrand flüchteten, und ein paar müde in den Koppeln grasende Pferde nahmen von dem holpernd dahineilenden Wagen Kenntnis.
Irgendwann später bog der Wagen schleudernd in einen Waldweg ein, verfehlte nur um Haaresbreite Bäume links und rechts. Die wilde Fahrt rüttelte Ruark fast aus seiner Ecke. Er atmete auf, als das Gespann endlich schnaufend neben einem grünen Weiher anhielt.
»Hier, Freunde, sieht uns niemand«, dröhnte die Stimme des Kutschers. »Helft dem Kerl heraus.«
Die beiden bulligen Kerkerknechte sprangen vom Wagen, Pitney kletterte auf der anderen Seite herab, dann zogen sie Ruark an den Ketten ins Freie. Ruark fand sich zwischen den beiden Knechten eingeklemmt – und stöhnte vor Schmerz, als sie ihm die Ellbogen in die hageren Rippen stießen. Dann schlitterte er, von einem herzhaften Stoß getrieben, in den glitschigen Sumpfboden, der den Weiher umgab. Die beiden Knechte grölten vor Schadenfreude und schlugen sich gut gelaunt auf den Rücken.
»Erhebt Euch, Euer Lordschaft«, höhnte der größere und trat nach ihm. »Die Lady erwartet Euch schon.«
Zornesblitze loderten aus Ruarks lehmverschmierten Bernsteinaugen, fauchend kam er wieder auf die Füße, griff seine Ketten mit beiden Händen und schwang sie drohend gegen seine Peiniger. Der kleinere stolperte erschreckt rückwärts und griff nach der Pistole in seinem Gürtel.
»Hör zu, Freundchen«, schrie Ruark, »den Strick hab' ich schon um den Hals, und nehm' ich den einen oder anderen von Euch mit, wird man mich deswegen nicht viel länger hängen. Zieh nur deine Pistole, aber ich möcht' in deiner Haut nicht stecken, wenn Mister Hicks erklärt haben will, warum er sein fettes Schmiergeld nicht kriegt. Macht Euren Spaß mit wem Ihr wollt, doch legt Ihr jemals wieder Hand an mich, schlag'

ich Euch diese Ketten um die Ohren, und dann sollen die Hunde den letzten beißen.«
Die beiden, die schlichten Gemütes waren, betrachteten ihren Gefangenen nun voller Respekt. In ihren Augen war er jetzt ein Spielverderber, mit dem nicht gut Kirschen essen war, trotzdem behielt Craddock seine Pistole im Anschlag, als Ruark sich nun auf festeren Boden begab.
Mister Pitney hatte sich, gegen den Wagen gelehnt, von dem Schauspiel nichts entgehen lassen. Nun lachte er still vor sich hin: dies schien ein Mann zu sein, der Shanna Traherns Eigensinn gewachsen war; anzusehen, wie Shanna mit diesem Burschen fertig wurde, würde gewiß ein Vergnügen sein. Und gewiß auch mehr Vergnügen als das, was eben geschehen war. Pitney sah's nicht gern, wenn man einen Mann in Fesseln schikanierte.
Pitney angelte den Schlüssel aus der Westentasche und ging auf Ruark zu. Als er dicht hinter Craddock war, schien er zu stolpern – dann prallte eine harte Schulter gegen Craddocks Rücken. Der Kerkerknecht schrie auf, torkelte vornüber und ruderte mit seinen Händen, um das Gleichgewicht zu halten, als schon der Sumpf an seinen Füßen saugte. Knurrend stürzte er gegen Hadley – und schon lag er mit seinem Kameraden im schlammigen Weiher. Pitney sah es sich bedächtig an, wie sie sich prustend wieder auf die Füße rappelten.
»Meiner Treu! Jetzt sieht von Euch dreien einer wie der andere aus. Wer ist denn nun ... Doch ja, der mit den Ketten ist mein Mann.« Die Kerkerknechte nahmen ihm seine gute Laune übel, aber er wies aufs Wasser. »Nun habt Ihr auch noch Mister Hicks' Pistole verloren.«
John Craddock fiel auf die Knie und hob an, im Schlamm zu suchen, Pitney ging derweil auf Ruark zu.
»Weiter unten an der Straße liegt eine Herberge. Da könnt Ihr Euch waschen und für die Trauung herrichten. Bei den beiden Burschen wird's wohl noch eine Weile dauern, bis sie wieder trocken sind. Aber merkt Euch, kein Wort über meine Herrin, ist das klar?«
Ruark wischte sich den Schlamm von seinem bärtigen Kinn und blickte Pitney an. »Schon recht.«
»Dann nehm' ich Euch jetzt die Eisen ab. Und nun gleich vorwärts, marsch. Der Tag geht zur Neige, und meine Herrin wartet.«

Ungesehen betraten sie die Herberge über die Hintertreppe. In einer kleinen Kammer unter den Dachsparren breiteten sie ihre Mäntel vor dem Kaminfeuer zum Trocknen aus. Die beiden Wärter bezogen derweil widerwillig vor der Türe Posten. Pitney wies auf einen Bottich in der Ecke.
»Das Zimmermädchen bringt Euch Wasser fürs Bad. Und da drüben fin-

det Ihr auch einen Spiegel, da könnt Ihr Euer Bräutigamsgesicht betrachten.« Er breitete den Inhalt eines Lederkoffers vor Ruark aus. »Die Herrin schickt Euch passende Bekleidung und läßt ausrichten, Euch anständig anzuziehen, so daß Ihr ihr keine Schande macht.«
Ruark blickte den Grobian schräg an und lachte. »Für eine Bittstellerin stellt sie nicht wenig Ansprüche.«
Pitney tat, als habe er nichts gehört. Er zog eine Uhr aus der Westentasche. »Noch zwei Stunden. Keine Zeit zu verschwenden.« Dann, während er die Uhr wieder verstaute, tat er etwas, was man selten bei ihm sah: er lächelte. »Falls Ihr Euch überlegt, was ich mir an Eurer Stelle ebenfalls überlegte – es gibt hier zwei Wege ins Freie. Der eine drüben durch die Tür, vor der die beiden braven Burschen stehen, die nur darauf warten, Euch zu erwischen. Der zweite hier durchs Fenster.« Er winkte Ruark heran und stieß die Läden auf. Drei Stockwerke unter ihnen lag ein Haufen kantiger Felssteine. »Ich brauch' nur meine Pistole abzufeuern und der dritte Kerkerknecht bringt, so geschwind er kann, den Wagen her.«
Ruark zuckte mit den Achseln, als Pitney vor dem kalten Nieselregen die Läden wieder schloß und sich zu einem wärmeren Platz vor dem Kamin begab.
»Für welchen Fluchtweg Ihr Euch auch entscheidet – zuerst müßt Ihr an mir vorbei.« Pitney öffnete seinen schweren Umhang und ließ zwei übergroße Kavalleriepistolen sehen, die in seinem Gürtel steckten. Ruark versicherte ihm in aller Ehrlichkeit, nichts läge ihm ferner als ein Fluchtgedanke.
»Dann«, sagte Pitney, »sind wir ja einig.«
Die Herbergsmagd war ein dralles Frauenzimmer, nicht ganz dumm und recht hübsch, doch scheute sie sich offenbar, sich allzusehr dem geheimnisvollen, unratstrotzenden Gast zu nähern. Da sie alles bereits vorbereitet hatte, stand ihr das Zögern jetzt schlecht an:
»Gleich scher' ich Euch den Bart, mein Herr. Doch seh' ich grad', wie stumpf mein Messer ist, ich muß erst noch den Riemen holen.«
Ihr Blick ging über Ruarks schmutzbedecktes Lumpenzeug und blieb schließlich an seinem schlammverkrusteten Bartgestrüpp hängen. Ihre Sommersprossennase rümpfte sich bei dem Geruch, der seit dem Sturz in den Weiher an ihm haftete. Mit blankem Abscheu im Gesicht entfernte sie sich schnell.
»Die Maid hegt, wie mir scheint, so ihre Zweifel, ob ich menschlich bin«, bemerkte Ruark trocken.
Pitney lag auf dem Bett und schlürfte braunes Bier aus einem Krug. Er grunzte: »Macht Euch nichts draus. Ihr bleibt eh' nicht lang genug, um's mit ihr zu probieren.«

»War auch nicht meine Absicht«, grinste er. »Vergeßt nicht, 's ist mein Hochzeitstag.«
Pitney brummte finster, als er sich erhob und zum Fenster ging, um in den grauen Tag hinauszuschauen. »Auch daraus würde ich mir nicht allzuviel machen.« Er streckte seine Arme aus und ließ die Finger knacken, dann lächelte er Ruark an, wenn auch mit wenig Frohsinn in den Augen. »Ich bin hier, um dafür zu sorgen, daß die Wünsche meiner Herrin ausgeführt werden, ob ich's gutheiße oder nicht. Mein Augenmerk liegt stets auf ihrem Wohlbefinden, worüber ich mir allerdings mein eigenes Urteil vorbehalte. Sollt' ich also an Eurer guten Absicht gegenüber meiner Herrin zweifeln müssen, werdet Ihr mit mir nicht gut Kirschen essen haben.«
Ruark wog sorgsam seine Antwort ab. »Ich weiß wenig von der Untat, die der Richter mir zur Last gelegt hat. Ich erinnere mich nur, daß ich in jener Unglücksnacht in jener Schenke ein Mädchen auf seine Kammer begleitete. Und mit Gewißheit kann ich auch beschwören, daß es nicht mein Kind war, das sie unterm Herzen trug. Ich war kaum erst zwei Wochen hier im Land, und die meiste Zeit davon sogar in Schottland. Wenn ich also überhaupt ihr Lager teilte, dann in jener Nacht, die auch ihre letzte war. Doch nicht einmal mehr daran kann ich mich erinnern. Am nächsten Morgen dann – der Schankwirt kam, um seine Magd zur Arbeit aufzuwecken – fand er mich in ihrer Kammer – schlafend. Ihr seht also, mein Freund, ich kann weder leugnen, sie im Bett gehabt noch sie umgebracht zu haben, denn sie war tot, erschlagen, blutüberströmt, und neben ihr lag, friedlich schlafend, ich in ihrem Bett. Doch ich kann – und ich tu's auch – bestreiten, daß ihr Kind das meinige war.«
Unter Pitneys scharf prüfenden Blicken entledigte sich Ruark seines Hemds und seiner Weste, die längst zu nichts nütze waren, legte sich ein Handtuch um die Schultern und wartete, im Sessel sitzend, Pitneys Worte überdenkend, die Rückkehr der Dienstmagd ab. Es war schon möglich, daß Lady Shanna ihrem Leibdiener nichts von dem Handel anvertraut, den sie mit ihm, Ruark Beauchamp, beschlossen hatte – doch ob sie Betrug im Schilde führte oder nur Vorsicht hatte walten lassen, vermochte Ruark nicht zu erraten. So oder so – Pitney hatte sich unmißverständlich klar geäußert – Unheil drohte ihm in jedem Fall.
Die Magd erschien, und Ruark begab sich in ihre groben Hände, die nun mit heißen Tüchern den Dreck aus seinem Bart zu klauben suchten. Wenn schon das Mädchen ihn abscheulich fand, bemerkte er bei sich, dann hatte die Lady in ihm ganz gewiß ein Untier sehen müssen, und hatte sie sich trotzdem auf den Handel eingelassen, so bewies das nur ihre schier ausweglose Bedrängnis.

Nichtsdestotrotz, mochte auch die Magd in ihrer Eile, den unheimlichen Kunden loszuwerden, wenig Zartgefühl in ihre Arbeit legen – für Ruark war es ein vergnügliches Zwischenspiel, wie es ihm nur allzu selten in der letzten Zeit vergönnt gewesen. Aber mit dem letzten Messerstreich, als das Mädchen endlich das von Dreck und Bart befreite Angesicht betrachtete, rutschten ihr die Finger aus; ein kleiner Schnitt auf Ruarks Wange fing zu bluten an.
»Mein Gott, Herr!« schrie sie auf, ob wegen ihrer Ungeschicklichkeit oder wegen des Mannsbilds, das sie jetzt mit anderen Augen sah, war zunächst nicht auszumachen. Dann rötete sich ihr Gesicht unter Ruarks amüsiertem Blick. Auch Pitney merkte nunmehr auf; denn flatterig, wie sie mit einem Schlag geworden war, hatte sie das Wasserbecken umgestoßen und den Inhalt auf Ruarks Schoß vergossen.
»Ihr scheint das Kindchen zu verwirren«, meinte Pitney, »sie fiept ja wie ein grad flügger Vogel.«
Die Maid nahm flink das Tuch von Ruarks Schultern und fing an, die Nässe in seinem Schoß aufzutupfen. Ruark griff nach ihrer Hand und schob sie von sich fort.
»Laßt nur«, grinste er spitzbübisch, »das mach' ich lieber selbst.«
Das Mädchen klaubte verwirrt Klinge und Riemen zusammen, konnte aber ihren Blick nicht von Ruarks breiter, hagerer, muskulöser Brust wenden.
»Schneid ihm die Haare, Mädchen, aber vergiß nicht schon wieder Blut«, sagte Pitney und zuckte mit den Achseln, als Ruark ihn wütend ansah.
Das Mädchen grinste fröhlich und versuchte einen Knicks. »Sehr wohl, Sir, mit Vergnügen.«
Pitney schüttelte nur den Kopf und brummte vor sich hin, dann wandte er seinen Rücken wieder dem Kaminfeuer zu und seine Aufmerksamkeit dem Krug.
Mit neuem Eifer machte sich die Magd nun über Ruarks Haare her, gab sich redlich Mühe, den Wildwuchs zu ansehnlichem Schmuck zu trimmen, hielt ihm auch immer wieder einen Spiegel vor, den sie – mit durchaus erstaunlichem Erfolg – zwischen ihren Brüsten eingeklemmt stehen hatte. Doch je weniger sich Ruark um sie scherte, um so ausgelassener betrug sie sich, und als er ihr schließlich bedeutete, daß er ohne ihren Beistand ins Bad zu steigen wünsche, packte sie unwillig ihr Werkzeug in die Schürze und ging davon.
Flink schälte Ruark sich die stinkigen Kniehosen vom Leib und ließ sich, genüßlich seufzend, im Badezuber nieder, schrubbte sich mit strenger Seife, um endlich allen Schmutz und alles Ungeziefer seines Kerkers loszuwerden. Er hatte es auf einmal eilig. Als er endlich die neuen Knieho-

sen und Kniestrümpfe anlegte, staunte er nicht wenig, daß sie ihm wie angegossen paßten. Kein Zweifel, Shanna hatte ihn doch genauer ins Auge gefaßt, als ihm bewußt geworden war, dachte er spitzbübisch grinsend.
Den parfümierten Puder, für den Shanna ebenfalls gesorgt, ließ er beiseite, doch frisierte er vor dem Spiegel sein Haar mit Sorgfalt zu einem dichten Zopf im Nacken und bürstete es glatt. Wohlgefällig sein Ebenbild im Spiegel grüßend, legte er das cremefarbene Hemd mit Spitzenrüschen an Hemdbrust und Manschetten an, schlüpfte in die Seidenweste – passend zu den Hosen – und schließlich in den braunen Überrock, dessen Samt vorn und an den breiten Manschetten kunstvoll mit Goldfäden durchwirkt war. Feinster Filigran schmückte die goldenen Schnallen auf den hochgezogenen Schnäbeln seiner Schuhe, goldbestickt war auch der samtene Dreispitz, der seine Ausstattung komplettierte. Alles in allem, dachte Ruark, als er sich vor dem bodenlangen Spiegel drehte, hatte Shanna nicht gespart, um ihn als Mann von Rang auszustaffieren. Ruark sah im Spiegel auch, daß Pitney die Verwandlung des ihm Anvertrauten mit einem trüben Lächeln registrierte.
»Die Lady wird sich nicht schlecht wundern«, sagte er, leerte den Krug auf einen Zug und zog die Uhr. »Zeit, sich auf den Weg zu machen.«
Wenig später erreichten sie eine Landkirche, die mit ihren Efeuranken im Sommer gewiß ein schmuckes Bild bot, doch nun, in der spröden Kühle der Vorwinterzeit, klammerten sich die Ranken an die grauen Steine seiner Mauern. Der Nieselregen hatte aufgehört, durch die aufgerissene Wolkendecke brachen ein paar Strahlen goldenen Sonnenlichts und zauberten ein wechselhaftes Farbenspiel auf blitzblanken Pfarrhausfensterscheiben.
Ein Sonnenstrahl, der durch ein Erkerfenster fiel, badete Shanna in seinem Glanz. Sie blickte auf die sich in sanften Wellen dahinstreckenden Felder hinaus, auf ihrem Antlitz lag das Lächeln einer Frau, die stets darauf vertraut, die Ziele ihres Lebens zu erreichen. Sie war schon früh im Pfarrhaus eingetroffen. Pfarrer Jacobs und seine Frau hatten sie warmherzig willkommen geheißen; so hatte sie die Wartezeit ertragen können, während Pitney mit der Kutsche weiterfuhr, um Ruark Beauchamp abzuholen.
Die mütterlich-mollige Pfarrersfrau saß neben ihr und trank, den Blick auf Shanna gerichtet, ihren Tee. Feine Leute bekam das stille Dorf nicht oft zu sehen, das schlichte Pfarrhaus noch viel weniger, und so reiche Kleider, wie Shanna trug, waren dieser braven Frau im ganzen Leben noch nicht vor die Augen gekommen. Lässig, als wollte sie ihn dort vergessen, hatte Shanna ihren mit weichem Fuchs verschwenderisch besäumten malvenfarbenen Mantel aus Seiden-Moiré über die Armlehne

eines Sessels geworfen. Herrlich war Shanna anzuschauen, mit wilden goldenen Strähnen im hellbraunen Haar, die so zu komponieren selbst der begnadeten Hand des Hoffriseurs wohl nicht vergönnt gewesen wäre. Und da Neid keinen Platz in ihrer frommen Seele hatte, saß die Pfarrersfrau in Ehrfurcht starr vor diesem schönen Mädchen. Und ihr romantisches Gemüt zeichnete auch gleich das Porträt des Bräutigams dazu, der kaum anders als galant und hübsch sein konnte.
Shanna beugte sich vor, um besser aus dem Fenster schauen zu können, und die Pfarrersfrau trat gleich an ihre Seite.
»Was ist, mein Kind?« erkundigte sie sich teilnahmsvoll. »Kommen sie jetzt endlich?«
Der blauäugige Blick der Pfarrersfrau suchte die ferne Straße ab, und wie erwartet erschien jetzt auf den Hügeln eine Kutsche.
Shanna, die der lieben Frau soeben noch gewisse Dinge, die ihr auf den Lippen brannten, anvertrauen wollte, überlegte sich's nun anders und blieb stumm. Würden, wenn sie nach Entschuldigungen suchte, die Mängel ihres Bräutigams nicht noch viel deutlicher ins Auge fallen? Nein, besser war's, die gute Frau im Glauben zu lassen, daß Liebe blind macht. Shanna ordnete ihr Haar und wappnete ihr Gemüt, dem Unhold aus dem Kerker zu begegnen.
»Ach, wie Ihr strahlt, mein Kind!« freute Missis Jacobs sich, und mit rauhem schottischen Zungenschlag rollte das »r« in ihren Worten. »Doch sorgt Euch nicht. Geht Euren Bräutigam begrüßen. Ich bringe Euch den Mantel nach.«
Artig erhob sich Shanna; sie war dankbar, daß sie Ruark Beauchamp nicht in der Gegenwart des Pfarrers und seiner Frau begrüßen mußte, wenngleich sie auch die stille Hoffnung hegte, daß Ruarks Äußeres sich in der Zwischenzeit gebessert haben könnte. Doch auf dem Weg fielen ihr schon wieder tausend Sorgengründe ein, und sie schimpfte – ihres Vaters Lieblingsflüche wiederholend – still vor sich hin. »Ein blöder Trampel aus den Kolonien! Gott geb', er hat wenigstens gewußt, wie herum ein Gentleman sich seine Hosen anzieht!«
Die Apfelschimmel warfen ihre feinen, edlen Köpfe und hielten wiehernd vor der Kirche an. Pitney steckte sorgsam seine Pistole in den Gürtel, Mister Craddock sprang vom Kutschbock auf den Rasen und öffnete elegant, als sei er ausschließlich Umgang mit Nobelvolk gewohnt, die Wagentüren. Unter Pitneys warnendem Blick trat Ruark Beauchamp nun aus dem Gefährt und hielt, sehnsuchtsvoll über die Felder schauend, auf den Trittbrettern inne. Er hatte große Lust, einfach so durchs Land dahinzulaufen, doch er wußte nur zu gut: Viel weiter als bis zur nächsten Feldsteinmauer würde er niemals gelangen. Allerdings – Pitney war zwar stark, doch seine Größe mußte ihn in der Beweglichkeit behindern,

Craddock und Hadley schienen weder im Verstand noch in den Beinen allzuschnell zu sein, und selbst nach seiner langen Kerkerhaft war Ruark überzeugt, der Flinkere zu bleiben, vorausgesetzt, daß Pitneys Pistole und das Blei darin nicht noch geschwinder waren. Doch andererseits war da der Handel, den er mit der Lady abgeschlossen hatte – und der fesselte ihn jetzt, das mußte er sich eingestehen, stärker als die Angst vorm Tod. Gemächlich wollte er zur Treppe vor der Kirche schlendern – doch fand er sich gar schnell von seinen Wächtern eng umringt. So blieb er auf der ersten Stufe stehen und sah der Reihe nach die Männer an, die ihm auf Armeslänge nahe standen. Ein schwaches Lächeln kräuselte ihm den Mund.
»Ach, meine Herren, ich sehe wohl, Ihr werdet ohne zögern, sollte ich zu fliehen wagen, nach den Waffen greifen, die Ihr so auffällig zu verbergen sucht. Doch mute ich Euch sicherlich nicht Pflichtvergessenheit zu, wenn ich ernstlich bitte, den gebotenen Abstand zu bewahren, wie es Domestiken ziemt. Wir wollen doch, um der Lady willen, den guten Anschein wahren. Oder seid Ihr anderer Meinung, Mister Pitney?«
Pitney nickte. Die beiden Kerkerknechte machten kehrt, doch behielten sie, an die Kutsche gelehnt, ihren Gefangenen scharf im Auge. Immerhin hatten sie inzwischen begriffen, daß sie nur, wenn alles glatt verlief, mit großzügiger Entlohnung rechnen konnten.
»Und nun, Pitney?« fragte Ruark. »Treten wir ein oder warten wir hier auf meine Braut?«
Pitney setzte sich auf die Stufe. »Sie wird kommen, wann sie es für richtig hält. Sie hat den Wagen gehört.«
Ruark stieg die Treppe bis unters Vordach hoch und wartete dort. Als er sich eben überlegte, worüber er mit seinem wortkargen Gefährten reden könnte, öffnete sich knarrend die Tür und Shanna trat hervor. Ruark hielt den Atem an: Im hellen Tageslicht erwies sich Shanna noch ungleich schöner als in seinen phantasievollsten Träumen. In ihrem malvenfarbenen Kleid schien sie ihm fast zerbrechlich, nichts erinnerte mehr an das raffinierte Weibsstück, das kalt berechnend in einen Kerker hinabgestiegen war, um sich einen Ehemann zu kaufen. Stumm starrte Ruark das Mädchen an.
Shanna würdigte den Fremden, der am Wegrand stand, nicht des geringsten Blickes, hielt auch nicht an, um ihm für seinen Gruß zu danken, als er höflich den Dreispitz vom Haupt nahm. Shanna raffte ihre weiten Röcke und eilte die Stufen hinab.
Ruark lehnte sich gegen die Mauer zurück und lächelte, während er mit seinem Blick den schmalen Rücken Shannas streichelte.
Shanna stolperte fast, als sie auf den unteren Stufen ihren Schritt verhielt. Pitney starrte ihr erstaunt entgegen. Nun erst drehte sie sich um,

und ihre meergrünen Augen, vor Fassungslosigkeit und plötzlichem Begreifen weit geöffnet, saugten sich an Ruark fest. Der stand da und lächelte. Sie sah den schweren Mantel, den sie selbst gekauft – er hatte ihn sich lässig über seine Schultern geworfen –, sie erkannte auch die Farbe: ein dunkles Braun. Eine Farbe, die, so hatte sie beim Kauf gedacht, leicht eine Vielzahl körperlicher Mängel decken konnte und diesem Mann aus den Kolonien sogar einen Anstrich von Vornehmheit verleihen mochte. Nun wirkte er damit – sie formulierte es behutsam – weit angenehmer als sie zu hoffen gewagt.
Und wie er aussah, Gott im Himmel, eine Unverschämtheit war's, so hübsch zu sein; herrlich dunkle Augenbrauen, fein gebogen; eine gerade, schmale Nase, ein fester, doch gleichzeitig auch sinnlicher Mund. Das hagere Kinn und seine Backenknochen verrieten Kraft und Stärke. Und – und dann tauchte Shannas Blick in seine Augen, und der letzte Zweifel schwand: unter schwarzen Wimpern brannten dunkle Bernsteinaugen, sprühten goldene Funken.
»Ruark?« brach es aus ihr hervor.
»Der Nämliche, mein Herz.« Und abermals schwenkte er den Dreispitz vor der Brust, in einer Geste übertriebener Höflichkeit. »Ruark Beauchamp, zu Euren Diensten.«
»Ach, gebt Pitney das verdammte Ding«, fauchte sie. Sie spürte deutlich seinen Spott.
»Ihr Wunsch ist mir Befehl, meine Liebe«, lachte er und ließ den Hut zu Pitney segeln, der ihn fast zerdrückte, als er ihn vor der Brust auffing. Er gab ihn an Craddock weiter.
»Tragt ihn zum Wagen«, befahl Pitney. »Und haltet Euch geziemend fern.«
Shanna hatte die Hände in die Hüften gestemmt und trat verärgert von einem Fuß auf den anderen. Was sie eigentlich ärgerte, war ihr nicht ganz klar, doch auf jeden Fall war dieser Mann mehr, als sie sich einzuhandeln gedacht hatte. Irgendwie war's unerträglich, daß jemand, der immerhin zum Hängen verurteilt war, sich so unverschämt betrug. Der ist im Stande und spielt gar mit der Schlinge um den Hals noch einen großen Helden, dachte sie verdrossen.
»Nun, da Ihr hier seid, seh' ich keinen Anlaß, Zeit zu vergeuden«, sagte sie schnippisch und überlegte sich im stillen, wieviel Jahre er wohl zählen mochte. Kaum zehn mehr als sie selbst, schätzte sie. Im Kerker hatte sie ihm zwanzig mehr gegeben. »Ans Werk!«
»Ihr untertänigster Diener!« lächelte Ruark – und lachte laut, als er ihren Blick sah. Voll Ernst legte er dann eine Hand auf seine Rüschenweste und gestand, wenn auch mit feiner Ironie: »Madam, ich bin aufs Heiraten genauso wild wie Ihr!«

Und ob er's ist, höhnte sie in Gedanken. Solche Männer prahlen immer gern am Morgen mit der Dirne, die sie in der Nacht aufs Kreuz gelegt. Geiler Bock!
Die Tür des Pfarrhauses öffnete sich und darin erschien nun die brave Pfarrersfrau nebst ihrem langen, dünnen Mann. Frau Jacobs' Augen senkten sich heiter auf Ruark und zwinkerten ihm mit offenkundigem Ergötzen zu.
»Ach, meine Liebe, setzt Euch doch noch einen Augenblick mit Eurem hübschen jungen Mann zu uns ans Feuer«, drängte sie. »Ein Schlückchen Sherry gegen die Kälte wird uns allen vor der Trauung wohl bekommen.«
Shanna dachte sich im stillen, daß es ihr längst warm genug sei, doch dem netten alten Ehepaar zuliebe trat sie auf Ruark zu, legte wie von ungefähr die Hand auf seine Brust und lächelte lieb in sein Grinsen, das sie ihm am liebsten aus dem höhnischen Gesicht geprügelt hätte.
»Ach, Ruark, liebster Bräutigam, laß' mich dir den lieben Pfarrer Jacobs und seine Gattin vorstellen. Ich hab' dir doch von ihnen schon erzählt, nicht wahr? Sie sind so liebenswürdig . . .«
Das alberne Geschnatter klang ihr selber seltsam in den Ohren. Unter ihrer Hand spürte sie das langsam-stete Pochen seines Herzens – und fragte sich, warum nur jetzt ihr eigener Puls so raste.
Als Mann, der nie eine Chance ungenutzt verstreichen ließ, griff Ruark gern das Stichwort auf und legte seine Hand um ihre Taille und drückte sie sanft an sich, während er in ihre nicht besonders warmen Augen schaute. In Ruarks Augen freilich flackerte ein Feuer auf, dessen Lodern Shanna bis ins Innerste erhitzte.
»Ich will hoffen, daß der gute Pitney nicht vergessen hat, das Aufgebot zu bestellen«, flüsterte er ihr ins Ohr. »Sonst, muß ich fürchten, bin ich tot, noch eh' wir uns als Mann und Frau vereinigen.«
Wenn Ruark glaubte, schon einen Sieg errungen zu haben, als Shanna in seinem Arm zerschmolz und ihr Busen sich gegen seine Brust preßte, sah er sich grob eines Besseren belehrt. Shanna, die sich keine Herausforderung entgehen ließ, gebärdete sich jetzt wie ein Kätzchen in der Klemme. Unter den weiten Falten ihres Kleides trat sie Ruark höchst unsanft auf den Fuß. In Ruarks Gesicht zuckte es.
»Kein Grund zur Sorge, Liebster«, säuselte sie und stellte sich noch fester auf seinen Fuß. »Das Aufgebot ist längst bestellt. Doch seh' ich einen peinvollen Zug in deiner Miene? Ist dir nicht wohl, mein Schatz? Oder plagt dich deine Wunde wieder?« Ihre schmalen Finger begaben sich zwischen seinen Westenknöpfen auf die Suche. »Wie oft hab' ich dich nicht angefleht, mehr auf dich achtzugeben?«
Hinter seinen Brillengläsern riß Pfarrer Jacobs weit die Augen auf, da

offenbar die Lady sich nun anschickte, ihren Bräutigam zu entkleiden, und zwar – wie er vermuten mußte – nicht zum ersten Mal. Tiefe Röte zog über das Gesicht der Pfarrersfrau, die nun mit ihren Händen nichts mehr Rechtes anzufangen wußte und sie in Verzweiflung rang.
Ruark parierte die Attacke derweil auf seine Art, er bog ein Knie und hob im gleichen Augenblick den Fuß, auf dem Shanna stand, so daß sie schwankte und ihr Gleichgewicht verlor. Mit einem Aufschrei fiel sie gegen Ruark, warf einen Arm um seinen Hals und klammerte sich mit der anderen Hand an seinem Ärmel fest. Ruarks Arme schlossen sich jetzt fest um Shannas Taille; leise lachte er ihr ins Ohr, als er sie schließlich wieder auf ihre eigenen Füße stellte.
»Gemach, mein Liebes, so beherrsch dich doch. Wir sind ja bald zu Hause!« tadelte er seine Braut.
Hilfesuchend sah sie sich nach Pitney um, doch der kämpfte gerade jetzt mit einem Husten, der ihn zu ersticken drohte.
»Mir scheint, es ist wohl an der Zeit, daß wir die Trauung hinter uns bringen«, verkündete Pfarrer Jacobs mit viel Überzeugung in der Stimme und blickte mißbilligend durch seine Brille.
Mag sein, überlegte Ruark sich im stillen, daß Shanna das schönste Mädchen Englands ist, doch eins ist sicher: eine Hexe ist sie auch. Und laut gab er dem Pfarrer recht. »Nur zu, Hochwürden, waltet dieses Amtes, sonst vergeht weniger Zeit, als bis zur Taufe üblich ist.«
Shanna riß den schönen Mund weit auf, und die Mordlust, die in ihrem Herzen wütete, nahm beängstigende Formen an. Zu jeder anderen Zeit hätte sie dem Kerl eine Hand durchs Angesicht gezogen, doch im Augenblick fand sie sich Ruarks Schelmereien hilflos ausgeliefert. Als nun zum Überfluß auch noch ein vergnügtes Kichern aus Pitneys tiefer Kehle drang, bedachte sie den sonst so verläßlichen Begleiter mit solchem Zornesblick, daß dies eigentlich das Blut in seinen Adern hätte zum Kochen bringen müssen. Doch diesmal war Pitney gar zu sehr beschäftigt, die Beherrschung wiederzugewinnen.
Die Zeremonie ging schnell und schlicht vonstatten. Unübersehbar war Pfarrer Jacobs bemüht, so schnell wie möglich jedes Unrecht, dem das Paar sich bereits hingegeben haben mochte, vor Gott und Welt in Recht zu wandeln. Die zeremoniellen Fragen wurden, wie es sich geziemte, gestellt und bejaht; Ruarks tiefe, volle Stimme tönte fest und ohne Zögern, versprach, sein Weib zu lieben und zu ehren, bis daß der Tod sie beide schied. Als Shanna das Gelübde wiederholte, befiel sie fast erstickend ein düsteres Ahnen künftiger Verdammnis. Nur widerwillig richteten ihre Augen sich auf den kleinen goldenen Reif, der auf der Bibel lag, als nun der Pfarrer seinen Segen darüber sprach. Das Bild der Mutter trat vor ihren Blick, und wie demutsvoll sie ihrem Vater die Jahre ihres Lebens

hingegeben. Dagegen war diese Hochzeit eine Farce; und eine Sünde war es, vor einem gottgeweihten Altar eine Liebe zu beschwören, die es gar nicht gab. Eine Lüge war es, und die Verdammnis war ihr nun gewiß. Sosehr sie sich auch zu fassen mühte – Shannas Hände zitterten, als Ruark den Ring darüberstreifte.
»Kraft des mir verliehenen Amtes und im Namen Gottes, des Allmächtigen«, sprach der Pfarrer, »erkläre ich Euch hiermit zu Mann und Weib!«
Die Untat war begangen, die hochmütige Shanna im Ehestand. Nur von ferne hörte sie Pfarrer Jacobs sein Einverständnis für den Brautkuß geben. Doch die Wirklichkeit brach brüsk über sie herein, als Ruark sie nun in die Arme nahm und an sich zog, und die Spur des Gewissens, der Shanna auf einen kurzen Augenblick gefolgt war, verlor sich in der brutalen Wildnis der Notwendigkeiten. Kühl entfernte sie seine Hände von ihr, stellte sich auf die Zehen und gab ihrem Gemahl einen schwesterlichen Kuß auf die Wange.
Ruark trat einen Schritt zurück und runzelte die Stirn. Ein verlockend süßes Lächeln auf einem bezaubernden Gesicht war eigentlich ein winziger Bestandteil dessen, was er sich als leidenschaftliche Begleitung des Ja-Worts erhoffte; ihm stand der Sinn nach mehr als nur einem oberflächlichen Zeichen flüchtiger Dankbarkeit. Freilich hatte er längst bei sich beschlossen, daß seine Gattin, was die Liebe anbetraf, noch allerhand zu lernen hatte – blieb nur zu hoffen, daß die Stunden, die ihm noch vergönnt, reichten, um das Eis zu brechen.
»Kommt nun, meine Kinder!« drängte Pfarrer Jacobs mit erfrischter Heiterkeit. »Es sind noch Dokumente zu unterzeichnen. Auch fürchte ich binnen kurzem einen neuen Sturm. Hört Ihr schon den Regen?«
Shanna warf einen Blick durchs Fenster, ein neues Angstgefühl griff nach ihr. Draußen sammelten sich dunkle Wolken, wandelten die Abenddämmerung fast zur Nacht. Seit Kinderzeiten plagte sie die Angst vor Gewittern, und selbst jetzt, als Frau, kam sie noch nicht dagegen an. Ein fernes Donnergrollen ließ ihr Innerstes zusammenzucken. Wenn nur das Schlimmste noch auf sich warten ließ, bis alles abgeschlossen und besiegelt war!
Den Blick von den bereits regenbesprühten Fensterscheiben abgewendet, schickte sie sich an, dem Pfarrer in die Sakristei zu folgen, als eine feste Hand sich auf ihren Arm legte.
»Schau mir in die Augen«, flüsterte Ruark.
Selbstbewußt, als sei sie in der Tat sein Eigentum, ließ er seine Finger über ihre Wangen gleiten, und die goldenen Lichter seiner Augen versenkten sich, Gefahr nicht achtend, in die meergrünen Tiefen ihres Blicks.

»Shanna, meine Liebe, es würde mich arg betrüben, wenn ihr mich um diese Nacht mit Euch zu betrügen gedächtet.«
Shanna schüttelte den Kopf und streckte ihre hübsche Nase in die Luft.
»Ich zweifle sehr, ob diese braven Leutchen hier darauf eingerichtet sind, Gäste über Nacht zu beherbergen. Ich fürchte, Mister Beauchamp, Ihr müßt Eure Hitze aufs Eis legen, bis uns ein ungestörter Ort beschieden ist.«
»Wird uns denn Ungestörtheit beschieden sein?« beharrte er. »Oder werdet Ihr die Zeit vergeuden, bis mir nichts mehr übrigbleibt?«
»Ihr werdet doch wohl nicht von mir erwarten, Mister Beauchamp, daß ich nichts Eiligeres zu tun wüßte, als mit Euch ins nächste beste Bett zu fallen«, gab sie schnippisch zurück. »Euch mögen leichte Eroberungen Gewohnheit sein – ich für meinen Teil finde schon den Gedanken abscheulich.«
»Das mag wohl sein, Madam, doch der Handel, den wir abgeschlossen, sieht eine ganze Nacht in meinen Armen vor.«
»Es ist schamlos, wie Ihr meine Not ausnutzt«, versetzte sie. »Wäret Ihr ein Gentleman . . .«
Ruark lachte leise belustigt. »Und nutztet Ihr nicht meine aus? Sagt mir, meine Liebe, wer denn seinen Busen so entblößte, um sich eine verlorene Seele im Kerker gefügig zu machen? Sagt's mir, Madam, war's so oder nicht? Wer denn war nur diese Dirne, die sich den geilen Schelm zu Willen machte, wohl wissend, wie er im Elend des Verlieses nach dem Anblick eines Frauenzimmers schmachtete? Und wär's ihr in den Sinn gekommen, hätte sie wohl auch noch den armen Hund an eben diese zarte Brust genommen.«
Wie von der Tarantel gestochen sprang Shanna hoch, um ihn in wilder Empörung zu beschimpfen, doch vermochte sie kein Wort zu finden, das solcher Schurkerei entsprechend war.
Ruark setzte ihr einen Finger unters hübsche Kinn und hob es zärtlich hoch, auf daß ihr Mund sich schloß.
»Wollt Ihr's denn leugnen?« höhnte er.
Shannas Augen verengten sich zu katzenhaften Schlitzen. »Gemeines Bettelpack, das Ihr seid«, knirschte sie. »Als Frauenschänder gehört Ihr an den Galgen!«
»Mir scheint, das ist bereits beschlossen.«
Shanna schluckte. Sie hatte fast vergessen, daß er ein Mörder war. Das Herz flatterte ihr wild, als sie sich ihm zu entwinden suchte, doch hielt er sie mit festem Griff gefangen.
Ängstlich sah sie sich nach Pitney um, doch der stand bei den Kerkerknechten, im Gespräch vertieft, nur wenn sie eine Szene machte, konnte sie seine Aufmerksamkeit erregen.

»Es war Narrheit«, brachte sie ungelenk hervor, »sich auf den Handel einzulassen.«
Ruarks Gesicht war undurchdringlich, doch in seinen Augen blitzte irgend etwas drohend.
»Ach«, lächelte er breit. »Nun, da Ihr meinen Namen habt, erklärt Ihr das Geschäft für null und nichtig.«
Ruark ließ sie los, er hob seine Hand und rief über die leeren Kirchenbänke den Pfarrer an.
»Einen Augenblick, Hochwürden . . .«
Pfarrer Jacobs, der an seinem Pult die Trauungsurkunde schrieb, blickte auf. Auch Pitney drehte sich jetzt um.
»Hochwürden«, hob Ruark an. »Wie's scheint, will meine Gemahlin nun . . .«
Shanna rang nach Luft und unterbrach geschwind. »Nicht der Mühe wert, mein Liebling, ihn zu stören. Komm, laß uns die Sache noch bereden.«
Der Pfarrer beugte sich wieder über die Urkunden, aber Shanna griff nach Ruarks Arm und preßte ihn fest an ihren Busen.
»Ihr seid ein Schuft«, sagte sie mit Schmollmund.
Das Bernsteinfeuer in seinen Augen brannte heller, verbrannte sie fast mit seiner Glut. Die Muskeln seines Armes spannten sich gegen ihre Brust, er beugte sich vor, um sie auf die Wange zu küssen. Dann näherten sich seine Lippen ihrem Mund.
»Seid lieb, Shanna, mein Herz. Meine Tage sind gezählt, und schöne Tage sind kaum noch dabei. Wollen wir uns nicht wenigstens den Anschein von Verliebten geben, und sei es nur der guten Pfarrersfrau zuliebe? Versucht, ein wenig Wärme an den Tag zu legen.«
Shanna mußte sich Gewalt antun, um sich nicht loszureißen, als Ruarks Lippen versuchten, ihren Mund zu küssen. Doch ihr Leib verkrampfte sich wie von finsterem Verhängnis heimgesucht.
»Du mußt lernen, dich einfach gehenzulassen«, mahnte er. Sie spürte seinen Atem sanft auf ihren Lippen.
Sein Arm legte sich um ihre Taille. Sie straffte sich, doch zog er sie besitzergreifend an seine Seite. Nur zögernd nahm sie seine Aufmerksamkeiten hin, als er sie nun in die Sakristei führte.
Der Pfarrer stellte umständlich die Urkunden fertig und nahm die Eintragungen im Pfarregister vor. Die Pfarrersfrau ging hinaus, um Erfrischungen zu holen, und während sie so warteten, senkte sich Pitneys wie immer finsterer Blick auf den Mann aus den Kolonien, der, wie Pitney fand, sich seiner Braut mit weit mehr Eifer widmete, als ihrer Beziehung eigentlich entsprach. Da war ein Arm, der keck auf ihren Schultern ruhte, eine federleichte Berührung ihrer Hüften, ein nur scheinbar zu-

fälliges Dahinstreichen über ihren unbedeckten Arm – lange, schmale Finger, die behutsam zielbewußt Besitz ergriffen. Pitney konnte sich sehr wohl die Falle vorstellen, in die seine junge Herrin geraten war.
»Wir müssen uns sputen«, brummte er. »Ein Wetter türmt sich auf. Wir laufen Gefahr, hier festgehalten zu werden.«
Ruark lauschte auf den Wind, der um die Kirchenmauern pfiff. Regentropfen spritzten gegen die Fensterscheiben und rannen daran herab. Kerzen waren bereits angezündet, um die grauen Schatten aus dem Raum zu treiben. Abschätzend blickte Ruark zu Pitney hin. »Ich werd's Eurer Herrin sagen.«
»Halt deine Finger von Ihr, Bursche«, sagte Pitney. »Sie ist nichts für deinesgleichen.«
Ruark wog sorgsam seine Worte ab. »Ihr seid ein treuer Diener, Pitney. Vielleicht zu treu. Ich bin jetzt ihr Mann.«
»Nur auf dem Papier«, gab der Riese zurück, »und das bleibt so. Bis an Euer Ende.«
»Auf die Gefahr, daß Ihr mir das Ende vor der Zeit bereiten müßt?«
»Ich hab' Euch gewarnt, Bursche. Laßt sie in Frieden. Das ist ein braves Mädchen und nicht von der Art, die man in Schenken findet, wo Männer sich Zerstreuung suchen.«
Ruark verschränkte die Hände hinterm Rücken und sah Pitney in die Augen. »Es ist meine Frau, egal, was Ihr denkt«, sagte er ernst. »Ich will an einem Ort wie diesem keinen Streit anfangen, doch ich geb' Euch einen guten Rat. Habt Ihr die Absicht zu verhindern, daß ich Shanna meine Aufmerksamkeit zuteil werden lasse, dann zieht besser Eure Pistole gleich jetzt, damit wir's hinter uns bringen. Ich habe nichts mehr zu verlieren, aber Shanna ist mir jeden Kampf mit Euch wert.«
Und damit drehte er sich auf dem Absatz um und schritt zum Fenster, starrte aufs regendurchfegte Land hinaus und ließ Pitney mit gedankenschwerer Miene sitzen.
Auch Shanna betrachtete ihren neuen Gatten. Er hatte jene stille Wachsamkeit einer Wildkatze oder eines Wolfes, voller Kraft, die jederzeit hervorzubrechen drohte, wenn sie auch im Augenblick gebändigt schien. Auf ihren Reisen hatte sie einmal einen großen schwarzen Panther gesehen, daran erinnerte er sie jetzt, als er sich nach ihr umdrehte und sich kraftvoll-elastischen Schrittes auf sie zu bewegte, und selbst in ihrer Bedrängnis konnte sie nicht umhin, die edle Figur, die er in seinen kostbaren Kleidern machte, voller Bewunderung anzuschauen.
Dem Schneider hatte sie ihn als schlank und muskelstark, mit breiten Schultern, schmalen Hüften, enger Taille, ohne Bauch beschrieben, und befriedigt sah sie, daß das Resultat nun höchst vollkommen war. Ja, in der Tat, hätte der gute Schneidermeister die Nähte an den Hosen nur

um ein Jota enger eingefaßt, hätte man sie gewiß schon schamlos nennen müssen. So freilich saßen sie wie eine zweite Haut und . . .
Zutiefst erschrocken wurde Shanna sich bewußt, wohin ihr Blick gewandert war. Sie riß die Augen hoch – doch nur um festzustellen, daß Ruark sie mit zärtlicher Belustigung beobachtet hatte, was alles noch viel schlimmer machte. Er trat neben sie und flüsterte, so daß nur sie allein es hören konnte: »Die Neugier einer jungen Braut, nicht wahr?«
Verwirrung trieb das Blut ihr in die Wangen, doch als sie sich abzuwenden suchte, glitt seine Hand um ihre Taille, und sie zuckte leicht zusammen, als sie seine Brust sich gegen ihre Schultern pressen spürte.
Seine tiefe Stimme ließ sie bis ins tiefste Innere ihrer Seele erschaudern: »Es sieht ganz so aus, als würden wir an unserem Hochzeitstag noch tüchtig naß.«
Shannas Gedanken freilich waren in diesem Augenblick nicht bei dem Wetter draußen, sondern bei dem Sturm, der ihr Gemüt durchtobte. Ein weißglühender Pfeil des Zweifels hatte sich in ihr Selbstvertrauen gebohrt; plötzlich war sie nicht mehr sicher, ob sie einem Mann wie Ruark Beauchamp wirklich gewachsen war.

3

Die Urkunden waren ausgefertigt, die Zeugen hatten unterschrieben, nun war Ruark an der Reihe. Shanna hielt den Atem an: sie hatte versäumt, sich früh genug zu vergewissern, ob Ruark seinen Namen schreiben konnte.
Ihre Besorgnis erwies sich als müßig. Ruarks Unterschrift war schnell und wohlgeübt.
Als dann auch Shanna die Feder auf das Pergament setzte, fiel ihr eine Zeile in die Augen: »... und deinen Gatten sollst du lieben, ehren, ihm gehorchen.« Warnend schrie ihr Gewissen auf, doch würgte sie es brutal ab.
Kaum hatte sie den letzten Federstrich getan, zuckte ein Blitzstrahl auf und tauchte den Kirchenraum in ein gespenstisches Weiß. Wütend rollte der Donner hinterher, drohte Trommelfell und Fensterscheiben zu zerschmettern, ließ die Ziegel auf den Dächern tanzen.
Der Lüge eingedenk, die sie soeben unterschrieben hatte, starrte Shanna auf das Pergament, sprang auf und ließ die Feder fallen, als glühe sie plötzlich in ihrer Hand. Der Sturm kam nun von allen Seiten, Regenböen brachen auf die Kirche nieder, und wie eine Todesfee heulte der Wind durch das finstere Grau des sterbenden Tages.
Pfarrer Jacobs zog Shanna an seine Seite. »Ihr scheint besorgt und aufgeregt, mein Kind. Zweifel können auch ihr Gutes haben, doch eines möcht' ich Euch auf den Weg mitgeben. Nach allem, was ich heute sah, bin ich felsenfest der Überzeugung, daß Gottes Segen auf Euch ruht und Euer Glück auf immerdar ein Zeugnis für den Willen Gottes ablegt. Meine Gebete werden Euch stetig begleiten, meine Tochter, denn Euer Gatte scheint ein braver junger Mann zu sein und wird sich ohne Zweifel gut betragen.«
Pfarrer Jacobs' Worte waren freilich wenig dazu angetan, Shannas Seelenruhe wiederherzustellen. Fast fürchtete sie, daß ihr Gesicht verriet, wie aufgewühlt ihr Inneres war. Doch zum Glück ging er, ihre Herzensnot nicht beachtend, und schickte sich an, die inzwischen auch besiegelten Urkunden einzusammeln, deren Tinte endlich trocken war. Er faltete sie zusammen, knotete ein scharlachrotes Band darum und übergab sie Ruark.
»Ein letztes noch, bevor Ihr geht«, strahlte die Pfarrersfrau, ein Tablett

mit wohlgefüllten Gläsern in der Hand. »Ein Schlückchen Sherry, das Euch auf der Fahrt erwärmen wird.«
Wie betäubt griff Shanna nach dem Glas und führte es zitternd an die Lippen, doch hielt sie inne, als Ruark sie ansah und seinerseits sein Glas hob.
»Auf unsere Ehe, meine Liebe. Möge sie ewig währen und fruchtbar sein!«
Shanna blickte ihn über den Glasrand an. Was sie am meisten an ihm haßte, war dieser eingebildet-selbstzufriedene Ausdruck, den sein Antlitz allzuoft trug. Wie sie darauf brannte, ihn endlich an seinen Platz zu weisen!
Die Pfarrersfrau nebenan plauderte vergnügt mit Pitney, schwärmte von der Trauungszeremonie, als hätte Pfarrer Jacobs niemals eine schönere zelebriert; Pitney blickte derweil stumm über den Kopf der kleinen Frau hinweg auf das junge Paar. Und fragte sich, angesichts von Shannas fest zusammengebissenen Zähnen, was nun wohl noch passieren würde.
Ruark streckte einen Finger aus, hob sachte Shannas Glas an ihre Lippen und sagte mit viel Feuer in den Augen: »Trink, mein Herz, wir müssen weiter.«
Die Pfarrersfrau holte die Mäntel. Ruark legte seiner Frau den pelzgefütterten Umhang um, während er sich den seinigen achtlos über die Schultern warf. Dann führte er Shanna zur Tür; Pitney war bereits vorangegangen. Die letzten Abschiedsworte fielen, der Pfarrer wünschte noch ein weiteres Mal viel Glück und Segen, dann mußten sie sich ins Gewitter wagen.
Pitney rannte voraus, um den Kutschenschlag zu öffnen und die Trittbretter herauszuklappen. Die Kerkerknechte saßen bereits, unter dem peitschenden Regen zusammengekauert, auf dem Bock. Pitney winkte dem jungen Paar, doch als Ruark nun mit Shanna ins Freie trat, fegte ihnen ein heftiger Windstoß den grausam kalten Regen ins Gesicht. Atemlos klammerte sie sich an Ruark fest, und er suchte sie mit seinem Mantel zu schützen. Dann nahm er sie auf seine starken Arme und lief mit ihr, so schnell er konnte, zur Kutsche. Flink klappte Pitney hinter ihnen das Trittbrett hoch und warf sich auf die Sitzbank ihnen gegenüber.
»Da ist eine Schenke im Dorf«, schnaufte er. »Da können wir unser Nachtmahl einnehmen.«
»Unser Nachtmahl?« fragte Ruark.
»Gewiß doch«, nickte Pitney. »Es sei denn, Ihr wollt ohne Aufenthalt mit leerem Magen in den Kerker heim.«
Ruarks Blicke wanderten seitwärts zu Shanna hin, die sehr klein und still in ihrer Ecke saß. Die Kutsche holperte über die ausgewaschenen Spuren

der Dorfstraße dahin, Blitze zuckten und der Donner hallte von den Hügeln wider; bei jedem dröhnenden Gewitterknall zog Shanna die weiten Falten ihres Mantels erschreckt zusammen. Nur Pitney war sich ihrer Not bewußt.
»Kehrt Ihr heute noch nach London heim?« wandte Ruark sich an Pitney.
Zur Antwort bekam er ein Brummen: »Gewiß.«
Ruark wägte kurz die knappe Antwort ab, dann fragte er: »Warum bleibt Ihr nicht über Nacht in dieser Schenke? Bis London sind's noch gut drei Stunden.«
»Lang genug in solcher Nacht«, versetzte Shanna scharf.
Ruark lächelte ironisch in Shannas grüne Augen: »Wie's scheint, habt Ihr, seit Pfarrer Jacobs nicht mehr über Euch wacht, viel Mut zurückgewonnen.«
Und in der Tat überließ Shanna sich jetzt ihrem lange aufgestauten Zorn: »Hütet Eure Zunge, aufgeplusterter Hahn, der Ihr seid, sonst hetz' ich Euch Pitney auf den Hals!«
Pitney, freilich, zog sich den Dreispitz tiefer ins Gesicht und lehnte sich in den Polstern zurück, wie um ein Nickerchen zu machen. Offenbar war seine junge Herrin wieder in der Lage, die Dinge selbst in ihre Hand zu nehmen.
Ruark warf einen kurzen Blick auf seinen ungeschlachten Reisegefährten, dann ließ er seine Hand zu Shanna hinübergleiten. Sie schauderte und widersetzte sich, als er nach ihren im Schoß gefalteten Händen griff. Lächelnd zog er eine Hand mit Gewalt halbwegs an seinen Mund.
»Ihr seid eine schöne Blume, Madam, doch dieser Euer Dorn dort drüben«, er wies mit einem Blick auf Pitney, »juckt mich sehr. Ach, in der Tat, Madam, Ihr seid eine zarte Heckenrose, die mich lockt und darauf wartet, gepflückt zu werden, doch findet freilich eine Hand, die allzu sorglos nach Euch greift, nur eine Fülle spitzer Dornen.« Er lachte leise, was Shannas Widerwillen noch steigerte, dann drückte er seinen Mund auf einen Fleck ein wenig oberhalb der schlanken Mädchentaille. »Ein anderer indessen, der den Garten wohl zu pflegen weiß, muß keine Dornenstiche fürchten. Seine Hand greift nur behutsam nach der Blüte, bricht mit Zartgefühl den Stengel, der sie trägt, und die Blume ist für immer sein.«
Shanna entriß ihm ihre Hand. »Fangt Euch, Sir«, tadelte sie, »Euer Witz läßt nach.«
Shanna zog sich in ihre Ecke zurück. Ungewiß, was er als nächstes wohl im Schilde führte, richtete sie ihren Ärger aufs neue gegen das breite, spöttische Grinsen, das er ohne Unterlaß zur Schau trug, als machte er sich immerfort nur lustig über sie. Kannte er denn keinen Zorn? Hätte

er wenigstens einmal die Hand gehoben, sie zu schlagen – dann hätte endlich Pitney sie vor diesem mörderischen Schurken befreien können, dann würde er den Rest der Fahrt in Ketten bei den Kerkerknechten auf dem Bock verbringen müssen . . .
Ruark hatte sich zu ihr gebeugt, um frech ihr Antlitz zu betrachten, nun erschütterte ein Holpersprung die Kutsche, Ruark fiel fast über sie. Shanna kreischte bange auf und hob den Arm, um seinen Angriff abzuwehren. Doch Ruark stützte sich mit einer Hand auf ihren Schenkel, und seine langen Finger streiften sie, ob mit Absicht oder nicht, durch ihr seidenes Kleid hindurch an einer Stelle, die bislang noch nie ein Mann zu berühren gewagt.
»Hände weg!« schrie Shanna in bebender Entrüstung und stieß mit aller Kraft gegen seine breiten Schultern an. »Befingert Eure Dirnen im Kerker, wenn Ihr wollt!«
Pitney starrte unter seinem Dreispitz zu ihr herüber, als sie ihre Röcke wieder richtete.
»Wo ist nun endlich diese Schenke?« fragte sie böse. »Erreichen wir sie noch, bevor ich hier zu Tode gequält werde?«
»Beruhigt Euch, Mädel«, kicherte Pitney. »Wir erreichen sie schon noch zur Zeit.«
Die Fahrt zur Schenke dauerte nur wenige Minuten, doch Shanna schien es eine Ewigkeit. Selbst unter Pitneys aufmerksamem, wenn auch wenig strengem Blick empfand sie die Nähe – ja allein bereits die Gegenwart – ihres Gatten wie erstickend. Freilich wurde sie sich beängstigend immer mehr bewußt, wie gefährlich das falsche Spiel war, das sie trieb.
Endlich hielt die Kutsche vor der Schenke an. Das Wetter hatte sich noch verschlechtert. Das Wirtshausschild schaukelte wild im Sturm, die Bäume bogen sich hin und her. Die Kerkerknechte, auf dem Kutschbock voll dem Regen ausgesetzt, flüchteten schnell ins Haus und überließen es Pitney, sich um ihren Gefangenen zu kümmern.
Ruark zog sich beim Aussteigen den Mantel fest am Hals zusammen und rückte den Dreispitz tief in die Stirn. Als Shanna nun im Wagenschlag erschien, hob er sie auf seine Arme und trug sie – obwohl sie wütend gegen die Unverschämtheit protestierte – sicher durch die Pfützen unters Dach.
»Ihr nehmt viel auf Euch, Sir«, versetzte sie – und schlang gleich fest die Arme um seinen Nacken, als er tat, als wolle er sie fallen lassen.
Pitney war, wie stets, dicht hinter ihnen, und sein Riesenleib wehrte die schlimmste Sturmgewalt von ihnen ab, bis sie endlich den Eingang erreichten. Das trübe Flackern einer Laterne, die am Torpfosten hing, beleuchtete den wilden Widerwillen in Shannas Angesicht.

»Nie im Leben bin ich so mißhandelt worden!« tobte sie. »Setzt mich endlich ab!«
Gehorsam zog Ruark einen Arm unter ihren Knien fort, so daß sie auf der Stufe Fuß fassen konnte, doch mit dem anderen Arm hielt er sie weiterhin fest an seine Brust gepreßt. Wütend stieß sie sich von ihm ab – und entsetzt erkannte sie, daß ein Stück Spitze ihres Mieders sich mit einem Westenknopf verhakelt hatte.
»Jetzt schaut nur, was Ihr angerichtet habt!« jammerte sie.
Unmöglich, auch nur einen Schritt zurückzutreten! Breitbeinig stand er da, sie war an ihn gefesselt – und mußte zwischen seinen Beinen stehen, oder ihr Kleid zerriß. Sie spürte seine Schenkel fest und hart an ihren Schenkeln, fühlte sich erniedrigt und kompromittiert. Und daß er seinen Arm weiterhin locker um sie hielt, daß sein Gesicht sich zu dem ihrigen herunterneigte, daß sein warmer Atem ihr über die Wangen strich – all das half ihr wenig, Fassung zu gewinnen. Fiebrig suchte sie, das Spitzenwerk von dem verdammten Knopf zu lösen, doch ihre zitternden Hände richteten nur noch mehr Verwirrung an. Verzweifelt stieß sie einen Seufzer aus.
Ruark schob ihre Finger beiseite. »Laßt mich das machen«, lachte er.
Shannas Kehle war wie zugeschnürt und ihre Wangen glühten, als sich nun seine Fingerknöchel gegen ihre Brust preßten und scheinbar arglos über die Spitze rieben, immer unter dem Vorwand, den Knopf aus seinen Fesseln zu befreien. Keine Sekunde länger war das zu ertragen!
»Blöder Tolpatsch, hört endlich auf!« zeterte sie und, von wütender Ungeduld getrieben, stieß sie ihn hart von sich.
Ruark taumelte rückwärts, das Kleid zerriß und Shanna schrie entsetzt auf. Das Spitzenleibchen und die Seidenfutter hatten nachgegeben, ein Fetzen Spitze hing an Ruarks Knopf. Shanna starrte stumm erschüttert an sich herab, nur der dünne Batist ihres Hemdchens bedeckte jetzt noch unzulänglich ihren Busen, übermütig drückten sich die runden Brüste durch das hauchzarte Gewebe, und die weichen, runden Spitzen schienen gar ganz wild darauf, ins Freie durchzubrechen. Im Laternenschein, der golden auf der Satinhaut schimmerte, war's für Ruark ein höchst erregender Anblick, hatte ihm doch sein Zölibatenleben in der Kerkerzelle bisher wenig mehr Ergötzliches geboten als die Bilder seiner Phantasie. Sein Mund war plötzlich trocken, sein Atem rauh in der Kehle; wie ein Verhungerter mußte er auf die saftvoll reifen Köstlichkeiten vor ihm starren, und es bedurfte aller inneren Kraft, seinen Händen die Berührung zu verbieten.
»Hirnverbrannter Trottel!« tobte Shanna.
Auf ihren Aufschrei hin näherte sich Pitney, noch im Ungewissen über den Grund ihrer Bedrängnis.

»Nein!« keuchte Shanna und wandte ihm, das zerfetzte Mieder mit den Händen haltend, ihren Rücken zu.
Pitney zog sich ein paar Schritte zurück, um seiner Herrin Peinlichkeiten zu ersparen. Shanna steckte sich die Fetzen nun oben ins Hemd hinein, was freilich dieses tief nach unten zog, wodurch sich der Notbehelf als noch weit enthüllender erwies als der ursprüngliche Schaden. Für Ruark war's indessen eine neue Folter, und er erstickte fast an diesem Anblick. Seine Blicke brannten ihr auf der nackten Haut, gierig saugte er das Bild ihrer schwellenden Rundungen ein, als fürchte er, es jeden Augenblick aus seinen Augen zu verlieren. Angegafft hatten Männer Shanna schon oft, doch nie zuvor hatte sie das Gefühl gehabt, sie würde regelrecht verschlungen. Begierde flammte in Ruarks goldenen Augen auf, raubte ihr den Atem, und sie konnte nur noch – schon weit weniger boshaft – murmeln: »Wenn Euch nur ein wenig Anstand eigen wär', hättet Ihr Euch abgewendet!«
»Shanna, Liebling«, brachte er mit angestrengtem Ton hervor. »Ich habe nicht mehr lange zu leben. Wollt Ihr mir im Ernst den kleinsten Blick auf solche Schönheit verweigern?«
Seltsam, ihr Unmut war auf einmal wie verflogen. Verstohlen blickte sie ihn von der Seite an. Sein kühner Blick wühlte tief in ihrem Inneren Empfindungen auf, die sie keineswegs als unangenehm empfand. Nichtsdestotrotz hüllte sie sich nun tief in ihren Mantel.
Ein Augenblick des Schweigens stellte sich ein. Ruark rang mit seinen Empfindungen, schließlich fragte er: »Möchtet Ihr jetzt lieber zum Wagen zurück?«
»Der Tag hat mir wenig genug Erbauliches gebracht, leiblich oder seelisch, und die Schande raubt mir meine letzten inneren Reserven«, gab Shanna mit einem plötzlichen Anflug von Aufrichtigkeit zurück. »Warum soll ich also nicht den letzten Rest von Stolz genießen, der mir noch bleibt?«
In Ruarks Augen glitzerte teuflische Fröhlichkeit. »Seid gnädig mit mir, Shanna. Ihr seid das Licht und die Liebe meines Lebens.«
Shanna hob ihr hübsches Kinn. »Ha! Ein Unhold seid Ihr, und der Teufel weiß, wieviel Lichter und Lieben Ihr bereits gehabt, denn sicher bin ich nicht die erste und die einzige.«
Galant hielt Ruark ihr die Tür zur Schenke auf. »Ersteres will ich nicht leugnen, denn da kannte ich Euch noch nicht. Doch meine einzige Liebe seid Ihr sicherlich und bleibt es auch, solang ich lebe.« Sein Blick war ernst. »Nie würde ich von einer Gattin mehr verlangen, als ich selber geben kann. Ich versichere Euch, meine Liebe, kein Tag wird mehr verstreichen, an dem nicht mein Gedenken Euch gewidmet ist.«
Zwischen der zärtlichen Wärme seines Blicks und seinen unverblümten

Worten hin und her gerissen, fand Shanna keinerlei Erwiderung. Er war so ganz anders als alle anderen Männer, die sie bisher gekannt hatte. Nie verlor er seine gute Laune, wenn sie ihn zu verletzen, gar zu beleidigen versuchte. Im Gegenteil, er antwortete dann mit Komplimenten. Wo war die Grenze seiner Geduld?

In der Schenke wartete sie brav, bis er seinen regennassen Mantel und seinen Dreispitz abgelegt hatte – für den Augenblick spielte sie wieder folgsame Gattin. Mit einer leichten Hand auf ihrer Taille führte er sie zu einem Tisch, den Pitney ausgesucht hatte – in einer dunklen Ecke, ohne Fluchtmöglichkeit.

Hadley und Craddock hatten schon am großen Tisch mitten im Schankraum Platz genommen, sonst aber war das Wirtshaus leer; der Sturm hielt wohl die Stammkundschaft daheim fest. Ein Feuer knisterte fröhlich im Kamin, warf Schatten bis in die Dachbalken hinauf und bescherte den durchnäßten Gästen Wärme. Pitney setzte sich zu den beiden Kerkerknechten am Mitteltisch und zu einem großen Becher braunen Biers, nicht ohne vorher Ruark noch mit einem warnungsvollen Blick zu bedenken.

Ruark, höchst erleichtert, sich an einem Tisch im Winkel allein mit seiner frisch angetrauten Frau zu finden, sah nun auch dem Abendmahl mit gelassenem Humor entgegen. Saftiger Braten, Brot, Gemüse und ein schwerer Wein wurden dem jungen Paar aufgetischt. Shanna indessen stellte fest, daß ihr Appetit längst nicht so groß wie angekündigt war. Ruark saß zu nah an ihrer Seite. Nie war ihr ein Mann begegnet, der so beharrlich und zielstrebig war wie dieser, der unentwegt der ihrige zu sein behauptete. Auch jetzt, als er sich in seinem Stuhl nach hinten lehnte, um sie besser zu betrachten, erriet sie seine Gedanken ohne Mühe. Um seinen Fragen zu entgehen, stellte sie ihm selbst welche.

»Das Mädchen«, hob sie an, »dessen Todes Ihr beschuldigt seid – wer war sie? War es Eure Geliebte?«

Ruark zog die Augenbrauen hoch. »Shanna, meine Liebe, soll dies das Thema unseres Hochzeitsabends sein?«

»Ich bin neugierig«, beharrte sie. »Wollt Ihr's mir nicht sagen? Weshalb beginget Ihr die Tat? War sie Euch untreu? Trieb Euch Eifersucht zu jenem Mord?«

Ruark stützte seine Arme auf den Tisch, schüttelte den Kopf und lachte bitter. »Eifersucht? Auf eine Kammermagd, mit der ich kaum ein Wort gewechselt? Ach, liebe Shanna, ich wußte nicht einmal ihren Namen, und zweifellos hatte sie schon vor mir viele Männer. Ich saß nur so im Schankraum jener Herberge, in der sie arbeitete, und sie ließ irgendeinen anderen Mann sitzen, um an meinen Tisch zu kommen. Sie lud mich ein in ihre Kammer . . .«

»Einfach so? Ich meine, war zwischen Euch nicht mehr? Ihr hattet sie nie zuvor gesehen?«
Ruark starrte in sein Glas und schwenkte den Wein langsam von einer Seite zur anderen. »Sie sah das Geld in meinem Beutel, als ich für mein Mahl bezahlte. Das reichte schon, um aus uns Freunde werden zu lassen.«
Der bittere Klang in seiner Stimme hätte Shanna viel verraten können, wenn sie es nur verstanden hätte.
»Es tut Euch leid, daß Ihr sie umgebracht habt, nicht wahr?« bohrte Shanna weiter.
»Umgebracht?« Er lachte kurz. »Ich weiß ja nicht einmal, daß ich mit ihr in einem Bett gelegen, viel weniger noch, daß ich je Hand an sie gelegt, auf diese oder jene Weise. Sie nahm meinen Beutel und alles andere, mir blieb nichts als eben meine Hosen, um die Rotröcke zu empfangen, die mich am Morgen dann aus den Federn zerrten. Man schuldigte mich an, ich hätte sie erschlagen, weil sie ein Kind von mir unter dem Herzen getragen habe, doch Gott weiß, daß es nicht wahr ist. Es war schon deshalb gar nicht möglich, weil ich in Schottland war und an diesem Nachmittag erst, noch müde von der Reise, eine Kammer in eben diesem Wirtshaus mir genommen hatte. Und vorher war die Dirne mir nie unter die Augen gekommen. Doch ich wurde vor den Richter gebracht, Lord Harry, wie er sich nennt, und der gab mir nur einen kurzen Augenblick, um meine Sache zu verteidigen. Dann beschuldigte man mich der Lüge und warf mich in den Kerker, bis Lord Harry über meinen Fall entschieden habe. Mord, behauptete er, weil ich das Frauenzimmer nicht hätte ehelichen wollen. Ist es denn denkbar, daß – mit all den Bastarden auf der Welt – dergleichen möglich ist? Und wär's mir nicht ein leichtes Ding gewesen, aus dem Lande zu entfliehen? Oder gar, viel simpler noch, wenn in der Tat ich diesen Mord begangen, aus ihrer Kammer fortzuschleichen, ehe der Wirt am Morgen kam? Doch wie ein Trottel aus den Hinterwäldern soll ich in ihren Laken seelenruhig geschlummert haben, bis der helle Tag anbrach. Bei Gott, ich schwör's, ich hab' sie nicht getötet. Ich weiß es – ich war's nicht!«
Wütend kippte er den Wein in seinen Mund und schob den Teller fort.
»Doch wie kommt es, daß Ihr Euch nicht erinnert, was geschah?« fragte Shanna leise.
Ruark lehnte sich in seinem Stuhl zurück und hob die Schultern. »Ach, wie viele Gedanken habe ich nicht schon darauf verschwendet, und doch bin ich mir selbst noch immer nicht im klaren.«
Alle Schuldigen behaupten ihre Unschuld, dachte Shanna verächtlich. Wahrscheinlich sprach er nicht die Wahrheit; nur ein Verrückter konnte einen Mord vergessen; daß Ruark Beauchamp ein Verrückter war,

glaubte sie freilich nicht. Indessen hielt sie es für ratsam, das Thema nicht weiter zu verfolgen, wurde ihr doch bewußt, wie schwermütig es ihn machte. Sie ließ sich ihr Glas von ihm aufs neue mit Madeira füllen, und ein kleiner Schluck lockerte auch ihre Spannung; sie fand, im Grunde könnte sie sich zum Verlauf des Tages gratulieren, bis jetzt war alles so gegangen, wie sie es in ihren Plänen vorbedacht. Fast fühlte sie sich heiter.
»Und was ist mit dir, geliebte Shanna?« erkundigte er sich nun.
»Ach«, lachte sie nervös, »was möchtet Ihr denn gerne wissen?«
»Zum Beispiel, weshalb Ihr glaubtet, unbedingt mich ehelichen zu müssen, wo Ihr doch jeden Mann haben könnt, der Euch in den Sinn gerät.«
»Aber es ist mir niemand in den Sinn gekommen. Und mein Vater ist stur wie ein Stier. Er hat ja nicht einmal meine Mutter gefragt, ob er ihr als Mann genehm sei.«
Sie kicherte, als Ruark ihr einen zweifelnden Blick zuwarf und dann frech-verständig lachte.
»O nein, nicht, was Ihr jetzt denkt. Nein, er teilte meiner Mutter ohne Umschweife mit, er werde sie heiraten oder − falls sie sich weigere − sie kurzerhand entführen. Ich bin durchaus in geziemendem Abstand nach der Hochzeit auf die Welt gekommen.«
»Und Eure Mutter, was meinte sie dazu?«
»Ach, sie war überzeugt, daß die Sonne nur um Orlan Traherns Willen kreist. Sie liebte ihn von Herzen. Aber ein Schelm ist er dennoch stets geblieben. Mein Großvater wurde als Straßenräuber gehenkt.«
»Dann haben wir ja wenigstens etwas gemein«, merkte Ruark trocken an. Ein Augenblick des Schweigens zog vorüber. Dann sagte er wie nebenbei: »Habt Ihr die Absicht, Euren Teil des Handels einzuhalten?«
Shanna, von der unvermittelten Frage, die sie hatte vermeiden wollen, überrascht, suchte nach einer Antwort. »Ich . . .«, hob sie an, »ich . . .«
Ruark legte einen Arm auf ihre Stuhllehne, den anderen auf den Tisch und beugte sich zu ihr, küßte zärtlich ihr Ohr und flüsterte: »Könntet Ihr nicht, nur für diese eine Nacht, so tun, als läg' Euch was an mir?«
Sein warmer Atem machte ihr Gänsehaut, und ein seltsames Erregtsein kitzelte in ihrem Busen. Der Wein tut seine Wirkung, dachte sie, denn ihre Sinne taumelten in trunkener Lust.
»Ist es so schwer, sich vorzustellen, daß wir frisch getraute Liebende sind?« lockte Ruark, und sein Atem streichelte ihren Hals; um ihre Schultern legte sich sein Arm, und ihr Mund empfing nun seine feuchten, halbgeöffneten Lippen. Sie kämpfte, suchte sich zu befreien. Hatte sie denn so viel Wein getrunken, daß ihr nun so schwindlig war? Was geschah denn da mit ihr? Sie war doch weder eine Trinkerin noch ein Mädchen von leichter Tugend − sie war, Gott helf, doch eine Jungfrau!

Er preßte seine Lippen auf den verführerischen Winkel ihres Mundes. »Ich werde ganz behutsam zärtlich sein«, flüsterte er ihr zu, als könne er Gedanken lesen. »Laß mich dich halten, Shanna, und dich lieben, Shanna; ich sehne mich so sehr danach. Laß mich dich berühren ... dich nehmen ...«

»Mister Beauchamp!« keuchte sie außer Atem und entzog sich seinem Kuß. »Ich hab' gewiß nicht vor, mich hier in dieser Schenke zur allgemeinen Belustigung Euch hinzugeben. Laßt mich los, sonst schreie ich!«

Sie sprang auf und befahl in den Schankraum hinein: »Es ist an der Zeit, heimzufahren!«

Im nächsten Augenblick war sie auch schon an der Tür.

Ruark schnappte nach Mantel und Dreispitz, und als er hinter Shanna hersetzte, hatte er auch schon Pitney und die Kerkerknechte auf den Fersen. Den Wolkenbruch und die Pfützen nicht beachtend, stürmte Shanna zur Kutsche. Ruark versuchte ihr zu folgen, wurde jedoch aufgehalten, da Pitney mit dem Wirt Streit über den Preis anfing und gleichzeitig Ruark an seiner Seite halten wollte. Pitney warf schließlich dem Wirt eine wohlgefüllte Börse zu und ließ Ruark zur Kutsche.

Durchnäßt, vor Kälte und aufgewühlten Empfindungen zitternd hatte Shanna sich in die Polster gekauert. Immerhin war es ihr mit zitternden Fingern gelungen, einen Funken aus dem Feuerstein zu schlagen und die Kutschlaterne anzuzünden.

Ruark stieg ein, Pitney klappte den Tritt hoch und wollte hinterherklettern, aber Ruark versperrte ihm mit seinem Arm den Eingang.

»Habt Ihr kein Mitleid, Mann? Ein paar Stunden erst getraut und noch vorm Wochenende unterm Galgen – fahrt mit den Kerkerknechten!«

Ehe Pitney protestieren konnte, warf Ruark ihm den Wagenschlag vor der Nase zu.

Pitney freilich war nicht der Mann, sich einem kecken Stutzer, der geil auf seine Herrin war, zu fügen. Jetzt erst recht! Mit solcher Wucht riß er die Türe wieder auf, daß sie krachend an die Wandverkleidung donnerte. Shanna sprang hoch.

So leicht ließ nun wiederum auch Ruark sich nicht ducken, abermals versperrte er mit seinem Arm den Eintritt. Pitneys Hand fuhr aus, um den Bräutigam aus dem Gefährt zu ziehen – da ließ ihn Shannas Aufschrei innehalten. Das war gewiß nicht Angst um ihren Gatten, vielmehr war es ihr die Gegenwart des Wirts und seiner Frau, die von der Schenke her herübergafften, peinlich.

»Schon gut, Pitney, steig auf den Bock!« befahl sie leise, aber dringlich.

Pitney warf einen Blick über seine Schulter und erkannte Shannas Anlaß zur Besorgnis; er trat zurück und zog sich seine Weste gerade.

Ruark lächelte jovial. »So ist's brav, Bursche. Doch nun haltet keine Maulaffen feil. Sputet Euch, daß wir endlich fahren können.«
Bockig schob Pitney sein starkes Kinn vor, der kalte Regen rann übers breite Angesicht, doch das kümmerte ihn wenig. Sein grauer, stechender Blick nahm an Ruark Maß. »Wenn Ihr die Stirn habt, Ihr ein Leid zu tun . . .«
»Habt Euch nicht so, Mann«, lachte Ruark. »Bin ich denn ein Narr? Ich hänge an dem bißchen Zeit, das mir noch bleibt. Ihr habt mein Wort, daß ich das Mädchen mit Verehrung und Respekt behandele.«
Pitneys Blick verfinsterte sich noch. Ruarks Worte schienen ihm gar allzu viele Auslegungen zuzulassen. Doch Shanna fürchtete, so nahe bei der Kirche, eine Szene, die womöglich noch an Ralstons Ohren dringen könnte.
»Fahrt endlich zu, Pitney«, mahnte sie, »Ihr könntet sonst gar jetzt noch meinen ganzen Plan zum Scheitern bringen.«
Da gab Pitney endlich nach. Er sprach ein letztes Wort zu Shanna, doch war es unmißverständlich an Ruark gerichtet: »Ich riegele die Tür ab, so hat er keine Chance zu entweichen.«
»Dann eilt Euch«, mahnte Shanna. »Und gebt Obacht, daß der Wirt und seine Frau nichts merken.«
Endlich holperte die Kutsche auf schlammbedeckten Wegen London zu. Der Regen pochte monoton aufs Dach, überdeckte jedes andere Geräusch, und die Laternen waren in der ebenholzschwarzen Finsternis der Regennacht, durch die ihre Fahrt ging, lediglich trübe Irrlichter. Bot auch der luxuriöse Innenraum der Kutsche Wärme und Behaglichkeit, so fühlte Shanna sich doch nicht wohl in ihrer Haut. Ihre Flucht zur Kutsche war eitle Narretei gewesen, durchnäßt waren ihre Schuhe, die Strümpfe feucht bis hinauf zum Knie, der nasse Rocksaum klebte kalt an ihren Fesseln. Daß sie sich tief in ihren Mantel hüllte, half wenig; er war feucht, und fröstelnd schlugen ihre Zähne aufeinander.
»Du zitterst ja, mein Herz!« bemerkte Ruark, griff nach ihrer Hand und rückte näher.
»Müßt Ihr stets das Offensichtliche erkennen!« versetzte sie verdrießlich und rutschte tiefer in die Ecke. Und dann: »Ich hab' so kalte Füße.«
»Dann laßt mich sie wärmen, Liebste!«
Eine Spur Gelächter klang aus seinen Worten, und ehe sie widersprechen konnte, hob er ihre Füße in seinen Schoß. Er schob den feuchten Saum zurück, zog die ruinierten Schuhe von ihren Füßen. Ein leiser Aufschrei entfloh Shannas Lippen, als seine Hände nach ihren Knien langten und flink die spitzenbesetzten Strumpfbänder samt den Strümpfen niederstreiften. Dann warf er das durchnäßte Zeug achtlos auf den Boden, schob ihre Füße unter seine Jacke, zog seinen Mantel über seinen Schoß

und ihre Beine, so daß sie wohlbedeckt im Warmen ruhten. Mit dem einen Arm hielt er nun ihre Füße, mit der anderen Hand massierte er die zarten Waden unterm Mantel.
Die zärtlich vertrauliche Fürsorge, die sie sich von Ruark angedeihen ließ, führte Shanna überraschend auf einen bisher nie begangenen Gedankenpfad. Denn noch nie zuvor war sie allein mit einem Mann in vier Wänden eingeschlossen gewesen. Vielen Lords und Gentlemen von Rang und Namen war sie zwar schon eine ebenso reizvolle wie begehrte Gastgeberin gewesen, doch stets mit geziemender Anstands-Eskorte. Freilich war sie auch noch nie einem Abenteurer aus den Kolonien begegnet. Und nun war plötzlich alles anders; der Mann, mit dem sie sich in trauter Zweisamkeit befand, konnte sogar für sich in Anspruch nehmen, ihr Ehemann zu sein – wenn auch dieser Status zeitlich nur höchst kurz bemessen war. Wie auch immer – die Versuchung lag nur allzu nahe, auszuloten, welche Wunder die Reize ihrer Weiblichkeit bewirken konnten. Und sei's auch nur an einem hinterwäldlerischen Prärietrottel, der – und deshalb war künftige Gefahr ja nicht zu fürchten – bald auf dem Weg zu seinem Galgen war.
Noch immer wanderten seine Hände bewußt ziellos zwischen ihren Knien und Fesseln ab und auf und wärmten sie bis ans Herz. Ihre Lippen kurvten sich zu einem Lächeln, und fast unmerklich rührte sie sich in den Polstern hin und her. Ihr Mantel stand bis zu den Hüften offen – was sie nicht zu bemerken schien –, und sie verschränkte nun die Arme unter ihrem Busen, preßte damit ihre Brüste aufwärts, bis sie sich fast aus dem zerrissenen, dünnen Hemd befreiten. Sie sah, wie seine Augen über ihren Körper glitten; spürte, wie sein Leib sich gegen ihre Schenkel härtete, wie die Pulse seines Schenkels unter ihren Füßen heftiger zu pochen schienen. Seine Stimme freilich verriet nicht, wie zugeschnürt ihm seine Kehle war.
»Fühlt Ihr Euch wärmer jetzt, Madam?«
»Gewiß doch«, seufzte Shanna, schloß halb ihre Augen, als sie ihren Kopf rückwärts in die Polster sinken ließ, was ihn – wie sie richtig vermutete – die zarte, schlanke Linie ihres Halses sehen ließ. Jeden Augenblick nun würde er ihr sagen, wie sehr er sie begehrte; würde er ihr die ehelichen Rechte abzuschmeicheln suchen – und sie würde ihn in langer Leine an der Nase führen, bis der Abschiedsaugenblick gekommen war. Fürwahr, ein schönes Spiel. Durch die Schlitze ihrer fast geschlossenen Augen beobachtete sie ihn nun gespannt.
Doch er griff nur in seinen Mantel und zog die scharlachrotumbundenen Trauurkunden hervor.
»Die Ehedokumente«, sagte er. »Sie werden Euch von Nutzen sein. Wie wollt Ihr sonst beweisen, daß Ihr meinen Namen tragt?«

Shanna richtete sich – irgendwie enttäuscht – ein wenig hoch und wollte danach greifen. Doch er entzog sie ihrem Griff.
»Aber Madam«, lachte er. »Der Kaufpreis steht noch offen.«
Shanna starrte ihn mit Schrecken in den Augen an. Würde er es fertigbringen, sie zu zerreißen, wenn sie sich ihm nicht hingab? Die Fetzen auf die schlammdurchweichte Straße streuen?
»Ruark?« fragte sie verwundert und zog ihre Füße von seinem Schoß. »Ihr würdet in der Tat . . .?«
»Madam, es ist ein Handel abgeschlossen und besiegelt«, erinnerte er sie unverschämt, und seine Augen nahmen ihren Körper in Besitz. Sie wappnete sich schon fürs Schlimmste.
»Nie fiele es mir ein, Eure aufrichtigen Absichten noch Euer Ehrenwort in Zweifel zu ziehen.« Er klopfte die Papiere gegen sein Kinn, als gäb' es etwas zu bedenken. »Ein Kuß«, verkündete er schließlich. »Der liebevolle Kuß, den eine liebevolle Gattin ihrem frisch angelobten Gatten schenkt. Ist das ein allzu hoher Preis, Madam?«
Um einiges erleichtert, faßte sie sich wieder, zog den Mantel gegen seine wanderfrohen Augen hoch und war nur leicht verdrossen, weil ihre Knie immer wieder bis an seine Schenkel rutschten.
»Sei's drum«, sagte sie mit Widerwillen. »Wenn Ihr darauf besteht. Ich bin zu schwach, Euch die Papiere abzuringen.« Sie beugte sich leicht nach vorn. »Ich steh' Euch zur Verfügung, Sir. Ich bin bereit.«
Sie schloß die Augen, wartete ab; er lachte – und sie riß die Augen wieder auf. Er hatte sich nicht gerührt. Im Gegenteil. Er warf lässig seinen Mantel ab, öffnete die Weste und lehnte sich bequem zurück.
»Madam«, lächelte er sie tadelnd an, »soeben haben wir vereinbart, daß Ihr den Kuß mir gebt – und nicht umgekehrt. Braucht Ihr Hilfe oder gar Belehrung?«
Shanna kochte. Hielt er sie denn für eine tumbe Dienstmagd? Nun wohl, sie würde ihm nun einen Kuß verpassen, an den er noch in seinem Grabe denken mußte!
Sie richtete sich auf ihren Knien auf, stützte einen Arm auf seine Schultern – und wieder wanderte sein Blick an ihr hinab, dorthin, wo sie die untrügliche Falle für ihn wußte. Winden würde er sich unter ihr in grenzenlosem Unbefriedigtsein! Ihre Finger liebkosten leicht sein Genick, als sie nun näher kam. Doch plötzlich hob er seinen Blick in ihre Augen und schaute sie warnend an.
»Gebt Euch Mühe, es wirklich gut zu machen. Gewiß mag Euch Erfahrung mangeln, doch bedenkt, wenn eine Gattin ihren Gatten küßt – da muß sie seinen ganzen Stolz mit Glut zum Schmelzen bringen, und das kann kein schamhaftes Kusinenküßchen!«
Einen Moment lang hatte sie nicht übel Lust, ihm ihre Fingernägel durch

das grinsende Gesicht zu ziehen. Sie zischte statt dessen nur: »Denkt Ihr denn, ich hätte noch nie einen Mann geküßt?«
Shanna lehnte sich weiter vor, ihr Busen preßte sich auf Ruarks Brust; sie nahm alle Phantasie zusammen, senkte halb geöffnet ihre Lippen und trieb sie heiß und langsam über seinen Mund. Weit riß sie die Augen auf, als Ruarks Mund sich unter ihrem öffnete, sich über ihre Lippen klammerte und seine Zunge in sie drang. Ruarks Arme schlangen sich um Shannas Leib und erdrückten sie fast in ihrer Umarmung. Shannas Welt geriet ins Schleudern, als er sich nun langsam drehte, bis sie – den Kopf an seinen Schultern – halb über seinem Schoße lag. Beharrlich, fordernd, rücksichtslos war Ruarks Mund, raubte ihr den Atem wie auch ihre Fassung. Überwältigt ließ Shanna sich vom wilden Taumel ihrer Sinne treiben. Warm spürte sie durch ihr dünnes Hemd, wie sich die harten Muskeln auf Ruarks Brust unter ihrem Busen spannten und wie unter ihrem rasenden trommelnden Herzen heftig auch das seine pochte.
Langsam zog sich Ruarks Gesicht zurück. Am ganzen Leibe bebend sammelte Shanna ihre Sinne, seufzte auf. Sie rang, um sich aus seinem Griff zu winden, schaffte es – und saß auf seinem Schoß.
»Ist der Handel jetzt erfüllt, Milord?« fragte sie mit unsicherer Stimme.
Stumm reichte Ruark ihr die Urkunden, sie steckte sie in ihren Muff in Sicherheit. Sie wäre nun gern geschwind von seinem Schoß geglitten, doch der Arm um ihre Hüften hielt sie fest, und da auch die Krinolinenreifen sie behinderten, konnte sie sich seinem Griff nicht ganz entziehen. Ihr Blick suchte nach der goldenen Glut in seinen Augen.
»Ist der Handel nun erfüllt?« fragte sie noch einmal.
»Was die Übergabe dieser Dokumente anbetrifft – gewiß. Doch möcht' ich mit Euch jetzt auf unser Hauptgeschäft zu sprechen kommen; auf den Pakt, den wir in meinem Kerker schlossen.«
Shanna bäumte sich in seinen Armen auf – doch diese hielten sie fest umschlungen, preßten Shanna fest an sein Herz, und heiser flüsterte er ihr ins Ohr: »Vermögt Ihr Euch nicht vorzustellen, wie das ist, in einen engen, tristen Kerker eingesperrt zu sein, die Steine tausendmal zu zählen, bis man von jedem einzelnen Länge, Höhe, Breite auswendig hersagen kann; die Tage, die verflossen sind, als eingekratzte Striche auf der Eisentür zu sehen und zu wissen, daß der nächste Tag nichts als ein Kratzer im Metall sein wird, zu wissen, daß ein jeder Augenblick Euch näher an den Galgen treibt, an diese Schlinge, die sich um den Hals zusammenziehen wird, und hilflos fragt man sich tagein, tagaus, ob der Schmerz entsetzlich sein wird oder schnell vorübergeht – ja, Shanna, könnt Ihr empfinden, wie das ist? Und dann, mit einem Donnerschlag bricht in diese enge, finstere Welt eine solche Schönheit wie

die Eurige hinein, bringt einen Traum von Hoffnung. Ja, Shanna, meine herrliche Gemahlin, schon in meinem Kerker hungerte ich nach Euch – und jetzt will ich Euch schwören: noch ehe sich der Wagenschlag zum nächsten Male öffnet, werdet Ihr vollkommen meine Frau geworden sein!«

Und schon drang Ruarks Hand ihr unter alle Röcke, brannte heiß hoch oben zwischen ihren Schenkeln. Mit einem Aufschrei krallten ihre Finger sich in seine Hand – doch die Finger seiner anderen Hand lösten bereits an ihrem Rücken die Verschlüsse ihres Kleides.

»Ruark!« wand sie sich und stieß seinen Arm beiseite.

Wie durch Zauber schien die Zahl seiner Hände sich zu mehren, überall an ihrem Leibe spürte sie jetzt seinen Griff. Und sie befiel neuer Schrecken. Wie sie so rang und kämpfte, sich wehrte und sich wandte, hatte ihr Rock sich unter ihr verschoben, und mit entblößtem Hintern ruhte sie nun auf seinen Lenden – durch die Seide seiner Beinbekleidung drängte sich Ruarks Männlichkeit ihr entgegen. Zur gleichen Zeit entzogen seine Hände sich unhaltbar ihrem Abwehrgriff, krochen ihr die Hüften hoch und preßten Shanna fester an sich.

»Sir, Ihr seid kein Gentleman!« keuchte sie empört.

»Wie konntet Ihr denn hoffen, in einem Kerker einen Gentleman zu finden!«

»Ein Schuft seid Ihr!« klagte sie und nahm erneut den Kampf mit seinen Händen auf.

Ruark lachte leise, und sein heißer Atem strich an ihrem Hals vorbei.

»Nur ein Gatte bin ich und erfüllt vom heißen Wunsch, meinen ehelichen Pflichten nachzukommen.«

Sie versuchte, das Fenster zu erreichen, es zu öffnen und hinauszuschreien, doch vergebens. Nun lag seine Hand auf ihrer bedeckten Brust; ihre Hand flog wie ein Falke durch die Luft und wurde doch im vollen Flug nur ein Zollbreit vor seinem lachenden Gesicht gefangen. Ruarks Griff war eisenhart, doch achtete er darauf, ihr niemals weh zu tun, und ohne großen Kraftaufwand klammerte er ihr nun beide Hände auf dem Rücken fest zusammen. Shanna holte Luft, um ihre wütende Empörung in einen Aufschrei zu verwandeln, doch da preßte sich sein Mund schon auf den ihrigen. Ihre Sinne wirbelten in einer immer schneller kreiselnden Spirale, noch wehrte ihr Kopf sich, ganz im Rausche seines Kusses zu versinken.

»Ruark! Wartet!« stöhnte sie leise, als seine Lippen endlich von ihr ließen. Seine Finger lösten jetzt die Schlaufen ihres Hemdchens, befreiten ihre Brüste.

»Nein, Shanna – nun gibst du dich mir hin, mein Herz!« murmelte er mit leiser Stimme in ihr heißes Ohr. Sein Antlitz senkte sich, und sein

Mund zog eine sengende Spur über ihre Brust, setzte ihr Innerstes in Brand.

»O Ruark!« stöhnte sie flüsternd, »o nicht . . . bitte . . .« Tiefer konnte sie nicht Atem holen. »O . . . Ruark . . . hört auf . . . !«

Hitze breitete sich in ihr aus, die Haut schien ihr von innen her zu glühen. Ihre Hände waren jetzt frei, doch zu nichts anderem mehr nütze, als seinen Kopf noch fester an ihr Herz zu drücken. Er rührte sich, heiß und geil und hart zwischen ihren Schenkeln. Ein kurzer Aufruhr von zerfließender Wohlanständigkeit versuchte noch, ein letztes Mal, sie vor der suchenden, doch ihren Weg schon kennenden Rute zu erretten.

»O Liebling, Liebling!« drang noch einmal Ruarks heisere Stimme zu ihr, seine Hand nahm ihre Hand und führte sie zu ihm und seine hageren Finger schlossen sich um die ihrigen. »Ich bin ein Mann. Bin Fleisch und Blut. Kein Ungeheuer, Shanna!«

Sein Mund lag wieder auf ihren Lippen, seine Zunge war beharrlich, bis die ihrige ihm entgegenkam, zögernd zuerst, dann mit Willkommensgruß, schließlich, endlich auch mit Leidenschaft. Ruark drückte Shanna in die Samtpolster. Zwar rebellierte ihr Verstand noch immer, doch die Leidenschaft flüsterte fordernd: »Laß ihn kommen, laß ihn doch . . .«

Und er kam zu ihr, zuerst ein scharfer Schmerz, der sie durchdrang, ihr einen Schrei entrang, gefolgt von einer Wärme tief im tiefsten Inneren, die sie vor Lust erzittern, beben, schluchzen ließ. Er begann nun, sich zu bewegen, küßte sie und streichelte sie und liebte sie . . .

Plötzlich, aus der Außenwelt, drang röhrend Pitneys Ruf zu ihnen herein, die Pferde wechselten vom Trab zum Schritt, die Kutsche holperte langsamer. Fluchend hob Ruark sein Haupt, der Wagen hielt jetzt fast schon an. Pitneys Ruf erhielt Erwiderung von einer anderen Stimme; das war der dritte Kerkerknecht, der mit der Gefängniskutsche zurückgeblieben war.

»Verdammt sei's!« stöhnte Ruark in schmerzhafter Verzweiflung. »Verdammt auch du, du tückische Hündin!« schrie er, grob riß er sich von ihr los und schleuderte sie zur Seite. »Wußt' ich's doch, daß du den Handel nicht erfüllen würdest!«

In dringlicher Hast warf Ruark sich seine Kleidung über, mit wild-verachtungsvollem Hohngesicht bleckte er die Zähne, als er ihr seinen Zorn in ätzenden Wortkaskaden ins Gesicht schleuderte. Im trüben Licht der Kutschlaterne fielen seine Blicke brutal auf ihre nackten Brüste, ihre Schenkel, die nackt im Dämmerschein erzitterten.

»Bedeckt Euch endlich!« schrie er höhnisch, »oder wollt Ihr jetzt den Kerkerknechten meinen Platz überlassen?«

Shanna blieb nur gerade soviel Zeit, sich eng in ihren Mantel zu hüllen,

als schon der Wagenschlag aufsprang und Pitneys übergroße Pistole sich mit gnadenloser Drohung auf Ruarks Herz richtete.
»Hinaus!«
Alles in Ruark schrie nach Rebellion. Er war gestoßen und getreten worden, geschlagen und gereizt, gelockt und schließlich im erniedrigendsten Augenblick betrogen worden. Ein rauher Schrei entrang sich seiner Brust, und ehe noch jemand sich besinnen konnte, schossen seine Füße vor, schleuderten das Schießeisen beiseite und prallten mit voller Wucht auf Pitneys Brust. Die Gewalt des Aufpralls ließ beide sich im Schlamme wälzen, die Kerkerknechte stießen einen Alarmruf aus.
»Schnappt den Schurken! Hicks wird Euch sonst den Kopf abreißen!« Shannas Nerven krampften sich zusammen, als sie über ihn herfielen. Die Wächter waren bullig, breit und muskulös, Hicks hatte sie ihrer Kräfte wegen ausgesucht, damit sie den Gefangenen sicher wieder in den Kerker brachten, jeder einzelne von ihnen war allein schon kräftiger als Ruark gebaut, und Pitney war von allen noch der größte. Ruark indessen, zweifellos in Hunderten von Schlägereien wohlgeübt, erwies sich als bedeutend fintenreicher. Wie ein Besessener schlug er sich.
Es dauerte eine Weile, bis sie die Oberhand gewannen, und auch dann noch war er kaum mehr zerschunden als die Häscher. Zwei hielten ihn, auf die Knie gezwungen, fest im Schlamm, während der dritte Mann sich eilte, ihm die Ketten anzulegen.
Pitney stand nahebei und suchte sich den Schmutz vom Mantel abzukratzen, massierte sich auch seine Schultern, als schmerzten sie ihn heftig. Aufschauend hielt er inne, als er Shannas Gesicht im Laternenschimmer sah, und seinem Blicke folgend brachen auch die Wärter ihre Arbeit ab. Der dritte Mann trat heran, um untertänigst seine Entschuldigung abzugeben.
»Vergebt die Verzögerung, Madam, mein Wagen ist am Teich im Schlamm steckengeblieben, sonst hätt' ich Euch, wie's vereinbart war, schon zeitiger entgegenkommen können.«
Langsam hob Ruark das Haupt und starrte Shanna in die Augen. Sein Antlitz war geschunden, aus den Winkeln seines Mundes tropfte Blut. Shannas Kehle schnürte sich zu, und rückwärts in den Schatten tretend, zog sie sich die Kapuze tief über ihr Angesicht; sie wagte nicht mehr, seinen Blicken zu begegnen.
»Und sollte ich je unter die Gnade des Allmächtigen fallen«, drang seine Stimme knirschend vor unzügelbarer Wut zu ihr, »sorg' ich schon dafür, daß ihr unseren Handel einlöst!«
Eine fleischige Faust brachte seinen Mund zum Schweigen. Shanna zuckte, als sie den dumpfen Aufprall hörte, und als sie wieder hinzuschauen wagte, hing Ruark schlaff im Griff der Kerkerknechte. Sie

brachten nun ihr Fesselungswerk zu Ende und warfen ihn in den Wagen. Der Riegel schloß sich scheppernd hinter ihm, an dem kleinen Gitterfenster zeigte sich noch einmal sein blutiges Gesicht.
Shanna ließ sich in die Polster sinken und versuchte, mit unsteten Fingern ihre Kleidung zu ordnen. Wenn sie davon absah, daß sie ihre Unschuld hatte opfern müssen, hatte sie ihren Plan ganz ihrem Wunsch entsprechend durchgeführt. Aber dennoch empfand sie kein Gefühl der Befriedigung. Eine niederdrückende Leere lag auf allem, der Betrug lastete wie eine schwere Bürde auf ihrem Gemüt. Ihr junger Leib verbrannte unter einer Sehnsucht, die sie nie zuvor gekannt, doch dafür gab es keine Tröstung. Unter ihrem weiten Mantel waren ihre Arme schmerzhaft leer.
Der Wagenschlag fiel leise ins Schloß. Als Pitney sich nun auf den Kutschbock schwang, schaukelte das Fahrzeug sanft. Die Pferde zogen an, und als der Wagen nach allen Seiten Schmutz verspritzend in die ringsum dräuende Finsternis enteilte, drang noch einmal vom Gefängniskarren her wütendes Geheul durch die Nacht. Plötzlich mochte Shanna glauben, daß Ruark Beauchamp doch ein Irrer sei.
Erschüttert kniff Shanna die Augen zu, preßte sich die Hände auf die Ohren. Doch das Schreckbild seines blutgeschundenen Gesichts war tief in ihre Sinne eingebrannt.

4

Unheimliche Totenstille lastete in den Kerkergängen. Dann schlug ein schweres Tor mit Wucht ins Schloß, ein Riegel rasselte; das Geräusch von schlurfenden Schritten und von etwas, das über den Boden geschleift wurde, brach die Stille.
Hicks schrak aus dem Schlummer auf, kalter Schweiß stand auf seiner Stirn, und mit vor Furcht fast glasigem Blick starrte er in die verzerrte Schattenfratze über ihm.
»Nein! Nein!« blubberte der dicke Kerkermeister flehentlich, während er noch mit seinen verknäulten Decken kämpfte und seine schwammigen Finger hob, um die bösen Geister abzuwehren.
»Herrgott, Hicks, so fangt Euch doch!«
Der Schatten nahm Konturen an und wurde einem Menschen ähnlich. Er erkannte die Männer rings um ihn, und eine Spur von Klarheit sikkerte in sein Hirn. Doch schon breitete sich neuer Schrecken über seine Miene aus, als er den Zustand seiner Knechte sah.
John Craddock zeigte auf den Gefangenen. »Abhau'n wollt' der gottverfluchte Lumpenhund. Hat uns hübsch auf Trab gebracht, eh' wir ihn erwischten.«
»Auf Trab...«, schnaufte Hicks, sein Fettleib kugelte hin und her, bis er Boden unter seinen Füßen hatte, dann musterte er seine ungeschlachten Grobiane. Craddock kaute an einer verletzten Oberlippe, Hadley trug ein blaues Auge zur Schau, der dritte tastete nach seinem wunden Kinn. »Da hilft nur noch Gott, wenn der sich auf die Hinterbeine stellt!«
Der Kerkermeister ließ die Schweinchenaugen höchst befriedigt über Ruarks Wunden streifen. »Habt wohl gedacht, Ihr könnt den Henker betrügen?« gluckste er über seine dicken Lippen. »Kannst drauf wetten, daß dein Flittchen sich keinen Furz drum kümmert, wenn ich jetzt den Knüppel auf deinem Buckel tanzen lass'!«
Ruark wartete in stummem Trotz und ließ Hicks' Herausforderung ins Leere laufen.
Mister Hadley legte eine behutsame Hand auf sein verfärbtes Auge. »War kein altes Flittchen, Gevatter, war ein schmuckes Dirnchen, und er ganz scharf auf sie. Hätt' nix dagegen, mich selbst an einer Handvoll Fleisch von ihr zu verlustieren.«

Hicks warf einen hämischen Blick auf Ruark: »Hat dich hübsch in Hitze gebracht, was? Und dann war's Hochzeit und keine Bettzeit, ha! Geschieht dir recht, Schmutzfink!« Er hob seinen Prügel und stieß gegen die Schulter des Gefangenen. »Los, sag uns den Namen. Vielleicht wartet sie auf mehr, als du hochbringen kannst. Los. Wie heißt sie?«
»Madam Beauchamp, wie mich däucht«, versetzte Ruark verächtlich.
Der aufgeblähte Kerkermeister sah Ruark lange an, klatschte sich den Knüppel schnalzend in die Hand, dann sagte er: »Nun denn, geleitet Seine Lordschaft zu seinen Gemächern. Und laßt ihm seine Schnallen an; möchte nicht, daß nachher was fehlt. Es kümmert sich ja bald jemand um ihn.«

Zwei Tage später war's, am frühen Morgen, als der Kerkermeister abermals höchst unsanft aus dem Schlaf gerissen wurde. Polterndes Pochen an der Tür, Hicks' rauhe Schnarcher starben unter röchelndem Gegurgel ab, ein rumpelnder Rülpser machte ihm die Kehle frei, so daß er seinem Zorn über die grobe Störung lautstark Luft zu machen in der Lage war.
»Komm' ja schon, Ochs!« brüllte er. »Wollt Ihr die Planken von den Angeln reißen?«
Hicks stopfte seine kurzen runden Beine in eine Kniehose, ohne freilich seinen Nachthemdzipfeln gleichfalls ein irgendwie geartetes Versteck zu bieten. Schnaufend wuchtete er den Torriegel beiseite, zog das schwere Tor nach innen auf. Und starrte mit weitoffenem Maul an der muskulösen Leibesfülle Mister Pitneys hoch.
Pitney hielt in seinen breiten Pranken ein umfängliches Kleiderbündel sowie einen Korb mit Fressereien, deren köstliches Aroma Mister Hicks das Wasser im fauligen Maul zusammenlaufen ließ.
Pitney stampfte in die Wächterstube. »Ich komm' von Madam Beauchamp, um nach dem Wohlbefinden ihres Herrn Gemahls zu schauen. Ihr erlaubt das doch, nicht wahr?«
Hicks sah keine andere Möglichkeit als »ja« zu nicken und hangelte den Kerkerschlüssel von der Wand.
»Mußten den Lumpenhund mit Ketten an die Mauer schließen«, schwatzte er dabei. »Wie ein Besessner hat er sich hier aufgeführt. Und bis jetzt noch keinen Bissen von dem angerührt, was Ihr letztens schicktet. Nimmt nur Brot und Wasser wie zuvor und glotzt uns an, wenn wir was Neues bringen. Wenn er an uns 'rankönnt', würd' er uns den Garaus machen – oder sich von uns denselben machen lassen, worauf's im End' ja dann wohl 'rauslief'.«
»Bringt mich zu ihm«, schnarrte Pitney.
»Schon gut, ich geh' ja schon.«
Das Huschen und Quietschen der vom Laternenlicht erschreckten Ratten

schien das einzige Geräusch von Leben im tristen Dämmerschein der Zelle. Nichts an der reglosen Gestalt, die auf der Lumpenpritsche lag, wollte sich rühren. Dann sah Pitney die um Hand- und Fußgelenke enggeschlossenen Fesseln und die schwere Kette, die vom Eisenkragen um den Hals des Häftlings bis zur Wand verlief. Pitneys Miene wurde finster.
»Seid Ihr schwer geschunden worden?« fragte er.
Die Gestalt richtete sich ein wenig auf, Ruarks Augen schimmerten im Dämmerlicht.
»Meine Herrin schickt Euch frische Kleider und läßt fragen, was sonst sich für Euch tun läßt.«
Ruark hob sich schweigend auf die Beine, hielt dabei die lange Kette mit den Händen hoch, so daß sie nicht den Eisenkragen belastete; rot zeigte sich das rohe Fleisch am Hals, wo bereits die Haut abgeschunden war. Die Wundmale im Gesicht und am Körper waren zu frisch, als daß sie noch vom Hochzeitsabend herrühren konnten, das zerrissene Hemd enthüllte auf dem Rücken ekelhafte Striemen, die nur von einer Peitsche stammen konnten. Ruark gab kein Zeichen, daß Pitneys Worte bis zu seinem Ohr gedrungen waren – er war wie ein Tier im Käfig, und einen Augenblick lang empfand Pitney, bei aller Kraft und Größe, eine unheimliche Furcht vor ihm. Pitney schüttelte das Haupt; er hatte diesen Beauchamp wahrlich als einen Mann kennengelernt – was ihm jetzt vor Augen stand, war nur noch ein ekelerregendes Zerrbild.
»Hier, Mann!« schrie er. »Nehmt die Kleider. Eßt die Speisen. Wascht Euch. Handelt als Mann und nicht als Tier!«
Ruark hielt in seinem Auf- und Abgehen inne, blieb halbgeduckt vor Pitney stehen, starrte ihn an wie eine Katze in der Klemme.
»Ich lass' Euch das Zeugs hier stehen.« Pitney legte seine Mitbringsel auf den Tisch. »Ihr braucht nicht . . .«
Ein zorniges Knurren warnte ihn, er stolperte rückwärts – die geketteten Arme hatten ausgeholt. Der Hieb traf auf den Tisch und fegte ihn krachend leer.
»Ich will keine Almosen von ihr!« spuckte Ruark, seine Hände krampften sich um die Tischplatte, und die Kette, die zu seinem Halse führte, straffte sich, als er sich vorreckte.
»Almosen?« fragte Pitney. »Das ist der Handel, den Ihr abschloßt, und meine Herrin ist gewillt, ihn zu erfüllen.«
»An dem Handel ist mehr, als Ihr wißt!« schrie Ruark. »Was Ihr mir bringt, ist nur ein lächerliches Zubrot!« Er schmetterte die Faust auf den Tisch, auf der Platte sprang ein Spalt auf. »Richtet Eurer Herrin aus, daß sie mir eines Tags den Handel voll erfüllen wird, und wenn es in der Hölle ist!«

Beleidigungen seiner Herrin hinzunehmen war Pitney nicht gewillt. Er drehte sich um und ging.

Die Kerkertür schloß sich mit metallenem Klirren, Ruhe herrschte in der Zelle. Nur das Rasseln schwerer Ketten klang, solang der Häftling auf und ab ging, weiter fort.

Ruarks Botschaft, ungeschminkt vermittelt, löste bei Shanna einen Aufschrei der Entrüstung aus. Pitney behielt sie stumm im Auge, während sie ärgerlichen Schrittes den Salon durchmaß.

»Wenn er's nicht anders haben will!« Shanna warf die Arme hoch. »Ich suchte ihm zu helfen, wo es ging. Nun liegt's nicht mehr in meinen Händen. Wen kümmert's noch in ein paar Tagen!«

Pitney drehte seinen Dreispitz in den Händen. »Der Bursche scheint zu denken, Ihr seid ihm noch Etliches schuldig.« Shanna wirbelte herum, die blaugrünen Augen blitzten. »Dieser aufgeplusterte Hahn! Was kümmert's mich, was er sich denkt! Wenn er so stolz ist, soll er doch hängen, wenn er will. Wie man sich bettet...« Sie brach plötzlich ab, errötete zutiefst und wandte sich ab, damit Pitney es nicht sah. »Ich meine«, sie suchte Worte, um die Anspielung aufs Betten, die ja auch sie selbst betraf, zu überspielen, »hat er nicht immerhin ein Mädchen umgebracht?«

»Er ist wie von Sinnen«, merkte Pitney tief aufseufzend an. »Eure Speisen nimmt er nicht, er will nur Brot und Wasser.«

»Ach, schweigt!« Shanna nahm wieder ihre Wanderung auf. »Glaubt Ihr denn, ich will das wissen! Er hat sich sein Geschick selbst ausgewählt, es nahm schon seinen Lauf, eh' ich ihn kannte. Ist's nicht schon schlimm genug, noch der Beerdigung beiwohnen zu müssen, wo man sich doch stets erinnern muß, wie er dahinging! Ich wünscht', ich wär' zu Hause. Ich hasse diese Stadt!« Shanna blieb unvermittelt stehen und blickte Pitney an. »Die *Marguerite* lichtet noch in dieser Woche Anker. Gebt Captain Duprey Nachricht, daß wir mit ihm heimwärts segeln wollen.«

»Euer Vater hat Euch für die Heimfahrt die *Hampstead* vorgesehen. Die *Marguerite* ist ja nur ein kleines Fracht...« – »Weiß ich's nicht?« fuhr Shanna ihm dazwischen. »Das kleinste Schiff aus meines Vaters Flotte. Doch die *Hampstead* segelt erst im Dezember, und ich will sofort nach Hause!« Dann ließ sie ihre Augen mit Berechnung funkeln. »Außerdem hat es zum Vorteil, daß Mister Ralston sich mit seinen Geschäften beeilen muß, wenn er mich zu meinem Vater heimbegleiten will. Und damit bleibt ihm kaum noch Zeit, seine Nase in die Umstände meiner Hochzeit hineinzustecken. Gott helf uns allen, wenn er je dahinterkommt.«

Pitney nickte stumm und ging. Die Domestiken schlichen schweigend durch das Haus. Shanna fühlte sich auf einmal sehr allein. Bedrückt ließ sie sich in den Stuhl an ihrem kleinen Schreibtisch sinken. Bilder von Ruark, wie Pitney ihn ihr geschildert hatte – zerlumpt, gekettet, abgemagert, toll, geschunden –, stießen sich mit dem Bild des Mannes, den sie von der Kirchentreppe in Erinnerung hatte. Was konnte einen Mann nur so verändern, wollte sie sich fragen. Doch dann sah sie auch schon das verzerrte Angesicht vor sich, das sich an das Gitterfenster des Gefängniskarrens preßte, hörte das Schmerz- und Wutgeheul, das sie auf der Heimfahrt die ganze Nacht hindurch verfolgt hatte. Nein, die Antwort war ihr wohlbekannt. Ihre Sinne trieben ein grausames Spiel mit ihr. Plötzlich war sie es selbst, die mißhandelt und geschunden war; gekettet, hilflos und verdammt, hoffnungslos verraten. Ein leiser Schrei entfuhr ihren Lippen, einen kurzen Augenblick lang empfand sie selbst die bittere Wut, die Ruark nun beseelen mußte. Verärgert riß sie sich von diesen Bildern los, schwor sich, ihnen nie mehr zu verfallen, ihr Gewissen zu betäuben.

Die Sonne warf Strahlen von ungewohnter Kraft durchs Fenster. Es war ein frischer, kühler Tag mit blauem Himmel, selten für London um diese Jahreszeit. Eine frische Brise wehte von der See herein, hatte die Wolken und den Rauch über der Stadt vertrieben und sogar einen winzigen Geschmack von Salz herangebracht. Doch Shanna bemerkte kaum den klaren Tag. Sie starrte, eine Feder in der Hand und ein feines Pergament vor sich, blicklos über ihren Schreibtisch. Wie abwesend schickte sie sich nun an, ihren neuen Namen auf den Blättern zu probieren.
Shanna Beauchamp.
Shanna Trahern Beauchamp.
Shanna Elizabeth Beauchamp.
»Madam Beauchamp! Madam . . . Madam Beauchamp . . .!«
Nur allmählich wurde es ihr bewußt, daß eine Stimme außerhalb ihrer Gedankenwelt nach ihr rief. Sie blickte auf und sah ihre Zofe in der Tür stehen, mit Kleidern auf dem Arm, vornehmlich dicke Wintersachen.
»Ach, Ihr seid's, Hergus! Was gibt's?«
»Ich frag' mich«, begann Hergus, »ob ich dies hier für die Heimfahrt packen soll oder gut verstauen, wenn Ihr's nächste Mal nach London kommt.«
»Nichts da. Ich werd' lange Zeit nicht wiederkehren. Verstaut's in einer großen Truhe.«
Die Schottin nickte, doch blickte sie bekümmert. »Fühlt Ihr Euch wohl? Wünscht Ihr zu ruhen?« Seit dem peinvollen Augenblick, da Shanna – mit Pitney zur Seite – dem verblüfften Hausgesinde gleichzeitig Hochzeit und Witwenstand mitgeteilt hatte, machte Hergus sich ziemlich große Sorgen.

»Es geht schon, Hergus«, sagte Shanna leichthin und tauchte die Federspitze ins Tintenfaß.
Die Schritte der Dienerin verhallten in den Fluren, und wieder führte Shanna die Feder übers Pergament. Doch ihr Gemüt war nicht bei ihren kühnen Federstrichen. Hitzig wurd's ihr, und die Wangen glühten, als die Erinnerungen an die mit Ruark verbrachten Stunden in ihr aufwallten. Shanna warf die Feder in die Tinte, sprang vom Stuhl auf, fegte mit ihren Händen über das weinrote Samtkleid, wie um die Erinnerung an einen strammen, harten Leib, der sich gegen sie preßte, fortzuwischen – und als sie das Pergament aufhob, um es zu zerreißen, erkannte sie: nicht nur die neue Unterschrift mit *seinem* Namen hatte sie gemalt, sondern auch sein Gesicht. Ihr ganzes Sein erhob sich gegen das starke Joch des Nichtvergessenkönnens, das er ihr auferlegte, und sie schrie: »Ein Schurkenbube ist er, und nur wütend, weil ich ihm nicht die Chance gab zu fliehen! Denn das war gewiß seine einzige Absicht – mich allein zu haben, um dann um so besser zu entkommen. Für nichts anderes hat er mich benutzen wollen, und was ich getan, das soll mich künftig nicht mehr schrecken. Ich will einfach nicht mehr an ihn denken!«
Doch schon, als sie zum Fenster ging, um in den sonnigkalten Wintertag hinauszustarren, erstand vor ihren Augen abermals das liebe spöttisch lächelnde Gesicht mit seinen Bernsteinaugen und verkehrte den kurzfristigen Sieg über die eigenen Gefühle in sein jammervolles Gegenteil.

Eher als gedacht, mußte sich Shanna der Begegnung mit dem gefürchteten Mister Ralston – ihres Vaters Stellvertreter – stellen. Nur ein paar Stunden später schon hielt vor dem Trahernschen Stadtpalais in London eine von langer Reise schmutzbedeckte Kutsche an. Shanna, die am Fenster stand, um einmal mehr gedankenschwer in den sonnenüberströmten Nachmittag hinauszusehen, sah James Ralston dem Landauer entsteigen. Einen Augenblick stand er kurz da, schaute zu den oberen Geschossen hoch, klatschte arrogant die Reiterpeitsche, die er immer bei sich trug, gegen seine Stiefel. Dann trat er ins Haus.
Shanna rümpfte ihre Nase vor Verdruß, denn daß er kam, ehe Ruark am Galgen hing, war höchst ärgerlich. Sie eilte durch den Raum, warf sich in einen tiefen Sessel vorm Kamin und mühte sich, eine Trauermiene aufzusetzen, was ihr freilich nur sehr schwer gelang. Doch plötzlich sich erinnernd, daß dem guten Pitney immer Tränen in die Augen traten, wenn er eine Prise zu sich nahm, sprang sie flink zum Teetisch, wo sie des treuen Dieners Tabaksdose liegen sah, und zog eine gehörige Portion Pulver tief in ihre feine Nase ein. Ralstons Stimme, der den Domestiken Anweisung über die Unterbringung seiner Reisetaschen gab, drang von der Eingangshalle her zu ihr.

»Mein Gott!« schnaufte Shanna, als der Schnupftabak ihren Kopf zu zersprengen drohte. Sie mußte niesen, niesen, niesen.
Doch als Ralston ihr Gemach betrat, saß Shanna, wie es ihre Absicht war, als ein mitleidheischendes Bild des Jammers da – Tränen flossen ihr in hellen Strömen übers Gesicht, und ihre Augen waren rot, als hätte sie seit Stunden nur geweint. Geziert tupfte sie sich mit einem Tüchlein die Nase und schluchzte laut zum Herzerweichen.
»Madam?« ließ Ralston sich verblüfft vernehmen, als er näher trat. Seine Miene wirkte angespannt, als suchte er einen Ärger zu verhehlen, und seine Hand fingerte nervös mit der Peitsche.
Shanna blickte auf, wischte das Tüchlein über ihren Tränenfluß und schnappte tief nach Luft, denn der Busen brannte ihr wie Feuer. »Ach, Ralston, Ihr seid's schon. Ich hätte nicht erwartet . . .«
Er unterbrach sie frech. »Ich eilte, damit nicht noch Schlimmeres . . .«
»Ach, Ralston, wärt Ihr doch nur früher hergekommen . . .«, schluchzte Shanna scheinheilig.
»Madam!« Sein Ton war sachlich knapp. »Mein erster Weg führte mich zur *Marguerite*, um das von unserem auf Grund gelaufenen Schiff gerettete Gut schnell zu verstauen, doch mußte ich dort höchst merkwürdige Kunde vernehmen. Ihr habt Captain Duprey befohlen, Vorkehrungen für Eure Heimkehr auf seinem Schiff zu treffen, und des weiteren habe ich erfahren müssen, daß ihr in der kurzen Spanne meiner Abwesenheit sowohl Gattin wie auch Witwe wurdet. Habe ich da recht gehört, oder will dieser spitzbübische Franzose mich zum Narren halten?«
Shanna tupfte sich wirkungsvoll die Augenwinkel. »Es ist alles die traurige Wahrheit, Ralston.«
»Madam . . .«
»Madam Beauchamp. Madam Ruark Deverell Beauchamp«, ließ Shanna wissen.
Ralston räusperte sich kurz. »Madam Beauchamp, habe ich darunter zu verstehen, daß Euch in einer knappen Woche das gelang, was Ihr ein Jahr lang für unmöglich hieltet, nämlich einen Gatten Eurer eigenen Wahl zu finden?«
»Haltet Ihr's für so unmöglich, Ralston?« Allmählich fiel es ihr schwer, Ihren Ärger zu verbergen.
»Madam, bei jeder anderen Frau würde ich keineswegs die Möglichkeit in Zweifel ziehen.«
»Und bei mir, Mister Ralston?« Shanna zog die Brauen hoch. »Haltet Ihr mich nicht der Liebe fähig?«
»Das nicht, Madam«, antwortete er mit Umsicht, erinnerte sich nichtsdestotrotz an die umfängliche Anzahl Edelmänner, die er ihr selbst zur

Begutachtung vorgestellt, stets in der Hoffnung, daß einer endlich doch vor ihr Gefallen finde und nach erfolgter Hochzeit die erwiesenen Kupplerdienste mit einem Teil der Mitgift honoriere. »Freilich war ich stets der Meinung, daß ihr wählerischer als andere seid.«
»Das bin ich auch«, erwiderte sie schnippisch. »Sonst hätte ich mich längst schon selbst betrogen, indem ich einen anderen als meinen heißgeliebten Ruark auserkoren. Doch hat die Ironie des Schicksals es gewollt, daß ich so schnell verlor, was ich so spät erst fand. Bei den Umständen seines bejammernswerten Todes mag ich, was Ihr gewiß verstehen werdet, nicht verweilen. Ach, wie geschwind wurde sein Leben mir entrissen, ein Stolpern beim Verlassen unserer Kutsche . . . Und Weh und Ach, mein herzallerliebster Ruark war nicht mehr.«
»Doch teiltet Ihr in der Tat mit ihm bereits das Bett?«
Shanna riß in täuschend echter Vorspiegelung von Entrüstung das goldumlockte Köpfchen hoch.
»Mister Ralston! Gedenkt Ihr, mich mit Eurer Grobheit zu beleidigen? Oder entspricht es etwa nicht dem Brauch, daß Mann und Frau in ihrer Hochzeitsnacht beisammenliegen?«
»Vergebung, Madam.« Ralston wurde rot, als er die Gefährlichkeit seiner Frage erkannte.
»Ich kann nicht billigen, daß Ihr an meinen Worten zweifelt, und nehme es auch übel auf, von Euch bedrängt zu werden. Doch da Ihr Eure Neugier schon so schamlos an den Tag legt, will ich Euch versichern, daß ich nicht mehr Jungfrau bin und vielleicht auch ein Kind zu erwarten ist.« Nachdem sie diese Worte hervorgebracht hatte, verdüsterte nun echte Sorge ihr Antlitz, denn sie fragte sich in der Tat, ob sie nicht Ruarks Samen unterm Herzen trug. Die Begegnung war nur kurz gewesen, doch die Möglichkeit bestand. Allerdings hegte sie keineswegs den Wunsch, ein vaterloses Kind heranzuziehen. Heimlich zählte sie die Tage, bis sie Gewißheit haben würde.
Ralston freilich mußte ihr Gehabe anders deuten. Shanna konnte leicht sein einträgliches Verhältnis mit ihrem mächtigen Vater gefährden. So war auch in seiner Stimme die Besorgnis echt.
»Madam, es war nicht meine Absicht, Euren Kummer zu vergrößern. Indessen«, er schien sich mit aller Gewalt an seiner Gerte festzuhalten, denn seine Knöchel waren weiß, »indessen muß ich doch bedenken, daß mir Euer Herr Vater Fragen stellen wird, Madam Beauchamp. Ich muß also um Auskunft bitten, welchenorts die Trauung vollzogen wurde, muß die Trauurkunden prüfen. Zwar ist der Name Beauchamp in London wohlbekannt, doch gibt es Dinge, derer ich mich vergewissern muß, und es geht ja wohl nicht an, daß ich bei der Familie an die Türe klopfe, um Erkundigungen einzuholen, am wenigsten, wenn man dort

Trauer trägt. Doch hilft es nichts, um Eures Herrn Vaters berechtigte Neugier willen muß ich mich der Gültigkeit der Eheschließung vergewissern.«
Shanna gab sich äußerlich gelassen. »Fürwahr, Sir, es ist nicht anzunehmen, daß mein Vater mein Wort allein schon für die Wahrheit nimmt.« Ein Hauch von Ironie klang in ihrer Stimme mit. Shanna rauschte durch den Raum und nahm den Packen Pergamente, die sie um einen Kuß und ihre Jungfernschaft erworben hatte, aus dem Sekretär. »Hier sind Eure Beweise.«
Ralston war schon neben ihr, nahm die Pergamente in die Hand und löste das scharlachrote Band. Dabei fiel sein Blick auf das einzelne Blatt, das auf dem Schreibtisch lag. Ralston griff danach, sie wollte es ihm noch entreißen, doch er hielt es frech beiseite. Er betrachtete das Antlitz, das Shanna voller Haßliebe in widerwillig-sehnsuchtsvoller Erinnerung gezeichnet hatte.
»Euer dahingegangener Gemahl?«
Shanna nickte. »Gebt es mir zurück.«
»Euer Herr Vater wird sicher neugierig sein.«
Mit einer flinken Geste riß Shanna ihm die Zeichnung aus der Hand und zerfetzte sie.
»Aber Madam! Warum dieses? Ich glaube, er besaß all jene Eigenschaften, deren Ihr ihn rühmt. Und er hat in der Tat, wie Ihr beteuert, Euer Herz gewonnen.«
»So ist es«, sagte sie erschöpft. »Und sein Tod rührt solchermaßen mich zu Tränen, daß ich den Anblick seines Ebenbilds nicht ertrage.«

Auch den nächsten Morgen verschönte ein strahlendfrisches Wetter. Als Ralston aus seinem Landauer stieg, peitschte ein frostiger Wind um die Gemäuer. Mit seinem Gertengriff klopfte er so lange ans Tor, bis von innen Antwort kam. -
»Macht auf! Ich hab' Geschäfte mit dem Kerkermeister!« rief er im Befehlston.
Ein Schlüssel knirschte, das Eisentor schwang auf, ein Wärter grüßte und führte Ralston durch lange Gänge, bis sie den Kerkermeister fanden.
»Ach ja, der gute alte Mister Hicks!« rief Ralston aus. »Hört zu. Ich hab' erfahren, daß ich früher als erwartet zurück zur Insel muß. So laßt mich also schauen, was Ihr noch an guter Ware für mich habt.«
Der Fette rang seine Wurstfinger. »Aber Mister Ralston, außer dem, was Ihr schon ausgesucht habt, gibt's nichts anderes.«
»Macht mir nichts vor, mein Lieber«, lachte Ralston, »ein paar stramme junge Schuldner, einen Dieb oder zwei, die diesem Loch entfleuchen möchten, gibt's doch immer. Ihr wißt, mein Herr zahlt gut.« Er stocherte

mit seiner Gerte in Mister Hicks' Bauchfett. »Wie wär's mit ein paar hübschen Münzen für Eure stets aufnahmebereite Börse.«
»Aber Herr, ich schwör's Euch«, grinste Hicks weinerlich, »ich hab' nichts mehr auf Lager.«
Ralstons Geduld verflog wie immer schnell. »Der letzte Haufen, den Ihr mir verkauftet, hält kaum ein Jahr oder zwei in den Zuckerrohr-Plantagen durch. Übrigens sind bei uns in der Karibik auch stramme Weiber und gesunde Kinder nicht ganz ohne Wert.« Sein dünnes Gesicht nahm eine vielsagende Miene an. »Also, wie steht's? Mein Herr wird mich schön schelten, wenn ich nicht noch was Besseres bringe.«
Ein Aufruhr vor der Wachstube unterbrach die Unterhaltung, die schwere Tür zum Hauptgebäude wurde aufgestoßen. Ein Wärter trat hervor, zerrte eine lange Kette hinter sich her, an die ein Mann geschlossen war, den so viele Eisenfesseln niederdrückten, als er eben noch tragen konnte. Ein zweiter Wärter folgte, der eine weitere Kette, die dem Gefangenen angeschlossen war, in Händen hielt. Ein geschwollenes Auge und ein blutig geschlagener Mund, alles Spuren jüngster Mißhandlungen, entstellten das Gesicht des Häftlings. Er stolperte in seinen Fußeisen, und diese Ungeschicklichkeit brachte ihm einen gemeinen Rippenstoß ein. Nur ein kurzer Schmerzenslaut entrang sich den geschundenen Lippen. Die beiden Wärter waren mit dem ihnen Anvertrauten auf dem Weg zum Innenhof, doch Ralston, der einen guten Blick für Sklavenfleisch besaß, hielt sie mit einer Handbewegung auf.
»Halt! Nicht weiter!« Er sah Hicks scharf an. »Ihr seid mir schon ein rechter Schlaukopf. Den habt Ihr zurückgehalten, um den Preis noch hochzusteigern!«
Ralston trat näher, um den Gefangenen besser abzuschätzen, dann wandte er sich nach dem Kerkermeister um. »Macht keine Faxen, Mann. Den Burschen brauch' ich. Nennt gleich den Preis. Was verlangt Ihr für den Haufen Elend?«
Hicks schnaufte, fast schon einem Blutsturz nahe. »Aber grad' den kann ich nicht verkaufen! Der soll morgen untern Galgen. Jetzt soll er in die Sammellzelle zu den anderen, die ebenfalls morgen an die Schlinge kommen.«
Ralston sah Hicks lange an und schlug dabei die Gerte gegen seine Stiefel. »Also, Hicks . . . Ich kenne Euch – und auch das eine oder andere Wunder, das Ihr in der Vergangenheit schon zu erwirken wußtet. Ein hübsches Sümmchen für den Kerl und . . .«
Der Kerkermeister drohte in die Knie zu sacken, so zitterte er schon zwischen Gier und Pflicht. »Aber 's geht nicht. Das ist doch ein Mörder. Zum Galgen verurteilt, vom Gericht. Ich muß die Übergabe an den Henker unterschreiben, und sein Name lautet . . .«

»Der Name soll mich nicht kümmern«, drängte Ralston. »Wir schenken ihm einen neuen.«
Bei diesem Vorschlag leuchtete ein schlauer Blick in Hicks' Augen auf. Ralston ließ den Augenblick nicht ungenutzt verstreichen.
»Na, seht Ihr?« grinste Ralston. »Macht einmal Gebrauch von Eurem Kopf. Wer soll schon ein Wort davon erfahren? Wen kümmert's, wer da hängt, wenn nur die Zahl der Galgenstricke stimmt? Und die Sache bringt Euch . . .«, er näherte seinen Mund dem ungewaschenen Ohr des Kerkermeisters, »nun, sagen wir zweihundert Pfund in Eure Tasche, zwei Pennies für die Wärter, und gesehen hat niemand was.«
Geldgier begann in Hicks' Augen aufzublitzen. »Wenn's so ist«, murmelte er, mehr zu sich selbst. »Wir ha'm sogar noch einen Leichnam hier, ein alter Mann, der jahrelang im Kerker saß, von aller Welt vergessen, letzte Nacht ist er gestorben. Ja, so könnt' die Sach' sich wenden lassen.« Er grinste Ralston an und flüsterte: »Zweihundert Pfund? Für so einen wie diesen dort?«
»Gewiß doch«, nickte Ralston. »Der ist jung und stark. Wir lichten Anker schon in ein paar Tagen, aber bis dahin müßt Ihr ihn mir verborgen halten. Hat er Familie, die den Leichnam fordert?« Hicks nickte, aber Ralston fuhr fort: »Wohlan, gebt der Verwandtschaft morgen im geschlossenen Sarg, mit einem Gerichtssiegel wohlversehen, damit niemand ihn zu öffnen wagt, den toten alten Mann, von dem Ihr spracht. und unseren Burschen hole ich ab, zusammen mit den anderen, die ich in der vorigen Woche kaufte, am Tag bevor wir in See stechen. Bis dahin wird der Mann mir gut behandelt, damit er so bald wie möglich wieder brauchbar ist. Habt Ihr alles gut verstanden?«
Der Kerkermeister nickte eifrig, so daß die Speckrollen im Genick zu wabbeln begannen.
Ralston lächelte fröhlich vor sich hin, als er zur Kutsche zurückkehrte. Denn so sah seine Rechnung aus: zweihundert für Hicks, aber Orlan Trahern würde er gut fünfzehnhundert für solch ein Exemplar berechnen können, also blieben dreizehnhundert für die eigene Tasche. Kein schlechter Schnitt für einen kalten Vormittag, Ralston summte tonlos einen Gassenhauer vor sich hin, als er sich zum Trahernschen Stadtpalais heimkutschieren ließ.
Man schrieb den vierundzwanzigsten November, als Pitney sich auf den Weg nach Tyburn machte. Einen Menschen hängen zu sehen, war nicht nach seinem Geschmack, und als er daher fand, daß sein Gemüt dringend einer Stärkung bedurfte, kehrte er in eine Schenke ein und rief laut nach einem Becher braunen Biers. Wie immer an den Hängetagen war eine riesige Menge Volks nach Tyburn unterwegs, und die Spelunke wimmelte von Gaffern, die auf den Beginn des Schauspiels warteten. Ein ein-

zelner Schemel war noch frei, und so kam Pitney neben einen drahtigen kleinen, rothaarigen Schotten zu sitzen, etwa vierzig Jahre alt. Der Mann, der schon recht tief im Gin versunken war, nickte Pitney mit einem müden Lächeln zu. Pitney hatte, wie es seiner Art entsprach, keine große Lust, sich zu unterhalten, doch da der Schotte offensichtlich schwer an irgendeinem tragikumwitterten Schicksal trug, saß Pitney geduldig still und nickte hin und wieder stumm, als ihm der arme Wicht sein Herz ausschüttete.
Dann plötzlich, einen wilden Fluch auf seinen Lippen, sprang Pitney auf, griff seinen Dreispitz und stürzte aus der Schenke zu den Galgen hin.
Dicht drängte sich das Volk, mehr als einmal warf Pitney ganze Menschentrauben um, als er sich rücksichtslos den Weg durch das Gedränge bahnte. Pitney stieß zu dem Platz vor, wo die Kerkerwärter nun schon die Gefangenen vom Karren luden. Vergeblich hielt er nach Ruark Beauchamp Ausschau.
Als ein Kerkerknecht in seine Nähe kam, packte Pitney ihn am Kragen. »Wo ist der Bursche aus den Kolonien, Ruark Beauchamp? Soll er nicht heute hängen?«
»Laß los, du blöder Hund, hau ab und kümmer' dich um deinen eigenen Kram!«
Pitneys breite Pranke zog den Wärter zu sich hoch, so daß sie Nase an Nase standen.
»Wo ist Ruark Beauchamp?« brüllte Pitney. »Sprich, wenn du dein Gesicht nicht ins Genick gedreht haben willst!«
Dem Wärter quollen schon die Augen fast aus dem Kopf. »Der ist schon tot. Den ha'm sie heut früh schon mit dem Karren abgeholt und vor Morgengrauen aufgehängt, als noch kein Volk versammelt war.«
Pitney rüttelte den Mann, bis ihm die Zähne klapperten.
»Ist das auch wahr?« fauchte er ihm ins Gesicht.
»Gewiß doch!« Der Kerkerknecht erstickte fast. »Hicks hat ihn im Sarg zurückgebracht. Versiegelt. Die Familie kann ihn holen. Jetzt laßt mich endlich gehen!«
Langsam lockerten sich Pitneys Riesenfäuste, der Mann schlitterte auf seinen Füßen davon, doch war er augenscheinlich erleichtert.
Pitney indessen schlug wütend seine Faust in die Handfläche und fluchte vor sich hin. Dann drehte er sich auf dem Absatz, eilte nicht minder geschwind als zuvor zurück in die Taverne, warf die Tür auf, daß es krachte. Seine grauen Augen verengten sich zu schmalen Schlitzen, doch so sorgsam er auch den überfüllten Raum absuchte, von dem Schotten mit roten Haaren sah er keine Spur.
Endlos wollte Pitney die Fahrt nach Newgate zum Gefängnis scheinen, und Pitneys Laune sank noch tiefer, als er ohnehin gefürchtet hatte. Ker-

kermeister Hicks beschwor freilich haargenau die Auskunft, die Pitney schon dem Kerkerknecht in Tyburn abgezwungen hatte. So blieb ihm nichts anderes übrig, als den verschlossenen Sarg mit dem darauf eingebrannten Namen »Ruark Beauchamp« in Empfang zu nehmen. John Craddock half ihm, die Kiste auf einen Pferdekarren zu heben.
Pitney nahm die Zügel in die Hand und lenkte seinen Gaul zu einem verlassenen Kuhstall. Dort, hinter sorgsam verschlossenem Tor, zog er einen schweren, hübsch dekorierten Sarg aus dem Heu und wuchtete ihn auf den Karren, neben die Leichenkiste aus dem Kerker.
Er brauchte seine Zeit, bis er schließlich mit dem Meißel die Schraubenköpfe glätten konnte, so daß der Deckel des Schmucksargs nur mit erheblicher Mühe wieder zu öffnen gewesen wäre. Sein Inhalt war somit gegen jedes neugierige Auge wohlverwahrt. Hin und wieder, bei der Arbeit, zog über Pitneys breites Angesicht ein seltsames, geheimnisvolles Lächeln.
Und weiter ging die Fahrt, dieses Mal zu einem abgelegenen Gottesacker, wo Pitney den Sarg nun an einem frisch ausgehobenen Grab ablud. Dann ging er zum nahe gelegenen Pfarrhaus, um Bescheid zu geben und für den nächsten Tag die Bestattung zu bestellen.
Als Pitney im Trahernschen Stadtpalais den Salon seiner Herrin betrat, war Ralston bei ihr. Pitney empfand Verlegenheit, weil er nicht wußte, wie er Shanna nun vor fremden Ohren Bericht erstatten sollte. Er drehte den Dreispitz in den Händen.
»Euer Gemahl . . .«, begann er schließlich, »Mister Beauchamp . . .«
Shanna starrte Pitney an, Ralston zog interessiert eine Braue hoch.
»Es ist alles wohlbesorgt. Der Pfarrer hat die Zeit auf zwei Uhr morgen mittag festgesetzt«, verkündete er schließlich.
Ein Seufzer der Erleichterung von Shannas Lippen wandelte sich schnell zu tränenreichem Schluchzen. Dann schlug Shanna die Hände vors Gesicht und lief davon – die Treppen hoch, in ihr Schlafgemach, wo sie geschwind die Tür hinter sich zuwarf, wie um die Welt da draußen auszusperren. Ein dumpfer Schmerz verknotete sich in ihrem Busen, als sie an die Tür gelehnt ihr Bett betrachtete. Und einen Augenblick lang wünschte sie sich fast, das Schicksal hätte einen anderen Lauf genommen. Nun war ihre Witwenrolle echt. Traurig sah sie sich ihr Bild im Spiegel an. Sie erwartete, ein Gefühl des Triumphs zu empfinden. Doch seltsam, es stellte sich nicht ein.

Die *Marguerite* war, wie die Blume, deren Namen sie trug, nicht groß und ziemlich einfach ausgestattet. Es war eine in Boston auf Kiel gelegte Brigg und daher mit ihren beiden Masten länger, niedriger und schnittiger als ihre englischen Schwestern. Die Laderäume waren überfüllt, jeder verfügbare Winkel war ausgenutzt, die Last drückte den Rumpf tief ins Wasser; das Hauptdeck lag nur noch eine Stange über dem Kopfsteinpflaster der Pier. Captain Jean Duprey war ein kleiner, stämmiger Franzose, der bei seiner Mannschaft beliebt war. Sechs Jahre fuhr er schon in Traherns Diensten, und wenn er einen Fehler hatte, dann war es seine Vorliebe für das schwächere Geschlecht. Er kannte jede Planke auf seinem Schiff, jeden Winkel, jede Ecke unter Deck. War auch die *Marguerite* ein kleines Schiff, so bot sie doch einen stramm geschrubbten, frisch gestrichenen Anblick, und ihre Takelage war, wenn auch geflickt, schneeweiß und heil.

Die Jahreszeit der Passatwinde ging für die nördliche Hemisphäre dem Ende entgegen. Was in den Trahernschen Lagerhäusern an Frachtgut für Los Camellos lag, wurde zwischen die *Marguerite* und die sehr viel größere, auch großartigere *Hampstead* aufgeteilt, die im Dezember segeln sollte. Das kleinere Schiff hatte dabei tausenderlei kleinere Dinge, die für das tägliche Leben auf der Insel unentbehrlich waren, aufzunehmen, so auch Taue aller Größen, Pech und Teer und auch vier lange, schlanke, sorgfältig verpackte und verstaute Kanonenrohre. Trahern hatte sie bei deutschen Waffenschmieden gießen lassen, und Gerüchte wollten wissen, daß sie zweimal so schnell wie jedes herkömmliche Artilleriestück feuern konnten.

Die fahle Sonne hatte sich gesenkt, es wurde kalt, Dunst stieg von der Themse auf. Die letzten Vorbereitungen fürs Ankerlichten am nächsten Tag wurden nun eilig betrieben, denn wenn sich nun bald der graue Themse-Dunst zu dichtem, gefahrbringendem Nebel wandelte, war jeder Decks- und Hafenarbeit ein Ende gesetzt. Shannas Truhen wurden noch an Bord gehievt, die größeren für die Laderäume, die kleineren für ihre Kajüte bestimmt. Shannas Kajüte, die sie noch mit ihrer Zofe Hergus teilen mußte, bot freilich kaum so viel Raum, als daß die beiden Frauen sich zur gleichen Zeit darin bewegen konnten. Pitney hatte einen kräftigen Eisenriegel innen an der Türe angebracht, denn Shanna und Hergus waren die einzigen Frauen an Bord, auch hatte Pitney seine Hängematte in dem schmalen Gang davor aufgehängt. Mochte auch die Furcht vor einer Strafe, mit welcher der Schiffsherr Trahern jedes Ungemach an seiner Tochter ahnden würde, allein schon jeden Unhold streng in Schranken halten, so bot doch sicher Pitneys Gegenwart, der eine Züchtigung auf der Stelle verabfolgen würde, gewiß den sichereren Schutz.

Der Nebel hatte nun auch die Decksarbeiten fast schon zum Stillstand gebracht, Ungeduld breitete sich allenthalben aus. Shanna stand neben Hergus an der Reling und spürte wie Kapitän und Mannschaft diese Stimmung, doch schrieb sie es ihrem immer drängender empfundenen

Wunsche zu, endlich London zu verlassen und die Heimfahrt anzutreten. Auch war ihr Ruarks Beerdigung bedrückend aufs Gemüt geschlagen. Ralston zu erklären, warum die Familie Beauchamp nicht zur Trauermesse erschienen war, hatte sich ebenfalls als äußerst schwierig erwiesen; zu guter Letzt hatte Shanna sich noch in die Ausflucht retten können, es sei ihr eigener Wunsch gewesen, von ihrem Gatten einsam und in aller Stille Abschied zu nehmen – und die Beauchamps hätten, da ihr als einziges von ihrer Ehe nur ein paar Tage in der Nähe seines Leichnams verblieben waren, diesem ihrem Wunsche zugestimmt.

Ralston war es auch, auf den sie nunmehr warteten – und auf die für die Plantagen von Los Camellos bestimmten Leibeigenen, die Ralston abzuholen hatte. Ralston hatte immer vor jeder Abfahrt bis zum letzten Augenblick noch Londons Gassen und Spelunken auf der Suche nach armen Teufeln durchgekämmt, die, um dem Elend oder sonst einer Bedrohung zu entgehen, sich als Leibeigene auf eine ferne Insel zu verkaufen wünschten. In diesen Zeiten relativen Friedens waren solche Wichte leicht zu finden, wenn auch die meisten nur zu wenig nütze waren. Einige hatte man auch immer aus dem Schuldturm loskaufen können, doch wirklich brauchbar waren eigentlich nur die, welche sich in einer neuen Welt irgendwie zu verbessern hofften. Solche Männer schätzte »Lord« Trahern am meisten, und oft auch hatte er sich schon dagegen ausgesprochen, Männer gegen ihren Willen unter Vertrag zu nehmen; oft auch Ralston schon in diesem Sinne angewiesen. Doch nun stand das Zuckerrohr erntereif in den Feldern, und dringend wurde jede Hand gebraucht. Shanna, in der Kälte zitternd, die selbst ihr wollenes Kleid durchdrang, kuschelte sich tiefer in den grünen Samtmantel, hob die Kapuze, um ihr blondes Lockenhaar vor der Nebelfeuchte zu schützen, und ließ ihre Augen über die Schiffs- und Kai-Laternen wandern, die wie ferne kleine Inseln in der Düsternis schwammen.

Räderrasseln drang nun vom Kopfsteinpflaster zu ihr hoch; Shanna lehnte sich über die Reling, als endlich ein Gespann einen schweren Wagen aus dem dichten Dunst zum Schiff heranzog. Ralstons Landauer kam gleich hinterher, doch beide Wagen waren nichts als dunkle Schatten in der geisterhaften Nebelwelt des Hafens. Shanna mußte schon genau hinschauen, um Ralston, der nun das Aussteigen der Leibeigenen anordnete, deutlich zu erkennen.

Kettengeklirr schreckte Shanna auf, und plötzlich wurde ihr bewußt, daß die Männer an Hand und Fuß aneinandergeschlossen waren. Daraus ergab sich jetzt auch eine Schwierigkeit beim Verladen, denn die Eisen waren nicht lang genug, um Mann für Mann absteigen zu lassen; sie stürzten, stolperten und fielen, und weder mit ihren Stöcken noch mit ihren lauten Flüchen vermochten die Kerkerknechte Abhilfe zu schaffen.

»Warum müssen sie angekettet sein?« sagte Shanna empört zu ihrer Zofe Hergus und lehnte sich über die Reling, um besser sehen zu können.
»Das weiß ich auch nicht, Madam.«
»Nun, wir werden sehen, ob Ralston einen guten Grund dafür weiß«, erwiderte Shanna.
Mit wachsender Empörung stieg Shanna die Gangway hinab und auf den dunklen Schatten auf dem Pier zu, der Ralston sein mußte. »Mister Ralston!«
Ralston fuhr herum und eilte auf Shanna zu, um sie aufzuhalten. »Madam, geht nicht weiter. Das hier sind die üblichen . . .«
»Was hat das zu bedeuten?« forderte Shanna aufgebracht zu wissen und hielt ihren Schritt erst an, als sie vor dem Handelsagenten ihres Vaters stand. »Es gibt sicher keinen vernünftigen Grund, tüchtige Männer wie Schweine zu behandeln, Mister Ralston. Kettet sie los!«
»Aber Madam, das geht nicht.«
»Geht nicht?« wiederholte sie ungläubig und stemmte unter ihrem Mantelumhang die Hände in die Hüften. »Ihr vergeßt wohl, wen Ihr vor Euch habt! Wie wagt Ihr's, mir zu widersprechen?«
»Madam«, beschwor er sie. »Diese Männer . . .«
»Kommt mir nicht mit faulen Ausflüchten«, versetzte sie scharf. »Wenn diese Männer meinem Vater irgendwie von Nutzen sein sollen, dürfen sie nicht geschlagen, geschunden und mit Ketten wundgescheuert werden. Die Überfahrt wird schon hart genug für sie.«
Halb flehte, halb widersprach der dünne Mann. »Aber Madam, ich kann die Männer hier im Hafen nicht losketten. Ich habe Euer Vaters gutes Geld für sie bezahlt, und die meisten würden bei der kleinsten Chance fliehen. So laßt mich wenigstens . . .«
»Mister Ralston.« Shannas Stimme war fest, dennoch von ätzender Gelassenheit. »Ich sagte losketten. Und zwar sofort.«
»Aber Madam Beauchamp!«
Plötzlich hielt einer der Leibeigenen mitten im Schritt an, die anderen stolperten gegen ihn, die Ketten rasselten und stießen sich gegenseitig an ihren Fußknöcheln.
Ein Kerkerknecht stürzte heran und fluchte laut. »Blöder Bettelhund, los, vorwärts. Glaubst wohl, du spazierst hier durch den Park von Covent Garden!«
Er hob seinen Prügel, um den geketteten Mann zu schlagen, doch da traf ihn Shannas Blick. Sie riß sich die Kapuze aus dem Gesicht – aber auch der Leibeigene zuckte zurück und schützte den Kopf mit seinen Armen, als fürchte er ihren Anblick mehr als jeden Wärterstock.
»Ihr mißhandelt meines Vaters Eigentum!« schrie Shanna den Kerker-

knecht an und trat schon vor, wie um selbst den unverschämten Burschen zu maßregeln. Ralstons Hand legte sich auf ihren Arm.
»Madam, diesen Männern ist nicht zu trauen!« Seine Sorge war echt, er wußte, welche Strafe ihn erwartete, sollte »Lord« Traherns Tochter ein Leid geschehen. »Die Männer sind zu allem fähig und würden mir nichts, dir nichts . . .«
Shanna drehte sich nach dem Agenten um. »Nehmt Eure Hand von mir!«
Hilflos nickte Ralston und gehorchte. »Madam, Euer Herr Vater hat mir Eure Sicherheit überantwortet und . . .«
»Mein Vater wird Euch von Los Camellos verbannen, wenn er erfährt, wie Ihr diese Männer hier behandelt. Führt mich nicht in die Versuchung, ihn aufzuklären, Mister Ralston!«
Die Muskeln in seinem Antlitz zuckten. »Madam hat seit ihrer Hochzeit Dornen angesetzt.«
»Fürwahr«, versicherte ihm Shanna. »Und sie sind scharf. Gebt Obacht, daß Ihr nicht gestochen werdet.«
»Ich frage mich, Madam, warum Ihr stets mit mir in Fehde liegt. Erfülle ich nicht jeden Befehl Eures Herrn Vaters?«
»Nur zu gut«, sagte sie bissig.
»Wo also liegt dann mein Unrecht, Madam?«
»In der Art und Weise, wie Ihr meines Vaters Befehle erfüllt, darin liegt Unrecht«, belehrte sie ihn, und ihre Stimme wurde scharf. »Wenn Ihr auch nur eine Spur von Anstand hättet . . .«
Hämisch runzelte er die Stirn: »Wie etwa Euer verstorbener Herr Gemahl, Madam?«
Am liebsten hätte sie ihn in die grinsende Visage geschlagen, ein kaum noch zügelbarer Haß auf diesen Mann stieg in ihr hoch. Sie biß die Zähne zusammen und warf einen Blick hinter sich, wo der Kerkerknecht jetzt unschlüssig mit hängenden Armen stand. Der Leibeigene, der mit seinem Stolpern das Streitgespräch veranlaßt hatte, schien sich in den Pulk seiner Leidensgenossen geflüchtet zu haben.
Vom Schiff her hallte ein Ruf durch den Nebel; Captain Duprey kam die Gangway herabgesprungen und strebte auf Shanna und Ralston zu.
»Mon Dieu! Was ist denn los?« wollte er wissen. Er sah die Leibeigenen schweigend eng beieinanderstehen und suchte sich einen Reim darauf zu machen.
»Ihr dort drüben!« Fast tänzelnd, als er den Kerkerknechten zuwinkte, rief er: »Bringt die Männer an Bord, unter Deck. Der Maat zeigt Euch, wohin damit!«
Als er Shanna sah, brach Captain Dupreys gebräuntes Gesicht in ein breites Lächeln aus, mit großer Geste schwenkte er seinen federge-

schmückten Dreispitz und verbeugte sich tief. »Madam Beauchamp, das Deck ist gewiß kein Aufenthalt für eine Dame, und noch gewisser nicht die Nähe jener Schmutzfinken!«
Der letzte Leibeigene setzte eben seinen Fuß aufs Schiff. »Gaptain Duprey«, hob Shanna an, wohlberechnete Schüchternheit in Blick und Worten, »den Anblick dieser Ketten vermag ich nicht zu ertragen. Und da die Männer sich nunmehr an Bord befinden, bitt' ich Euch, sie loszuketten und menschlich zu behandeln.«
Mit seinem herzlich warmen Lächeln bogen sich die Schnurrbartspitzen aufwärts. »Madam! Euch kann ich nichts verweigern. Ihr Wunsch ist augenblicklich mir Befehl!«
»Sir!« bellte Ralstons Stimme scharf dazwischen. »Seid gewarnt! Die Verantwortung für diese Männer trage ich, und ich gebe die Befehle!«
Der Captain hob abwehrend eine Hand. »Madam Beauchamp hat recht! Kein Mann sollte Ketten tragen müssen! Außerdem schinden Ketten unterm Salz die Haut, und es dauert Wochen, bis sie heilt!«
Impulsiv ergriff der Captain Shannas Hand und preßte einen Kuß darauf. »Ich eile, Eurem Wunsch willfährig zu sein!« Und schon entschwand er unter Deck.
Ralston schnaufte angewidert. Diese Runde hatte er verloren. Wütend drehte er sich auf dem Absatz um und stapfte steif von dannen.
Mit selbstzufriedenem Lächeln auf den hübschen Lippen sah Shanna ihn enteilen. Da sie sich nun allein auf der Pier stehen sah, raffte sie ihre Röcke und hastete ebenfalls an Bord. Schwere Schritte hallten plötzlich hinter ihr; klopfenden Herzens blickte sie sich um. Pitney war's, Grund zur Bangigkeit also nicht gegeben, doch das belustigte Grinsen, das er hinter Ralston herschickte, gab Shanna zu neuen Rätseln Anlaß.

Der Gesang der Matrosen weckte Shanna schon vor Morgengrauen. Schlaftrunken hob sie ihren Kopf aus den Kissen, doch noch drang kein Morgenlicht durch die Bullaugen der Kajüte. Aus dem Gesang und den Befehlen, die vom Deck zu ihr drangen, wußte sie schnell zu erkennen, daß das Schiff sich nunmehr an der Ankerwinde in die Themse-Strömung ziehen ließ. Sanft schaukelnd lief das Schiff frei und nahm schließlich Fahrt auf, als die Segel gehißt wurden und der Wind sie blähte. Unterm stetigen Wiegen des Schiffes kuschelte sich Shanna wieder in die daunenweichen Federn.
Am ersten Abend der Reise lud der Captain Shanna ein, das Nachtmahl mit seinen Offizieren und Ralston zu teilen. In den nun folgenden Wochen sollte die kleine Abendgesellschaft am Kapitänstisch eine ständige Einrichtung werden, ja sogar – bei den Künsten des französischen Kochs, bei ein oder zwei Gläschen Wein aus dem bemerkenswert wohl-

sortierten Lager und bei munterem Geplauder – der Höhepunkt eines jeden Reisetages. Auch Shanna, mit dem Captain und seinen Offizieren seit Jahren freundschaftlich bekannt, genoß die Abendrunde sehr und regte mit Charme und Witz die Kavaliere zu verhohlenen Wettbewerben ritterlicher Aufmerksamkeit an. Ralston freilich bequemte sich nur widerwillig zur Geselligkeit und wäre wohl am liebsten ferngeblieben, hätte er nicht andernfalls mit der Mannschaft oder gar allein auf Deck seine Mahlzeit einnehmen müssen. Säuerlich bekrittelte er die Reichhaltigkeit der Speisenfolgen und besaß sogar die Stirn – nach den sieben Gängen eines besonders köstlich gelungenen Mahls, gerade als man sich das Dessert aus kandierten Früchten und gezuckerten Mandeln munden ließ – appetitlos anzumerken, daß er für seinen Teil einen gewöhnlichen Walliser Nieren-Topf vorgezogen hätte. Die Tischgenossen registrierten dieses Zeugnis seines minderen Geschmacks mit einem Austausch vielsagend leerer Blicke.

Es war am Abend des dritten Sonntags auf der Reise, nach einem herrlich sonnenüberströmten Tag. Die Brigg segelte stetig dahin, eine beständige Brise blähte ihre Segel. Shanna stand an der Reling, ihr Herz war leicht, ein herrlicher Mond verlieh dem sternbesäten Nachthimmel samtenen Glanz. Die Nacht war lind und warm, denn man war schon südlicheren Sphären nah.

Vom Unterdeck her war das sehnsuchtsvolle Lied eines volltönenden Baritons zu vernehmen. Schmachtend hob Shanna den Blick zum Sternenhimmel, und ihr war, als riefe ein verlorenes Herz zu ihr über die Wasser her . . .

> Bin ich einsam, liebes weißes Herz
> Ist schwarz die Nacht und wild das Meer
> Führt mich doch das Licht der Liebe
> Auf alten Pfaden zu dir her . . .

Heiße Arme schienen sich um sie zu schlingen, und Shannas Augen schlossen sich in der Ekstase der Sehnsucht. Ein heiseres Flüstern geisterte ihr durch die Sinne – »Gib dich mir hin! Gib dich mir hin!« Das Traumgesicht wurde breiter, durchdringend flammten Bernsteinaugen auf, höhnisch grinste das Gesicht: »Sei verdammt, du trügerische Hündin!«

Dann splitterte die Illusion in tausend Scherben, weit riß Shanna ihre Augen auf, sie hastete zur anderen Schiffsseite. Weiße Wolken nahmen dunkle Schatten mit Silberrändern an, doch die Nacht war wieder stumm, nur das Gurgeln der Wasser unterm Rumpf, das Knirschen der Takelage und der Masten waren noch zu vernehmen.

Shanna stieß einen langen Seufzer aus. Die Nacht hatte ihren Zauber verloren; die Stimme, die von unterhalb des Decks zu ihr heraufgedrungen war, hatte ihr die Glückseligkeit geraubt, und in ihrem Innersten wollte die Frage nicht verstummen, wie schön es wohl gewesen wäre, hätte sie nun eine volle, lange Nacht lang das Ehebett mit einem geliebten Wesen teilen können.

5

Niedrige Hügel drängten sich um einen gelbbraunen Strand, der das lebhafte Grün von der brausenden Brandung trennte, die mit weißschäumenden Zungen an die nackten Ufer leckte. Bei den Sandbänken vor der Insel verwandelte sich das tiefe Blau des Ozeans in ein strahlend schillerndes Grün, das die Farbe von Shannas Augen wiederholte.
Die sonnengebleichten Segel der *Marguerite* strahlten weiß im hellen Tag. Auf der höchsten Hügelspitze von Los Camellos trieb ein Rauchwölkchen hoch, Augenblicke später erreichte auch das Böllern der Signalkanone das Schiff. Die Brigg war ihrem Ziel nun nahe; lange, grüne Landarme wurden sichtbar, die eine weite Bucht umfingen, an deren Scheitelpunkt die blitzend weißgestrichenen Häuser des Dörfchens Georgiana lagen. Ein dunklerer Farbton des Wassers zwischen den Landarmen zeigte den Zufahrtskanal zum Hafen des Dörfchens an.
Kaum jemand auf der Insel ließ beim Knall der Kanone nicht alles stehen und liegen, um zum Hafen hinabzueilen und die Ankunft des Schiffes zu bejubeln. Geschenke warteten und, wichtiger noch, Nachrichten aus der großen, weiten Welt. Orlan Trahern, der Herr der Insel, war immer noch mehr Händler als Pflanzer, und was ihn hätte abhalten können, seine Kalesche zu besteigen und sein Pferd zum Hafen hinabzutreiben, war schlechterdings nicht vorstellbar.
Ungeduldig beobachtete Shanna, wie die Segel eingeholt wurden und das Schiff mit sich nun stetig verlangsamender Fahrt zu seinem Ankerplatz an der Pier gesteuert wurde. Einige Schiffe im Hafen mußten die Liegeplätze wechseln, um Platz für die *Marguerite* zu machen; es waren die Schiffe kleinerer Bauart, die den Handelsverkehr zwischen den Inseln betrieben. Als endlich rumpelnd die Gangway ausgelegt wurde, flog Shannas Herz fast so hoch wie die Möwen, die über ihr kreischten, und aufgeregt suchte ihr Blick die Menge ab, die sich auf der Pier ansammelte, um das geliebt-gefürchtete Antlitz des Vaters zu entdecken.
Pitney trat neben sie, zwei ihrer kleineren Truhen unter den Armen, und blieb dicht hinter ihr, als sie an Land stieg. Captain Duprey vergewisserte sich, daß seine Frau nicht in der Menge stand, dann eilte er herbei, um Shanna seinen Arm zu reichen, als sie von der Planke zum ersten Mal seit vielen Wochen wieder den Fuß auf festen Boden setzte. Seine dunk-

len Augen bettelten ihr bezauberndes Antlitz um ein Zeichen der Zuneigung an, doch mußte er sich schmerzlich enttäuscht eingestehen, daß Shanna in ihrer Ungeduld, endlich das Schiff zu verlassen, keinen Blick an ihn verschenkte. Hinter den sich Drängenden wartete Orlan Traherns offener Landauer, die Menge teilte sich begeistert, als der Insel-Lord nun schnellen Schrittes seiner langvermißten Tochter entgegenstrebte. Ein breites Lächeln flog über Traherns Angesicht, als er sein Kind erblickte, dann freilich unterdrückte er schnell diese offene Zurschaustellung seiner tiefen Freude.

Orlan Trahern war ein wenig kleiner als die meisten Männer ringsum, doch waren seine Schultern breit, sein Leib stämmig. Er bewegte sich entschlossenen Schrittes, trug leicht an seiner Leibesfülle, denn er war weniger ein dicker als vielmehr ein kräftiger Mann. Shanna hatte ihn, bei einer Wette um einen Krug Bier, Pitney niederringen gesehen. Wenn er lachte, schüttelte sich sein ganzer Leib, nur sein Gesicht blieb dabei ungerührt.

Mit einem Freudenschrei flog Shanna ihrem Vater zu, warf die Arme um seinen stämmigen Nacken. Einen kurzen Augenblick lang umfingen auch seine Arme ihre schlanke Taille, doch dann schob er sie – freilich zärtlich – von sich, lehnte sich auf seinen knorrigen Stock und betrachtete sie von Kopf bis Fuß. Lachend raffte Shanna ihre weiten, blaßblauen Batiströcke, tänzelte vor ihm, um ihn dann freudestrahlend mit einem tiefen Knicks zu begrüßen.

»Zu Ihren Diensten, Herr!«

»Ach, meine Tochter!« rief er und betrachtete sie, als sehe er sie zum ersten Mal. »Ich glaube, Ihr habt Euch selber übertroffen und seid im dahingegangenen Jahr noch schöner als zuvor geworden. Und wie immer scharwenzeln Männer hinter Euch her, um Eure Gunst zu suchen!«

Orlan Traherns Blick war auf Captain Duprey gefallen, der Shanna ihren Sonnenschirm nachtrug. Der Kapitän schob das bunte Ding verlegen von einer Hand in die andere, überreichte es ihr schließlich und entzog sich dann schnell Traherns Blick, mit der Entschuldigung, aufs Schiff zu müssen.

»Bist du denn williger geworden, des Lebens Härten hinzunehmen, Mädel? Ich hätte soviel Herablassung, auf solch schlichtem Schiff zu reisen, nicht bei dir vermutet, weißt du doch sonst eher des Lebens Luxus zu genießen.«

Shanna strahlte ihren Vater an. »Es verlangte mich zu sehr, heimzukehren. Willst du denn leugnen, daß du mich von Herzen gerne wiedersiehst?«

Orlan Trahern räusperte sich scharf, dann wandte er sich Pitney zu, der offenkundig Mühe hatte, unbewegte Miene zu bewahren.

»Ihr scheint mir wohlbehalten«, nickte er, »und habt das Jahr als Begleiter meiner Tochter unbeschadet überstanden, wie ich sehe. Oft hab' ich mich gefragt, ob es ausreichend war, Euch zur Leitung nur Ralston mitzuschicken, doch ich seh' Euch beide heil und nehme an, daß Euch kein Ungemach befallen.«

Verlegen öffnete Shanna ihren Sonnenschirm, ließ ihn über ihrem Kopf kreiseln, zauberte um des Vaters Willen ein fröhliches Lächeln auf ihr Angesicht.

»Komm also, meine Tochter«, bestimmte er. »Die Mittagsstunde ist nah, laß uns eine Mahlzeit teilen, während du mir berichtest, was dir alles widerfahren ist.«

Orlan gab Pitney einen freundschaftlichen Schlag auf die Schulter. »Ihr wollt wohl auch gleich heim, will mir scheinen. Kühlt ein Bier, ich will Euch später in einem Schachspiel schlagen. Nur laßt mich erst mit unserem kleinen Nichtsnutz fertig werden.«

Trahern führte seine Tochter durch die Menge, aus der ihr Hände und Willkommensrufe entgegenflogen. Shanna lachte Freundinnen zu, Dorffrauen drängten sich, um Shannas Kleider und Frisur, die von Londons neuester Mode kündeten, so nah wie möglich anzuschauen. Die anwesenden Männer jedoch hielten sich wohlweislich zurück, um ihre Schönheit nur aus respektvoller Entfernung zu begaffen.

Trahern half seiner Tochter in den Wagen, und geschwind verließ der Landauer den Hafen. Shanna lehnte sich zurück, schaute auf die vertrauten Häuser und Bäume, die vorüberzogen. Doch innerlich wappnete sie sich, um den Fragen zu begegnen, die, wie sie sehr wohl wußte, ihr bevorstanden. Als sie die letzten Häuser hinter sich gelassen hatten und auf der Straße zum Trahernschen Herrensitz dahinrollten, schnitt Trahern, ohne sie anzusehen, das Thema plötzlich an.

»Seid Ihr nun endlich des Umherflatterns müde, meine Tochter? Hast du einen Bräutigam auserkoren?«

Trahern hatte seine breite Hand auf seinem stämmigen Knie liegen, und dorthin schob Shanna nun auch ihre Hand, so daß der goldene Reif an ihren Fingern nicht zu übersehen war.

»Ihr mögt mich ab heute Madam Beauchamp nennen, Papa, falls Euch mein Vorname nicht genügt«, hob sie an. Shannas Lider senkten sich verschämt flatternd über ihre Augen, doch wagte sie schräg von unten her einen verstohlenen Blick. Dann ließ sie ihre Stimme traurig klingen.

»Allerdings muß ich Euch auch gleich von großem Kummer berichten.«

Shanna fühlte sich höchst unwohl bei ihrer Geschichte, denn Traherns Augen, von fast der gleichen Farbe wie die ihrigen, richteten sich nun mit stummer Frage auf sie. Tränen wallten in ihr hoch, zum größten Teil aus Scham über ihren Betrug.

»Ein Mann, höchst galant und herrlich anzusehen war's, den ich ehelichte...« Sie schluckte schwer, als die Lügen auf ihrer Zunge immer bitterer schmeckten. »Nur eine kurze Nacht des Glücks war uns beschieden...« Sie löste sich fast vor Kummer auf. »Er stieg aus unserer Kutsche und brach sich den Fuß an einem Stein. Die Chirurgen waren machtlos, und der Tod raffte ihn dahin...«
Orlan Trahern stieß mit einem stummen Fluch seinen Stock auf den Wagenboden.
»Ach, Papa«, schluchzte Shanna tränenreich. »So spät bin ich zur geliebten Braut geworden und so früh zur Witwe!«
Trahern schnaufte, wandte den Blick von ihr und starrte schweigend, in Gedanken eingehüllt, in die Ferne. Die vielbefahrene Straße führte durch dichte Palmenhaine, erstreckte sich dann wieder unter strahlender Sonne. Shanna ließ ihre Tränen versiegen und gab nur noch hin und wieder ein untröstliches Schluchzen von sich, bis sie das weit hingestreckte, große Herrenhaus erreichten.
Eine wilde Farbenpracht schien den Rasen zu überfluten, die Poincianabäume breiteten ihre scharlachroten Blüten aus, und dichte Trauben von Kolibri-Trompeten erfüllten die Luft mit ihrem süßen Parfüm. Der mit Sorgfalt gemähte Rasen erstreckte sich, so weit das Auge reichte, in regelmäßigen Abständen türmten sich Bäume mit weit ausladenden Kronen darüber. In Europa hätte man den Herrensitz der Traherns einen Palast genannt: breite Säulengänge erstreckten sich schier endlos über die Frontseite und entlang der Seitenflügel des Gebäudes. Weißgestrichene Ziegelbogen überwölbten die Veranda, die im Erdgeschoß ans Haus angrenzte. Im Obergeschoß schmückte eine Reihe reichgeschnitzter Holzpfeiler den rundumführenden Balkon, der von Gemach zu Gemach mit feinem Gitterwerk unterteilt war. Darüber erhob sich ein Steildach mit unzähligen Giebelfenstern, und die Terrassentüren, die sich aus fast jedem Raum zum Garten öffneten, verliehen ihm einen Charakter von sorglos eleganter Würde.
Die Kutsche hielt, aber Trahern saß reglos und schweigend. Verzagt blickte Shanna den Vater an, wagte nicht, sein Schweigen zu durchbrechen. Sie stieg allein vom Wagen, ging die Freitreppe zur Veranda hoch, hielt unsicher inne, schaute zurück. Der Vater saß immer noch im Wagen, mit gedankendurchfurchter Stirn sah er Shanna nach. Mühsam erhob sich nun auch er, schwerfällig stieg er die Verandatreppe hinauf, als sei der Stock Blei in seiner Hand. Shanna hielt ihm die Haupttür auf, aber einige Schritte davor blieb er stehen und betrachtete aufs neue seine Tochter. Und plötzlich machte der rätselnde Ausdruck in seinem Angesicht einem hemmungslosen Zorn Platz. Er riß den Stock hoch über sein Haupt und schmetterte ihn auf den Holzboden.

»Verdammt noch einmal, Mädel!« schrie er.
Die Tür schloß sich knallend, Shanna hob schnell ihre Hand, die sie gehalten hatte, vors Gesicht; Angst stand in ihren Augen, als sie vor dem alten Mann zurückwich.
»Gibst sowenig Obacht auf deine Männer?« brüllte Trahern. »Ich hätt' schon gern den Burschen wenigstens einmal gesehen. Konntest du ihn nicht wenigstens so lang am Leben halten, bis er dir ein Kind gemacht?«
Kleinlaut meinte sie: »Die Möglichkeit besteht, Papa, haben wir doch die Brautnacht beieinander verbracht. Es war ja erst eine Woche vor der Abfahrt, und noch weiß ich nicht...«
Sie errötete leicht bei dieser Lüge, denn sie war inzwischen sicher, daß sie Ruarks Samen nicht unterm Herzen trug.
»Bah!« schnaubte Trahern, ließ seinen Stock liegen, wo er lag, und stampfte an Shanna vorbei. Die Tür schmetterte er hinter sich zu.
Verschüchtert hob Shanna den Stock auf und folgte ins Haus. Einen Augenblick blieb sie in der Eingangshalle stehen; wie eine Sturzflut brachen die Erinnerungen an ihre Kinderjahre über sie herein. Sie sah sich wieder als kleines Mädchen, das vor Vergnügen kreischend die breite Treppe herabgestürmt kam – die herrliche Treppe, die sich um sich selbst zu winden schien und um den Kristallkronleuchter, der von der haushohen Decke herabhing, dessen funkelnde Prismen, die mit Myriaden von tanzenden Regenbogen die Halle aufleuchten ließen, eine nie versiegende Quelle der Faszination gewesen waren. Auch konnte Shanna sich noch gut erinnern, wie sie einmal auf allen vieren über den Marmorboden gekrochen war, um in den großen, üppigen, immergrünen Farnen, die den Riesenraum schmückten, nach dem flinken Kätzchen zu suchen, das Pitney ihr geschenkt hatte. Oder wie sie immer in Ehrfurcht zu dem Bild ihrer Mutter aufgeschaut hatte, das neben der Tür zum Salon hing. Oder wie sie in mädchenhafter Ungeduld auf die große, mit Schnitzereien überzogene Truhe geklettert war, wenn sie auf die Heimkehr ihres Vaters von einer Rundfahrt durch die Plantagen gewartet hatte.
Nun, als erwachsene Frau, ging ihr Blick über das gebleichte Holz der Balustraden, die geschnitzten Kassetten der zu den anderen Räumen führenden Türen, auf denen auch ein Hauch von Goldfirnis lag. Wie fast überall im Haus herrschten auch in der Halle Möbel im Stil der Régence vor. Dicke Gobelins aus Aubusson, Teppiche aus Persien, Lack-, Jade- und Elfenbeinkostbarkeiten aus dem Orient, Marmor aus Italien und tausenderlei Stücke von unschätzbarem Wert aus der ganzen Welt schmückten geschmackvoll die Räume.
Aus dem weiträumigen Foyer führten lange Flure in alle Richtungen zu den Seitenflügeln. Linker Hand lag das Reich Orlan Traherns mit Bibliothek und Kontor, seinem Wohnzimmer, seinem Schlafgemach und

auch dem Raum, in dem sein Badezuber stand und wo er sich mit Hilfe seines Dieners anzukleiden pflegte.

Shannas Gemächer lagen im oberen Stockwerk, rechter Hand von der weitgeschwungenen Treppe – weit genug also, wie sie jetzt denken mußte, von dem Trakt entfernt, in dem ihr Vater residierte. Um in ihr Schlafgemach zu gelangen, mußte sie erst ihr Boudoir durchqueren, wo das weiche, cremeartige Moiré der Wände vorzüglich zu den feinen braunen, malven- und türkisfarbenen Schattierungen der Sessel und des Sofas paßte. Ein üppiger Aubusson-Teppich vereinigte indessen alle diese Farben wiederum in seinen kunstvollen Mustern. Malvenfarben war dann auch wieder die Seide, mit der die Wände ihres Schlafgemachs bespannt waren, malvenfarben – mit Braun – ebenfalls der Baldachin über ihrem großen Himmelbett, wogegen zartbraun die Seide schimmerte, die die Chaiselongue, das Ruhemöbel ihrer nachdenklichen Mußestunden, überzog.

An Muße freilich war jetzt, in der Stunde der Heimkehr, noch nicht zu denken. Holzschuhe klapperten heran: Berta, die holländische Haushälterin, stürzte, tausend neugierige Fragen auf den Lippen, zu Shanna. Berta war es gewesen, die nach Georgiana Traherns Tod in ihrer strengen holländischen Art das nunmehr mutterlose Mädchen an die Hand genommen. Mit Tränen in den Augen hatte Berta hinterhergewinkt, als Shanna ihre große Fahrt nach Europa antrat. Ein Jahr war das erst her, und viel Kindliches hatte Shanna an sich gehabt. Doch nun stand eine anmutige junge Frau von königlicher Haltung, selbstsicher und stolz, vor Berta, die gar nicht so recht wußte, wie sie sich ihr nähern sollte. Shanna erlöste sie aus ihrer Verlegenheit, breitete weit ihre Arme aus, und im nächsten Augenblick lagen sie sich auch schon, Freudentränen weinend, in denselben. Dann trat Berta einen Schritt zurück.

»Laßt Euch anschauen, Mädel! Ich wette einen Gulden oder sogar zwei, daß Euch alles gut geraten ist! Ach, wie hab' ich Euch vermißt!«

»Ach, Berta!« rief Shanna nun endlich begeistert aus. »Ich bin so froh, wieder daheim zu sein!«

Jason, der Pförtner, kam ebenfalls aus den hinteren Räumen des Hauses angerannt, und sein schwarzes Gesicht leuchtete vor Freude auf. »Missis Shanna!« rief er mit seiner feinen, wohlgeschulten Stimme, die Shanna immer schon verwundert hatte. »Mit Eurer Rückkehr hängt Ihr die Sonne wieder an den Himmel, Kind! Auch Euer Vater hat sich sehr nach Euch gesehnt!«

Ein lautes Räuspern zeigte an, daß Orlan Trahern noch immer in Hörweite stand, doch Shanna kicherte nichtsdestotrotz vergnügt. Nun war sie endlich wirklich zu Hause, nun konnte nichts mehr ihre Glückseligkeit dämpfen.

Im schönen Klima von Los Camellos waren Lagerhäuser im eigentlichen Sinne nicht vonnöten. So bestanden denn auch die meisten Gebäude um den Hafen vornehmlich nur aus Dächern, die auf hölzernen Pfeilern ruhten. Im kühlen Schatten eines dieser Sonnendächer hockten Ruark und seine Leidensgenossen beisammen. Noch an Bord waren ihnen die Bärte abrasiert, die Haare kurz geschoren worden. Scharfe Laugenseife war ihnen in die Hand gedrückt, anschließend die Schiffspumpe auf sie gerichtet worden. Manche hatten aufgeschrien, als die ätzende Seife in Wunden drang, doch Ruark hatte das frische Bad auf dem Vordeck sehr genossen. Fast einen vollen Monat lang hatte er in einem winzigen Gelaß verbringen müssen, nur selten hatte er auf dem Kanonendeck für ein paar Minuten seine verkrampften Muskeln entspannen dürfen. Zwar war das Essen reichhaltig gewesen, doch hatte es ihm scheinen wollen, als gäbe es auf der ganzen Welt nichts anderes mehr als Rindfleisch, Bohnen und Biskuits, die man mit brackigem Wasser hinunterspülen mußte.
Nun war auch das überstanden. Ruark rieb sich die Hand übers Genick und versuchte mit dem fremdartigen Gefühl, das ihm sein kurzes Haar bereitete, vertraut zu werden. Wie die anderen war er in neue Segeltuchhosen gekleidet worden, die es allem Anschein nach auf Los Camellos nur in einer einzigen Größe gab, und diese war zu groß für Ruark und seine acht Gefährten. Doch dazu hatte jeder auch ein paar Sandalen erhalten, ein weites, weißes Hemd – ebenfalls zu groß – sowie einen breitrandigen Strohhut und einen Seesack kleinen Formats, der freilich noch leer war; später freilich sollten sie – so hatte man ihnen angekündigt – in den Trahernschen Laden geführt werden, um ein Rasiermesser, einen Becher und eine Bürste zu empfangen, ferner ein Messer, zwei weitere Garnituren Kleidung, Handtücher und einen Vorrat an scharfer Seife nebst einer Ermahnung, die letztere auch häufig zu benutzen.
Wenn die launische Brise abflaute, war es selbst unter dem gewaltigen Schattendach unerträglich heiß. Nur ein einzelner Aufseher bewachte die frisch eingetroffenen Leibeigenen; zu entfliehen wäre ein Leichtes gewesen, und Ruark vermutete auch, daß man kaum Mühe in eine Verfolgung stecken würde – es konnte nur eine Frage der Zeit sein, wann ein Entsprungener wieder erschöpft und reuevoll aus dem Dschungel gekrochen kam. Und es gab nichts anderes, wohin man flüchten konnte.
John Ruark zupfte müßig an seinem viel zu weiten Segeltuch-Kniehosen und schaute sich um. Man wartete auf den Herrn der Insel, Orlan Trahern; es sei seine Gewohnheit, war ihnen erläutert worden, alle Neuankömmlinge zu inspizieren und zu belehren. Ruark sah der Begegnung mit dem sagenhaften Lord der Inseln höchst gespannt entgegen und hielt

sich im Hintergrund. Er lachte in sich hinein: Er lebte noch und befand sich an dem einzigen Ort der Welt, wo er sich zu befinden wünschte, nämlich dort, wo Shanna Trahern lebte – oder würde sie sich nunmehr wohl geziemender Shanna Beauchamp nennen? Alles in allem war das schon viel mehr, als er vor kurzem noch vom Leben zu erwarten gehabt, was also konnte er mehr verlangen? Doch, eines freilich noch – sie hatte seinen Namen gewonnen, während er, im nämlichen Verlauf der Ereignisse, den seinigen verloren hatte. John Ruark hieß er nun. Und das war eine Sache, die noch ins Lot zu bringen war.
Der offene Landauer, in dem Shanna vom Pier davongefahren war, kehrte nun zurück. Als erster entstieg ihm der große, dünne Mann, den man Ralston nannte; hinter diesem kletterte, ein wenig mühsam, der Mann aus dem Gefährt, der vorhin Shanna willkommen geheißen hatte. Das mußte, schlußfolgerte Ruark, der gefürchtete Herr Trahern sein.
Ruark beobachtete ihn aufmerksam, als er sich näherte. Der Mann, der unleugbar Autorität ausstrahlte, war breit und füllig. Im merkwürdigen Gegensatz zu seinem Begleiter, der in dunkle Wolle gewandet war, trug Orlan Trahern elegante weiße Kniestrümpfe und schwarze Lederschuhe mit Goldschnallen. Aus makellosem weißen Leinen bestand seine Kniehose, strapazierfähig, doch leicht und kühl. Weiß war auch seine lange Jacke, sein Hemd von gleichem Material und Farbton. Rüschen und modische Stickereien glänzten auffällig durch Abwesenheit. Ein riesiger breitrandiger Hut aus feingewebtem Stroh beschattete Traherns Gesicht, den Schwarzdornstock trug er spazieren wie ein Amts-Emblem.
Die beiden Männer kamen auf den Schuppen zu; der Aufseher grüßte respektvoll und befahl im gleichen Atemzug den Männern, aufzustehen und in Reih und Glied anzutreten. Trahern ließ sich ein Paket Pergamente reichen, entfaltete ein Blatt daraus, das er kurz überflog, dann trat er auf den ersten Mann zu.
»Ihr heißt?« fragte er umständlich.
Der Leibeigene gab Auskunft, sein neuer Leibherr malte ein Kennzeichen auf das Blatt und schickte sich sogleich an, die Neuerwerbung sorgfältig zu untersuchen. Er fühlte den Arm des Mannes ab, schätzte die Muskelkraft ein, prüfte die Hand auf Spuren früherer Arbeitstätigkeit.
»Mund auf!« befahl Trahern. »Zähne zeigen!«
Der Mann gehorchte, der Inselherr schüttelte fast trauervoll das Haupt und machte neue Zeichen auf sein Pergament. Das Ritual wiederholte sich beim nächsten Mann. Beim dritten drehte Trahern sich nach Ralston um.
»Verdammt, Ralston, das ist das nichtswürdigste Bettelpack, das Ihr mir jemals angeschleppt! Ist das alles, was Ihr aufzutreiben wußtet?«

»Tut mir leid, Sir; anderes habe ich nicht für Geld noch gute Worte finden können. Vielleicht wird im Frühjahr die Auswahl besser sein, wenn der Winter hart genug ist.«
»Bah!« schnaufte Trahern. »Ein stolzer Preis für solch Gelump, und außerdem noch alles aus dem Schuldturm!«
Ruark zog verwundert über diese Äußerung die Brauen hoch. Der Inselherr wußte also offensichtlich nicht, daß er auch einen für den Strick bestimmten Mörder miterworben hatte. Ruark bedachte es einen Augenblick und fragte sich, was das für ihn selbst bedeuten mochte. Als er aufschaute, sah er Ralstons Blick auf sich gerichtet. Sieh einmal an, dachte Ruark daraufhin bei sich, Mister Ralston treibt Geschäfte auch auf eigene Faust. Und wenn er nicht nach London zurückzukehren wünschte, um seine eigene Hinrichtung nachgeholt zu sehen, mußte er wohl oder übel Ralstons Spiel mitspielen.
Der achte Mann war überprüft. Trahern trat vor Ruark. Des Inselherrn Augen verengten sich zu schmalen Schlitzen, als er nun das letzte Stück der Lieferung betrachtete. Dieses Leibeigenen seltsam funkelnde Augen schienen ihm mehr als durchschnittlichen Verstand zu verraten, und das Lächeln, das um seine Lippen spielte, wirkte merkwürdig beunruhigend. Anders als die übrigen, war dieser Bursche hager, hatte Muskeln, breite Schultern, starke Arme, einen geraden Rücken und die geraden Beine eines jungen Mannes. Nichts an ihm war schlaff, am Bauch kein Fettansatz. Nur selten wurde solch strammer, junger Bock auf Auktionen angeboten.
Trahern zog seine Liste zu Rate, nur ein Name war noch übrig. »Ihr seid John Ruark«, stellte er fest.
»Aye, aye, Sir!« Ruark legte sich einen leichten Anflug von Londoner Akzent zu, denn wie er wußte, waren Leute aus den Kolonien bei den Bewohnern der Inseln oft nicht gut angeschrieben. »Und ich kann lesen, schreiben und rechnen.«
Trahern legte den Kopf etwas schräg, wie um in jedes Wort hineinzulauschen.
»Mein Rücken ist stark, meine Zähne sind gesund.« Ruark zog die Lippen zurück und ließ das strahlende Weiß seines Gebisses sehen. »Ich kann so viel stemmen, wie ich wiege, gutes Essen vorausgesetzt, und ich hoffe, mich alles dessen, was Eure Familie in mich investierte, durchaus wert zu erweisen.«
»Meine Frau ist tot, und ich habe nur noch eine Tochter«, murmelte Trahern geistesabwesend und tadelte sich im stillen für sein Geschwätz mit einem Leibeigenen. »Aber Ihr seid aus den Kolonien, New York oder Boston, möchte ich schätzen. Wie kommt's, daß Ihr als Schuldner verkauft wurdet?«

Ruark hielt die Luft an, strich sich übers Kinn. »Ein kleines Mißverständnis mit ein paar Rotröcken. Der Richter war in schlechter Laune und glaubte ihnen mehr als mir.«

Das war nicht ganz die Unwahrheit. Er hatte es übel aufgenommen, aus seinem gesunden Schlaf gerissen zu werden, und hatte dem Hauptmann, wie er später hören mußte, einen Kieferknochen zu Bruch geschlagen.

Trahern nickte bedächtig und schien bereit, die Erzählung fürs erste hinzunehmen. »Ihr seid ein Mann von gewisser Bildung, und ich glaube, daß sich hinter Eurer Geschichte noch mehr verbirgt. Indessen«, er hob die Schultern, »soll's mich wenig kümmern, was Ihr wart, sondern vielmehr, was Ihr seid.«

Der Leibeigene John Ruark betrachtete schweigend seinen Herrn, ihm war schon klar, daß er mit Umsicht auftreten mußte, wenn er mit ihm zu tun bekam, denn der Mann war in der Tat so gewitzt, wie es die Gerüchte wissen wollten. Freilich hatte die Wahrheit so ihre eigene Art, an den Tag zu kommen, doch da ihm kein Wort in dieser Hinsicht einfallen wollte, hielt er fürs erste seinen Mund.

Trahern stellte sich vor den Männern auf, spreizte breit die Beine und legte die Hände auf den Stockknopf.

»Wir sind hier in Los Camellos«, hob er an und ließ die Augen von einem Mann zum anderen wandern. »Ich bin hier Bürgermeister, Sheriff und Gericht. Für nichtbezahlte Schulden seid Ihr mir verpfändet worden. Mein Buchhalter teilt Euch jeweils auf Anfrage Euren Schuldstand mit und was Ihr abgegolten habt. Sonn- und Feiertage werden Euch entlohnt, Krankheit oder sonstiger Arbeitsausfall gehen zu Euren eigenen Lasten. Euer Lohn beträgt sechs Pennies für jeden Tag, an dem Ihr schafft. An jedem ersten Tag des Monats erhaltet Ihr für jeden Arbeitstag zwei Pennies für Eure Bedürfnisse, zwei Pennies zur Aufrechnung gegen Eure Schuld und zwei Pennies zur Aufrechnung gegen Kost und Unterkunft. Wer hart arbeitet und sich nach vorn bringt, bekommt mehr und kann die Zahlungsweise nach eigenem Gutdünken einrichten.«

Er hielt inne und sah Ruark scharf an. »Ich nehme an, daß dieser oder jener vielleicht schon in fünf oder sechs Jahren seine Schuld getilgt haben wird. Wer's will, mag dann für seine Rückkehr nach England arbeiten oder für die Überfahrt woandershin; es steht ihm auch frei, sich hier niederzulassen. Für Kleidung und Sauberhaltung ist Euch das Notwendige gegeben worden. Pflegt Eure Kleidung mit Sorgfalt, denn für Zusätzliches müßt Ihr bezahlen. Es wird eine Weile dauern, bis Ihr Geld zusammenhabt, und das wird ziemlich wenig sein.«

Trahern schwieg, um sich zu vergewissern, daß alle ganz Ohr waren.

»Ärger verschafft man sich hierzulande auf zweierlei Weise«, fuhr er fort. »Einmal kann man etwas beschädigen oder stehlen, das mir gehört

– und mir gehört fast alles hier. Zum zweiten kann man einem Menschen, der schon länger hier ist, Ungemach bereiten. Hat jemand eine Frage?«
Er wartete, niemand meldete sich. Traherns Haltung entspannte sich ein wenig.
»Damit Ihr Euch von der Reise erholt, wird Euch in den ersten drei Tagen leichte Arbeit zugeteilt. Danach wird von jedermann erwartet, den Tag von Sonnenauf- bis -untergang mit nützlicher Arbeit auszufüllen. Arbeitsbeginn ist am Tag nach Weihnachten. Ich wünsche einen guten Tag.«
Ohne sich noch einmal umzudrehen, bestieg er seine Kutsche und überließ Ralston alles Weitere. Ralston nahm, während der Wagen davonstob, den Platz des Inselherrn ein und klopfte mit seiner ewigen Reitgerte in die Hand.
»Junker Trahern ist in der Regel weichherzig gegenüber seinen Sklaven.« Die Ironie war nur gerade eben herauszuhören. »Seid versichert, wenn's nach mir ging, wäre es anders. Doch ich habe andere Pflichten. Bis Ihr auf die Pflanzungen kommt, werdet Ihr in einem alten Stall oberhalb der Stadt untergebracht, die leichte Arbeit ist im Hafen vorgesehen. Dieser Mann dort«, er zeigte auf den Mann, der sie bisher bewacht hatte, »ist Euer Aufseher. Er wird entweder mir oder Trahern Rechnung legen. Bis Ihr Euch vertrauenswürdig genug erwiesen habt, bleibt Ihr zu jeder arbeitsfreien Stunde in der Nähe Eures Stalles. Für den Fall, daß einer es noch nicht bemerkt haben sollte«, er beschrieb mit seiner Gerte einen Kreis über die Hügel und den Hafen, »hier kann man sich nirgendwo verborgen halten. Jedenfalls nicht sehr lange.« Brüsk wandte er sich zum Aufseher hin. »Führt sie fort. Alle bis auf diesen einen.« Er zeigte auf Ruark.
Ralston wartete, bis die Gruppe außer Hörweite war. Er trat ganz dicht an Ruark heran. »Ihr scheint noch einige Zweifel bezüglich Eurer Lage zu hegen, will mir scheinen.«
Ruark erwiderte wortlos Ralstons Blick.
»Falls«, fuhr Ralston jetzt höhnisch grinsend fort, »Ihr nicht heim nach England wollt, um Euch den Hals strecken zu lassen, empfehle ich Euch, die Zunge im Zaum zu halten.«
Ruark zuckte mit keiner Wimper. Der Mann hatte ihm einen großen Gefallen getan, wenngleich er auch das Ausmaß nicht ermessen konnte. Ralston nickte zu den Leibeigenen hin, die im Gänsemarsch entschwanden. »Den anderen nach. Verschwindet.«
Ruark gehorchte. Die Zeit, sich Ralston zum offenen Feind zu machen, würde noch früh genug kommen.

Traherns Schiffe, welche die südlichen Gewässer befuhren – und den Nordatlantik scheuten, wo die Stürme wüteten und Eisberge lauerten –, liefen die Inseln mit glitzerndem Tand und bunten Seidenstoffen und ähnlichen Produkten Englands und des Kontinents an und entführten im Tausch dagegen die Rohstoffe, welche im Sommer dann in den nördlichen Hemisphären abgesetzt wurden. Auf der Insel Los Camellos rodeten Traherns Leibeigene indessen die südlichen Hänge, stürzten die so gewonnenen Baumstämme über die Felsen ins Meer, von wo aus kleinere Schiffe sie dann zu größeren Häfen brachten, wo es Sägemühlen gab. Die Arbeitseinteilung auf Los Camellos sah vor, daß die Männer sich rottenweise, je nach Bedarf, von einem Areal zum anderen begaben, jedesmal zuerst Quartiere für die Aufseher, dann für sich selbst errichteten; üblicherweise strohgedeckte Hütten mit Halbwänden, immerhin stabil genug, um Schutz gegen gelegentlichen Regen und die immerwährende Sonne zu bieten.
John Ruark war nicht nur schnell und fleißig, er schlug auch zahlreiche Verbesserungen vor. Unter seiner Anleitung wurde ein Bach zum Kanal ausgebaut; nun mußten die Baumstämme nicht mehr mühsam zum Klippenrand geschleppt werden, jetzt glitten sie kraft des eigenen Gewichts in rasender Talfahrt zum Strand, was Männern und Mauleseln viel Plackerei ersparte. Der Oberaufseher erwähnte den Namen des einfallsreichen Leibeigenen in seinem Wochenbericht an Trahern.
John Ruark wurde einer anderen Rotte zugewiesen, welche das Winter-Zuckerrohr vor dem Einsatz der trockenen Monate einzubringen hatte. Hier führte er ein, die Felder abzubrennen, was von den Pflanzen einen angekohlten Stengel übrigließ, der immer noch reichhaltig Saft enthielt, andererseits jedoch Giftspinnen und sonstige Insekten vernichtete, die früher stets die verfügbare Anzahl von Leibeigenen empfindlich vermindert hatten. Ruark baute auch eine Preßmühle um, so daß statt eines halben Dutzend Männern wie bisher jetzt, Maulesel die Mühlsteine in Bewegung setzen konnten. Wiederum erschien Ruarks Name in den Berichten.
Bald waren John Ruarks Geschicklichkeit und Einfallsreichtum auf der ganzen Insel bekannt, die Aufseher reichten ihn sich gegenseitig weiter, damit er ihre jeweiligen Probleme löse. Manchmal war die Arbeit leicht, manchmal gab es Schwierigkeiten; so war er beim Abbrennen der Zuckerrohrfelder zunächst auf Widerstand gestoßen, oft mußte er für die Durchführbarkeit seiner Ideen erst einen umständlichen Beweis erbringen. Doch so arbeitete er sich hoch. Sein Lohn wurde verdoppelt, dann verdreifacht. Auch sein Besitzstand wuchs: Für Nebenarbeit in der Freizeit bekam er von einem Händler im Dorf einen Maulesel geschenkt. Neben allem anderen verstand er sich auch gut auf Pferde. So wurde ihm

eines Tages der heißblütige Hengst Attila gebracht, der wegen einer Sehnenzerrung an der Vorderhand lahmte. Als John Ruark erfuhr, daß es sich um das Lieblingspferd der Trahern-Tochter handele, gab er sich besonders Mühe, rieb eine weiche Heilsalbe in das verletzte Bein und legte einen strammen Verband an. Geduldig führte er das Tier stundenlang an der Longe, verhätschelte es auf jede Weise, bis es ihm schließlich sogar Zucker aus der Hand fraß, wozu bislang nicht einmal die Besitzerin den ungebärdigen Hengst zu bringen vermocht hatte. Mehr noch, von Ruark ließ Attila sich auch dazu bringen, auf einen Pfiff herbeizueilen. Schließlich erklärte Ruark seinen stolzen, vierbeinigen Patienten für geheilt und schickte ihn der Lady zurück.

Shanna begrüßte Attila bei seiner Rückkehr überschwenglich. Die Tochter des Inselherrn verbrachte ihre Tage meist im Sattel ihres vielgeliebten Hengstes oder beim Schwimmen im kristallklaren Meer, wo sie auch gern tauchte und gelegentlich einen Fisch oder zwei fing, der dann den Speisezettel im Trahernschen Haushalt bereicherte. Shanna erneuerte auch ihre Freundschaft mit den Leuten von Los Camellos; sie kümmerte sich um die bedürftigen Familien und beklagte mit ihnen die Tatsache, daß sich für die Kinder von Los Camellos kein Lehrer finden ließ; die Schule, welche ihr Vater gebaut hatte, stand noch immer leer. Meist jedoch reihten sich Shannas Tage wie Perlen auf einen idyllischen Faden. Wenn fremde Handelsschiffe in Los Camellos Station machten und Kapitän nebst Offizieren zum Abendessen ins Herrenhaus eingeladen wurden, ergab sich für Shanna die willkommene Gelegenheit, sich wieder einmal in ihre schönsten Roben zu kleiden und mit ihrem übersprudelnden Witz die Gastgeberin zu spielen. Galt sie auch als Herrin der Insel, so war sie für fast alle doch immer noch Orlan Traherns Tochter, und es bedurfte mühselig-geduldiger Arbeit, immer wieder daran zu erinnern, daß sie nun Madame Beauchamp war. Nichtsdestoweniger durchlebte Shanna eine glückliche Zeit; die Mischung von gerade eben genug Pflichten mit einem ausreichenden Maß an Vergnügungen hinderte sie daran, des einen oder des anderen überdrüssig zu werden – und so kam es, daß sie sich allmählich von den Erinnerungen, die sie am Anfang noch verfolgt und gequält hatten, nicht mehr heimgesucht fühlte.

Der Februar war fast schon ganz ins Land gegangen, als sie – es war an einem Freitagnachmittag – Attila satteln ließ und zu einem gemächlichen Spazierritt über die Insel aufbrach. Sie schlug den mittleren Weg in die Hügel hinauf ein, der freilich immer noch dicht genug an den Leibeigenen-Rotten vorbeiführte, die in den Zuckerrohr-Plantagen arbeiteten. Shanna war von ihrem Vater oft genug gewarnt worden, daß die Männer gefährlich seien, doch glaubte er wohl selbst nicht daran, daß einer es auch nur wagen würde, seiner Tochter einen schrägen Blick zuzuwerfen. Freilich, Shanna hatte sich noch nie viele Gedanken über mögliche Folgen irgendwelcher Handlungen gemacht. Es war ein heißer Tag, und unter Attilas Hufen stäubten Staubwölkchen auf, die dann noch lange über ihren Spuren schwebten. Sie ritt zwischen den Hügeln durch, dann die Südhänge hinunter. Irgendwann traf sie auf einen Mann, der, am Wegrand entlang, mit einem Maultier unterwegs war. Seiner Kleidung nach mußte er ein Leibeigener sein, dennoch war er nicht ganz wie Leibeigene sonst gekleidet. Der Mann trug zwar den üblichen breitrandigen Strohhut, aber sein Hemd hatte er dem Maultier über den Rücken geworfen, und seine Kniehosen hatte er sich hoch über den Knien abgeschnitten. Er hatte einen tiefgebräunten Rücken, und das Spiel der Muskeln verriet viel wache, einsatzbereite Kraft.

Attila schnaubte und schüttelte den Kopf. Shanna wollte ihren Hengst im Bogen um den Mann und sein Maultier herumführen, doch als sie auf gleicher Höhe mit dem Wanderer war, streckte der seinen Arm aus und packte den Hengst fest an der Kandare. In jedem anderen Fall hätte sich Attila aufgebäumt, aber diesmal wieherte Attila nur freudig und schnupperte am Arm des Fremden. Shanna öffnete den Mund, um »loslassen!« zu schreien. Da drehte sich der Mann um. Shannas Zorn löste sich in ein Nichts auf. Sie traute ihren Augen nicht mehr, und in ihrem Hirn breitete sich eine gespannte Leere aus.

Spöttische Augen funkelten zu ihr hoch. »Ja, Shanna, hier steht der liebe John Ruark, wie stets zu Diensten. So wie's aussieht, habt Ihr meinen Namen gewonnen, wohingegen ich einen verloren habe. Aber das gibt es ja wohl nicht oft, daß ein Mann sowohl dem Henker wie seiner Frau ein Schnippchen schlägt.«

Langsam begann Shannas Hirn wieder zu arbeiten, wenngleich auch durch ein Gefühl von Panik stark behindert.

»Laßt los!« schrie sie und riß am Zaumzeug. Sie wollte fliehen, doch Ruark hielt den Hengst eisern fest. Die Angst zerbrach ihre Stimme, als sie ein zweites Mal »loslassen!« rief.

»Gemach, mein Herz!« Die goldenen Augen blinkten wie hartes Metall. »Wir haben eine Sache zu bereden!«

»Nie und nimmer!« Halb kreischte sie's, halb schluchzte sie's. Sie hob die Gerte, um zuzuschlagen, doch wurde sie ihr aus den Fingern gerissen, ein gnadenloser Griff klammerte sich um ihr Handgelenk.

»Bei Gott, Madam«, grollte Ruark. »Ihr werdet mich anhören!«

Seine Hände legten sich um ihre Wespentaille, Shanna fühlte sich wie ein Kind aus dem Sattel gehoben und in den Sand gestellt. Wild wehrte sich Shanna, ihre kleinen, behandschuhten Hände stemmten sich gegen die dunkle behaarte Brust, die ihr gesamtes Blickfeld ausfüllte. Er rüttelte

sie so wild, daß sie ihren Kopf zu verlieren fürchtete; ihr breitrandiger Hut, immerhin, segelte weit ins Feld, das aufgesteckte Haar ergoß sich als goldflirrender Sturzbach über ihre Schultern. Hilflos starrte Shanna zu Ruarks sengenden Augen hoch.
»So ist's schon besser«, spottete Ruark, als ihr Protestgeschrei verstummte. »Ein wenig Furcht steht Euch ganz gut, sie vertreibt die Hochnäsigkeit.«
Einen Hauch von Mut brachte Shanna freilich immer noch auf, wenn auch ihr Kinn zitterte.
»Glaubt Ihr denn, ich fürchte mich vor Euch?«
Er lachte, weiße Zähne perlten in seinem tiefgebräunten Gesicht. Die Kerkerblässe war dahin, auf der braunen Haut schimmerte der gesunde Schweiß eines Mannes, der sich seiner Freiheit freut. Shanna mußte an Bilder von Piraten denken.
»Wenn Ihr mich nicht auf der Stelle losläßt«, drohte Shanna, nunmehr gefaßter, »schreie ich, bis man Euch hängt. Und diesmal unwiderruflich. Verdammt noch mal, ich hetze Euch die ganze Insel auf den Hals!«
»In der Tat, mein liebend Weib?« stichelte er. »Und was wird der Herr Vater dann wohl von der Ehe seiner Tochter halten?«
»Also, was wollt Ihr? Mir Gewalt antun?«
Ruark lachte ätzend. »Keine Angst, mein Herz. Ich habe nicht die Absicht, mit Euch kopfüber hier ins Heu zu purzeln.«
Sie blickte verwirrt. Was denn wollte er? Ob er sich wohl kaufen ließ? Als könne er Gedanken lesen, sprach er geradeheraus: »Und ich will auch nichts von Eures Vaters Reichtümern. Wenn Ihr also glaubt, Ihr könntet mich bestechen – das wär' verlorene Liebesmüh'.«
Er betrachtete ihre geröteten Wangen, ihren weichen, zitternden Mund. Sein Blick wanderte tiefer und setzte sich auf ihrem wogenden Busen fest, so daß sie bestürzt vermeinte, ihr Reitkostüm müsse durchsichtig sein. Sein Blick brannte ihr auf den Brüsten. Sie verschränkte die Arme vor sich, als fühle sie sich nackt vor seinen Augen.
»Im Kerker war die Erinnerung an Eure Schönheit eine Folter. Nicht die kleinste Einzelheit, wie ich Euch in meinen Armen hielt, konnte ich vergessen. Die Bilder hatten sich mir so ins Gedächtnis eingeprägt, als sei es gebrandmarkt.« Er lächelte. »Und ich werde dennoch einen Weg finden, um zwischen allen Dornen die Rose zu pflücken.«
Seine Hand wanderte ihr den Rücken hoch und streichelte ihre Lockenpracht. Sein Lächeln wandelte sich zu einem unholdartigen Grinsen, und nun war er wieder mehr der Ruark, den sie in der Kutsche erlebt hatte. Und plötzlich dämmerte es ihr: Nein, verrückt war er nicht, aber auf Rache war er aus.
»Ich habe auch nicht die Absicht, Euer Geheimnis auszuposaunen,

Shanna. Aber ich habe unserem Handel alles geopfert, was Ihr verlangtet. Was jetzt noch fehlt, ist die Erfüllung Eures Anteils an unserem Pakt. Und ich werde nicht rasten, meine Liebe, bis Ihr geliefert, worauf ich Anspruch habe.«
Shannas Sinne taumelten: »Es gibt keinen Handel!« schrie sie. »Der Handel gilt nicht. Ihr seid nicht tot!«
»Der Handel ist abgeschlossen«, versetzte er. »Ihr habt meinen Namen und alles, was Ihr begehrtet. Mein Fehler ist es nicht, daß Hicks so geldgeil war. Ich bestehe auf meinem Preis, eine ganze Nacht mit Euch als meinem Weib. Allein. Und da soll niemand sein, der die Tür aufreißt und mich nach draußen zerrt. Und vielleicht wird's sogar auch für Euch noch eine Lust!«
»Nein!« flüsterte Shanna, und die Erinnerung erfüllte sie mit Scham, als sie nun sagte: »Die Ehe ist vollzogen. Gebt Euch damit zufrieden.«
Ruark machte sich lustig über sie. »Wenn Ihr nicht Frau genug seid, um's zu wissen, mein kleiner Unschuldsengel, wir hatten kaum erst angehoben, und vollzogen war da überhaupt noch nichts. Eine ganze Nacht, nicht weniger, Shanna, das ist alles, was ich will!«
Vielleicht war es gescheiter, ihn bei Laune zu halten, dachte sie. Zumindest, um entfliehen zu können. Später dann konnte Pitney ...
Ruarks Augen verengten sich drohend. »Wenn Euch auch an Fraulichkeit Etliches mangelt, Shanna, so habe ich trotzdem dem Henker ein Schnippchen geschlagen, um Euch aufzustöbern. Wollt Ihr nun die Hunde auf mich hetzen oder Pitney, dieses Riesenkalb, oder gar Euren Vater – auch ihnen allen werde ich durch die Lappen gehen. Und immer kehr' ich wieder, das gelobe ich Euch feierlich, um mir zu holen, was mein ist. Und nun, mein liebend Weib ...«
Er ließ sie plötzlich los, griff nach Attilas Zügeln und zog den Hengst heran. Er beugte sich nieder, verschränkte die Finger beider Hände ineinander, um Shannas Fuß einen Tritt zu bieten – und Shanna, die sich nichts dringlicher wünschte, zögerte auch keineswegs, daraufzusteigen. Sie stützte eine Hand auf seine starke Schulter, federte aufwärts und gewann, dank der Nachhilfe seiner Hände unter ihrem Fuß, endlich wieder sicheren Sitz im Sattel. Shanna riß die Zügel an sich und den Hengst herum, stieß ihm die Hacken in die Seiten, daß er die Straße entlang heimwärts flog. Ruarks höhnisches Gelächter klang ihr noch lange in den Ohren, als er ihrer Sicht schon längst entschwunden war.
Vor dem weißen Herrenhaus sprang Shanna aus dem Sattel, überließ es einem Domestiken, den Hengst einzufangen und in den Stall zu treiben. Wie von Sinnen raste sie an Berta vorbei – die Holländerin starrte ihr entsetzt nach –, stolperte die weitgeschwungene Treppe hoch und schmetterte die Tür ihres Boudoirs hinter sich ins Schloß. Hastig drehte

sie, jeden Eindringling fürchtend, den Schlüssel um. Nach Atem ringend, lehnte sie sich gegen die Tür.
»Er lebt!« keuchte sie. Sie warf ihre Reithandschuhe auf den Schreibtisch, stürmte ins Schlafgemach. Sie ließ Stiefel und Reitkostüm in wirrem Haufen auf dem Boden liegen. Nur mit einem leichten Hemdchen bekleidet, rannte sie auf und ab.
»Er lebt!« tobte sie. »Er lebt!«
In ihrer Magengrube hockte ein Gefühl von Furcht, doch in ihrem Herzen, das wild unter ihrem Busen pochte, breitete sich ein seltsames Empfinden von Erleichterung, ja Befreiung aus. Unter dem Wirbel ihrer Gedanken reckte sich das Wissen, daß der Tod dieses Mannes – um ihres eigenen Vorteils Willen – sie stets belastet hatte. Der immer wiederkehrende Traum von einem Hals, der sich unterm Seil zerrenkte, war nun aus ihren Sinnen verwiesen; die Vision von einem Leichnam, der in einer Holzkiste dahinfaulte, würde nie wiederkehren.
»Doch wie war es möglich? Ich war doch selbst auf seiner Beerdigung! Wie kann es sein?«
Ratlosigkeit im hübschen Antlitz, wanderte sie durch den Raum.
Ein Leibeigener war Ruark. Ralston war für alle Leibeigenen verantwortlich, die nach Los Camellos kamen. Doch wie war Ruark hierhergekommen? Auf der *Hampstead*? Doch die hatte keine Leibeigenen an Bord gehabt. Er konnte nur auf der *Marguerite* gekommen sein!
Guter Gott, unter ihrer Nase!
Hysterisches Gelächter drohte in ihr aufzusteigen; Shanna warf sich übers Bett und schloß die Augen, als könne sie so das Bild eines spöttisch lächelnden Augenpaares unsichtbar machen.

6

Von den Hügeln und der Hochebene im Süden der Insel hielt sich Shanna von nun an fern. Wenn sie auf Attila ausritt, blieb sie ängstlich in der Nähe des Dorfes oder des Herrenhauses. Doch da sie von Ruark nichts mehr sah noch hörte, verflogen ihre Befürchtungen allmählich wieder.
Es war etwa zwei Wochen später, als ihr Vater sie bat, ihn auf einer Inspektionsfahrt in die Zuckerrohr-Plantagen zu begleiten.
»Wir lassen uns ein paar Speisen in einen Korb packen«, sagte Orlan Trahern. »Als Mutter noch lebte – oft sind wir dort zusammen über Land gefahren. Du warst noch sehr klein. Du hast immer Zuckerrohr gekaut.«
Er mußte sich räuspern. Er fühlte sich nicht wohl, wenn ihn Erinnerungen befielen.
»Komm schon, Mädel, ich hab's eilig, und die Kutsche wartet.«
Shanna lächelte ob des brüsken Themawechsels. Unterwegs, im Landauer, machte sie sich Gedanken über ihren Vater. Er war umgänglicher geworden, seit sie wieder daheim war. Oder lag es an ihr? Nun ja, sie widersprach ihm kaum noch, wenn er Kleinigkeiten bemäkelte, ließ ihn vor sich hin brummen, bis sein Ärger verraucht war, und ann erst stimmte sie sanft und lächelnd für oder gegen seine Meinung, je nachdem; fast konnte sie behaupten, daß er ihre Ansicht schätzte und ihr manches Mal mehr Einsicht zugestand als sich selber.
Auf den Hügeln war es kühler, eine erfrischende Brise wehte. Geduldig wartete Shanna, wenn ihr Vater hier und dort die Kutsche anhielt, um mit den Aufsehern zu reden oder sich eine strittige Sache anzusehen. Irgendwann legten sie eine Picknick-Pause ein, dann nahmen sie ihre Rundfahrt wieder auf. Sie gelangten zu einem riesigen Rodungsfeld, in dessen Mitte ein seltsamer Wagen von Maultieren langsam gezogen wurde. Zu beiden Seiten dieses Wagens war ein breites Tuch ausgespannt, was ihn einem Vogel ähneln ließ; unter den Tüchern gingen Männer neben dem Wagen her, die mit langen Stöcken Löcher ins Erdreich stießen, aus Beuteln Samen hineingaben und beim nächsten Schritt mit ihren nackten Füßen die Löcher wieder zutraten.
Trahern richtete sich interessiert in seinem Sitz auf und blickte an Shanna vorbei auf das merkwürdige Gebilde. Ungeduldig sah er dem quer übers Feld heranlaufenden Aufseher entgegen.

»Aye, Sir!« japste der Aufseher, als er endlich am Wagen stand und Traherns Fragen beantwortete. »Das ist wirklich ein schlauer Hund! Das Gelände ist in Rekordzeit frei geworden. Gefällt haben wir nur die großen Bäume, den Rest einfach verbrannt. Die Asche würde den Boden versüßen, hat er gesagt. Und nun das Ding, das Ihr da drüben seht. Also, früher ist ein Mann mit einem Sack Samen vom Schuppen aus losgegangen und nach einer Stunde zurückgekehrt, um neuen Samen abzuholen, sich ein bißchen auszuruhen und ein Schlückchen zu trinken. Jetzt ist das anders. Die Segel bieten den Männern Schatten, Samen und Wasser ist auf dem Wagen. Und nun seht selbst, das Areal ist fast schon völlig bestellt. Es ist gerodet und bestellt, alles in einer Woche. Ist doch gut, oder nicht, Herr?«
»Fürwahr«, bestätigte Trahern. Er schwieg, während er eine Weile die Arbeiter beobachtete. Shanna sah einen Mann, der abseits stand und nicht wie die anderen schuftete. Sein Rücken war nackt, und obzwar er ihnen denselben zuwandte, hatte dieser doch etwas seltsam Vertrautes. Trahern richtete wieder das Wort an den Aufseher.
»Und Ihr sagt, die ganze Idee stammt von diesem Burschen da, von diesem John Ruark?«
Einen Herzschlag lang schien sich für Shanna die Welt auf den Kopf zu stellen. Natürlich war das er! Diese abgeschnittenen Hosen!
Als Shanna wieder atmen konnte, äugte sie verstohlen zu ihm hinüber. Er ging nun übers Feld, prüfte das Ergebnis der Arbeit, Schweiß glänzte auf seinen strammen Rückenmuskeln, seine langen, sonnengebräunten Beine waren gerade und stark. Fast spürte sie wieder seinen kühnen Vorstoß zwischen ihren Schenkeln. Bestürzung über derartige Gedanken ließen sie erröten. Sie beugte sich dem Vater zu und zupfte ihn am Ärmel.
»Papa«, bettelte sie, »ich war zu lange in der Sonne, ich habe Kopfschmerzen. Können wir heimfahren?«
»Noch einen Augenblick, Shanna. Ich habe mit diesem Mann dort zu reden.«
»Es tut mir so schrecklich leid, Papa, aber mir ist fast übel, schon ein wenig schwindelig. Bitte, laß uns fahren.«
Trahern richtete einen besorgten Blick auf seine Tochter, dann gab er nach. »Nun, gut. Ich kann ja später noch mit ihm sprechen. Also fahren wir.«
Er rief dem schwarzen Kutscher einen Befehl zu, die Kutsche drehte um, heimwärts. Shanna ließ sich zurücksinken, stieß einen langen Seufzer aus und schloß die Augen, als ein Gefühl der Erleichterung sie durchflutete. Doch als sie die Augen wieder aufschlug, sah der Vater sie an und hatte ein undeutbares Lächeln im Angesicht.

»Könnte es denn nicht sein, Shanna, daß Ihr schwanger seid?«
»Nie!« platzte sie heraus. »Ich meine, ich glaube es nicht. Ich meine, die Zeit war doch so kurz. Wir haben ja kaum ...«
Sie biß sich auf die Zunge.
»Ihr meint, Ihr wißt es nicht genau?« schnaubte Trahern. »Zeit ist genug vergangen. Gewiß wißt Ihr doch über dergleichen Dinge Bescheid.«
»Ich ... glaube nicht, Papa«, erwiderte sie und las Enttäuschung in seinen Augen. »Es tut mir leid.«
Sie starrte auf ihre ineinanderverkrampften Hände hinab, Trahern blickte voraus. Bis sie daheim waren, sprach er kein Wort mehr.
Berta erwartete sie an der Tür. Fragend schaute sie Shanna an, doch für diesen Tag hatte Shanna schon ihr Teil an Fragen hinter sich, brüsk stürzte sie an der Haushälterin vorbei die Treppe hoch und schloß sich wieder in ihr Zimmer ein. Doch hatte sie diesmal noch genügend Geistesgegenwart, erst wie gewohnt ihre Kleider fortzuräumen, bevor sie sich wieder aufs Bett warf, um zum Fenster hinaus auf die Baumwipfel zu starren.
Später irgendwann pochte Berta an die Tür, um das Nachtmahl anzukündigen, doch Shanna ließ sich mit Unwohlsein entschuldigen. Das Abendrot hatte sich schon in Dunkelheit verwandelt, als Berta neuerlich klopfte; diesmal freilich ließ sie sich nicht abweisen, denn sie brachte ein Tablett mit ausgesuchten Fleischhäppchen und ein Glas Milch.
»Das wird Euren Magen beruhigen«, drängte Berta. »Kann ich Euch noch etwas anderes bringen?«
Shanna beteuerte, an allem sei nur zuviel Sonne schuld, und Berta überließ endlich Shanna wieder sich selbst, im Weggehen noch ein Wort über »diese neue Generation, die nie auf sich Obacht gibt«, auf den Lippen.
Shanna naschte ein wenig von den Speisen und nippte an der kühlen Milch, legte ihr kurzes Nachthemd an und schlüpfte zwischen die seidenen Laken. Halb war sie schon entschlummert, als Erinnerungen an Hände, die sich um ihre Brüste legten, sich ihrer Sinne bemächtigten, an Küsse, die sich auf ihre Lippen preßten, starke Arme, die sie an einen straffen Körper drückten, und wieder dieser erste glühende Stoß, und dann ...
Bangigkeit brach in ihr aus, hellwach war Shanna plötzlich, und nur allmählich ließ sie sich wieder in die Kissen sinken, als sie erkannte, daß sie allein in ihrem Schlafgemach war. Vertraute Schatten huschten über die Wände, doch nichts half, den hohlen Schmerz in ihrem Inneren zu verdrängen. Sie zog ein Kissen an sich heran, kuschelte sich hinein – und wieder spielten ihre Sinne ihr einen üblen Streich, als sie, gerade kurz bevor der tiefe Schlaf sie wieder in die Arme nahm, unter ihren Fingern die harten Muskeln eines Männerrückens zu verspüren meinte.

Auch der Morgen brachte keine Antwort, ein Kissen war eben nichts als ein Kissen. Sie stand auf, badete, legte ein Kleid in blassen Türkisfarben an; sie hielt still, als Zofe Hergus ihr die Taille schnürte, und betrachtete sich prüfend im Spiegelglas. Ruarks Worte spazierten frech in ihrem Kopf herum. Es mangele ihr an Fraulichkeit? Und wieso dieses? Wo denn fand er sie mangelhaft? Im Aussehen? An der Figur? Im Witz? Wo also? Doch im Spiegel war die Antwort nicht zu finden. Shanna stieg die Treppe hinab, um ihrem Vater, wie es ihr seit der Heimkehr Gewohnheit geworden war, bei einem späten Frühstück Gesellschaft zu leisten.
Orlan Trahern war zwar stets schon bei Tagesanbruch auf den Beinen, doch wartete er mit seinem Morgenmahl, falls nicht dringende Geschäfte ihn abberiefen, bis Shanna es mit ihm einnahm. Das war dann meist, auch wenn sie wenig Worte tauschten, eine vergnügliche Stunde. Doch an diesem Morgen vernahm Shanna, als sie nun die Treppe hinunterging, Stimmen aus dem Speisezimmer. Nun war's nicht gerade ungewöhnlich, daß der Herr der Insel schon am Morgen Gäste hatte, um Geschäfte zu bereden, doch Mißtrauen hatte sich in Shanna eingenistet, und so näherte sie sich der Tür behutsamer.
»Guten Morgen, Shanna!« überraschte sie Bertas Stimme. »Wie schön, daß Ihr Euch besser fühlt!«
Und da drang auch schon, als Echo, Vaters Stimme durch die offene Tür: »Da kommt sie! Meine Tochter Shanna!«
Ein Stuhl knarrte, und im nächsten Augenblick füllte Traherns massiger Leib den Türrahmen aus. Trahern reichte Shanna seinen Arm und geleitete sie in den kühlen, luftigen Raum, dessen feingeflochtene Fenstergitter stets einer leichten Brise Zugang gewährten und Sonne wie Hitze draußen hielten.
»Tut mir leid, mein Kind, aber ich mußte dringend mit dem Manne reden«, sagte er, als er sie nun über die Schwelle führte.
Shanna verhielt überrascht den Schritt, als sie den erwähnten Besucher erblickte. Ihre Hand zuckte von des Vaters Arm zurück, alle Farbe wich aus ihren Wangen, und ihre Lippen öffneten sich vor Schreck. Trahern wandte sich um, hob Shannas Hand wieder an ihrem Platz auf seinen Arm und sah ihr mit gerunzelter Stirn ins Gesicht.
»Ja, mein Kind, es ist ein Leibeigener«, flüsterte er tadelnd, »doch ist's gewiß nicht unter unserer Würde, ihn an unseren Tisch zu bitten. Wollt Ihr die Herrin dieses Hauses sein, dann seid's mit Anmut und heißt willkommen, wen immer ich als Gast an meine Tafel rufe!«
Dann fuhr er lauter fort, wobei er ihre Hand in seine Armbeuge klemmte und sie liebevoll tätschelte: »Tretet näher, Shanna, und lernt Mister Ruark kennen; John Ruark, ein Mann von einiger Bildung und mit

einem gescheiten Kopf, der uns gute Dienste leistet und dessen Rat ich schätze.«
John Ruark erhob sich, und seine Augen berührten Shanna überall, als Trahern sich abwandte, um ein Wort mit Berta zu wechseln. Die Röte kehrte schnell in Shannas Wangen zurück, als sie wieder einmal das Gefühl durchlebte, nackt vor ihm zu stehen. Sie murmelte eine nichtssagende Begrüßung, wobei ihr eigener Blick verächtlich über seine kurzen Hosen fuhr, die, obzwar sie reinlich waren, ihrem Gemütszustand ein Ärgernis bereiteten. Jedoch erkannte sie dankbar an, daß er immerhin ein Hemd angelegt hatte. Da er im Haus seines Herrn den Strohhut abgesetzt hatte, bemerkte sie zum ersten Mal, wie kurz sein Haar geschoren war. Nur ein paar geringelte Strähnen umrahmten sein Gesicht und betonten allerdings die hageren, hübschen Züge. Der spöttisch grinsende Mund ließ seine Zähne in herrlichem Weiß vor seiner dunkel gebräunten Haut aufblitzen. Bei aller Mißgunst mußte Shanna gestehen, daß nicht einmal der Leibeigenenstand ihm übel zu bekommen schien. Im Gegenteil, er strahlte eine Naturkraft und Männlichkeit aus, die fast berauschend war. Kurzum, er war noch hübscher als an seinem – ihrem – Hochzeitstag.
»Es ist mir ein Vergnügen, Madam!« sagte er mit Wärme.
Shanna ließ ihre Zähne unter drohungsvollem Lächeln knirschen. »John Ruark, sagt Ihr, ist der Name? Von etlichen Ruarks mußte ich in England hören. Ein schmutziger Haufen, kann ich Euch nur sagen. Mörder und Halsabschneider allesamt, elende Wichte. Seid Ihr ein Verwandter, Sir?«
Der süßliche Ton in ihren Worten verhehlte nicht die beabsichtigte Schmähung. Ruark begegnete ihr mit einem Zucken der Belustigung auf seinen Lippen, doch Trahern räusperte sich scharf und warf seiner Tochter einen warnenden Blick zu.
»Ihr müßt schon vergeben, Mister Ruark. Es geschieht nicht oft, daß ich mich als Gastgeberin eines Sklaven sehe.«
»Shanna!« mahnte Trahern leise, nun schon ziemlich aufgebracht.
Shanna ließ sich auf ihrem Stuhl nieder; sie übersah Ruark, der ihr gegenüber wieder seinen Platz einnahm, vollkommen und wandte statt dessen ihre ganze strahlende Aufmerksamkeit dem kleinen, grauhaarigen Neger zu, der ihr bei Tisch aufwartete. »Einen guten Morgen wünsch' ich, lieber Milan! Ist heute nicht ein herrlicher Tag, findet Ihr's nicht auch?«
»O ja, Madam!« strahlte der zurück. »Hell und glanzvoll, ganz wie Ihr selbst, Miß Shanna! Und was beliebt Euch heut zum Frühstück? Ich hab' eine saftige Melone eigens für Euch aufgehoben.«
»Wie schön!« jubelte Shanna. »Ihr seid ein wahrer Schatz, Milan!«

Als Milan dann die Tasse Tee vor ihr auf den Tisch setzte, wagte Shanna wieder einen Blick auf Ruark. Der lächelte stillvergnügt zu ihr zurück.
Shanna nippte an ihrem Tee und lauschte schweigend, als Ruark sich frei und ungezwungen mit Trahern über eine Anzahl Themen unterhielt. Wo es ihm nötig schien, widersprach der Leibeigene seinem Herrn auch ungehemmt, griff immer wieder zu einer Feder, um mit schnellen Strichen deutlicher zu machen, was Trahern mit Worten nicht einsehen wollte. Nicht die Spur eines Sklaven hatte er an sich, er war Zoll für Zoll ein Mann, den sein Eigentümer seiner ebenbürtig hielt. Gemeinsam mit Trahern beugte er sich über einen Stapel Zeichnungen und erläuterte im einzelnen das mechanische Wirken eines jeden Plans. Shanna war alles andere als gelangweilt, als sie lauschte. Sie erkannte, daß er gescheit und nicht minder scharfen Sinnes als ihr Vater war. Wie eine große Farm zu führen war, schien ihm in keiner Weise fremd. Im Gegenteil, mit dem Fortschritt des Gespräches wurde immer offenkundiger, daß der Herr der Insel viel von seinem Sklaven lernen konnte.
»Mister Ruark«, mischte sich Shanna ein, als Milan die Teetassen aufs neue füllte, »was war, bevor Ihr ein Leibeigener wurdet, Euer Beruf? Aufseher etwa? Ihr stammt aus den Kolonien, nicht wahr? Was triebt Ihr in England?«
»Pferde – und mancherlei anderes, Madam«, sagte er obenhin und schenkte ihr sein volles Lächeln. »Mit Pferden hatte ich viel zu tun.«
Shanna runzelte leicht die Stirn, als sie hinter den Sinn seiner Auskunft zu gelangen suchte. »Dann müßt Ihr es gewesen sein, der mein Reitpferd Attila gesundgepflegt hat.« Kein Wunder, daß der Hengst ihm nun aus der Hand fraß; listig hatte sich der Lumpenhund dem stolzen Tier ins Herz geschmeichelt. »Ihr wollt damit sagen, daß Ihr Pferde trainiert habt? Zu was, Sir? Und weshalb wart Ihr in England?«
»Meistens hatte ich mit Reitpferden zu tun, Madam.« Er zuckte die Achseln. »Und dann gibt's freilich auch genügend Leute, die ihre Pferde bei Rennen auf die Probe stellen wollen. Ich kam nach Schottland, um Zuchtpferde auszusuchen.«
»Wollt Ihr damit sagen, daß Euer damaliger Herr Euch zutraute, gutes Zuchtmaterial auf den ersten Blick zu erkennen?«
»Ja, Madam, das tat er, und davon verstehe ich gewiß allerhand.« Die Goldflecken in seinen Augen blitzten auf, als er leichthin an ihr Maß nahm. Die Anspielung war deutlich genug. Nur Trahern entging sie, da auch er den Blick auf Shanna gerichtet hielt. Ihn regte das Wort vom Zuchtmaterial zu einem anderen Gedankengang an.
»Ich habe meine Tochter mit ähnlichem Auftrag nach England gesandt«, sagte er und schlürfte seinen Tee. »Doch sie kehrte als Witwe heim, mit leerer Wiege. Ich hab' ihren jungen Mann nicht einmal zu Gesicht be-

kommen, und das will mir schier das Herz brechen. So vielen Stutzern hatte sie einen Korb gegeben, also war ich hoch gespannt, mir ihre endgültige Auswahl anzusehen.«
Shanna sprach zu ihrem Vater hin, doch ihre Augen hingen an Ruark, und sie lächelte hinter ihrer Teetasse: »Nur wenig kann ich Euch von ihm berichten, Papa. Doch daß ich keinen Sprößling von ihm zur Welt bringe, hat nur die Launenhaftigkeit des Schicksals so entschieden. Ihr müßt wissen, Mister Ruark, daß mein Vater mich auf die Reise schickte, um nach einem Gemahl Ausschau zu halten, der ihm würdig genug sein konnte, Söhne für seine Dynastie heranzuzüchten. Doch es hat nicht sollen sein, sosehr ich mich auch mühte. Doch zweifele ich nicht, noch einen anderen Mann zu finden; womöglich sogar einen, der besser als der erste auf seinen Füßen zu stehen weiß, damit ihn nicht das nämliche Geschick ereilt.«
Shanna hob die Augenbrauen gerade so viel, um ihren letzten Worten Unterstreichung zu verleihen, und starrte frech in Ruarks Augen, in welchen es nun freilich zuckte – weil der Hieb gesessen hatte.
»Fürwahr, Madam Beauchamp«, Ruarks Stimme klang sorgenvoll und auch recht ernst, »ich kann Euch nur beipflichten. Ohne Zweifel hätte ein guter Mann Euer Leben nur bereichert. Und doch, ich finde immer wieder, daß all jenes, was man so gemeinhin Schicksal nennt, dem Wirken durchaus irdischer Hände entspringt. Wie oft macht nicht eine Laune, eine Einbildung, ein niederträchtiges Begehren die besten Pläne zuschanden. Nehmt nur meinen eigenen Fall als Beispiel. Trotzdem ich mich in ärgster Not befand, war es ausgerechnet jener Mensch, der mir den Handel vorgeschlagen hatte, der meine günstigste Gelegenheit zuschanden machte. Und wie sehr habe ich darunter leiden müssen. Und dennoch wird die Gerechtigkeit, wenngleich auch oft verzögert, zu guter Letzt immer siegen. Gewiß, ich habe Schulden abzutragen, und Euer Herr Vater ist nicht einmal mein geringster Gläubiger. Doch sind auch andere Schulden längst zur Zahlung an mich fällig, und diesen sehe ich mit großer Vorfreude entgegen.«
Shanna erkannte wohl die Drohung, die in diesen Worten lag, und versetzte mit unverhohlener Entrüstung: »Sir, ich finde, das Wort Gerechtigkeit klingt schlecht aus Eurem Munde, denn allem Anschein nach hat die Gerechtigkeit Euch ereilt, und Ihr befindet Euch nun dort, wohin Ihr gehört. Mag mein Vater Eure Ratschläge auch willkommen heißen – ich, für meinen Teil, finde die Gegenwart eines halbnackten Wilden an meinem Frühstückstisch schlechthin widerwärtig.«
Trahern setzte auf diesen Zornesausbruch hin seine Tasse ab und starrte entgeistert seine Tochter an – wodurch ihm Ruarks Grinsen entging, das die sanfte Bitte um Verständnis Lügen strafte, die aus seinen nun folgen-

den Worten klang: »Madam, ich kann nur hoffen, daß Ihr einmal anderen Sinnes werdet.«
Shanna indessen wagte keine weitere Erwiderung; innerlich kochend und finstere Schatten vor ihren grünen Augen, sprang sie auf und verließ den Raum.

Ruark hatte schon lange das Herrenhaus verlassen, als Shanna es zögernd wagte, ihrem Vater wieder unter die Augen zu treten. Sie hatte allen Grund, den väterlichen Unwillen zu fürchten, denn noch nie hatte ein Leibeigener den Inselherrn so für sich einzunehmen vermocht wie dieser Mann aus den Kolonien.
Als Shanna, die Hände auf dem Rücken verschränkt und das Lächeln eines Unschuldsengels im Antlitz, Traherns Kontor betrat, war Ralston anwesend. Der »Lord« und sein Handelsagent gingen eben eine Reihe von Abrechnungen durch.
»Glaubt Ihr, es wird heute noch regnen?« fragte Shanna und blickte durch die Terrassentüren zum strahlend wolkenlosen Himmel hoch.
Trahern murmelte eine Antwort, nahm aber, ganz auf die Zahlenreihen vor ihm konzentriert, von seiner Tochter kaum Notiz. Auch nicht, als sie nun auf dem Stuhl neben seinem Schreibtisch Platz nahm.
»Ob wohl heute ein paar Hummer in Missis Hawkins Fallen gegangen sind? Ich könnte ja Milan bitten, uns welche fürs Mittagsmahl zu holen, was meint Ihr, Papa?«
Trahern warf einen Seitenblick auf seine Tochter, der kaum ihre Anwesenheit bestätigte. Aber so leicht war Shanna nicht abzuspeisen. Sie beugte sich vor und schaute über seinen Arm hinweg auf die Zahlen, an denen er rechnete.
Mit Kleinmädchenstimme erkundigte sie sich: »Stör' ich Euch, Papa?«
Trahern seufzte, schob seinen Stuhl zurück und sah sie an. »Bevor Ihr nicht losgeworden seid, weshalb Ihr gekommen, werden wir ja wohl keinen Frieden finden. Also, was habt Ihr auf dem Herzen, Tochter?«
Shanna glättete den Rock und zuckte die Achseln. »Ach, es ist nur wegen dieses Mannes Ruark, Vater.« Unwillkürlich war sie in eine mehr formelle Anrede verfallen. »Ist er wirklich von der Art, die uns hier auf Los Camellos guttut? Könnten wir uns seiner nicht auf diese oder jene Weise entledigen? Ihn eintauschen? Oder seine Schuldpapiere woandershin verkaufen? Irgend etwas, um ihn von der Insel fortzuschaffen?«
Shanna hielt inne und blickte auf. Trahern schürzte seinen Mund nachdenklich. Ehe er sich äußern konnte, sprudelte es weiter aus ihr hervor.
»Ich meine, für einen Leibeigenen ist Mister Ruark doch reichlich keck und arrogant. Ja, tut er nicht gar so, als ziemte ihm die Herrenrolle eher als die Sklavenrolle? Und seine Kleider! Sind sie nicht einfach grauslich?

Nie zuvor sah ich einen Mann solchermaßen halbnackt herumstolzieren. Er scheint sich auch nichts daraus zu machen, was die Leute über ihn reden. Und dann ist da noch etwas anderes anzumerken. Gerüchte habe ich gehört, danach sind die jungen Mädchen im Dorf einfach von Sinnen über ihn. Wahrscheinlich werdet Ihr, noch eh' das Jahr zu Ende ist, eine Handvoll seiner Bastarde verköstigen müssen.«

»Oho!« grunzte Trahern. »Dann müssen wir wohl, um die Damen unseres schönen Paradieses vor Unheil zu bewahren, den Hengst kastrieren lassen.«

»Um Gottes willen, Vater!« Shanna schluckte den Köder wie eine halbverhungerte Flunder. »Nicht das! Er ist ein Mann, kein Tier! Das dürft Ihr nie!«

»Ah, ich verstehe!« Traherns Stimme war leise und gedankenschwer; er schaukelte auf seinem Stuhl, um seinen Worten Nachdruck zu verleihen. »Ein Mann, kein Tier! Wie schön, daß Ihr das zugebt, liebe Shanna. Wie schön.«

Shanna ließ sich fast entspannt in ihren Sessel zurücksinken, bis sie den umflorten Blick in ihres Vaters Augen sah, und war nicht seine Stimme so seltsam tonlos – ein sicheres Zeichen für langsam kochenden Zorn bei ihm? Sie versuchte, sich ihre Worte noch einmal in Erinnerung zu rufen – was hatte sie gesagt? Ihr stockte der Atem, als sie das Gewitter heranbrausen sah. Sie sprang hoch, als seine Hand auf den Schreibtisch herunterschmetterte – die Feder zitterte im Tintenfaß.

»Bei Gott, Tochter, bin ich froh, daß Ihr das zugebt!«

Trahern beugte sich vor, packte die Arme des Sessels, als wolle er sich aus demselben hinauskatapultieren.

»Ich besitze seine Schuldpapiere und er wird mir als Sklave dienen, bis sie abgegolten sind! Was er auf dem Kerbholz hat, weiß ich nicht. Aber ich weiß, daß er einen guten Kopf hat, ja mehr von einer Pflanzung versteht als ich selbst. Ich versteh' mich auf Märkte und Handel, er aber versteht sich auf Menschen und darauf, wie man das Beste aus ihnen herausholt. In der kurzen Spanne, die er hier ist, hat er mir seinen Wert bewiesen, und ich respektiere den Menschen und den Mann in ihm mehr, als Ihr es je zu begreifen vermöchtet. Das ist kein Tier, dessen Wille gebrochen werden muß, das zu simplen Handlungen abgerichtet werden kann. Das ist ein Mann, der dort eingesetzt werden muß, wo er das Beste leistet. Und ich wette mit Euch, was immer Euch beliebt, daß er sich seinen Preis mehr als hundertmal verdient. Eben jetzt«, er wirbelte die Blätter auf seinem Schreibtisch auseinander, warf ihr ein mit Skizzen und Zahlen überdecktes Papier in den Schoß, »hat er den Bau einer großen Zuckerrohr-Mühle und einer Destillerie vorgeschlagen, die in Verbindung miteinander sowohl die Sirup- wie auch die Rum-Fabri-

kation um mehr als das Zehnfache steigern können. Und wir brauchen weniger Männer zur Arbeit in den Plantagen.«
Orlan warf ihr ein weiteres Blatt zu.
»Danach hat er für den Fluß einen Damm vorgeschlagen. Die Kraft des gestauten Wassers wird das Rad einer Sägemühle treiben, wir könnten selber unsere Stämme schneiden und unseren Überschuß verkaufen. Dutzende von Vorschlägen sind bereits von ihm gekommen, mit welchen wir Männer und Tiere einsparen. O ja, meine Tochter, ich schätze ihn hoch; ich werde mir ihn nicht verscheuchen lassen wie ein Tier, bloß weil er Euren hohen Ansprüchen an feinem Betragen nicht entspricht!«
Shanna fühlte sich so sehr in ihrem Stolz verletzt, daß es schmerzte wie wundgescheuerte Haut. Sie stand auf und sagte hochnäsig: »Wenn Ihr schon nichts von meinem Denken und Empfinden gelten lassen wollt, dann bitte ich mir zumindest das Recht aus, ihn nicht an meinem Frühstückstisch wissen zu müssen, wo er mich anstarrt und beleidigt.«
Trahern röhrte: »Das dahinten«, er wies mit hartem Finger auf das kleine Speisezimmer, »ist mein Tisch und mein Stuhl, wie dies alles hier mein Haus ist. Ich lade Euch gern ein, *mein* Frühstück mit mir zu teilen. Wollt Ihr ungestört sein, bleibt in Eurem Gemach.«
Wenngleich von diesem Zornesausbruch wie betäubt, versuchte Shanna ihr Glück doch noch ein weiteres Mal. »Vater, wenn Mutter Euch gebeten hätte, einen Menschen, der ihr mißfiel oder Abscheu einflößte, nicht ins Haus zu bringen, Ihr hättet es nicht verweigert.«
Dieses Mal hob Trahern sich nun tatsächlich aus seinem Sessel und stellte sich vor seine Tochter. Haltung und Stimme zeigten an, daß die Grenzen seiner Geduld erreicht waren. »Deine Mutter war die Herrin dieses Hauses und alles anderen, das ich besaß. Nie, soweit ich zurückdenken kann, hat sie einem von mir Eingeladenen die Tür gewiesen. Falls Ihr hier als Herrin dienen wollt, werdet Ihr jedem und allen eine charmante Gastgeberin sein. Wann immer dieser Mann Ruark anwesend ist, werdet Ihr ihm so begegnen, wie es gegenüber einem Gast in meinem Hause geziemend ist. Ihr wißt, daß Tand und Pomp und Flitterkram mir wenig gelten. Und in der Tat kam ich hierher, um all jenem zu entfliehen. Ehrlichkeit, Treue und eines guten Tages Arbeit schätze ich weit mehr – und all dieses bringt Mister Ruark mir entgegen. Und auch dies will ich Euch sagen, Töchterchen: er hat Euch heimgezahlt, was Ihr verdientet. Doch nun genug dieser Narretei. Ich muß mit Ralstons Buchhaltung fertig werden.« Sein Zorn verflog, seine Stimme klang fast flehentlich. »Nun seid lieb zu einem tatterigen, alten Mann, mein Kind, und laßt mich meine Arbeit tun.«
»Wie's Euch beliebt, Vater«, sagte Shanna steif. »Ich habe gesagt, was gesagt sein mußte.«

Trahern gab sich befriedigt und setzte sich wieder hin, nahm aufs neue die Feder auf und versenkte sich in seine Zahlen. Shanna machte keine Anstalten zu gehen. Hier, freilich, war keinerlei Hilfe mehr zu erwarten, aber sie stand auch noch nicht am Ende ihrer Möglichkeiten. Mit plötzlichem Entschluß erhob sie sich, legte dem Vater die Hand auf die Schulter, bis er zu ihr hochblickte.
»Ich reite jetzt ins Dorf, Papa, Besorgungen zu machen und Einkäufe zu tätigen. Sorgt Euch nicht, wenn ich spät heimkehre.«
Sie hauchte ihm einen schnellen Kuß auf die Stirn und war verschwunden. Trahern schüttelte den Kopf hinter ihr her.
»Das kommt, weil man Mädchen zu lange auf Schulen gehen läßt«, brummte er und zuckte mit den Schultern.

Es war schon später Nachmittag, als Shanna ihren Hengst zu Pitneys Haus lenkte. Es war ein Landhäuschen, wie man sie ähnlich im Westen Englands fand, und lag ein wenig oberhalb des Dörfchens. Hinterm Haus befand sich der kleine Schuppen, wo Pitney häufig seinem Steckenpferd frönte, nämlich aus den seltenen Hölzern, die Traherns Kapitäne ihm von ihren Reisen heimbrachten, schöne Möbel zu schreinern. Hier hatte Shanna als Kind viele Stunden lang zugeschaut, wie rauhe Bretter unter Pitneys begnadeten Pranken zu standfesten Stühlen, Tischen und Truhen wurden. Schnitzereien von Pitneys eigener Hand schmückten auch die meisten Zimmer. Als Shanna in den Schuppen trat, stand Pitney bis zu den Fußknöcheln in Spänen, und eben zog er behutsam einen Hobel über ein schlankes Brett. Pitney wischte sich mit einem verwaschenen blauen Lumpen den Schweiß von der Stirn.
»Gott grüß' dich, Mädel!« rief er ihr entgegen. »So lang ist's her, seit Ihr das letzte Mal den Weg zu meinem Hügel fandet. Doch laßt uns auf der Terrasse sitzen. Im Brunnen kühlt ein guter Trunk.«
Er zog einen Sessel für Shanna herbei und schickte sich an, die Brunnenkurbel zu drehen.
»Für mich nur einen Becher Wasser«, rief Shanna. »Eurem Gebräu vermag ich keinerlei Geschmack abzugewinnen.«
Pitneys Brunnen war eine Sehenswürdigkeit. Vor Jahren, als auf Los Camellos eben die ersten Behausungen entstanden, hatte Pitney einen eiskalt sprudelnden Quell entdeckt – und sich sein Haus daherum gebaut. Nun bildete die Brunnenmauer den Abschluß der Terrasse. Pitney konnte, angenehm im Sessel sitzend, aus seinem Brunnen schöpfen. Oder auch, wenn er es wünschte, aus dem angrenzenden Zimmer heraus durchs Fenster.
Shanna nippte behutsam an ihrem Becher, denn das Quellenwasser war so kalt, daß es fast an den Zähnen schmerzte. Pitney hockte sich aufs

Geländer, schlürfte das schäumende Ale aus seinem Krug und überließ es geduldig Shanna, das Wort zu ergreifen. Das Haus war westwärts ausgerichtet, eine Weile nahmen nun die prachtvollen Farben des Sonnenuntergangs ihrer beider Blick gefangen, und unter ihnen breitete das Hafendörfchen seine Dächer aus. Pitneys Haus war unverkennbar eines Mannes Haus, aus kräftigem, grobbehauenem Holz errichtet, und die Türen waren größer als sonst üblich – ganz wie Pitney selbst. Soweit Shanna wußte, hatten nur drei Frauen je ihren Fuß hereingesetzt: ihre Mutter, sie selbst und ein altes Dorfweib, das einmal wöchentlich das Haus besorgte.

Endlich richtete Shanna ihre ziellos wandernden Gedanken auf die Sache, die sie hergeführt hatte. Ohne Umschweife trug sie ihre Sorge vor.

»Ruark Beauchamp lebt – und zwar auf dieser unserer Insel! Er ist ein Leibeigener meines Vaters und nennt sich jetzt John Ruark!«

Pitney nickte und hielt den Krug auf dem Geländer neben sich im Gleichgewicht.

»Ich weiß«, sagte er. »Ich wußte auch, daß man ihn nicht gehenkt hat und daß wir an seiner Statt einen namenlosen alten Mann begruben. Ich hätt's Euch gleich gesagt, doch just dann war Ralston bei Euch. Und später dacht' ich mir, wozu soll ich Euch vor der Zeit beunruhigen. Ich wußte sogar, daß er auf der *Marguerite* nach Los Camellos segelte. Ich war Ralston ins Gefängnis gefolgt, denn mir war bekannt, daß er sich dort stets seine Männer holte – und nicht bei der Schuldner-Versteigerung, wie er immerfort behauptet. Auch das wollte ich Euch sagen, doch immer waren zu viele Ohren um Euch, deren Zungen es gleich Eurem Vater zugetragen hätten. Wenn ich Euch damit Ungemach bereitet habe – nun, dann sicher nicht viel mehr, als ich dem Burschen angetan. Ihr hättet ihn nicht erkannt, als man ihn aufs Schiff schleppte, so schändlich war er zugerichtet. Doch, in der Tat, mein Mädel – er war's, den Ihr selbst am Abend vor dem Ankerlichten vor dem Prügel bewahrtet. Und bei Gott, ich weiß nicht, wie der Mann das alles durchgestanden hat, ohne für den Rest seines Lebens Verstümmelungen oder mindestens Narben davonzutragen. Und ich weiß, wovon ich rede. Durch jene Mühle hat man mich auch einmal gequetscht.«

Pitney verlor indessen kein weiteres Wort über sein früheres Schicksal, und Shanna fragte auch nicht danach – wann immer er's einmal für richtig hielt, würde er's schon erzählen. Doch fühlte sie, daß es nicht gut um ihre Sache stand. Sie versuchte einen zweiten Anlauf.

»Wollt Ihr ihn für mich von unserer Insel schaffen?« fragte sie finster und wußte seine Antwort fast bereits im voraus. »Vielleicht heim zu seinen Kolonien oder wohin es ihm beliebt?«

Pitney schaute lange über den Hafen, bevor er seine Augen wieder auf Shanna heftete.
»Madam Beauchamp!« Shanna verstand noch nicht, aus welcher Laune Pitney sie mit ihrem neuen Namen ansprach. »Ich hab' Euch schon auf den Knien geschaukelt, als Ihr noch nicht höher als drei Stück Käse übereinander wart. Und ich habe Euch zu einer schönen jungen Frau heranwachsen gesehen. Ihr habt Euren Ärger mit Eurem Vater gehabt, und ich war nicht immer seiner Meinung. Ich begleitete Euch auf Euren Reisen und gelobte ihm, auf Euch aufzupassen und Euch sicher wieder heimzubringen. Ob das erstere mir gelungen ist, will ich nicht so fest behaupten – so wie ich Euch in diese Ehe habe schlittern lassen; immerhin scheint mir das letztere einigermaßen gut gelungen. Doch das einzige, was mich bedrückt, ist, daß ich eines Mannes Lebensbürde schwer und ihn selbst zu Schanden zu machen mitgeholfen habe, und das alles ohne jeden guten Grund.«
»Ohne jeden guten Grund!« Pitneys Selbstanschuldigungen erfüllten Shanna mit Zorn. »Aber der Mann war doch des Mordes angeklagt und zum Hängen verurteilt! Er hat grausam eine Schwangere erschlagen! Ja...!« Sie schwenkte ihre Hand zum Dörfchen hin. »Sein nächstes Opfer könnte er sich dort unten suchen – wenn nicht sogar ich selbst es vielleicht bin!«
»Mädchen, laßt Euch nicht alles zu Herzen gehen, was Euch in die Ohren geblasen wird. Wenn Ihr mich fragt – der Mann ist solcher Scheußlichkeiten gar nicht fähig. Und wie ich vernommen habe, sind auch andere dieser Meinung.«
Shanna konnte Pitney nicht in die Augen sehen. »Ihr wollt mir also nicht helfen?« sagte sie und stand auf.
»Nein, Mädel«, sagte er grob. »Ich habe dem Mann schon genug angetan. Gibt er mir keinen Grund, hebe ich meine Hand nicht gegen ihn.«
»Und was soll ich denn nun tun?« flüsterte sie verschüchtert.
Pitney dachte eine Weile nach. Als er sprach, spielte ein seltsames Lächeln um seine Augen. »Sprecht mit dem Mann. Ihr habt ja auch im Kerker mit ihm gesprochen. Ich werde Euch sagen, wo Ihr ihn treffen könnt. Vielleicht vermögt Ihr ihn zu überreden, wegzugehen. Ich werde ihm helfen, falls er's will.«
Shanna hatte den feinen Zwischenton wohl bemerkt. »So. Ihm würdet Ihr helfen. Mir nicht.«
»So ist es«, nickte Pitney. »Bei Euch geht's um eine Laune. Bei ihm geht's ums Leben.«

Die Nacht fiel hernieder und verhüllte Shannas Ritt durchs Dorf. Die Straßen waren still und öde, nach des Tages Arbeit hatten die Bewohner sich in ihre Häuser begeben. Vor dem Krämerladen, wo sich niemand darum scheren würde, band Shanna ihren Attila an und machte sich, das Dunkel und die Schatten nutzend, auf den Weg durch die krummen Gassen. Als sie Ruarks Unterkunft zu Gesicht bekam, verhielt sie staunend den Schritt. Das war ja kaum mehr als eine Bretterbude, was sich da baufällig an die Rückwand eines Lagerschuppens lehnte! Und durch die unzähligen Bretterritzen – wie auch durch die halboffene Tür – sickerte nur der trübe Schimmer einer Funzel. Vorsichtig schlich Shanna näher und spähte in die Hütte. John Ruark stand vor einem kleinen Becken und wusch sich Arme und Schultern mit einem Schwamm. Einen Augenblick lang glaubte Shanna, er sei nackt. Doch als er sich ins Licht bewegte, sah sie wieder diese entsetzliche, halbabgeschnittene Hose an ihm. Shanna holte Atem, wappnete sich innerlich und klopfte. Die Tür öffnete sich weiter. Er stand vor ihr.

»Shanna!« rief er überrascht. Doch er fing sich schnell, lächelte, griff ihre Hand und zog sie unter sein durchlöchertes Dach. »Vergebung, meine Liebe. Besuch habe ich nicht erwartet, solch reizvollen schon gar nicht.«

Er legte leicht seine Hand auf ihre Taille; verwirrt sah Shanna sich in dem engen Raum um, und unerträglich schien ihr die Aufmerksamkeit, die er ihr so freimütig zukommen ließ. Der Druck seiner Hand war kaum zu spüren, doch sie empfand ihn wie die Klammer einer stählernen Falle. Erste Zweifel, ob es klug gewesen war, ihn aufzusuchen, stellten sich schon ein.

Shannas feines Näschen rümpfte sich unter dem Geruch von Laugenseife und von Essig, womit Ruark offenbar die rohen Bretter seiner Behausung abgewaschen hatte. Die Einrichtung war natürlich ärmlich, doch reinlich und gepflegt. Auf einer mit Stricken bespannten Bettstatt lag eine Strohmatratze, darüber saubere, wenn auch fadenscheinige Laken. In einer anderen Ecke stand ein grob zusammengehauener Tisch, darauf ein Stapel Zeichnungen, Tintenfaß und Feder. Davor ein Stuhl, einmal offenbar schon zusammengebrochen, doch mit Stricken repariert. Auf einem Wandbrett einige Kistchen; in einem ein Laib Brot, ein Happen Käse, daneben eine Flasche Wein, eine wilde Auswahl nicht zusammenpassenden Geschirrs. Ein Flickenteppich auf dem Bett, ausgefranst und oft gestopft, mußte wohl als Decke dienen.

Ruarks Augen folgten Shannas Blick zum Bett. »Natürlich ist hier kaum der rechte Ort für ein Stelldichein«, lächelte er, »doch besser konnte ich mich nicht einrichten. Und es kostet mich nicht einmal einen Penny, ich muß dafür nur Wacht gegen etwaige Vandalen halten.« Er grinste, als er seinen Blick auf Shanna richtete. »Ich hätte nie gedacht, Ihr würdet schon so bald Eure Vertragsschuld abzugelten kommen.«

Shanna zuckte zusammen, entsetzt über die Unverschämtheit dieses Antrages: »Ich bin doch nicht gekommen, um hier die Nacht mit Euch zu verbringen!«
»Weh mir!« jammerte er wie ein Verlorener und streifte eine Locke von ihrer Wange. »So soll die Qual denn weitergehen! Ach, liebste Shanna, wißt Ihr denn nicht, daß schon der kleinste Anblick Eurer Schönheit mir das Herz zerbricht!«
Dunkel und heiser tönte seine Stimme in ihrem Ohr, alle Reserven ihrer Willenskraft mußte Shanna aufbringen, um gegen die Betäubung ihres Widerstandes anzugehen.
Ruarks Finger streiften sanft zwischen ihren Schulterblättern hindurch. »Wißt Ihr denn nicht, wie meine Arme danach schmachten, Euch zu umfangen? Euch nah zu sein und niemals zu berühren ist wie ein langer Tod für mich. Doch vielleicht seid Ihr eine finstere Hexe, die mir auf Erden schon die Hölle bereiten soll, indem Ihr alles seid, was ich am wildesten begehre und doch nie besitzen darf! Seid gnädig, Shanna, seid Frau, seid meine Liebste.« Er beugte sich näher. Schon waren seine Lippen gefahrvoll dicht vor ihr.
»Ruark!« sprach sie scharf und rückte von ihm ab. »Benehmt Euch!«
»Aber das tu' ich doch, mein Herz. Ich bin Mann, Ihr seid Frau. Wie sollte ich mich anders benehmen?«
»Bedrängt mich nicht. Seid einmal wenigstens ein Gentleman!« Sie setzte ihm die Reitgerte auf die Brust.
»Ein Gentleman? Doch wie, mein Schatz? Ich bin doch nur ein tölpelhafter Wicht aus den Kolonien, in höfischem Gehabe ungeschult, gelernt hab' ich nur Ehrlichkeit und daß man einen Handel, den man abschließt, auch erfüllen soll. Euch hier mit mir allein zu sehen und die Hand nicht nach Euch auszustrecken – das ist für mich einfach unerträglich.«
»Ich pflicht' Euch bei.« Shanna bewegte sich von ihm fort und bewegte sich immer weiter, da er ihr folgte. »Wir sollten unsere Begegnungen in Grenzen halten. Hört auf, Euch bei meinem Vater einzuschmeicheln, meidet unser Haus, dann haben wir es beide leichter. Seid endlich einen Augenblick lang ernst. Ich kam nicht her, um mit Euch ins Bett zu schlüpfen, sondern um an Eure Ehre zu appellieren. Und haltet auch endlich Eure Finger bei Euch!«
Ruark lehnte sich neben ihr gegen die Wand. »Ach, liebste Shanna«, sagte er traurig. »Soll ich wirklich glauben, daß Ihr Euren Handel nicht erfüllen wollt?«
»Handel!« Shanna peitschte die Gerte gegen die halboffene Tür. »Sir, Ihr seid der ungeheuerlichste ...«
»Pst!« Er legte einen Finger auf die Lippen. »Ihr weckt noch das ganze Dorf auf!«

Er griff hinter sich, hob die Weinflasche und einen Becher vom Wandbrett und schenkte sich ein. »Vielleicht beruhigt ein kleiner Trunk Eure Nerven. Ein Schlückchen Sherry gefällig?«
»Meine Nerven?« zischte Shanna. »Es ist Euer Nerv, welcher gebändigt werden muß!« Sie nahm den Becher, den er ihr entgegenhielt, kostete ein Tröpfchen und rümpfte die Nase. »Daran scheint Ihr keinen Mangel zu leiden, lieber Ruark.«
»Ihr schmäht mich, Madam.« Er streckte seine Hand nach ihren Locken aus, hielt jedoch inne, als sie erneut die Gerte hob. Er zuckte mit den Achseln. »Aber ich kenne meine Bedürfnisse und versuche, ihnen abzuhelfen.«
»Lieber Ruark«, knirschte Shanna giftig. »Wenn ich mich einem Manne hingebe, wird es nur unterm Ehegelübde sein, doch dann mit aller Liebe, die ich empfinden kann.«
Ruark lachte, setzte einen Fuß aufs Bett und stützte seinen Arm aufs Knie. »Wenn's nur ums Gelübde ginge! Habt Ihr's nicht bereits . . .«
»O Ihr grober . . .« Shanna war sprachlos über seinen Mangel an Ritterlichkeit. »Besitzt Ihr denn so wenig Ehrgefühl, daß Ihr mich an diesen niederträchtigen Handel binden wollt?«
»Ehrgefühl? Das gehört in der Tat zum wenigen, das noch mein eigen ist. Doch wie ist's bei Euch? Aus einer Laune bietet Ihr Euch an, und wenn der Preis erledigt ist, leugnet Ihr den Vertrag.«
Zornestränen brannten Shanna in den Augen. »Edel wurde ich geboren und zärtlich aufgezogen, doch dann mußte ich mich einem anderen Willen beugen.«
»Fürwahr!« höhnte er verächtlich. »Die Jungfrau Shanna, schmählich verraten! Shanna – werdet endlich erwachsen!«
Die Reitgerte zischte auf ihn zu, peitschte seine Brust, wieder und wieder, bis seine Hand ihr in den Flugweg fiel und sie ihr aus den Fingern flog. Shannas Wut war nun ins Unermeßliche gestiegen. Ihre Hand klatschte in Ruarks Gesicht, ihre Augen sprühten Haß. Doch plötzlich zitterte ihr Arm in einem eisenharten Griff, fand sich auf ihren Rücken gedreht – und Shannas Busen mußte sich gegen Ruarks nackte, mit Schwielen überzogene Brust pressen. Nun suchte Shanna die andere Hand zu heben, um ihm das überlegene Grinsen aus dem Gesicht, das viel zu dicht vor ihr war, zu schlagen. Ruarks Arm umschlang sie; unmöglich war's ihr, sich überhaupt noch zu bewegen. So stand sie nun an ihn gefesselt da, ihr Atem zischte zwischen fest zusammengebissenen Zähnen, ihre Brüste wogten gegen seine Brust.
»Genug jetzt, Shanna-Schatz«, befahl er scharf, »Ihr nahmt Euch beide Wangen, ehe ich die Chance hatte, nach der rechten Euch die linke hinzuhalten.«

Seine Umschlingung verstärkte sich noch, ihre Füße verloren den Boden unter sich, hochgehoben hing sie an ihm, rang nach Luft, sein Mund stieß auf sie nieder, zerrend, schmerzend, erregend; wie Feuerbrand stieß seine Zunge durch, sengend, besitzergreifend. Shanna sträubte sich kraftlos, Lust sickerte durch den Staudamm ihres Willens. Unter dem brutalen Aufprall seiner Lippen auf die ihrigen, unter der mählich erträglicher werdenden Umklammerung seiner Arme begann sie zu antworten, heißer zu werden. Und dann waren seine Arme nicht mehr da; sie taumelte, plötzlich frei, sah sich an der offenen Tür. Nur die Bernsteinaugen lagen noch auf ihrem Leib.
»Wappnet Euch, Shanna. Mit der Schläue kleiner Mädchen könnt Ihr mir nicht entgehen. Ich werd' Euch haben, wann und wo ich will.«
Furcht wallte in ihr auf; nicht vor ihm, vielmehr vor ihrem eigenen Ich, denn allen ihren Worten zum Trotz drängte es sie danach, ihn auf die schmale Pritsche zu zerren und ihm zu beweisen, daß sie mehr Frau war, als er ahnte. Sie zitterte am ganzen Leib; sie biß sich in die Hand, damit vielleicht ein Schmerz ihren Willen wiederbelebe. Sie wirbelte herum und rannte, rannte, rannte, bis sie keuchend an Attilas Seite stand. Kaum hatte sie die Kraft, sich in den Sattel zu schwingen. Wo Ruarks Kinn ihr Gesicht berührt hatte, brannte ihre Haut.
Kläglich starrte sie auf die dunkle Gasse zurück. Hatte er etwas gesehen? Hatte er die plötzliche, nackte Lust in ihren Augen wahrgenommen?
Lang war der Ritt nach Hause.

7

Shanna trieb ihren Hengst den Strand entlang, bis er keuchte, und doch bereitete ihr die wilde Jagd kein Vergnügen. An Nachmittagen schwamm sie in den seichten Wassern – doch das Wasser war zu lau, und zuviel Unkraut schwamm darin herum, auch hier konnte sie sich nicht vergnügen. In den folgenden Wochen hielt sie sich von aller Welt zurück, wich sogar dem Vater aus, außer wenn sie ihn alleine wußte. Seine besorgte Miene und seine beunruhigten Fragen raubten ihr den Frieden. Aber John Ruark wiederzubegegnen, dazu konnte sie sich nicht überwinden. Also blieb sie allein.

An einem sonnenüberfluteten Nachmittag suchte sie eine kleine, unter Klippen versteckte Bucht im Westen der Insel auf, wo kaum je ein Mensch seinen Fuß hinsetzte. Aus Vorsicht führte sie Attila auf langen Umwegen dorthin, den Strand entlang, ohne den Pfad zu berühren, der die Insel quer durchschnitt. Shanna trieb den Hengst, bis zum Bauch in der Brandung, um die zackigen, ins Meer hinausragenden Felsen herum zu ihrem Zufluchtsort. Hier ragten auf drei Seiten die Klippen hoch, nur vom Meer her war ein Zugang möglich, hier konnte Shanna sich sicher fühlen. Sie band den Hengst an, ließ ihn an den zarten Grasbüscheln zwischen den Felsspalten äsen.

Auf einem schmalen Streifen Sand, im Schatten, breitete Shanna eine Decke aus und entledigte sich ihrer Kleider bis auf ein kurzes Hemd. Hier endlich, durfte sie hoffen, war sie ungestört, hier würde niemand in ihren Frieden einbrechen. Eine Weile las sie liegend in einem Büchlein mit Sonetten, kämmte gedankenfern mit ihren Fingern durchs gelöste Haar. Die Mittagswärme machte sie schließlich schläfrig, mit einem Arm über den Augen nickte sie endlich ein.

Als sie aufwachte, war's ihr, als hätte jemand sie geweckt. Unruhe erfüllte ihr Gemüt, doch war kein Anlaß zu erkennen. Die Klippen ragten stumm und öde wie zuvor. Niemand war zu sehen.

Ablenkung von ihrem Unbehagen suchend, ging sie auf die Brandung zu, planschte ein wenig im seichten Wasser, dann wagte sie sich weiter hinaus, und wie in fernen Kindertagen begann sie nun, nach Muscheln und Seesternen zu tauchen. Eine Weile ließ sie sich auf dem Rücken liegend vom Auf und Ab der sanften Wellen treiben; wie ein herrlicher Riesenfarn breitete sich ihr goldenes Haar auf dem Wasserspiegel aus,

ein scheues Meeresgeschöpf, das seine Schönheit nur von Zufallsaugen schauen läßt. Auf reglosen Schwingen schwebte eine graue Möwe heran, um die fremdartige Nymphe zu bestaunen.
Der einsamen Spiele müde, schwamm Shanna schließlich zu ihrem kleinen, versteckten Strand zurück. Sie trocknete sich mit ihrem Handtuch, schlang es sich dann ums Haar, ließ sich auf den Rücken nieder und schaute einem weißen Wölkchen nach, bis es fast über einer Felsenspitze verschwunden war.
Auf der Felsenspitze stand ein Mann. Mit einem unterdrückten Aufschrei sprang Shanna auf die Füße. Weißer Strohhut, Hemd lässig über die Schulter geworfen, kurze weiße Hose, lange schlanke Beine – und Shanna wußte, daß goldene Augen zu ihr heruntergelächelten, sie höhnten, forderten, verbrannten. Konnte sie ihm denn nirgendwo entfliehen? Wütend riß sie sich das Handtuch vom Kopf und schmetterte es in den Sand.
»Verschwindet!« schrie sie. »Laßt mich in Frieden! Ich schulde Euch nichts!«
Ruark schritt auf dem Felsgrat entlang, der die Bucht umstellte, sein Gelächter hallte zu Shanna herab. Mit einer vollen Baritonstimme begann er nun zu singen, die Worte waren dümmlich, doch die Melodie hatte sie schon einmal gehört:

Shanna, hohe Königin, kann nirgends Liebe finden
Shanna, hohe Königin, will ihr Herz an eine Taube binden.

Shanna erschrak, als ihr bewußt wurde, daß ihr dünnes, durchnäßtes Hemd wie ein Hauch an ihrer Haut klebte und keine Einzelheit ihres Leibes mehr der Phantasie überließ. Mit wilden Gesten warf sie sich ihr Kleid über, nahm sich gar nicht erst die Zeit, es im Rücken zu schnüren; ihre übrigen Kleidungsstücke warf sie hastig in die Decke, die sie zusammenrollte und über Attilas Rücken warf. Dann sprang sie in den Sattel, trieb den Hengst in die Brandung, um die Klippen herum und dann im Galopp den Strand entlang.
»Ein schöner Tag, meine Lady!«
Ruarks Ruf eilte hinter ihr, und sein Gelächter klirrte ihr noch in den Ohren, als sie, endlich daheim angekommen, in ihrem Schlafgemach ihren Kopf unter den Kissen verbarg.

Zwei Wochen waren ins Land gegangen, es war ein Samstag nachmittag, Shanna saß auf Attilas ungesatteltem Rücken, und wieder jagte sie den Hengst einen Inselstrand entlang. Nur ein leichtes Kleid trug Shanna diesmal, und einen breiten Strohhut, der ihr hübsches Antlitz vor den sengenden Strahlen der Karibik-Sonne schützen sollte, kein Schuh hielt ihren zarten Fuß gefangen, als sie den kraftstrotzenden Hengst ins tiefere Wasser trieb; sie hob den Rock bis weit über ihre Knie und klemmte ihn unter ihren Schenkeln fest. Der Wind zupfte an ihren Locken, bis sie die goldene Haarpracht löste und als golden schimmernde Mähne hinter ihr herfliegen ließ. Fröhlich tanzte ein Lachen auf ihren halbgeöffneten Lippen, als sie noch schneller über den weithin sich erstreckenden Sandstrand galoppierte und sich tief über des Hengstes Nakken beugte.

Plötzlich schnitt ein Pfiff durch die warme Luft, der Hengst verlangsamte den Schritt, und wie sehr sie sich auch sträubte – Attila setzte seinen eigenen Willen durch und entführte seine Herrin zu einer Rotte von Bäumen, die am Rand des Sumpfes standen.

Ruark trat ins Sonnenlicht und pfiff abermals, leiser diesmal, und hielt dem Hengst die Hand entgegen. Attila schnaubte und stelzte willig näher, schleckte gierig den Zucker aus Ruarks Hand. Unbekümmert tätschelte er Attilas Nüstern, und sein Blick wanderte über Shannas nackte Schenkel und das schweißnasse Kleid, das ihr an den spitzen Brüsten klebte.

»Einen guten Hengst habt Ihr mir vollkommen zuschanden gemacht!« schrie Shanna wutentbrannt, und zu all den seltsam gemischten Empfindungen, die sie für Ruark hegte, trat nun auch noch die Eifersucht, weil Attila diesem Mann so blind zu vertrauen schien.

Ruark lächelte. »Ein herrlicher Hengst ist das, und auch so klug. Bei jedem anderen Tier hätt' es mich Monate gekostet. Indessen hab' ich ihm nichts anderes beigebracht, als zu mir zu kommen, wenn ich pfeife. Und das ist mehr, als man bei Euch erreichen kann.«

Shanna war außer sich vor Empörung. »Falls Ihr glaubt, ich käme jemals, wenn Ihr nur den Finger schnippt, dann muß es arg um Euren Witz bestellt sein, Sir!«

Er tat, als höre er ihr wütendes Gekeif nicht. Sein heißer Blick wanderte über ihren dürftig verhüllten Körper, und seine Lust begann zu wachsen. Stark lebte in seinen Sinnen die Erinnerung an die weiche Wärme ihrer Haut.

»Hört endlich auf, mich anzustarren!« fauchte sie – aus Angst, unter seinem glühenden Blick zu Asche zu verbrennen.

Wortlos trat Ruark neben den Hengst – und saß im nächsten Augenblick schon hinter ihr. Entrüstet japste Shanna auf, versuchte sich zu sträuben, doch seine Arme hielten sie umfangen, seine Hände krallten sich vor ihr in Attilas Mähne fest.

»Hinab mit Euch! Seid Ihr wahnsinnig?«

Sie protestierte, doch ihre Sinne ergaben sich bereits dem Druck seiner

strammen, nackten Brust an ihrem Rücken, seiner sonnenbraunen und mit Muskeln straff bepackten Schenkel entlang ihrer Schenkel, seiner Lenden gegen ihre Hüften. Und heiser tönte seine Stimme dicht an ihrem Ohr.
»Sitzt ruhig, Shanna, und gestattet mir, ein Stück mit Euch zu reiten. Ihr seid den Damensitz gewohnt und Attila ebenfalls. Doch was er braucht, das ist der feste Schenkeldruck eines Reiters, egal, wer's ist.« Und leichter Spott floß nun auch wieder in seine Stimme ein. »Damit könntet Ihr ihn vielleicht gar zügeln, wenn ich ihm pfeife. Jetzt paßt auf und lernt, wie ein Hengst von einem Mann geritten wird!«
Shannas Rückgrat straffte sich. »Und wenn uns jemand sieht, was dann, Mister Ruark?«
»Mit dem Sumpf auf dieser und dem Korallenriff auf jener Seite? Da zweifele ich doch sehr, daß uns irgend jemand sieht, und Ihr selbst nicht minder. Seid unbesorgt, Shanna. Eure Tugend ist bei mir wohlaufgehoben. Wer könnte auch besorgter darum sein als Euer eigener Gatte?«
»Wohlaufgehoben!« Hohn verzerrte ihre Worte. »Von Kopf bis Fuß befingert fühl' ich mich, wenn Ihr in meiner Nähe seid! Ihr habt ja nur einen einzigen Gedanken in Eurem Hirn!«
»Weil auch in Eurem eigenen nur ein einziger lebt!« flüsterte er dicht hinter ihr und streichelte ihr übers Haar.
»Ein Unhold seid Ihr, eine Lady so zu bedrängen!«
»Genug jetzt!« Ruark verwies sie fest auf ihren Platz zwischen seinen Armen und nahm Attilas Mähne in seine Hände. »Heute seid Ihr sicher, ich erteile Euch nur Unterricht im Reiten.«
Er schlug leicht seine Hacken in Attilas Weichen, und gemächlich setzte der Hengst sich in Bewegung. Ruark beugte sich vor, und das Tier beschleunigte den Schritt. Ruark spielte eine Reihe von Manövern mit ihm durch, und Shanna staunte. Sie spürte deutlich, wie Ruark sich bewegte und wie der Hengst auf jede Bewegung ansprach, als wären Pferd und Reiter eins. Dann spannten die Knie unter ihr sich an, und im gestreckten Galopp den Strand entlang rasten sie mit der Brise um die Wette.
Shanna hörte kaum, was er, die Lippen dicht an ihrem Ohr, ihr zuflüsterte; er mußte es zweimal sagen: »Erwartet Euer Vater Euch sehr bald zurück?«
Shanna schüttelte den Kopf, ihr Haar flog über seine Schultern. Ruark preßte sie fester an sich.
»Gut. Dann reiten wir jetzt einen Pfad, den ich im Sumpf entdeckt habe. Angst habt Ihr doch nicht, oder?«
Shanna warf den Kopf zurück, sah die sanft lächelnde Wärme in seinen Augen und verspürte auch in ihrem Inneren keine Ängste mehr. Eher

Neugier auf diesen Mann, der jede Lage zu seinen Gunsten wandeln zu können schien – dieser Mann, der ihr die Jungfernschaft geraubt hatte, dem Henker entkommen war und seine Leibeigenschaft mit unfaßbarer Leichtigkeit hinnahm. »Ich bin Euch ausgeliefert, Sir. Ich hoffe nur, Ihr steht zu Eurem Wort.«

Ruark lehnte sich zurück, ließ sich vom kraftvollen Rhythmus des Hengstes unter ihm treiben; Attila lief jetzt schärfer, seine Hufe spritzten kleine Wasser- und Sandfontänen hoch. Nie hatte Shanna ihrem Hengst so seinen Willen überlassen, doch in den festen Armen, die sie hielten, fühlte sie sich seltsam geborgen.

Mit einem Zungenschnalzen und einem Kniedruck zwang Ruark nun dem Hengst eine langsamere Gangart auf, ließ ihn einen schmalen Pfad einschlagen, der ins Nichts zu führen schien. Sie gelangten an eine Lichtung im Sumpf, wo der Sonnenschein einen Teppich aus weichem Gras überflutete, Fuchsiablüten in Fülle dufteten von den Rändern, hohe Bäume ließen ihre Äste vor der Schönheit des Tales sich verbeugen. Ruark sprang ab und hob Shanna zu sich herunter.

»Das muß man Euch lassen«, murmelte sie anerkennend, »mit Pferden versteht Ihr umzugehen.«

Ruark rieb Attila liebevoll den Nacken. »Ich arbeite gern mit Pferden. Ein braves Pferd folgt immer seinem Herrn, hat er sich erst einmal Respekt verschafft.«

»Und Ihr«, fragte sie scharf, »habt Ihr Respekt vor irgendeinem Herren?«

»Wißt Ihr denn einen Menschen, der mir seinen Respekt aufzwingen könnte? Ich will Euch sagen, Shanna, daß kein Mensch mein Herr sein kann, es sei denn, daß ich's ihm gestatte.«

»Also auch keine Frau!« brauste sie auf. »Ihr würdet also Euch stets meinen Befehlen widersetzen – und auch meinem Recht, Euch solche zu erteilen?«

»Ach, meine Liebe«, grinste Ruark, »bin ich nicht Euer demütigster Diener, wie Ihr meine liebende Gemahlin seid? Suche ich nicht unablässig, Euch zu dienen und Gunst in Euren Augen zu erwerben?«

Unfähig, seine heißen Blicke länger zu ertragen, wandte Shanna sich den schattigen Lauben zu, welche die Fuchsiensträucher bildeten, pflückte sich eine zarte Blüte, deren Stengel sie sich ins wild wallende Haar steckte. Wie verzaubert von diesem anmutigen Anblick, lehnte Ruark sich, die Arme vor der Brust verschränkt, an einen Stamm und gab sich wieder einmal dem hin, was seit Shannas erstem Besuch im Kerker seine Lieblingsbeschäftigung geworden war – nämlich Shanna zu betrachten. Sie war das Feuer, das in seinen Adern brannte, und nichts auf der Welt vermochte es zu löschen, denn jeder Gedanke an ein anderes Weib ver-

dorrte in seinen Sinnen, wenn er Shannas Bild danebenhielt. Dann war ihm, als hätte er den Himmel schauen dürfen – und müsse dann mit der Hölle als Ersatz vorliebnehmen. Zum Beispiel wenn er, was hin und wieder doch geschah, ein Frauenzimmer wie Milly Hawkins, des Fischhändlers Tochter, zur Linderung seiner Leibesnot in Betrachtung zog. Sie war recht willig und nicht einmal ganz häßlich. Freilich, ein wenig roch sie stets nach Fisch.
Lachen brach plötzlich aus Ruark hervor, Shanna drehte sich überrascht herum und zog die feinen Brauen hoch. Ruark wies auf die Blüten, die sie gepflückt.
»Indianerinnen tragen Blüten so, wenn sie ihrem Mann ein Zeichen ihres Verlangens geben wollen.«
Shanna errötete tief, riß sich die Blume aus dem Haar und steckte sie sich schmollend hinters andere Ohr.
»Und das bedeutet«, grinste Ruark, »daß ein unverehelichtes Mädchen sich gern nehmen lassen möchte.«
Shanna entfernte den Blumenschmuck nun ganz aus ihren Haaren und verflocht ihn mit anderen Blüten zu einem Kranz. Ruark wandte den Blick nicht von ihr.
»Ich glaube, Ihr wollt mich ködern, liebste Shanna. Ist es Eure Absicht, die Grenzen meiner Geduld zu erfahren, so daß Ihr mich dann um so besser hassen könnt? Würde Euer Gewissen dann besser das gebrochene Wort verkraften? Falls solches Euer Spiel sein sollte – spielt's nur weiter, Madam. Ich hab' kaum Besseres zu tun, als die Herausforderung anzunehmen.«
»Ihr seid schon recht arrogant!« blitzte sie und schickte sich an, mit Verachtung vom Haupt bis zu den Füßen an ihm herabzusehen, doch leider wollte ihr dies nicht gelingen, denn während ihr Blick über seinen schlanken Leib herabglitt, seine ewigen kurzgeschnittenen Hosen, drängte sich ihrem Gemüt die Erkenntnis auf, daß es an diesem starken, schlanken sonnenbraunen Mannsbild nicht den geringsten Fehler zu bemängeln gab. Und da erhob sich auch schon in ihr die kühne Frage, wie es denn wohl sein möchte, eine lange Nacht dicht neben ihm zu liegen.
»Ich muß heim!« sagte sie plötzlich, von ihren unkontrollierten Gedanken in Verlegenheit gebracht. »Helft mir aufzusteigen!«
»Zu Diensten, Madam!«
Er bückte sich, faltete seine Hände ineinander, um eine Stütze für ihren Fuß zu bilden, und hob sie auf des Hengstes Rücken. Dann trat sie Attila heftig in die Weichen, ließ ihn aus der Lichtung fort den geheimen Sumpfpfad entlangfliegen. Ruark stand, die Hände in die Hüften gestemmt, noch lange da und sah ihr nach.

Sie hatte schon das Ende des Sumpfgeländes erreicht, als sie die innere Enttäuschung, die sich immer stärker in ihr ausgebreitet hatte, mit einem langen Seufzer endlich zum Ausdruck brachte. Zwischen zusammengebissenen Zähnen sich selbst verfluchend, riß sie den Hengst herum und jagte den Weg wieder zurück. Ruark hatte mit regelmäßig weit ausgreifendem Schritt bereits ein Stück des Weges zurückgelegt und schaute nun dem Hengst erstaunt entgegen. Schnaubend kam das Tier vor ihm zum Stehen, er legte ihm die Hand in die Mähne.
»Eure Kraft wird morgen bei der Arbeit auf dem Feld gebraucht«, rief Shanna vom hohen Roß herab. »Wenn Ihr stundenlang bis zum Dorf hinab spazierengeht, seid Ihr uns wenig nütze.«
»Ich lege Euch meinen unsterblichen Dank zu Füßen, Madam«, grinste er und schwang sich hinter ihr auf Attila. Wieder spürte Shanna seine starken, braunen Arme sich um ihre Hüften legen. Nun kannte der Hengst schon seinen Pfad im Sumpf und flog feuriger dahin – oder war's, weil er jetzt den festen Schenkeldruck seines Herrn und Meisters fühlte? Shanna lehnte sich entspannt gegen Ruarks Brust und verfolgte neugierig, wie ihre Sinne auf die harte, mannesstarke Gegenwart seines Körpers reagierten, dessen prickelnde Wärme sie nun ganz durchdrang.
Als sie fast an der Stelle angelangt waren, wo er mit seinem unverschämten Pfiff den Hengst zum Halt gezwungen hatte, vernahm sie seine warme Stimme in ihrem Haar: »Werde ich Euch an dieser Stelle wiedersehen?«
»Gewiß nicht!« Sie war wieder ganz die stolze Shanna, auch wenn sie nur mühsam die Erregung niederdrückte, die in ihr wild zu knospen begonnen hatte. Sie saß sehr aufrecht und warf die Hand, die Ruark auf ihrem Schenkel ruhen ließ, zur Seite. »Meint Ihr ernsthaft, daß ich mich hinter meines Vaters Rücken mit einem Leibeigenen zum Stelldichein im Walde treffe? Welch' widerwärtiges Ansinnen, Sir!«
»Versteckt Euch nur tapfer hinter Eures Vaters breitem Rücken!« versetzte er. »Ganz wie ein Kind, das Angst hat, Frau zu werden.«
»Hinab mit Euch, Schelm! Und laßt mich endlich in Frieden. Weiß der Teufel, warum ich überhaupt mit Euch ritt! Vom Pferd, frechmäuliger Bastard einer Küchenmagd!«
Ruarks vergnügtes Gelächter stachelte ihren Zorn nur weiter an. Er jedoch ließ Attila nun anhalten und glitt vom Rücken des Hengstes und sah sie noch einmal mit einem jener schelmisch-überlegenen Blicke an, mit denen er sie halb bespöttelte, halb verschlang.
Diesmal drehte Shanna sich nicht nach ihm um, als sie auf ihrem Hengst den Strand entlang heimwärts jagte.

Die selbstverfügte Einsamkeit schien Shanna nur auf den Holzweg geführt zu haben, also besann sie sich und stürzte kopfüber in planlose Geschäftigkeit. Vor allem betätigte sie sich als Schreiberin ihres Vaters, begleitete ihn auf seinen Fahrten über die Insel, notierte alles, was ihr wichtig schien, wenn sie durch Rodungen und Pflanzungen fuhren, lauschte aufmerksam den Berichten der Aufseher und Vorarbeiter und hielt in ihrer hübschen schnörkeligen Schrift jedes Stichwort und jede Zahl fest. Ebenso führte sie Buch über die Anzahl der Arbeitsstunden und Arbeitskräfte, die für dieses oder jenes Unterfangen nötig waren, wie auch den Ertrag, den sie erbrachten.
Doch seltsam – oder auch nicht –, wo immer Schwierigkeiten zu bewältigen waren, tauchte ein Mann in kurzabgeschnittenen Hosen auf seinem Maultier auf, sprach den Leibeigenen zu, legte an der kritischen Stelle selbst Hand an, warf mit schneller Feder Verbesserungen aufs Pergament. Und Shanna konnte sich nicht dagegen wehren, daß mit allen Zahlen und Berichten auch immer wieder der Name John Ruark wahrgenommen werden mußte. Noch viel weniger konnte sie ihre Ohren vor dem Lob verschließen, das sie von Leibeigenen und Aufsehern gleichermaßen über ihn hörte; alle arbeiteten fröhlicher, wenn John Ruark in der Nähe war. Unmöglich schien es, diesen Mann wie Luft zu behandeln. Und zu allem Überfluß deutete Orlan Trahern eines Nachmittags, mit einem stillvergnügten Lächeln auf den Lippen, an, daß John Ruark wohl inzwischen viel berühmter auf der Insel war als er, der Herr der Insel, selbst – und allem Anschein nach auch viel beliebter.
An einem Freitagnachmittag, als Shanna sich, wie es der Zufall wollte, im Krämerladen des Dorfes befand und durch das große Rechnungsbuch blätterte, welches die Konten der Leibeigenen enthielt – da fiel ihr Blick wieder auf den gefürchteten Namen John Ruark. Neugierig, wie Shanna war, sah sie sich sein Konto genauer an. Die Zahlen, die sie fand, waren höchst erstaunlich.
Was in der Spalte »Einkauf« stand, war reichlich wenig. Außer Schreibzeug, einer Pfeife, Seife war hier nur eine seltene Flasche Wein, ein gelegentlicher Beutel Tabak ausgewiesen. Viel länger war indessen jene Spalte, die im einzelnen die Veränderungen von John Ruarks Entlohnung enthielten. Shanna ließ ungläubig ihren Finger über die Zahlen gleiten. Immer wieder war sein Lohn verdoppelt worden, nein verdreifacht, nein – mein Gott, er bezog nun schon das Zehnfache der üblichen sechs Pennies, auf die ein Leibeigener Anspruch hatte. Das Zehnfache! Shannas Finger wanderte zur Spalte mit den Guthaben hinüber. Noch wunderlicher: am Ende dieses Monats mußte John Ruark fast hundert Pfund zu seinen Gunsten in den Büchern stehen haben. Und noch eine weitere Eintragung erregte Shannas Augenmerk: Gutschriften, die ihm

neben seinem Lohn zugebilligt zu sein schienen. Bei der Geschwindigkeit, mit welcher er sein Konto füllte, mußte Ruark in ein oder zwei Jahren ein freier Mann sein.
Scheppernd schlug die Hintertüre zu, durch welche Mister MacLaird, der Krämer, kurz zuvor nach draußen gegangen war. Shanna vernahm Schritte hinter sich.
»Mister MacLaird«, rief Shanna, ohne hinzuschauen, über ihre Schulter. »Hier ist ein Konto, über welches ich mit Ihnen sprechen möchte. Würdet Ihr so freundlich sein . . .«
»Mister MacLaird ist draußen, Shanna. Kann ich Euch irgend wie behilflich sein?«
Shanna wirbelte herum. Die Stimme war nicht zu verkennen. Ruarks Lächeln strahlte sie an, wie stets mit einem Hauch liebevoller Überlegenheit.
»Sorgen, meine Liebe? Hab' ich mich so lange Eurem Augenschein entzogen, daß Ihr mich nicht mehr erkennt?« Er hob eine Muschelkette vom Ladentisch. »Wünscht Ihr vielleicht ein wenig schmucken Tand zu kaufen? Ah, Vergebung, Madam, ich vergaß – Euch selbst gehört ja dieser Laden. Wie schade – schon wieder kann ich eine meiner Begabungen nicht nutzen.«
Shanna konnte ob seines scherzhaften Geplauders ein Lächeln nicht ganz unterdrücken. »Begabungen habt Ihr sicher viele, Ruark. Mein Vater sagt, Ihr habt eine neue Preßmühle zu bauen angefangen. Wie's scheint, habt Ihr ihn überzeugt, daß sie ertragreicher sein muß als die, welche wir bereits besitzen.«
Ruark nickte. »So ist es, Shanna. Genau das hab' ich gesagt.«
»Weshalb denn also seid Ihr hier? Da würde ich Euch doch eher beim Werk vermuten, anstatt nach eigenem Belieben durchs Dorf zu spazieren. Seit Ihr neuerdings Euer eigener Aufseher geworden und bestimmt Eure Arbeitsstunden nach Gutdünken?«
Ruark zog die Augenbrauen hoch. »Keine Angst, ich hintergehe Euren Vater nicht.« Er wies mit dem Daumen in den hinteren Teil des Ladens. »Ich hab' eine Ladung schwarzen Rums herangekarrt, da ich ohnehin hierherkommen mußte, um etliche Zeichnungen für Trahern fertigzustellen. Und soeben unterzieht Mister MacLaird die Fässer einer Probe. Falls Ihr einen Tugendwächter wünscht – er kehrt gleich zurück.«
Shanna schnippte die Feder übers Hauptbuch. »Für einen Lastkutscher scheint Ihr mir ziemlich hoch bezahlt, wie ich sehe. Und auch etliche andere Konten geben mir Rätsel auf.«
»Nichts einfacher als das«, begann er zu erläutern. »In meiner Freizeit arbeite ich für andere Leute auf der Insel. Dafür entlohnen sie mich mit einem Gegendienst oder mit einer Gutschrift auf meinem Konto. Eine

Frau im Dorf, zum Beispiel, wäscht mir Kleidung und Bettzeug, und dafür...«
»Eine Frau?« unterbrach Shanna.
»Shanna, seid Ihr etwa eifersüchtig?«
»Natürlich nicht!« versetzte sie schnippisch, ihr Antlitz hatte sich puterrot verfärbt. »Nur neugierig. Was wolltet Ihr doch gleich sagen?«
»Es ist nur das Fischweib, Shanna. Kein Grund zum Unbehagen.«
Die meergrünen Augen blitzten. »Erschreckend, wie eingebildet Ihr seid, Ruark Beauchamp!«
»Pst! Mein Herz!« tadelte er sanft. »Nicht diesen Namen! Es könnte Euch jemand hören.«
»Und was tut Ihr dafür der lieben Missis Hawkins Gutes?« erkundigte sich Shanna.
Ruark nahm sich mit der Antwort Zeit. Er legte seinen Hut auf einen Haufen Handelsware, entledigte sich seines Hemdes und warf es darüber.
»Eigentlich nichts, was nicht Mister Hawkins selber machen könnte, wenn er nicht solch ein Faulpelz wäre. Boote reparieren und dergleichen.«
»So, wie sich Euer Konto füllt, werdet Ihr wohl nicht mehr lange auf der Insel bleiben«, merkte Shanna an.
»Geld war niemals für mich wichtig, Shanna. Wenn ich meine jüngste Vergangenheit überblicke, möcht' ich eher sagen – Frauen. Oder genaugenommen, eine Frau. Nur eine Frau, eine einzige, macht mir Sorgen.«
Ruark blickte sie jetzt geradeheraus an, herausfordernd und fast sogar beleidigend war es, wie er sie mit den Augen vergewaltigte, von den schmalen, wohlgeformten Fesseln in den weißen Seidenstrümpfen, die sich unter dem hochgerutschten Rocksaum zeigten, über die schmale Taille des weiß und rosa gestreiften Kleids hinweg bis zu ihrem hübschen runden Busen hoch. Zwar verbarg eine zarte Wolke aus feinsten weißen Spitzen züchtig Shannas Dekolleté bis hinauf zum Hals, doch fühlte sie sich wieder einmal nackt unter Ruarks durchdringendem Blick.
»Ihr betrachtet mich also als Euer Problem?«
»Hin und wieder, Shanna. Meistens betrachte ich Euch als die schönste Frau, die mir je vor Augen kam.«
»Ich kann mir beim besten Willen nicht vorstellen, daß ich Euer Problem sein soll«, stichelte sie. »Ich hab' Euch wochenlang nicht mehr gesehen. Ich fürchte, Ihr übertreibt Euren Fall.«
Kein Wort kam über seine Lippen, doch seine Blicke sprachen um so deutlicher sein Begehren aus. Shanna spürte unter ihrer Haut ein Prikkeln wachsen, das ihr das Gefühl gab, in lodernden Flammen zu stehen,

die ihre Wangen glühen und ihre Hände zittern machten. Sie konnte den Blick nicht von ihm wenden. Die sinkende Sonne, die ihre Strahlen in den Laden warf, tauchte ihn in tiefgoldene Farben, die auf seinem schlanken, starken Körper spielten. »Ihr müßt unter Wilden aufgewachsen sein«, ketzerte sie, allein schon, um sich selbst gegen ihre geheimen Wünsche zu verteidigen, »bei dieser Abneigung, die Ihr ständig habt, Euch zivilisiert zu kleiden.«
Ruark lachte hinterhältig. »Manchmal erweist sich Kleidung als höchst hinderlich. Zum Beispiel empfindet so ein Mann, wenn seine Gattin nachts im Bett sich tief verhüllt. Andererseits, das Fetzchen Seide, welches Ihr als Nachtgewand anzulegen pflegt, das ist fast so gut wie nichts. Das einer Gattin abzustreifen, wäre – wenn ich so sagen darf – ein Kinderspiel.«
Die Glut auf Shannas Wangen rötete sich noch dunkler. »Ihr habt die Stirn, nachts unter meinem Balkon herumzuwandern!«
Brüsk drehte Shanna sich dem Pult zu und blätterte eine Seite im Hauptbuch um – die freilich genausogut auch unbeschrieben hätte sein können, denn was sie vor ihren Augen sah, war nur ein Flimmern. Weiches Licht fiel durch das Fenster über ihrem Pult und zeichnete ihr Antlitz in einem Strahlenglanz, der es fast engelhaft erscheinen ließ. Ruarks Füße schienen sich aus eigener Willenskraft in Bewegung zu setzen, bis er dicht hinter ihr stand; in seinen Ohren rauschte und pochte sein heißes Blut.
Shanna spürte Ruarks Nähe in jeder Faser ihres Seins. Der Geruch von Mann, gemischt aus Leder, Schweiß und Pferden, berauschte ihre Sinne, ihr Puls raste, ihr Herz flatterte, sie wollte etwas sagen, etwas tun, doch ihr war, als sei sie erstarrt und warte nur noch auf seine Berührung. Schon bewegte sich seine Hand auf sie zu, schon spürte sie seine Fingerspitzen in ihrem Haar . . .
Eilige Schritte klapperten auf der Terrasse vorm Laden, am Fenster huschte ein weiblicher Schatten vorbei. Ruark machte einen schnellen Schritt zur Seite; als Milly Hawkins zur Tür hereingestürmt kam, stand er schon an einem Stapel Hüte, die er eifrig zu sortieren schien. Das Mädchen sah Shanna auf den ersten Blick nicht, da das Pult, an dem sich Shanna aufhielt, wegen eines Stapels Fässer von der Tür nicht zu erblicken war. Milly, die ein Bündel Leibeigenen-Wäsche auf den Armen hatte, schien ohnehin nur Augen für Ruarks sonnengebräunten Rücken zu haben.
»Ich hab' Euch durchs Dorf kommen sehen, Mister Ruark«, plapperte das Frauenzimmer los, »und da dacht' ich mir, ich könnt Euch einen Weg ersparen, indem ich Euch die Sachen, die ich Euch gewaschen, hierherbring!«

»Ich komme auf dem Heimweg ohnehin an Eurem Haus vorbei, Milly. Da hätt' ich's mir schon holen können.« Er schenkte dem Mädchen ein lahmes Lächeln und fing über ihren Kopf weg einen bissigen Blick von Shanna auf.
»Ach, Mister Ruark, das macht doch nichts, ich hatt' grad' eben nichts zu tun; da dacht' ich, da kann ich ihm den Weg ersparen.« Milly schüttelte kokett ihr rabenschwarzes Haar, und ihre großen, dunklen Augen betasteten ihn fast überall. Keck ließ sie ihre Hand über seine hageren Rippen gleiten. Wie zufällig schob er sie beiseite.
»Mister Ruark, habt Ihr heute abend schon was vor?«
Ruark lachte amüsiert. »Der Zufall will's, daß ich eine Arbeit habe, die mich fast die ganze Nacht beschäftigen wird.«
»Ach, der alte Trahern wieder!« rief Milly verzweifelt aus und stemmte die Hände auf die Hüften. »Immer findet er was Neues, was Ihr für ihn machen sollt!«
»Nein, Milly, es ist so«, hob er an; Shannas Stirnrunzeln war ihm nicht entgangen, und nur mühsam unterdrückte er seine Belustigung, »der Inselherr verlangt nicht mehr von mir, als ich zu tun bereit bin.« Dann hielt er das Bündel Wäsche hoch: »Und sag auch deiner Mutter meinen Dank dafür.«
Jedermann wußte, daß Milly Hawkins das faulste Mädchen im Dorf war. Milly wie auch ihr Vater faulenzten den ganzen Tag herum, nicht ohne unentwegt ihren Armenstand zu beklagen, während die brave Frau Hawkins sich für den Lebensunterhalt der Familie abrackerte. Doch was sie verdiente, vergeudete ihr Mann doppelt so schnell, denn allzusehr war er dem Rum zugetan. Ruark wußte sehr wohl, daß nicht das Mädchen seine Wäsche besorgt hatte, und Dankbarkeit zu zollen, wem sie nicht gebührte, war nicht seine Art – das Frauenzimmer wäre sonst wohl auch schon recht bald in seiner Bretterbude aufgetaucht, unter dem fadenscheinigen Vorwand, dort zu putzen.
»Meine Mutter sagt, Ihr wäret wohl der reinlichste Mann auf Los Camellos«, plapperte Milly weiter. »Jeden Abend, sagt sie, lauft Ihr zum Bach, und anschließend gebt Ihr ihr Euer Zeug zum Waschen. Mein Pa sagt, soviel Baden sei nicht zu sehr viel nütze, Mister Ruark. Ach, Mister Ruark, niemand verschwendet soviel Zeit auf Sauberkeit wie Ihr, außer vielleicht das hochnäsige Trahern-Weibsstück in dem großen Haus.«
Ruarks dröhnendes Lachen ließ das Mädchen plötzlich verstummen. Shanna betrachtete, von ihrem hohen Pultstuhl aus, das Mädchen nicht gerade besonders liebevoll. Milly drehte sich um – und sah sich unvermittelt Shannas eiskalten Blicken ausgesetzt. Milly riß vor Schreck den Mund sperrangelweit auf.

»Mein Name ist Madame Beauchamp, seit einiger Zeit, Milly«, korrigierte Shanna frostig. »Madam Ruark Beauchamp, wenn's recht ist. Oder, falls es nicht recht ist, zumindest ›das Beauchamp-Weibsstück‹. Hat ein besonderes Begehr Euch in den Laden geführt, Milly – außer Eurem Begehr nach Mister Ruark, meine ich? Der freilich steht nicht zum Verkauf, doch alles andere hier hat seinen Preis.«
Ruark vergnügte sich köstlich, ging zu dem Hocker hinüber, von dem Shanna herabgeglitten war, setzte sich halb darauf und betrachtete die beiden Frauen. Shanna stand majestätisch stolz und erhaben da und ließ Zornesfunken aus ihren grünen Augen sprühen, Milly schlampte indessen barfuß und hüftenschwingend durch den Laden. Milly, kleiner als Shanna, schmächtig gebaut und mit olivfarbener Haut, von der Sonne noch gebräunt, war schon recht hübsch, doch konnte man sich unschwer vorstellen, wie sie in ein paar Jahren wirken würde, mit einem Haufen ungewaschener Kinder am Rocksaum und einem Säugling an der Brust.
»Euer Vater hat selbst das Gesetz gemacht; jeder Leibeigene kann sich jedes Frauenzimmer, das ihn nehmen will, zum Weibe machen«, versetzte Milly. »Warum sollte Mister Ruark mich nicht nehmen wollen? Viel Auswahl gibt's ja nicht auf der Insel.«
Einen kurzen Augenblick lang verriet Shannas Antlitz Überraschung, ein fragender Blick glitt zu Ruark hin. »So? Und hat er Euch denn auch schon darum gebeten?«
Ruark nickte nicht, noch schüttelte er den Kopf, er grinste nur unbekümmert in Shannas Blick hinein.
»Bis jetzt hat er keine Zeit gehabt, so wie er ständig schuften muß«, meinte Milly.
»Dafür hat mein Vater ihn ja auch gekauft«, zischte Shanna schnippisch. »Und nicht um einen Haufen Kinder zu zeugen.«
Zum Glück erschien Mister MacLaird jetzt im Laden. »Ah«, stöhnte er genüßlich. »Der Rum, den Ihr gebracht, Ruark, ist ein herrliches Gesöff. Ihr könnt mir das Fässer in den Keller tragen.«
Er hielt inne, als sein bebrillter Blick nun auf Milly erfaßte. »Ach, da haben wir ja auch Kundschaft im Laden. Shanna, seid so freundlich und fragt das Frauenzimmer nach seinem Begehr. Der Schankwirt muß gleich kommen, und ich hab' noch sein Konto durchzusehen.«
Shanna lächelte dem Alten freundlich zu, doch dem Mädchen näherte sie sich nur mit Widerwillen.
»Nun, Milly, wolltest du denn etwas kaufen?«
»Zufällig«, sagte Milly hochnäsig. »Mister MacLaird hat gesagt, es wären neue Parfüms aus fernen Ländern angekommen. Da möcht' ich gern einmal dran riechen.«
Da Milly offenkundig weder über Börse noch Münze verfügte, war diese

Ausrede schnell zu durchschauen, doch Shanna tat ihr den Gefallen und ging hinüber zu den Regalen mit Parfüms. Milly machte sich an den Fläschchen zu schaffen, bis Ruark wieder durch die Hintertür hereinkam, ein Rumfaß auf der Schulter, ein zweites unterm Arm. Die Kraftanstrengung ließ Muskeln und Sehnen unter seiner Haut wie gespannte Stricke hervortreten, unter einem feinen Überzug von Schweiß glänzten Leib und Glieder wie geölt. Verlangen flackerte in Millys Augen auf, und vor lauter Anbetung entrang sich ihr ein Seufzer.

»Sieht er nicht wie eine von diesen griechischen Statuen aus?« schwärmte sie, um einen gewissen Bildungsstand zu beweisen.

Unter der Muskelspannung hatte Ruarks Hose einen weißen Streifen Bauchhaut freigegeben. Millys Blicke glitten fasziniert den schmalen Streifen Haar, der sich von Ruarks starkbewachsener Brust nach unten zog, entlang. Am liebsten hätte Shanna das Mädchen tüchtig gekniffen, doch sie rauschte nur an ihr vorbei, griff nach dem Schlüsselbund und öffnete Ruark die Kellertür. Sie rieb die Feuersteine überm Zunder, blies darein, bis er aufflammte, entzündete einen Kerzendocht und leuchtete ihm die Stufen hinunter. Kühl und trocken war's im Keller; Ruark legte, unten angekommen, eine Pause ein und setzte seine Fässer ab. Shanna wies auf einen Platz am Ende der Regale. »Eins dorthin«, sagte sie. »Da mag es altern.«

Als er das Faß an seinen Platz gestellt hatte, sah sie ihn herausfordernd an und warnte ihn mit leichtem Spott in der Stimme:

»Milly ist ein simples Frauenzimmer und sicher leicht erregbar. Wenn Ihr der Dirne noch mehr zeigt, wird sie sich kaum beherrschen können und fällt am Ende noch über Euch her. Dann seid Ihr derjenige, dem man Gewalt antut.«

»Ich werde auf der Hut sein, Madam«, brummte Ruark, als er nun das zweite Faß auf seinen Lagerplatz wuchtete. »Immerhin ist's gut zu wissen, daß mir bei Euch solche Gefahr nicht droht.«

Hinter Shannas vorgeblich erhabenem Äußeren hatten die Monate der Spannung und der Reizung gefährlichen Zündstoff angehäuft. Nun stand sie dicht vor Ruark; ihre Stimme war leise, fast ein Flüstern, doch aus jeder Silbe sprühte lohender Zorn.

»Sir, ich bin nun am Ende meiner Geduld. Wann immer wir uns begegnen, beleidigt Ihr mich und behauptet, ich sei keine richtige Frau. Ihr schmäht mich des Mangels an Ehrgefühl, obwohl ich mich lediglich Eurer groben Avancen erwehre.«

»Ihr waret einverstanden«, giftete er zurück. »Ihr gabt Euer Wort – und dafür mache ich Euch haftbar.«

»Es gibt keinen Handel mehr zwischen uns«, zischte sie. »Es war vorauszusehen, daß Ihr sterben solltet. Ich hab' nichts einzulösen, bloß weil Ihr

entgegen jeder Vorbedingung immer noch am Leben seid. Geht doch fort!« hob sie plötzlich zu schluchzen an. »Laßt mich in Frieden! Womit kann ich Euch denn nur endlich überzeugen, daß ich nichts von Euch wissen will? Ich hasse Euch! Ich verabscheue Euch! Ich kann Euren Anblick nicht mehr ertragen!«
Ruark sprach leise und besonnen, dennoch knirschten seine Worte in Shannas Ohren: »Und was bin ich? Weniger als ein Mensch? Steh' ich etwa unter jenen, die sich vor mir um Eure Gunst bewarben, nur weil Ihr mich in einem Kerker fandet? Nur weil ich bei Eurem Vater eine Schuld abtrage, die ich mir nicht zuschulden kommen ließ? Soll es denn noch schlimmer werden? Wer bin ich denn, daß Ihr behaupten könnt, es sei alles meine Schuld gewesen, daß Ihr sagen könnt, der Handel war nicht fair? Ich will Euch nur eins sagen . . .« Er senkte sein Gesicht, bis seine Augen, ebenso zornig wie verzweifelt, in die ihren starrten: »Nur eins: Ihr seid meine Frau!«
Shannas Augen weiteten sich, die alte Angst wuchs wieder riesenhaft in ihr heran. »Nein!«
»Ihr seid meine Frau!« Seine Hände gruben sich in ihre Schultern.
»Nie und nimmer!«
»Ihr seid meine Frau!«
Shanna kämpfte gegen ihn, er schlang seine Arme um sie, erstickte ihr Sträuben in stählerner Umklammerung. Vergebens trommelte Shanna, schluchzend, gegen seine Brust. Sie warf ihren Kopf zurück, doch damit brachte sie nur ihren Mund vor seine Lippen – und sein Mund stürzte auf den ihrigen herab. Und plötzlich wandelte sich Wut in Leidenschaft. Shanna warf ihre Arme um seinen Nacken, umschlang ihn fest mit irrer Kraft. Seine Lippen verkrampften sich über ihrem Mund, die ganze Hitze seines Hungers überflutete ihn, bis seine Sinne im Rausch ihrer Erwiderung taumelten; Kampf hatte er erwartet, statt dessen entdeckte er auf ihren Lippen den süßen Wahnsinn ihres verzehrenden Verlangens.
Aufstöhnend rissen sie sich voneinander los, der gewaltige Ansturm ihrer beiden Feuer erschreckte sie beide. Behend lehnte sich Shanna gegen die aufgestapelten Fässer, geschlossen waren ihre Augen, wild wogte ihr Busen.
Mit eisernem Willen bezwang Ruark seine Lust, mühselig kletterte er die Treppen hoch, ließ Leib und Sinne sich unterwegs abkühlen. Als er die Kellertür zum Laden öffnete, fing er einen fragenden Blick von Mister MacLaird auf.
»Sie ist noch unten, zählt die Fässer«, sagte er.
Als Ruark wieder in den Keller stieg, hatte Shanna sich gefangen, doch ihre Blicke folgten ihm, bis er an ihrer Seite stand. »Danke«, flüsterte sie.

»Kein Grund zum Danken«, sagte er. »Ich warte nur auf einen günstigeren Ort und eine günstigere Zeit.«
Als Ruark eine weitere Ladung Fässer in den Laden trug, geleitete Mister MacLaird die Tochter des Inselherrn zur Tür. Milly gaffte ihn neugierig an, der Hunger nach ihm lugte herausfordernd aus ihren Augen. Ruark schmetterte die Kellertüre zu, griff nach Hut und Hemd und verließ den Laden mit unziemlicher Hast.

8

Der Morgen erblühte mit strahlenden Farben, die das Meer verzauberten und das flammende Rot und das gleißende Gold des Sonnenuntergangs über die Brandung ergossen. Ja, sogar die Luft schien aus rosigem Hauch zu bestehen, und das Grün der Wiesen und der Bäume erstreckte sich in endlose Weiten, die sich schließlich mit dem Blau des sanft wogenden Meers vermischten.
Shanna stand auf ihrem Balkon und badete sich im blassen Gold der aufgehenden Sonne. Doch kein Lächeln strahlte in ihrem Antlitz, Sehnsucht umflorte ihre Augen, und ihre zarten Lippen öffneten sich halb wie in Erwartung eines Kusses, ihre Arme umfingen ihre schmale Taille, als müßten sie die Umarmung eines Geliebten ersetzen.
Die Morgenröte erstarb im Strahlenglanz des Tages, als der Feuerball der Sonne vom Horizont abhob und seinen Flug durchs Firmament begann. Aufseufzend kehrte Shanna in ihr Bett zurück, um noch ein wenig zu schlafen, ehe die Hitze ins Zimmer kroch. Sie schloß die Augen, und abermals verspürte sie den Beinahe-Schmerz in ihren Brüsten wie in jenem Augenblick, da Ruark sie an seine harte Brust preßte und sein Atem heiß ihre Wangen streifte; noch einmal sah sie das Drängen in seinem Blick, als er seinen Mund auf ihre Lippen senkte.
Bestürzt riß Shanna weit die Augen auf, allzu verwirrend hatte sie das Erwachen des Verlangens in ihrem Innersten berührt. Und so war es schon die ganze Nacht gewesen; nun durchflutete allein schon die Erinnerung an ihr eigenes Empfinden ihren Körper mit heiß pulsender Erregung.
Schwer lastete die Schlaflosigkeit der vergangenen Nacht auf ihren Lidern, und allmählich fiel sie in täuschenden Schlummer. Denn wieder war er da, er mit seinem schimmernden, ölglitzernden Bronzeleib; er, der sie am Tor der Träume erwartete; er, der hart und wirklich da sein würde, wenn sie nur die Hand ausstreckte und ihn berührte. Ihre Augen suchten sein Gesicht, fanden es, versanken in der satanisch verführerischen Falle, die es war. Wie goldene Krallen kratzten seine Blicke ihre Haut, und unablässig flüsterte sein Mund in heiserem Geflüster: »Komm zu mir. Gib dich mir. Gib dich hin. Gib dich ganz. Komm...«
Nur die Angst half ihr jetzt noch zu widerstehen. Doch da wandelte sich

das Gesicht. Die Nase wuchs zu einer langen Drachenschnauze aus, deren Nüstern Rauch entweichen ließen, grün färbte sich seine Haut, mit warzigen Schuppen, wie zwei goldene Kristallglas-Ampeln glühten seine Augen und bestachen sie mit hypnotischem Glanz, und Fledermausflügelchen gleich standen seine Ohren ab, Greifzähne wuchsen geil aus dem garstigen Grinsen. Dann warf mit höllischem Geröhr das Untier eine Flammenschlange über sie, die sie mit sengender Leidenschaft umschlang, sich über ihren Körper ringelte, ihr alle Kraft absaugte, ihren Willen schwächte, bis sie in hilflosem Entsetzen keuchte, flehentlich um Gnade bat, im Flammenwurf nach dem Atem rang.
Schüttelfrost durchzuckte Shannas Glieder, als endlich ein dumpfes Wachwerden sie erlöste, doch inzwischen war die Hitze des Sonnentags in ihr Zimmer gedrungen, trieb ihr den Schweiß aus den Poren, durchnäßt waren Nachtgewand und Laken. Sie rang nach Luft, und tief sog sie den Atem ein, als streife ein unsichtbares Wesen im Flug ihr Gesicht. In Panik sprang sie aus dem Bett und eilte auf den Balkon. Hier endlich kam sie zu Sinnen, Ruhe kehrte in ihre aufgewühlte Seele ein, die Welt war wieder, wie sie gewesen, nur die Sonne ein wenig höher, der Tag ein wenig wärmer.
Lustlos lief sie in ihrem Zimmer hin und her. Etwas, irgend etwas mußte sie dringend unternehmen, um den Wahnsinn abzuschütteln, der sie umgarnte. Sie konnte nicht mehr schlafen. Sie konnte nicht mehr essen. Zur Folterkammer war ihr Schlafgemach geworden, und aus allen Ecken tönte Ruarks Gelächter ihr entgegen, in allen Winkeln sah sie sein dunkles, grinsendes Gesicht. Wie auf der Flucht riß sie die Tür auf, stürmte die Treppen hinab.
Orlan Trahern hielt, einen Löffel voll Melone auf halbem Weg zum Mund, überrascht im Frühstück inne. Es mußte schon viel geschehen, um Orlan Trahern beim Essen zu unterbrechen – der Anblick, den ihm seine Tochter bot, war mehr als genug. Das Haar verstruppt und wirr, die Augen rot und geschwollen, die Wangen bleich, und geziemend angezogen war sie auch noch nicht. Noch nie war sie so früh und in solchem Zustand erschienen. Der Inselherr ließ seinen Löffel unberührt auf den Teller sinken.
»Es tut mir leid, Papa«, begann sie. »Eine schlimme Nacht hab' ich verbracht und fühl' mich immer noch nicht wohl. Macht's dir was aus, wenn ich Euch heute nicht begleite?«
»In letzter Zeit«, erwiderte Orlan Trahern, nahm nun doch den Löffel auf und kaute seine Melone, »hab' ich mich an Eure Gesellschaft sehr gewöhnt. Doch werd' ich's wohl einen Tag oder zwei, wenn auch mühsam, ohne Eure Hilfe schaffen. Ich betreibe dieses Geschäft schließlich erst seit kaum mehr als einem Jahrzehnt.«

Er stand auf und fühlte ihre Stirn. Ein wenig erhitzt schien sie ihm schon.
»Laß dir bloß nicht einfallen, krank zu werden. Also zieht Euch für den Tag in Euer Schlafzimmer zurück und ruht Euch aus. Ich schick' Euch Berta, die soll sich um Eure Wünsche kümmern. Ich habe leider Dringendes zu tun und muß fort. Kommt, mein Kind, ich begleite Euch hinauf.«
»Ach, Papa, nein!« Unerträglich schien ihr der Gedanke, in dieses Bett, in dem sie sich gemartert fühlte, zurückzukehren. »Ich eß erst einen Bissen, dann will ich gehen.«
»Papperlapapp!« tönte er. »Ins Bett mit Euch, ich will Euch wohlverwahrt wissen, ehe ich mich auf den Weg mache.«
Verdrießlich nahm sie seinen Arm und gab sich geschlagen; sie hatte einen falschen Schritt getan, nun stand ihr ein ganzer Tag in den vier Wänden, die ihr längst zu eng geworden waren, bevor.
Trahern deckte seine Tochter sorgsam zu, ehe er von ihr Abschied nahm, und Sekunden später stand schon sorgenvoll die alte Berta neben ihrem Bett, fühlte ihr Puls und Stirn, betrachtete ihre Zunge, kehrte wenig später mit Brühe und Gesundheitstee zurück. Endlich allein, barg Shanna weinend ihren Kopf in den Kissen und schlug ihre Fäuste gegen die Matratze. »Schuft! Verdammter Schuft! Was Ihr mir antut, sollt Ihr mir tausendfach büßen!« weinte sie.
Der Abend zog herauf, immer noch tobte die Schlacht in Shannas Seele. Schließlich, erschöpft vom aussichtslosen Kampf, schlaff im Sessel hängend, mußte sie sich ihre Niederlage eingestehen. Nur eines war in ihrem Leben noch gewiß – niemals mehr vermochte sie sich von Ruark Beauchamp zu befreien. Mit jedem Tag gab er sich dreister, bei jeder Begegnung griff er sie offener an. Das Abenteuer, in das sie sich gestürzt, um den Willen ihres Vaters zu umgehen, hatte ihr nichts gelassen, worauf sie noch stolz sein konnte. Von allen Menschen, die ihr nahestanden, hatte sie einzig Pitney nicht hinters Licht geführt, und nun hatte sie die Kraft nicht mehr, weiter mit ihrer Lüge zu leben. Zur Wahrheit war sie stets erzogen worden, der Wahrheit immer ins Gesicht zu sehen war oberstes Gebot im Trahernschen Haus, und jedesmal, wenn sie die Augen schloß, klagte der Verrat sie an, quälte sie der Anblick eines Gesichts hinter dem Gitterfenster eines Gefängniskarrens, gellte ein irrer Schmerzensschrei ihr in den Ohren. Nein, nicht länger waren die Gewissensqualen zu ertragen, sie mußte endlich diesen Krampf in ihrer Seele lösen.
Schluchzend taumelte Shanna aus dem Bett und warf sich gleich wieder über ihre Kissen, die ihren Verzweiflungsschrei erstickten. »Es ist vorbei. Es ist vorbei. Ich muß den Handel doch erfüllen. Ich bin am Ende.«

Bange schloß Shanna die Augen, doch nur ein sanftes Halbdunkel war da, sie aufzunehmen; dann fiel der Schlaf wie eine geräuschlose Welle über sie, und Frieden hüllte sie ein.

Die Schottin Hergus war eine getreue und schnellfüßige Dienerin. Wortlos führte sie Ruark durch die Dunkelheit, hielt hin und wieder inne, um sich zu vergewissern, daß er ihr auch folgte, doch blieb sie ihm stets einige Schritte voraus. So führte sie ihn um das Herrenhaus herum, dann einen schmalen Pfad zwischen Bäumen den Hügel dahinter hinauf, vorbei an einem unbenützten Blockhaus, vorbei auch an einem zweiten. Durch dichtes Buschwerk führte jetzt der Pfad, um schließlich in eine Lichtung einzumünden. Hier, in tiefen Schatten vor dem Mond verborgen, stand eine dritte Hütte, größer und geräumiger als die beiden anderen, hier schimmerte auch schwacher Lichtschein durch die Fenster. Ruark wußte, dies waren die Gästehäuser des Herrensitzes, freilich nur selten benutzt, da die meisten Gäste den Luxus des großen Hauses vorzogen. Doch zu welchem Ziel er hierhergeführt wurde, das wußte er nicht. Die Schottin hatte ihn in seiner Bretterbude aufgesucht und nichts anderes mitgeteilt, als daß sie Hergus sei und er mitzukommen habe. Ruark kannte die Frau als Angehörige des Trahernschen Hausgesindes, aber warum der Inselherr ihn so geheimnisvoll zu sich rufen wollte, blieb ihm ein Rätsel. Immerhin war seine Neugier angestachelt, und so war er der Dienerin gefolgt, wie er sich im Augenblick befand, in seiner kurzen Hose und Sandalen.

Nun führte sie ihn über die Terrasse in das kleine Haus, hielt ihm die Tür offen, bis er eingetreten war. Dann fiel die Tür hinter ihm ins Schloß, und er hörte die Frau mit flinken Schritten in die Nacht enteilen. Einigermaßen verblüfft, blickte Ruark sich um. Nur eine einsame Kerze erhellte den Raum, und die spendete kaum mehr Licht als der Vollmond draußen. Der Raum, immerhin, war gemütlich und kostbar eingerichtet. Der Teppich unter seinen Füßen hätte leicht seine Leibeigen-Schuld um ein Mehrfaches aufgewogen.

Ein leises Geräusch drang in die Stille ein, die Tür ging auf. Ruark erstarrte. Da stand Shanna. Ihr Name erstarb als geflüsterte Frage auf seinen Lippen. Wie ein bleicher Nachtgeist, in ein langes, weißes, engliegendes Gewand gekleidet, das Haar mit einer einzigen Schleife im Nacken zusammengebunden, bewegte sie sich auf ihn zu. Heiser tönte ihre Stimme:

»Ruark Beauchamp. Schurke. Schuft. Mörder. Am Hals aufgehängt bis zum Tod. In einer Gruft begraben. Über Monate raubt Ihr mir den Frieden. Ihr schwätzt von einem Handel, wo ich sage, daß es keinen gibt. Doch ich erkenne den Handel an und zahle eine Schuld, derer ich mir

nicht bewußt bin, damit Ihr keinen Anspruch mehr auf mich erheben könnt. Dann bin ich frei. Also verbringe ich, wie Ihr es fordert, diese Nacht mit Euch bis zum Morgengrauen, spiele Eure Frau. Dann will ich nichts mehr von Euch wissen.«
Er lachte auf, doch nur kurz, starrte sie fassungslos an. Er wanderte durch den Raum und untersuchte – unter Shannas fragendem Blick – den Vorraum, den Speiseraum, die Verstecke hinter den seidenen Vorhängen. Dicht vor ihr blieb er stehen. Und genauso frech wie er sie, starrte sie ihn an.
»Und Euer Schutzengel Pitney?« fragte er. »Wo steckt er dieses Mal?«
»Niemand ist hier. Wir sind allein. Mein Wort darauf.«
»Euer Wort!« Er lachte höhnisch. »Davor, Madam, fürchte ich mich fast am meisten!«
»Und wollt Ihr nicht noch unterm Bett nachsuchen?« Ruark drehte ihr den Rücken zu. Fliehen, ehe sich noch Schlimmeres ereignet, drängte ihn eine innere Stimme. Doch seine Füße waren wie aus Blei, und langsam begann der Gedanke, diese Schönheit willig in seinem Arm zu halten, seine Sinne zu vergiften.
»So, fürchte ich denn, hebt unser altes Spiel von neuem an«, sagte er harsch. »Und ich habe so viel schon überlebt, daß ich auf argwöhnische Weise schon wieder voller Neugier bin, was Ihr Euch diesmal für mich ausgedacht.«
Shannas Lachen umgarnte ihn sanft; ihre Hand bewegte sich auf ihn zu, streichelte über seinen Rücken, zeichnete die langen Stränge seiner straffen Muskeln nach. Ruarks Knie wurden unter dieser Berührung weich, die mit weicher, seidener Geschmeidigkeit alle seine Sinne weckte.
»Zur Hölle mit den Dornen!« stöhnte er mit zusammengebissenen Zähnen. Er wandte sich so plötzlich zu ihr um, daß ihre Hand sich über seine Flanke, dann über seine Brust rieb. Seine Nasenflügel bebten, seine Miene verfinsterte sich. Nun war er entschlossen, herauszufinden, was sie im Schilde führte. Er griff nach der Schnalle, die ihr Gewand am Hals zusammenhielt. Shanna hielt seinen Augen stand und lächelte nur sanft, bis ihr Kleid offen hing. Sie zuckte mit den Schultern, es fiel zu Boden, gab ein durchsichtiges Hemd frei, welches sie wie ein altgriechisches Gewand trug. Verführerisch nackt kam eine herrlich zarte Schulter zum Vorschein, die andere trug noch eine Seidenschlaufe. Doch vor Ruarks Blicken war schon jetzt nichts mehr verborgen, und Shanna sah, wie der harte Feuerstein der Leidenschaft in Ruarks Augen goldene Funken schlug. Ihre vollen, reifen Brüste zeichneten sich schamlos unter dem spinnwebfeinen Stoff ab.
Ruark vermochte das Beben, das seinen Leib durchschüttelte, nicht mehr

zu bändigen, der Atem stockte ihm im Hals, zu offenkundig war, daß Shanna unter ihren Kleidern alles das vorstellte, wovon ein Mann nur träumen konnte, ein Bild unvergleichlicher Schönheit. Shannas Haut schimmerte wie Satin, und schon bot sich Ruarks Augen auch, noch durch das hauchzarte Hemd hindurch, Shannas unglaublich schmale Taille dar, die straffen, verlockenden Rundungen ihrer Hüften, die geschmeidige Grazie ihrer Schenkel.
»Ich habe nur den einen Wunsch«, murmelte Shanna weich, »vollkommen Euer Weib zu sein, was immer Ihr von mir verlangt.«
Ruarks ausgedörrte Leidenschaft loderte hoch wie Zunder, die Flamme des Verlangens erstickte allen Zorn, ließ nur am Rande des Bewußtseins noch eine dünne Kruste, an der sein Argwohn nagen konnte, doch auch die wurde gar bald ein Raub des Feuers, das ihn verbrannte. Diese Nacht war alle Gefahren wert.
»Kommt!« drängte sie ihn, und ihre Stimme klang längst nicht mehr wie ihre eigene in ihren Ohren. Sie zupfte ihn am Arm. »Euer Bad steht schon bereit, mein Herr und Meister Beauchamp!«
Wie ein tumbes Tier ließ Ruark sich ins Schlafgemach hinüberleiten. Ein großes, schweres Himmelbett nahm dort fast die ganze Wand ein, die Kerzenflammen eines Kandelabers auf dem Tisch daneben flackerten im sanften Windhauch, der die Vorhänge an den Fenstern blähte. Unter dem vielarmigen Leuchter schimmerten Gläser und Kristallkaraffen mit einer Vielzahl von Getränken. Hauchdünne Stoffbahnen in weichem Weiß schlangen sich um die schmuckvoll gedrechselten Pfeiler des Himmels, einladend warteten die aufgeschlagenen Laken, die aufgeschüttelten Kissen.
Shanna blieb vor dem Badezuber stehen. Die Fackel, die daneben flackerte, ließ die ganze Schönheit ihres Körpers als Silhouette durch ihr Hemdgewand schimmern. Ruark, fast überwältigt von Shannas exotisch duftender Gegenwart, glaubte in den sanften, grünen Augen, die sie nun zu ihm erhob, unrettbar zu versinken. Nur die äußerste Anspannung seiner Willenskraft bewahrte ihn davor, auf der Stelle über Shanna herzufallen.
»Ich denke, Ihr würdet ein Bad willkommen heißen«, murmelte sie. »Falls Ihr jedoch anderen Sinnes seid . . .«
Ruarks Blicke eilten durch das Gemach, hielten Ausschau nach jedem Winkel, wo ein Angreifer sich verbergen mochte, doch da schien kein Unterschlupf für einen breiten, bulligen Burschen wie Pitney vorhanden. Vorhänge und Fenster standen offen, vom Dschungel draußen waren nur die gewohnten Nachtgeräusche zu hören, Vogelgezwitscher und gelegentliches Froschgequake, Insektengesumm. Er heftete seine Augen erneut auf Shanna, die immer noch auf seine Antwort wartete.

»Dergleichen Luxus wird gewiß alle meine Sinne betäuben ...« Er streifte die Sandalen von den Füßen.» ... doch will ich ihn unbeschwert genießen, ehe endgültig das Verhängnis über mich hereinbricht.« Shanna lächelte sanft, und ihre schmalen Finger öffneten die Schlaufen seiner Hose. »Ihr wollt mir immer noch nicht trauen.«
»Ich erinnere mich nur an unser letztes Stelldichein in England«, erwiderte er trocken. »Und befürchte sehr, daß eine abermalige Unterbrechung gleicher Art mich für alle Frauenzimmer dieser Erde nutzlos machen könnte.«
Shanna ließ ihre Hände über seinen mageren Brustkorb gleiten, doch hielt sie ihren Blick gespannt auf sein Gesicht gerichtet, als er seine Hose über einen Sessel warf.
»In den Zuber nun, mein gieriger Drache. Und verfaucht nicht ziellos Euer Feuer. Ich bin hier, weil ich unseren Handel erfüllen will. Ihr braucht nichts mehr zu fürchten.«
Ruark ließ sich in das warme Bad sinken, und einen Augenblick lang brachte ihm der ungewohnte Luxus auch Entspannung. Shanna streichelte ihm zärtlich die Schultern und reichte ihm einen großen Schwenker Brandy. Ruark leerte das Glas auf einen Zug und war froh über das ungewohnte Brennen in seiner Kehle, das ihm Ablenkung bescherte. Shanna nahm ihm das geleerte Glas aus der Hand, schenkte ihm aufs neue ein und gab es ihm zurück. Weich und flüchtig wie ein Schmetterling auf einer Rose war ihr Kuß auf seinen Lippen.
»Besser ist es, den Brandy langsam auszuschlürfen und den Geschmack voll zu genießen, Liebster.«
Ruark lehnte sich gegen den hohen Zuberrand zurück und schloß die Augen, ließ sich von der wohligen Wärme des Wassers umhüllen. Im Bach zu baden mochte wohl der Reinlichkeit Genüge tun, doch ließ es für Bequemlichkeit und auch Entspannung viel zu wünschen übrig. Er öffnete ein Auge und setzte das Brandy-Glas beiseite.
»Und Ihr wollt wahrhaftig meine Gattin sein?«
Sie nickte. »Für diese Nacht.«
»Dann, Weib, schrubb mir den Rücken!«
Er warf ihr einen Schwamm zu und beugte sich erwartungsvoll vornüber. Shannas Hände waren zart, als sie ihm den breiten Rücken einschäumte. Sie fühlte sich an eine geschmeidige Katze erinnert, als sie die gespannt-entspannte Energie unter ihren Fingern fühlte. Mit einer seltsamen Befriedigung ob dieser ungewohnten Tätigkeit wusch sie ihm nun auch das Haar, rieb es trocken, bürstete es aus. Sie massierte ihm Genick und Schultern, knetete alle Müdigkeit fort, die sich dort angesammelt haben mochte. Ruark konnte sich nicht erinnern, jemals solch beseligendes Gefühl empfunden zu haben. Dann ließ sie einen Finger unter sein

Kinn gleiten, kratzte mit dem Nagel über die kurzen Bartstoppeln. Sie legte ihm den Kopf gegen den Zuberrand zurück, nahm Messer und Seife zur Hand und rasierte ihn behutsam. Mit einem heißen Handtuch rieb sie ihm zu guter Letzt das Antlitz trocken.
»Mach' ich's so recht, wie's eine Gattin tut?« fragte sie fast zögernd. »Ich hab' so wenig Übung. Genau würd' ich's nicht wissen.«
Ruark hob seinen Blick zu ihren Augen, die sanftmütig dicht über ihm erglänzten. Er griff nach ihrer Hand und zog sie näher zu sich heran, doch sie ging zum offenen Fenster hinüber, lehnte sich ans Sims und spielte mit den Vorhangschleifen. Ruark ließ sich noch einmal die wohlige Wärme des Bades guttun. Er hatte einen flüchtigen Hauch von Bestürzung in ihren Augen wahrgenommen und fragte sich nun, welche Not wohl dieses spröde Mädchen aus ihrer Sicherheit heraus hierhin und soweit getrieben haben mochte. Gewiß kein Zwang von seiner Seite, denn wohlweislich hatte er sich vor jeder Handlung gehütet, die ihm die Peitsche oder Schlimmeres auf den Leib beschworen hätte.
Shanna kämpfte indessen eine Welle von Verzagtheit nieder, mühte sich, eine Woge von Kälte zurückzudämmen, die plötzlich in ihr hochflutete. Als Ruarks Blick sie traf, war ihr mit einem Schlag bewußt geworden, wie unaufhaltsam die Sekunde näher kam, um deretwillen sie dies Stelldichein in die Wege geleitet hatte. Würde er seine Rache grausam suchen – oder mit Behutsamkeit? Würde sie Schmerz oder Lust in seinen Armen finden? Nun war es zu spät, dem Wahnsinn, den sie selbst entfesselt, zu entfliehen. Wie hatte sie sich auch nur dem Glauben hingeben können, ein Leibeigener, ein Mann aus den Kolonien, der sich schon längst als alles andere als ein Gentleman ausgewiesen, würde ihrer Fraulichkeit Ehrfurcht entgegenbringen! Wie hatte sie sich nur so leichten Sinns in seine Gewalt begeben können!
Hinter ihr wurde das Geräusch von schwappendem Wasser laut. Shanna fuhr herum. Sie sah Ruark aus dem Zuber steigen. Es war zu spät. Zu spät!
Ruark, aufrecht in seinem Zuber, ein Handtuch in den Händen, fing Shannas Blick auf und erkannte eben noch die nackte Angst in ihren Augen, bevor es ihr gelang, den Ausdruck zu wechseln. Doch noch Betrug? fragte er sich. Wollte sie fliehen? Wollte sie um Hilfe rufen? Ruark hielt inne. In diesem Augenblick war er ihr wehrlos ausgeliefert.
Shanna wandte ihre Augen von dem ziemlich erschreckenden Anblick eines völlig nackten Mannes ab und ging zum Bett hinüber. Ruark beobachtete sie argwöhnisch, als er sich nun trockenrieb. Dann näherte er sich ihr. Sie wich seinen Blicken aus, verkrampfte ihre zitternden Hände ineinander. Plötzlich war sie ein ganz kleines Mädchen im voll erblühten Körper einer Frau. Es bedurfte all ihrer Willenskraft, um Worte über ihre

Lippen zu bringen, und trotzdem klang ihre Stimme noch dünn und schwach.

»Ruark, ich hatte den Entschluß gefaßt, die Sache hinter mich zu bringen, den Handel endlich zu erfüllen. Ich weiß, daß Ihr allen Grund habt, mich zu hassen. Dennoch, Ruark, bitt' ich Euch«, ihre Unterlippe zitterte, und Tränen quollen in ihren Augen auf, »bitte, tut mir nicht weh!«

Ruark wischte mit einem Finger eine Träne fort, die langsam über ihre Wange rann. »Ihr zittert, Liebste.«

Er fuhr herum und schleuderte das Handtuch in eine Ecke. Shanna zuckte zusammen; versuchte, sich für einen Überfall zu wappnen. Doch statt einer Vergewaltigung fühlte sie sich seinem Gelächter ausgesetzt.

»Ja, seht Ihr mich denn wahrhaftig für ein Untier an, Madam? Für einen Drachen, der Euch auf dem Lager auseinanderreißen will? Ach, arme Shanna, traumverlorenes Mädel, das Ihr seid! Die Stunde der Liebe ist nicht die Stunde des Nehmens, sondern des Gebens, des Teilens! Ihr schenkt mir diese Nacht, wie ich Euch meinen Namen gab, aus freiem Willen, eigenem Entschluß. Doch warn' ich Euch, denn es mag sein, daß Ihr nun etwas finden werdet, das Euch stärker bindet als alles andere im Leben!«

Was meinte er nun damit? Ein Kind? Shannas Antlitz verängstigte sich, sie wandte sich von ihm ab. Das war ein Gedanke, mit dem sie sich kaum beschäftigt hatte. Was aber, wenn . . .

Mit unendlicher Behutsamkeit legten Ruarks Arme sich um sie. Seine Wangen streiften ihr übers Haar, weckten den Duft von rotem Jasmin und Mandelblüten auf, der darin schlummerte, bis seine Sinne sich an diesem Wohlgeruch berauschten. Ruark wußte, sollte nicht Angst ihr diesen Augenblick zerstören, dann mußte er behutsam sein. Shanna, unterdessen, wiederholte sich immer wieder wie in einer Litanei, nur diese Nacht sei er ihr Gemahl, nur eine Nacht, und sobald der Morgen graute, sei alles überstanden, ein für alle Male, dann sei sie endlich von ihm frei, für alle Zeiten – und mit dieser ständig aufs neue ausgegebenen Parole gelang es ihr auch tatsächlich, ihre Bangigkeit zu betäuben, die Spannung und den Widerstand in ihrem Innersten einzulullen.

Sie hob die Flut ihres goldenen Haares, bot ihm ihre Schulter dar, und ungelenk machten seine langen Finger sich an den Seidenschleifen ihres Gewandes zu schaffen, bis es, allen Halts beraubt, zu ihren Füßen niedersank. Wie eine leuchtende Perle auf einem Bett aus warmer Erde hob sich ihr weißer Leib von seiner sonnenverbrannten Haut ab, und wieder preßten seine Arme sie an ihn, Shanna spürte die harte, kühne Männlichkeit, die zu ihr drängte, und ihre Augen schlossen sich, als seine glühenden Lippen nun eine sengende Spur über Hals und Schulter zogen.

Die Hände, die sie zärtlich streichelten, weckten allmählich ein niegekanntes Fieber aus endlosem Schlaf, glitten über ihre Brüste, ihren Bauch, eine warme Flut prickelnder Erregung wallte in ihr auf. Sie war kalt, sie war heiß, sie zitterte, ihre Sinne tanzten einen trunkenen Reigen, das Flüstern eines Seufzers entfloh ihr, als sie den Lockenkopf gegen seine Schulter zurücksinken ließ, ihr Haar sich über seinen Arm verströmte. Sie hob ihm ihr Gesicht entgegen, ihr bebender Mund wurde weich und öffnete sich, als seine Lippen nun von ihr Besitz ergriffen. Er drehte sie zu sich um, sie schmolzen zusammen wie Eisen unterm Schmiedefeuer, ihre Küsse wurden wild und wütend, ihre beiden Zungen prallten aufeinander wie Schwerter im Duell, kämpften mit hungriger Ungeduld gegeneinander wie ums Überleben. Seine Hand wanderte ihren Rücken hinab, preßte ihre Hüften fest gegen sich. Gefräßig durchraste die Begierde seinen Leib, das Feuer, das in seinen Lenden loderte, drohte die ohnehin schon bröckligen Mauern seiner Beherrschung endgültig zu sprengen.
Ruark setzte ein Knie aufs Bett, zog Shanna mit sich, Sekunden später taumelten sie auf die Laken. Sein Mund, offen, heiß und naß, versengte ihr die Brüste, bald nagten seine weißen Zähne an den Rundungen ihrer Hüften, an der seidigen Haut ihres Bauchs. Shanna schloß die Augen und wand sich keuchend und atemlos unter seinen Zärtlichkeiten. Ruark senkte sich auf Shannas Leib, schob ihre Schenkel auseinander, drang tief in sie ein. Shanna hob sich dem harten Stoß entgegen, ihre Sinne, ihre Seele, ihr ganzes Sein hieß dieses unbekannte, unbeschreibliche Gefühl willkommen, das mit pulsendem Zucken und Ziehen noch in ihr wuchs; in solch unermeßliche Dimensionen schien die Lust sich hochzusteigern, daß sie sich mit jedem Herzschlag fragte, ob sie den nächsten noch ertragen würde. Und ein märchenhaft magisches, köstliches, riesenhaft aufknospendes Aufblühen eines verzehrenden Rausches zwang sie, sich ihm in einer wilden Leidenschaft, die der seinigen ebenbürtig war, entgegenzuzucken. Der zuckende, blendende Gewitterblitz der Ekstase wollte sie endlose Sekunden lang im Hexenkessel der Lust zusammenschmieden, noch klammerte sie sich unentwirrbar fest an ihn, wie um ihn ganz in sich hineinzuziehen, dann fühlte sie den unbändigen Schlag seines Herzens an ihrer nackten Brust, hörte sie wieder sein heißes, rasselndes Atmen an ihrem Ohr.
Die Zeit schien am Abgrund der Ewigkeit stillzustehen, ehe Ruark das Haupt hob. Shanna lag mit weit offenen, suchenden Augen in den Kissen, ein Ausdruck unbegreiflicher Verwunderung zeichnete ihr schönes Antlitz. Seine Augen hielten sie liebevoll umfangen, als Ruark flüsterte: »Hättet Ihr gedacht, daß ein Drachen Euch so lieben kann, mein Herz?« Zärtlich und verliebt preßte sich sein Mund auf ihre Lippen, sie küßte

heiß und flink zurück, dann seufzte sie: »Ach, mein Drache Ruark, mein tierisch wilder Mann, Ihr wolltet den Handel bis auf den letzten Penny ausbezahlt haben, doch Ihr wart keineswegs der einzige, der seine Münze heimbezahlt bekommen hat.«
Ruark glättete ihr das verworrene Haar und zeichnete mit seinem Mund die schlanke Säule ihres Halses nach, saugte den exotischen Duft ihres Leibes ein, der so sehr Teil von ihr war, jenen berauschenden Wohlgeruch, der ihn seit dem ersten Augenblick im Kerker keine Stunde seines wachen Lebens, keinen Augenblick in seinen Träumen mehr losgelassen hatte.
»Bereut Ihr, meine Liebste?« fragte er mit ausgedörrter Stimme.
Shanna schüttelte den Kopf. All die Gewissensbisse, die sie vorausempfunden hatte, aller Schmerz nagender Schuld, den sie vorausgefürchtet hatte – nichts davon war da. Beängstigender war vielmehr das seltsame Gefühl, zu Recht in diesen seinen Armen zu liegen, als gehöre sie dorthin, wie ein Meer zum Strand, ein Baum zur Erde. Ja, dieses Gefühl des Befriedigtseins beunruhigte sie viel mehr, als es ein Gefühl von Schuld je vermocht hätte.
Willkürlich lenkte Shanna ihren Gedankengang auf andere Wege. Daß sie ihr Wort eingelöst hatte, schenkte ihr nun diesen Seelenfrieden, nichts anderes. Sie schlang die Arme um seinen Nacken, lachte leise, knabberte an seinem Ohrläppchen, streichelte es mit ihrer Zunge.
»Ist Euer Verlangen nach Gerechtigkeit nun endlich erfüllt, Milord?«
Ruark liebkoste mit halboffenen Lippen ihren Mund. »In der Tat, mein Mädchen. Für die foltervollen Nächte, die ich, an Euch denkend, wach gelegen; für die Tage, die ich Euer Bild nicht aus meiner Erinnerung reißen konnte; für die Qualen, die ich litt, wenn ich Euch nahe wußte und doch nicht sehen durfte. Nicht berühren durfte – ja, für das alles durfte ich jetzt die Rose kosten. Jedoch, ich glaube, das Gleichnis müßte anders lauten. Es ist eher wie bei einer Lotusblume, die tief in ihrem Inneren einen Samen hat, von welchem, wer ihn einmal kostet, fürs ganze Leben süchtig wird. Die Nacht ist noch nicht vorüber, Shanna.«
Zärtlich ließ sie ihre Hand über die harten Linien seines Antlitzes gleiten, streichelte sie hinweg. »Für diese Nacht«, murmelte sie, »bin ich Eure Gattin.«
Sie zog seine Hand an ihre Lippen und küßte lange die harten, braunen Knöchel. Mit einem spitzbübischen Grinsen ließ sie ihre kleinen, weißen Zähne sehen, dann schlug sie dieselben in seinen Handrücken.
»In all den Stunden, die Ihr mich gefoltert habt, mein Drachen Ruark, sah ich einen tapferen Ritter zu meiner Rettung herbeieilen. Ihr indessen habt diese Jungfrau hier in ihrer verzweifelten Not schändlich mißbraucht.«

»So seht Ihr in mir denn immer noch den schrecklichen Drachen aus Euren Träumen, Madam? Wird Euer silberglänzender Ritter doch noch kommen, um mich aus dem Feld zu schlagen? Und, sagt ehrlich, Madam, fühlt Ihr Euch wahrhaftig geschändet? Oder nehmt Ihr mir nur übel, daß ich Euch wahrhaft als Frau zu behandeln wagte und nicht als hochnäsiges Frauenzimmer auf einem Denkmalssockel, als jungfräuliche Königin, die keines Sterblichen Hand berühren darf?«
Ein verschmitztes Glänzen leuchtete in Shannas Augen auf. »Dann gesteht Ihr also endlich ein, daß ich eine Frau bin, Mister Beauchamp?«
»In der Tat, Ihr seid wahrhaftig eine Frau. Eine Frau, die für die Liebe geschaffen ist und für einen Mann, nicht für Träume von Rittern und Drachen und Jungfrauen in Bedrängnis. Soll ich jedoch Euer Drache sein, wird Euer Ritter in schimmernder Rüstung, wenn er mich schlagen will, kein leichtes Spiel haben.«
»So droht Ihr mir, unheimlicher Drache?«
»Keineswegs, Shanna, mein Herz«, flüsterte er zärtlich, »doch ich glaube auch nicht an Märchen.«
Er drängte sich gegen sie. Shannas Lippen öffneten sich. Er verschlang sie, als könne er nie genug von ihrer taufrischen Süße trinken. Ihrer beider Atem mischte sich und wurde zu einem, und nun verlor Shanna auch den letzten Halt in der Wirklichkeit, unterm wilden Drängen seiner fordernden Küsse vergaß sie die Welt, der brausende Sturm seiner Leidenschaft trieb sie auf wirbelnde Strudel zu. Tiefer glitt seine Hand, umfing die pralle Weichheit ihrer Brust, schon folgte sein Mund. Wieder brach die schäumende Brandung der Lust über ihr zusammen, Shannas Atem stockte, heiße Küsse bedeckten ihr nacktes Fleisch, und wenn sie irgendwann einmal die Augen öffnete, sah sie im flackernden Kerzenlicht sein schwarzes Haar wie Satin auf ihrer weißen Haut schimmern. Zu tiefem, rauchumflorten Blau geheimnisvoller Grotten hatte sich das klare Meergrün ihrer Augen gewandelt.
Als ihre Herzen wieder etwas ruhiger schlugen, lehnte sich Ruark gegen das massive Kopfteil des Himmelbetts zurück, schüttelte die Kissen auf und zog Shanna zu sich hoch. Aus der Flasche auf dem Nachttisch schenkte er ein Glas Madeira ein und reichte es ihr. »Wir trinken aus einem Glas«, sagte er.
Shanna legte eine Hand auf seine Brust, um Halt in ihrer taumelnden Welt zu finden, und gab ihm Antwort, als seine Lippen ihren Mund fanden und damit spielten.
Sie kosteten den Wein, tranken vom selben Fleck und küßten sich, als der Geschmack noch stark auf ihren Zungen war. Er verschlang sie mit seinen Augen, trank ihre Schönheit in sich hinein, streichelte sie überall. Kühn wanderte seine Hand über ihren Leib, liebkoste ihre Schenkel,

zeichnete rätselhafte Muster über ihre Lenden. Ihre vollen, reifen Brüste zitterten unter seinen Fingerspitzen.
Shannas Blicke, freilich, waren nicht weniger wissensdurstig. Ihre Finger wanderten die Grenzlinie entlang, wo sich die sonnengebräunte Haut von der weißeren trennte. Ruark konnte kaum noch atmen, als sie die dünne Haarlinie verfolgte, die von dort her abwärts führte – und aufs neue loderten die glimmenden Kohlen der Lust auf, bis die Flammen über ihnen zusammenechlugen.
Eine Zeitlang schliefen sie dann, beide, einen festen, von keinem bösen Traum gestörten Schlaf. Shanna träumte nicht mehr von Dingen, die sie nie erlebt haben konnte, Ruark hatte keine Alpträume mehr von Dingen, die er nicht erleben durfte.
Irgendwann erwachte Shanna, und stumm betrachtete sie den Mann, von dem irgendwo geschrieben stand, daß er ihr Gatte sei. Ruark lag auf dem Rücken, hatte einen Arm über der Hüfte liegen, den anderen weit ausgestreckt, und mit seinem regelmäßigem Atmen sank und hob sich seine Brust. Shanna konnte der Versuchung nicht widerstehen, ihre Hand drang in den kraushaarigen Wildwuchs auf seiner Brust ein, liebkoste die struppigen Ringellocken dort, dann, wie ein Kind vor einem Wunder, lernte sie die mageren Rippen kennen, die harten Muskeln auf seinen Hüften. Und plötzlich spürte sie einen Finger unter ihrem Kinn, Ruark hob ihr das Gesicht hoch, bis ihr Blick sich voll in seine Augen versenkte. Kein Lächeln war darin, doch eine Glut von unheimlich intensiver Kraft. Shanna staunte über sich selbst, wie rückhaltlos sie sich gehenlassen konnte – denn wieder kam sie zu ihm, drängte sich an ihn, beantwortete Leidenschaft mit Lust, Lust mit Begierde, Begierde mit Verlangen, Verlangen mit Leidenschaft –, und war schwindelig vor Seligkeit in diesem Teufelskarussell. Sie seufzte auf, als seine Lippen endlich ihre Brüste fanden, sie preßte seinen Kopf an sich, bewegte sich so, daß ihr Busen ihn liebkosen konnte, erregte ihn, bis seine Lippen sich halb öffneten. Dann waren seine Hände unter ihren Hüften, hoben dieselben sich entgegen, bis nichts mehr sie voneinander trennte.
Später, sehr viel später, lag sie auf seiner Brust. Ihre Wangen ruhten an seinem Hals. So sahen sie beide zusammen in den ostwärts weisenden Fenstern das erste rosige Glühen des jungen Tages heraufziehen. Mit einem Seufzer der Unlust erhob Shanna sich. Ruark sah ihr schweigend zu, wie sie in ihre Kleider schlüpfte. Dann lehnte sie im Türrahmen und blickte auf ihn zurück.
»Der Vertrag ist also nun erfüllt«, sagte sie. Sie sprach so leise, daß Ruark sie kaum hören konnte.
Plötzlich drehte Shanna sich um und floh davon. Ruark schwang seine langen Beine über den Bettrand; so saß er da und lauschte ihren Schrit-

ten, die sich schnell über die Holzterrasse entfernten. Dann ritzte seine Stimme kaum hörbar die Stille.
»Ja, Shanna, meine Liebste, der Handel ist erfüllt. Doch was soll nun aus den Schwüren werden, die wir tauschten?«

Shanna war wieder ihr altes strahlendes, fröhliches Selbst, obwohl sie in der Nacht kaum Schlaf gefunden hatte. Ihr war, als sei ihr eine schwere Bürde abgenommen worden, und ernsthaft redete sie sich ein, daß die Erfüllung ihrer Versprechen und die Wiederherstellung ihrer Welt das Wunder bewirkt hätten. Ruark konnte nichts mehr von ihr verlangen, ganz gleich, wie er die Argumente nun auch drehen und wenden mochte. Die Angelegenheit war ausgestanden. Für immer. Sie war frei. Es war ein hübsches Zwischenspiel gewesen, doch nun war es vorbei. Endlich konnte sie ihren Sinn wieder auf Wichtiges richten.
Und im Laufe eines geschäftigen Tages vergaß sie Ruark auch tatsächlich. Sie war heiter, leichten Sinnes, tüchtig. Am Nachmittag mußte Orlan Trahern kleine Streitigkeiten unter seinen Leuten regeln. Shanna stand ihm als Schreiberin und Beraterin zur Seite. Anschließend folgte ein Rundgang durch die Lagerhäuser, und die Berichte der einzelnen Verwalter mußten aufgezeichnet werden. Die Ernte war reich gewesen, die Rumfässer stapelten sich hoch, bereit zur Verschiffung. Ballen rohen Hanfs, von anderen Inseln, füllten weitere Lagerhäuser. Außerdem waren da Fässer mit Indigo, deren blauer Farbstoff fürs Färben von Stoffen wertvoll war, sowie eine breite Auswahl von Tabaksorten, von Baumwolle, Flachs und anderen Rohmaterialien, welche dringend in Englands Manufakturen benötigt wurden.
Spät am Abend nahm Shanna mit ihrem Vater ein Nachtmahl ein. Sie zog sich bald zurück, das in der Nacht erleichterte Gewissen und der am Tag bewiesene Fleiß verhalfen ihr schnell zu ruhevollem Schlaf. Der folgende Tag verging auf ähnliche Weise, und im schnellen Wechsel alltäglicher Ereignisse geriet die Nacht der Kapitulation bald in Vergessenheit.
Der fünfte Tag dämmerte herauf wie jeder andere, doch bewölkte er sich bald unter vorüberziehenden Nebeln und launischen Winden. Shanna begleitete ihren Vater auf einer Rundfahrt zu Arbeitsstätten in den Hügeln. Da beschloß Orlan Trahern, einen unvorhergesehenen Abstecher zu der neuen Zuckerrohr-Presse zu unternehmen, um sich vom Fortschritt der Anlage zu überzeugen.
Je näher sie kamen, um so stärker vibrierte die Luft unter einem unerklärlichen Lärmen. Fast jede Minute war ein dumpfes Wummen zu vernehmen, doch erst als sie die letzte Kurve hinter sich hatten, erblickten sie die Ursache der seltsamen Vorgänge. Maultiergespanne zogen ver-

mittels einer Seilwinde einen gewaltigen Felsbrocken hoch, der dann, aus seiner Halterung gelöst, auf rundbehauene Baumstämme hinabdonnerte und dieselben als Pfeiler tief ins Erdreich trieb.

Trahern ließ den Landauer anhalten und verfolgte mit einer Art ehrfürchtigem Entsetzen den Vorgang. Die Wirkungsweise der Anlage war zwar simpel genug, doch war ein schlauer Kopf nötig, um sie in Gang zu setzen. Shanna hätte den Eigentümer dieses Kopfs benennen können, noch ehe der Vormann ihn heranführte. Ruark näherte sich dem Landauer von Traherns Seite her, stand dem Inselherrn Rede und Antwort und erläuterte ihm, wie die Pfeiler später das Gewicht der gewaltigen Mühlsteine tragen würden, welche dann aus dem geernteten Zuckerrohr die Säfte pressen sollten.

»Nur der Schmied muß sich noch beeilen, den Eisenkram so herzustellen, wie's ihm Mister Ruark vorgeschrieben hat«, sagte der Vormann und wies mit seinem Hut zur Baustelle. »Wenn er's pünktlich schafft, steht das Ding bereit, sobald die neue Ernte kommt.«

Trahern lauschte aufmerksam den Erklärungen des Vormanns, doch Shanna ertappte sich plötzlich, daß sie tief in Ruarks Augen eingetaucht war. Ein leises Lächeln spielte um seine Lippen, ein Lächeln voller Wissen, doch keine Drohung, kein Spott, kein Hohn. Nur ein ganz schlichtes Lächeln, das Shanna freilich nur allzutief beunruhigte. Sie nickte einen kurzen Gruß, wandte sich ab und hoffte, abweisend genug gewesen zu sein. Trahern stellte eine Frage, aber Ruarks Antwort entging ihren Ohren.

Wenig später befanden sie sich bereits auf der Rückfahrt zum Dorf und weiter zum Herrenhaus, und bis es Zeit zum Nachtmahl war, hatte Shanna den Vorfall bereits verdrängt. Pitney leistete Vater und Tochter Gesellschaft, und als die beiden Männer sich zum Schachspiel niederließen, zog Shanna sich in ihr Zimmer zurück.

Wie gewohnt in letzter Zeit, bescherte das Gefühl, den Tag nutzvoll verbracht zu haben, Shanna schnell einen festen Schlaf. Mitternacht war schon vorbei, als Shanna plötzlich hellwach war. Ein stetiger Regen klopfte auf die Blätter draußen, tiefhängende Wolken machten die Nacht ungewöhnlich dunkel und schwer. Und mit einemmal wußte sie auch, wovon sie aufgewacht war. Sie hatte die Hitze eines Körpers dicht neben sich gespürt, warme Lippen hatten ihren Mund geöffnet, starke Arme sie fest umschlungen gehalten. Und da war auch die Berührung einer Hand auf ihren Brüsten gewesen, ein zärtliches Streicheln auf ihren Schenkeln – und der harte, heiße Stoß eines Mannes dazwischen. Zutiefst bestürzend war jedoch das nachlassende Gefühl der Lust, das nun eben in ihrem Leib verebbte. Welchen Zauber hatte Ruark über sie geworfen, daß sie nun so heftig danach verlangte, sich wieder mit ihm

zu vereinigen? Sie war allein in ihrem Gemach, doch wußte sie mit Gewißheit, wäre er bei ihr gewesen, sie hätte sich ihm hingegeben, nein, sich an ihn geklammert, ihn angebettelt, angefleht, ihr zu geben, wonach sie sich so sehnte. Nie hatte sie sich sosehr Frau gefühlt wie in den Stunden, da sie seine Gattin spielte. Und selbst jetzt, in ihrem Bett, in ihrem dunklen Gemach, mußte sie fassungslos darüber staunen, daß sie keine Scham und keine Schuld empfand, sich für jene Nacht zu verdammen – und auch nicht für diese Nacht, in der sie sich ihn bei sich wünschte. Die trunkene Erinnerung an sein Liebesspiel war in ihrem Innersten still und unbemerkt herangegoren wie Wein in einem Faß und nun um so berauschender.
»Aber er ist doch nur ein Mann wie jeder andere!« flüsterte sie in die Nacht. »Nichts hat er, was nicht auch andere hätten. Ich werde einen Gatten finden und mit ihm das gleiche erleben!«
Gesichtslose Reihen von Verehrern, die sie voll Widerwillen abgewiesen hatte, tauchten vor ihr auf, mühten sich vergeblich, in ihrem Herzen Funken zu schlagen – und dann erstand aus ihrer Mitte einer auf, der ein sonnengebräuntes Antlitz hatte, Bernsteinaugen und ein spöttisch-liebevolles Lächeln, und ihr Herz begann zu springen, und ein Geschmack von wilder Süße stieg in ihren Sinnen auf.
»Und warum muß es gerade dieser Bursche aus den Kolonien sein, der Seele, Leib und Sinne mir erregt!« zischte sie in die ebenholzschwarzen Schatten hinein und zürnte sich selbst, weil sie ihn abermals in ihr Empfinden eingelassen hatte. »Nein, ich werde mich ihm verweigern. Der Handel ist erledigt! Nichts wird mehr zwischen uns sein!«
Doch obwohl sie sich diese Worte immer und immer wieder einredete, konnte sie ihr Innerstes nicht überzeugen. Als sie wieder einschlief, war ihr Schlummer längst nicht mehr so ruhig wie zuvor.

Am nächsten Morgen kam Shanna erst spät ins Speisezimmer, und an dem Geschirr, das vor ihrem Vater auf dem Tische stand, erkannte sie, daß er zwei Frühstücksgäste gehabt hatte. Trahern begrüßte seine Tochter, doch er schien es eilig zu haben, sein Morgenmahl zu beenden.
»Heute braucht Ihr nicht mit mir zu kommen«, erklärte er ihr, während er seinen schwarzen Kaffee trank.
Shanna sagte nichts. Sie blickte nur über den Tisch und sah neben dem einen benutzten Geschirr ein Porzellantellerchen mit Pfeifenasche.
»Mister Ruark war wieder hier«, stellte sie fest.
»Gewiß«, schnaubte Trahern. »Aber kein Grund zur Beunruhigung, Tochter. Er ist schon wieder gegangen. Im übrigen«, er wischte sich mit einer großen Serviette den Mund ab, erhob sich, ließ sich von Milan Stock und Hut reichen, »habe ich ihm eine weitere Erhöhung seines

Lohnes zugestanden, und da ich meine, daß ich ihn näher bei der Hand brauche, habe ich ihm eins der Gästehäuser zur Wahl gegeben.« Er lachte stillvergnügt. »Er hat sich das beste ausgesucht, das letzte dort hinten unter den Bäumen.« Trahern richtete einen Blick auf seine Tochter. »Als Herrin meines Hauses werdet Ihr selbstverständlich dafür sorgen, daß die Hütte bewohnbar ist.«
Shanna starrte ihren Vater an, suchte eine verborgene Anspielung in seinen Worten zu entdecken, fand aber keine. Endlich nickte sie: »Ich gebe den Domestiken entsprechende Anweisung.«
Trahern setzte sich seinen Hut mit einem leichten Anflug von Ärger auf. »Ich erwarte, daß mir der Mann nicht mehr geschmäht wird. Eure Abneigung ist unverkennbar, aber für mich ist der Mann von hohem Wert. Ich hoffe sogar, ihn zum Verbleib auch nach der Abgeltung seiner Schuld überreden zu können. Heute abend komme ich früh zum Nachtmahl heim.«
Shanna sah ihrem Vater lange nach, aber vor ihrem inneren Auge sah sie Ruark, schlank und braun, auf dem Bett. Er wird sich in das Bett legen, das wir teilten! Er wird in dem Zuber baden, in dem ich ihm den Rücken schrubbte! Visionen erfüllten ihre Sinne, eine glänzender als die andere, und zuletzt erschien der Betthimmel, wie sie ihn in dem Augenblick gesehen, da die reife Frucht der Lust in ihr aufsprang ...
Die Hütte wurde hergerichtet, und Ruark zog noch am gleichen Abend mit seinem spartanischen Besitzstand um. Er füllte sich den Messingzuber mit dampfendem Wasser, stieg in das so hergerichtete Bad und ließ sich von seinen Traumbildern umgarnen – Shanna in ihrem durchsichtigen Gewand, Shanna, die sich flüsternd zu ihm herabbeugte, Shanna wie ein Kind neben dem Bett, dann nackt, dann sich in Ekstase windend unter ihm.

Später lief Ruark rastlos durch die Räume, öffnete leere Truhen und Schränke, blätterte Bücher durch, suchte Ablenkung, um Frieden für seine aufgewühlten Sinne zu finden. Was ihm mißlang – denn nichts auf der Welt, woran er seine Gedanken hängte, vermochte ihn so zu faszinieren wie Shanna.
Ein strahlend klarer Morgen stieg herauf. Shanna erwachte in ihrem sonnenüberfluteten Zimmer aus unruhigem Schlaf. Da Shanna sonst meistens spät aufstand, war Hergus nicht zur Hand, und sie mühte sich allein, ihre widerspenstige Lockenpracht in Fasson zu bringen. Ein sehnsuchtsvoller Seufzer entfloh ihr, als sie vor dem Spiegel einen Morgenmantel anlegte. Ohne Ziel verließ sie ihr Gemach, doch lenkten sich ihre Schritte wie von selbst die Treppe hinab. Auf halbem Weg vernahm sie Stimmen im Hauseingang, Ruark scherzte jovial mit dem Pförtner.

Shanna verhielt den Schritt und lauschte dem vertrauenerweckenden Timbre in Ruarks tiefer Stimme.

»Der gnädige Herr wird gewiß in jedem Augenblick erscheinen, Mister Ruark«, sagte Pförtner Jason. »Wollt Ihr nicht schon im Speisezimmer Platz nehmen?«

»Danke, Jason. Ich will lieber in der Halle warten. Ich bin ohnehin viel zu früh gekommen.«

»Mister Trahern hätte sicher nichts dagegen, wenn Ihr es Euch gemütlich macht«, meinte Jason. »Er wird im übrigen nicht lange auf sich warten lassen, denn es ist kaum jemand früher auf den Beinen als der Herr. Er hat sein Leben lang hart gearbeitet und erweckt auch nicht den Anschein nachzulassen. Ich bin hinten im Haus, Mister Ruark, falls Ihr mich braucht.«

Shanna lauschte Jasons davonstrebenden Schritten nach, lehnte sich gegen die Balustrade der weitgeschwungenen Treppe und spähte in die Halle hinunter. Wie gewohnt in ein weißes Hemd und kurze Hosen gekleidet, stand Ruark vor dem Porträt Georgiana Traherns – und Shanna versuchte, seine Gedanken zu erraten. Es bestand viel Ähnlichkeit zwischen Shanna und ihrer Mutter, wenn auch Georgiana zu ihren Lebzeiten ein wenig helleres Haar gehabt hatte und ihre Augen sanfter gewesen waren. Sah Ruark jetzt sie, Shanna, in dem Ölgemälde ihrer Mutter? Oder bewunderte er das Bild lediglich als Kunstwerk wie viele andere auch?

Shanna war sich nicht bewußt, ein Geräusch verursacht zu haben, doch in der kurzen Spanne, da sie ihn beobachtete, mußte zwischen Ruark und ihr etwas Unerklärliches vorgegangen sein, denn plötzlich hob er seinen Blick und sah die Treppe hoch, als habe er gewußt, sie dort oben vorzufinden. Shanna fühlte sich ertappt, für eine würdevolle Flucht war es zu spät. Ruark begab sich gemessenen Schrittes zur untersten Treppenstufe, auf die er seinen Fuß setzte, und betrachtete sie mit einem Blick, den sie überall am Körper spürte.

»Guten Morgen, Ruark«, sagte sie, und ihre Stimme war eine sanfte Liebkosung. »Bleibt Ihr zum Frühstück?«

»Kommt Ihr herab?« fragte er, doch klang es mehr wie eine Bitte.

Shanna blickte an ihrem leichten Gewand herab. »Papa wäre nicht einverstanden, käme ich so unvollkommen bekleidet an den Frühstückstisch, wenn Ihr da seid.«

»Dann kleidet Euch an«, drängte Ruark. »Doch kommt. Kommt Ihr?«

Shanna nickte stumm ein Einverständnis, und ein frohes Lächeln zog über Ruarks Angesicht. Er blickte verlangend auf ihr Morgengewand. Shanna wagte kaum zu atmen, so frech nahmen seine Augen Besitz von ihr.

Im nächsten Augenblick war Orlan Traherns Stimme aus dem Inneren des Hauses zu vernehmen, hastig drehte sich Shanna um und lief die Treppe hoch.
»Wir sind bei Geschäften, Tochter«, brummte Orlan Trahern, als Shanna, etwas später, in einer fröhlich gelben Krinoline, das enge Mieder fest geschnürt, den Frühstücksraum betrat. »Also setz dich nieder und unterbrich uns nicht!«
Ruark sprang auf und eilte zu ihr, um ihr den Stuhl zu rücken. Shanna dankte mit einem höflichen Lächeln, und als Ruark wieder seinen Platz einnahm, brachte Trahern seine, an diesem Morgen offensichtlich schlechte Laune zum Ausdruck. »Bah! Diese jungen Männer! Trabt irgendein hübsches Füllen vorbei, schon verrenken sie sich den Hals!«
Ruark runzelte die Stirn und bemerkte: »Sir, wenn es nicht Eure eigene Tochter wäre, zweifelte ich nicht, daß auch Ihr Euch den Hals nach Ihr verrenken würdet!«
Shanna versetzte süßlich: »Ihr schmeichelt mir über die Maßen, Mister Ruark!« Und setzte, ihrem Vater zugewandt, hinzu: »Andererseits ist's selten, daß ich hier Lobendes über mich gesprochen höre.«
»Hah!« bellte Trahern. »Würde ich noch Öl in dieses Feuer gießen, stünde die ganze Insel bald in Flammen! Doch nun, geschätzte Tochter, müssen wir unser Geschäft zu Ende führen.«
»Gewiß doch, Papa«, lächelte sie, und ihre Augen blinkten schelmenhaft. »Ich will doch, um Himmels willen, nicht Eure Geschäfte stören.«
»Verdammt noch eins, aber das tut Ihr doch die ganze Zeit!« schimpfte Trahern.
Ruark versteckte sein Grinsen hinter einer Teetasse, doch war er Sekunden später wieder in der Lage, seinem Herrn ein ernsthaftes Gesicht zuzuwenden. »Ihre letzte Frage noch einmal, bitte, Sir! Ich fürchte, ich verlor den Faden.«
»Da haben wir's!« schnaufte Trahern und drehte seine Schulter, wie um Shanna auszuschließen. »Einmal wiederhol' ich's noch. Also, die Mühle. Wird sie groß genug, um auch die Ernte von den anderen Inseln zu bewältigen?«
Ruark nickte, und sie besprachen die Einzelheiten der Mühlen-Anlage. Shanna ließ sich von Milan das Frühstück servieren und beschäftigte sich schweigend mit einem Schüsselchen Früchten in Sahne, wobei sie Ruark verhohlen aus den Augenwinkeln betrachtete. Die Art und Weise, wie er über die Dinge sprach, von denen sie kein Wort verstand, faszinierte sie, und sie begriff die Klugheit, die ihren Vater so bestach.
Am Abend, im Salon, tauchte im Gespräch zwischen Vater und Tochter abermals der Name Ruark auf.
»Ich war stets mehr ein Händler und ein Pflanzer, Shanna. Also muß

ich nicht erst lange erklären, daß mir ein Kopf willkommen ist, der mir in bezug auf Ernten und Mühlen raten kann. Mister Ruark hat, seitdem er auf der Insel ist, viel getan, um unseren Wohlstand zu vergrößern. Wenn ich einmal nicht mehr bin, werdet Ihr einen vertrauenswürdigen Helfer gebrauchen, der Euch in dergleichen Dingen beistehen kann. Ihr seid die meiste Zeit nicht hier gewesen, und ich, als alter Mann, lebe vielleicht nicht mehr lange genug, um Euch alles, was Ihr wissen müßt, zu lehren. Mister Ruark ist dazu befähigt, Euch mit Rat und Tat zur Seite zu stehen, und ich hoffe sehr, Ihr werdet's ihm gestatten.«
Shanna zuckte zusammen. Das fehlte ihr gerade noch, daß Ruark ihr Berater wurde, und sollte ihm auch noch das Recht zugestanden werden, bei der Auswahl ihrer Verehrer ein Wörtchen mitzureden, würde sie gewiß ihre Jahre als Witwe verbringen müssen. Sie seufzte innerlich, doch auch ihr Vater schien den Seufzer bemerkt zu haben.
»Mein Vorschlag schmeckt Euch nicht«, stellte Trahern fest. »Was habt Ihr denn nur gegen diesen Mann?«
»Papa«, Shanna legte ihre Hand auf seine Hand und lächelte ihn mit Bedauern an, »ich möchte nur Herrin meines eigenen Geschickes bleiben und nicht in irgendeiner Weise an diesen Mann gebunden sein.«
Trahern öffnete den Mund, doch sie beugte sich zu ihm hinüber und legte ihm liebevoll einen Finger auf die Lippen. Sie lächelte in seinen ärgerlichen Blick, und da wurde der alte Trahern weich.
»Papa«, flüsterte Shanna, um nichts in ihm aufzuwecken, »ich will mit Euch nicht streiten, aber auch nicht mehr mit Euch darüber sprechen.«
Sie hauchte ihm einen flüchtigen Kuß auf die Stirn und rauschte unterm seidigen Geraschel ihrer Kleider davon. Trahern saß noch lange in seinem Sessel und dachte darüber nach, wie es wohl angegangen war, daß er mit seinen Argumenten unterlegen war und es dennoch nicht bedauerte.

9

Die Winde, die den Wellen weiße Mützen auf die Kämme setzten, ließen Sturm ahnen, als die Sonne im Meer versank und die Dämmerung den Tag vertrieb. Die Nacht senkte sich mit ihrem weiten schwarzen Mantel nieder. Shanna warf einen letzten, kritisch prüfenden Blick in den Spiegel. Zarte Unmutsfalten zeichneten ihr engelhaftes Antlitz. Der Gedanke, einen ganzen Abend lang für die Gäste ihres Vaters Witz und Charme versprühen zu müssen, stimmte sie verdrießlich. Alles mißfiel ihr, und selbst die Makellosigkeit ihrer eigenen Schönheit, prinzessinnenhaft in üppiges, elfenbeinfarbenes Satin und kostbare Spitzen gekleidet, konnte ihre unzufriedene Laune nicht verbessern. Gelangweilt blickte sie zum Spiegel hin, während ihre Zofe Hergus die feinen, perlenbesetzten Falten ihres Kleides glättete. Die Robe war über ihren vollen, schwellenden Kurven so tief ausgeschnitten, daß offensichtlich nur ein undurchschaubarer Hexenbann noch die vollständige Enthüllung der rosagetupften Brustspitzen aufzuhalten schien.
»Großartig, wie Ihr ausschaut!« schwärmte Hergus, doch schon im gleichen Atemzug murmelte sie tadelnd: »Mister Ruark wird alle Mühe haben, daß ihm die Augen nicht aus dem Kopf fallen. Dann ist Euer Vater auch noch da, haarscharf zwischen Euch beiden. Ach, der arme Mister Ruark! Ihr werdet ihm das Blut zum Kochen bringen. Aber genau deshalb habt Ihr ja wohl auch das Kleid ausgewählt!«
»Ach, Hergus, hört endlich auf zu predigen! In den französischen Salons tragen die Damen noch viel weniger. Und ganz gewiß trag' ich dieses Kleid nicht zu Mister Ruarks Gefallen!«
»Ei gewiß doch, warum denn sonst?« stichelte Hergus.
Shanna stemmte die Hände in die Hüften. »Heraus mit der Sprache, Hergus! Ihr seid mir jetzt lange genug um den heißen Brei herumgeschlichen, seit ich Euch bat, Mister Ruark zur Hütte zu führen. Also schüttet endlich Euer Herz einmal aus!«
Hergus nickte entschlossen. »Und das tu' ich auch! Ich hab' Euch schon als Baby auf dem Arm gehalten, und aufgezogen hab' ich Euch auch, und da war ich selbst noch fast ein Kind. Ich hab' Euch zu dem hübschesten Ding heranwachsen sehen, das ein Mann sich nur vorstellen kann, und bin mit Euch durch dick und dünn gegangen und hab' Euch die Stange gehalten, als Euer Vater Euch zwingen wollte, einen Namen statt eines

richtigen Mannes zu heiraten. Doch was ich nicht verstehen kann, ist, daß Ihr Euch wie ein liederliches Frauenzimmer durch die Büsche schleicht, um es in aller Heimlichkeit mit diesem Mister Ruark zu treiben. Die besten Schulen habt Ihr besucht, die beste Fürsorge genossen, und alle haben wir Euch immer nur das Beste gewünscht, selbst Euer Herr Vater, auch wenn er sonst ein sturer Bock ist. Seht Ihr denn nicht, daß Ihr nun heiraten und Kinder kriegen müßt? O ja, ich versteh' recht gut, was Liebe ist. Ich hab' ja auch meinen Jamie gehabt, als ich noch ein Mädchen war, und verlobt waren wir auch, doch dann wurde er zum Dienst auf einem Kriegsschiff Seiner Majestät gezwungen. Dann starben meine Eltern, und ich mußte mir Arbeit suchen, damit ich was zum Futtern hatte, und niemals hab' ich meinen Jamie wiedergesehen, obwohl's nun schon Jahrzehnte her ist. Und ich kann's ja auch verstehen, warum Ihr den Mister Ruark nehmt, hübsch, wie er nun mal ist, und viel mehr Mann als alle anderen, die Euch je den Hof gemacht. Aber dennoch ist's unrecht, was Ihr treibt. Das wißt Ihr auch. Gebt ihn auf, ehe Euer Herr Papa dahinterkommt und Euch irgendeinem tatterigen Lord anvermählt.«
Shanna stöhnte auf und ging in ihrem Gemach auf und ab. Ihrer Zofe konnte sie sich nicht anvertrauen, wenn ihr Vater alles gewahr wurde, würde er sie allesamt und sonders als Verschwörer vertreiben. Doch Hergus' Tadel ärgerte sie. »Ich werde kein Wort über Mister Ruark verlieren«, verkündete Shanna.
Die Zofe folgte Shanna Schritt für Schritt auf ihrer Wanderung, sie war entschlossen, ihre junge Herrin zur Vernunft zu bringen.
»Und was, wenn Ihr nun ein Kind bekommt? Erklärt mir einmal, was Euer Vater dann dazu sagen wird? Den Mister Ruark läßt er dann bestimmt kastrieren, und Ihr selber habt kein Wort mehr in der Sache mitzureden. Ja, dann seid Ihr die Mutter von seinem Kind, aber daran habt Ihr gewiß noch keinen einzigen Gedanken verschwendet. Ihr hofft vielleicht, daß sein Samen nicht bei Euch verfängt. Ach, Mädel, da haltet Ihr Euch selbst zum Narren. Das ist ein starker Mann, und solch einer pflanzt sein Allerbestes in Euch ein, und dann seid Ihr dick wie eine Melone und habt keinen Mann. Wenn's überhaupt nicht schon passiert ist! Also, wollt Ihr nicht endlich der Narretei ein Ende setzen, ehe es zu spät ist? Mister Ruark wird jedenfalls am meisten zu leiden haben, wenn Euer Herr Papa dahinterkommt!«
Hergus hielt sich die Hände links und rechts an den Kopf, legte den Kopf ins Genick und seufzte qualvoll. »O diese Schande! Und dabei seid Ihr eben erst Witwe geworden! Euer Mann ist noch nicht kalt im Grab, und schon treibt Ihr's mit einem gewöhnlichen Leibeigenen. O diese Schande!«

»Genug jetzt!« schrie Shanna. Wollte diese Frau denn keine Ruhe geben? »Ich werd' ihn nicht mehr sehen!«
Hergus kniff die Augen zusammen und sah ihre Herrin scharf an. »Ich hör's Euch sagen, aber ist's auch Euer fester Wille?«
Shanna nickte eifrig. »Es ist die Wahrheit. Ich werd' nie mehr mit ihm zusammensein. Es ist vorbei.«
Hergus straffte sich zufrieden. »So ist's auch für Euch beide am besten. Ihr heiratet einen Mann, der Eurem Herrn Papa gefällt, und werdet hübsche kleine Kinder kriegen. Und den Mister Ruark werdet Ihr vergessen.«
Shanna starrte der Frau noch lange nach, als die Tür sich hinter ihr schon geschlossen hatte. Und fragte sich, ob wahrhaftig alles mit Ruark vorbei war.

Der große Speisesaal war festlich geschmückt. Die tanzenden Lichter der Kerzen spiegelten sich in den Prismen der Kronleuchter wider, und Kerzen wie Prismen vertausendfachten ihr Funkeln in den Pokalen und dem Porzellan auf der langen Tafel darunter. Gebinde aus den exotischen Blumen der Insel verströmten ihren Duft, der sich in den milden Luftzügen, die mit dem Versprechen eines nahenden Regens durch die offenen Fenster und Terrassentüren hereinwehten, noch zu intensivieren schien. Der Herr der Insel pflegte seit langem den Brauch, sein Inselvolk bei Festessen in seinem schloßartigen Herrenhaus mit fürstlichem Pomp zu verwöhnen. Selbst wenn Trahern nur seine Aufseher mit ihren Frauen zu Gast bat – ein Empfang wie für blaublütige Aristokraten war ihnen gewiß.
Heute war eine gemischte Gesellschaft geladen: Aufseher, Schiffsoffiziere und -mannschaften, auch ein Leibeigener war vertreten. Wenn man an Traherns Tafel speiste, wußte man nie, wen man zum Tischnachbarn bekam, einen Herzog oder einen Sklaven.
Einen Sklaven wie John Ruark.
Musikanten spielten Kammermusik, und ihre Weisen schwebten über dem Stimmengemurmel dahin. Die Gäste hatten ihren besten Sonntagsstaat angelegt. Die spanischen Offiziere glänzten in ihren Uniformen, die Damen strahlten in Samt, Satin und Seide. Auch ein Fremder war anwesend. Shanna, die ihn zunächst nur von hinten sah, fühlte sich einen Augenblick lang an Ruark erinnert. Aber Ruark war nirgendwo zu sehen. Vielleicht, hoffte Shanna, besaß Ruark so viel Anstand, dem festlichen Abend fernzubleiben.
Trahern trat auf Shanna zu und lächelte sie voller Stolz an. »Da seid Ihr endlich, mein Liebes! Aber wie immer habe ich auf das Beste bis zum Schluß warten müssen.«

Shanna lachte fröhlich ob dieses Kompliments. Dann, als Trahern sie in den hohen Raum geleitete, spreizte sie den Fächer vor dem Mund und flüsterte: »Papa, Ihr hattet nichts davon gesagt, daß auch Fremde anwesend sein würden.«
Sie wies über die Schulter hinweg auf den Unbekannten. Mit ihm, spekulierte sie listig, wollte sie Ruark ärgern. »Würdet Ihr mir den Gentleman vorstellen, Papa?«
Trahern sah seine Tochter mit einem etwas merkwürdigen Blick an, und Shanna wurde sich bewußt, daß es mit ihrem Auftritt immer stiller im Saal geworden war. Alle Augen waren auf sie gerichtet. Die Männer bewunderten sie mit mehr oder weniger verhohlener Verehrung, die Frauen mit ziemlichem Neid. Etliche Matronen bedachten ihre Töchter, die ihnen wohl plötzlich tölpelhaft und flachbrüstig vorkamen, mit besorgten Seitenblicken und wünschten dringend einen Gemahl für diese alles überstrahlende Shanna Beauchamp herbei, damit die Herrenwelt sich wieder den weniger attraktiven Frauen zuwandte.
Shanna nickte graziös nach allen Seiten, lächelte hierhin und dorthin einen Gruß in den Raum und wandte sich, ganz Gastgeberin, dem faszinierenden Fremden zu, um ihn willkommen zu heißen.
»Ruark!« Der Name sprang ihr nur so von den Lippen, einen Herzschlag lang zeichnete Überraschung ihr Gesicht, verwirrt wedelte sie mit dem Fächer. Und wieder spürte sie deutlich auf der Haut diesen ungenierten Blick, der sie schamlos von Kopf bis Fuß entkleidete. Ruark war in tiefes Blau gekleidet, was seine Größe und seine breitschultrig-sehnige Schlankheit unterstrich. Aus den Manschetten fielen Spitzen seines schneeweißen Hemds über die starken braunen Hände, die schwarzseidenen Kniestrümpfe und die feingeschneiderten Kniehosen betonten, wie schmal seine Hüften und wie muskulös seine Beine waren.
»Ich dachte, Ihr kennt Euch schon«, sagte Trahern, und Shanna hörte deutlich heraus, daß er sich köstlich amüsierte. Und zwar auf meine Kosten, dachte Shanna, aber so leicht kommt Ruark mir nicht davon! Shanna legte ein neues Lächeln auf, schwebte graziös einen Schritt vorwärts und reichte anmutsvoll ihre Hand. »Mister Ruark, in der Tat«, sagte sie; ihre Stimme war hell und glänzend, und sie beschloß, die leichte Aufwallung von Lust, die sie durchfuhr, als seine Fingerspitzen ihre Hand ergriffen, einfach nicht zur Kenntnis zu nehmen. »In Eurem Sonntagsstaat hab' ich Euch gar nicht erkennen können. Ich bin so an Eure abgeschnittenen Hosen gewöhnt.«
Ruark legte ein blendendes Lächeln und die Manieren eines Mannes von Welt an den Tag. Er verbeugte sich höflich – den hübschen Fuß formvollendet ausgestellt – und preßte seine Lippen auf ihren Handrücken, ließ sie auch ein wenig seine Zunge spüren.

Shanna hielt den Atem an und riß ihre Hand fort. Alle Augen im Saal waren auf sie geheftet. Sie errötete, faßte sich jedoch mit einiger Mühe, als Trahern nun mit mahnendem Blick näher trat.
»Mein Sonntagsstaat ist ein Geschenk Eures Herrn Vaters, Madam Beauchamp«, sagte Ruark, und seine Stimme schien den Namen wie einen geliebten Besitz zu liebkosen. Den Bruchteil einer Sekunde lang tauchte sein Blick in ihrem Busen unter; Shanna fühlte sich fast gebrandmarkt. Sie breitete den Fächer vor ihren tiefem Ausschnitt aus und wünschte sich, sie hätte ein Kleid angelegt, das mehr Schutz bot.
Trahern sprach wie unter Schmerz, als er Shanna die Sache mit Ruarks Sonntagsstaat erklärte: »Dieser Mensch hat so lange Armut vorgeschützt, bis ich mich bereit fand, ihm einen Anzug zu bezahlen. Dann – aber leider erst dann – habe ich sein Konto überprüft. Wenn dieser Geizkragen so weitermacht, gehört ihm eines Tages die ganze Insel.«
Ruark lachte. »Es ist eben leichter, eine Münze zu sparen, als für eine verschwendete Ersatz zu beschaffen.«
»Und ich dachte, ich verstehe mich aufs Handeln, Mister Ruark«, erwiderte Trahern. »Selten, daß mich jemand darin überbietet. Ihr dürft Euch rühmen, einer von ganz wenigen zu sein.«
»Vergebung, Sir«, hob Ruark an, und Shanna wußte, daß seine Worte nun ausschließlich an sie gerichtet waren: »Ich muß Euch korrigieren. Ich fürchte, ich bin der einzige.«
Das war, dachte Shanna, als habe er damit unmißverständlich kundgetan, der einzige Mann in ihrem Leben zu bleiben. Shanna legte die Hand auf ihres Vaters Arm. »Mit Eurer Erlaubnis, Papa, ich muß mich um die anderen Gäste kümmern.«
Die beiden Männer sahen ihr nach, und jeder war auf seine Weise beunruhigt.
»Ich verstehe diese junge Generation nicht mehr«, sagte Trahern. »Ich fürchte, sie hat keinen Verstand.«
Er hielt einen vorüberkommenden Domestiken an und befahl, Rum und Bitters für Ruark und sich selbst zu bringen.
Shanna hatte sich unterdessen so weit wie nur möglich von Ruark entfernt. Sie lächelte dankbar, als Milan ihr eine Tasse Tee reichte, und versuchte, während sie daran nippte, die moralischen Waffen, die ihr beim ersten Treffen aus der Hand geschlagen waren, wieder aufzusammeln. Die richtige Schlacht, tröstete sie sich, sollte ja erst noch kommen. Sie erspähte Madame Duprey mit ihrem Gemahl, dem Kapitän. Beide plauderten angeregt mit einigen spanischen Offizieren. Nun gut, beschloß Shanna, dann setz' ich meine Kampagne von diesem Punkt aus in Gang. Jetzt zeig' ich's diesem Kerl, daß er mit mir nicht machen kann, was er will.

»Ach, liebste Fayme«, lächelte Shanna die Kapitänsgattin an. »Wie bezaubernd Ihr heute wieder seid!«
In der Tat, Madame Duprey war eine Schönheit. Unbegreiflich, daß der Kapitän fremde Schürzen jagte, wenn daheim solch seltenes Juwel auf ihn wartete. Jean Duprey machte einen leicht nervösen Eindruck. Geschieht ihm recht, dachte Shanna.
»Shanna!« grüßte die Kapitänsgattin strahlend. »Und wie herrlich verrucht Ihr wieder ausschaut!«
»Vielen Dank!« quittierte Shanna das Kompliment und nickte den spanischen Offizieren zu, die nur noch Augen für sie hatten.
»Ach, Shanna!« seufzte Fayme Duprey, »wie ich mit Euch trauerte, als ich die schlimme Nachricht erfuhr! So jung schon Witwe! Doch kommt, ich will Euch diese Gentlemen vorstellen. Sie sind schon ganz wild darauf, Euch kennenzulernen!«
Die Offiziere und ihr Kapitän waren angetan von der Schönheit der Frauen auf Los Camellos und machten schmeichelnde Komplimente.
»Shanna«, hob Fayme in einer Gesprächspause an. »Wer ist dieser Mann dort drüben? Der hübsche, der Euch vorhin die Hand geküßt hat?«
Shanna wußte sehr wohl, wen sie meinte.
»Ach, der«, spielte sie Gleichgültigkeit vor, »das ist Mister Ruark, ein Leibeigener meines Vaters.«
»Was für ein Mann!« rief Fayme aus, worauf ihr Gatte seine Augenbrauen hochzog. »Ein Leibeigener, sagt Ihr?«
»Oui, cherie!« mischte Jean Duprey sich ein. »Wir brachten ihn letztes Jahr auf der Dezember-Reise her. Von der Schuldner-Auktion weggekauft, wenn ich nicht irre.«
»Aber Jean, schaut nur, wie er gekleidet ist! Gewiß ist er längst nicht mehr nur ein . . .«
»Oui, ma petite«, erwiderte der Franzose und ärgerte sich, daß seine Gattin einen anderen Mann faszinierend fand. Er ahnte nichts von ihrer List, die nur seine Eifersucht schüren sollte. Jean Duprey wischte sich nicht vorhandene Stäubchen von den Manschetten. »Dieser Leibeigene hat sich die Gunst des Inselherrn erworben, und, wie man hört, sogar zu Recht. Er soll sogar gebildet sein und ein geschickter Ingenieur. Aber natürlich muß man nicht alles glauben, was die Leute erzählen.«
»Aber seltsam ist es doch, nicht wahr, Shanna«, dachte Fayme laut, »daß ein begabter Mann ein Leibeigener sein kann. Er ist magnifique!«
Jean Duprey hüstelte und lief ein wenig rot an. Shanna sah es zufrieden und schloß sich fröhlich der Verschwörung an. »Ach ja, Fayme«, flüsterte sie hinter ihrem Fächer, gerade laut genug, daß Duprey es noch hören konnte, »ich habe sogar tuscheln hören, daß er völlig unbekleidet schlafen geht.«

Fayme atmete hörbar ein. »Was für ein Mann!«
Jean Duprey räusperte sich, winkte einem Domestiken und nahm sich ein frisches Glas Champagner vom Tablett. Nachdenklich beäugte er seine Frau, während er von dem edlen Naß schlürfte. Plötzlich schien er sie in neuem Licht zu sehen und zu entdecken, daß der Titel »Gattin« ihren Reizen keinen Abbruch tat.
Verlockend klang das helle Lachen, das von Shannas weichen Lippen sprang und die Sinne aller Männer rings um sie her in seinen Bann schlug. Sie gab sich fröhlich und charmant, doch beschränkte sie ihre Koketterie fast ausschließlich auf die spanischen Offiziere, denn die würden bald wieder auf große Fahrt gehen, da war die Gefahr unerwünschter Aufmerksamkeiten nicht gegeben.
Als die Speisen aufgetragen wurden, bemerkte Shanna beruhigt, daß Ruark einen Platz neben Trahern hatte, am anderen Ende der Tafel, weit genug von ihr entfernt. Später im Salon, in einem stilleren Augenblick, ließ Shanna ihre Blicke langsam über die Gäste wandern, Pitney und Trahern hatten sich in einer ruhigen Ecke zu einem, noch vom Vortag unvollendeten Schachspiel niedergelassen. Sie sah Ralston in der Nähe stehen, allein, wie es ihm wohl am liebsten war; er lächelte kühl zum Gruße, als er Shannas Blick bemerkte. Shanna nippte einen Schluck Madeira – und da schaute sie unverhofft in Ruarks Augen. Er starrte sie über die Schultern zweier Männer, die vor ihm diskutierten, hungrig an, und sie wurde sich bewußt, daß er sie schon seit einiger Zeit betrachtete. Wieder fühlte sie sich fast nackt vor ihm, und obwohl kein Wort über seine Lippen kam, hörte sie doch, was er dachte, als hätte er es laut durch den Saal geschrien.
Shanna drehte ihm brüsk den Rücken zu und leerte ihr Glas auf einen Zug. Plötzlich war die Luft im Saal heiß und drückend, sie fühlte sich beschwipst, plötzlich standen ihr zu viele Menschen viel zu nah, alle Heiterkeit war verflogen. Shanna empfand das dringende Bedürfnis, wenigstens einen Moment allein zu sein, und sei's auch nur, um sich wieder zu beruhigen. Der goldene Blick quer durch den Saal – und die unbemäntelte Botschaft darin – hatten ihre Sinne zum Taumeln gebracht; in ihren Brüsten spürte sie ein unbestimmtes Verlangen, und irgend etwas in ihren Lenden schmerzte, noch wollte ihr Kopf – zu Tode erschrocken – nichts von dem unverschämten Drängen ihres Körpers wissen. Ihr war, als sähe sie sich selbst von fern: Die schöne Frau, blaß, doch unnahbar, bahnte sich den Weg durch die Menge – gnädig hierhin, dorthin grüßend – zu einem einsamen Winkel der Veranda.
»Verdammt soll dieser Bastard sein!« fluchte sie stumm, ballte die Fäuste, als sie gegen das Geländer schwankte und nach Luft rang. »Aus tausend Richtungen fällt er über mich her! Ich zerschmettere ihn hier, und

dort erhebt er sich dreifach wieder! Aber er ist doch nur ein Mann! Ein Mann! Ein Mann!« Verzweifelt schlug sie ihre Fäuste aufs Geländer. Ein wenig Beherrschung gewann sie nach diesem Ausbruch wieder. Sie beschloß, in den Saal zurückzukehren und sich ihm zum Trotz zu vergnügen. Soll er doch gaffen, wie er will!
Sie drehte sich um, tat den ersten Schritt – und schrie fast auf. Ruark lehnte lässig an einem Verandapfeiler und lächelte ihr zu.
»Verschwindet!« schluchzte Shanna. »Laßt mich in Frieden!«
Sie stürmte an der Tür – und Jason, dem Türsteher – vorbei, die Treppen hinauf und hielt nicht eher an, bis sie sich in ihrem Schlafgemach in Sicherheit befand.
Heiß stand die Luft in ihrem Zimmer, auch als sie sich die Kleider vom Leib gerissen und ein leichteres Gewand angelegt hatte, perlten noch Schweißperlen auf ihren Lippen. An allen Gliedern zitternd, saß sie auf dem Bett. Und in ihrem Inneren beharrte ein Bewußtsein, das sich durch nichts in der Welt vertreiben ließ. Sie wußte, was sie brauchte, was sie wollte, und was es war, es pochte zwischen ihren Schenkeln bis ins Hirn hinauf.
Die Nacht wurde seltsam still. Aller Lärm im Haus erstarb mit der Abfahrt der letzten Gäste. Immer drückender schien Shanna nun die Luft in ihrem Zimmer, die Wände drohten sich zermalmend auf sie herabzusenken. Verzweifelt erhob sie sich, blies die Kerze neben dem Bett aus und wanderte in der Finsternis umher, fest entschlossen, an alles mögliche, nur nicht an Ruark zu denken. Doch an was?
Attila! Auf seinem Rücken schnell wie der Wind dahinzufliegen. Doch da – ein scharfer Pfiff! Ruark! Wütend schüttelte Shanna den Kopf und probierte einen anderen Gedanken aus.
Das Meer! Sich mit den Wellen treiben lassen. Nach seltenen Fischen hinabtauchen. Weicher, warmer Sand unter ihren Füßen dann am Strand. Ein Schatten auf den Felsen: Ruark!
Ihr eigener Frühstückstisch! Ein Mittagsmahl! Ruark! Ruark! Ruark! Shanna stand im Raum, sie hielt die Augen fest geschlossen, sie preßte die Fäuste an die Schläfen. Wohin sie sich auch immer wandte: Ruark! Nur hier nicht. Nicht jetzt, in ihrem Schlafgemach. Hier war sie sicher. Noch.
Sie ging auf die Terrasse hinaus. Der Wind war frischer geworden, schwere Wolken zogen unterm Mond vorbei. Ein breiter Hof schimmerte rund um die silberne Scheibe, sicheres Zeichen für baldigen Regen. Ans Geländer gelehnt, spähte sie in den Park hinab, sah einen Baum nach dem anderen an, so lange, bis sie im unsicheren Schein des Mondes auch die Schatten durchdringen konnte. Nirgends rührte sich Leben. Nirgends der Schatten eines Mannes.

Und plötzlich erstarrte Shanna. Was tat sie denn da? Sie suchte ja nach Ruark! Zorn wallte in ihr auf – sowenig hatte sie ihre Sinne in der Gewalt!

Niedergeschlagen kehrte sie zum Bett zurück, warf sich darüber, schloß fest die Augen, versuchte sich in den Schlaf zu zwingen. Doch nichts half; sie hatte vom süßesten Nektar gekostet, wußte um die straffe Härte seiner Schenkel, um die wogenden Muskeln seines Rückens, seinem schlanken Unterleib, wußte um seine Kraft, wenn er sich an sie preßte. Shanna riß die Augen auf und wurde sich bewußt, daß sie mit gespreizten Beinen und angespannt auf ihrem Bett lag.

Mit kaum unterdrücktem Stöhnen stand sie abermals auf und kleidete sich in einen langen Rock und eine weite Bluse, die übliche Tracht der Inselfrauen, band sich das Haar unter einem buntgeblümten Kopftuch zusammen. Auch das Schlafgemach hatte sich nicht als sicherer Hort erwiesen, sie mußte fliehen. Sie kletterte über den Balkon und ließ sich auf den weichen Rasenboden fallen. Das kühle, feuchte Gras unter ihren nackten Füßen ließ Erinnerungen an die Kinderzeit aufkommen, als sie in sorgloser Fröhlichkeit durch die Wiesen gesprungen war. Langsam schlenderte sie vom Herrenhaus fort und blickte seufzend zum Mond hinauf. Die Wolken waren dichter geworden, der Wind heftiger, das Bauernkleid peitschte ihr um die Schenkel. Ziellos wanderte sie zwischen den Bäumen hindurch, genoß das Dunkel, das ihr allein gehörte. In Kindertagen hatte sie sich oft als Bauernmädchen verkleidet, um unerkannt die Insel zu durchstreunen, und wenn ihre Maskerade auch einem schärferen Blick nicht standgehalten hätte, so schien doch kaum jemand auf ein schlichtes Bauernmädchen zu achten. Und genauso konnte sie nun auch endlich wieder durch den Park des Herrenhauses wandern, wie es ihr beliebte. Hin und wieder blieb sie stehen, wenn ein Baum, ein Pfad Erinnerungen in ihr weckte. Erst als sie vor einer Veranda stand und den Schimmer einer einsamen Lampe durch ein Fenster leuchten sah, wurde ihr bewußt, daß sie den Weg gegangen war, den ihre Sinne sie in letzter Zeit so oft geführt hatten.

In der Stille des Blockhauses war mit einemmal ein großer Überdruß über Ruark gekommen. Plötzlich war ihm der Kampf um Shannas Gunst so dumm, so sinnlos vorgekommen. Allen Männern machte sie schöne Augen, nur von ihm wollte sie nichts wissen. Erschöpft von den Anstrengungen in der Sonnenhitze bei Tag und im Getümmel des Festmahls am Abend, hatte er sich, entkleidet, doch ohne erst Licht zu machen, aufs Bett gelegt und in die Dunkelheit hinaufgestarrt. Die Luft schien schwer und stickig. Die Augen fielen ihm zu, Müdigkeit stieg in ihm auf. Ihm war, als stünde er in einem dichten Dunst und bunte Later-

nen bewegten sich unerreichbar fern um ihn herum; eine Leuchtboje flammte auf, doch als er darauf zueilte, gelangte er an einen hochummauerten Garten, der sonnenüberflutet und leer war – bis auf eine einzige langstielige Rose von atemberaubender Schönheit. Doch unter seinem Blick löste sich der Stiel in nichts auf, schwerelos schwebte die Blüte auf glitzernden Nebeln. Das tiefrote Blühen füllte alle seine Sinne aus – dann trieb es schrumpfend, sich verformend, davon: ein Lippenpaar war es schließlich, feucht und halb geöffnet, blaßgrüne Smaragde, die darüber einhertrieben, wandelten sich zu einem Augenpaar, meergrün und magnetisch, mit einer Tiefe, die ihn zu sich lockte ...
Ruark schlug die Augen auf und starrte wieder, während er wieder zu Sinnen kam, in die Dunkelheit hinein. Der Rose fluchend, zündete er eine Kerze neben seinem Bett an. Er stand auf, stieg in seine Hose, fest entschlossen, sich mit Arbeit abzulenken und sich nicht länger von Shannas Spielchen foltern zu lassen.
Er ging ins Eßzimmer hinüber, wo seine unfertigen Pläne lagen, und setzte sich auf die Tischkante. Im Schein der Öllampe, die an einer Kette von der Decke hing, starrte er auf die Pergamente und Skizzen. Doch Shanna war so leicht nicht aus seinem Gemüt zu vertreiben.
Ruark konnte sich nicht von dem Gefühl befreien, daß jemand im Raum sei. Als er den Blick erhob, war er eigentlich nur mäßig erstaunt, am Eingang einen Schatten zu entdecken – eine Inselfrau, die versonnen schweigend am Türstock lehnte. Erst als sie mit leise fließenden Bewegungen in den Raum schritt, fiel der Lichtschein auf sie. Ruark erhob sich zögernd von der Tischkante. Dann warf er die Feder, die er immer noch in der Hand gehalten hatte, auf seine Skizzen und ging wortlos zum Schrank. Er schenkte ein Glas Madeira ein, trug es der Inselfrau entgegen. Stand vor ihr, wagte sie nicht zu berühren. War auch das ein Traum, der sich, wenn man die Hand danach ausstreckte, in nichts auflöste?
Shanna nahm das Glas mit beiden Händen, führte es an die Lippen, und über den Kelchrand suchten ihre grünen Augen seinen Blick. Verwirrt ließ sie das Glas sinken, kein Wort kam über ihre Lippen, um den Bann zu brechen. Behutsam löste Ruark das Kopftuch, die goldene Haarflut fiel über Shannas schmale, zarte Schultern herab. Ruark setzte ihr Glas auf dem Tisch ab und blies die Laterne aus. Shannas Lippen öffneten sich mit einem tiefen Aufstöhnen, als seine Arme sie umfingen, sie an seine Brust drückten. Dann empfingen ihre Lippen die Berührung seines Mundes. Ihre Arme schlossen sich um seinen Nacken. Eine endlose Sekunde später spürte sie seinen starken Arm in ihren Kniekehlen, fühlte sich emporgehoben, verlor den Boden unter den Füßen. Shanna legte den Kopf an seine Schulter.
Ruark durchschritt mit seiner süßen Last geschwind die Räume; im

dämmrig beleuchteten Schlafgemach fiel er mit Shanna aufs Lager, ohne sie aus seiner Umarmung zu entlassen. Shanna stöhnte im Fallen auf, dann – auf den Ellbogen gestützt – schaute sie verwundert auf sein Gesicht hinab. Ruark zog sie zu sich herunter, preßte ihr einen heißen Kuß auf die Lippen. Noch einmal löste sich Shanna aus der Umklammerung, noch einmal starrte sie mit großen, staunenden Kinderaugen auf das Antlitz unter ihr. Dann ließ sie sich langsam über ihn sinken, küßte ihn feurig und ohne Ende; die Spitzen ihrer heißen Brüste zogen sengende Doppelspuren über seine Brust, erregten sich an seinem Kräuselhaar. Sie spürte seine Hand an ihren Hüften nesteln, spürte nicht mehr, wie ihr Rock sich von ihr löste. Sie fühlte seine Hand an den Schlaufen ihrer Bluse, nicht mehr, wie das Kleidungsstück von ihren Schultern glitt. Wie eine Wildkatze kauerte Shanna auf den Knien über Ruark, reizte ihn mit einem Kuß, mit einer verschämten Berührung, mit einem ungeduldigen Seufzer, bis Ruark sich über sie rollte, sie unter sich begrub. Dann nahm er mit wilder, nackter Hemmungslosigkeit von ihr Besitz, riß sie in rhythmischen Spiralen mit sich zu atemberaubenden Höhen hinauf.

Mühsam kletterte Ruark aus den Tiefen des Schlafes herauf, es war ein Aufwachen wie aus einer Trance, denn einen kurzen Augenblick lang fürchtete er, alles nur geträumt zu haben. Doch dann spürte er, mit dem seinigen verschlungen, ihren weichen warmen Leib neben sich, und er lag wie erlöst in seinen Kissen. Die Erinnerung an ihre Leidenschaft entfachte das Feuer seiner Sinne, ihr Duft betäubte sein Bewußtsein. Ihr zarter Leib kuschelte sich enger an ihn, ihre Lippen suchten sein Genick, ihre Augen lächelten in die seinigen. Als ihre Lippen zueinanderfanden und jeder Kuß süßer als der vorangegangene wurde, legte sich sein Arm um ihre Schultern, seine Hand begab sich auf die lange Reise ihr Rückgrat hinab und preßte schließlich ihre Hüften fest gegen sich. Haut trennte sich von Haut, doch nur für einen kurzen Augenblick, dann waren sie mit einer Hitze, die zu einem Wesen verschmolz, wieder zusammen und blieben zusammen, bis sie alles ringsum vergessen hatten außer ihre Seligkeit.
Blitze zuckten durch den ebenholzschwarzen Himmel, Regentropfen pochten auf die Blätter der Poinciana-Bäume im Park, ein verirrter Windhauch trieb den frischen Geruch des Sturms ins Schlafgemach. Sie waren beide wach, doch die ehrfürchtige Scheu vor der unirdischen Seligkeit, die sie genossen, ließ sie noch lange schweigen.
»Ich muß dich um etwas bitten«, sagte Shanna schließlich, noch immer in seinen Arm gekuschelt. »Zu gehen, ehe Vater von uns erfährt. Weit fortzugehen. Für immer. Hergus fürchtet das Schlimmste für uns.«

Ruark lachte still in sich hinein. »Einfach so – soll ich gehen? Bei meiner Treu, die Frau ist blind, sonst hätte sie gesehen, wie Ihr mich verhext habt.«
Shanna bewegte den Kopf, um das Spiel der zuckenden Donnerkeile im schwarzsamtenen All zu sehen. Seltsam, wie sehr sie sich in Ruarks Armen geborgen fühlte, während der Sturm die Welt jenseits der Fenster umtoste. Sie hatte immer allein geschlafen und als Kind bei Gewittern tausend Ängste ausgestanden. Mehr als einmal war sie ins Schlafzimmer der Eltern geflüchtet. Auch nun, mit dem brausenden Sturm draußen und den tröstlichen Armen drinnen, konnte sie sich nicht überwinden, das Blockhaus zu verlassen.
»Bleibt bis zum Morgengrauen«, atmete er in ihr Ohr. »Der Sturm wird dann vorüber sein. Laßt mich Euch noch ein paar Stunden in den Armen halten.«
Shanna wandte ihm ihr Gesicht zu, damit seine Lippen ihren Mund finden konnten.
Später flüsterte sie: »Aber Ihr braucht doch auch Euren Schlaf! Was soll morgen werden? Ihr müßt arbeiten!«
»Denkt nicht an mich«, flüsterte er, und sein Mund wurde drängender. »Bleibt bis zum Morgen. Ihr bleibt doch?«
Unter seinen Küssen war ihre Stimme kaum vernehmlich. »Ach ja, bis zum Morgengrauen.«
Der Sturm rüttelte an den Fenstern, nebeneinander liegend schauten sie den Feuertänzen der Firmamente zu, und wie zwischen den rasenden Wolken winzig kleine Sterne hervorlugten. Die Uhr schlug vier, und plötzlich war Ruark hellwach. Shanna lag, fest an ihn geschmiegt, im tiefsten Schlummer. Zärtlich küßte er sie wach. Sie seufzte verschlafen, schlang einen seidigen Arm um seinen Hals. Sanft liebkosten seine Lippen ihren Mund, als er flüsterte: »Es hilft uns nichts, meine Liebste. Ich muß Euch jetzt nach Hause bringen.«
Ruark tastete im Dunkeln nach Feuersteinen, schlug einen Funken, zündete eine Kerze an. Er stand auf, ging ums Bett, sammelte ihre verstreuten Kleider vom Boden auf. Shanna zog schamhaft das Laken über sich, als sie sich im Bett aufrichtete; sie sah an ihm vorbei, als er ihr die Kleider reichte.
»Wollt Ihr nicht wenigstens Eure Hosen anlegen?« tadelte sie milde mit gesenktem Blick. »Ihr schaut so nackt aus, wie Ihr da steht. Viel Schamgefühl scheint Ihr nicht zu haben.«
Ruark betrachtete Shannas gerötete Wangen. Würde er je ihre Launen verstehen? Aber dann folgte er doch ihrem Wunsch.
»Madam, wenn Ihr Euch recht erinnert«, sprach er, während er sich seine abgeschnittene Hose zuknöpfte, »bereitet es gewisse Schwierigkeiten, im

vollen Kleiderschmuck der Liebe zu pflegen. Daher fürchte ich, werdet Ihr Euch daran gewöhnen müssen, mich so zu sehen, wie der Herrgott mich geschaffen hat. Außerdem kann eine Braut nur eine kurze Zeit lang die Respektierung ihres Schamgefühls für sich in Anspruch nehmen.«
Die grünen Augen wurden groß und größer: »Ihr meint doch nicht im Ernst, daß es so weitergehen kann!«
»Und warum, Madam, sollte ich das Gegenteil annehmen?«
Shanna beeilte sich, ihre Kleider anzulegen, wobei sie sich selber wenig darum kümmerte, wie die Bewegungen ihres nackten und halbnackten Leibes auf Ruark wirken mußten.
»Was diese Nacht geschah«, sagte Shanna, »ist eben einfach geschehen. Es darf nicht wieder vorkommen, um meinetwillen nicht, um Euretwillen auch nicht. Könnt Ihr Euch nicht damit zufriedengeben, daß unser Handel abgeschlossen ist? Müßt Ihr immerfort den geilen Schelm darstellen, dessen Begierde nicht zu sättigen ist? Wäret Ihr ein Gentleman . . .«
»So schnell seid Ihr also bereit, mich zu beschimpfen, als sei Euch etwas Widerwärtiges zugefügt worden«, lachte er. »Ihr könnt mir doch nicht im Ernst die Schuld für das, was diese Nacht geschah, zuschieben, Madam. Schaut Euch nur an, wie Ihr da steht – splitternackt, verführerisch, und habt die Stirn, mich zu tadeln. Wankelmütiges Weib! Wollt Ihr mich locken und dann fallenlassen, wie all die anderen, die Ihr mit Eurem seidigen Blick zum Narren hieltet?«
»Oooooh!« fauchte Shanna und warf sich hastig die Kleider über. »Wie widerwärtig Ihr doch seid!«
»Ist das wahrhaftig Eure Meinung, Madam?«
Ruark nahm sie in den Arm, küßte ihr Haar, Wangen, Lippen; warf sie wieder aufs Bett, küßte sie überall, wo sie noch nicht bekleidet war, und das war sie so recht vollkommen noch nirgendwo. Shannas Atem stockte, und aufs neue loderten die Feuer der Leidenschaft in ihr auf. Welcher Irrsinn war das nur!
»Euer Herz schlägt viel zu schnell und straft Eure Worte Lügen!« keuchte Ruark. »Versprecht, daß wir uns später wiedersehen!«
»Es geht nicht! Verlangt es nicht von mir!«
»Und ich verlang' es doch!«
»Nein. Es ist unmöglich. Ich muß nun heim, Ruark. Laßt mich endlich gehen. Laßt . . .« Shannas Sinne taumelten wie in rotem Nebel, und immer schwächer wurde ihre Stimme. »Bitte . . . Ruark . . .«
»Ihr habt's Euch in den Kopf gesetzt, mich zu foltern!« seufzte er. Einen endlosen Augenblick lang suchte sein hungriger Mund nach ihren süßen Lippen, dann ließ er sie unvermittelt los, sprang vom Bett. Shannas Lippen zitterten noch unter seinem Verlangen, und fast zögernd er-

hob nun auch sie sich; von ihrem Drang, so schnell wie möglich heimzugehen, war Etliches verlorengegangen. Widerwillig verließen sie die Hütte, hin und wieder spürte sie noch seine Hand an ihrem Körper.
So machten sie sich auf den Weg zum Herrenhaus; es war noch fast dunkel, doch die Vögel waren schon mit der herannahenden Dämmerung erwacht und probierten ihre Stimme für die festliche Morgenouvertüre aus, und ein wenig klang es wie die ersten Töne von Flöten und Oboen. Das Gras war feucht und kühl unter Ruarks und Shannas nackten Füßen, und wenn ein Windhauch durch die Bäume fuhr, besprühte sie das Blattwerk mit Regentropfen. Sie hielten sich im tiefen Schatten, als sie die Lichtung entlanggingen, und bald standen sie unter Shannas Balkon.
»Am besten geht Ihr nun zurück«, murmelte sie. »Ich schleiche die Treppen hoch.«
Ruark schaute zur Veranda hinauf. »So schwierig ist das nicht, Euch dorthinauf zu befördern, falls Ihr einen Aufstieg ohne Umwege vorzieht.«
Shanna sah ihn zweifelnd an. »Da könnte ich mir leicht den Hals brechen!«
»Ein wenig mehr Vertrauen, Liebste«, lachte Ruark. »So schwer seid Ihr nicht. Ein Atemzug von mir bringt Euch hinauf.« Er beugte leicht das Knie. »Dreht mir den Rücken zu. Gebt mir die Hände. Stellt Euren Fuß hier auf meinen Schenkel. Dann setzt Euch auf meine Schulter, und schon seid Ihr halbwegs oben.«
Zögernd tat Shanna wie geheißen – und staunte, wie mühelos alles schien. Auf seiner Schulter sitzend, lachte sie in die Morgenstille: »Für einen Leibeigenen seid Ihr ziemlich begabt, mir jedesmal in einer Stunde der Not Aufschwung zu geben. Ich glaube, ich muß Euch doch in meinen Diensten halten.«
Neckisch zwickte Ruark sie in den Hintern, was Shanna einen unterdrückten Protestschrei entlockte. Die eine Hand stemmte er jetzt unter ihre Hüften, mit der anderen gab er ihrem Fuß festen Halt, so stemmte er sie hoch, bis sie ans Geländer reichen konnte. Noch ein Nachschub, während sie sich in die Weinranken klammerte, dann konnte sie sich über die Balustrade ziehen.
Sie beugte sich, nun glücklich auf der Veranda stehend, übers Geländer. »Mein Dank, Sir Drache!« rief sie leise.
Ruark lachte, als er den Arm vor seiner Brust schwenkte und sich verbeugte. »Stets zu Diensten, Madam!«
Und mit dem federnden Gang, der sie immer wieder an ein Raubtier erinnerte, schritt er langsam davon. Shanna sah ihm nach, bis er ihren Blicken entschwunden war. Wehmütig drehte sie sich um, verträumt und glänzend waren ihre Augen. Sie betrat, schon ihre Bluse öffnend,

das Schlafgemach. Und blieb wie zur Salzsäule erstarrt stehen, als sich ein Schatten aus den Vorhängen löste.
»Wie recht Ihr habt, ein Drachen ist er sicherlich!« hörte sie eine bissige Stimme.
»Hergus!« stöhnte Shanna und mühte sich umsonst, das wilde Pochen ihres Herzens einzudämmen. »Habt Ihr mir einen Schrecken eingejagt! Was tut Ihr hier um diese Stunde?«
»Sorgen hab' ich mir gemacht, weiß ich doch, wie sehr Ihr Gewitter fürchtet, also wollt' ich bei Euch sitzen, bis es vorüber war. Und als ich Euch nicht fand, bin ich geblieben, aus Angst, der Herr Papa könnte kommen, auch war ich schon bereit, mich dann an Eurer statt ins Bett zu legen, damit er meint, Ihr wäret daheim, wie es sich für Euch anständigerweise gehört hätte, falls Ihr noch einen Funken Verstand besäßet.«
Shanna, freilich, war jetzt nicht gestimmt, sich mit der Frau zu streiten, jetzt wollte sie nur noch mit ihren Gedanken – und mit den Erinnerungen an die letzten Stunden – allein in ihrem Bett liegen.
»Ich gehe jetzt zu Bett«, verkündete sie fest. »Bleibt, wenn Ihr wollt, sonst geht, mir ist es einerlei. Doch auf jeden Fall, haltet den Mund. In dieser frühen Morgenstunde habe ich nicht die Geduld, Euch anzuhören.«
»Dann geh' ich«, seufzte Hergus tief bedrückt. »Doch werde ich mich nicht zufriedengeben, bis Ihr der Narretei ein End' gemacht, für immer. Schamlos ist's, mit einem Mann zu schlafen und ihn mit Euch tun zu lassen, was ihm in den Sinn kommt, wenn nicht einmal ein Gelöbnis zwischen Euch gesprochen ist! Ach, als hätt' ich's nicht gewußt, daß es nur Unglück bringt, wenn Ihr so jung schon Witwe wurdet, hübsch wie Ihr seid und heißen Blutes noch dazu. Ihr und Mister Ruark, Ihr seid aus einem Holz. Das brennt und brennt, und niemand kann es löschen.«
Schmollend warf Shanna sich aufs Bett, sah mit finsterer Miene Hergus alles Kleiderzeug vom Boden heben und sorgsam zur Ablage im Schrank zusammenfalten. Als endlich dann die Zofe grußlos fortgegangen war, warf Shanna sich im Bett herum, schlüpfte zwischen ihre Seidenlaken und ließ sich – mit einem Traum von starken Armen um den Leib und heißen Lippen auf dem Mund – in einen tiefen Schlaf gleiten.

10

Der Samstag kam, und eine Kapelle auf der Insel war – für all jene, die noch glauben konnten – zum Gottesdienst bereit. In der Familie Trahern war es Brauch, der Messe beizuwohnen, und so führte auch an diesem Feiertag der Weg den Inselherrn und seine Tochter zur Predigt. Nur eines war an diesem Morgen anders: Auch Ruark, in grüne Seide gekleidet, war dabei.
»Ho, Mister Ruark!« rief der Inselherr jovial, und Ruark tat, als sei er überrascht, die Familie Trahern anzutreffen. Shanna fand seine Geistesgegenwart bemerkenswert. Ruark tat so natürlich, daß ein jeder denken mußte, nur der Zufall habe diese Begegnung herbeigeführt. Außer Hergus freilich, die ein paar Schritte hinter dem Herrn und seiner Tochter stand; Hergus durchschaute unverzüglich Ruarks schlauen Plan.
Ruark erwiderte den Gruß des Inselherrn, dann ließ er seinen Blick zu Shanna schweifen und ergötzte sich sekundenlang an ihrer Schönheit. Unter dem breiten Rand ihres Hutes lächelte sie kühl zu ihm hinüber.
»Wie ist es möglich, Mister Ruark«, spöttelte sie, »daß Ihr von Mal zu Mal zivilisierter erscheint? Nicht nur, daß Ihr seit neuestem einen Anzug tragt – nun laßt Ihr Euch auch beim Kirchgang überraschen. Kaum mag ich meinen Augen trauen!«
Ruark grinste. »Ich wollte den Herrn Pfarrer nicht mit einem dürftigen Fetzen Stoff erschrecken. Ich habe immer, müßt Ihr wissen, dem geistlichen Stand meine Ehrfurcht entgegengebracht. Auch halte ich jedes Wort und jedes Gelöbnis, das man in der Kirche spricht, in allerhöchsten Ehren.«
Shanna kniff halb die Augen zu, der Doppelsinn in seinen Worten war ihr nicht entgangen. Der Schuft! Nun, da der vertrackte Handel ausgestanden war, schien er wohl gewillt, sein eheliches Recht zu fordern! Sei's drum, er mochte denken, was er wollte; sie, für ihren Teil, hatte weit andere Absichten. Und nie und nimmer war sie willens, einem Leibeigenen die demutsvolle Gattin zu spielen!
»Setzt Euch zu uns, Mister Ruark!« lud Trahern ein, um einem peinlichen Auftritt in aller Öffentlichkeit zuvorzukommen. Und erntete einen wütenden Blick seiner Tochter für sein Bemühen.
»Mister Ruark zieht es gewiß vor, bei Miß Milly Hawkins Platz zu nehmen«, stichelte Shanna böse und wedelte mit dem Fächer zu dem Mäd-

chen hin, das sich über ihrer Mutter Schulter fast den Hals nach Ruark ausrenkte. »Milly scheint von Euren neuen Kleidern ganz berauscht zu sein.«
Ruark warf einen kurzen Blick auf Milly, die ihn mit einem breiten Lächeln anblickte.
»Ich dank' Euch sehr, Herr«, sagte Ruark zu Trahern und tat, als wäre Shanna Luft. »Ich weiß die Ehre sehr zu schätzen.«
Trahern, mit stillvergnügtem Lächeln im Gesicht, ging Ruark und Shanna voraus. In dem für die Familie Trahern abgeteilten Kirchengestühl ließ Shanna sich neben ihrem Vater nieder – und hatte alle Mühe, unbewegten Gesichts geradeaus zu schauen, um sowohl Ruarks Lächeln wie Hergus' vorwurfsvollen Blicken zu entgehen.
Das Trahernsche Kirchengestühl bestand aus zwei Reihen hölzernen Sesseln mit hohen Lehnen, die dicht beieinanderstanden, so daß die kunstvoll geschnitzten Armlehnen sich berührten, nur um Traherns Sessel war etwas mehr Platz, in Anbetracht seiner Körperfülle. Die übrigen Lehnstühle – und die kleineren in der Reihe davor – waren offensichtlich für Shannas zukünftigen Gemahl und deren Kinder bestimmt. Shanna wäre lieber erstickt, als Ruark mitzuteilen, daß der von ihm ausgewählte Stuhl eigentlich für ihren Gatten bestimmt war.
»Wie konnte es angehen, Mister Ruark«, fragte Shanna boshaft neugierig, »daß Ihr in den Kolonien nie eine Gattin für Euch fandet? Herrscht dort Mangel an Frauen?«
»Keineswegs, Milady«, versetzte er. »Im Gegenteil. Und die Frauen dort sind schön. Natürlich kann Euch keine das Wasser reichen. Was mich angeht, so hat mir die Arbeit keine Zeit für die Brautschau gelassen. Meinen Vater hat es recht bekümmert, daß ich um meiner Arbeit willen die angenehmeren Dinge des Lebens beiseite schob. Doch in England hat ein hübsches junges Ding sehr stark meine Sinne für sich eingenommen. Und ich hoffe sehr, daß ich sie eines Tages doch noch überzeugen kann, daß ich der passende Gemahl für sie wäre.«
Trahern zeigte auf die Stühle ringsum und brummte: »Hier wär' reichlich Platz für eine große Familie. Doch leider wird's wohl dauern, bis ich dieses Kirchengestühl besetzt sehe. Sollte meine Shanna je einen Gatten finden, müßt' es sich wohl um ein Wunder handeln.«
»Papa«, tadelte Shanna, »gewiß langweilen wir Mister Ruark. Und in der Tat scheint er mir auch sehr erschöpft zu sein.«
Der Inselherr warf an Shanna vorbei einen Blick auf seinen Leibeigenen. Ruark verbarg seine Heiterkeit unter einem Gähnen.
Der Pfarrer trat gerade im richtigen Augenblick ein, um weitere Sticheleien zu verhindern. Shanna dankte ihm dafür mit einem stillen Gebet. Trotzdem war ihr während des ganzen Gottesdienstes Ruarks Nähe stets

körperlich bewußt. Als die Harfe erklang und die Gemeinde ihre Stimmen erhob, weckte Ruarks tiefer voller Bariton ein verlockendes Prickeln in ihr; zu singen war sie nun nicht mehr in der Lage, nur mit den Lippen ahmte sie die Worte nach.

Nach dem Mittagsmahl im Herrenhaus empfand Shanna so stark das Bedürfnis, ihrem Leib und ihren Sinnen Ablenkung zu verschaffen, daß sie ihren Hengst Attila satteln ließ. Der Weg führte sie in die Hügel hinauf zu jener Gemarkung, wo das zukünftige Quetschwerk für die Zuckerrohr-Ernten entstand. Beim Ritt durchs Dorf am Hafen war ihr in den sonntäglich stillen Straßen Ralston begegnet, der grüßend seinen Hut gelüftet hatte. Doch Shanna hatte ihn geflissentlich übersehen und ihren Hengst zu schnellerer Gangart angetrieben, und als sie Attila nun den Hügelpfad hinauftrieb, hatte sie die Begegnung längst vergessen.

Es war ein schöner Tag, fast kühl, ein leichter Wind blies ihr gelegentlich unter den Rock ihres taubengrauen Reitkostüms, wehte ihr die eine oder andere Strähne ihres Goldhaars ins Gesicht. Attila tänzelte unter ihr und warf auch hin und wieder den feinen Kopf hoch in die Luft, als er den Hügelpfad hinauftrabte. Shanna war eine erfahrene Reiterin, doch an diesem Tag achtete sie wenig auf die Nervosität ihres Hengstes, die ihr bei jedem anderen Ritt eine Warnung vor unsichtbarer Gefahr gewesen wäre. Plötzlich bimmelte ein Glöckchen, und in den Büschen am Wegrand hörte sie Rauschen – es war nur eine Ziege, die sich von ihrem Pflock losgerissen hatte und nun auf den Pfad sprang, bevor sie das Weite suchte. Aber Attila bäumte sich verängstigt auf, warf die Vorderfüße in die Luft. Überrascht ließ Shanna die Zügel los, nur mit Mühe hielt sie sich im Sattel. Attila, der sich nun ungezügelt fühlte, tat einen gewaltigen Sprung nach vorn. Da zerriß ein scharfer Pfiff die Luft. Mit einem Ruck, daß Shannas Zähne aufeinanderschlugen, blieb der Hengst stehen. Und von da an trottete er, wie ein sanftes Füllen, wieder brav den Pfad entlang.

So gehorchte der Hengst nur einem: Ruark. Shanna, die sich an Attilas Mähne klammerte, blickte sich nach allen Seiten um. Auf der erst halb in die Höhe gezogenen Mauer der unfertigen Mühle sah sie ihn stehen, wie gewohnt in kurzen Hosen, von denen sein sonnengebräunter Körper sich herrlich abhob. Shanna hätte angesichts dieser vermaledeiten abgeschnittenen Hosen vor Wut aufschreien können.

Ruark griff nach den Zügeln und band sie an einem Geländer fest. Auch er war zornig, und seinen Worten war es anzuhören. »Wenn Ihr schon dieses verdammte Biest reiten müßt, Madam, dann gebt mehr Obacht und träumt nicht in den Tag hinein. Vielleicht ständ' Euch ein sanfter Wallach besser zu Gemüt.«

»Ist mein Vater solch ein böser Sklaventreiber, daß Ihr auch sonntags schuften müßt?« giftete sie zurück. »Was habt Ihr hier zu suchen?«
»Ich wollte mir einmal dies und jenes anschauen, in Ruhe und ohne von den Arbeitern gestört zu werden.« Ruarks Griff umklammerte Shannas Taille; er hob sie aus dem Sattel und ließ sie dann nach unten gleiten, bis ihre Blicke ineinandertauchten. »Bevor Ihr kamt, mein Herz, schien es mir ein verlorener Tag.«
Nun erst stellte er sie auf den Boden; er beugte sich zu ihr hinab, um sie zu küssen. Doch Shanna nahm ihren Hut ab und hielt ihn zwischen sich und ihn. »Und auf welche Weise, bitte, Sir, hab' ich Euch den Tag gerettet?« fragte sie kühl.
Sie schritt von ihm fort, warf ihren Hut über den Sattelknauf; wo seine Hand sie berührt hatte, brannte ihr die Haut, und sie spürte seinen Griff um ihre Taille immer noch. »Ich bin nur gekommen, um mich zu vergewissern, wie es um die Mühle steht. Hätte ich geahnt, daß Ihr hier seid, hätte ich mir ein anderes Vergnügen ausgesucht.«
Ruarks Augen brannten hinter den dunklen Wimpern wie bernsteinfarbene Glut. »Ah, Ihr führt mich schändlich in Versuchung, Shanna!«
Shanna schlug schnell die Augen nieder. Nie vorher hatte je ein Mann sie so zum Zittern bringen können, schon gar nicht mit Worten, allein mit Blicken. Was hatte dieser Kerl aus den Kolonien nur an sich? Sie brauchte nur an ihre Liebesnächte mit ihm zu denken, und schon erfüllten sich ihre Sinne mit köstlicher Erregung, schmachteten ihre Brüste nach seiner Liebkosung, hungerten ihre Lenden nach der verzehrenden Flamme seiner Leidenschaft.
»Wollt Ihr mir die Mühle zeigen?« fragte sie. »Und werdet Ihr dabei Anstand bewahren?«
»Ich zeige Euch die Mühle«, lächelte Ruark.
Gemütlich schlenderten sie über den Bauplatz, während Ruark ihr mit einfachen Worten die komplizierte Maschinerie erklärte. Bisher war Shanna nur mit den kleinen Mehlwerken vertraut gewesen, die auf einem Wagen zu den jeweiligen Feldern gezogen wurden. Zu dieser riesigen Anlage, die hier in einem geschützten Tal entstand, schaute sie mit ehrfürchtigem Staunen hoch. Drei gigantische Mühlsteine warteten auf ganze Wagenladungen Zuckerrohr, ein Mammutbottich stand zum Auffangen des Saftes bereit. Zwei Gebäudeflügel gingen vom Walzwerk aus; der eine enthielt die großen Kupfer-Boiler, in welchen der dünnflüssige Sirup zu Melasse verkocht werden sollte, der andere war zur Aufnahme der Gärbottiche und einer Destillier-Anlage bestimmt, aus welcher die verschiedensten Rumsorten hervorfließen sollten – schwarzer Rum, um die Schiffe Seiner Majestät mit Grog zu versorgen, und weiße Sorten zur Bereicherung eines jeden Festmahls.

Nur zerstreut folgte sie Ruarks Erklärungen, der größte Teil ihrer Aufmerksamkeit richtete sich auf den Mann Ruark. Hier, dachte sie, war er in seinem Element, Sachverstand verlieh seinen Worten Autorität, sein Betragen verriet Selbstvertrauen und Selbstsicherheit. Er stand auf einem Dachbalken, der kaum breit genug für seine Füße war, und schritt unbekümmert darauf entlang, während er die Arbeitsweisen der verschiedenen Teile der Anlage erklärte. Shanna hatte Gelegenheit, ihn von allen Seiten zu betrachten: von hinten, als er ihr auf einem schmalen Pfad voranging, von oben, als er sie einen unfertigen Treppenabsatz herunterhob, von der Seite, als er einen Arm ausstreckte, um ihr die Übersichtlichkeit der Anlage zu demonstrieren, von unten, als er eine schwankende Leiter zu einer Plattform hoch über dem Bauplatz hinaufstieg. Schweigend folgte Shanna ihm, beeindruckt von dem berechtigten Stolz auf sein Werk. Ein Mann, der nie etwas anderes als sein Bestes tut, dachte sie bei sich, der sich stets seinem Ziel vollkommen widmet und sich in der Verfolgung desselben durch nichts ablenken läßt. Und sie versuchte sich auszumalen, welche Eltern einen solchen Mann in die Welt gesetzt, welche Hand ihn ins Leben geführt haben mochte. Dann riß sein mildes Lachen sie aus ihrer Nachdenklichkeit heraus.
»Ich fürchte, ich habe mich allzusehr in Einzelheiten verstrickt«, lächelte er, doch kaum entschuldigend. »Aber nun seid Ihr wenigstens in der Lage, etliche Fragen betreffs der Mühle zu beantworten.«
»Ich habe vorher schon Teile der Mühle gesehen und mir einige Beschreibungen angehört. Es ist wahrhaftig ein Wunderwerk.« Sie lehnte sich gegen einen Balken, nicht nur, weil sie wegen der schwindelnden Höhe, in die sie hinaufgeklettert waren, eines Halts bedurfte, sondern auch, weil sie mit ihrer nächsten Frage vielleicht eine Tür öffnete, hinter welcher Gespenster einer rätselvollen Vergangenheit verborgen sein mochten. »Doch was soll ich antworten, wenn die Leute mich nach Euch fragen, John Ruark? Ich weiß so wenig von Euch. Was ist mit Eurer Familie? Heute morgen spracht Ihr von Eurem Vater. Weiß er von dem Geschick, das Euch in London in den Kerker brachte?«
»Ich hoffe, nicht. Und ich bete zu Gott, daß er es nie erfährt.« Ruarks Blick richtete sich in die Ferne. »Wenn ihm Gerüchte je zu Ohren kommen, wenn er mich für tot halten muß – es wird gewiß seine Kräfte übersteigen. Geb' Gott, daß ich's ihm ersparen kann.«
»Und Eure Mutter?« bohrte Shanna weiter. »Habt Ihr Brüder? Schwestern? Davon habt Ihr nie gesprochen.«
In seinen Mundwinkeln bildete sich ein spöttisches Lächeln. »Wie käme ich dazu, mich mit einer Familie zu brüsten, die Eurer Meinung nach doch nur aus tumben Hinterwäldlern aus den Kolonien bestehen kann?«

Shanna nahm die Spitze hin und gab die Hoffnung auf, mehr zu erfahren. Verträumt blickte sie zu den grünen Hügeln, die das Mühlental umgaben. Blauer Dunst hing über ihren Gipfeln, Wolken blähten sich unterm Himmel, als plusterten sie sich mit Winden auf, um später alle aufgesogene Kraft in einem wilden Sturm hinauszublasen. Seeadler kreisten in weiten Bogen, ließen sich von starken Strömungen in schwindelnde Höhen tragen, um Sekunden später mit gefalteten Flügeln auf der anderen Hügelseite wieder herabzustoßen.

Mit einem heiteren Lachen wollte Shanna Ruarks Aufmerksamkeit auf das seltsame Spiel der Vögel lenken, die auf den Strömungswellen eines Orkans zu reiten schienen, doch trieben seine Blicke längst schon ihr eigenes Wellenspiel mit ihrem Körper.

»Eure Augen verraten den Weg, den Eure Gedanken gehen!« beschuldigte Shanna ihn brüsk. »Ungehörig ist's, so unverschämt zu starren, und im übrigen auch besonders schamlos, wenn man's in der Kirche tut!«

»Aber ich bewundere Euch doch nur!« lächelte er und seine Augen brannten. »Ihr wart halt die schönste Frau, die in der Kirche zu sehen war, und wie alle anderen Männer habe ich nur Eurem Liebreiz meinen Tribut gezollt.«

»Ihr seid frecher als die anderen«, schalt sie. »Wenn Ihr mich anschaut, fühle ich mich jedesmal vergewaltigt.«

»Ihr versteht Euch allzugut aufs Gedankenlesen, Madam. Manchmal in meinen Phantasien halt' ich Euch sogar nackt im Arm!«

»Ein Schuft seid Ihr! Ein niederträchtiger, lüsterner Schuft!« rief sie aus, und ihre Wangen wurden puterrot. »Wenn ich bedenke, was daraus noch werden soll, will ich schier verzweifeln! Und was, wenn ich ein Kind bekomme? Ein Unheil wär's!«

»Nur, wenn Ihr eins daraus macht, mein Schatz«, versetzte er seelenruhig.

»Ach, Ihr!« tobte sie. »Was bekümmert Euch meine Verzweiflung! Ich müßt' mich meinem Vater vor die Augen wagen, Ihr hingegen fändet gewiß einen sicheren Hort, um Euren kostbaren Hintern vor der Peitsche zu bewahren!«

Ruark sah sie schärfer an. »Weist denn ein Zeichen darauf hin, Shanna, daß Ihr schwanger seid? War etwa Euer Monat überlang?«

Shanna schüttelte ihren Kopf und wich seinem prüfenden Blick verlegen aus.

»Nein, das läßt sich noch nicht sagen.«

Ruark legte ihr eine Hand auf die Schulter. »Dann wird's sich gewiß bald zeigen, Liebste, und Ihr seid wieder unbekümmert.«

Shanna entzog sich seiner tröstlichen Liebkosung. »Müßt Ihr Euch denn

nun auch noch in meine intimsten Dinge drängen? Soll ich denn gar kein Geheimnis mehr vor Euch haben dürfen?«
»Vor Eurem Gatten? Nein, mein Herz.«
Wütend stellte sie sich vor ihn hin: »So? Und sollte uns wirklich eine Taufe ins Haus stehen, was dann, mein stolzer Ritter, mein gnädiger Herr und Meister, was dann? Nehmt Ihr mir das Kind dann aus dem Schoß und bekennt Ihr Euch zu ihm als sein Erzeuger?«
»Mit Gewißheit, Madam. Doch, gesteh' ich ein, liegt darin ein Problem.« Nachdenklich kraulte er sich das Kinn. »Wollen wir das Kind nach John Ruark benennen und uns damit als Liebespaar zu erkennen geben, was eine neue Hochzeit nach sich zieht? Noch einmal! Oder benennen wir es nach Ruark Beauchamp, worauf es rechtens Anspruch hat, und legen anschließend eine allgemeine Beichte ab – das wir immer schon verheiratet waren – und setzen uns der Gnade Eures Herrn Vaters aus?«
Empört stampfte Shanna mit dem Fuß auf. Lustig machte er sich über alles, und lachte sie nur aus. O, wie sie ihn haßte! »Ihr seid gemein!« fauchte sie und war herrlich in ihrem Zorne anzusehen. »Ein Barbar der niedrigsten Art seid Ihr! Ihr treibt Scherz mit meinem Stolz und mit meiner Ehre ein leichtes Spiel! Ihr brächtet es fertig, mir das einzige im Leben abzuschwindeln, das wahrhaftig mir gehört, nämlich mein Recht, mir meinen Gatten selber zu wählen! Soll ich denn wahrhaftig in aller Demut Eure Bastarde nähren?«
Eisiges Schweigen war die Antwort auf diese Worte. Ruarks harte Finger verfingen sich in ihrem Haar, zogen ihr den Kopf zurück, bis sie in sein Antlitz schauen mußte. Sie sah das kalte Licht der Wut in seinen Augen.
»Bastarde werden sie nicht sein, Madam, das merkt Euch wohl, denn Ihr seid mein Weib!«
Shanna brauste auf und schüttelte wild den Kopf, sträubte sich und ballte die Fäuste. »Der Handel – wenn Ihr den meint –, der ist abgeschlossen! Das habt Ihr selbst gesagt! Erfüllt, erledigt, abgegolten!«
»Und das Ehegelöbnis?« zischte er. »Glaubt Ihr, man darf sich ewige Treue schwören und es bei der nächsten Laune wieder vergessen? Achtet Ihr das, was vor einem Altar beschworen wurde, niedriger als ein Versprechen in einer Kerkerzelle? Und wie wollt Ihr erklären, daß Ihr Witwe seid, obwohl ich doch sehr lebendig bin und mich auch, wie Ihr bezeugen könnt, bei bester Gesundheit befinde? Findet Ihr meine Manneskraft so mangelhaft, Madam, daß Ihr Euch einen anderen Gatten suchen müßt? Wollt Ihr Euch unter einem anderen spreizen, um zu prüfen, was dieser oder jener Euch an Lust bereiten könnte?«
Shanna starrte ihn entgeistert an, und er lachte ätzend.
»Könnte, Madam. Ich sagte: könnte! Es könnte sich nämlich leicht bege-

ben, daß Ihr an einen zwar gut angesehenen, doch übelbestückten Lord geratet, woraufhin Ihr den Rest Eurer Nächte in unstillbarem Verlangen nach einem richtigen Mann verbringen müßt. Oder würdet Ihr dann vielleicht mich zu Euch winken, um Euch willfährig zu sein, wenn Euer Lord mitsamt seinem Vermögen an Unvermögen leidet?«

»Biest!« zischte sie langsam zwischen den Zähnen hindurch und hob die Reitgerte, als wolle sie ihm dieselbe quer übers Gesicht ziehen. »Ihr könnt gut frivol sein, wo Ihr wenig zu verlieren habt. Euch steht's ja frei, zu fliehen und mich schwanger sitzenzulassen. Wie allen Männern steht's Euch ja frei, jeder Laune nachzugehen!«

»Frei!« schnaubte Ruark höhnisch. »Nicht doch, Madam, ein Leibeigener bin ich, und sollte es meinem Herrn und Meister gefallen, mich Gott weiß wohin zu verkaufen, hätte ich in der Sache wohl kaum ein Wörtchen mitzureden. Und fliehen? Um mein Leben lang ausgestoßen, vogelfrei und rechtlos zu sein, ein Renegat? Madam, seid sicher: Das tu' ich nicht!«

»Ja, ein Renegat seid Ihr in der Tat!« schäumte Shanna und stemmte ihre Hände in die Hüften. »Doch ich hab' alles zu verlieren!«

»Alles zu verlieren! Ha!« rief er aus. »Ich freilich hätte allenfalls meinen Hals zu verlieren! Ja, meint Ihr denn, ich schätzte diesen so gering, daß ich Eure Lage auf die leichte Schulter nähme? Ja, meint Ihr denn, ich hätte mir den Henker zum Paten auserkoren?«

»Eingebildeter Affe!« schrillte Shanna.

»Verwöhnte Gans!« brüllte Ruark. »Ich glaube, ich habe nachzuholen, was Euer Vater an Euch versäumte, nämlich Euch übers Knie zu legen und den Hintern zu versohlen!«

Die grünen Augen blitzten drohend: »Wagt es nur, mich mit dem kleinen Finger zu berühren, Ruark Beauchamp, dann lass' ich Euch die Haut bis aufs rohe Fleisch herunterpeitschen!«

Sie standen noch über der halbfertigen Mühle, auf einer schmalen Plattform, die unter ihren Wutausbrüchen schwankte, was aber keiner von beiden zu bemerken schien. Da zuckte ein blendender Blitzschlag dicht neben ihnen herab. Und im nächsten Augenblick brach dröhnendes Donnerkrachen auf sie herunter. Der Überfall der Naturgewalten ließ Shanna so hilflos zusammenzucken, daß sie in ihrer plötzlichen Panik mit weitaufgerissenen Augen gegen Ruark stürzte und sich so verzweifelt an seinen nackten Arm klammerte, daß ihre Fingernägel ihm tief ins Fleisch eindrangen. Dem davonrollenden Donner folgte ohne Atempause schon der nächste Blitzschlag, und Shanna konnte sich nur noch, bleich und bebend, wie ein Kind an Ruark hängen. Ruarks Zorn verrauchte auf der Stelle, und fürsorglich legte er seinen Arm um Shannas zitternden Leib, und so führte er sie auch behutsam die Leiter hinab.

Schon fielen die ersten Regentropfen, und tosender Sturm brach los. Als sie endlich den Abstieg hinter sich gebracht hatten, mußte Ruark ihr schon ins Ohr schreien, wollte er sich verständlich machen.
»Die Aufseher-Hütte! Dort drüben an der Straße! Lauft, was Ihr könnt!« brüllte er.
Er stieß sie auf den Weg, sie raffte ihre Röcke und rannte, vom Sturm gebeutelt, vom Regen gepeitscht, davon. Ruark war nur einen Schritt hinter ihr, er beugte sich dicht über sie, als er versuchte, die Tür der Hütte zu öffnen, um ihr Schutz vor dem Regenstrom zu gewähren. Ein gezackter Riß spaltete den Himmel, der krachende Knall des Donners rollte mit. Wucht über sie hinweg – Shanna schauderte und verbarg ihr Antlitz an Ruarks Brust, kauerte sich an ihn, krallte ihre langen Fingernägel in seinen Rücken. Erst als der Donner vorüber war, wagte sie wieder, den Blick zu heben, Regen rann in Strömen über ihr Gesicht. Langsam senkte er seinen Kopf, seine Lippen öffneten sich, als er ihrem Mund begegnete, der Regen trommelte auf seinem Rücken, doch er spürte es nicht – sie küßte ihn. Endlich rührte sich seine Hand, die auf dem Türriegel lag; die Tür öffnete sich, Ruark machte, mit Shanna in seinen Armen, einen Schritt ins Innere, dann stieß er mit der Schulter die Tür zu.
Der Wind heulte, der Donner grollte, Blitze zuckten und die Hütte bebte – die beiden merkten es nicht mehr. Die Stürme, welchen ihre Begierde sie nun aussetzte, löschte in ihrem Bewußtsein alle Gewitter aus, die um ihre Zuflucht tobten.
Später, sehr viel später, lagen sie eng beisammen auf der schmalen Pritsche, die den Aufsehern gelegentlich als Notlager diente. Shannas Kleider trockneten, über einen Stuhl gebreitet, vor dem kleinen Feuer eines Kanonenofens. Der Regen trommelte noch immer aufs Dach, auf der Baustelle klapperten immer noch irgendwo lockere Bretter im Wind, doch alle diese Geräusche hatten längst etwas Vertrautes. Shanna hatte gewiß nicht vorgehabt, so willig mit Ruark ins Bett zu taumeln, doch da sie nun einmal mit ihm darin lag, mochte sie es auch nicht mehr verlassen. Seltsam.
Dann, als der Regen aufgehört und der Wind sich gelegt hatte und auch die Vögel stumm blieben, schien die Stille so dicht, daß sie mit einem Messer zu schneiden war. Da brach aus der Ferne das Klappern von Pferdehufen, die sich geschwind der Hütte näherten, in die Ruhe des Tales ein. Ruark sprang mit einem Fluch vom Bett und in seine feuchten Hosen. Jeden Augenblick mußte nun die Tür auffliegen, das heimlichtraute Stelldichein sich vor grinsenden Blicken enthüllen – Shanna kauerte sich winzig klein unter der schmutzigen Decke zusammen.
Das Hufgetrappel kam vor der Tür zum Stillstand. In der gespannten Stille tauschten Shanna und Ruark rätselnd-verzweifelte Blicke aus. Ein

merkwürdiges, zunächst undeutbares Kratzgeräusch wurde an der Tür hörbar. Zug um Zug wandelte sich Ruarks bekümmerte Miene zu einem breiten Lächeln, dann kicherte er, schließlich brach er in befreites Gelächter aus. Unter Shannas fragendem Blick trat er zur Tür und riß dieselbe – obwohl Shanna verstört Einhalt gebot – weit auf.
Durch die nun sonnenscheinüberflutete Tür reckte sich ein edler Pferdekopf. Attila hatte den Weg zu ihnen gefunden. Nun schüttelte er den Kopf, wieherte und kratzte die Vorderhufe über den Boden. Ruark suchte in seinen Taschen.
»Das habe ich ihm beigebracht«, sagte er und zeigte Shanna zwei Brokken braunen Zuckers. »Nun ist er ganz wild darauf, und ich vergaß vorhin, ihm seine Ration zu geben.«
»O Gott!« seufzte Shanna und sank erschöpft gegen die Bretterwand zurück. »Hat das Biest mir einen Schrecken eingejagt! Nun hab' ich gewiß meine ersten grauen Haare!«
Der Hengst knabberte den Zucker aus Ruarks Hand, laut mahlte Attilas Gebiß, mit offensichtlichem Genuß warf er seinen stolzen Kopf auf und nieder. Dann schloß Ruark wieder die Tür, lehnte sich dagegen und richtete seinen Blick auf Shanna. Die Decke war von ihr abgefallen, und Ruark fand den Augenschmaus, der sich ihm nun bot, ebenso süß wie Attila zuvor seinen Gaumenkitzel. Shannas Brüste schimmerten im gedämpften Licht wie bernsteinfarbene Melonen, und ihre schlanken Glieder boten sich völlig nackt seinen Blicken dar. Shanna griff nach ihrem Hemd und bedeckte sich, nicht ohne tadelnd den Kopf zu schütteln.
Sie stand auf, und Ruark empfing sie liebevoll und heiter. »Wenn sich doch mein ausgemergelter Leib an ebensolchen Köstlichkeiten ergötzen könnte, wie meine Phantasie sie an Euch findet«, flüsterte er heiser und streichelte ihr übers Haar. »Doch würde man mir mit der gleichen Regelmäßigkeit zu essen geben, wie Ihr mir Liebe schenkt, wäre ich längst Hungers gestorben. Ich brauche Eure Liebe täglich wie Essen und Trinken; die langen Fastenzeiten, die Ihr mir auferlegt, machen meinen Hunger stets nur heißer!«
»Täglich! Ha!« Shanna legte sich in seinen Armen zurück und zog ihre Fingerspitzen über seine Brust. »Eure Lust ist ein geifernder Drache, der alles verschlingt, was ich ihm darreiche! Ich fürchte, würden wir als Mann und Frau zusammen leben, gelangtet Ihr nie mehr wieder über die Schwelle des Schlafgemachs hinaus!«
Shannas Stirn legte sich in Falten; soeben nahmen ihre Augen wahr, was ihre Fingerspitzen auf Ruarks Brust gezeichnet hatten. Zwar waren die weißen Linien auf der sonnengebräunten Haut schon im Begriff zu entschwinden, doch ihren Sinnen blieben die geheimen Signale ihrer Seele eingeprägt wie Brandmarkungen. Zwar war die Botschaft unvollständig,

die Finger waren nur bis »Ich liebe« gelangt, doch mehr war nicht mehr nötig, der Verrat war begangen, sie wußte nun, daß sie sich selber nicht mehr trauen konnte. Brüsk entzog sie sich Ruarks Umarmung, hastig kleidete sie sich an.
Ruark beobachtete sie; vergeblich versuchte er, den plötzlichen Gemütswechsel zu ergründen. Er rollte eine seiner Zeichnungen zusammen. »Eigentlich hatte ich die Nacht hier zubringen wollen«, sagte er. »Mister MacLaird war so freundlich, mich in seiner Kutsche mitzunehmen, als er die Verpflegung für die Arbeiter hier heraufschaffte. Doch seh' ich nun, daß ich etliche Skizzen, die ich morgen brauchen werde, daheim vergessen habe. Wollt Ihr mich mit auf den Heimweg nehmen?«
Shanna zog sich eben ihr Kleid über den Kopf. Nun hielt sie inne. »Wenn's denn sein muß«, sagte sie schließlich, als sie in die Ärmel schlüpfte. »Ich bitt' Euch, wollt Ihr mir das Mieder schnüren?«
Ruark nahm sich Zeit bei diesem hübschen, vertraulichen Geschäft, das ihn nichtsdestoweniger traurig stimmte, bedeutete es doch, daß nun der Rest des Nachmittages unwiderruflich verlorenging. Er setzte sich halb auf den Tisch dabei, und einmal stützte Shanna eine Hand auf seinen Schenkel, als sie sich zur Seite lehnte, um die auf dem Tisch ausgebreiteten Skizzen zu betrachten. Als er die letzten Miederschnüre gebunden hatte, wandte sie sich nach ihm um.
»Ihr habt tatsächlich gearbeitet«, sagte sie und rieb ihm einen Tintenfleck von den Rippen.
Ruark lächelte sie an. »Ich hatte ja keine Hoffnung, Euch zu sehen, Shanna. Also setzte ich mir etwas in den Kopf, um der Folter zu entgehen.«
Shanna spöttelte verspielt: »Ich bitt' Euch, Sir, wie kann ich Euch eine Folter sein? Seht mich als eine an, die gerade so zum Spaß nur zwackt? Wie könnte ich, ein schlichtes Frauenzimmer, wie Ihr's vor Euch seht, solche Pein bereiten?«
Ruark schlang seine Arme um sie, zog sie zwischen seine Beine und hauchte ihr einen Kuß auf die Stirn. »Eine Hexe seid Ihr, Shanna. Einen seltsamen Bann habt Ihr über mich geworfen, so daß ich mich in jedem wachen Augenblick nach Euch sehnen muß. Doch seid Ihr auch ein Engel, wenn Ihr hold und warm an meiner Seite liegt und Euch von mir lieben laßt.«
Shanna legte eine zitternde Hand auf seine Hüften; sie spürte, wie ihr Puls schneller schlug, das Feuer in seinen Augen sprang verzehrend auf sie über. »Sprecht nichts weiter, Teufelsdrachen!« flüsterte sie.
Ruark küßte die zarte Hand, ihre schmalen Finger, den schlanken Trauring, den sie trug. Seine Behutsamkeit ließ Ungeduld in ihren Brüsten wachsen; und daß sie die Zärtlichkeit, die sie mit einemmal für ihn emp-

fand, nicht begreifen konnte, ließ eine Bestürzung in ihrem Blick aufscheinen. Doch unvermittelt griff er nach ihrer Hand und starrte auf den Ring.
»Was ist?« fragte sie und sah selber nichts an ihrer Hand, das zu Verblüffung Anlaß geben konnte.
»Ich trug immer einen Ring an einer Kette um den Hals, und auch an jenem unheilvollen Abend, als ich der Dirne in jener verfluchten Londoner Taverne begegnen mußte. Und seitdem ist dieser Ring verschwunden. Mit allem, was daraufhin mit mir geschah, hatte ich vollkommen den Ring vergessen. Bis zu diesem Augenblick. Der Ring, den Ihr tragt, erinnert mich nun aufs neue. Der Ring war bestimmt, der Eurige zu werden.«
»Der meinige?« Shanna schien belustigt. »Aber Ihr kanntet mich da doch gar nicht!«
»Der Ring war für mein Weib bestimmt, als Geschenk am Hochzeitstag. Meine Großmutter trug ihn einst.«
»Aber Ruark, wer nahm den Ring? Das Frauenzimmer in der Schenke? Die Rotröcke, als sie Euch in Ketten legten?«
»Nein, ich war gleich wach, als sie Hand an mich legten. Die Dirne muß ihn sich genommen haben. Doch wenn's so war, dann habe ich gewiß geschlafen.«
»Ruark, was hat das alles zu bedeuten?«
»Noch weiß ich's nicht, doch möcht' ich schwören, daß die Katze mir von Anfang an den Beutel zu leeren plante. Vielleicht gab sie mir ein Pulver in den Wein. Doch nein, sie trank auch selbst davon. Oder doch nicht? Verdammter Narr, der ich war, nicht besser achtzugeben!«
Nach einer Weile gab er's seufzend auf, sich die Ereignisse der Unglücksnacht wieder in den Sinn zu rufen. Er sammelte Strümpfe und Strumpfbänder vom Boden auf und gab sie Shanna.
»Laßt uns nun lieber gehen, ehe sich Euer Vater auf die Suche nach der verlorenen Tochter macht. Ein ander Mal ist uns vielleicht das Glück nicht so hold, uns Attila vor die Tür zu schicken.«
Shanna setzte sich noch einmal auf die Pritsche; unter Ruarks bewunderungsvollen Blicken raffte sie die Röcke und streifte sorgfältig die seidenen Strümpfe über ihre wohlgeformten Waden. Dann ließ sie die Gewänder fallen und lächelte ihm zu.
»Seid Ihr bereit?«
»Mit brechendem Herzen – ja.«
Eine Hand auf ihren Hüften, geleitete er sie ins Freie. Er schloß die Tür, dann hob er Shanna auf den Rücken ihres Hengstes, legte ihr das Knie um den Knauf des Damensattels. Er setzte einen Fuß in den Steigbügel, schwang sich hinter ihr nach oben und nahm ihr die Zügel aus der Hand.

Lächelnd lehnte Shanna sich bei ihm an und genoß den Ritt durch die Hügel, weit weg vom Dorf und jedem neugierigen Blick. Friede senkte sich über sie nieder, als sich in strahlender Schönheit das Inselpanorama vor ihren Augen ausbreitete. Das Blaugrün des Meeres flimmerte durch alle Baumwipfel.
Die Gestalt des einsamen Reiters, der aus der Ferne das Paar auf dem Hengst beobachtete, blieb ihren liebes- und schönheitstrunkenen Blicken verborgen.
Ralston zog mit festem Griff die Zügel an sich, damit sein Pferd nicht seine Gegenwart verrate. Als er das Paar im Reiten Küsse tauschen sah, zog Ralston nachdenklich eine Augenbraue hoch. Sein Staunen steigerte sich noch, als der Leibeigene John Ruark ein freches Fingerspiel auf Shannas Brüsten trieb. Doch statt mit einer Ohrfeige, wie es der Agent nun eigentlich erwartete, beantwortete die Tochter des Inselherrn die Frechheit ihres Sklaven nur mit einem neuen Kuß.
»Es scheint, als habe Mister Ruark der Lady Gunst gewonnen, und nun tändelt er, wo er nicht soll«, murmelte Ralston vor sich hin. »Den Mann muß man im Auge halten.«

11

Die weißen Wolken, die über die Insel segelten, schienen allesamt Geschwister der großartigen Takelage zu sein, die, weitausgespreizt, ein nie zuvor gesehenes Riesenschiff auf Los Camellos zutrieb. Von den Wolken willkommen geheißen und mit kraftvoller Brise dem Hafen zusteuernd, glitt das Schiff mühelos über das wildbewegte Meer, und weiß schäumte das kristallblaue Wasser unter dem hohen Bugspriet des Seglers auf. Vor dem azurnen Himmel war das Schiff wie ein Adler im Flug, der auf weitausgebreiteten, doch reglosen Schwingen heranschwebte.
»Mann, ist das ein Riese!« rief Mister MacLaird aus, als er Ruark das Fernrohr reichte. »Könnt Ihr den Namen ausmachen? Ist's ein Engländer?«
»Aus den Kolonien«, berichtete Ruark und stellte das Glas auf die Flaggen ein. »Gehört der Virginia Company. *Seefalke* heißt der Kahn.«
»Und kommt auch wie ein Seefalke übers Wasser heran«, schwärmte MacLaird. »Eine Schönheit. Gerade so herrlich wie ein Trahernsches Schiff.«
Ruark ließ das Fernrohr sinken. Der *Seefalke* holte jetzt einen Teil seiner Segel ein und bewegte sich auf die Hafeneinfahrt zu. Eine seltsame Erregung bemächtigte sich Ruarks.
»Die Wagenladung Rum, die Ihr dort draußen stehen habt«, Ruark wies mit dem Daumen vor den Ladeneingang, »soll die von einem Schiff an Bord genommen werden?«
Mister MacLaird verschob seine Aufmerksamkeit von dem herannahenden Riesenschiff auf den Leibeigenen und blickte ihn über seine metallgefaßten Brillengläser hinweg an.
»Auf die *Avalon* soll das Zeug. Die macht diese Woche die Inselrunde. Warum fragt Ihr?«
»Ich würde gern die Ladung an Eurer Statt an Bord bringen. Ich bin nun schon fast ein Jahr aus den Kolonien weg – vielleicht erfahre ich bei der Gelegenheit auf dem *Seefalken* Neuigkeiten von daheim.«
Der alte Krämer zwinkerte mit seinen blauen Augen. »Dann macht, daß Ihr zum Hafen kommt, mein Junge, bevor der Rum in der Sonne sauer wird.«
Ruark nickte breit und fröhlich grinsend und machte sich eifrig ans Werk. Schnell stülpte er sich den breitrandigen Hut auf, sprang auf den

Bock und schnalzte dem Maultiergespann zu. Und fort ging die Fahrt der Pier zu. Ein seltsames Lächeln spielte um seinen Mund. Er hob sogar an zu pfeifen.

Der große, weiße Segler hatte schon angelegt, die Matrosen hatten sich bereits ein wenig die Füße auf dem ungewohnten festen Boden vertreten und mit der Menge der neugierigen Inselbewohner die ersten Nachrichten und Scherzworte ausgetauscht, da jagte – auf der Straße von den Hügeln her – eine atemberaubende Erscheinung hoch zu Roß die Pier entlang. Shanna war's auf ihrem herrlichen Hengst, fürs Inselvolk zwar kein ungewohnter, doch immer fasziniert verfolgter Anblick – den Matrosen jedoch blieb Wort und Fluch im Halse stecken.
Shanna hatte einen wilden Ritt durchs Inselinnere hinter sich, wieder einmal hatte sie versucht, sich im hemmungslosen Dahinstürmen auf Attilas feingeschwungenem Rücken das immer unnachsichtigere Drängen ihrer Sinne nach Ruarks Lust und Leidenschaft zu vergessen. Nun klapperten die Hufe des Grauen über das Kopfsteinpflaster der Hafenbefestigung. Noch schnaubte er, noch war seine Mähne wirr vom rasenden Galopp durchs Land; er tänzelte, warf Schwanz und Beine hoch, scheuerte sich aufmüpfig am Gebiß. Herrlich war der Hengst anzuschauen, doch alle blickten auf die Frau im Sattel, eine Vision von solcher Schönheit, wie sie nur wenigen Männern je zu Lebzeiten vor Augen kommt. Kühl und doch mit einem Lächeln hielt Shanna fest die Zügel in der Hand, der breitrandige Hut verlieh ihrem engelhaften Antlitz einen edlen Rahmen, und das weitgeschnittene Reitkostüm bedeckte sie und die Flanken ihres Hengstes wie auf den Standbildern galanter Ritter.
Die Matrosen ließen aus den Händen fallen, was sie gerade hielten, und sperrten Mund und Augen auf. Shanna, von der ungelenken Art und Weise der Verehrung keineswegs unangenehm berührt, nickte leutselig nach allen Seiten. Und da sie die Kutsche ihres Vaters in der Nähe sah, erkundigte sie sich nach ihm.
»An Bord, Ma'am«, grinste breit ein Neger. »Palavert mit dem Kapitän, will ich meinen.«
Als Shanna dem Mann die Zügel zuwarf und sich anschickte abzusteigen, ging Bewegung durch die Menge. Eine kleine Gruppe Matrosen drängte sich, mit Knien und Ellenbogen stoßend, um den Hengst, jeder gierte um die Ehre – und das Vergnügen –, die schlanke Schönheit aus dem Sattel heben zu dürfen. Ein junger Riese, der selbst Pitney in den Schatten gestellt hätte, trieb mit seinen Pranken die Gaffer auseinander und bot Shanna mit jungenhaft-verlegener Röte im Gesicht seine Hilfe an. Graziös lächelnd schwang sie sich an seiner Hand auf den Boden, dann rauschte sie, eine geräuschvolle Spur von halbunterdrückten Ausrufen

und Seufzern hinterlassend, über die Gangway. Noch ehe sie ihre modischen Stiefel auf die Decksplanken setzen konnte, stolperte ihr ein junger Mann vor die Füße, der sich an einem auf Hochglanz polierten Fernrohr festhielt und einen funkelnagelneuen Dreispitz auf dem Strubbelhaar sitzen hatte. Im letzten Augenblick erinnerte er sich seiner Manieren, riß sich den Dreispitz vom Kopf, wobei er freilich um ein Haar das Fernrohr fallen ließ, und stammelte überlaut, daß er ihr zu Diensten sei.
»Willkommen an Bord, Madam. Womit kann ich Ihnen dienen?«
»Ihr seid sehr freundlich«, lächelte Shanna, dem armen Kerl fielen fast die Augen aus dem Kopf. »Habt die Güte, meinem Vater mitzuteilen, daß ich gern mit ihm die Heimfahrt anträte, sobald er seine Geschäfte beendet hat.«
»Euer Herr Vater, Madam, ist das der Gentleman, der dort beim Kapitän . . .«
Shanna nickte dem jungen Mann hilfreich zu, der soeben seine Sprache verloren zu haben schien und nun, ohnehin schon der Sisyphusarbeit nicht gewachsen, Dreispitz und Fernrohr vor dem sicheren Fall zu bewahren, auch noch halb rückwärts gewendet zum Kapitän hin die Füße zu heben versuchte, ohne den Blick von Shanna zu wenden.
»Und wen darf ich melden?« Diese Frage fiel dem jungen Offizier erst ein, als er schon einige stolpernde Schritte hinter sich gebracht hatte.
»Madam Beauchamp ist der Name, Sir.«
»Madam Meau . . .« Nun war der junge Mann endgültig am Rande seiner Möglichkeiten, das schwierige Leben an Land zu bewältigen, angelangt. Seine Stimme verlor sich in unverhohlenem, offenmündigem Staunen. Doch zu seinem Glück verlor er in diesem Augenblick Shannas Aufmerksamkeit, denn der hochgewachsene, breitschultrige Mann mit dem kastanienbraunen Haarschopf über der blauen Uniform, der bei ihrem Vater stand und den Shanna bis jetzt nur von hinten gesehen hatte, wandte sich nun mit einer brüsken Drehung um und starrte sie mit gefurchter Stirne an, als habe eine Hexe das Deck betreten. Dann, freilich, brach die offenkundig angeborene Heiterkeit, die in den feinen Fältchen seines sonnengebräunten Gesichts rund um die braunen Augen lebte, endlich durch, und mit einem strahlenden Lächeln um den energischen Mund trat er – leicht rollenden Ganges, wie es Seeleute an sich haben – auf sie zu.
»Madam Beauchamp, wenn ich recht gehört habe?« fragte er mit einem Erstaunen, das Shanna übertrieben schien.
Orlan Trahern, durch Shannas Ankunft in seinem Gespräch mit dem Kapitän unterbrochen, stapfte freudestrahlend hinterher.
»Aye, Captain!« rief er aus. »Erlaubt, daß ich Euch meine Tochter vorstelle!« Ein undeutbares Funkeln schimmerte in Orlan Traherns Augen

auf, und solchermaßen vorgewarnt, wappnete sich Shanna – gegen was auch immer. Und trotzdem warf im nächsten Augenblick das Erschrecken sie fast um.
»Mein Kind«, sprach Orlan Trahern, »vor Euch steht Captain Nathaniel Beauchamp!«
Trahern hatte jedes Wort hübsch langsam und bedächtig ausgesprochen, und mit dem Kapitän wartete er nun, bis die volle Wucht des Namens in Shannas Kopf Wirkung zeigte. Shanna öffnete den Mund, wie um zu sprechen, brachte jedoch keinen Ton hervor. Nun richtete sie einen Blick voll brennender Fragen zu dem hochgewachsenen Kapitän hinauf.
»Madam«, tönte die volle, tiefe Stimme, »da werden wir wohl noch einiges zu bereden haben, damit nicht meine liebe Frau mich zu guter Letzt für einen Unhold hält.«
»Später vielleicht, Captain«, unterbrach Orlan Trahern für den Augenblick. »Nun muß ich heim. Habt die Güte, uns entschuldigen zu wollen, Captain. Und Ihr, Shanna, wollt Ihr mich begleiten?«
Noch immer verblüfft, nickte Shanna Zustimmung. Worte fehlten ihr auch weiterhin.
Trahern geleitete seine Tochter fürsorglich bis an die Reling. Dann drehte er sich noch einmal um. »Captain Beauchamp!«
Wieder zuckte Shanna bei dem Namen zusammen.
»Ich schick' Euch später einen Wagen, für Euch und Eure Männer!«
Ohne Antwort abzuwarten, führte Trahern seine verwirrt verstummte Tochter vom Schiff. Der Kapitän blickte, an die Reling gelehnt, der Kutsche nach, bis sie zwischen den Lagerhäusern verschwunden war.

Vor dem Eingang zum Salon verhielt Shanna den Schritt. Sie hörte Kapitän Beauchamps Stimme im Gespräch mit Pitney. Dann unterbrach Ralston ihn, schnitt ihm das Wort ab, doch die tiefe, selbstbewußte Stimme war unverkennbar. Shanna rang die zitternden Hände, suchte Fassung zu gewinnen, und warf einen Blick zur Eingangstür, wo Jason schlank und schweigend Wache hielt.
»Jason«, fragte Shanna leise, »ist Mister Ruark bereits eingetroffen?«
»Nein, Madam. Mister Ruark hat einen Jungen von der Mühle mit einem Bescheid geschickt. Offensichtlich sind dort Schwierigkeiten eingetreten, und er kann deshalb nicht kommen.«
»Dieser Schuft!« dachte Shanna ärgerlich. »Mich so zappeln zu lassen, wo er doch wissen muß, daß ich auf eine Erklärung brenne! Weiß ich denn überhaupt, ob Beauchamp wahrhaftig sein Name ist? Schließlich könnte er sich genausogut den Namen ausgeborgt haben. Aber wie heißt der verdammte Bettelhund dann wirklich? Und wie heiße ich? Madam John Ruark vielleicht? Davor soll mich Gott bewahren!«

Trotzig kämpfte Shanna den drängenden Gedanken nieder, sich feige in die Geborgenheit ihres Zimmers zu flüchten. »*Ich bin Madam Beauchamp!*« beharrte sie störrisch vor sich selbst. Sie glättete, mehr, als nötig war, die viele Ellen langen Bahnen ihrer blaßrosafarbenen Satinrobe mit dem flirrenden, flimmernden Perlenbesatz, prüfte auch noch einmal den kunstvollen Aufbau ihrer Frisur. Der junge Offizier, der sie an Bord geleitet hatte, tauchte an der Tür auf, um dort sein leeres Glas auf einem Tischchen abzusetzen. Er entdeckte sie, starrte sie an und strahlte.
»Madam Beauchamp!« schrie er auf, als befände er sich an Bord und müsse sich im Sturm verständlich machen. »Was habt Ihr für einen prachtvollen . . .« Seine Augen verdrehten sich und versanken in dem von ihrer Korsage verlockend reif zur Schau gestellten Busen – und gerade eben gelang ihm noch, stammelnd, stotternd und errötend hart vor dem Wind seiner Verwirrung kreuzend, die Vollendung seines halbangefangenen Satzes: »Was habt Ihr für einen prachtvollen, ich wollte sagen, Wohnsitz hier.«
Im Salon war's totenstill geworden, und Shanna, laut und deutlich wie auch erheiternd angekündigt, konnte nun mit ihrem Eintritt nicht mehr länger zögern. Sie zwang sich zu einem Lächeln, schwebte graziös in den Raum, wobei sie leicht ihre Hand auf der Krinoline liegen ließ, um dieselbe nicht allzusehr ins Schwingen zu bringen. Der junge Offizier, der seine Verwirrung kaum verbergen konnte, versuchte einen Kratzfuß, der ihm freilich voll mißlang, doch zum Glück trat Orlan Trahern jetzt vor die gaffenden Offiziere, um seine Tochter zu begrüßen und ihr seine Gäste vorzustellen. Shanna spürte deutlich, daß Nathaniel Beauchamp sie seit ihrem Eintritt in den Salon keine Sekunde aus den Augen gelassen hatte. Irgendwann einmal fiel ihr auch auf, daß Ralston sie aufmerksamer als sonst zu betrachten schien, doch da ihr der Mann mehr als gleichgültig war, maß sie dieser Wahrnehmung keinerlei Bedeutung bei.
Der Abend nahm seinen Fortgang. Shanna hatte ihr Gleichgewicht wiedergefunden, und als sie sich nun, am Arm ihres Vaters, dem Kapitän gegenübersah, konnte sie sich nicht mehr enthalten, die Fragen zu stellen, die ihr seit Stunden auf den Lippen brannten.
»Sir«, fädelte sie die Umgarnung ein, »findet Ihr es nicht seltsam, daß wir beide den gleichen Namen tragen? Habt Ihr etwa englische Verwandtschaft?«
Nathaniel Beauchamps Augen zwinkerten schelmisch, als er auf Shanna hinabschaute. »Madam, ich bin auf die ehrlichste Weise der Welt an meinen Namen gekommen, indem meine Eltern ihn mir schenkten. Zu reden ist freilich in der Tat darüber, auf welche Weise Ihr an diesen Namen gelangtet. Natürlich sind alle Beauchamps irgendwie miteinander verwandt. Wir haben zwar auch, wie jeder andere Stamm, unser ge-

rüttelt Maß an Gaunern, Piraten und ein wenig Lumpenpack vorzuweisen, aber sonst hat sich der Name eigentlich ganz gut gehalten.«
»Verzeiht, Sir«, lächelte Shanna spitzbübisch, »so tief wollte ich in Eure Familiengeheimnisse nicht eindringen. Doch soll ich Euch Onkel, Vetter oder wie sonst nennen?«
»Wie's Euch beliebt, Madam«, grinste Nathaniel. »Wie dem auch sei – die Familie heißt Euch herzlich willkommen.«
Shanna nickte, lachte auch ein wenig, wagte aber nicht, die Dinge weiterzutreiben; Orlan Trahern schien das Zwiegespräch über die Maßen interessant zu finden und jede Silbe zu genießen.
Bei Tisch kreisten die Gespräche um die Möglichkeiten, einen Handel zwischen Los Camellos und den Kolonien aufzuziehen. Ralston sah die Sache nicht sehr vorteilhaft an und machte auch keinen Hehl aus seiner Meinung.
»Was hätten die Kolonien uns schon zu bieten, Sir, was England und Europa uns nicht günstiger gewährten? Gewiß würde auch die Krone Verdruß erkennen lassen, wenn Ihr anderswo Euren Handel triebet.«
Der Schatzmeister des *Seefalken* hielt dagegen: »Wir zahlen gute Steuern an die Krone, doch behalten wir uns das Recht vor, Handel zu treiben, wo es uns beliebt. So lange wir unsere Verpflichtungen erfüllen, hat sich niemand zu beklagen.«
Edward Bailey, der Erste Maat, rutschte auf seinem Sessel nach vorn, ein kleiner Mann, kaum größer als Shanna, doch mit breiten Schultern und stämmigen Armen. »Es ist augenscheinlich, Mister Ralston, daß Ihr auf Euren Reisen die Kolonien übersehen habt. Sonst müßtet Ihr nämlich wissen, welche Reichtümer dort zu holen sind. Allein die Wolle, die der Norden produziert, ist in den besten Qualitäten Englands ebenbürtig. Und wir schmieden Büchsen, die auf hundert Schritt das Auge eines Eichhörnchens treffen. Und die Seilereien und Sägemühlen entlang der Südküste stellen Taue, Planken und Spanten von höchster Güte her. Unser Schiff, zum Beispiel, wurde in Boston gebaut, und kein Land der Welt hat je ein solches Wunderwerk vom Stapel gelassen.«
Trahern lehnte sich in seinem Sessel zurück. »Was Ihr berichtet, fasziniert mich, Sir. Ich werde wohl der Sache auf den Grund gehen müssen.«
Als die Tafel aufgehoben wurde, überschlug sich der vernarrte junge Offizier beinahe, um Shanna den Stuhl zurechtzurücken. Im Aufstehen erhaschte sie einen unwilligen Blick, den Nathaniel Beauchamp auf den übereifrigen Jüngling richtete, als sie jedoch zum zweiten Mal hinsah, zeichnete wieder das gewöhnliche, freundliche Lächeln Kapitän Beauchamps Gesicht. Das gab Shanna zu denken: Hatte der Kapitän sich nur über die Ungeschicklichkeit des jungen Offiziers geärgert – oder hatte

er ihn, aus Gründen, die sie nicht erkannte, eine dringende Verwarnung erteilt? Wie dem auch war – von da an machte der Junge einen ziemlich gezügelten Eindruck und beschränkte seine Aufmerksamkeit auf ein unverfänglich höfliches Gebaren.
Der Abend neigte sich dem Ende zu; Shanna zog sich in ihre Zimmer zurück und empfand ein tiefes Gefühl von Unzufriedenheit. Irgend etwas stimmte nicht mehr an der Luft, die sie atmete. Schweigend saß Shanna vor der Frisierkommode und ließ sich von Hergus das Haar ausbürsten. Die alte Zofe wagte nicht, die Mißstimmung ihrer jungen Herrin zu verschlimmern, und hielt den Mund. Als Hergus dann gegangen war, wanderte Shanna in ihrem Hausgewand ruhelos durch den Raum. Nur eine Kerze leuchtete. Namen flogen von allen Seiten her durch ihr Gemüt wie rätselhafte Nachtvögel und plagten sie mit tausend Fragen. Namen...
Shanna Beauchamp? Madam Beauchamp? Kapitän Beauchamp? Nathaniel Beauchamp? Ruark Beauchamp? John Ruark? Mistreß Ruark Beauchamp? Beauchamp! Beauchamp! Beauchamp!
Immer wieder ratterte der Name durch ihr Gemüt. Sie brauchte frische Luft, damit sie wieder atmen konnte; sie trat auf die Veranda hinaus, als ob sich dort die nagenden Zweifel lösen müßten.
Die Nacht war lind und warm, wie nur die Nächte in der Karibik sind. Hoch über den Bäumen machten weiße Wolken dem Mond den Hof, ließen sich von ihm küssen, bis sie selbst in seinem Silberschein erglänzten. Shanna wanderte die Veranda entlang, an dem Gitterwerk vorbei, das den Balkon ihrer Gemächer von dem der anderen Räume trennte. Ein Gesicht begann vor ihrem inneren Auge Gestalt anzunehmen, ein Bernsteinblick durchdrang die Nacht. Shanna seufzte in sich hinein: »Ruark Beauchamp, Drache meiner Träume, Alptraum meiner wachen Stunden, warum laßt Ihr mich nicht in Frieden!« Bevor sie ihn in seinem Kerker aufgesucht hatte, war sie ein neckisches und kokettes, ja sogar frivoles und durchaus geistvolles Frauenzimmer gewesen – nun wanderte sie als eine ebenso verdrossene wie verträumte Schlafwandlerin durch die Welt. Über die schattengescheckten Wiesen ging ihr Blick hinaus ins Dunkel.
»Ruark Beauchamp...« Ihr Flüstern schwebte wie ein Windhauch in die Nacht, »... seid Ihr dort draußen in den Schatten? Welchen Zauber habt Ihr nur über mich geworfen? Ich spüre Euch ganz nah bei mir. Warum verlangt nur meine Leidenschaft so nach Euch, wo doch mein Verstand mir sagt, daß alles Unrecht, alles Irrsinn ist!«
Sie lehnte sich über die Brüstung und versuchte ihre auf einmal so lebhaften Phantasien niederzukämpfen. »Warum kann ich mich nicht einfach losreißen und meine eigenen Wege gehen! Gefesselt fühl' ich mich,

als wär' ich seine Sklavin. Ja, in dieser Stunde seh' ich ihn in seiner Hütte sitzen, seh' ihn Zaubersprüche murmeln, die mich gegen meinen Willen zu ihm treiben sollen! Ist er denn ein Dämon, ein Hexenmeister, daß ich ihm so hörig bin! Nein – es darf nicht sein. Es darf nicht sein!«
Und wieder nahm sie ihre Wanderung auf, die Augen niedergeschlagen, die Seele in schwarze Gedanken verstrickt.
Plötzlich rührte sich ein dunkler Schatten neben ihr, würziger Rauch hüllte sie ein. Das Herz flatterte ihr zum Hals hinauf. Ruark! Fast kam der Name über ihre Lippen, doch würgte sie ihn eben noch hinunter.
»Vergebung, Madam!« Die tiefe, volle Stimme Nathaniel Beauchamps klang besorgt. »Ich hatte nicht die Absicht, Euch zu erschrecken. Ich wollte nur noch eine Pfeife in der Nachtluft rauchen.«
Shanna versuchte das Dunkel zu durchdringen, das Nathaniel Beauchamps Gesicht verbarg. Orlan Trahern hatte den Kapitän eingeladen, über Nacht im Haus zu bleiben, doch er war ihr beim Spintisieren über Ruark nicht in den Sinn gekommen.
»Dieser Geruch . . . Tabak, nicht wahr?« Sie sprach zögernd. »Mein Mann hatte auch stets . . .«
»Ein allgemeiner Brauch bei uns in den Kolonien, möcht' ich sagen. Das Zeug wächst in unserer Gegend. Die Indianer haben uns gelehrt, wie man es raucht.«
»Indianer? Ach, Ihr meint die Wilden!«
Nathaniel lachte leise. »Es sind nicht alles Wilde, Madam.«
Shanna überlegte, wie sie das Thema anschneiden sollte, das ihr keine Ruhe ließ. Nathaniel sprach derweil weiter.
»Eure Insel ist über die Maßen schön, Madam. Ihr Vater scheint das Beste daraus gemacht zu haben.«
»Los Camellos«, murmelte Shanna abwesend. »Die Spanier haben es so genannt. ›Die Kamele‹.«
Sie blickte in die Schatten, die ihn umgaben.
»Sir, ich habe eine Frage auf dem Herzen.«
»Stets zu Diensten, Madam.« Er steckte sich die Pfeife in den Mund und zog daran, bis die Glut einen schwachen Schimmer über die Konturen seines Angesichts warf.
Shanna wußte immer noch nicht, wie die Frage aller Fragen in Worte zu kleiden war. »Ich . . . ich habe meinen verschiedenen Mann in London auf eine etwas . . . nun, sagen wir . . . leichtfertige Weise kennengelernt, und wir heirateten schon, nachdem wir uns erst ein paar Tage kannten. Und wir waren auch nur kurze Zeit zusammen, ehe er . . . mir genommen wurde. Ich weiß so gut wie nichts von seiner Familie. Ja, nicht einmal, ob er überhaupt eine hatte. Für mein Leben gern würd' ich erfahren, ob er . . . ich meine, hinterließ er . . .«

Shannas Stimme verlor sich in der Dunkelheit. Die Stille wurde quälend, als sie verzweifelt nach Worten suchte. Nathaniel nahm die unausgesprochene Frage auf.
»Madam Beauchamp, was ich sagen kann, gilt für meine nächsten Angehörigen. Von Vettern oder entfernten Verwandten, die Ruark Beauchamp hießen, ist mir nach bestem Wissen und Gewissen nichts bekannt.«
»Ach . . .« Shannas Stimme war ganz klein vor Enttäuschung. »Und ich hatte so sehr gehofft . . .« Auch diesen Satz konnte sie nicht zum Ende bringen, denn so genau wußte sie eigentlich nicht, was sie gehofft hatte.
»Der Name«, fuhr der Kapitän fort »ist ziemlich weit verbreitet, und obwohl wir Beauchamps unseren Stammbaum auch zu einem gemeinsamen Ursprung zurückverfolgen können, will ich doch nicht in Anspruch nehmen, einen jeden Beauchamp bei seinem Vornamen zu kennen. Es mag schon sein, daß es auch einige Beauchamps gibt, mit denen ich nicht persönlich bekannt bin.«
»Es macht nichts, Captain.« Shanna seufzte achselzuckend auf. »Verzeiht, wenn ich Euch mit meiner Hartnäckigkeit belästigt habe.«
»Von Belästigung kann keine Rede sein, Madam. Und von hartnäckig gewiß auch nicht.«
Er schob mit seinem Daumen den Tabak in der Pfeife zusammen. Seine Hände waren Pranken, scheinbar stark genug, eine Kanonenkugel entzwei zu reißen, doch wirkten sie andererseits auch erstaunlich zart; die schlanke Tonpfeife wirkte wie ein zerbrechliches Vögelchen in seinen Fingern.
»Es war mir ein Vergnügen, Madam. Und seid versichert, in einer Mondnacht auf einer Tropeninsel mit einer schönen Frau zu plaudern, wird niemand als Belästigung empfinden. Und mit Euch, Madam Beauchamp«, der hohe Schatten verbeugte sich knapp, »war's ein Vergnügen über alle Maßen.«
Shanna lachte und wies mit einer anmutigen Handbewegung auf ihr gelöstes Haar und ihren Hausmantel. »Ihr seid äußerst galant, Sir, mir in meinem schlichten Aufzug soviel Ehre anzutun. Und Ihr sollt auch wissen, daß Ihr mir den Abend gerettet habt. Ich wünsche Euch nun eine angenehme Nacht, Captain Beauchamp.«
Nathaniel verhielt einen Augenblick, ehe er antwortete: »Was immer sich über Anfang oder Ende sagen lassen wird – ich bin jetzt der Meinung, daß Ihr des Namens würdig seid, Madam Beauchamp!«
Shanna sinnierte noch hinter diesen Worten her, als sie die Schatten plötzlich leer fand. Geräuschlos, ohne einen Lufthauch zu bewegen, war Nathaniel Beauchamp verschwunden.

Die meerfrische Brise brachte einen Duft des Jasmins, der vor der Veranda blühte, in den Frühstücksraum und vermischte sich mit den knusprigen Gerüchen von Braten, Brot und frischem Kaffee und dem Aroma der würzigen Früchte, die wohlausgesucht und liebevoll zubereitet Orlan Traherns Tafel füllten; alles in allem für Captain Beauchamp – nach den langen Monaten abwechslungsarmer Schiffskost – ein himmlischer Augen-, Nasen- und Gaumenschmaus.

»Ein wunderbarer Morgen, Sir«, grüßte der Kapitän den Inselherrn. Trahern blickte von seinem zwar veralteten, aber für ihn neuen Exemplar der *Whitehall Evening Post* auf, welche er bündelweise mit seinen Schiffen erhielt und die über die Jahre hinweg seine einzige Verbindung mit dem Londoner Leben darstellte.

»Ein sehr schöner Morgen ist's, Sir«, sagte der Alte leutselig. »Setzt Euch her zu mir und leistet mir beim Frühstück Gesellschaft. Bedauernswert, wer den Tag mit leerem Bauch beginnen muß – und da sprech' ich aus Erfahrung.«

»Aye, aye, Sir!« lachte Nathaniel und ließ sich von Milan eine Tasse dampfenden Kaffee reichen. »Aber ein überaltertes Stück Salzfleisch ist nicht minder schlimm!«

Orlan Trahern wies auf die Zeitung vor ihm. »Der Frieden scheidet schnell die Kriegsgewinnler von den wahren Kaufleuten.« Und auf des Kapitäns fragend hochgezogene Braue hin, fuhr er erläuternd fort: »In Kriegszeiten vermag jeder leicht einen schnellen Schnitt zu machen, doch nur die guten Kaufleute halten sich im Frieden über Wasser. Wer im Krieg sich leicht sein Geld anzuhäufen verstand, indem er das Schießpulver mit Sand vermischte, kann später auf ehrlichem Markt nicht konkurrieren.«

»Recht habt Ihr, Sir!« Nathaniel lehnte sich im Sessel zurück. »Bei uns in den Kolonien wird Betrügerei hart bestraft, und obwohl auch ein gewisses Maß an Vorsicht angebracht sein mag, trifft man doch selten einen Schelm.«

Auch Trahern lehnte sich in seinem Sessel zurück, um den Kapitän besser ins Auge fassen zu können. »Erzählt mir mehr von diesen Kolonien. Immer stärker beschäftigt mich der Gedanke, einmal dorthin zu fahren.«

»Unser Land«, erzählte der Kapitän, »liegt im unteren Hügelland von Virginia. Das ist noch nicht so besiedelt wie Williamsburg oder Jamestown, doch läßt sich viel Schönes darüber sagen. Eine sanftgewellte Hügellandschaft, Wälder, endlos, meilenweit. Das Land ist reich an Möglichkeiten, gleichermaßen für arm und reich. In diesem Land, das viele noch für unzivilisiert halten, haben meine Eltern drei Jungen und zwei Mädchen – Zwillinge übrigens – großgezogen. Mit Ausnahme des

jüngsten Burschen, der im nächsten Monat erst siebzehn wird, und des einen Mädchens, das – wie seine Schwester – zwanzig Lenze zählt, haben wir Kinder alle geheiratet und werden wohl auch, so Gott will, unsere Kinder mit ebensolchem Erfolg großziehen. Man nennt uns tapfer und tüchtig, weil wir überlebt haben. Und vielleicht sind wir es auch. Und daß wir so geworden sind, liegt an der Liebe für und am Stolz auf unser Land. Wenn Ihr es sehen könntet, Sir, würdet Ihr das verstehen.« Trahern nickte gedankenschwer. »Ich werde kommen«, sagte er schließlich und schlug entschlossen die Hand auf den Tisch. »Verdammt noch eins, das will ich mir alles angesehen haben!«
»Ich freue mich darüber, Sir. Doch zweifele ich, daß Ihr Euch alles anzusehen vermögt. Jenseits unseres Besitzes reicht das Land weiter, als ein Mann in einem Jahr wandern kann. Ich habe mir von Prärien erzählen lassen, die wie das Meer sind; wenn man sich auf seinem Weg nicht Zeichen setzt, ist man verloren, denn man sieht nichts als Gras und Gras und Gras. Westlich von uns verläuft ein Fluß – an dem man mit Mühe kaum das andere Ufer erkennen kann. Und Tiere, wie man sie in anderen Teilen der Welt noch nie gesehen hat. Ein seltsames Rotwild gibt's zum Beispiel, das größer als ein Pferd wird und ein Geweih wie riesige Schaufeln besitzt. Ich kann Euch nur sagen, Sir, in meinem Land gibt's Wunder zu erblicken, die jeglicher Beschreibung spotten.«
»Eure Begeisterung ist erstaunlich, Captain!« lachte Trahern. »Bis jetzt hab' ich mir die Leute aus den Kolonien stets nur als ein gelangweiltes, nörgeliges Gezücht vorgestellt.«
»Ich kenne kein anderes Land, das so schön und vielversprechend ist«, sagte Nathaniel, nun ein wenig gedämpfter und selbst von seinem Ausbruch überrascht.
Draußen schloß sich die Eingangstür, auf dem Marmorboden waren Schritte zu hören. Trahern drehte sich im Sessel um. Ruark stand da, eine Hand gegen den Türstock gelehnt, und murmelte eine Entschuldigung, als er den Inselherrn in Gesellschaft sah, und wollte wieder zurückgehen.
»Nein, nein, John Ruark, tretet nur herein!« bellte Trahern und fuhr, an Kapitän Beauchamp gerichtet, fort: »Diesen Mann müßt Ihr kennenlernen. Aus den Kolonien, wie Ihr. Hat sich hier unentbehrlich gemacht.«
Ruark näherte sich der Tafel, Trahern stellte die beiden Männer einander vor, sie schüttelten sich die Hände. Der Kapitän grinste zu Ruarks abgeschnittenen Hosen hin. »Wie's scheint, habt Ihr Euch klug dem hiesigen Klima angepaßt, Sir. Ich habe übrigens selbst mit solchem Gedanken schon gespielt, bloß fürcht' ich, meine Frau würd's übel aufnehmen, mich als halbnackten Wilden herumstreunen zu sehen.«

Traherns Bauch schüttelte sich vor unterdrücktem Spaß, als Ruark nun, mit einem zweifelhaften Blick auf den Kapitän, an der Frühstückstafel Platz nahm.

»Tatsache ist«, vergnügte sich Trahern, »daß Mister Ruark mit seiner Tracht bereits einigen Damen hier ganz hübsch den Kopf verdreht hat – freilich bleibt noch abzuwarten, ob die Wirkung eher mit Schrecken oder mit Bewunderung zu bezeichnen ist. Doch wird sich's weisen, wenn man das erste Frauenzimmer mit geschwollenem Bauch herumstolzieren sieht.«

Ruark rückte unter Nathaniels prüfendem Blick unbehaglich im Sessel hin und her und war froh, als Milan mit einer Tasse dampfendem Kaffee für Ablenkung sorgte. Während der schwarze Diener ihm eine Schüssel Obst besorgte, wechselte Ruark schnell das Thema und sprach den Inselherrn an. »Wenn Ihr die Skizzen für die Sägemühle durchgesehen habt, Sir, möcht' ich sie gerne wieder an mich nehmen. Heute nachmittag wollen wir die ersten Mauersteine legen. Und das Brauhaus wird ebenfalls noch vorm Monatsende fertig sein. Eine Verzögerung scheint nicht einzutreten.«

»Einverstanden«, sagte Trahern. »Ich laß den Boy die Pläne aus meinem Arbeitszimmer holen, während Ihr zu Ende frühstückt.«

Das Gespräch wandte sich bald wieder den Kolonien zu, und auf Befragen des Inselherrn gab Ruark ähnlich begeisterte Auskünfte wie zuvor der Kapitän. Als die Tafel aufgehoben wurde, war Orlan Traherns Reise in die Neue Welt schon beschlossene Sache, und Nathaniel Beauchamp richtete noch einmal, und zwar zu gutem Rat, das Wort an den Inselherrn.

»Ratsam wär's«, begann er, während er die Serviette zusammenfaltete, »wenn Ihr einen erfahrenen Kenner unseres Landes mit auf Eure Reise nähmet. Wie zum Beispiel Mister Ruark hier. Meine Frau und ich, wir haben ein Haus in Richmond, doch meine Eltern – und ich bin gewiß, sie würden sich freuen, Euch kennenzulernen – leben zwei Tagesreisen entfernt von dort. Wenn Ihr's also ernst meint mit dem Kommen, würde ich meine Frau zu meinen Eltern schicken und die Kutsche dann Euch entgegen, um Euch am Hafen abzuholen. Natürlich wissen die Kutscher den Weg, aber gewiß wär's Euch recht, einen Mann aus Eurem eigenen Stall zur Seite zu haben.«

»Genauso wird's gemacht!« rief Trahern begeistert aus. »Das ist ein guter Plan. Ohne Zweifel wird auch Mister Ruark einen Besuch in seiner Heimat sehr zu schätzen wissen.«

Ruark gelang es nicht ganz, seine Überraschung zu verhehlen. Nathaniel achtete nicht auf ihn, als er lachend sprach:

»Und natürlich müßt Ihr Eure Tochter mitbringen. Sie wird gewiß jedem

Stutzer bei uns daheim die Augen aus dem Kopf fallen lassen, und die Verheirateten werden da keine Ausnahme bilden. Meinen Eltern würde es ein Vergnügen sein, Euch beide als Gäste in ihrem Haus willkommen zu heißen – und selbstverständlich jeden, den Ihr sonst noch mit auf die Reise zu nehmen wünscht. In der Tat, ich bestehe darauf – bringt mit, wen immer Ihr wollt, und nehmt Euch Zeit genug, all Euren Wissensdurst, unser Land betreffend, zu befriedigen.«

»Oktober, vielleicht«, sinnierte Trahern laut vor sich hin. »Das wär' dann gerade nach der Ernte in den Kolonien, und ich könnte mir anschauen, welche Erzeugnisse das Land anzubieten hat.« Er erhob sich aus seinem Sessel und reichte Nathaniel über den Tisch hinweg die Hand. »Es ist beschlossen. Wir kommen.«

Als Trahern mit dem Captain durch die Eingangshalle ging, um ihn bis vors Haus zu begleiten, flüchtete Shanna eben die Treppe hinauf; dort wartete sie, bis Jason die Eingangstür hinter beiden Herren geschlossen und sich in den rückwärtigen Teil des Hauses zurückgezogen hatte. Dann flog sie die Stufen hinab, um Ruark noch aufzuhalten, ehe auch er das Haus verließ. Sie war eben erst aufgewacht, als sie ihren Vater Ruark eine Frage durch die Halle zurufen hörte. Flink hatte sie sich das erste, beste Morgengewand gegriffen, das ihr in die Hände fiel – es war auch das dünnste, das sie besaß –, und wie schon gestern schien ihr auch heute nichts auf der Welt dringlicher, als Ruark Rede und Antwort abzufordern.

Als Shanna in den Frühstückssalon kam, stand Ruark mit dem Rücken zur Tür am Tisch und rollte eben, fröhlich pfeifend, seine Pläne zusammen. Shanna zupfte ihn am Ärmel.

Ruark brach seine gepfiffene Weise mitten in der Melodie mit einem Mißton ab.

»Potztausend!« rief er aus, als er sie so unvermittelt im Salon stehen sah. »Eine Nymphe, die mir nichts, dir nichts durch die Wände schreitet, möchte man fast sagen. Und eine halbnackte noch dazu!«

Shanna errötete, als sie die Augen senkte und erkannte, wieviel ihr durchsichtiges Gewand zum besten gab. In ihrer Eile hatte sie den Morgenrock nicht einmal geschlossen, und ihr Batist-Nachthemd darunter verbarg seinen wandernden Blicken nichts. Freilich hatte er schon mehr von ihr gesehen, und auch nicht nur gesehen, und so empfand sie jetzt kaum viel mehr als flüchtige Befangenheit.

»Mister Ruark, mir scheint, Ihr macht Euch neuerdings ziemlich rar. Schon an der Tafel gestern abend hab' ich Euch vermißt.«

Shanna schlich um ihn herum wie eine hungrige Katze um einen Enterich, den sie sich gern als Mahlzeit einverleiben würde, wenn nicht die Angst noch größer als der Hunger wäre.

»Die Pflicht war's, die mich rief, Shanna, meine Liebe«, lächelte er und blickte genüßlich auf die durchs Hemdchen schimmernde Brust. »Sosehr ich mich auch nach Euch sehnte – meine Anwesenheit war bei den Werken Eures Herrn Papa unbedingt erforderlich.«
»Gewiß doch«, sagte Shanna und beäugte ihn mißtrauisch. »Ich las den Bescheid, den Ihr meinem Vater schicktet. Wie günstig sich das traf, nicht wahr, falls da zwischen Euch und dem anderen Beauchamp irgend etwas ist.«
»Madam?« Ruarks hochgezogene Braue spiegelte das Erstaunen in seiner Frage wider.
»Oder ist gar vielleicht . . . zu wenig zwischen einem gewissen angeblichen Ruark Beauchamp und den anderen Beauchamps?« Shanna legte ihren Kopf schräg und schätzte ihn von oben bis unten ab. »Für mich erhebt sich nämlich neuerdings die Frage, ob ich auch in der Tat Madam Beauchamp bin. Oder habt Ihr das Euch nur ausgedacht, um Euch aus einer Klemme zu befreien?«
Ruark zuckte lässig mit den Schultern. »Leider bin ich jetzt in keiner Lage, Euch einen Beweis für meinen Namen zu bringen. Doch sollte man meinen, daß sich mindestens der Richter meines Namens – eines solchen Namens! – ganz genau vergewissert hätte. Und gewiß habt Ihr doch auch den guten Mister Hicks nach meinem Namen ausgefragt, ehe Ihr mich jemals saht. Also hatte ich doch nie die Chance, mir einen günstigen Namen auszuwählen. Nennt Euch Madam Beauchamp, wenn Ihr wollt, doch falls Ihr das nicht für die Wahrheit haltet, ist mir auch ›Madam Ruark‹ genauso recht. Ich kann Euch jedenfalls nur schwören . . .«
»Genug!« Shanna hob eine Hand. »Schwört mir nichts. Von Schwüren und von Handel will ich nichts mehr wissen. Beim letzten Mal kam's mich schon teuer genug zu stehen!«
Ruark sah sie schärfer an. »Ihr seid mir neuerdings so fern, Shanna. Vielleicht habt Ihr mir etwas zu sagen?« Er ließ die Frage offen im Raume stehen, doch senkte sich sein Blick vielsagend auf ihren flachen, schlanken Bauch, der so rosig durch das Hemd schimmerte.
Shanna wußte wohl, wonach er fragte. »Keine Sorge, mein Lieber!« Ihre Stimme machte sich ein wenig lustig über ihn. »Ich trag' kein Kind von Euch. Doch bleiben wir bei meiner ersten Frage. Seid Ihr diesem Kapitän Beauchamp schon begegnet?«
»Gewiß doch, meine Liebe. Ich hatte das Vergnügen, heute früh in seiner Gegenwart zu speisen.«
»Und Ihr sagt, Ihr seid nicht verwandt mit ihm?«
Ruark sah sie so frech an wie sie ihn. »Fragt Euch selbst, Madam! Wäre ich mit ihm verwandt – wäre ich dann noch hier? Wißt Ihr einen Grund?«

Shannas Neugier wandelte sich in Verblüffung. Sie senkte den Blick und wandte sich ab. »Eigentlich nicht«, sagte sie leise. »Aber es verwirrt mich. Gewiß würdet Ihr dann die Insel verlassen, und Ihr wäret frei, falls Ihr's könntet.«

Ruark trat näher und legte unter ihren Brüsten seinen Arm um sie. Dann hob er den Arm, so daß sich der Morgenmantel öffnete und ihr Busen sich seinem Blick enthüllte. Shanna sträubte sich nicht. Sie seufzte nur bebend auf.

»Ihr dürft nicht so mit mir umgehen, Ruark. Ich will mich nicht mehr in Gefahr begeben. Sonst ist wieder alles vergebens.«

Seine Lippen streichelten ihr Ohr, als er leise flüsterte: »Gut. Dann lass' ich Euch in Frieden, jungfräuliche Nymphe. Ich geh' meiner Wege – doch das kostet freilich seinen Preis.«

Shanna drehte sich in seinem Arm, bis sie Auge in Auge standen.

»Nur ein Kuß, mein Herz«, lockte Ruark. »Ein Penny oder zwei von Eurer Zeit. Das ist nur eine winzige Bestechung. Ein kleines Stückchen Zucker, das mir den Tag versüßen wird.«

Shanna sah den Preis in der Tat als recht gering an und die billigste Art und Weise, ihn loszuwerden. Sie stellte sich auf die Zehenspitzen, hauchte ein Küßchen auf seinen Mund, wollte sich von ihm lösen. Doch er hielt sie fest.

»Aber Madam!« seufzte er enttäuscht. »Nicht einmal der ausgedörrten Phantasie eines Geizkragens würde es einfallen, dies als einen Kuß zu bezeichnen!« Er lächelte in ihren mißmutigen Blick hinein und tadelte: »Wie ich sehe, seid Ihr wieder in Euren alten Trott verfallen.«

Doch den Vorwurf, kalt oder naiv zu sein, wollte Shanna nun auch wieder nicht auf sich sitzen lassen. Sie schlang ihre Arme um Ruarks Nacken, schob sich ihm entgegen, berührte ihren Leib auf die verführerischste Weise, schob ihre nackten Schenkel an den seinigen entlang und liebkoste mit ihren unzureichend bekleideten Brüsten seine Brust. Sie hatte viel von ihm gelernt, nun nutzte sie ihr Wissen auf die herausforderndste Weise und bedachte ihn mit einem Kuß, der ganze Wälder hätte in Flammen aufgehen lassen können. Freilich war das Unternehmen nicht ganz so einseitig wie geplant, denn sie drohte dem starken, berauschenden Nektar dieses Kusses ebenso zum Opfer zu fallen wie Ruark. Und unter ihrem Gewand drückte Ruarks Arm sie fest und fester.

Da trieb ein rauhes Räuspern sie auseinander.

Shanna riß sich von Ruark los, und ihre erste Empfindung war nur Ärger über die Unterbrechung. Erst Augenblicke später begann die kalte Angst in ihrer Magengrube zu einem erstickenden Klumpen zu gerinnen. Nun war endlich doch geschehen, was sie Tag und Nacht schlimmer als den Tod gefürchtet hatte – sie waren entdeckt. Und der eisigkalte Klumpen

Angst in ihrem Magen wuchs und wuchs, füllte ihr Innerstes zum Bersten aus, je länger sie auf Kapitän Beauchamp starrte. Mit blutleeren Händen raffte sie den Morgenmantel fest um sich und war sich – angesichts der Durchsichtigkeit des Gewandes – bewußt, wie sinnlos das jetzt wirken mußte. Ihre Gedanken rasten fieberhaft auf der Jagd nach einem entschuldigenden, erklärenden Wort.

»Vergebung, Mister Ruark – Madam Beauchamp.« Nathaniel legte eine seltsame Betonung auf die beiden Namen. »Ich ließ leider Pfeife und Tabaksbeutel auf dem Tische liegen.«

Ohne eine Erwiderung abzuwarten, durchschritt er den Raum bis zu dem Sessel, auf dem er vorher gesessen hatte, nahm sein Zubehör an sich und blieb erst an der Tür noch einmal stehen. Seltsam war auch sein Lächeln, während sein Blick zwischen Shanna und Ruark wanderte. Er legte die Hand zu kurzem Gruß an die Stirn.

»Einen schönen Tag noch, Mister Ruark!« Und mit knappem Nicken: »Madam Beauchamp!«

Dann schloß er behutsam die Tür hinter sich.

Es dauerte eine Weile, bis Shanna wieder Worte fand, aber auch jetzt war sie noch nicht gewiß, ob sie es auch wahrhaftig selbst war, die sie da sprechen hörte.

»Er sagt's meinem Vater! Ich weiß genau, daß er das tut!« Sie starrte Ruark an, Verzweiflung zeichnete ihr bleiches Antlitz. »Es ist alles vorbei! Alle meine Pläne – umsonst!«

Unmut flog kurz über Ruarks Miene. Doch dann suchte er sie zu trösten: »Mir scheint, er ist ein feiner Kerl, Shanna. Nicht von der Art, die losläuft und petzt. Aber zum Glück muß ich heute zum Hafen hinunter. Wenn sich Gelegenheit ergibt, werde ich mit ihm sprechen. Werde ich versuchen, ihm zu erklären – irgend etwas.« Er hob die Schultern. »Was, weiß ich freilich auch noch nicht. Und geht wirklich alles schief, will ich wenigstens versuchen, Euch rechtzeitig zu warnen.«

»So wird's am besten sein«, nickte sie dankbar, »ich warte auf Euren Bescheid.«

Als er verschwunden war, machte Shanna sich langsam auf den Weg in ihre Gemächer. Den ganzen langen Tag verbrachte sie in gereizt-gespannter Wartestimmung, jeden Augenblick erwartete sie den Vater wutschnaubend durch die Tür hereinbrechen zu sehen oder eine Botschaft von Ruark mit der verzweifelten Warnung, sofort zu fliehen, oder Ruark selbst mit der beruhigenden Nachricht, daß die Dinge zum besten stünden, oder alles auf einmal, den Kapitän eingeschlossen. Tausend Alptraumbilder quälten sie, und sie fand nicht einmal die Ruhe, sich zum Kämmen hinzusetzen. Hergus gab sich ungewöhnlich geduldig und allem Anschein nach auch mitfühlend, jedenfalls sprach sie kein Wort, als

sie endlich ihre Herrin dazu bekam, ihr das Haar ordnen zu können. Irgendwann, im späteren Verlauf des Tages, kehrte Ruark – allerdings in Begleitung Traherns – ins Haus zurück, Ruark konnte Shanna nur von der Eingangstür herein Schulterzucken zukommen lassen, womit sie jedoch nichts anzufangen wußte. Erst als er dann am Abend das Haus wieder verließ, gelang es ihr, ihn einen Moment unter vier Augen zu erwischen.
»Nun?« fragte sie, von wahnsinniger Angst getrieben.
Ruark grinste schurkisch und flüsterte: »Der Captain hat mir versichert, daß er sich nur im stillen amüsiert und schweigt.«
Da fiel Shanna endlich der schwerste Stein, den sie im Leben je getragen hatte, vom Herzen. Und erst als sie, wieder in ihrem Gemach, sich zur Nacht gekleidet hatte, kam sie dahinter, daß Ruark sie mit Absicht den ganzen, bösen Tag lang in ihren Todesängsten gelassen hatte.

12

Ende August erlebte die Insel einen grausam heißen Tag. Unter der gnadenlosen Sonne der Karibik war der Sand am Strand so glühend geworden, daß man nicht mehr darübergehen konnte. Die Kinder, die sonst tagaus, tagein im Freien spielten, hatten sich in die Schattenkühle der elterlichen Behausungen zurückgezogen. Alles Leben auf der Insel verstummte, die Inselbewohner versanken in der Dumpfheit einer überlangen Siesta. Die Hitze flimmerte über den Dächern, und im flirrenden Sonnenglast war auch der Horizont unsichtbar geworden. Matt schwappte das Meer an die Ufer, und das war auch die einzige Bewegung weit und breit. Kein Windhauch, der einem Blatt, einem Grashalm eine Spur von Leben verliehen hätte. Keine Wolke am Himmel, der sein Blau verloren hatte und sich wie eine Kuppel aus weißlich ausgeglühtem Metall über Los Camellos wölbte.
Seufzend trat Shanna von der Veranda in ihr Zimmer und ließ das Gewand, welches – obwohl aus duftigstem Gewebe – in der Hitze untragbar war, auf den Teppich sinken. Schweiß glitzerte unter einem dünnen Hemd auf ihrem festen jungen Körper, feucht lag das schwere, goldene Haar ihr im Nacken und auf den Schultern. Eine Weile knüpfte sie lustlos an dem Gobelin, den sie schon vor Jahren in Angriff genommen, aber nie zu Ende gebracht hatte. Solche Beschäftigung war Mühsal und ihr daher verhaßt. In ihren Schultagen hatte sie die Knüpferei noch hassenswerter gefunden, da es sich um ein Pflichtfach für höhere Töchter handelte. Nicht daß es ihr an Kunstsinn gemangelt hätte – liebend gern wäre sie eine Schülerin an der Akademie von St. Martin's Lane in London gewesen, wo der große – und freilich auch umstrittene – Maler Hogarth wirkte. Doch von dieser Sehnsucht hatten ihre Lehrer nichts wissen dürfen. »Hogarth? Wie vulgär!« hätten sie dann wohl gezetert. »Haben Sie denn nicht gehört, daß die jungen Leute Skizzen nach lebenden Modellen anfertigen? Nackt!« Shanna mußte jetzt noch darüber lachen. Die ehrsamen Herren Lehrer ahnten wenig, daß selbst einige der »unschuldigen Kinder«, denen sie ihre Art, das Leben zu sehen, beizubringen suchten, sich bei dem schandbaren Mister Hogarth als Modelle bewarben. »Immerhin hat's doch ein Gutes, daß ich sticken lernte«, dachte Shanna, »nun lenkt's mich wenigstens davon ab, unablässig an den Drachen Ruark zu denken.« Und mußte sich im nächsten Augenblick

schon eingestehen, daß sogar diese Gedanken sie wieder einmal zu Ruark geführt hatten.

Sie ließ den Rahmen sinken und warf sich auf die kühlen Seidenlaken ihres Bettes. Das Kinn auf die verschränkten Arme gestützt, die Augen in glückseliger Erinnerung geschlossen, zauberte sie sich Ruarks Bild vor ihre Sinne. Ruark war zum festen Bestandteil des Lebens im Trahernschen Herrenhaus geworden. Er nahm an fast jeder Mahlzeit teil, begleitete den Inselherrn auf fast allen Ausfahrten. Sie sah sich die breite, weitgeschwungene Treppe hinabschreiten – und wußte, daß sie ihm fast jedesmal begegnen mußte, wußte, daß er dann – zum Beispiel morgens – fast immer unten stand und ihr seine verzehrenden Blicke entgegenschickte, Blicke von einer Schamlosigkeit, die fast allein schon genügten, sie bis ins tiefste Innere hinein zu erregen. Doch das hatte sie inzwischen zu ertragen gelernt, sie hatte schon längst begonnen, aus diesen hitzigen Liebkosungen seiner Augen ihre Lust zu ziehen. Und wenn sie dann, wie jetzt, alleine war und ihre Gedanken ungezügelt schweifen ließ, dann wurde auch alles Erlebte wieder überwirklich wach in ihr, die erregende Berührung seiner Hände, sein heißer Mund auf ihren Lippen, sein heißeres Flüstern, wenn er sie behutsam die Geheimnisse der Liebe lehrte, sein glühender Mund dann wieder auf den Spitzen ihrer Brüste, erregend und verzehrend...

»Oh, mein Gott!« flüsterte Shanna mit entsetzt weitaufgerissenen Augen, »meine eigenen Sinne üben Verrat an mir!« Da war wieder, unter dem zarten Gewebe ihres Hemdchens, jenes verruchte Prickeln in ihren Brüsten, jene Pein des Unausgefülltseins in ihrem Schoß. Und sie wußte, wäre Ruark in diesem Augenblick zur Tür hereingetreten, sie hätte ihn mit der ganzen Bereitschaft ihres reifen Frauenkörpers willkommen geheißen. Tränen traten in ihre grünen Augen; Tränen der Wut, zum Teil. Sie begehrte ihn – und sie haßte sich selbst wegen dieser Schwäche. In ihren Tiefen brannte ein Verlangen, das einzig und allein nur Ruark löschen konnte, und es kostete sie schon ein verzweifeltes Bemühen, wenigstens – um ihrer Selbstachtung willen – ein kleines bißchen Zorn auf ihn am Leben zu erhalten. Aber da war auch die Angst. Kapitän Beauchamp hatte sie beide bereits ertappt – das nächste Mal konnte es jedoch jemand sein, der weit weniger Mitgefühl oder Manieren besaß, womöglich sogar Orlan Trahern höchstpersönlich. In endlosen Kreisen irrte Shannas Denken auf der Suche nach einer Erlösung aus ihrer Not. Doch als endlich der Schlummer sie überkam, war die Bürde ihres Kummers ebensowenig erträglicher geworden wie die drückende Hitze dieses Augustnachmittags.

Die Nacht senkte sich über die Insel und mit der Nacht eine Ahnung von Kühle, immerhin konnte man jetzt wenigstens wieder Kleider tragen.

Am Tag zuvor hatte eine englische Fregatte auf ihrem Kurs zu den Kolonien den Hafen von Los Camellos angelaufen. Wie immer hatte der Inselherr die Gelegenheit wahrgenommen, eine Abendgesellschaft zu geben. Zu den Gästen heute abend zählte außer dem Kapitän auch ein Edelmann namens Sir Gaylord Billingsham, den Geschäfte in die Neue Welt führten. Von der Insel hatte Trahern etliche seiner Aufseher mit ihren Frauen eingeladen, des weiteren Pitney, Ralston – und Ruark. Nach dem Speisen wechselten die Gäste zum Salon hinüber, wo sich die Frauen an dem einen Ende versammelten und die Männer sich am anderen zusammenstellten, um sich ihre Pfeifen zu stopfen und ihre Zigarren zu paffen. Die Damen zogen ihre mitgebrachten Handarbeiten hervor und begannen beim Sticken oder Häkeln Klatsch und Rezepte auszutauschen. Shanna gab sich, außer wenn das Wort an sie gerichtet wurde, schweigsam. Doch insgeheim – vorgeblich von ihrer Nadelarbeit gefesselt – beobachtete sie unausgesetzt Ruark, wie er gelassen an seiner Pfeife zog, wie er mit den Gästen Unterhaltung pflegte. Er trug eine braune Jacke über hellbrauner Hose und Weste, dazu ein weißes Rüschenhemd. Sein Vermögen war weiter angewachsen, und kurz nach Nathaniel Beauchamps Abreise hatte er allem Anschein nach eine Menge Geld für Kleidung aufgewendet, ein wenig simpler und nicht so formell wie die Gewänder, die Trahern ihm geschenkt hatte, doch stand seine eigene Auswahl ihm darum nicht weniger vorteilhaft zu Gesicht und Figur.
Shanna richtete ihr Augenmerk schnell wieder auf die Handarbeit, als sich die Nachbarin zu ihr beugte. »Findet Ihr's nicht auch, Shanna, daß der junge Mister Ruark ein ausnehmend hübscher Bursche ist?« flüsterte die Dame über ihrem Häkelwerk.
»Freilich«, murmelte Shanna. »Ganz hübsch. In der Tat.«
Still vor sich hin lächelte sie. Trotz aller Abneigung, die sie gegen Ruark an den Tag legte, wurde ihr doch immer mit heimlichem Stolz ganz warm ums Herz, wenn lobend über ihn gesprochen wurde.
Mit halbem Ohr den Klatschgeschichten lauschend, erfuhr Shanna wenig später, daß auch Sir Gaylord Billingsham ledig, ungebunden und »zu haben« sei. In den Kolonien wolle er nach Investitionen für eine kleine Reederei in Portsmouth suchen, die seine Familie vor kurzem erworben habe.
Ein komischer Kauz, sinnierte Shanna, und warf einen oberflächlichen Blick auf ihn. Größer als Ruark und ein wenig breitknochig, bewegte er sich mit einer merkwürdig ungelenken Grazie, die fast ans Peinliche grenzte, aber doch irgendwie zu seinem schlaksigen Körperbau paßte. Sein langes Gesicht umrahmten hellbraune Locken, die den Verdacht erweckten, mit viel Sorgfalt und Kunstfertigkeit an ihren jeweiligen Platz geringelt worden zu sein. Im Nacken war das Haar zu einem Zopf zu-

sammengebunden; seine Augen waren von einem blassen, grauen Blau, seine breiten Lippen allerdings wohl ein wenig zu üppig und zu ausdrucksvoll für einen Mann. Sein Betragen bewegte sich zwischen gestelzter Trivialität und hochnäsiger Arroganz, doch schien er auch bereit zu sein, eine Pointe zu belächeln; der rüde Humor der Aufseher schien ihm besonders großen Spaß zu bereiten. Daß er jähzornig war, hatte sich bereits kurz verraten, als ihm eröffnet wurde, daß sein Tischnachbar ein Leibeigener sei. Er hatte sich zwar schnell wieder gefangen, doch Ruark seitdem geschnitten. Shanna fand das seltsamerweise ungehörig.
Jetzt, als Shanna ihn beobachtete, war er eben im Begriff, das Rauchen von Tabak als »schmutzige Angewohnheit« zu verpönen. Als Ersatz dafür zog er ein ziseliertes Silberdöschen aus der Westentasche, legte sich eine Prise feinsten Pulvers auf die Handfläche und schnupfte dasselbe genüßlich erst ins eine, dann ins andere Nasenloch hoch, um gleich darauf in sein Spitzentuch zu niesen. Dann warf er den Kopf zurück und seufzte: »Ja, das ist wahrlich Männerart!« Und auf die Blicke der Umstehenden hin erläuterte er noch: »Vor dem Genuß muß man eben erst den Biß ertragen.«
Laut schnaubend richtete er seine nächste Bemerkung an den Fregattenkapitän. »Nichtsdestotrotz muß ich gestehen, ein richtiger Seemann werde ich wohl nie. Auf dem wogenden Meer finde ich die Enge der Kajüte entsetzlich, und im ruhigen Hafen kann ich das Eingezwängtsein nicht ertragen.« Und mit einer Geste zu Trahern fuhr er fort, seine Nase ziemlich hochgerichtet: »Mein lieber Herr, ich fasse gar nicht, wie das angeht, daß es hierzulande keine gute Herberge oder Taverne gibt, wo ich angemessene Unterkunft während meines Aufenthalts finden kann. Oder verfügt vielleicht einer der freundlichen Anwesenden über ausreichend Platz in seinem Heim?« Er hob die Brauen und ließ die Frage im Raum stehen.
Trahern lächelte. »Daran ist keine Not, Sir Gaylord. Es würde mir Vergnügen sein, Euch Herberge zu gewähren.«
»Zu freundlich, Sir!« Der Edelmann ergötzte sich mit dümmlichem Grinsen an seiner Schläue. »Ich werde augenblicklich einen Mann um mein Gepäck schicken.«
Trahern hob abwehrend eine Hand. »Für Eure Bedürfnisse ist gesorgt, Sir, und solltet Ihr mehr gebrauchen, ist morgen Zeit genug, es beizuschaffen. Seid unser Gast, solang es Euch beliebt.«
Trahern wußte gewiß, daß er an der Nase geführt worden war, aber es schmeichelte ihm, einem Gentleman von Rang und Namen Gastgeber sein zu dürfen.
Shanna, die dem Wortwechsel gefolgt war, gab einem Domestiken einen Wink und befahl, ein Gästezimmer im Herrenflügel herzurichten. Tra-

hern nickte ihr beistimmend zu. Er war wieder einmal recht stolz auf seine tüchtige Tochter.
Shanna richtete ihr Augenmerk wieder auf ihre Stickerei, doch als sie einen Blick auf sich gerichtet fühlte, schaute sie sich nach Ruark um. Zu ihrer Überraschung sah er gar nicht zu ihr hin, sondern vielmehr – mißmutig die Stirn gerunzelt – quer durch den Raum. Shanna folgte Ruarks Augen – und traf auf den Blick von Sir Gaylord Billingsham. Der breite Mund verzerrte sich augenblicklich zu einem Lächeln, das freilich mehr ein grimassenhaftes Grinsen war. Shanna tat, als nähme sie es nicht zur Kenntnis. Dann blieben ihre Augen an Ralston hängen. Der wiederum betrachtete verstohlen den Edelmann. Das Lächeln, das um seine dünnen Lippen spielte, gab Shanna ein Rätsel auf.
Ehe der Abend sich dem Ende zuneigte, lud Orlan Trahern noch alle Anwesenden zur feierlichen Einweihung der neuen Mühle ein. Da das ganze Inselvolk zum Festplatz käme, ließe sich morgen auf Los Camellos ohnehin nicht anderes tun als mitzufeiern.
Shanna lag in dieser Nacht noch lange wach. Ruhelos warf sie sich in ihrem Bett herum, kämpfte gegen Visionen von Ruark in den Laken neben ihr an und gegen das Drängen ihrer Sinne, die sie auf den Pfad zum Blockhaus treiben wollten. Doch sie blieb und schlief schließlich ein. Im Schlaf allerdings wurde sie immer wieder von lüsternen Träumen gepeinigt, die sie am ganzen Leibe bebend zwischen schweißdurchnäßten Laken aufwachen ließen.

Schon früh am nächsten Morgen, lange vor allen anderen, traf Ruark bei der Mühle ein. Sorgsam band er sein altes Maultier in sicherer Entfernung an, denn der alte, zänkische Esel hatte die fatale Neigung, sich immer wieder mit den zwar hübscheren, aber geistig unbedarfteren Pferden anzulegen und ihnen in den Rumpf oder die Ohren zu beißen, was für gewöhnlich auf einen Ringkampf hinauslief, in dem der alte Straßenräuber Old Blue natürlich die Oberhand behielt. Um also mit Aufsehern und Kutschern Frieden zu halten, mußte Ruark sein Reittier in Sicherheitsverwahrung geben.
Ruark stieß die Tür zum Trichterraum auf und ließ sich, während seine Augen sich dem Dämmerlicht anpaßten, den Geruch des frischen Bauholzes in die Nase steigen. Das Naturholz trug noch die Spuren von Axt und Beil und verbreitete, stellenweise Sonnenstrahlen reflektierend, ein geheimnisvoll wirkendes, goldbraunes Licht. Über allem lag eine erwartungsvolle Atmosphäre, alles war neu, bereit und wartete.
Ein dunkler Schatten zog über Ruarks Miene: Würde Shanna auch diesen Mühlenbau als Versuch ansehen, sich bei Orlan Trahern einzuschmeicheln?

Ruark ging zum Boiler-Raum hinüber, schlenderte zwischen den beiden Reihen riesiger Eisenkessel entlang und schlug seinen Stock an jede Kesselwand. Elefantenhaften Ungetümen gleich schienen diese Kessel, die dicken Bäuche über die Ziegelherde gebreitet, darauf zu warten, daß in ihnen endlich über munteren Feuern alle Säfte zu dicker brauner Melasse umgerührt wurden.
Als nächstes warf Ruark einen letzten, prüfenden Blick in den Brauereiflügel. Fast die Hälfte des Raums nahmen, von Wand zu Wand, die großen Fässer ein, in denen die jungen, grünen Säfte, mit ausgewählten Zusätzen versehen, zu frischem Rum herangären sollten. Schlangen von rotgestrichenen Rohren schwangen sich an den Wänden und unter der Decke hin, bis sie schließlich abwärts führten, wo später Achtzig-Liter-Fässer den abgekühlten Alkohol aufnehmen sollten. Das war das zukünftige Reich des Braumeisters, der dann seine Kunst in der magisch-mechanischen Verwandlung des Zuckerrohrs beweisen mußte.
Sorgfältig war der Standort der Mühle ausgewählt worden. Dort, wo sie jetzt stand und darauf wartete, in Betrieb genommen zu werden, lag sie weit genug vom Dorf entfernt, so daß der Geruch der gärenden Melasse auch empfindlichere Nasen nicht behelligte. Andererseits war sie zentral genug zwischen den Hochebenen gelegen, wo das Zuckerrohr wuchs. Und unter dem tragenden Boden lagen die Keller, in welchen der Rum dann zum Altern lagern konnte. Wasser wurde durch Rohre von den nahen Quellen herangeführt, Feuerholz lieferten die Wälder ringsum zur Genüge. Alles war von vornherein gut bedacht.
Das erregende Gefühl, Erfolg zu haben, das Ruarks Herz schneller schlagen ließ, dämpfte sich freilich, als er bedachte, was alles bei solch großem, kompliziertem Werk in die Irre laufen konnte.
»Doch daran will ich jetzt nicht denken«, sagte er sich. »Der heutige Tag wird alles auf die Probe stellen!«
Eine schmale Treppe führte zu den Räumen unterm Dach. Ruark kletterte hinauf und befand sich bald in einer kleinen Kuppel, die den höchsten Punkt der Mühle überwölbte. Von hier sollte man zum Höhepunkt der Ernte Ausschau auf die heranstrebenden und davonfahrenden Ladewagen halten und mit Signalen die Kutscher so dirigieren können, daß Stockungen im Verkehr vermieden wurden. Von diesem Aussichtspunkte aus beschloß Ruark, die Ankunft der Trahernschen Equipage abzuwarten.
Schon jetzt bewegte sich eine lange Reihe von Kutschen, Karren und Wagen vom Dorf und Hafen her auf die Mühle zu. Etliche Wagen waren der Besatzung der Fregatte zur Verfügung gestellt worden, und diese füllte jetzt mit ihren bunten Uniformen einen Teil der Fahrzeuge. Von den Feldern her näherten sich fünf hoch mit Zuckerrohr beladene

Lastenwagen. Und bereits dicht an der Mühle hielt jetzt ein anderer Wagen an, von dem zwanzig Arbeiter herunterkletterten, die zum ersten Mal die Mühle in Betrieb zu setzen hatten. Der Aufseher rief winkend zu Ruark hinauf, Ruark grüßte zurück, dann richtete er aufs neue seinen Blick auf die Straße, die vom Dorf herführte.
Zwischen den Bäumen, welche den schmalen Fahrweg säumten, war jetzt Traherns offene Kutsche zu entdecken. Ruark eilte von der Kuppel die Treppenleiter hinab, durch den Lagerraum zur Eingangstür. Als er neben dem Inselherrn Shannas buntgekleidete Gestalt erkannte, wurde er von Stolz erfüllt – doch sein Gesicht verdüsterte sich, als er auf dem Sitz ihr gegenüber den englischen Edelmann Sir Gaylord Billingsham erkannte. Eigentlich hatte er vorgehabt, ihnen mit einem Willkommensgruß entgegenzueilen, doch nun zog er sich, schweigend und verärgert, in die Schatten zurück und beobachtete aus der Ferne, wie der staksige Stutzer seiner – Ruarks! – Gemahlin mit dümmlicher Eleganz aus dem Wagen half. Und Ruarks Ärger steigerte sich noch, als er mit ansehen mußte, wie Sir Gaylord seine Hand nicht von Shannas Arm nehmen wollte. Das war doppelt hart für ihn zu tragen, wo er doch selbst Shanna nie in der Öffentlichkeit berühren durfte. Ruark zog sich den weißen Hut tiefer in die Stirn und lehnte sich mit säuerlicher Miene gegen die Mühlenmauer.
Schon war die Menge beachtlich angewachsen, die sich um die Trahernsche Kutsche drängte, und vergnügt stellte der Inselherr dem Edelmann die Pächter seiner Läden und andere Honoratioren seines kleinen Reiches vor. Shanna glättete ihr Gewand und suchte die Gesichter in der Menge nach Ruarks Antlitz ab. Endlich sah sie ihn im Mühlenschatten, weit entfernt, die Arme vor der Brust verschränkt, schmollend an die Wand gelehnt. Der Hut verdeckte sein Gesicht, doch die große, schlanke, sehnige Gestalt war ihr nur allzu gut bekannt. Das weiße Hemd, am Halse offen, mit Rüschen an den Manschetten, hob sich scharf von seiner braunen Haut ab. Er war jetzt fast schon so dunkelhäutig wie ein Spanier, und die eng angemessenen Hosen unterstrichen nur seinen muskulösen Körperbau.
Shanna lächelte gedankenverloren und stellte sich die Freude seines Schneiders vor, endlich einmal solch hübschen Körper bekleiden zu dürfen, denn die meisten Männer auf der Insel, die das Geld für die feineren Stoffe und die neuesten Moden hatten, waren samt und sonders längst schon in den sogenannten besseren Jahren. Ruark indessen besaß das Aussehen und die Figur, auch das schlichteste Gewand elegant erscheinen zu lassen, selbst gewisse kurz abgeschnittene Hosen. Trotzdem fuchste es Shanna, daß die Hosen, die Ruark am heutigen Tage trug, so eng geschnitten waren und daß er seine Männlichkeit so unbekümmert

vor dem kichernden Geblinzel der vernarrten Mädchen aus dem Dorf spazieren trug.

Ruark sah Shanna einen Augenblick allein stehen und rechnete sich eine Chance aus; schon versuchte er, sich einen Weg durch die Menge zu ihr hin zu bahnen. Doch Eile und begrenzter Blick erwiesen sich bald als unheilvoll, denn plötzlich spürte er den weichen Leib eines Frauenzimmers in den Armen, das ihn fast von den Füßen riß.

»Ach, du lieber Gott, Mister Ruark!« kicherte Milly Hawkins schrille Stimme. »Ihr seid freilich gar zu ungestüm für solch zartes Geschöpf, wie ich es bin!«

Nachlässig murmelte Ruark eine Entschuldigung. »Ach, Milly. Bitte um Vergebung, doch ich hab' es eilig.«

Doch Milly verstärkte nur ihren Griff und preßte ihn sich fest an ihren kleinen Busen. »Das, freilich, seh' ich wohl, mein lieber John!« Daß sie so großzügig von seinem Vornamen Gebrauch machte, schmerzte ihm in den Ohren. Und plötzlich schien ihre Stimme ihm so laut, als müsse man sie über die ganze Insel hören können. »Es scheint, als ob Ihr's seit neuestem stets so eilig habt. Doch wer immer es auch ist, laßt sie warten. Ich hab' Euch eine mindestens so hübsche Kostbarkeit zu bieten. Ach John, Ihr braucht mich doch nur anzuschauen, und ein kleines Mädchen, wie ich es bin, fühlt sich ganz hilflos und schwach!«

Ruark versuchte, Millys Finger von seinem Hemd zu lösen. »Jetzt reicht's, Milly. Ich hab' wirklich keine Zeit.«

»Oh!« jammerte sie und lehnte sich schwer gegen ihn. »Nun hab' ich mir auch noch den Fuß verknackst! Wollt Ihr mir nicht zu unserem Wagen helfen, Schätzchen?«

Ein großer Schatten tauchte vor ihnen auf, Mistreß Hawkins stand, die Hände in die Hüften gestemmt, vor ihnen.

»Ha!« schnaufte die Fischersfrau zornig, »den Fuß verknackst, das hör' ich gern! Komm mit, unzüchtiges Ding! Dich Mister Ruark so an den Hals zu schmeißen! Schämen sollst du dich!«

Ruark lachte sich eins, als er die Fischersfrau ihre ungebärdige Tochter mit fester Hand davonzerren sah, und Milly gab auch schon nach einem Dutzend Schritten das Humpeln auf. Doch dann sah er Shannas spöttischen Blick auf sich gerichtet. Ruark verstand ihre Miene gut genug zu lesen, um die Sturmwarnung darin zu erkennen. Schnell wollte er zu ihr eilen, um die Wolken zu vertreiben, doch leider wollte es ihm auch dieses Mal nicht gelingen, denn mit einem Grußruf auf den Lippen eilte nun Orlan Trahern durch die Menge ihm entgegen, die feste Hand des Inselherrn legte sich um seinen Arm und steuerte ihn zur Mühle zurück. Mit einem letzten Blick über die Schulter sah Ruark gerade noch, wie Sir Gaylord sich wieder eingehend mit Shanna beschäftigte, sie beim Ellbo-

gen ergriff, sich über ihre Schulter lehnte, in ihr Mieder glotzte und wohl auch etwas halbwegs Witziges in ihre Ohren flüsterte.
»Also, Mister Ruark!« begann Orlan Trahern. »Nun ist's so weit. Jetzt wollen wir sehen, wie Euer Wunderwerk funktioniert. Auch wollen wir all die guten Leute, die hier versammelt sind, nicht allzulang aufs Feiern warten lassen. Meine Tochter wird gleich das Fahnenband durchschneiden, und ich möchte gern, daß Ihr diesen Augenblick mit uns teilt.«
Was der Inselherr sonst noch sagte, hörte Ruark nicht, denn hinter ihm erklang Shannas silbernes Lachen, und das tat seinem Herzen etwa so wohl wie Essig der Kehle eines Verdurstenden.
Die Einweihung der Mühle begann mit einem Salut auf König Georg, die Becher flogen hoch, weitere Trinksprüche folgten, und fast schien es, als hätten die Bierkrüge keinerlei Aussicht mehr, abgesetzt zu werden, und als Shanna endlich zu den hohen Toren geführt wurde, welche die Stirnseite des Werkes einnahmen, war die Feststimmung bereits überschäumend. Die allgemeine Freude war keineswegs ohne Einfluß auf Shannas Gemüt geblieben, doch hatte ihre gute Laune durchaus auch andere Ursachen, wenn sie sich auch selbst zunächst nicht ganz klar darüber war. Aber als sie Ruark bei ihrem Vater stehen sah, wußte sie es genau. Diese Mühle war Ruarks Werk, und ob seiner Leistung empfand sie einen fast ekstatischen Stolz. Tränen glänzten plötzlich in ihren Augen, und sie lächelte so lange, bis der Druck in ihren Tränendrüsen endlich wieder nachließ. Fröhlich lachend riß sie an dem Seil, das die gewaltigen Massen Fahnentuch hielt, die Knoten lösten sich, und ein Wasserfall bunten Stoffes ergoß sich von der Plattform herab.
Ruarks Hände legten sich neben ihre Hände, gemeinsam bewegten sie den gewichtigen Riegel vor den Toren, doch angesichts der gewaltigen Menge Volks ringsum vermieden sie es angestrengt, sich die Berührung ihrer Hände bewußt werden zu lassen. Kurz begegneten sich ihre Blicke, dann trat Ruark von ihr fort, um die mächtigen Tore aufzustoßen, und nur Shanna wußte, daß ihr Erröten nicht allein von der Feierlichkeit des Augenblicks herrührte.
Als nun die Tore offen waren, starrte die Menge andächtig in den hohen Lagerraum, der, leer, wie er war, fast den Eindruck einer Kathedrale vermittelte. Das Stimmengewirr der Menge sank zu ehrfürchtigem Gemurmel herab, dann riß ein Ruf vom Mühlentor die Aufmerksamkeit des Volkes auf sich. Schon waren die Gespanne zweier Ladewagen so rangiert worden, daß die letzteren mit ihrem rückwärtigen Teil über dem Trichter standen, durch welchen das Zuckerrohr abwärts gleiten mußte. Wieder zerriß ein Ruf die Luft, ein Ochsengespann begann im Kreis zu gehen und setzte ein großes Zahnrad, das über ihnen aufgehängt war, in Bewegung. Dieses trieb ein ebenfalls riesiges Speichenrad, welches

eine waagerechte Achse, die ins Gebäude hineinragte, um sich selbst drehen ließ. Der Mann, der die Ochsen antrieb, winkte einem anderen zu, welcher neben dem Bottich unter dem Trichter stand, dieser Mann beugte sich nun vor und schob einen Hebel zur Seite. Dumpfes Rumpeln folgte, und dann begannen die Walzen, sich mit gemächlicher, bedächtiger Majestät zu drehen. Dann folgte lautes Grollen, und Shanna spürte ein Gefühl heiterer Erleichterung in sich hochwallen. Das Herz schwoll ihr zum Bersten vor Glückseligkeit, ihr war nach Jauchzen und Weinen gleichzeitig zumute. Der Stimmenlärm der Menge schwoll an, als nun das erste Zuckerrohr von den Walzen angenommen wurde. Nun warteten die Neugierigen gespannt, daß der Hebel wieder betätigt wurde, um alle Bewegung abzustellen. Das Grollen und das Rumpeln verstummte, die Ochsen verhielten den Schritt. Shanna schien es, als wollte die nun eingetretene Stille eine Ewigkeit andauern. Da tönte ein Rasseln aus der Mühle. Und langsam wurden nacheinander vier Fässer Saft aus der Anlage herausgerollt, damit alle kommen und schauen und staunen konnten.
Es war ein großartiger Erfolg. Was sonst zwanzig Männer einen halben Tag lang in Anspruch nahm, war in gerade so viel Zeit bewerkstelligt worden, in der man eine Tasse Tee austrinkt. Hochrufe flogen aus der Menge, Beifall erschallte, und nun lächelte sogar Ruark.
Freilich nicht lange. Sir Gaylord trat hervor, pflanzte sich zwischen Ruark und Shanna auf und ergriff Shannas Hand.
Da die Mühle etwas völlig Neuartiges für die Insel war, wurde den Bewohnern nun nach der ersten Demonstration der Wirkungsweise die Besichtigung des Inneren gestattet. Wochenlang hatte das Inselvolk sich gefragt, zu welchem Zweck das Monstrum gut sein sollte, das dort in den Hügeln oberhalb ihrer Siedlung heranwuchs. Doch jetzt erfüllte sie ehrfürchtiges Staunen ob der klugen Ausführung des gewaltigen Unterfangens, um so mehr, da nicht gerade wenige sich mit höhnischem Gelächter auf die Schenkel geschlagen hatten, als ihnen weisgemacht wurde, daß nur die Geschwindigkeit der Zulieferung den Ausstoß der Mühle in Grenzen halten könne und daß zukünftig die mühselige Schufterei von Monaten zwischen zwei Sonntagen erledigt werden konnte.
»Gestattet Ihr mir, Euer Hochwohlgeboren ins Innere zu geleiten?« fragte Sir Gaylord. »Bin selbst eine Spur neugierig auf das Ding. Wenn's wirklich so genial ist, wie alle Welt behauptet, wird's wohl ein Engländer sein, der sich's ausgedacht hat.«
Shanna lächelte belustigt. Das war wieder einmal typisch englisch. Wenn etwas gut war, konnte es nur englisch sein.
»Unser Leibeigener hat mir die Anlage bereits zweimal gezeigt, Sir Gaylord. Doch gewiß wird Eure Vermutung den guten Mister Ruark interes-

sieren. Er ist nämlich aus den Kolonien, nicht aus England, wie Ihr vermutet.«
»Igitt! Ihr wollt doch damit nicht etwa sagen, daß er es ist, der . . .« Gaylords Bestürzung war echt. Arrogant schneuzte er sich ins sein Taschentuch. »Nun ja, für ein schlichtes Gebräu wird wohl das Grundwasser in der Errichtung solcher Baulichkeiten durchaus reichen. Ich für meinen Teil kann dem Rum-Zeugs keinerlei Geschmack abgewinnen. Wenn Ihr mich fragt, ich ziehe solchem biestigen Gebräu immer ein gutes Glas Wein vor. Was Euer Leibeigener hier zusammengenagelt hat, bringt nichts hervor, was die Zunge eines Gentleman erfreuen könnte.«
Shanna lächelte verbindlich. »Mein Vater wird Euren Befund mit Aufmerksamkeit zur Kenntnis nehmen. Er, seinerseits, hält dieses Getränk für durchaus geschmackvoll.«
Sir Gaylord faltete seine breiten Hände auf den Rücken und gab sich den Anschein von Nachdenklichkeit. »Möglicherweise würde Euer Herr Papa eine gesündere Investition interessanter finden, Madam Beauchamp. Zufällig hat meine Familie kürzlich eine Reederei in Portsmouth erworben. Recht zukunftsträchtig, übrigens, mit dem Vermögen Eures Herrn Papa . . .«
Und an dieser Stelle stolperte der galante Edelmann ebenso aus Shannas Gunst wie bereits viele andere vor ihm. Sir Gaylord freilich ahnte in diesem Augenblick nur wenig, was hinter Shannas verächtlichem Seitenblick steckte. Denn soeben hatte er wieder einmal die Gelegenheit genutzt, die ihm seine stattliche Größe bot, in Shannas Mieder zu schauen.
Ruark aber hatte inzwischen auch bemerkt, wohin der Edelmann immer wieder seine Blicke schweifen ließ, und er verlor augenblicklich seine bisher gezeigte Leutseligkeit. Wutschäumend versuchte er seinen Zorn in einem randvoll gefüllten Krug Ale zu ertränken, den er auf einen Zug bis zur Neige leerte. Shanna sah es mit Erstaunen und schickte ihm einen fragenden Blick, doch wieder schob sich Sir Gaylord zwischen sie beide und nahm zu allem Überfluß auch ihren Arm, um sie davonzuführen.
Und wieder waren Ruark – im wahrsten Sinne des Wortes – die Hände gefesselt, denn gerade in diesem Augenblick umklammerte Traherns fester Griff dieselben, und ein begeisterter Wortschwall ergoß sich über Ruark, wovon dieser freilich nur den ersten Satz zur Kenntnis nahm.
»Also, die Zuckerpresse läuft ja nun, mein lieber Mister Ruark, doch wenden wir unsere Gedanken nunmehr unserer Sägemühle zu. Wann gedenkt Ihr . . .«
Was Ruark daraufhin zur Antwort gab, wußte er später selbst nicht mehr; in seiner Erinnerung ging der Sinn von Traherns Worten in dem

Zorn auf Sir Gaylord verloren, von dem er nur noch den Rücken sah. Trahern ließ ihn erst los, als vom Herrenhaus her ein Zug Pferdegespanne eintraf, die auf ihren Wagen nebst einem Haufen Domestiken auch Tische, Fässer und Körbe feinster Speisen trugen. Schnell war eine lange Reihe Tafeln aufgerichtet, dieselben flink mit Fäßchen Ale und anderem Bier, mit süßem und mit herbem, rotem und weißem Wein bestückt; dampfende Lammrücken, gerösteter Schweinebraten, Fisch und Geflügel aller Arten, dazu eine Auswahl würzig-scharfer Soßen folgten nach. Die Inselfrauen trugen derweil herbei, was sie selbst an Köstlichkeiten vorbereitet hatten. Shanna führte den Edelmann heran, der die Hände hob, als sehe er sich überwältigt.
»O Jemineh, welch Überfluß auf diesem kleinen Eiland!« gab er von sich. »Das reicht ja fast an das heran, was meine Familie daheim in England auf einen Landausflug mitzuführen pflegt!«
Das erstaunte Schauen einiger Inseldamen und Shannas Lächeln mißdeutete er als Bestätigung. Orlan Trahern, der eben herzutrat, ließ es sich allerdings nicht nehmen, Sir Gaylords Irrtum mit unmißverständlichen Worten zu berichten.
»Aber mein lieber Sir Gaylord! Ihr habt doch noch nichts von diesem Gaumenschmaus gekostet! Sonst würdet Ihr mir wohl beipflichten, daß nirgends auf der Welt ein Picknick auf dem Lande diesem hier vor Euren Augen gleichkommen kann!«
Ruark war dem Inselherrn gefolgt und ließ sich, wenn auch nur mit halbem Herzen bei der Sache, seinen Ale-Krug aufs neue füllen. Er betrachtete den einherstolzierenden Edelmann und wie er sich unablässig die Stirn mit seinem Tüchlein tupfte, woraufhin er hoffte, daß der Augenblick nicht fern sei, da ein Sonnenstich den Stutzer befallen mußte. Immerhin richtete Sir Gaylord nun, da der Inselherr in der Nähe stand, seinen Sinn auf anderes Appetitliches als Shannas Mieder.
»Da seid Ihr ja, John Ruark!«
Ralston winkte mit der Reitgerte und baute sich vor Ruark auf. Ruark warf noch einen Blick auf den Tupfen Rosa – Shannas Kleid, das durch das Getümmel leuchtete –, dann erst wandte er seinen Blick Ralstons durchdringenden Augen zu.
»Ich halte es für ratsam, Mister Ruark, daß Ihr Eure Sehnsüchte ein wenig mehr im Zügel haltet, wenn mir auch der Grund durchaus verständlich ist.« Ralston hob das spitze Kinn in Shannas Richtung. »Vergeßt nicht, daß Ihr ein Leibeigener seid, und glaubt nicht, Ihr könntet aus Eurem Stand heraustreten, solange ich in der Nähe bin. Es war schon immer meine Aufgabe, das Gesindel von Traherns Schwelle zu kehren. Im übrigen scheint mir, mangelt es Euch an Beschäftigung. Ich schlage vor, daß Ihr Euch wieder um das Destillierwerk kümmert. Es wär' doch

eine Schande, wenn die jungen Säfte in die falschen Hände kämen, findet Ihr nicht auch? Und der erste Tropfen sollte doch von ganz besonderem Adel sein.«
»Mit Verlaub, Sir!« Ruark konnte sich nur mit Mühe beherrschen. »Der Braumeister hat sorgsam überwacht, wie jeder einzelne Stein gelegt wurde, und seine Tüchtigkeit bewiesen. Es würde mir nicht ziemen, daß ich, mit weniger Sachverstand, mich über seine Arbeit stellte.«
»Es fällt mir immer wieder auf, *Mister Ruark*«, wie er die Anrede aussprach, war's ein glatter Hohn, »daß Ihr Euch in letzter Zeit zuviel herausnehmt. Tut also endlich wie geheißen, und ehe die Arbeit getan ist, will ich Euch nicht wieder müßig herumstehen sehen!«
Eine lange Sekunde verbissen sich ihre Blicke ineinander, dann ging Ruark davon.
Als die Gäste ihre Plätze an der Tafel einnahmen, fand Shanna den englischen Edelmann an ihrer Seite; erstaunt sah sie sich um – Ruarks Teller war ans Tischende geschoben worden, weit von seinem gewohnten Platz neben Trahern fort, auch war sein Tablett noch unberührt. Das selbstgefällige Lächeln um Ralstons Mund entging ihr ebenfalls nicht.
Ralston setzte sich an die Tischmitte und warf einen zufriedenen Blick auf Ruarks leeren Platz. »Einmal wenigstens«, dachte er bei sich, »steckt der Bursche dort, wo er hingehört, und tut seine Arbeit, damit solche, die über ihm stehen, ihre Ruhe haben.« Als er seinen Blick hob, sah er Shannas finsteren Blick auf sich gerichtet. Eilig wandte er sich wieder seinen Speisen zu und merkte nicht einmal, daß es keineswegs die schlichte englische Kost war, der er sonst den Vorzug gab.
Einen seltsamen Verlauf hatte Ruarks Tag genommen: mit der vom Erfolg gekrönten Einweihung der Mühle hatte der Tag seinen Zenit erlebt – um daraufhin dann in einer Folge taumelnder Sprünge seinem Nadir zuzustreben. Doch dieser Tiefpunkt wurde erst später am Abend erreicht, als Ruark, von seinem Auftrag zurückkehrend, Zeuge eines Zwiegesprächs zwischen Madam Hawkins und Mister MacLaird wurde, in welchem die beiden guten Leutchen die Vorteile einer Vermählung Shannas mit einem englischen Edelmann beredeten. Eine Weile lauschte Ruark, ehe er sich mit einem Ekelgefühl im Mund abwandte – freilich nur, um wenig später abermals unfreiwilliger Ohrenzeuge zu werden, als Orlan Trahern sich über die Vorzüge eines eventuellen aristokratischen Schwiegersohnes ausließ. Zu allem Überfluß mußte Ruark dann auch noch mitanhören, daß der Fregattenkapitän und ein Marine-Offizier die Teilnahme Sir Gaylords an der von Trahern geplanten Kolonien-Reise bereits als beschlossene Sache besprachen. Sir Gaylord hatte auch bereits veranlaßt, daß ein Teil seines Reisegepäcks ins Herrenhaus gebracht werde, während der Rest mit der Fregatte weiter nach Rich-

mond reisen und dort seine Ankunft – gemeinsam mit den Traherns – erwarten solle.

Ruark wurde unruhig; die Voraussetzungen für einen Heiratsantrag des dümmlichen Edelmannes an Shanna waren geschaffen. Als Ruark seinen zwölften Krug leerte, war er so weit, daß er sich mißmutig brummend einredete, nicht einmal Shanna selbst sei dem Edelmann übelgesonnen, hatte sie ihm doch während des ganzen Nachmittags ihre Gunst bezeugt.

Ohne irgendein Abschiedswort griff sich Ruark eine volle Flasche von der Tafel, suchte nach seinem Maultier und ritt die Hügel hinab.

Shanna war und blieb der Mittelpunkt aller Aufmerksamkeiten. Die Schiffsoffiziere machten ihr unablässig Komplimente und waren – verständlich, nach den langen Wochen auf See – nicht aus ihrer wohlduftenden Nähe fortzubringen. Musikanten stiegen auf das Podium und spielten dem Volk auf. Ein junger Offizier führte Shanna zum Tanz, andere lösten ihn im Reigen ab. Und da Shanna immer viel Genuß am Tanz gefunden hatte, wäre der Abend durchaus angetan gewesen, sie vergnügt zu stimmen. Dennoch wollte ein seltsamer Mißklang in ihrem Gemüt nicht zum Verstummen kommen, und über ihre eigene Mißlaune verwundert, begann sie allmählich, den Abend unerträglich langweilig zu finden. Freilich behielt sie ihr graziöses Lächeln auf dem Antlitz, doch empfand sie fast so etwas wie Erlösung, als der Vater endlich vorschlug, das Inselvolk seiner ungetrübten Festfreude zu überlassen und mit den Seinen den Heimweg anzutreten. Endlich angekommen, entschuldigte sie sich eiligst bei Sir Gaylord und suchte so schnell wie möglich den Frieden ihrer Gemächer auf.

Im Lehnstuhl sitzend, den Becher in der Hand, erwachte Ruark plötzlich. Vergebens suchte er nach dem Anlaß, der ihn aus dem Schlaf gerissen haben könnte. Doch da war nichts – nur der ölige, schwarze Rum, oder irgend etwas sonst, hatte einen bitteren Nachgeschmack in seinem Mund hinterlassen.

Die Standuhr hinter ihm gab mit einem einzelnen Schlag den Anbruch der Stunde nach Mitternacht kund. Ruark trat ans Fenster und starrte auf die Wiese vor dem Blockhaus hinaus. Old Blue, der alte Esel, schlief friedlich unter seinem Wetterdach. Ruark zog sich das Hemd über den Kopf, und da ihm nichts anderes zu tun einfiel, wusch er sich den Schweiß des Festtages, der für ihn so unfeierlich geendet hatte, vom Körper, spülte sich den üblen Geschmack aus dem Mund und schor sich zu guter Letzt auch noch den Bart. Dann legte er seine alten, abgeschnittenen Hosen an und trat auf die Veranda hinaus, um ein wenig die Kühle der Nacht zu genießen. Zwar noch ein wenig schwer im Kopf, als ob der

Rum noch immer in ihm nachwirkte, fühlte er sich doch recht wohl in seiner Haut.

Wo der Mond die blätterreichen Kronen durchbrach, warf sein Schein ein geisterhaftes Licht in die kühle, doch mit seltsamen Spannungen aufgeladene Nacht. Ruark trat von der Veranda hinunter, feucht war der Tau im Gras unter seinen Füßen. Magisch zog das Herrenhaus ihn an, dessen riesiger dunkler Schatten zwischen schlankeren Bäumen zu sehen war. Alle Lichter waren dort längst gelöscht.

Ein breiter Schatten, der Ruark irgendwie vertraut vorkam, ragte plötzlich neben ihm in die Nacht. Ruark tastete mit der Hand nach dem Stamm, erkannte den Baum, der unter Shannas Balkon stand. Die Schulter gegen das verläßliche Bollwerk alten Holzes gelehnt, starrte er zu den offenen Fenstern hinauf, und seine Sinne machten sich auf die Wanderschaft, bis sie zu einer Szene kamen, in welcher Shanna schlafend neben dem unförmigen englischen Edelmann lag. Höchst widerwärtig war dieses Traumbild, geschwind verscheuchte Ruark es aus seinem Hirn, und seine Sinne machten sich nun auf die Suche nach einer erhebenderen Vision. Bald gelangten sie zur Erinnerung an eine Nacht, da Ruark Shanna in ihrem Schlummer liebevoll betrachtet hatte. In fröhlichen Kaskaden ergoß ihr gold- und honiggesträhntes Haar sich über seidene Kissen und umrahmte ihr holdes Antlitz auf edle Weise, daß man nicht mehr sagen konnte, ob das Porträt oder sein Rahmen den ergötzlicheren Anblick bot. Dann gab es ein Bild von einem Augenblick in seiner Hütte, als sie nackt über ihm kniete und ihre Brüste seine Brust liebkosten, bis er fast vor Seligkeit verging. Der Feuerbrand in Ruarks Lenden loderte immer höher, bis er fast zu einer Art exotischen Folter geriet – und er stand unter Shannas Balkon, die Hände nach den Weinranken hochgereckt.

Shanna ließ sich in einem sanft wogenden Meer, welches mit Träumen angefüllt war, treiben, mühelos teilten ihre anmutig ausgreifenden Arme die türkisschimmernden Wasser. Bangigkeit wuchs in ihr auf, als kein Land in Sicht kam, nicht einmal grüngetönte Wolken, die einen blühenden Küstenstrich angekündigt hätten. Doch dann verflog ihre Angst. Die goldenen, sonnengebräunten Arme eines Mannes bewegten sich neben ihr im gleichen Takt wie die ihrigen. Dann hob der Mann den Kopf aus den Wellen, weiße Zähne blitzten unter einem Lächeln, das einen Zauber über die Schwimmerin warf. Seine Lippen bewegten sich, um ein Flehen auszusprechen, für das es keine Worte gab, dann erhob er sich aus den Wassern, seine Rückenmuskeln spannten sich, und er tauchte in die Wellen hinunter. Freudig sein Spiel aufnehmend, folgte sie ihm in die Tiefen, wo das Licht sich zu dunklem Grün wandelte und endlose Seegrasfäden sich um sie beide schlangen, als sie sich zu einem

nicht enden wollenden Kuß zusammenfanden. Nichts zwang sie, atmen zu müssen; zwei Nymphen waren sie in einem ozeanischen Nirwana, und sanken tiefer, tiefer, tiefer. Plötzlich war sie allein. Ruarks Antlitz tauchte in gigantischen Dimensionen über ihr wieder auf; immer näher kam es, doch berühren konnte sie es nicht. Sie blinzelte und bewegte den Kopf, versuchte die Vision zu verbannen. Und mit einem Mal erkannte sie, daß sie wach war und daß er wahrhaftig da war; seine Arme, links und rechts neben ihr aufgestützt, zitterten unter seinem eigenen Gewicht, seine Lippen waren über den ihrigen und seine Stimme war sanft und leise, als er nun, wie ein kleiner Bub, der um ein Geschenk bittet, sprach: »Shanna . . . liebt mich . . .! O liebt mich doch, Shanna . . .«
Mit einem unterdrückten Aufschrei des Willkommens schlang sie die Arme um ihn, zog sie ihn zu sich herab, und ihr Herz trieb heiße Glückseligkeit in alle Fasern ihres Seins. Es war, als schmölzen tausend blinkende Sterne zu einer einzigen Sonne. Und der nackte Hunger trieb sie beide in den süßen, wilden Wirbel eines Hurrikans hinein. Shanna bog sich ihm entgegen, öffnete ihre Schenkel, begegnete seinen tiefen Stößen mit der ganzen Energie ihres bebenden Körpers, nichts hielt sie mehr zurück. Sie waren eins, gehörten einander, besaßen einander, schenkten und nahmen.
Lange lagen sie noch engumschlungen. Shanna fühlte sich warm und geborgen in seinen Armen, wußte jetzt um den geheimnisvollen Frieden, der nirgends sonst war. Es gab keine Scham, kein Schuldgefühl, nicht die kleinste Spur Bedauerns, wieder schwach geworden zu sein. In ihrer Erinnerung blätterte ein linder Wind die Blätter auf, die – lang, lang war's her – ein Pfarrer in einer kleinen Dorfkirche geschrieben hatte. Eine lange und dauerhafte Ehe, hatte er gesagt. Aus irgendeinem Grund machten ihr diese Worte keine Ängste mehr.
Shanna seufzte beseligt und küßte Ruark dort am Hals, wo sie ihr Gesicht angeschmiegt hielt. Das langsame Pochen seines Herzens wiegte selbst die friedlichsten Gedanken, und allmählich sank sie, in seinen Armen geborgen, in den Schlaf.
Erst als Ruark sich von ihrer Seite lösen wollte, schon in der ebenholzschwarzen Dunkelheit, die der frühen Dämmerung vorausging, wachte sie wieder auf.
»Ich dachte, Ihr schlaft«, flüsterte er.
»Ich tat's auch, ehe Ihr Euch rührtet«, sagte sie. Wehmütig seufzte sie. »Der Morgen kommt so geschwind.«
»Ja, mein Herz, viel zu geschwind.« Wie ein verletzliches Vögelchen ruhte sie in seiner Wärme, und aus Angst, sie möge ihm entfliegen, wagte er sich kaum zu bewegen.

Shanna schlug Licht und entzündete die Kerze auf dem Nachttisch, dann hockte sie sich auf die Fersen und lächelte ihn an; wie ein wilder Sturzbach ergoß sich die Fülle ihres Haars über ihren holden nackten Leib.
»Mein Gott!« stöhnte Ruark. »Was für eine Hexe Ihr seid! Eine wunderschöne, wundersüße Hexe!«
Seine Hand wischte die Locken, die auf ihren rosigen Brüsten lagen, zur Seite. Sie lachte, richtete sich auf den Knien auf, glücklich glitzernde Lichter glänzten ihr in den Augen. Sie warf ihm die Arme um den Hals und ließ sich in verspielter Unbekümmertheit gegen ihn fallen.
»Eine Hexe soll ich sein? Sir – mir erst mein Kostbarstes zu nehmen und mir dann Schimpf anzutun! Habt Ihr so Eure Münzen beisammengehalten, indem Ihr Eure Männlichkeit durch die Freudenhäuser spazierenführtet und anschließend ›Betrug! Betrug!‹ schriet?«
Ihre kleinen, weißen Zähne nagten an seinen Ohren, dann rollte sie ihn auf den Rücken, hob die Faust, als drohe sie.
»Gnade, Herrin!« flehte Ruark in gespieltem Schrecken. »Gnade! Bin ich doch in dieser Nacht schon arg geschunden worden!«
»Arg geschunden!« rief Shanna aus. »Oh, Schelm, der Ihr seid! Bald sollt Ihr wissen, was ›geschunden‹ wirklich heißt! Das wankelmütige Herz werd' ich Euch aus der Brust herausreißen!« Sie zwickte an seinen Brusthaaren, daß er das Gesicht verzog. »Und an die Krabben werde ich's verfüttern. Mich nennt Ihr Hexe, aber die kleine Milly, nicht wahr, die ist süß und willig! Wie wagt Ihr es! Mein Wort darauf, bald werdet Ihr noch mehrerem als nur Eurem Herzen hinterhertrauern!«
Ein seltsamer Unterton von Ernsthaftigkeit klang in Shannas Scherzworten mit, Ruark sah sie fragend an, doch sie kicherte nur kokett und schaute ihn so verzehrend an, daß neue Flammen aus dem bislang schlafenden Glied an seinen Lenden aufzuflackern schienen. Von dieser unhörbaren, doch nicht zu übersehenden Antwort tief befriedigt, hockte sich Shanna wieder auf die Fersen.
»Ihr seid ein freches Biest, Shanna Beauchamp. Frech genug, um einen Drachen zähmen zu können!«
Ruark reckte ihr einen Finger entgegen und ließ diesen eine gedachte Linie über die vollen, schwellenden Rundungen ihrer Brüste zeichnen, versuchte in ihren Augen zu lesen, als sein Finger die Spitzen überquerte, sah ihre Augen feucht und dunkel werden wie zwei Teiche ohne Grund. Verlangend öffnete sich Shannas weicher Mund, sie sank über ihn, küßte seine wartenden Lippen, weckte seine Zunge mit der ihrigen. An den Armen, die sie ihm um den Nacken schlang, zog sich ihr geschmeidiger Körper über dem seinigen hoch, und abermals kam alle Zeit zum Stillstehen, obwohl doch schon am Horizont im Osten der Himmel dunkelblau zu leuchten anhob.

Eine heitere Weise auf den Lippen, schlitterte Shanna fast die Treppen hinab, als sie zur Frühstückszeit den gewohnten Weg zum Erdgeschoß des Herrenhauses einschlug. Berta, die alte Haushälterin, die am Wege stand, sah sich zu ihrer Überraschung von der jungen Herrin kräftig in den Arm genommen und starrte, den Kopf schüttelnd, noch lange hinter ihr her. Selten genug kam's vor, daß die Tochter vor dem Vater auf den Beinen war, und so aufgeräumt hatte man sie auch schon lange nicht mehr gesehen. Silberhelles Lachen klang aus ihren Worten, als sie Jason bat, dem Leibeigenen John Ruark die Tür zum Haus zu öffnen. Strahlend wie die Sonne am Morgenhimmel lachte Shannas Antlitz, und mit übersprudelnder Höflichkeit begrüßte sie John Ruark mit einem Knicks.

»So übel«, rief sie aus, »scheint Euch die Hexenjagd gar nicht bekommen zu sein, Mister Ruark. Keine Narben? Keine Wunden? Hexen sollen doch scharfe Krallen haben!«

»Zu sehen ist nichts«, grinste Ruark und prüfte umständlich ihre Fingernägel. »Ich glaube, nur ein Stückchen Haut verblieb in ihren Klauen.«

Shanna entzog ihm ihre Hand. »Ihr sprecht Unfug, Sir. Ich kann mich nicht erinnern . . .«

»Soll ich Euch verraten, was Ihr im Dunkeln flüstertet?« hauchte er über ihr Ohr gebeugt.

»Nichts hab' ich gesagt . . .«, hob sie abwehrend an. Doch sie war beunruhigt. Hatten ihre Gedanken sie verraten? Hatte sie ein unerwünschtes Wort gesprochen?

»Im Schlaf habt ihr geseufzt. Ruark! Ruark . . .«

Plötzlich erhob Shanna die Stimme. »Tretet nur näher, Mister Ruark! Ich glaube, ich hör' Papa schon durch die Halle kommen. Auch Mister Ralston wird wohl jeden Augenblick eintreffen. Ihr werdet nicht lange warten müssen.«

Sir Gaylord war ein Spätaufsteher und erschien daher erst, als Ruark und der Inselherr bereits zu dem fürs Sägewerk vorgesehenen Bauplatz aufgebrochen waren. Und da Shanna sich auch gleich mit kühlem Gruß entfernte, blieb dem Edelmann nur Ralston zur Gesellschaft.

»Hübscher Tag heute«, bemerkte Sir Gaylord, indem er eine Prise Schnupftabak nahm und in sein Taschentuch nieste. »Sollte vielleicht die Witwe Beauchamp zu einer kleinen Ausfahrt einladen. Könnte mir vorstellen, daß die gute Dame nach den langen Monaten des Witwentums die Gesellschaft eines Gentleman zu schätzen wüßte. Höchst anmutiges junges Frauenzimmer übrigens. Muß zugeben, bin ganz angetan von dem süßen Gesichtchen.«

Ralston klappte sein Hauptbuch zu und sah den Edelmann nachdenklich an. Dann erhellte ein berechnender Blick sein dunkles Auge.

»Mit Verlaub, Sir, möchte ich mir gestatten vorzuschlagen, einige Vorsicht an den Tag zu legen. Ich habe das Vergnügen, Madam Beauchamp bereits seit ihrer Kinderzeit zu kennen, und sie scheint eine naturgegebene Abneigung gegenüber Männern, die ihr den Hof machen, zu empfinden. Ich muß mich zwar auch zu denjenigen zählen, gegen die sie eine Abneigung hegt, aber soviel kann ich Euch doch immerhin verraten.«
Gaylord betupfte seine schweißbeperlte Oberlippe. »Wie glaubt Ihr mir denn da helfen zu können, guter Mann, wenn Ihr Euch nicht einmal selber helfen könnt?«
Ralstons dünnem Mund gelang fast ein Lächeln. »Angenommen, es gelänge Euch dank meiner Ratschläge, die Witwe in den Hafen der Ehe zu führen – wäret Ihr bereit, dafür die Mitgift mit mir zu teilen?«
Ralston hatte richtig geraten. Gaylord war durchaus an einem Handel interessiert, der ihm – und seiner verarmten Familie – zu neuem Wohlstand verhelfen konnte. Dem Edelmann war das Ausmaß des Trahernschen Vermögens keineswegs unbekannt, und er war entschlossen, sein Bestes zu versuchen, um einen Teil davon zu erhaschen, sei es durch eine Heirat mit der schönen Witwe, sei es durch Geschäfte mit dem Inselherrn. Die ererbte Reederei stand arg in den roten Zahlen, und er benötigte ein ansehnliches Vermögen, um sie wieder flottzumachen. Falls er Trahern so weit bringen konnte, den Beutel hinzuhalten, konnte er leicht die Mitgift mit dem Vermittler teilen.
»Ein Wort unter Gentlemen«, sagte Sir Gaylord und hielt seine Hand hin. Ralston schlug ein.
»Zuallererst müßt Ihr den Inselherrn mit der Bedeutung Eurer Stellung bei Hofe und überhaupt mit Eurem guten Namen beeindrucken«, unterwies Ralston den Heiratskandidaten. »Doch seid gewarnt. Sollte Madam Beauchamp auch nur den Verdacht schöpfen, daß Ihr mich zum Ratgeber habt, ist alles verloren. Da hilft's Euch dann auch nicht, wenn Ihr den Inselherrn von Euren Verdiensten überzeugen könnt. Also nehmt Euch in acht, mein Freund. Der Witwe Beauchamp den Hof zu machen, bedarf äußerster Behutsamkeit.«

13

Ein Seeadlerpaar nistete auf den Klippen am Ostrand der Insel. Oft hatte Shanna den herrlichen Raubvögeln zugeschaut, wenn sie sich, die Flügel weit gespannt, hoch über der schäumenden Brandung von den Winden tragen ließen. Und mit ihnen hatte sich Shannas Seele hoch in die Lüfte erhoben.
Auch heute wollte Shanna meinen, ihr seien Flügel gewachsen, so beschwingt war ihr Gemüt. Sie konnte wieder sicher sein, daß unerwünschte Mutterfreuden ihr nicht ins Haus standen. Noch immer bebten in ihren Sinnen lustvoll die köstlichen Erinnerungen nach – wie er aus der ebenholzschwarzen Tiefe der Nacht zu ihr heraufgestiegen war, wie jeder Gedanke ans Morgen im Strudel der Gegenwart versunken war. Shanna wähnte sich geborgen in ihrem Luftschloß der Glückseligkeit, lebte von Augenblick zu Augenblick, im Einklang mit der üppigstrotzenden Natur ringsum. Und anders als in vergangenen Tagen empfand sie die Gewißheit, daß Ruarks tägliches Erscheinen im Herrenhaus die Schuld an diesem Schwebezustand trage, nicht mehr als beunruhigend. Und wie eine Rose im warmen Schein der Sonne blühte sie nun unter dem liebevollen Glanz in Ruarks Augen auf.
Fast eine Woche war vergangen, seit Ruark mit ihr in ihrem Schlafgemach die Nacht geteilt hatte. Damals hatte ein strahlender Morgen die Liebesnacht gekrönt. Heute war der Tag mit drohend schwarzen Wolkenbergen aufgezogen, und Shanna stand nun auf dem Balkon und schaute zu den Ungetümen auf, die das Sonnenlicht verschlangen und unheilschwanger über den Hügeln lagerten.
Da zerriß lautes, wutschnaubendes Wiehern die Luft. Shanna fuhr herum und blickte auf den Fahrweg, der am Herrenhaus vorbeiführte. Dort unten befanden sich einige Männer im Kampf mit einem unbändigen Pferd, das sich vor ihnen aufbäumte und mit den Vorderhufen um sich schlug, blutige Striemen zeichneten das rötlich glänzende Fell. Empörung wallte in Shanna auf, ein herrliches Tier so gezüchtigt zu sehen.
Eine ihr unbekannte Stimme bellte: »So geht es nicht, Ihr Leute! Ist der Gaul nicht schon genug geschunden!«
Shanna erkannte, daß es sich bei den Fremden um Seeleute handelte.
»Ihr dort unten!« rief sie hinab und eilte die Veranda entlang. »Was soll

das bedeuten? Habt Ihr denn Eure Decksplanken noch vorm Kopf? Und keinen Blick für ein wertvolles Tier?«
Einem Wirbelwind gleich stob Shanna die Treppen hinab, empört flatterten die goldenen Locken, und mit Zornesblitzen in den Augen eilte sie auf die vier Männer zu.
Besänftigend murmelnd, streichelte Shanna der Stute die seidige Nase, zutraulich gab das Tier allmählich Frieden. Die Seefahrer starrten verwundert: sie hatten den Gaul den ganzen Weg vom Dorf zum Herrenhaus heraufprügeln müssen.
Ein großer, backenbärtiger Mann, nicht in gemeiner Matrosentracht, sondern mit einer reichbestickten Jacke, trat vor und erklärte entschuldigend: »Wir hatten ziemlich rauhe Winde auf der Reise von den Kolonien hierher, und unser Schiff wurde oft so arg gebeutelt, daß es den armen Gaul in dem Verschlag, den wir eigens für ihn bauten, hin und her geworfen hat. Geschunden worden ist das Pferd nicht, Madam, das darf ich Euch versichern.«
Shanna sah den Mann prüfend an und befand, daß er die Wahrheit sprach. »Wie ist Euer Name, Sir«, fragte sie, »und warum brachtet Ihr die Stute?«
»Captain Roberts ist mein Name«, verbeugte der Mann sich knapp, »von der Virginia Company. Captain Beauchamp hat mir aufgetragen, das Pferd dem gnädigen Herrn Trahern oder dessen Tochter als Dank für die erwiesene Gastfreundschaft zu überbringen. Habe ich die Ehre mit Madam Beauchamp?«
Shanna nickte.
Der Kapitän zog einen versiegelten Brief aus seiner Jacke und hielt ihn Shanna hin. »Dann ist auch das für Euch, Madam. Von Captain Beauchamp.«
Shanna drehte den Brief in der Hand und, überwältigt von der Großzügigkeit des Geschenks, ließ sie den Blick auf dem feinausgeführten »B« des Wachssiegels verweilen. Mit Pferden kannte sie sich aus; der breite, edel geformte Kopf des Tieres, die großen, ausdrucksvollen Augen und der graziöse Nackenbogen verrieten arabisches Blut, und das bestätigte sich auch, als Shanna nun das Schreiben las, in dem Beauchamp den Stammbaum des Tieres aufgezeichnet hatte. Die Stute war ebenso wertvoll wie Attila und würde sicher mit dem Hengst zusammen gute Fohlen bringen.
Der Brief drückte auch die Vorfreude auf den Besuch der Traherns in den Kolonien aus sowie die Hoffnung, daß nicht Unvorhergesehenes die Reise verhindern möge, der Herbst verspreche schön zu werden.
Kapitän Roberts mißdeutete Shannas gedankenverlorenes Schweigen als stummen Vorwurf.

»Wir hatten niemand an Bord, das Tier zu pflegen«, versuchte er, auf die Wunden weisend, zu erklären.
»Schon gut«, sagte Shanna. »Auf unserer Insel lebt ein Mann, der eine gute Hand für dergleichen hat.«
Ein junger Bursche, allenfalls zehn Jahre alt, der sich bisher in sicherem Abstand von der ungestümen Stute und ihren Begleitern gehalten hatte, meldete sich zu Wort. Das Kerlchen quälte sich mit einem Lederbündel ab, um eine Hand freizubekommen, mit welcher er nun dem Kapitän an den Rockschößen zupfte.
»Und wohin soll ich damit, Sir?« fragte er.
»Madam«, wandte sich der Kapitän wieder an Shanna, »wißt Ihr vielleicht, wo der Junge einen gewissen Mister Ruark finden könnte? Das Bündel hier ist nämlich für ihn bestimmt. Kann man es zu seinem Hause bringen?«
Shanna wies hinter sich. »Am Herrenhaus vorbei führt ein Pfad in den Wald; dort liegt als letztes hinter einigen anderen ein großes Blockhaus.«
Die Männer gingen, der Junge machte sich mit seiner Bürde auf den Weg. Shanna rieb ihre Wange verliebt am Maul der Stute.
»Jesabel haben die Beauchamps dich also getauft«, murmelte Shanna fröhlich, »und gewiß wirst du meinen Attila heftig in Versuchung führen, denn auf der ganzen Insel ist kein Pferdemädchen auch nur halb so schön wie du. Doch zuerst muß ich noch Ruark holen, damit er dich gesund pflegt, und keinem anderen möchte ich dich anvertrauen. Ruark ist mein Drache, mußt du wissen, und hat so eine Art, mit einer Lady umzugehen. Ich bin gewiß, du wirst ihn liebgewinnen.«
Schon ein wenig später suchte Shanna den Krämerladen auf und erkundigte sich bei Mister MacLaid nach Ruarks Aufenthalt. Doch der Krämer zuckte nur die Schultern.
»Keine Ahnung, Mädel. Am frühen Morgen war er hier, um ein paar Dinge zu bestellen, seitdem bekam ich ihn nicht mehr zu Gesicht. Habt Ihr's schon im Sägewerk versucht?«
Doch auch auf dem Bauplatz fand sie ihn nicht. »Es scheint, daß man in der Brauerei nach ihm verlangte.«
Auch dort wußte niemand, wohin er gegangen war. Am späten Nachmittag schließlich gab Shanna die fruchtlose Suche auf.
Als Shanna das Herrenhaus betrat, hörte sie den Vater mit Sir Gaylord das Reederei-Geschäft diskutieren. Auf Zehenspitzen versuchte sie, sich durch die Halle zu schleichen, doch schon das Quietschen der Eingangstür hatte sie verraten, und Sir Gaylord eilte herbei, sie zu begrüßen. Shanna verwünschte im stillen ihr Pech, lächelte nur mit Mühe und ließ sich von dem Edelmann in den Salon geleiten. Es wurde der langweiligste

Abend in Shannas Leben, denn außer über die aristokratische Herkunft seiner Familie wußte Sir Gaylord offenbar kein Gespräch zu führen, und er besaß sogar die Stirn, dem alten Trahern anzudeuten, welchen Glanz sein feiner Name über den Trahernschen Reichtum schütten könne. Erst eine ganze Weile nach dem Nachtmahl konnte Shanna sich in ihre Zimmer zurückziehen, wo sie sich sogleich ein Bad bereiten ließ.
Wohlig im dampfenden, duftigen Wasser liegend, ließ sich Shanna gegen den hohen Rand des Porzellanzubers zurücksinken. Wie selten war es doch geworden, daß ein ganzer Tag dahinging, ohne daß sie auch nur eine Spur von Ruark sah. Irgendwie schien der Tag ihr nicht vollkommen. Die seidenen Vorhänge hinter ihr raschelten leise im Abendwind; es war eine linde, laue Nacht, und der berauschende Duft von Jasmin lag in der Luft, in der Ferne führte ein Laubfrosch das Konzert der Nachtgeräusche an. Die Pendüle im Salon kündigte mit zierlichem Geläut die zehnte Abendstunde an – und mit dem letzten Schlag hob eine neue Weise an, die Shanna noch nie in ihren Gemächern vernommen hatte. Weit riß Shanna ihre Augen auf und erblickte auch sogleich den Ursprung der fremdartigen Melodie. Auf dem Tischchen gleich in der Nähe stand eine ziemlich große Spieluhr. Und im Sessel daneben lehnte lässig Ruark, die Beine lang vor sich ausgestreckt und an den Fesseln übereinandergelegt, ein anmutiges Lächeln spielte um seinen hübschen Mund.
Shanna richtete sich im Zuber auf und starrte Ruark an. Ein schneller Blick verriet Shanna auch, daß Ruark es sich in ihrem Zimmer bereits recht gemütlich gemacht hatte. Sein Hut lag auf ihrem Bett, sein Hemd daneben; bekleidet war er nur noch mit seinen abgeschnittenen Hosen. Er nickte ihr freundlich grüßend zu.
»Guten Abend, meine Liebe, und auch vielen Dank!« Sein Blick glitt über ihre feuchtglänzenden Brüste.
»Nicht die Spur von Anstand besitzt Ihr!« zeterte Shanna in das Klimpern der Spieluhr hinein. Doch dann, unter seinem ruhigen Blick, faßte sie sich, fuhr weniger grob fort und gab sich nur mäßig verärgert. »Da dringt Ihr einfach in das Intimste einer Dame ein und belauscht sie frech und ungeziemend beim Bade!«
Ruark grinste mit ausnehmend guter Laune. »Ich übe lediglich meine ehelichen Rechte aus, Shanna. Und diesbezüglich stehe ich ohnehin schon arg im Nachteil, da die Gelegenheit dazu sich mir nur höchst selten bietet. Andere Ehemänner dürfen Nacht für Nacht den ihnen anvertrauten Schatz betrachten, ich hingegen muß zum größten Teil von Erinnerungen leben, und sogar dann noch mein Verlangen straff im Zügel halten, denn nur selten ist es mir vergönnt, Erlösung von meiner Leibespein zu finden.«

»Welch dummes Zeug gebt Ihr da von Euch, Ruark!« Shanna wusch sich hübsch langsam mit dem Schwamm und ließ sich auch nicht entgehen, daß seine Augen jeder ihrer Handbewegungen folgten. »Hab' ich mich denn nicht Euren Launen gegenüber als höchst verständnisvoll erwiesen?«
Sie lehnte sich im Zuber zurück, hob die Arme, so daß die Wasserbächlein an denselben hinab und dann über die runden Brüste liefen. Jede Bewegung verschlang er mit seinen Augen, und diese Augen brannten auf ihrer Haut, wo immer sie sich auf sie hefteten. Schelmisch langte Shanna nach dem Handtuch und verhüllte sich vor seinen Blicken, wohl wissend, daß sie seinen Appetit hinreichend angeregt hatte.
»Gewiß habt Ihr einen guten Grund vorzuweisen, um Euch zu dieser Zeit in mein Gemach zu wagen, Mister Beauchamp«, sagte sie, während sie sich den Arm mit einem Handtuchende tupfte.
Er wies auf die Spieluhr. »Ein Geschenk hab' ich Euch gebracht.«
Shanna lächelte züchtig. »Vielen Dank, Ruark. Kommt das etwa aus den Kolonien?«
»Ich hatte Captain Beauchamp um die Gefälligkeit gebeten, es zu erwerben und schicken zu lassen. Ist es nach Eurem Geschmack?«
Shanna lauschte eine Weile, dann erkannte sie die Melodie. Es war das Lied, das sie auf der Überfahrt der *Marguerite* gehört hatte.
»Mmmh«, machte sie. »Es gefällt mir recht gut.« Dann, mit Unschuldsaugen, setzte sie hinzu: »Und einen anderen Grund hattet Ihr nicht?«
Ein aufreizendes Lächeln breitete sich langsam über sein Gesicht aus, und seine Augen vergewaltigten sie bereits.
»Ich habe gehört, daß Ihr auf der ganzen Insel nach mir fragtet, und für solche Dringlichkeit konnte ich mir keinen Grund ausmalen – außer einem einzigen.« Das Lächeln gab seine blitzenden Zähne frei. »So bin ich denn, trotz später Stunde, zu Euch geeilt, um Euch zu versichern, daß ich etwaigen Vaterfreuden nicht zu entfliehen gedenke.«
Einen Augenblick lang trocknete sie sich weiter ab, dann erst begriff sie vollkommen, was er da gesagt hatte.
»Schuft! Giftiger Drache!« schrie sie. »Aufgeblasener Narr!« Ihre Hand suchte unter Wasser. »Meint Ihr denn im Ernst, ich würde, wenn's so wäre, alles auf der Insel breittreten?«
Der triefende Schwamm lag wurfbereit in Shannas Hand.
»Oha!« drohte Ruark grinsend mit dem Zeigefinger. »Nehmt Euch in acht, Shanna. Hergus würde es gewiß nicht gutheißen, wenn Ihr mit dem Schwamm ein Unheil anrichtet!«
»Ach!« stöhnte Shanna enttäuscht und drückte den Schwamm wieder tiefer unters Wasser, als wolle sie ihn erwürgen.
Das Handtuch bewegte sich von ihr fort, und als Shanna aufblickte, sah

sie Ruark daran ziehen. Sie hielt es fest, klammerte sich daran, doch ihre Kräfte wollten nicht ausreichen, bald hatte sie nur noch Hände, um ihren Busen zu bedecken. Ruark stand nun vor ihr, hoch türmte sich seine Gestalt, groß und stark wie ein bronzener, halbnackter Wilder. Stille herrschte im Raum, die Spieluhr war längst abgelaufen, nur das Ticken der Pendüle war noch zu vernehmen. Gebannt starrte Shanna auf die Schattenspiele des Kerzenlichts, die über seinen Körper huschten, langsam wanderte ihr Blick die straff wie Taue an seinen Armen verlaufenden Adern herab. Ruark beugte sich nieder, stützte seine Ellbogen auf den Zuberrand; seine Finger glitten durchs Wasser, und die Begierde stand in seinen Augen. Sein Zeigefinger drang in den tiefen Hafen zwischen ihren Brüsten ein, strich über die Uferränder ihrer Brüste und wanderte dann landeinwärts zu ihrer Schulter hinauf und ihrem schlanken, weißen Hals. Seine Stimme sank zu einem heiseren Flüstern herab.
»Muß ich denn ewig um Euch buhlen, Shanna, als wäret Ihr ein unberührtes, jungfräuliches Kind? Ewig Eure Festungsmauern Stein um Stein abtragen, bis Ihr Euch dem hingebt, was unausweichlich ist? Da schützt Ihr so treuherzig Euren Witwenstand vor – und dann wiederum gebt Ihr Euch mir mit solcher Leidenschaft hin, daß es mich bis in die Wurzeln meines Verstands hinunter auseinanderreißt. Ich versteh' Euch nicht.«
Fast begann Shanna unter der Berührung seiner Fingerspitzen zu erbeben, ihre Nerven wanden und krümmten sich, schon schmachtete sie danach, in die Arme gerissen zu werden, halb öffneten sich ihre Lippen, heftig ging ihr Atem, halb schlossen sich ihre Augen; näher senkte sich sein Gesicht, mit jedem rasenden Pulsschlag hoffte sie sich seinem Kusse näher. Da stippte er seinen Finger ins Wasser, stupste ihn auf ihre Nase und ließ einen Tropfen darauf zurück.
Ruark richtete sich auf, trat einen Schritt zurück und lachte still ob der Verwunderung, die nun ihr Antlitz überzog. Shanna setzte sich aufrecht im Zuber hin, stieß die Unterlippe vor und blies sich den Tropfen von der Nasenspitze.
»Ein Ungeheuer seid Ihr, Ruark Beauchamp!«
»Ganz recht, mein Herz, ein Ungeheuer.«
»Ein Drache! Und zwar von der widerwärtigsten Art!«
»Ganz recht, mein Herz, ein Drache.«
Shanna blickte ihn an, dann zeigte sich ein Lächeln auf ihren Lippen.
»Und ich bin eine Hexe!«
»Ganz recht, mein Herz, eine Hexe.«
»Und eines Tages reiße ich Euch das Herz aus dem Leib!«
»Das, mein Herz, habt Ihr bereits getan.«
Shanna schlug die Augen nieder, verwirrt und beschämt.

»Kommt, Hexe! Kommt heraus aus Eurem Hexenkessel!« Leises Lachen klang in seinen geflüsterten Worten mit.
Er reichte ihr das Handtuch und wartete neben dem Zuber. Unter seinem lieben, warmen Blick erhob Shanna sich und schlang das Tuch fest um ihren Körper. Er reichte ihr die Hand, um ihr aus dem Bad zu helfen. Dann folgte er ihr zum Frisiertisch, nicht ohne das sanfte Schwingen ihrer Hüften unterm Handtuch zu bewundern.
»Und warum habt Ihr nun wirklich nach mir suchen lassen, Liebste?« fragte er, als sich, während sie ihr Haar ausbürstete, ihre Blicke im Spiegel trafen.
Plötzlich fiel Shanna wieder die Stute ein. Aufgeregt drehte sie sich nach Ruark und ergriff seine Hand. »Ruark, stellt Euch vor, Captain Beauchamp hat mir ein überaus kostbares Geschenk gemacht! Eine wunderschöne Stute, aber auf der Überfahrt ist sie verletzt worden, und nun braucht sie dringend Pflege.«
»Verletzt?«
»Captain Roberts sagt, es habe Sturm geherrscht, die Stute sei entsetzlich hin und her geworfen worden. Den Stallburschen habe ich bereits angewiesen, zu tun, was in seinen Kräften steht, bis Ihr kommt. Ach bitte, Ruark, Ihr werdet sie gesund pflegen, nicht wahr? Für mich – ich bitt' Euch so sehr!«
Ruark streichelte ihr mit seiner freien Hand über die goldenen Locken, sanft und liebevoll war sein Blick. »Mögt Ihr sie denn gar so gerne leiden?«
»Ach ja, Ruark. Sehr sogar.«
»Ich werde tun, was ich kann«, lächelte er. »Ihr wißt doch, daß ich Euer ergebener Sklave bin.«
Shanna stieß seine Hand von sich weg und drehte sich wieder zum Spiegel um.
»Und wäret Ihr frei?« fragte sie. »Würdet Ihr dann auch ja sagen – oder nein? Wäret Ihr dann nicht längst schon fortgegangen, Euer Glück anderswo zu machen?«
»Welche Schätze dieser Welt könnten mich von Eurer Seite reißen?« sprach er wie im Scherz und spielte mit einer Locke. »Wer könnte mir einreden, Euch zu verlassen? Wißt Ihr denn nicht, daß ich Euch liebe? Ihr seid mein Schatz, das einzigartige Juwel meines Verlangens.«
Shanna schmollte, wütend warf sie die Bürste zur Seite. »Ihr scherzt, Ruark, und ich wollte die Wahrheit erfahren!«
»Die Wahrheit, Milady?« Ruark vollzog eine Verbeugung vor ihrem Spiegelbild. »Milady sollten sich selbst an die vorm Altar gesprochenen Gelübde erinnern. Ich bin Euch anvermählt, bis daß der Tod uns scheidet.«

Mit einer Handbewegung warf Shanna ihre goldglänzende Mähne hinter sich, sprang auf und durchschritt den Raum. Sie war sich ihrer fast nackten Erscheinung auf Ruarks Sinne nicht ganz unbewußt; das linnene Handtuch bedeckte nur dürftig ihre Brüste, die ganze herrliche Länge ihrer wohlgeformten Beine gab es völlig preis. Langsam und katzengleich, anmutsvoll und geschmeidig waren ihre Gesten, als sie ihn nun wegen der Unverschämtheit, sie an ihre Ehegelübde zu erinnern, mit beizendem Hohn beschimpfte.
»Wie es Euch doch immer wieder aufs neue gefällt, mich ob dieser Tat zu schelten! Wie Ihr Euch doch immer wieder aufs neue darin gefallt, Euch mit frechem Grinsen in meinen Gemächern breitzumachen – als besäßet Ihr Gott weiß was alles auf der Welt außer diesem dümmlichen Lendenschurz, mit dem ihr so prahlerisch einherstolziert!«
»Wenn ich ein Armer bin, Madam, dann seid Ihr auch in der Tat eines armen Mannes Frau«, gab er mit stillvergnügtem Lachen zu bedenken.
»Ein geiler Bock seid Ihr, der jeden fadenscheinigen Vorwand ergreift, in mein Schlafgemach zu dringen!« versetzte Shanna. »Und auf daß Ihr mein Geheimnis nicht an die große Glocke hängt, muß ich mich unterwerfen, um Euch das Maul zu stopfen. Es gibt ein Wort für Euresgleichen, Sir – Gauner! Wer einer Lady so etwas antut, ist den Strick nicht wert, an dem man ihn erhängt!«
»Madam, ich muß gestehen, daß mir jeder Vorwand recht und billig ist, Euch meine Aufwartung zu machen. Jedoch ein geiler Bock? Gewiß hält mein Leben, wie ich es in letzten Zeiten führen muß, eher den Vergleich mit etwas Mönchischerem aus.«
»Ha!« rief Shanna, als er versuchte, nach ihr zu greifen. Sie flüchtete sich hinters Chaiselongue, drehte ihm eine lange Nase, und hexenhafte Koketterie funkelte in ihrem Blick. Doch Ruark sprang ungeniert aufs Chaiselongue, und Shanna mußte sich hinter ein Marmortischchen flüchten, nicht ganz gewiß, ob es ihr viel Schutz gewährte.
»Ruark, bezähmt Euch!« mahnte sie und mühte sich um Strenge in der Stimme. »Ich will das jetzt ein für allemal geklärt wissen!«
»Oh, wir werden das schon klären!« versicherte er, ergriff den Tisch bei der Platte und rückte ihn beiseite.
Die Wand setzte Shannas Rückzug ein Ende, fieberhaft blickte Shanna sich um. Links stand das Bett, auch dies gewiß kein sicherer Hort. Rechts befanden sich, hinter den Seidenvorhängen, die offenen Türen zum Balkon.
Ruarks Hand war flink und bekam den oberen Zipfel des Handtuchs zu fassen; dann flogen ihm die Vorhänge ins Gesicht und er hielt das leere Handtuch in der Hand. Er prustete fast vor Lachen, als er sich nun Shanna nackt auf dem Balkon vorstellte. Dann bemerkte er eine leichte,

flüchtige Bewegung der Vorhänge am anderen Ende des Raums; behutsam postierte er sich dort, um Shanna abzufangen. Doch kaum hatte er seinen Standort eingenommen, als sich die Seidenbahnen dort, wo er eben erst gestanden hatte, heftig blähten. Nackte Haut blitzte auf, Shanna sprang aufs Bett, rollte sich darüber hinweg und schon stand sie auf der anderen Bettseite – mit dem Nachthemd in der Hand. Blitzschnell warf sie ihre Arme hoch und ließ das Nachtgewand über ihren Kopf gleiten. Das kurze Hemd verfing sich zwar auf ihrem Busen, doch zog sie es mit einer schnellen Geste weiter abwärts – nicht sehr weit: denn Ruarks Hand auf ihrer Taille verhinderte ein weiteres Hinunterfallen des Gewandes. Er preßte Shannas nackte Hüften gegen sich und ließ sie seine wachsende Männlichkeit spüren.

Und wie von einem Windstoß war plötzlich bei ihm und ihr alle kindliche Verspieltheit davongeweht. Hitzig verfingen sich ihre Blicke ineinander, ihre Herzen rasten. Shannas Arme schlangen sich um Ruarks Hals, Ruark beugte sein Gesicht herab, und ihrer beider Lippen schweißten ihre Körper unter einem überspringenden Blitzstrahl verzehrender Leidenschaft ineinander. Die Zeit stand still, und eine Sekunde Ewigkeit drehte sich im Kreise – bis sie wie ein Kristallpokal zersprang, als plötzlich heftiges Pochen an der Tür erscholl.

»Shanna?« Orlan Traherns Stimme klang sanft zu ihnen herein. »Seid Ihr wach, mein Kind?«

Shannas Stimme war belegt und heiser, wie aus tiefem Schlaf herausgerissen. »Einen Augenblick, Papa!«

Erschreckt riß sie sich von Ruark los, jagte ihre Blicke fieberhaft durch den Raum, um einen Ausweg aus der Falle zu entdecken. Ruark legte ihr eine Hand auf die Schulter, wies mit der anderen aufs Bett und schob sie dann dorthin. Als Shanna sich wieder nach ihm umwandte, war er bereits verschwunden, geräuschlos wie ein Windhauch, nur die Vorhänge bewegten sich noch ein wenig. Shanna setzte sich im Bett auf und zog die Laken bis ans Kinn.

»Tretet nur ein, Papa!« rief sie.

Als sie schon des Vaters Schritte im Salon hörte, fiel ihr entsetzter Blick auf Ruarks Hut und Hemd am Fußende des Bettes. Schnell riß sie beides unters Laken, und als der Inselherr das Schlafgemach betrat, saß seine Tochter wieder züchtig mit den Decken bis zum Kinn vor ihm und blinzelte ihm entgegen.

»Guten Abend, Kind!« Er gab sich Mühe, seine sonst so rauhe Stimme milde klingen zu lassen. »Ich hoffe sehr, ich stör' Euch nicht.«

»Keineswegs, Papa«, gähnte sie, noch immer bebend, und sagte dann, ganz ohne Lüge: »Eingeschlafen war ich noch nicht.«

Der alte Trahern glättete die Laken am Bettrand und ließ dort dann seine

Leibesfülle nieder; Shanna rückte zur Seite und machte ihm Platz. Trahern nahm sich eine Traube vom Obstteller auf dem Nachttisch und kaute eine Weile gedankenverloren.
»Mir scheint, es macht Euch wieder Freude, daheim zu sein?« fragte er ein wenig zögernd.
»Gewiß doch, Papa!« versicherte Shanna mit offenem Lächeln. Im Augenblick schien ihr der Boden sicher unter den Füßen. »Ich fürchte«, sprach er weiter, »genau wie ich seid auch Ihr nicht dazu geschaffen, bei Hof herumzuscharwenzeln. Ich für meinen Teil hab' auch immer schon das freie Land auf der Insel höher geschätzt als höfischen Pomp und Glanz.«
Er legte seine Pranke auf Shannas zierliches Händchen. »Wenn Ihr mich fragt, mir haben die milchweißen Maiden mit den Mäuschen-Manieren nie gelegen. Und wie Eure Mutter, Shanna, seid Ihr mir mit der Farbe der Sonne auf den Wangen und im Haar am schönsten. Wahrlich, in meinen Augen scheint Ihr mit jedem Tag, den der Herrgott werden läßt, schöner zu werden. Und zu meiner Überraschung entdecke ich, daß Ihr einen eigenen Willen habt und diesen auch durchsetzen könnt. Doch ist irgend etwas an Euch, das ich nicht erklären kann. In jüngster Zeit legt Ihr ein frauliches – um nicht zu sagen: ehefrauliches – Wesen an den Tag.« Shanna errötete und schlug die Augen nieder. Plötzlich war ihr angst, die Wahrheit stünde im Gesicht geschrieben. Was hatte Ruark nur mit ihr gemacht, daß es sogar dem Vater schon auffiel? Nie wäre es ihr in den Sinn gekommen, sich anders zu sehen, als sie immer gewesen war. Daß sie sich sichtbar verändert haben sollte, traf sie wie ein Schlag.
»Sorgt Euch nicht, Papa«, sagte sie, und im stillen überlegte sie, ob Ruark vom Balkon her lauschte. »Es scheint mir höchst unwahrscheinlich, daß mein dahingeschiedener Mann in der allzu kurzen Zeit, die uns beschieden war, so merkbar auf mich eingewirkt haben könnte.«
Trahern richtete einen sorgenvollen Blick auf seine Tochter. »Wißt Ihr übrigens, daß Ihr in einem nicht eben geringen Maße auf Sir Gaylord einwirkt?«
Shanna erstarrte.
»Den ganzen Nachmittag«, fuhr Orlan Trahern fort, »schlich er wie die Katze um den heißen Brei. Heute abend dann, Ihr hattet kaum die Tafel verlassen, faßte er dann den Mut, bei mir um Eure Hand anzuhalten.« Orlan sah den erschreckten Blick in Shannas Augen und suchte ihre Ängste zu zerstreuen. »Ich tat ihm kund, daß er zuerst Eure Zuneigung gewinnen muß. Also fürchtet nichts, Tochter; Eurer Mutter habe ich gelobt, Euch einen würdigen Gemahl zu finden, und von diesem Ziel will ich nicht lassen.« Ein wenig verlegen rieb er mit der Hand über seine Schnallenschuhe.

»Habt Ihr Kummer, Papa?« fragte Shanna scheu; noch nie hatte sie den Vater so bedrückt gesehen.
»Eine Zeitlang hab' ich Euch wohl aus Eigensucht Kummer und Pein bereitet. Das hab' ich nicht gewollt.« Die Worte kamen stockend; er sah sie geradeheraus an, aber sein massiger Kopf schien fast zwischen seinen mächtigen Schultern zu verschwinden. »Ich bin alt, mein Kind, und ich werde immer älter. Und nichts liegt mir mehr am Herzen, als meine Dynastie in einer Herde fröhlich einherhüpfender Kinder fortgesetzt zu sehen.« Nun lachte er. »Ein Dutzend ungefähr wäre mir eben recht. Wie auch das Wesen beschaffen sein mag, das unsere Schritte lenkt – es wird schon, wenn die Zeit gekommen ist, alles zum Guten geraten lassen, das ist meine feste Überzeugung. Ich will jedenfalls von nun an alles Eurer Wahl überlassen, ich habe ja keinen Gemahl finden können, der Eurer Hand würdig gewesen wäre. Ich will auch zukünftig nicht in Euch dringen – und überlasse es Euch, Euren Gemahl dort zu suchen, wo Ihr ihn zu finden glaubt.«
Shanna spürte plötzlich ein heftiges Gefühl von tiefer Liebe zu ihrem Vater im Herzen aufwallen. »Ich verstehe Euch, Papa. Und danke Euch dafür, daß Ihr mich versteht.«
Lange ließ Trahern seinen Blick auf Shanna ruhen, dann schnaubte er laut und stand auf. Sein Gesicht ragte nun in die dunklen Schatten hinein.
»Genug des Geschwätzes«, äußerte er rauh. »Ich hab' Euch über die Zeit wachgehalten.«
Eine Minute verstrich, ehe Shanna sprechen konnte, ihre Stimme war dünn wie bei einem kleinen Kind.
»Gute Nacht, Papa . . .« Und als Trahern sich zum Gehen wandte, hörte er kaum, daß sie noch hinzufügte: »Ich liebe Euch.«
Antwort gab er nicht darauf, nur ein weiteres, lautes Geschnaube; dann eilten seine Schritte durch den Salon, und die Tür fiel sanft hinter ihm ins Schloß.
Shanna starrte in die Schatten, feucht glänzten ihre Augen, tief war sie in ihre Gedanken versunken. Es dauerte lange, bis sie den Blick wieder hob – und da stand Ruark am Fußende ihres Bettes, und ein seltsames Lächeln ließ seine Lippen zucken.
»Ihr habt es gehört?« Shannas Frage war kaum vernehmbar.
»Ja, Liebste.«
Shanna setzte sich im Bett auf, legte die Arme um die Knie und ihren Kopf darauf. »Ich habe nie gewußt, daß er so einsam ist.«
Von der ichbezogenen Jugend zum fürsorglichen Erwachsensein, zum Bewußtsein für den Nächsten ist es ein großer Schritt – und Shanna tat ihn jetzt. Der Übergang ist gewaltig und schmerzvoll. Ruark verharrte

schweigend, überließ es ihr ganz allein, den Weg zu finden. Shanna versuchte, sich in den Tiefen ihrer neuentdeckten Reife zurechtzufinden. Es war eine neue Erfahrung, und so unangenehm eigentlich auch wieder nicht. Sie konnte der Liebe ihres Vaters gewiß sein, und diese Gewißheit ließ es ihr warm ums Herz werden; darunter freilich brannten auch noch die Erinnerungen an manchen harten Streit, an den Schmerz, den manches seiner im Zorn gesprochenen Worte ihr bereitet hatte, an ihren eigenen Starrsinn, der daraus hervorgegangen war. Das Bild vom hübschen ritterlichen Lord, der vor ihr kniend um ihre Hand anhielt, erschien ihr plötzlich lachhaft und kindisch, unterm Einbruch der Wirklichkeit in ihr Leben, der soeben stattfand, verblaßte diese Vision allmählich. Gesichter wirbelten vor ihrem inneren Auge, durchdringend und doch vage, irgendwie nicht faßbar und ohne Konturen. Und alle versanken vor dem Bild ihres Vaters, wie er an ihrem Bett saß, einsam und mit Worten des Bedauerns auf den Lippen, ins Nichts. Seine Wutausbrüche hatten immer nur ihren Starrsinn herausgefordert, aber sein fast demütiges Eingeständnis hatte sie nur um so fester an seine Zukunftswünsche gefesselt.
Er sehnte sich also danach, sie als Gemahlin und Mutter zu sehen. Doch welchen Mann sollte sie ehelichen? Diesen Sir Gaylord, eine tölpelhafte Karikatur ihres Porträts vom edlen Ritter? In dem Schatten dahinter stand, dunkel und geheimnisvoll, eine andere Gestalt. An dieser Stelle zerstob ihr Seelenfrieden wie Schnee im Frühlingsregen, und sie versuchte, die Bedeutung dieser Unrast zu begreifen.
Shanna hob den Blick und richtete ihn auf Ruark. Ihr Drache. War er's, der ihr den Seelenfrieden geraubt hatte?
Ruark war unterdessen rastlos im Raum umhergewandert; nun blieb er vor der Frisierkommode stehen, zog einen Finger die Tischplatte entlang, auf welcher Shannas Bürste und Kämme, Puder und Parfüms lagen. Das Äußere einer Frau, dachte er. Weiches Haar, Schönheit, aufreizender Duft. Doch um wieviel faszinierender war das Menschenwesen darunter, dahinter? Die wechselnden Stimmungen, die sich auf die stetig wechselnde Welt ringsum einstellten; der launenhafte Witz, der ebenso geschwind zu besänftigen wie zu erzürnen war; dieser Körper, der so sanft und weich war und doch, wenn gefordert, soviel unvermutete Kraft entwickeln konnte; die unglaubliche Wärme ihrer Zärtlichkeiten, die Glückseligkeit, wenn ihre Lippen seinen Mund berührten.
Er wandte sich um, und seine Augen wanderten zu Shanna, wie sie zusammengekauert und gedankenverloren auf dem Bett hockte. So klein und hilflos schien sie jetzt – doch er wußte: wurde sie herausgefordert, würde sie wild entschlossen sich erheben und einem wütenden Tiger das Fürchten lehren können.

»Er hat gesagt«, murmelte sie vor sich hin, »daß ich die Freiheit habe, mir einen Gemahl zu suchen, wie es mir beliebt. Was also mach' ich jetzt mit Euch?«
Ruark stellte sich am Fußende ihres Bettes auf. »Ich bin gewiß nicht darauf aus, dem Henker den Kopf in die Schlinge zu legen, Shanna. Aber vor der Wahrheit fürchte ich mich dennoch nicht.«
»Ihr habt gut reden.« Daß er die Sache auf die leichte Schulter nahm, ärgerte sie sehr. »Doch wenn meinen Vater wieder einmal der Zorn packt, kann es mir leicht passieren, daß ich mich über Nacht als Gattin an der Seite eines Trottels finde.«
Ruark lachte bitter. »Madam, kommt die Wahrheit an den Tag, findet Ihr Euch wohlverheiratet und mit einem Gatten wohlversorgt. Mit mir nämlich! Mit anderen Worten, solang man mir den Hals nicht langzieht, braucht Ihr andere Männer nicht zu fürchten. Ja, es könnte sogar sein – falls Eurem Herrn Papa meine Dienste wertvoll genug erscheinen –, daß er mir Kredit zur Bezahlung von Anwalt und Verteidigung gewährt.« Ruark beugte sich vor und grinste schurkisch. »Bedenkt auch dies, mein Herz. Könnte es nicht mein Plan sein, Euch in gesegnete Umstände zu bringen, in der Hoffnung, daß der Herr Papa es vielleicht nicht gerne sieht, daß seine Enkel einen Gehenkten zum Erzeuger haben?«
»Wie könnt Ihr nur dergleichen denken!« rief Shanna entsetzt aus. Ihre Empörung flackerte grell wie ein Blitz am Nachthimmel. »Gemeiner Schuft! Dreifaltig verfluchter Straßenräuber!«
»Ach, meine Liebe, wie doch Eure Koseworte mir das Herz erwärmen!« stichelte Ruark. »Bleibt freilich festzustellen, daß Ihr im Kerker für Euer Flehen weit wohlklingendere Worte fandet. Da war Euch noch Jungfernschaft als Preis für Eure Erlösung aus einer verzwickten Lage nicht zu teuer.«
»Gemeiner Fischweib-Bastard!« zeterte sie, und karmesinrot war ihr Gesicht, als sie mit den Fäusten auf die Laken schlug. Ihr Wutausbruch verlor indessen rasch an Feuer, da es ihr plötzlich an geeignetem Wortmaterial für diese besondere Lage mangelte, was übrigens höchst erstaunlich war, hatte Shanna doch in ihrer Jugendzeit oft Umgang mit Seefahrern und Landstreichern gehabt und war infolgedessen stets wohlgewappnet, die Luft mit Flüchen zu erfüllen, die einen Gassenbuben vor Neid erblassen lassen mußten.
Ruark beugte sich näher, und nun konnte auch er seinen Zorn und seine Enttäuschung nicht mehr im Zaum halten.
»Und mir wollt Ihr dann wohl als heimlichem Liebhaber einen Aufenthalt im Kleiderschrank zuweisen, was?« höhnte er. »Vor der Welt versteckt, des Rechts beraubt, im vollen Licht des Tages neben Euch zu stehen? Ihr erschreckt vor dem Gedanken, daß Euer Geschick aller Welt

bekannt werden könnte, jammert schon im voraus über eingebildete Strafen dafür – doch hab' ich, Madam, nicht weit mehr zu verlieren? Und selbst wenn es mir zur Wahl stünde, ob ich Eurem Vater als unvermuteter Gatte seiner Tochter vor die Augen trete oder ob ich mein Leben versteckt in den dunklen Winkeln Eures Boudoirs verbringen will – ich kann Euch versichern, nichts wäre mir lieber, denn als Euer Ehemann, geliebt und ehrenvoll, vor die Welt zu treten. Wenn es mehr zu gewinnen gäbe als meinen Tod oder Euren unsterblichen Haß, dann würde ich noch in diesem Augenblick vor Euren Vater treten und Anspruch auf mein Recht erheben, um diesem Possenspiel ein Ende zu bereiten.«
»Ein Possenspiel!« Shanna röchelte fast vor Entrüstung. »Ein Possenspiel war es also nur, daß ich einem Leben an der Seite eines tatterigen Grafen oder Barons entgehen wollte! Eine Posse also, daß ich mein Leben mit einem Mann meiner eigenen Wahl zu teilen wünschte! Ja, Ihr verhöhnt mich, weil ich nichts anderes will, als nicht alle Hoffnung auf ein wenig Glück für alle Zeiten in den Wind zu schlagen!«
»So seid Ihr also denn gewiß, daß ein Leben an meiner Seite nicht glücklich werden kann!« Ruark starrte sie antwortheischend an.
»Als Weib eines Leibeigenen?« Shanna war völlig fassungslos über diese Zumutung. »Wovon wolltet Ihr denn auch nur eines meiner Kleider bezahlen?«
Ruarks Miene verfinsterte sich. Er brütete Gedanken aus, für die er keine Worte fand.
»Es könnte sich vieles ändern, mit der Zeit.«
»Ja!« spottete Shanna. »Den Hals würde man Euch eines Tages so weit strecken, daß Euer Kopf nichts mehr von Euren Lenden weiß. Und dann wär, ich wirklich endlich Witwe.«
»Wenn ich Euren Worten glaubte, müßt' ich alle Hoffnung fahrenlassen«, lächelte Ruark trocken. »Doch vergebt mir, Madam, wenn ich vorziehe, genau wie Ihr es tut, mir ein günstigeres Schicksal zu erhoffen, als die Zeichen es ahnen lassen.«
»Mit Eurer Dreistigkeit stellt Ihr mich auf harte Proben.« Shannas Stimme klang hart, doch sie wagte nicht, ihm in die Augen zu schauen. »Und Ihr ermüdet mich mit Euren Theorien.« Sie ließ sich in die Kissen sinken, seufzte und wandte sich ab.
»Gewiß doch, Milady.« Ruark sprach voll übertriebener Fürsorge. »Mein Hemd und meinen Hut dann, wenn ich bitten darf. Ich schätze meine dürftige Tracht sehr, ist sie doch alles, was John Ruark sein eigen nennen darf.«
Säuerlich griff Shanna unters Laken, wortlos warf sie ihm das Hemd zu. Schwieriger war's freilich, den Hut zu finden. Doch dann, als ein ahnungsvolles Erröten ihr Antlitz überzog, lüftete sie die Hüften aus den

Laken und zog die Kopfbedeckung unter sich hervor, warf sie ihm zu und drehte ihm den Rücken zu.
Ruark fing den Hut, der auf ihn zugesegelt kam, mit einer knappen Geste auf und betrachtete lange die nun vollkommen platte Scheibe, dann schwenkte er sich dieselbe vor die Brust und verbeugte sich galant.
»Mit Verlaub, Milady«, höhnte er. »Demnächst soll mein Kummer Euch nicht mehr belästigen.«
Shanna lag ganz still und lauschte, ob er von dannen ging. Schließlich rollte sie sich wieder auf den Rücken, um zu erfahren, warum er zögerte. Doch sie war allein.
Unmutig starrte Shanna in die leeren Schatten. Sie fühlte einen Schmerz in ihrer Brust wachsen, der ihr fast das Herz aus dem Leib reißen wollte. Plötzlich wollte sie Ruark zurückrufen; selbst ihr Streit schien mehr Freude in sich geborgen zu haben als die Leere, in der sie sich nun verloren fühlte. Die Welt hatte alle Seligkeiten verloren, grausam und kalt; nirgendwo Wärme, um die Kälte, die sie befiel, zu lindern.
Die Lippen zitterten ihr, Tränen traten in ihre Augen. Mit einem Aufschrei begrub sie ihr Antlitz in den Kissen, schluchzte wie ein Kind, trommelte mit geballten Fäusten aufs Bett.
»Lieber Gott...«, stöhnte sie in abgrundtiefer Verzweiflung. »Bitte, lieber Gott...«
Sie betete – und wußte doch nicht, worum sie flehte. Sie schüttelte den Kopf, sträubte sich gegen die Bedrückung, die sie plötzlich überkam. Aufstöhnend warf sie sich vom Bett und riß ein langes weißes Gewand aus dem Schrank. Ihr Zimmer hatte aufgehört, ein Hort der Geborgenheit zu sein, wie ein von aller Welt verlassenes Waisenkind strich sie durch die heimlichsten Winkel des großen Herrenhauses, doch in keinem der finsteren Räume vermochte sie zu finden, wonach ihr Herz verlangte. Erschöpft stieg sie die Treppe hinab. Dann stand sie in der Tür der väterlichen Bibliothek, wußte nicht, wohin sie jetzt noch ihre Schritte lenken sollte.
Trahern blickte von seinen Papieren auf. »Shanna? Was ist mit Euch, mein Kind? Eben wollte ich zu Bette gehen.«
»Ich glaube, ich werde noch einen Spaziergang durch die Gärten machen«, sagte Shanna leise. Sie sah den besorgten Blick des Vaters. »Ich bin bald zurück. Ihr braucht nicht auf mich zu warten.«
Orlan Trahern sah seiner Tochter nach, wie sie aus dem Türrahmen verschwand, lauschte in die Stille des Hauses, als die nackten Füße noch ein paar Sekunden lang auf dem Marmorboden zu hören waren. Die Haustür wurde geöffnet, fiel ins Schloß. Orlan seufzte schwer, hob seinen massigen Leib aus dem Sessel und machte sich schwerfällig auf den Weg zu seiner Kammer.

Shanna stand auf dem Rasen. Nacht umhüllte sie. Sterne blinzelten hin und wieder durch die dahintreibenden Wolkenfetzen. Kurz trat der Mond in Erscheinung, dann verbarg auch er sein silbernes Gesicht wieder.
Ziellos wanderte Shanna unter den Bäumen einher. Sie war schon weit vom Hause fort, als sie aus den Stallungen ein Wiehern hörte. Zögernd, doch auch neugierig schritt sie näher.
Licht schimmerte aus einem Stall. Dann, vor der Stalltür innehaltend, hörte sie Ruarks Stimme, die sanft und milde auf die Stute einsprach. Shanna trat in die offene Tür. Der Laternenschimmer zeichnete harte Schatten in Ruarks Antlitz. Ruarks lange, feinfühlige Finger strichen mit der gleichen Zärtlichkeit, auf die ihr Körper selbst schon so oft mit wohligen Empfindungen Antwort gegeben hatte, über die Wunden und die Striemen der Stute. Das Pferd schnaubte, schmiegte seine Nüstern vertrauend an Ruarks Schulter. Ruarks Hand glitt aufwärts und tätschelte dem Tier das Maul.
»Jetzt nicht, Jesabel«, tadelte er liebevoll.
Shanna straffte sich vor Verwunderung. Sie hatte ihm gegenüber den Namen der Stute nicht erwähnt.
»Woher wißt Ihr, wie sie heißt?«
Ruark richtete sich auf, seine Augen versuchten die Dunkelheit jenseits des Laternenscheins zu durchdringen. Shanna trat näher. Er wischte sich die Hände an der Hose ab, und sein Blick glitt über Shanna, als gäbe es ihr Gewand gar nicht.
»Wie sie heißt? Der Stallbursche hat's mir gesagt.«
»Ach so«, machte Shanna. Ihre Stimme klang jetzt wieder sanft. Sie blickte sich um. Der Stallbursche Elot war nirgends zu sehen.
Ruark wies mit dem Daumen über die Schulter zu der Wärterstube.
»Fürs Saubermachen und fürs Striegeln ist er gut, vom Heilen versteht er nichts. Ich hab' den Jungen zu Bett geschickt.«
Shanna faltete die Hände auf dem Rücken. Sie ließ die Blicke durch die Stallung schweifen. Ruarks Blick wollte sie nicht begegnen.
»Was ist das?« Sie nickte zu einer Holzschüssel hin, in der ein reichlich unappetitliches Gebräu schwamm.
Ruark antwortete knapp. »Kräuter und Rum in warmem Talg. Heilt Wunden und schließt sie.«
»Ach so.« Abermals hörte er sie kaum.
Ruark tauchte seine Finger in die ekelerregende Mixtur. Hinter Ruark sah Shanna die zerdrückte, flache Strohscheibe auf einem Hocker liegen, die einmal einen Hut dargestellt hatte. Sie hob das Ding hoch, setzte sich auf den Hocker und stemmte ihre Füße auf die oberste Querleiste. Nachdenklich drehte sie die ruinierte Kopfbedeckung zwischen den Fingern.

»Tut mir leid um Euren Hut, Ruark«, sagte sie in die lastende Stille hinein. »Ich wollte ihn nicht kaputtmachen.«
Ruark unterbrach die Behandlung der Stute nicht. »Geschenk der Firma. Ich hab' noch einen anderen.«
»Ich leg' Euch morgen beim Frühstück als Schadenersatz einen Schilling neben den Teller.«
Ruark lachte laut, und es tat ihr weh. »Welch seltsame Schicksalswende, Madam, wenn Ihr mich nun für Schaden, der mir in Eurem Bett erwachsen ist, bezahlen wollt.«
»Verdammt noch mal, Ruark!« fauchte sie ihn wütend an, doch unter seinem ruhigen, goldenen Blick fiel ihr Zorn in nichts zusammen. »Es tut mir leid, Ruark. Alles. Ich wollte Euch nicht verletzen.«
Ruark ließ das Schweigen lasten, und schweigend nahm sich Shanna eine der Laternen, kletterte die Krippe hoch und hielt das Licht so, daß ein deutlicherer Schein auf seine, die Wunden der Stute behutsam behandelnden Hände fiel. Wortlos nahm er Shannas Hilfeleistung an. Erst als er sich zu den Hinterbeinen des edlen Pferdes wandte und sich zu diesem Zwecke zwischen die Hufe hockte, richtete er ein Wort an Shanna.
»Leuchtet ein wenig mehr hier herüber«, sagte er über die Schulter hinweg und deutete mit der Salbenschüssel die gewünschte Richtung an.
Shanna hielt die Laterne wie geheißen.
»So ist's recht!« sagte er nur.
Bei der ersten Berührung der übelriechenden Salbe auf einer tiefen Wunde schnaubte die Stute und schlug um sich.
Shanna erschrak. »Ruark! Gebt acht!«
Aber Ruark langte nur aufwärts, tätschelte Jesabels Flanke und murmelte besänftigend: »Ganz ruhig, Jesabel. Ganz ruhig.«
Die Stute beruhigte sich, doch als Ruark den Verband anzulegen versuchte, schnaubte sie abermals, und wilder, und bäumte sich auf. Gefährlich nahe an Ruarks Kopf vorbei schnitten die Hufe durch die Luft.
Shanna schrie fast: »Ein Tolpatsch seid Ihr! Kommt endlich unter diesen Hufen fort!«
Ruark schlug eine Handvoll seiner Mixtur gegen den Hinterlauf und erhob sich schnell, um dem heftigen Dreschen der Hufe zu entgehen. Dann setzte er die Schüssel auf einen Balken, schloß das Krippengatter und blickte endlich Shanna an.
»Mein Gott, Schätzchen!« grinste er. »Könnte es denn sein, daß ich auf einmal einen fürsorglichen Sinn in Euch geweckt hätte?«
»Fürsorglich?« äffte Shanna. »Nun ja, nicht mehr, nicht weniger, wie ich es für Kinder und Narren stets empfinde.« Sie kletterte von dem Balken herunter, von welchem sie die Laterne gehalten hatte. »Bei Eurem

Leichtsinn ist's wahrhaftig ein Wunder, daß Euer Schutzengel nicht längst erschöpft zusammenbrach.«
»In der Tat, meine Lady!« Ruark bediente sich der aufgeblasenen Sprechweise Sir Gaylords, »doch ist's äußerst bemerkenswert, wie der alte Junge sich seiner Pflicht gewachsen zeigt, findet Ihr's nicht auch?«
Shanna konnte ein Lächeln über seine Narretei nicht unterdrücken. Sie ging zu dem hohen Hocker zurück, auf welchem sie zuallererst gesessen hatte, gab im Vorübergehen Ruark die Laterne und setzte sich wieder mit hochgezogenen Knien hin. Dann sah sie dem Schauspiel zu, welches der Tanz der strammen Muskeln unter Ruarks bronzener Haut ihr bot, als er nun die Lampe auf ein Brett stellte und sich dann, breitbeinig über einem Bottich stehend, mit schäumender Seife Hände, Arme und Oberkörper wusch. Als er sich plötzlich nach ihr umwandte, schlug sie die Augen nieder. Er hätte ihre Blicke ja als Verlangen deuten können.
»Muß ich mich einen Toren schelten, wenn ich nun der Hoffnung bin, daß mein Tod nicht länger Euer Wunsch ist?« lächelte er sie an.
Shanna sah ihn mit großen Augen an. »Dergleichen hab' ich nie gewünscht. Wie konntet Ihr's nur denken?«
»Unser Handel . . .«, begann er.
»Der Teufel soll den Handel holen!« fuhr sie dazwischen.
»Aber sagtet Ihr's nicht selbst, daß Ihr mich haßt?«
»Und habt Ihr je gesagt, daß Ihr mich liebt?« gab sie zurück. »Welchen Mann hättet Ihr mir wohl zugestanden? Ach, wer warb nicht alles schon um mich – Lords, unzählige Prinzen, zwei Dutzend auf ein Schock, von geifernden Lebemännern ganz zu schweigen, die meine Hand begehrten oder zumindest doch ein anderes Stück von mir. Welch Füllhorn zartgemeinter Worte schütteten sie nicht über mich, um mein Herz zu rühren, um mir kundzutun, wie ich begehrt, bewundert bin. Hingegen Ihr? Wo ist ein Wort, an dem sich meine Weibeseitelkeit erfreuen könnte? Habt Ihr mir einmal nur die Hand gehalten und mir kundgetan, daß ich . . .«
Sie zuckte die Schultern und hob fragend die Hände. ». . . daß ich hübsch bin, lieb und liebenswert? Nein. Nichts als Schimpf bekomme ich zu hören, als wäret Ihr ein quengelndes Kind, das um sein Süßholz bettelt.«
Ruark lachte, warf das Handtuch über den Haken und überlegte einen Augenblick. Dann hob er an zu deklamieren wie ein Redner vor dem Parlament, während er nach Advokatenart auf und ab stolzierte und mit großen Gesten seine Argumente unterstrich:
»Madam, ohne Zweifel sprecht Ihr wahre Worte aus. Doch ich, für meinen Teil, mag eine Methode nicht in Frage stellen, die bislang Erfolg gezeigt hat. Denn wo sind sie geblieben, die winselnden Hunde, die geifernden Trottel? Nennt mir nur einen, der nicht gebrochenen Herzens

und Mutes von dannen schleichen mußte!« Er beugte sich vor, und seine Stimme war fast nur ein Flüstern. »Nur mir allein ist Eure Gunst zuteil geworden, falls ich nicht irre!« Er richtete sich wieder auf, betrachtete seinen Handrücken und meinte dann: »Wenngleich sich mit Gewißheit nichts Bestimmtes sagen läßt . . .«
Empört nahm Shanna die Verleumdung ernst: »Als ob Ihr nicht wüßtet, daß nie ein anderer dort war, wohin Ihr gelangtet!«
Doch auch in Ruarks Blick flackerte jetzt echte Empörung: »Gibt's nicht seit jüngstem einen, der über alle Maßen Euch zu fesseln scheint?«
Shanna schüttelte den Kopf.
»Der nicht seine Finger von Euch lassen kann?«
»Er hat nur manchmal meinen Arm genommen!«
»Der Euch beglotzt, als genieße er schon gewisse Rechte?«
»Sir Gaylord?« kicherte sie auf. »Der ist doch nur . . . Aber Ruark! Ihr seid ja eifersüchtig!«
»Eifersüchtig?« fragte er verwundert, und wurde sich im selben Augenblick bewußt, daß er es tatsächlich war. Er starrte auf den Boden und scharrte mit einem Fuß im Stroh. »Ja. Eifersüchtig bin ich. Auf jeden anderen Mann, der vor allem Volk an Eurer Seite stehen, eine Locke streicheln, einen Blick Euch schenken darf, wo's mir verwehrt ist. Wo ich mich um jeden Blick des Verlangens aus Euren Augen fast zu Tode ringen muß. Ihr sprecht von lieben Worten, die ich Euch vorenthalten soll – zu Tausenden möchten sie mir über die Zunge quellen, lieg ich nachts allein in meinem Bett und vermeine fast die Wärme Eures Leibes neben mir zu spüren. Da winden und da ringeln sie sich unter meiner Haut wie Würmer, bis meine verzweifelte Wut sie zu Tode würgt.«
»Dann sprecht sie jetzt endlich aus, die lieben Worte, die Euch auf der Zunge brennen!« zwitscherte Shanna heiter. »Laßt Euch nicht hindern! Stellt Euch vor, daß ich eine hochwohlgeborene Dame sei . . .« Sie richtete sich auf, hob die Nase hoch in die Luft, fuhr sich mit der Hand durchs Haar, bis daß es sie wie eine Krone schmückte, um es dann noch prinzessinnenhafter über ihre Schultern herabfließen zu lassen. Dann richtete sie majestätisch einen Finger auf ihn. »Und Ihr seid jetzt mein fürstlicher Bewerber und legt mir Euer Herz zu Füßen! Also laßt den Reigen Eurer wohlgesetzten Worte tanzen!«
Lachend griff sich Ruark seinen zerknitterten Hut, gab ihm, soweit möglich, die ursprüngliche Form zurück und setzte ihn sich so aufs Haupt. Nur mühsam unterdrückte Shanna ein Lachen.
»Milady, so wie Ihr da auf dem hohen Hocker sitzt, mit dem Gewand, das rundum bis fast auf den Boden fällt, gleicht Ihr mir eher einem großen weißen Storch mit vier spindeldürren Holzbeinen!«
Wohlgelaunt raffte Shanna ihre Röcke, klemmte sie sich zwischen die

Knie und ließ dabei viel Fessel, Wade und gar Schenkel sehen. Ruark lüftete den Hut mit flinker Geste und hielt ihn dann – wie ein von seinem Herrn ertappter Sklave – mit beiden Händen vor der Brust. In den Worten freilich, die er nun sprach, lag, bei aller äußerlicher Demut, eine warme innere Kraft.
»Oft ging ich verwirrten Sinnes durchs Dunkel für mich hin. Ein Bild von solch erhabener Schönheit stand vor meinen Augen, daß mein schlichtes Herz nicht davon lassen konnte. Dies Bildnis war das Eurige, mein Lieb! Ihr seid's, deren holdes Antlitz stets vor meinen Augen steht! Viele fremde Länder hat mein Fuß betreten, und keck verstattete ich mir aller Orten, die süße Frucht der Weiblichkeit zu kosten. Doch selbst in den berauschendsten Momenten malte sich mein Sinn das Bildnis der einen einzigen, der ganz anderen aus, vor der eines Tages wie gebannt ich mich auf meine Knie werfen würde, von der ich, meiner Sinne nicht mehr mächtig, demütig die flüchtigste Berührung der zarten Hand, ein freundliches Lächeln, eine karg bemessene Liebkosung erflehen würde. Und wann immer unter meiner Feder das Antlitz einer Frau Gestalt annimmt, dann ist es das derjenigen, die ich einmal heiß und pulsend in den Armen spürte, derjenigen, die frostbebend mich aus dem tiefsten Schlaf auffahren läßt...«
Das Herz wollte Shanna in der Brust zerspringen, lind und verschwommen war ihr Blick, als Ruarks Worte, Wort für Wort, ihr wie ebenso viele winzig spitze Pfeile tief ins Fleisch eindrangen.
Doch er fuhr noch weiter fort: »Ihr seid's, der zu begegnen Tag für Tag ich fürchte – und dennoch kann ich's kaum erwarten, bis Ihr mir vor Augen tretet. Dann legt sich mir die Kette nie gesprochener Worte würgend um den Hals, dann bringt der kleinste Schimmer Eurer Schönheit taumelnd meinen Sinn zu Fall. Ach, Ihr allein seid meine ganze Welt! Euer Lächeln ist mein Sonnenlicht. Eure Augen meine Sterne. Euer Angesicht mein Mond. Und berührt Ihr mich, liebkost Ihr mich, dann ist das meine Erde und mein täglich Brot. Ja, all dies ist Shanna mir, und nie zuvor hab' ich je ähnliches zu irgendeiner anderen Frau gesagt...«
Wie gebannt saß Shanna da, verzaubert von der erregenden Wärme seiner Stimme. Und wie durch einen Schleier sah sie nur, daß er jetzt dicht vor ihr stand. Der Hocker, auf dem sie saß, machte sie größer, als sie war, doch mußte sie auch jetzt noch ihre Augen heben, um in die seinigen zu schauen, die liebevoll und zärtlich glänzten. Schon drängte sich ein Teil von ihr danach, ihn an sich zu reißen, ihm ähnlich liebe Worte zuzuflüstern. Doch brachte auch ein anderer Teil ihres Seins ihr in Erinnerung, wie knapp sie erst vor wenigen Stunden dem Unheil, ertappt zu werden, entronnen war. Und dieser Teil sträubte sich, jeglicher Versuchung nachzugeben; ja, scheute vor der kleinsten Drohung einer Zärt-

lichkeit wie vor Gift zurück. Und: wußte sie denn überhaupt genau, ob all seine Worte auch wahrhaftig aus dem Herzen kamen – hatte er vielleicht nur ein früher schon erprobtes Wortspiel auswendig hergesagt? So wußte sie nicht hin noch her und flüchtete in leichtherziges Geplänkel. »Ach, guter Herr, Eure Zunge ist gar sehr geschmeidig und verteidigt Eure Sach' geschickt. Doch seh' ich in der Erinnerung auch einen Mann vor mir, der in die Zügel meines Hengstes greift und mich mit wuterfülltem Blick bedroht. Und einen anderen seh' ich, der mich so lang quälte, bis ich seiner Lust erlegen war. Vergebung, Milord, das kann doch nicht der gleiche sein, der mich soeben als das Traumbild seines Herzens pries! Falsch klingt also jedes Wort, im Lichte der Vergangenheit besehen. So mißtrau' ich Eurer Rede als einer List von vielen, die meinen Ohren schmeicheln soll, doch mit der Wahrheit nichts gemein hat.«

»Nichtsdestotrotz«, lächelte Ruark mephistophelisch, »muß ich Milady ersuchen, die Entscheidung bald zu fällen. Euer Vater nämlich sprach davon, daß er sich ein rundes Dutzend Enkelkinder wünsche, und selbst eine Maid so jung, wie Ihr seid, braucht ihre Zeit, um die Erzeugung solcher Anzahl zu bewältigen.« Er legte ihr wie zufällig eine Hand auf den Schenkel und grinste dicht vor ihrem Mund: »Da müssen wir eigentlich gleich anfangen, meint Ihr nicht?«

Shanna hob mit spitzen Fingern seine Hand beiseite. »Das möchte Euch wohl so gefallen, wenn alljährlich winters sich mein Bäuchlein rundet und frühjahrs sich das Haus vergrößert, nur damit Ihr stolz beweisen könnt, daß Eure Manneskraft jegliches gekrönte Haupt in den Schatten stellt. Doch sagt mir eines, Sir, falls ich Euch wirklich ein Schock Kinder gebäre – bei welchem Namen soll man sie denn nennen?«

»Das liegt bei Euch, mein Herz. Und von Eurer Entscheidung hängt auch Eure Seelenruhe ab.«

»Ihr seid unmöglich!« schalt Shanna. »Zur Lösung tragt Ihr wenig bei, doch zur Verwirrung alles.«

»Dann laßt die Frage ruhen. Mit der Zeit und Gottes Gnade wird sich alles finden.«

»Ihr wollt es einfach nicht begreifen!« Shanna schlug sich verzweifelt mit der Faust aufs Knie. »Warum wollt Ihr denn nicht auch meine Nöte sehen!«

»Vielleicht seh' ich sie klarer als Ihr selbst«, sagte er milde. »Ihr schlagt Euch, wie jede Frau, mit dem Problem herum, wie man die Kindheitsträume aufgibt und der Wirklichkeit des Lebens ins Auge sieht.«

Er hob eine Handvoll goldenen Haars von ihrer Schulter, ließ eine Weile seinen Blick sich an der Schönheit weiden; seine Bernsteinaugen tauchten in die meeresgrüne Tiefe der ihrigen. Shanna hatte alle Mühe, sich dem Zauberbann, den er wieder einmal auf sie ausübte, zu entziehen.

»Steht nicht so nah vor mir!« Ihr Befehl kam plötzlich, wenn auch ohne rechte Überzeugung. »Haltet Euren Abstand! Ich durchschaue Eure List. Ihr wollt mich bloß wieder auf den Rücken werfen und wie ein brünstiger Hirsch besteigen!«
Sein Mund war dicht vor ihren Lippen, doch so leicht wollte Shanna sich dieses Mal nicht geschlagen geben. Sie duckte sich und flüchtete unter seinem Arm hinweg von ihrem Sitz, um hinter einem Sattelbock gleich an der Tür einen neuen Zufluchtsort zu finden.
Ruark gab sich den Anschein, jegliche Verfolgungsabsicht aufzugeben. Er nahm eine langgestielte Forke zur Hand und begann, den Stallboden von Heu und Stroh zu säubern.
»Die Stute«, sagte er unschuldsvoll, »gefällt Euch wohl, nicht wahr?«
»Über die Maßen«, gab Shanna zur Antwort und beobachtete ihn wachsam. »Eine Schande, daß sie auf der Überfahrt so leiden mußte.«
»In der Tat. Doch das wird heilen. Jesabel stammt aus guter Zucht.« Auf die Nennung ihres Namens hin stampfte die Stute und schnaubte.
Ruark spähte in die Krippe und tat besorgt. »Sie scheint von großem Schmerz gequält!« Er straffte sich. »Was ist denn das?«
Unbedacht wandte Shanna den Kopf. Im gleichen Augenblick segelte die Forke in die Ecke, im nächsten Augenblick fand Shanna sich in Ruarks Armen. Sie schrie auf, doch nicht sehr laut, um nicht den Stallburschen aufzuwecken.
»Ruark, laßt mich augenblicklich los!«
Es gelang ihr, sich so um ihn herumzuwinden, daß sie wieder Boden unter die Füße bekam. Doch Ruark hatte seinen Arm unterm Gewand um sie geschlungen. Nun spürte sie seine Hand auf ihren bloßen Hüften.
»Zähmt Euch! Dort habt Ihr nichts zu suchen!«
Ruark lachte ihr ins Ohr. »Euer Herz schlägt für Kinder und für Toren, habt Ihr mir gesagt. Wenn das bedeuten soll, daß Ihr mich liebt, ist's mir gleich, für welches von beiden Ihr mich haltet!«
Shanna stemmte einen Arm zwischen sich und ihn und raffte ihr Gewand am Hals zusammen.
Ruark aber nützte die Gelegenheit und fuhr mit seinen Fingern über ihren entblößten Rücken.
»Ruark, das dürft Ihr nicht! Oh! Nein! Hört auf!«
Er knabberte an ihrem Ohr, was ihr einen Schauder nach dem anderen über den Rücken jagte.
»Ruark! Wir können doch nicht einfach ... Nicht hier! So hört doch endlich auf!«
Mit Kraft und Tücke brachte sie zwar seine Hand aus dem gefährdeten Bereich, und beinah wäre ihr sogar die Flucht gelungen, da Ruarks Griff sich einen Augenblick lockerte. Doch das war eine Falle, und er hielt sie

jetzt um so fester. Mit einem plötzlichen Ruck suchte Shanna nun aufs neue ihre Freiheit wiederzugewinnen, und dabei stieß Ruarks Fuß an einen lockeren Stein, und er fiel rückwärts in einen Haufen Heu. Seine Hand ließ freilich auch im Sturz ihr Nachtgewand nicht los, und Shanna fühlte sich zu ihm hinabgerissen. Ihrer beider Glieder schlangen sich nackt und heiß ineinander; einen Herzschlag lang kämpfte Shanna noch, um sich zu erheben, doch dann mußte sie entdecken, daß sein harter Feuerstein schon Funken in den Zunder ihres Schoßes warf, und lustvoll lachend rollte Ruark sich mit ihr im Heu, bis er sie unter sich gefangen hielt.

»Seht Ihr's, Verführerin? Nun seid Ihr in meiner Haft! Werdet Ihr nun mit Zauberkraft Eure Gestalt in ein fremdes Wesen wandeln, um zu entfleuchen? Oder singt Ihr nun Euer Sirenen-Lied, bis mein armer, trunkener Kopf den Verstand verliert und ich, meiner Sinne nicht mehr mächtig, auf die Klippen eines öden Uferstrichs geworfen werde? Mein Blick erkennt ein Zauberwesen mit Meerjungfern-Augen und Meerschaum-Brüsten, das mich in unbekannte Tiefen lockt, bis mir fast der Atem bricht, um dann nein und nein und nochmals nein zu rufen – sie flieht und läßt mich winselnd wie ein hungernd Kind zurück...«

Sanft war Shannas Stimme, als sie in die goldenen Augen schaute, die sie bannten und ihr die letzte Spur von eigenem Willen raubten. »Wann hätte ich Euch jemals so arg reizen können, ohne nicht letzten Endes doch Eurer Manneslust nachzugeben?«

»Ihr seid, mein Lieb, die Circe meiner Träume, die mich, wenn ich nur die Augen schließe, in ein geiles Schwein verwandelt, welches Euch, einem winzigen Zeichen Eurer Gunst zuliebe, um die Füße schnüffelt.«

»Sollt' ich Euch wahrhaftig soviel Pein bereiten, guter Herr«, sie lachte mit einem warmen Zwinkern in den Augen und zog ihm einen Strohhalm aus dem Haar, »warum sucht Ihr dann nicht das Weite? Vielleicht gelingt es mir, wenn erst die Sägemühle steht, meinem Vater Eure Freiheit und das Fahrgeld heim in Eure Kolonien abzuschmeicheln. Würdet Ihr mich dann verlassen?«

Plötzlich war's ihr ernst. Gespannt beobachtete sie ihn und wartete auf Antwort. Ruark war's genauso ernst, und liebevoll strich er ihr die Locken aus der Stirn.

»Niemals, Madam. Nie!« flüsterte er. »Und schickt Ihr mich auch zehntausend Meilen weit in alle Fernen, baut einen Wall, um mir die Rückkehr zu verwehren – ich würde ewig, wie die Motte, flatternd einen Weg zu Eurem Feuer suchen, von Leidenschaft und Pein getrieben.«

»Und weiter, guter Sir: seid Ihr auch bereit, Euer Vernarrtheit in dies Frauenzimmer, das Milly heißt, für alle Zeiten abzuschwören und mir allein die Treue zu geloben?«

Wie vom Blitz getroffen fuhr er hoch, zutiefst verwundert, daß dieser Name fallen konnte.
»Milly?« brach es ungläubig aus ihm heraus. »Aber dieses kleine Flittchen...«
Häcksel regnete auf sie herab, ein spitzer Schrei durchschnitt die Luft, der ihnen alles Blut gerinnen ließ. Dann begrub ein Wolkenbruch von Heu sie beide unter sich. Ruark richtete sich häckselspuckend auf, Shanna sprang auf die Füße und klammerte fest ihr Gewand zusammen. Der Heuhaufen bewegte sich. Wild um sich schlagend kam eine Gestalt zum Vorschein.
»Milly!« rief Ruark aus. »Was zum Teufel treibt...« Die Worte versagten ihm.
Das Mädchen lächelte kokett. »Ich hörte, daß Ihr mich beim Namen rieft. Da wollt' ich halt ein wenig näher treten, um die Ursache zu erkunden.« Unter Shannas Augen schloß Milly das weit offene Hemd über ihrer kleinen, bloßen Brust. »Außerdem«, sprach sie, »war ich's einfach leid, weiterhin dort hoch oben auf Euch zu warten. Auch bin ich nicht gern die zweite Wahl.«
»Was?« Wutgeladen explodierte das Wort auf Shannas Lippen. Rasender Zorn schlug grüne Blitze aus Shannas Augen und ließ ihre Wangen kalkweiß erbleichen.
»Shanna!« rief Ruark. Er sah gewaltiges Unheil auf sich zukommen.
Blind griff Shanna auf der Suche nach einer Waffe um sich. Sie bekam Zaumzeug, das am Haken hing, zu fassen, und gleich einer Furie, mit knirschenden Zähnen, schleuderte sie alles Lederzeug gegen die zwei im Stroh. Ruark stürzte zu Boden, und er sah Shanna sich über ihm auftürmen, die Beine gespreizt, das Haar wild umherflatternd, und ihr weißes Nachtgewand umrauschte sie wie ein Wirbelwind. Eine Rachegöttin, aus Urzeiten heraufbeschworen, schien sie Ruark jetzt. Nie hatte er sie wütender gesehen. Nie schöner.
»Rollt nur voll Genuß im Heu herum!« fauchte sie mit einer Stimme, die eine Springflut hätte zu Eis erstarren lassen. »Wohl bekomm Euch Euer Spaß aus erster Hand!«
Sie sprang zur Pferdekrippe, und während Ruark und Milly noch mit dem Zaumzeug kämpften und sich dabei nur um so tiefer darin verstrickten, griff Shanna schon nach dem Seil, an welches Jesabel gebunden war, und riß die Stute fort ins Freie. Sie packte die Mähne, schwang sich mit wildem Sprung auf den Pferderücken und jagte es mit irrem Schrei zum Stall hinaus.
»Verdammt, Shanna! Wartet doch!« rief er hinter ihr her. Doch da war sie schon in Nacht und Dunkelheit verschwunden.
»Ich hab' doch nur Spaß gemacht«, winselte Milly, plötzlich bang vor

Ruarks stummer Wut. Mit mörderischen Griffen riß Ruark das Netz aus Lederriemen auseinander, dann raste er Shannas Spuren nach.

Milly hatte währenddessen immer noch Mühe, sich aus dem Zaumzeug-Wirrwarr zu befreien. Plötzlich türmte sich ein finsterer Schatten vor ihr auf. Milly erstarrte.

»Mein Gott, Sir!« stöhnte sie, als sie die Gestalt erkannte. »Habt Ihr mir einen Schrecken eingejagt. Dacht' schon, Mister Ruark wär' zurückgekommen!«

Ein schwarzer Handschuh griff nach Milly, nahm ihr die Lederfesseln ab und hing dieselben wieder an die Haken. Dann wirbelte der weite, schwarze Umhang, die hohe, hagere Gestalt kniete sich nieder, half dem Mädchen auf die Beine. Sie lehnte sich gegen ihn und streichelte ihm durchs Hemd hindurch mit vertrauter Hand die Brust.

»Ich hab' gesprochen, was Ihr mich geheißen«, murmelte sie. »Doch warum mußtet Ihr mich stoßen? Fast hätt' ich mir den Arsch gebrochen, und das hätt' Euch doch nur um all den Spaß gebracht, den Ihr an mir habt.«

Unter dem Dreispitz, der sein Angesicht beschattete, nickte der Mann zufrieden, dann half er der Dirne wieder zum Heuboden hinauf, um mit ihr in der Beschäftigung fortzufahren, die Ruarks Aufenthalt im Stall unterbrochen hatte.

14

Shanna sprang vom Rücken der Stute und eilte die Freitreppe zum Herrenhaus hinauf. Wenn Ruark sie verfolgte, würde keine Tür ihn halten – vielleicht war er sogar fähig, vor ihres Vaters Augen das ganze Geheimnis auszubreiten. Also lag ihr Heil jetzt nur noch in der Flucht. Zuvor jedoch mußte sie sich bekleiden, das war unerläßlich.
Kaum berührten Shannas nackte Füße die Stufen der weitgeschwungenen Innentreppe. Und ehe sie noch in ihre Gemächer stürmte, hatte sie sich schon das Nachtgewand vom Leib gerissen. In fliegender Hast riß sie die Schränke auf, warf sich die Inselfrauentracht über die bebenden Glieder. So jagte sie weiter zum Balkon und sprang von dort ins Gras hinab. Keinen Augenblick später kauerte sie schon wieder auf Jesabels Rücken und trieb die Stute über Wiesen, die den Hufschlag dämpften, in die Nacht.
Ruark bog eben um die Ecke des Trahernschen Herrenhauses, als er von Pferd und Reiterin nur noch den Schatten zwischen Baum und Busch verschwinden sah, zu weit entfernt, um sie noch einzuholen. Abgrundtief verzweifelt, zwischen knirschenden Zähnen Flüche murmelnd, setzte er, langsamer jetzt, unter Shannas Gemächern vorbei den Weg zu seiner Hütte fort. Endlich daheim, füllte er sich einen Kurg vom stärksten Rum. Lange starrte er die Standuhr in der Diele an. Wie lange mochte es wohl dauern, bis Shannas Zorn verrauchte und sie wiederkehrte?
Geisterhaft stiegen die Nebel auf. Der Mond, der silbrig durch die Schleier glänzte, tauchte die Insel in einen unheimlichen Schimmer. Immer tiefer ritt Shanna in die gespenstische Nacht hinein. Nicht wissend, wohin sie sich wenden sollte, ließ sie das Pferd den Weg bestimmen. Jesabel freilich, nach der langen Zeit des Eingepferchtseins auf dem Schiff, schien den Nachtspaziergang zu genießen. Auf einer saftigen Wiese angelangt, fing sie an, genüßlich zu äsen. Stumm und reglos saß die Reiterin auf ihrem Rücken.
»Wie eine Hure hätte ich mich beinah ihm im Heu gegeben!« empörte sich ihr Herz. »Und all die Zeit lag diese Schlampe Milly auf der Lauer, um – falls ich mich weigerte – sich an meiner statt hinzulegen!« Immer noch brannte Shannas Gesicht in stummem Zorn. »Und um ein Haar hätt' sich der Wüstling gar vor Gaffern seine Lust mit mir gemacht!«

Sie schluchzte. Sie weinte. Sie fluchte. Die Stute, nicht unempfindlich für den Kummer ihrer Herrin, fing an zu schnauben und mit den Hufen zu scharren. Shannas Herz, ausgebrannt vor Zorn und Enttäuschung, begann sich zu verhärten.
In bleichem Mondlicht lag das schlafende Dorf. Shanna ließ sich durch die öden Gassen tragen, die wunde Seele schrie nach Gefährtenschaft und Trost. Doch nur einen Menschen gab es auf der Welt, dem sie sich anvertrauen konnte, und zu diesem trieb es sie nun hin. Hohl hallte der Hufschlag von den Häuserwänden wider. Hätte ein ungebetenes Auge in dieser Geisterstunde Pferd und Reiterin vorüberziehen gesehen – es hätte sich wohl schnell geschlossen und innerlich ein Kreuz geschlagen, um sich vor dieser Fluchgestalt zu schützen.
In Pitneys weißgetünchtem Haus auf dem Felsenvorsprung überm Dorf brannte längst keine Laterne mehr. Mit Eisenfäusten pochte Shanna an die Tür, und wie Donner schien das Echo übers Eiland hinzurollen. Der schmächtige Schimmer eines Kerzenlichts glimmte auf, eine Rumpelstimme bat um einen Augenblick Geduld. Die Tür sprang auf, Pitneys wuchtige Gestalt füllte den Rahmen. Schlaftrunken sich den Schlummer aus den Augen reibend, trat der Riese dann zur Seite und hieß die nächtliche Besucherin willkommen.
Shanna mied seinen Blick, als sie an ihm vorbei ins Haus eintrat. »Ich muß mit einer Menschenseele reden, und es gibt niemanden außer Euch.«
Rastlos durchschritt sie den Raum, rang die Hände, öffnete den Mund und fand die Worte für den Anfang nicht. Pitney saß auf der Ofenbank vor seinem kalten Herd, verglich die Taschenuhr mit der Standuhr an der Wand, nahm gähnend stumm zur Kenntnis, daß Mitternacht schon längst vorüber war, und streckte weit die Beine aus. So saß er eine Weile, geduldig auf Erklärung wartend, doch dann tat Shanna etwas, das ihn überraschte – und ihm verriet, wie schwer die Last auf ihrem Herzen sein mußte. Sie griff nach dem Brunnenseil und zog den Krug mit Rum empor, der daran zur Kühlung im Quellwasser hing. Vom Wandbrett nahm sich Shanna einen Becher und schenkte sich ein.
Nun sah Pitney das Mädchen noch genauer an. Sie nippte nur züchtig am Becherrand. Wie erwartet, stellte sich sogleich ein Naserümpfen ein; ein Schauder, voller Abscheu, folgte. Shanna schob den Becher Pitney zu. Pitney nahm gemächlich einen Schluck.
»Hat Euer Vater wieder . . .«, fragte er.
Shanna schüttelte das Lockenköpfchen. »Er nicht. Im Gegenteil. Gerade heute erst hat er aller Forderung nach Heirat abgeschworen und mir allein die Auswahl eines Gatten zugestanden.«
Pitney drängte nicht, und Shanna brauchte ihre Zeit, bis sie die Kraft

zum zweiten Anlauf fand. Dann freilich verfinsterte sich ihre Miene, wie der Himmel, ehe ein Sturm heraufzieht, und Pitney ahnte nichts Gutes für denjenigen, der daran schuld war.
»Der Schuft, den wir aus Newgate fortgeschleppt, will mir keinen Frieden geben!« brach es aus ihr hervor.
»Ach so«, zuckte Pitney mit den breiten Schultern. »Mister Ruark also. Oder Beauchamp. Oder wie er sonst heißt. Euer Herr Gemahl.«
»Gemahl!« fauchte Shanna und blitzte ihn an. »Nicht dieses Wort für diesen Gauner! Witwe bin ich! Ihr selber schlugt die Nägel in den Sarg und bezeugtet sein Begräbnis. Doch hättet Ihr vielleicht mehr Sorgfalt walten lassen sollen, dann wäre mir manches Leid erspart geblieben.«
»Ich habe alles längst erklärt«, brummte Pitney. »Kein Grund, es noch einmal aufzuwärmen.«
»Pitney . . .« Shannas Stimme wurde weich und flehend. »Ihr habt mir oft geholfen, wo ich nicht einmal im Recht war, Euch darum zu bitten. Ich will nicht undankbar erscheinen. Es ist nur, daß der Mann mir arge Pein bereitet. Er fängt an, mir eine Last zu werden . . .«
Pitney hob fragend seine Brauen, und Shanna zauberte sich ein Erröten ins Gesicht.
»Er behauptet, mein Gemahl zu sein, nach Recht und Gesetz mit mir verehelicht, und verlangt, ich solle mich auch als Gattin zu ihm bekennen.«
Abermals schwieg Pitney, doch sein Gesicht war gedankenschwer geworden. Er fachte im Herd ein Feuer an und bereitete den Teetopf vor.
»Ich habe oft darüber nachgedacht«, sagte er schließlich, dem Herdfeuer zugewandt. »In der Nacht, die auf die Hochzeit folgte, als wir ihn aus Eurer Kutsche zerrten, da schlug er unmäßig wild um sich – zu wild für einen Mann, der nur einen schlichten Handel abgeschlossen hatte. Und im Kerker sprach er von Betrug, und man sei ihm Etliches noch schuldig. Und die Worte, die er für Euch fand, waren nicht die freundlichsten.«
Er sah ihr ins Gesicht, wartete auf Antwort, und Shanna wußte keine Ausflucht mehr. Ihr Antlitz glühte, und Pitneys Blicke wurden schärfer.
»Er war zuerst nicht einverstanden, bis . . .« Dünn war Shannas Stimme, und nur stockend kamen ihr die Worte. » . . . bis ich versprach, die Nacht mit ihm zu verbringen.«
Pitney ließ sich auf die Bank fallen. »Und Ihr wundert Euch, weshalb der Bursche Euch verfolgt?«
Das Haus erdröhnte unter seinem Gelächter.
Shanna blickte verwirrt. Sie sah keinen Grund zur Heiterkeit.

Pitney beruhigte sich ein wenig und gab, nun ernster, seine Meinung kund. »Solch ein Handel muß jeden Mann zum Wahnsinn treiben. Ich kann's ihm nicht einmal übelnehmen. Allerhand Unbill hab' auch ich ihm bereitet. Und trotzdem schien er mir nie unfreundlich gesonnen. Gewiß, als Sklave hat man keine andere Wahl.«
»Ihr stellt Euch gegen mich auf seine Seite?«
»Ich kenne Eure Absicht nicht. Doch was immer es auch sei – ich will nichts damit zu schaffen haben.«
Shannas Augen füllten sich mit Tränen. »Immer wieder macht er sich an mich heran und fordert eheliche Rechte.«
»Ich kann's ihm nicht verdenken. Und bin auch noch nicht alt genug, um seinen Geschmack zu kritisieren.«
Shanna fühlte sich im Stich gelassen. Verzweiflung wallte in ihr hoch.
»Ich will ihn von der Insel haben! In dieser Nacht noch! Wie, ist mir egal! Und wenn Ihr mir jetzt nicht helfen wollt, werd' ich mir anderswo Hilfe suchen.«
»Verdammt und zugenäht!« brüllte Pitney sie an. »Ich will es nicht! Und will auch nicht, daß Ihr Euch solche Untat aufs Gewissen ladet! Zuerst muß ich mit Eurem Vater sprechen!«
»Ruark wollte mir im Stall Gewalt antun!«
Obwohl Pitney überrascht war, blickte sie ihn scharf an.
»Jawohl!« schrie Shanna und erstickte fast unter Tränen. Als sie sich nun auch noch erinnerte, mit welcher Leidenschaft sie Ruarks Begierde entgegengekommen war, begannen ihre Lippen zu zittern. »Er hat mich ins Heu gerissen, und dann hat er . . .«
Händeringend wandte sie sich ab, unfähig, fortzufahren. Noch ist ihr keine Lüge über die Zunge geglitten. Doch ohne es zu wissen, lieferte sie Pitney einen Wahrheitsbeweis für ihre Klage: Stroh hing in ihren Haaren.
»Ich hasse ihn!« keuchte Shanna. »Ich mag den Mann nicht länger um mich haben. Nie wieder soll er mir vor die Augen treten. Nie! Fort will ich ihn wissen, fort von der Insel, noch heute nacht!«
Pitney gab nicht zu erkennen, ob er ihr zuhörte. Er zwirbelte Teeblätter aus einer Büchse ins kochende Wasser und nahm den Kessel vom Feuer. Er überlegte, was zu tun war. Ein Schiff aus den Kolonien war an diesem Morgen erst im Hafen eingelaufen. Er hatte am Kai gestanden, als der Kapitän mit ein paar Männern ein Pferd auslud und zum Trahernschen Herrenhaus trieb. Und wenig später war ein weiteres Schiff – auch aus den Kolonien, denn es führte die Flagge der Georgia Company – in Sicht gekommen. Es warf in einiger Entfernung vor der Insel Anker und schickte nur ein kleines Beiboot an Land, dessen Männer sich in die Schenke begaben, um die Zeit totzuschlagen. Trahern, überlegte Pitney

sich, würde gewiß das Kolonialschiff, das im Hafen lag, nach seinem hochgeschätzten Sklaven durchsuchen, doch falls genügend Münzen den Besitzer wechselten, war der Kapitän des anderen Schiffs vielleicht zu überreden, außer Sicht davonzusegeln.
»Ich schaff' ihn Euch weg«, murmelte Pitney schließlich. Er warf die Schlafmütze beiseite und setzte sich statt dessen den Dreispitz auf, dann zog er sich seine messingbeschnallten Schuhe an. »Schänden lasse ich Euch nicht.«
Er warf die Tür hinter sich zu. Shanna starrte ihm nach, wußte, daß sie ihren Sieg errungen hatte, und konnte sich dennoch nicht darüber freuen. Sie schenkte sich eine Tasse Tee ein, setzte sich an den Tisch und sah der letzten Glut zu, wie sie in Asche erstarb. Der Stundenschlag der Uhr im leeren Haus klang wie das Echo von Pitneys letzten Worten.
»Geschändet!«
Und da empfand Shanna den Irrwitz dieses Wortes, die schiere Falschmünzerei, die darin lag. Hysterisches Gelächter brach ihr über die Lippen. Und hätte eines Menschen Ohr es hören können, er hätte an ihrem Verstand zweifeln müssen.

Ruark lag quer über seinem Bett und starrte den Betthimmel an. Plötzlich wurde auf dem Pfad vorm Blockhaus Hufschlag laut. Ruark sprang auf. Er war schon halbwegs an der Tür, als schüchternes Pochen erklang. Ruarks Herz tat einen Luftsprung vor Erleichterung: Shanna hatte sich besonnen und war zurückgekehrt! Freudig riß er die Tür auf.
Pitneys breites Antlitz starrte ihm wutverzerrt entgegen. Dann zersprang die Nacht in tausend Sterne. Als Ruark mit dumpfem Aufschlag auf den Teppich fiel, war es schon finster um ihn geworden.

Der Schmerz, der in immer neuen Wellen seinen Schädel durchwogte, weckte Ruark auf. Dann merkte er, daß dieser Schmerz in seinem Hirn im gleichen Takte rollte wie der Boden unter ihm. Ihm war, als läge er in einer Folterwiege; nur ein seltsames Knirschen und Knacken war zu hören. Allmählich verließen die betäubenden Nebel seinen Kopf, und er bemerkte, daß er gefesselt und geknebelt war und bis zur Brust hinab in einem muffig riechenden Sack steckte. Nun konnte er auch den rauhen Holzboden unter sich als Planken eines Ruderboots deuten. Deutlich war das Quietschen vom Ruderdollen zu vernehmen, das Schwappen des Wassers unterm Bootsrumpf. Und irgend jemand holte heftig Atem. Kein Zweifel, er wurde aufs Meer hinausgerudert. Bitterer Hohn bemächtigte sich seiner. Shanna hatte ihn nicht einmal anhören wollen, ehe sie ihr Urteil über ihn fällte.

»Diesmal, schätz' ich, ist es aus mit Euch!«
Nur undeutlich war Pitneys rauhe Stimme zu vernehmen. Ruark begriff, daß der Hüne mit sich selber sprach, und verhielt sich, weiter Ohnmacht vortäuschend, still.
»Zu den Fischen kann ich Euch nicht werfen, das bring' ich nicht übers Herz, doch vielleicht ist das, was Euch bevorsteht, noch viel schlimmer. Aber sie hat gesagt, ich soll Euch ihr vom Halse schaffen, so oder so, und da ist's immerhin noch gnädig, ich tu's auf diese Weise, ehe sie sich Ärgeres einfallen läßt. Hättet Ihr nur den Verstand besessen, das Frauenzimmer in Frieden zu lassen! Einmal hab' ich Euch gewarnt, aber das habt Ihr wohl vergessen. Zu lange hab' ich mich um das Mädchen sorgen müssen, als daß ich jetzt mit ansehen könnte, wie einer daherkommt und ihr gegen ihren Willen Gewalt antut. Auch, wenn Ihr derjenige seid, welcher . . .«

Ruark fluchte im stillen; untersuchte, ob die Fesseln sich nicht lösen ließen, doch da gab nichts nach. Daß Pitney ihm den Knebel aus dem Mund nahm und ihm gestattete zu reden, war nicht zu erhoffen. Nicht, wenn Shanna den Mann von ihrer Not überzeugt hatte.
Die Riemen tauchten nun in langsamerem Takt ins Wasser, eine Stimme rief das Boot an. Pitney rief zurück, und wenig später fühlte Ruark sich über Pitneys Riesenschulter geworfen, an Bord eines Schiffes gehoben und grob auf Decksplanken geworfen. Ruark unterdrückte ein Schmerzensstöhnen und verhielt sich bewegungslos. Worte wurden gewechselt, doch ihren Sinn konnte er nicht verstehen. Dann hörte er das Klingeln von Münzen, und was da ausgezählt wurde, schien eine lohnende Summe zu sein. Schwere Schritte stampften übers Deck, das war nun wohl wieder Pitney, der jetzt von dannen ging. Dann dauerte es nicht mehr lange, bis Ruark der Sack vom Kopf und der Knebel aus dem Mund gerissen sowie ein Eimer Seewasser über den Leib gegossen wurde. Harte Fäuste packten ihn, stemmten ihn gegen einen Mast und fesselten ihn mit dicken Tauen an denselben. Eine Laterne wurde ihm vors Gesicht gestoßen, und eine widerwärtige Visage grinste hämisch.
»Wohlan denn, Bürschlein, kommt nur wieder hübsch zu Sinnen!« fauchte eine rauhe Stimme. »Hier seid Ihr gut aufgehoben, bis wir uns eingehender um Euch kümmern können.«
Die Laterne verschwand. Kommandorufe ertönten, die Segel wurden gehißt, der Anker eingeholt. Bald strich eine frische Brise über Ruarks Gesicht, und der Schoner glitt über die Wellen dahin. Ruark renkte den Hals zur Seite und sah die Lichter von Los Camellos in der Ferne verschwinden. So viel hatte Shanna immerhin erreicht: Von der Insel war er fort.

Aufseufzend fügte Ruark sich ins Geschick des Augenblicks und lehnte sich gegen den Mast. Irgendwie würde er schon einen Weg finden, nach Los Camellos zurückzukehren und seinen Anspruch aufs neue zu erheben. Was jetzt geschah, änderte nichts. Shanna war und blieb seine Frau. Nun galt es, das Beste aus der Lage zu machen und zu überleben.
Diese erste Nacht verbrachte Ruark an den Mast gefesselt. Der Schoner warf, in sicherer Entfernung von der Insel, wieder Anker. Außer der Wache auf dem Achterdeck schien das Schiff ohne Leben zu sein. Erst als die Sonne schon zwei Stunden am Himmel stand, kam ein Matrose nah genug, daß Ruark ihn anrufen konnte. Der Mann zuckte nur die Schultern und verschwand achtern. Wenig später freilich ließ sich ein stämmiger Alter sehen. Der stellte sich eine Weile an die Reling, schaute übers Meer hinaus; dann tat er, als habe er Ruark eben erst entdeckt, und trat vor ihn.
»Ich glaube, Sir«, eröffnete Ruark die Unterhaltung, »daß wenig Grund vorliegt, mich in Fesseln zu halten. Ich hab' Euch nichts zuleide getan und gedenke auch dergleichen nicht zu tun. Wär's nicht angezeigt, mich endlich loszubinden, damit ich wenigstens meine Notdurft verrichten kann?«
»Habt Euch nicht so, Bübchen«, kaute der Alte. »Gewiß, 's gibt keinen Grund, Euch 's Leben schwerzumachen. Auch freilich keinen, Euch zu trauen. Ich kenn' Euch ja nicht mal.«
»Dieses Hindernis ist leicht zu überwinden«, gab Ruark zurück, »Ruark ist mein Name. John Ruark. Bis vor kurzem noch ein wertgeschätzter Leibeigener Seiner Majestät Lord Traherns.« Einer Eingebung folgend ließ er einen Hauch von Hohn in seine Worte einfließen. »Mir blieb nicht unverborgen, daß Ihr mich gegen ein hübsches Sümmchen Geld an Bord genommen habt. Da meine ich, daß ich als Passagier, dessen Reisegeld gezahlt wurde, Anspruch auf Bewegungsfreiheit an Bord genießen sollte. Wie Ihr Euch denken könnt, liegt mir die Absicht, von Bord zu gehen, fern.«
»Das hat etwas für sich«, sagte der Mann, spuckte in den Wind und zog ein Messer, dessen Klinge er mit dem Daumen prüfte. »Harripen heiß' ich und bin Captain, wenn ich auch auf meinem eignen Schiffe fahre. Meine Freunde nennen mich Harry.« Mit schnellen Schnitten löste er die Fesseln.
»Ich bin Euch sehr verbunden, Captain Harripen«, sagte Ruark und rieb sich die Handgelenke. »Ich steh' in Eurer Schuld.«
»Nicht schlecht«, grunzte der Wohltäter. »Ich schulde nämlich keinem Hund was auf der Welt.« Dann fixierte er Ruark mit seinem einäugigen Schielblick. »Als Leibeigener führt Ihr verdammt vornehme Sprüche im

Maul.« Das war als Feststellung gedacht, klang aber auch sehr nach einer Frage.
Ruark lachte leichthin. »Ein vorübergehender Zustand, wie ich Euch versichern darf, verehrter Captain. Und wenn ich's recht bedenke, weiß ich nicht einmal genau, ob ich jenen, die mir Unbill angedeihen ließen, fluchen oder danken soll. Doch wenn Ihr mich jetzt entschuldigen wollt, Captain, ich empfinde ein Bedürfnis, das gar zu lange unerfüllt geblieben ist. Ich wär' Euch sehr verbunden, wenn ich die Unterhaltung mit dem Captain dieses Schiffes später erneut aufnehmen dürfte.«
»Darauf könnt Ihr Euch verlassen, Bürschlein«, der Captain spuckte und wischte sich mit der Hand den braunen Rotz aus dem Stoppelkinn.
Ruark verrichtete seine Notdurft, anschließend bekam er eine Mahlzeit und einen Krug Ale vorgesetzt. Das braune Bier schien als einziges an Bord dieses Schiffes im Übermaß vorhanden zu sein. Ruark suchte sich eine Taurolle im Schatten, legte sich nieder, um den Schlaf nachzuholen, der ihm in der Nacht entgangen war.
Die Abenddämmerung wollte eben hereinbrechen, als er wachgerüttelt und in die Kapitänskajüte geführt wurde, wo er eine Weile die wortlose Prüfung einer dort um den Tisch versammelten Handvoll Männer über sich ergehen lassen mußte. Nie hatte Ruark einen schäbigeren Haufen zu Gesicht bekommen. Schließlich rückte ein Mulatte auf seinem Stuhl vor, stemmte die mächtigen Arme auf die Tischplatte und heftete seinen finsteren Blick auf Ruark.
»Ein Leibeigener, sagt Ihr? Wie seid Ihr's denn geworden?«
Ruark überlegte sich die Antwort. Wenn das der Adel irgendeiner Gesellschaft war, dann war er ein unschuldiges Waisenkind.
»Wegen Mordes.« Ruarks Blick flog über die Gesichter, aber keines zeigte eine Spur von Überraschung. »Dann hat man mich aus dem Kerker herausgekauft, um mich den Kaufpreis abarbeiten zu lassen.«
»Wer hat Euch von der Insel weggeschafft?« wollte Harripen wissen, während er mit den Fingern in den Zähnen stocherte.
Ruark kratzte sich lässig die Brust und lächelte verschlagen. »Eine Dame, die nicht damit einverstanden war, daß eine Dirne auf dem Heuboden auf mich wartete.«
Der Engländer brüllte vor Vergnügen. »Das kann ich mir gut vorstellen, Bübchen! Muß 'ne verdammt Reiche sein, wenn man bedenkt, wieviel 's ihr wert war, Euch aus dem Weg zu bringen.«
Ruark zuckte die Achseln.
»Was hat der Inselherr denn alles so in seinen Lagerschuppen?« Der narbengesichtige Captain rückte vor. »Wertvolles? Seide? Gewürze.«
Ruark sah dem Mann mit lässigem Grinsen in die Augen und rieb sich über den Bauch. »Ist lange her, seit ich das letzte Mal gegessen habe,

Kamerad.« Er zeigte mit dem Daumen auf die Teller am Tischende. »Krieg' ich was davon?«
Das halbgegessene Bein irgendeines kleineren Tieres wurde ihm zugeschoben, dazu ein Krug mit warmgewordenem Bier. Ruark zog sich einen Stuhl heran und setzte sich zum Essen hin.
»Also, was ist mit den Lagerschuppen?« erinnerte das Narbengesicht.
»Reicht mir das Brot, Kamerad!«
Ruark wischte sich mit der Hand den Mund ab und spülte das Fleisch mit einem Schluck Bier hinunter. Dann riß er sich einen Brocken von dem Brotlaib ab, tunkte die Soße vom Teller auf. Schließlich griff er sich ein Hemd, das über der Stuhllehne hing, und säuberte sich daran die Hände.
»Ihr habt Euch jetzt vollgeschlagen«, grollte der Mulatte. »Was steckt nun endlich in dem Schuppen?«
»Alles«, lachte Ruark höhnisch. »Aber das nützt euch nichts. In den Hafen gelangt Ihr nie.« Er tauchte einen Finger ins Bier und zeichnete einen unvollendeten Kreis. Gegenüber dem offenen Ende dieses Bogens weitete er den Kreis zu einer Lache aus. »Hier unten ist das Dorf. Mit den Lagerschuppen. Und hier«, er zeichnete ein X an jedes Bogenende, »stehen Batterien von Kanonen. Wer in den Hafen will, segelt haarscharf unter und zwischen ihnen hindurch.« Er zog einen Strich durch die Hafenöffnung. »Da werdet Ihr vom Wasser gepustet, eh Ihr auch nur in die Nähe der Schuppen gelangen könnt.«
Bis jetzt hatte er nur vermutet, daß die Männer Piraten seien. Die Enttäuschung auf ihren Gesichtern bewies es jetzt.
Harripen, der Engländer, lehnte sich zurück und stocherte aufs neue zwischen seinen Zähnen. »Ihr schaut so fröhlich drein, mein Junge. Könnte es wohl sein, daß Ihr noch ein Trumpf-As in Eurem Ärmel habt?«
Ruark verschränkte die bloßen Arme über der nackten Brust und tat, als habe er ein Problem zu wälzen.
»Nun, Kameraden«, grinste er, »wenn ich einen Ärmel hätte, ließe sich dergleichen wohl zu Recht vermuten. Doch wie Ihr seht, besitze ich nicht viel mehr als eine traurige, abgeschnittene Hose, kaum der Rede wert. Das, worüber ich in meiner Armut noch verfüge, ist mir also wert und teuer und verlangt natürlich seinen Preis.« Er lachte, weil sie plötzlich alle so zornig dreinschauten. »Wie Ihr alle, tu' ich nichts für nichts. Freilich habe ich lange Zeit Gelegenheit gehabt, mir die Schwächen der Trahernschen Insel anzusehen, und ich wüßte schon, wie man mit kleinstem Risiko bei größter Aussicht auf Gewinn die Sache anzugehen hätte. Ich wüßte auch schon, wie man auf die Insel käme, wo man die Handelsgelder und Traherns privates Vermögen fände.«

An den Orten, die Ruark den Piraten angab, würden sie eben genügend Beute machen, um sich die Hände reiben zu können. Daß Trahern seine größten Schätze einem Tresor im Herrenhaus anvertraute, brauchte er ihnen ja nicht gleich auf die Nase zu binden.
»Andererseits«, Ruark lehnte sich auf seinem Stuhl zurück und schien die räuberischen Blicke der Piraten nicht zu sehen, »falls Euch Ballen groben Wergs und Hanfs in den Lagerschuppen lieber sind – dann holt Euch diese. Ansonsten, Gentlemen, hab' ich nicht viel anzubieten. Was ist dagegen Euer Angebot?«
Der Erste Offizier und augenscheinlich Harripens Partner, ein französisches Halbblut, hielt ein breitklingiges Messer hin und ließ die Finger die wohlgeschliffene Schneide entlanggleiten. »Immerhin habt Ihr noch Euer Leben, Leibeigener!«
»Ja, das habe ich behalten dürfen. Doch hab' ich dies, so will mir scheinen, schon vergolten, indem ich Euch vor den Kanonen warnte. Ich will sogar noch eine Zugabe in diesen Handel werfen. Im Hafen liegt die *Hampstead* vor Anker, mit einundzwanzig Kanonen an Bord. Solltet Ihr wider Erwarten also in den inneren Hafen gelangen, dann bekämet Ihr's mit ihr zu tun; die würde Euch Feuer und Blei in den Nacken blasen, und wie lange Ihr das durchstehen könnt, wag' ich mir nicht auszurechnen.«
»Und ohne Zweifel fordert Ihr für Euren Plan den Kapitäns-Anteil«, schnaubte das Halbblut sarkastisch, »während wir dafür den Hals hinhalten.«
»Ein Kapitäns-Anteil wär' schon nicht schlecht, habt Dank«, erklärte sich Ruark lachend einverstanden. »Meine Geldgier hält sich in Grenzen. Und was das Halshinhalten angeht, will ich Euch gern den Führer machen und somit auch den eigenen Hals riskieren.«
»Hand darauf! Ein Kapitäns-Anteil für Euch, wenn wir Beute machen!« ließ Kapitän Harripen sich vernehmen, der es offenbar genoß, wie Ruark seinen Ersten Offizier übertölpelt hatte. »Und nun, heraus mit der Sprache!«
Die Piraten hörten aufmerksam zu, als Ruark sich nun den Einzelheiten zuwandte.
»Hart östlich vor der Insel«, erklärte Ruark und versuchte, aus dem Stegreif den allwissenden Strategen zu spielen, »ist das Wasser bis kurz vorm Ufer ziemlich tief. Dort kann man bis auf eine Kabellänge heran.«
»Und nach Westen hin?« fragte der Mulatte mißtrauisch.
»Seicht. Zwei, drei Faden höchstens. Und ein Riff ist dort dem Strand auch noch vorgelagert.«
Ruark suchte vor allem zu verhindern, daß die Piraten nah beim Herrenhaus landeten; zwar gab er im großen und ganzen die Gegebenheiten der

Wahrheit entsprechend wieder, jedoch erwähnte er die Männer, die nachts am Strand patrouillierten, nicht.
»Laßt den Jungen doch ausreden!« fauchte Harripen dazwischen, und widerwillig gab der Schwarze Ruhe.
»Auf dem Hügel überm Hafen«, fuhr Ruark fort, »steht eine Salutkanone.«
»Wissen wir. Haben wir gehört, als wir anliefen.«
»Ein Schuß bedeutet lediglich ›Schiff in Sicht‹. Zwei Schüsse bedeuten Alarm«, erläuterte Ruark weiter. »Alles in allem, eine Handvoll Männer läßt sich leicht an Land setzen, und ich kann Euch zeigen, wo Ihr die beste Beute macht, ohne gleich die ganze Insel aufzuschrecken. Also hört her.«
Die Piraten steckten die Köpfe überm Tisch zusammen, und Ruark entwickelte ihnen nun seinen windigen Plan. Er wußte, die Signal-Kanone würde auf jeden Fall abgefeuert werden, und nachts bedeutete auch ein Schuß schon Alarm. Und falls die Piraten landeten, wo er es ihnen empfahl, blieb dem Dorf noch eine gute Stunde Zeit zum Rüsten. Andererseits vermochte keins der Boote, die er an Deck des Piratenschiffs gesehen hatte, mehr als zwanzig Mann zu tragen. Und wurden selbst zwei Boote zu Wasser gelassen, konnten wohl kaum mehr als dreißig sich an Land begeben: mußten doch einige als Wachen am Strand bleiben. Trahern würde es nicht schwierig finden, der Landungstruppe den Garaus zu machen, und der *Hampstead* mußte es dann ein leichtes sein, das kaum noch bemannte Piratenschiff zu kapern.
Schwierig, dachte Ruark, wird's allein für mich, einmal an Land gekommen, den Piraten zu entfliehen – und Trahern wird mich wohl hoffentlich erst anhören, bevor er sich zum Strafen hinreißen läßt. Shannas Geheimnis zu bewahren, fühlte Ruark sich nun nicht mehr verpflichtet. Er war entschlossen, alles aufzuklären.
Die Freibeuter schienen mit Ruarks Plan zufrieden und erlaubten ihm, sich auf sein Nachtlager in den Taurollen zurückzuziehen.
Die dunkelste Stunde der Nacht war eben angebrochen, als alle Mann an Deck gerufen wurden. Der Anker wurde eingeholt, die Segel gesetzt. Kaum hatte das Schiff begonnen, Fahrt zu machen, als Ruark den Engländer und den Mulatten Pellier vor sich stehen sah. Beide hatten die Pistolen auf ihn gerichtet.
»In zwei Punkten haben wir den Plan geändert«, lachte das Halbblut. »Ihr bleibt an Bord, als Geisel für die Qualität Eurer Auskunft, und wir suchen uns selbst eine Stelle zum Landen aus.«
Ruark starrte sie entgeistert an. Tief in seinem Magen begann ein hundsföttisches Tier, das Furcht hieß, seine Zähne in das zarte Fleisch seiner Hoffnungen zu schlagen.

Der Morgen hatte noch nicht zu dämmern angefangen, als Shanna von ihrem schicksalhaften Gang zu Pitney ins Herrenhaus heimkehrte. Und unverzüglich war sie in einen tiefen Schlaf der Erschöpfung gefallen. Das zornige Gebrüll des Vaters riß sie ein paar Stunden später aus dem Schlummer.

»Verdammt noch eins! Wollt Ihr mir wohl den Burschen endlich vor die Augen schaffen!« schrie der Inselherr durchs ganze Haus. Erregt sprang Shanna aus dem Bett, warf sich hastig Kleider über und eilte die Treppen hinab. Im Frühstücksraum war eine gemischte Männergesellschaft versammelt. Aufseher, einige Leibeigene, der Stallbursche Elot mit Ruarks zerdrücktem Hut in der Hand, Ralston und sogar Pitney standen um den Tisch und sahen mit betretenen Gesichtern Orlan Trahern an.

»Papa, was ist denn nur geschehen?« fragte Shanna mit Unschuldsmiene, als sie dem Vater zur Seite trat.

»Der Junge! Er ist fort!« tobte Trahern mit finsterem Gesicht.

»Von welchem Jungen sprecht Ihr, Vater? Haben wir doch mehr als ein Dutzend . . .«

»Der brave Junge! Unser Ruark! Von dem sprech' ich!« fuhr Trahern mit Gebell dazwischen. »Nirgendwo ist er zu finden! Und ohne Mister Ruark geht einfach nichts mehr weiter auf der Insel!«

»Ich bitt' Euch, Papa«, Shanna legte eine begütigende Hand auf des Vaters Arm, »gewiß gibt's doch auch andere Männer hier, die seine Arbeit zu tun vermögen. Können sie nicht Mister Ruarks Aufgaben übernehmen, bis er sich wieder sehen läßt?«

»Er ist fort! Aus der Leibeigenschaft entflohen! Und schicken wir nicht eine ganze Flotte hinter dem Kolonial-Schiff her, das gestern morgen vor der Insel ankerte, dann kriegen wir ihn nie mehr wieder zu Gesicht!« Es war Ralston, der dies sagte, um so schnell wie möglich alle Schuld weit fortzuschieben, ehe sich jemand daran erinnerte, daß er John Ruark nach Los Camellos gebracht hatte.

Pitney schlürfte einen Rum-Punsch und beobachtete kühl Vater und Tochter.

Ein Aufseher meldete sich zu Wort. »Elot hat seinen Hut im Stall gefunden. Da hat Mister Ruark sich noch in der Nacht der Stute angenommen, die frisch auf die Insel kam.«

»So ist's recht!« höhnte Ralston. »Eine Stute gegen einen Leibeigenen! Ein solcher Tausch gilt wohl dem betrügerischen Pack aus den Kolonien als ehrlicher Handel. Die müssen's gewesen sein, die Mister Ruark uns vor der Nase unter die Fittiche nahmen.«

»Bewahrt ruhig Blut, Mister Ralston!« Der Inselherr fixierte den dünnen Mann mit scharfem Blick. »Ich mach' Euch ja keinen Vorwurf wegen des Ärgers, den Mister Ruark uns nun bereitet. Im Gegenteil, Mister

Ruarks Fähigkeiten waren für uns alle ein Gewinn. Schlimm ist's nur, daß wir ohne ihn unsere Pläne nicht mehr in die Tat umsetzen können.«
Mitten in diesen Wortgefechten hielt Sir Gaylord seinen Einzug in den Frühstücksraum. Wohlausgeruht blickte er um sich, und seine rosigen Wangen strotzten vor Gesundheit.
»Hier scheint ja allerhand im Gang zu sein!« rief er, fröhlich sich die Hände reibend. Shannas besorgte Miene nahm er nur nebenbei zur Kenntnis. »Selbstverständlich biete ich Euch unverzüglich meine Hilfe an.«
Shanna hätte ihm am liebsten ins Gesicht gefaucht, doch das wäre in Gegenwart des Vaters schiere Narretei gewesen. Also führte sie nur vornehm ihren Tee zum Munde und bemerkte: »Wie's scheint, Sir, besteht einige Unklarheit über Mister Ruarks Aufenthalt. Vielleicht ist Euch darüber einiges bekannt.«
Gaylord hob überrascht die Braue. »Mister Ruark? Der Leibeigene? Igittigitt! Verschwunden, meint Ihr? Also, mir ist er nicht vor die Augen gekommen, seit ... äh, laßt's mich bedenken ... vorgestern abend, hier an diesem Tisch. Heiliger Strohsack, ist er denn so lange schon fort?«
Trahern stöhnte ungeduldig. Es kostete ihn sichtlich Mühe, seine Stimme zu beherrschen. »Heute morgen war er hier zum Frühstück angesagt. Er hat sich noch nie verspätet.«
»Vielleicht ist er krank«, gab Gaylord zu bedenken. »Habt Ihr schon in seiner Behausung nachschauen lassen?«
»Die ganze Insel haben wir schon auf den Kopf gestellt!« versetzte Trahern ärgerlich. »Niemand hat ihn gesehen.«
Gaylord gab sich ratlos, als hinge einzig alles von ihm ab. »Bei meiner Ehre, ich hab' nicht die geringste Ahnung, wohin ein solcher Mann verschwinden kann, schon gar nicht auf einer Insel. Neigt er vielleicht dazu, sich gelegentlich ... nun, sagen wir: herumzutreiben?«
Trahern zog die Stirn in Falten. Auch Shanna sah ihn begriffsstutzig an.
Gaylord räusperte sich und erläuterte entschuldigend, zu Shanna hingewandt: »Vergebung, hochverehrte Lady, für mein offenes Wort in Eurer Gegenwart. Doch Ihr seid ja selber Witwe, und da ist es Euch gewiß nicht unbekannt, daß manche Männer Kurzweil in Gesellschaft einer Dame schätzen, wenn sich hin und wieder die Gelegenheit bietet. Da mag's ja sein, daß Mister Ruark ... irgendwie ... äh ... aufgehalten wird.«
Shanna setzte geräuschvoll die Tasse auf die Untertasse, und ehe sie die Fassung wiedergewann, hätte sie fast den Tee über ihren Schoß verschüttet. Zu Gaylords Unglück trat eben Berta, die Haushälterin, durch die Tür. Sie setzte ihm empört den Kopf zurecht.

»Aber Shanna ist fast noch ein Kind! Tolpatsch, der Ihr seid! Behaltet dergleichen unzüchtige Gedanken gefälligst für Euch!«
Pitney schlürfte wieder seinen Punsch und blickte Shanna neugierig an. Gaylord beeilte sich, bei beiden Damen Entschuldigungen anzubringen. Trahern schnaubte dazwischen. »Ich, für meinen Teil, will dem Kerl zugute halten, daß ihm der Unterschied zwischen Arbeit und Vergnügen wohlbekannt ist. Ich fürchte, ihm ist etwas geschehen. Sonst wär' er hier.«
»Das Leid kann ich mir denken!« machte Ralston sich lustig. »Auf dem Schiff, das in der Nacht davongesegelt ist, wird er ein warmes Plätzchen sich ergatter, haben! Warum sonst wär' wohl das Schiff so heimlich verschwunden wie ein Hund, der schlechten Gewissens seinen Schwanz einzieht? Falls Ihr kein Kopfgeld aussetzt, seht Ihr Euren Mister Ruark nie mehr wieder! Und dann sollte er öffentlich gehenkt werden, als abschreckendes Beispiel, sonst tun die anderen es ihm nach.«
Trahern seufzte. »Wenn er sich nicht finden läßt, muß ich in der Tat vermuten, daß er aus freien Stücken das Weite suchte. Und wär' das der Fall, würde ich ein Kopfgeld von fünfzig Pfund aussetzen.«
Ralston grinste ob dieser Anerkennung seiner Wichtigkeit. Er warf einen Blick auf Shanna. »Was meint Ihr, Madam? Seid Ihr nicht meiner Meinung, daß ein betrügerischer Renegat gehenkt zu werden hat wie jeder andere Gauner?«
Shanna war wie betäubt. Einer Antwort war sie nicht mehr fähig. Selbst in ihrer wildesten Phantasie hatte sie sich nicht vorstellen können, daß man Ruark wie einen tollen Hund zu Tode hetzen würde. Ratlos fing sie Pitneys finsteren Blick auf.
Die Suche nach Ruark zog sich noch durch den ganzen Nachmittag. Shanna war in ihr Zimmer geflüchtet. Dort mühte sie sich ab, die nagenden Ängste abzuschütteln, die sie nicht mehr aus den Krallen ließen. Dann drangen Träume in den Frieden ihres Schlummers ein. In diesen Träumen war sie glücklich, von Kindern verschiedensten Alters umgeben, während sie an der Brust einen Säugling wiegte. Ein Kind hing an den Beinen seines Vaters; der Vater nahm es zärtlich auf, Angesicht schmiegte sich an Angesicht, und das Bild des Vaters wurde klarer. Es war Ruark, der sich lachend zu ihr beugte, um ihren Mund zu küssen . . .
Schweißnaß schreckte Shanna aus dem Schlaf. Das war Lüge! Nie konnte dieser Traum Wahrheit werden! Ein bedrückendes Gefühl von Einsamkeit senkte sich auf sie herab, schluchzend barg sie ihr Gesicht in den Kissen. Ihre eigene Schuld war's ganz allein, ihre eigene, gemeine, niederträchtige Schuld, wenn sie nun Ruark nie mehr wiedersah, wenn sie nie wieder die süße Wärme seines Mundes auf den Lippen spürte, nie mehr geborgen in seinen starken Armen liegen durfte!

Dunkel war es schon geworden, als die Zofe Hergus ihr das Nachtmahl brachte. Schamvoll verbarg Shanna die vor Tränen rotgeschwollenen Augen und die nassen Wangen hinter einem Buch, gab der Frau ein Zeichen, die Speisen abzustellen und sie allein zu lassen. Doch Hergus brannte darauf, Neuigkeiten loszuwerden.
»Ich soll's Euch ausrichten, hat mir Euer Pa gesagt, daß der Sir Gaylord den Mister Ruark im Dorf gesehen zu haben glaubt. Der Inselherr sucht jetzt die ganze Hafengegend ab und hat auch alle Männer von der Insel mitgenommen. Stellt Euch vor, es ist kein einziger Mann mehr hier im Haus! Euer Pa ist fest entschlossen, Mister Ruark aufzuspüren, das soll kosten, was es wolle. Und wenn Ihr mich fragt, ich möcht's auch ganz gern mal wissen, wo er geblieben ist.«
Shanna blieb stumm, und endlich ging die Zofe.
Für Shanna schlich die Zeit mit mörderischer Langsamkeit dahin. Es war ihr nicht möglich, auch nur den kleinsten Bissen zu sich zu nehmen. Zwar legte sie ein frisches Nachthemd an, doch in den Gedichtband, den sie auf dem Schoß hielt, starrte sie, ohne mehr als hier und dort eine Zeile aufzunehmen – und zwischen jeder Zeile sah sie den Helden als einen schlanken, dunklen, halbnackten und halbwilden Mann mit bernsteingoldenen Augen. Verzweifelt stöhnend warf sie das Buch beiseite und stierte nur noch in die Schattenwinkel des Gemachs. Das zierliche Schlagwerk der Pendüle verkündete die elfte Abendstunde, und irgendwann, später, hörte sie Geräusche im Haus. Vater war's vermutlich, der enttäuscht vom langen Suchen zurückkehrte. Klirrend zersplitterte Glas – ein Wutanfall des Inselherrn? Nur zu verständlich. Er hatte Ruark gut leiden mögen, nun mußte er sich betrogen und verraten fühlen. Besser war es, ihm in dieser Laune nicht in die Quere zu geraten.
Eine Tür schlug zu. Shanna nahm die Kerze auf und erhob sich, ging durch den Salon zum Treppenhaus. Hatte Hergus nicht erzählt, Vater habe alle Männer mitgenommen? Dann mußten mit ihm jetzt auch die Domestiken heimgekehrt sein. Doch das Haus blieb dunkel. Zum ersten Mal in ihrem Leben wirkte dieses Haus, in dem sie aufgewachsen war, unheilvoll auf Shanna.
»Wer ist dort?« rief sie von der Treppe in die Finsternis hinab und suchte, die Schatten zu durchdringen.
Antwort kam nicht. Nur ein unruhevoll bedrängendes Schweigen schlug ihr entgegen. Tapfer setzte sie die Füße auf die Stufen und stieg lauschend die Treppe hinab. Schlurfende Schritte brachen in die Stille ein. Gänsehaut breitete sich auf Shannas Rücken aus. Zwar furchtlos, doch mißtrauisch und gespannt, eilte sie, die Kerzenflamme mit der Hand beschattend, weiter nach unten.
»Wer ist dort? Antwort will ich! Ich weiß doch, daß da jemand ist!«

Zwei Schritte nach der letzten Treppenstufe schoß eine behaarte Hand aus der Finsternis heraus und griff nach ihrem Talglicht. Das Flämmchen tanzte durch die Dunkelheit, dann beleuchtete es flackernd eine pockennarbige Visage, durch die sich, der ganzen Länge nach, eine gräßliche rote Narbe zog, welche das Auge in eine seltsam verzerrte Hautfalte hinunterzerrte. Und ein höhnisches Grinsen legte ein lückenhaftes, schwarzes Gebiß frei – ein Teufel in Menschengestalt, aus einem Alptraum der Scheußlichkeit geboren.

2. Teil

15

Kanonenschläge dröhnten von der Insel übers Wasser. Einen ungemütlichen Augenblick lang erwartete Ruark, daß sich Kapitän Harripen und der an Bord verbliebene Rest der Mannschaft auf ihn stürzen würden. Die Piraten hockten auf dem Achterdeck beieinander und starrten zum Eiland hinüber. Ihn, Ruark, schienen sie vergessen zu haben. Ruark wandte sich wieder seinen Fesseln zu und mühte sich, die Seemannsknoten aufzulösen. Doch die Stricke saßen fest wie Eisenklammern.
Stille senkte sich wieder über die Nacht. Nur ein gelegentliches Knarren im Schiffsleib, das Schwappen der Wellen unterm Rumpf, eine unterdrückte Stimme wurden von Zeit zu Zeit vernehmlich. Auf der Trahern-Insel rührte sich nichts mehr.
Fast zwei Stundengläser waren ausgelaufen, als vom Mastkorb her ein Ruf ertönte. Auf dem Piratenschiff lief das Wort um, daß der Landungstrupp auf dem Rückweg sei. Das erfüllte zwar nicht die Hoffnungen, die Ruark gehegt hatte, dennoch stieß er einen Seufzer der Erleichterung aus. Vielleicht hatte er doch noch eine Chance, mit Gottes Hilfe dieses Abenteuer zu überleben.
Schon in der nächsten Minute schien diese Aussicht zweifelhaft: Harripen kam vom Achterdeck gerannt und zog im Lauf sein Entermesser blank. Doch dann durfte Ruarks stehengebliebenes Herz wieder seinen Schlag aufnehmen. Nicht in sein Fleisch drang des Messers Schneide, sondern in die Stricke. »Sieht aus, als hättet Ihr uns guten Dienst geleistet, Bürschlein!« rief der Kapitän und eilte weiter an die Reling.
Ein Pfiff klang durch die Nacht, und wenig später schwärmten die heimgekehrten Piraten übers Schiff, hievten Säcke und Truhen voll Beute an Bord. Ruark hielt sich im Schatten auf der anderen Seite und sah im allgemeinen Wirrwarr die Gelegenheit, über Bord zu springen und an Land zu schwimmen. Er zog sich eben die Sandalen von den Füßen, als eine große, künstlerisch geschnitzte Truhe mit einem auffällig dekorativen Messingschloß auf das Deck gewuchtet wurde. Unruhe ergriff Ruark, als er erkannte, daß dies die Truhe war, die sonst im Herrenhaus in der Halle, unter dem Bildnis von Traherns verstorbener Frau Georgina, gestanden hatte. Sechs Männer mußten Hand anlegen, dann krachte das Behältnis mit dumpfem Poltern auf die Planken. Ruark trat näher. Kalter Schweiß bildete sich auf seiner Stirn.

Plötzlich schrillte ein erstickter Schrei von dem Landungsboot. Gänsehaut überzog Ruark. Gebannt starrte er auf den Halbblut-Kapitän, der jetzt über die Reling kletterte und eine Hand ausstreckte, um eine menschliche Gestalt, die vom Kopf bis zu den Knien mit Stricken in einen Jute-Sack geschnürt war, an Bord zu heben. Unten schauten strampelnd schmale Fesseln und zarte, kleine, nackte Füße hervor, Fetzen eines Nachtgewandes flatterten zwischen den wohlgeformten Waden.
Ruark fluchte in sich hinein und stapfte in den Lichtschein der Laternen. Soeben rissen Matrosen die Fesseln auf und den Jute-Sack von der Gestalt. Ruark starrte in die wütendsten grünen Augen, die er jemals sah.
»Hier seid Ihr also!« schrie ihn Shanna an. »Gauner!«
Schon hatte sie eins der kurzen Ruder, welche an der Reling lehnten, in der Hand; schon zischte es mit voller Wucht auf Ruarks Schädel zu. Ruark duckte sich, krachend splitterte die Waffe am Mastbaum hinter ihm entzwei. Das geborstene Reststück in der Hand, schrie Shanna wie eine Irre vor Schmerz und Zorn auf.
»Ihr hirnlosen Toren!« brüllte Ruark den Kapitän Pellier und seine Mannen an. »Seht Ihr denn nicht, was Ihr da angerichtet habt? Das ist Traherns Tochter! Der Inselherr hetzt Euch tausend rachegeblähte Segel auf den Hals! Das ist so gewiß wie das Amen in der Kirche!«
»Und ob!« fauchte Shanna Ruark an. »Und ich selber werde dafür sorgen, daß mein Vater Euch als ersten henkt! Und wenn er dann mit Eurem fauligen Kadaver die Haifische füttert, dann werde ich lachen! Lachen! Lachen!«
Ruark sah in diesem Augenblick keinen Ausweg mehr aus der verzwickten Lage. Wäre es nur um ihn allein gegangen, wäre Flucht ein leichtes Spiel gewesen. Nun aber galt es, auch für Shanna eine Fluchtgelegenheit zu finden. Und das bedurfte sorgsamer Planung. Falls es überhaupt noch eine Chance gab.
Drei weitere Gefangene wurden an Bord gehievt. Ruark erkannte sie: Leibeigene wie er. Grob wurden sie aufs Deck geworfen und an der Reling angebunden. Für diese Männer änderte sich nur wenig, dachte Ruark, von einer Sklaverei gerieten sie in die andere. Jetzt freilich stand ihnen ein Schicksal unter der Fuchtel unmenschlicher Sklavenhalter bevor.
Shannas Ankunft brachte Unruhe in die Mannschaft. Aus allen Winkeln des Schiffes krochen die Piraten hervor, um die blendende Schönheit zu begaffen, deren goldenes Haar zarte Schultern wild umwehte. Klar sah Ruark vor sich, was er zu tun hatte.
Plötzlich spürte Shanna Ruarks Hand grob nach ihren Brüsten greifen, und in brutaler Liebkosung riß er sie in seine Arme. Rasend vor Empö-

rung riß sie sich von ihm los, hütete sich freilich, von ihm fort zu flüchten. Doch in ihren Worten blitzte nichts als Haß.
»Dieses Mal habt Ihr's zu weit getrieben!« zischte sie zwischen zusammengebissenen Zähnen. »Verrat an meinem Vater! Das verzeiht Euch Orlan Trahern nie! Zu Tode wird er Euch hetzen wie einen räudigen Hund, und das seid Ihr ja auch!«
Ruark packte sie bei den Handgelenken und riß sie zu sich heran. Shanna stöhnte vor Pein, das Gefühl seiner gespannten, sehnigen Kraft und ihrer eigenen Ohnmacht stürzte sie in die tiefste Verzweiflung. Die Rippen drohten ihr in seiner Umarmung zu zerbrechen, vergebens schnappte sie nach Luft. Tränen quollen unter den langen Wimpern hervor.
»Hicks hätte Euch aufknüpfen sollen! Ach, hätt' er's doch nur getan!« hörte Ruark sie keuchen.
Ruark legte seine Hand um Shannas holdes Kinn und hob es empor, bis sie in Ruarks wilde Bernsteinaugen starren mußte. Eisenhart war seine Miene, und seine Worte trafen sie schmerzlich wie die Pfeile einer Armbrust.
»Mit einem Glück, das ich nicht Euch verdanke, habe ich auch dieses letzte Meisterstück Eures trügerischen Herzens überlebt. Und wenn mein Glück mir noch ein wenig treu bleibt, werde ich auch diese Lage noch zu meinem Vorteil wenden!«
Dann stieß er sie in die knochigen Hände von Gaitlier, dem schlauen Leibdiener des Halbblut-Piraten Pellier.
»Hütet mir das Frauenzimmer wohl und sorgt dafür, daß ihr nichts geschieht!« befahl Ruark. Er wandte sich um und stapfte auf die Reling zu, wo die Piraten sich um die Beute scharten.
»Pellier, gebt mir Euer Fernglas!« rief er dem Halbblut zu.
Ohne Zögern wurde ihm das Rohr gereicht. Ruark suchte den Hafen ab. Im hellen Mondlicht waren die dunklen Maste eines großen Schiffes deutlich zu erkennen, nicht jedoch, ob sich an Bord etwas rührte.
»Die *Hampstead* wird bereits herausbugsiert!« rief Ruark aus. »Nun wird es nicht mehr lange dauern, bis wir die Kanonen blitzen sehen!«
Ruark hatte früher schon erlebt, welche Verheerung eine volle Breitseite an einem Schiff anrichten konnte. Zwar nahm Ruark an, daß der Inselherr behutsam handeln werde, um seine entführte Tochter lebend wiederzusehen, doch jetzt galt es, keine unnötige Gefahr zu laufen, die nur die Lage noch verschlimmern konnte. Das Piratenschiff verfügte über je zwei feststehende Jagdkanonen an Bug und Heck und etliche Falkonetten auf Drehlafetten, die entlang der Reling standen – war also der Brigg an Feuerkraft nicht ebenbürtig. Aber der Schoner war schlank und schnell und hatte – mit seinem großen, schwarzen Segeln – gute Aussicht, davonzukommen.

Ruark trat auf die Piraten zu. »Falls Ihr nicht noch Lust habt, eine lange Nacht im Wasser schwimmend zu verbringen, meine wackeren Freunde, dann wär's jetzt an der Zeit, die Segel zu setzen!«
Harripen schien eher ein Mann von schnellen Entschlüssen zu sein als die anderen. »Verdammt, recht hat der Junge!« schrie er. Und dann bellte er seine Kommandos. »Hievt die Boote an Bord! Lichtet den verdammten Anker! Und setzt jeden Zoll schwarzes Segel, den ihr finden könnt!«
Dann wandte er sich, ruhiger, dem Halbblut zu und grinste in dessen finsteres Narbengesicht. »Nichts für ungut, Robby, ich weiß schon, es ist auch Euer Schiff. Wenn Ihr also nun so freundlich wäret, Kurs auf Mare's Head zu nehmen, dann würden wir uns alle nur zu gerne auf den Heimweg machen.«
Bald jagte der schwarze Schoner durch die Nacht dahin. Die Piraten machten sich daran, die Beute abzuzählen. Ein gewichtiger Eisenkasten wurde aufgebrochen; er steckte voller Goldmünzen, die wurden eiligst in die Kapitänskajüte gebracht und dort zwecks späterer Aufteilung in eine größere Truhe eingeschlossen. Ausgerechnet werden mußte auch der Wert von etlichen großen Säcken voller Gold- und Silberplatten. Selbst zerbrechliches Porzellan, sorgsam in einem Zuber eingepackt, befand sich bei der Beute. Da es für die Mannschaft wertlos war, wurde es dem Bürgermeister der Piraten-Insel Mare's Head zugedacht, sowie ein paar Kisten feiner Weine und Speisen. Schließlich war nur noch die große Truhe aus der Halle des Herrenhauses übrig. Alle hielten den Atem an. Diese Truhe mußte den wertvollsten Schatz enthalten.
Pellier grinste und prahlte lauthals: »Das Trahernsche Frauenzimmer hat behauptet, hierin läg' ein Reichtum, dessen Wert keine Menschenseele schätzen könne.«
Shanna trat näher. Ein verzerrtes Lächeln spielte um ihren weichen Mund. Ruark wußte darin zu lesen und ahnte dumpf, daß dieses hübsche Köpfchen wieder einmal ein Unheil ausgebrütet hatte. Um Schlimmes zu verhüten, hielt er sich in ihrer Nähe.
Das Schloß zersplitterte unter einem Axthieb. Pellier stieß einen Freudenschrei aus und riß den Deckel hoch. Kleine Lederbeutel wurden sichtbar. Gierig glänzten die Augen des Halbbluts.
»Juwelen!« verkündete er. »Wir werden alle reich!«
Seine Finger krallten sich um einen Beutel, rissen die Verschnürung auf, schütteten den Inhalt in die Handfläche aus. Sein Auge nahm einen Ausdruck dümmlicher Überraschung an. Denn was er da in Händen hielt, stellte keinen größeren Wert dar, als es ein Flintenhahn, ein Flintenschloß und eine Kolbenplatte für gewöhnlich tun. Fieberhaft wühlte er weiter zwischen allen Beuteln – und bekam doch immer wieder nur billi-

ges Eisengeklirr zu hören. Mit Harripen zusammen hob er nun die Lade, auf der die Beutel lagerten, aus der Truhe hoch und setzte sie daneben auf die Planken. Nun war eine Ölhaut zum Vorschein gekommen, und darunter lagen, Reihe um Reihe, Flintenläufe aufgeschichtet.
Harripen hob ein Schießrohr heraus und drehte es ratlos in der Hand. Mit der anderen wägte er ein Beutelchen. »Bei allen Heiligen!« rief er aus. »Nur Flinten! Nicht einmal die Kolben sind dabei! Nur verdammte nutzlose Musketen!«
Shanna konnte nicht länger an sich halten. Schadenfroh lachte sie auf. »Was sonst, Ihr Narren! Was sonst! Und hättet Ihr auch die Kolben dazu, wär's alles immer noch nichts wert! Denn, müßt Ihr wissen, beim Ausladen ist die Kiste auf den Hafenkai gefallen. All diese Flintenläufe sind verbogen! Mein Vater hat das Zeug nur als Erinnerung an das einzige Verlustgeschäft in seinem Leben aufbewahrt. Bis heute hat's ihn stets geärgert. Von nun an wird er's höchst vergnüglich finden.«
Ruark stöhnte innerlich über Shannas hochnäsiger Torheit. Es war nur zu wahrscheinlich, daß Shannas Stichelei im nächsten Augenblick zum Blutvergießen führte.
Mit einem Fluch sprang Pellier das Mädchen an. »Aber mir habt Ihr geschworen, daß die Truhe einen Schatz enthält, den kein Mensch zu schätzen weiß!«
»Stimmt's denn nicht?« lächelte Shanna süß. »Oder wißt Ihr ihn doch zu schätzen?« Hochmütig warf sie den Kopf zurück und ließ ihr Haar im Winde wehen.
Wutschnaubend packte Pellier sie beim Arm und drehte ihn ihr um, bis sie auf die Knie fiel. Schon blitzte der Dolch, den er im Stiefel trug, in seiner Hand und bewegte sich auf ihre Augen zu, die nun, zum ersten Mal, einen Schimmer von Angst zeigten.
»Dann schneid' ich mir den Gegenwert aus Eurer kostbaren Haut heraus!« zischte Pellier.
Plötzlich legte sich ein eisenharter Griff um Pelliers Handgelenk. Langsam, widerwillig, bewegte sich das Messer von Shannas Gesicht fort. Mit blutunterlaufenen Augen starrte das Halbblut in Ruarks entschlossenes Gesicht.
»Ich weiß, Kamerad, Ihr habt eine flinke Hand!« Ruark lächelte ihn milde an. »Doch für einen Toren hätte ich Euch nicht gehalten.«
Pellier ließ Shanna los, sie stürzte auf die Planken. Die Hand, die bis jetzt Shannas Arm gehalten hatte, flog auf die Pistole im Leibgurt zu. Doch Ruark schnappte auch nach dieser Hand. Verbissen stumm kämpfte das Halbblut gegen Ruark an, doch dieser hielt die Arme des Piraten so zwischen ihren Körpern fest, daß die Mannschaft nichts erkennen konnte. Je heftiger Pellier sich zu befreien suchte, desto härter wurde Ruarks

Griff. Schon spürte Pellier seine Handgelenke gefühllos werden. In Ruarks Augen sah er eine Kraft und eine Entschlossenheit, von der er bis zu diesem Augenblick nichts geahnt hatte. Und im sumpfigen Untergrund seines Hirns keimte die Gewißheit auf, daß seine Seele nie mehr ihren Frieden finden konnte, bis er diesen Mann, der ihn wie ein ungezogenes Kind behandelte, den Fischen als Futter vorgeworfen hatte. Für den Augenblick gab er auf. Ruark aber lockerte seinen Griff noch nicht.
»Ich, für meinen Teil, hab' meinen Hals sehr lieb und möchte ihn nur ungern an einer Spiere auf der *Hampstead* übermäßig in die Länge gezogen sehen«, sprach Ruark mit leichtem Ton. »Nun habt Ihr bereits arg Herrn Traherns Nase herumgedreht. Aber wollt Ihr denn unbedingt den ganzen Irrsinn seiner Rache auf uns alle herabbeschwören? Und bedenkt auch dies: Trahern schätzt das Leben seines einzigen Kindes über alles auf der Welt. Ohne Zweifel wird er ein hübsches Sümmchen für sie zahlen. Doch nur, wenn bei ihrer Rückkehr die Haut noch heil ist.«
Pellier sah eine gewisse Logik in diesen Worten und nickte achselzuckend. Ruark ließ ihn los.
»Aber vergeßt nicht«, grinste das Halbblut, sich die Handgelenke reibend, »daß es Pellier war, der das Frauenzimmer eingefangen hat. Also ist sie mein Eigentum, bis das Lösegeld bezahlt ist.«
Ruark riß Shanna von den Planken hoch und zog sie vor den Piraten. Unter der Laterne hob er mit der Hand ihren Kopf hoch, damit Pellier ihre edle, zarte Schönheit betrachten konnte.
»Noch eine Warnung, Mister Pellier. Falls Ihr Augen in Eurem Kopf habt, werdet Ihr nicht übersehen, daß dies ein seltenes Stück Schönheit ist.« Zärtlich glitten Ruarks Finger über Shannas zerbrechlichen Hals. Shanna erbebte unter dieser Berührung, und Ruark fragte sich, welcher Art wohl die Empfindung war, die dieses Zittern erzeugte. »Doch ein Ding von solchem Wert kommt bei Mißbrauch leicht zu Schaden. Und da könnte es wohl sein, daß Euch, selbst nach erfolgter Rückgabe, die Rache, zu welcher dieses Mädchen fähig ist, teurer zu stehen käme als selbst Herrn Traherns Vergeltung. Shanna ist das heiligste in Traherns Leben, und was sie will, das führt er aus. Wenn sie also Euch die Schätze bringen soll, von denen Ihr träumt, Pellier, dann sorgt dafür, daß die Behandlung pfleglich ist. Und daß sie an dem Tag, an dem die Zahlung fällig wird, in unversehrtem Zustand ist.«
Ruark nahm seine Hand von Shanna, grüßte lässig den Kapitän und schlenderte zum Vorschiff hin, wo er sich an die Reling lehnte und auf die schäumenden Wasser unterm Bugspriet starrte.
Shanna blickte ihm verwirrt nach. Wie kam es nur, daß dieser Mann immer wieder ihr Leben prägen mußte? Noch war für sie nicht auszuma-

chen, ob das Schicksal ihn ihr zum Herrn bestimmen wollte – oder zum Untergang.
»Fesselt die Schlampe!« schrie Pellier.
Gaitlier schlurfte übers Deck heran, griff Shanna beim Arm und zerrte sie hinter sich her.
Doch immer wieder blickte sie auf die einsame Gestalt an der Reling zurück.

Der Morgen hatte das Firmament in tiefes Rot getaucht, dann war die Sonne groß und golden am Horizont aufgestiegen und hatte den Himmel zu sanfterem Rosa gebleicht. So blühte ein prachtvoller Tag herauf, dreieckige Segel blähten sich unter dem kräftigen Atem einer steifen Brise, und der Schoner schwebte über die Wasser wie eine Möwe im schwerelosen Flug.
Shanna, mit den anderen Gefangenen an die Nagelbank unterm Hauptmast gefesselt, fand wenig Vergnügen an der Schönheit des erwachenden Tages. Unruhig war ihr Schlaf gewesen, immer wieder war sie aufgeschreckt, wenn ein Schritt sich näherte. Immer wieder war Pellier gekommen, hatte sich vor ihr aufgebaut, die Beine gespreizt, Hände in die Hüften gestemmt, das Zerrbild eines Lächelns auf dem Gesicht – so hatte er sie angestarrt. Und sie hatte in seinem Blick gelesen, wie er danach gierte, sie in Todesängsten sich vor ihm winden zu sehen, während er ihr auf seine perverse Weise Gewalt antat.
Auch Pelliers Männer verhielten vor Shanna oft den Schritt, um sie zu begaffen; mehr freilich getrauten sie sich nicht, sie kannten ihren Kapitän und hatten einen dumpfen Respekt vor seinem Jähzorn und vor seiner tödlichen Kunstfertigkeit im Umgang mit jeder Waffe. Ja, selbst wenn nur Gaitlier kam und ihr einen Happen Brot, einen Bissen Käse, ein Schlückchen Wasser brachte, was auf Pelliers Befehl geschah, zogen sich schon die Brauen des Halbbluts finster zusammen.
Ruark wachte von einer entfernteren Stelle aus über Shanna; unter fast geschlossenen Lidern behielt er sie im Auge, während er – den Rücken an die Reling gelehnt, die Beine weit von sich gestreckt – Schlaf vortäuschte.
Als mit dem Nachmittag die Schatten länger wurden, refften die Piraten die Segel. Behutsam manövrierend glitt der Schoner an einer Kette kleiner, sumpfiger Inseln entlang, die kaum größer als Riffs waren, sandüberhäuft, mit Zypressen und Palmen bewachsen. Harripen ließ eine blutrote Fahne mit schwarzem Balken hissen, und als das Schiff ein größeres Eiland passierte, kam eine Palmendach-Hütte in Sicht, die einsam auf einem friedlichen weißen Strand stand. Eine Spiegelfläche warf den Piraten das Licht der untergehenden Sonne als Signal entgegen. Die

Besatzung gab Winkzeichen zurück. Shanna und den anderen Gefangenen wurden die Fesseln abgenommen. Ein paar Piraten trieben die Unglücklichen zur Reling – dorthin, wo später die Gangway angelegt werden würde. Ruark sah sich unterdessen genau die Insellandschaft an und prägte sich jede Einzelheit sorgsam ein.
Hinter der Insel, von welcher die Signale gegeben worden waren, kam noch einmal eine Strecke offene See, doch allem Anschein nach recht seicht, denn weißschäumende Brecher zeigten Riffs und Sandbänke an. Voraus lag jetzt eine einigermaßen große Insel. Dort erhob sich ein Hügelkamm, vor dem sich eine seichte, halbgeschützte Bucht ausbreitete. Auf dem höher gelegenen Gelände hinterm Strand kam ein Häuflein baufälliger Behausungen in Sicht, in deren Mitte ein einstmals weißgetünchtes Gebäude lag. Rings um dasselbe verlief eine niedrige Mauer aus aufgeschichteten Steinen, welche auch einen öden Hof umschloß. Jenseits des Hafens erstreckte sich, nach beiden Seiten, meilenweit Mangrovensumpf. Zusammen mit den Riffs und den Bänken vor der Insel bot er jedem Angriff gegenüber einen guten, natürlichen Schutz.
Harripen trat zu Ruark an die Reling. Mit seinem einzigen Auge blinzelte er spitzbübisch zur Insel hin.
»Tja, mein Junge, das ist nun unser Nest. *Mare's Head* heißt unser Stückchen Paradies auf Erden, und was Besseres haben wir nun mal nicht. Wie findet Ihr's?«
»Scheint einigermaßen sicher zu liegen.«
»Das kann man wohl sagen!« Harripen streckte seine Hand aus und wies auf ein auseinandergebrochenes Schiffsgerippe zwischen den Sandbänken. »Seht Ihr das Wrack dort? Das war mal ein Teil der spanischen Flotte. Die haben versucht, eine Galeone durch die Untiefen so nah heranzumanövrieren, daß sie unser Dorf bombardieren könnten. Aber bei Flut sind die Strömungen stark und trügerisch.« Er kicherte und kratzte sich die Stoppeln auf seinem vernarbten Kinn. »Als dann das Schiff hier festhing, haben wir ein Floß zu Wasser gelassen. Mit einer einzigen Kanone haben wir's in Stücke gefetzt.«
»Man muß das klüger anfangen«, sagte Ruark. »Man muß sein Schiff mit einem anderen decken und vorsichtig manövrieren. Währenddessen müssen andere Schiffe im Hinterhalt liegen, um jeden Flüchtling abzufangen. Dann säßet Ihr hier ganz schön in der Falle.«
»Aye, aye, mein Junge!« lachte Harripen. »Das sieht so einfach aus. Aber die kluge Ratte schaut erst nach dem Fluchtloch aus, bevor sie sich ihr Nest baut. Nur für den Fall, daß die Hunde kommen und sie ausgraben wollen.«
Ruark reizte den Kapitän noch eine Runde weiter aus. »Das müßte aber

schon eine verdammt kluge Ratte sein, die hier ungeschoren davonkäme.«
Der Engländer schien ganz erpicht darauf, es ihm zu erklären: »So lang wir noch ein Schiff unter Segeln haben, gibt's immer einen Weg ins Freie! Da führt ein Kanal durch die Sümpfe – und auf der anderen Seite liegen keine Riffe. Die Spanier haben irgendwann einmal den Kanal gegraben.« Einen Augenblick lang starrte er Ruark an. Dann warnte er. »Aber den Weg müßte man schon gut kennen. Und was unsere Mutter ist, die hält ihn gut versteckt.«
Damit drehte sich der Freibeuter auf dem Absatz um und kümmerte sich um die Vorbereitungen zum Anlegen. Ruark schaute ihm nach. Der Einäugige hatte ihn ziemlich neugierig gemacht.
Ein Haufen Leute hatte sich auf dem weißen Sandstrand versammelt, Ausgestoßene der Welt, im Brackwasser des Lebens festgetrieben, ohne irgendwelche Hoffnung über die nackteste Existenz hinaus, und auch die war ungewiß. In der Tat war das Dorf nicht in der Lage, sich selbst zu ernähren; leben konnte es nur von Dienstleistungen für die Korsarenflotte.
Händler kamen mit Körben, priesen ihre Waren an, in der Erwartung, der Sieg möchte die Freibeuter großzügig gestimmt haben und ihnen nun Lust machen, ein Stückchen Beute gegen eine Handvoll Tand zu tauschen. Aufgeputzte und schmuddelige Freudenmädchen suchten einen gunstvollen Blick zu erhaschen; die Keckeren schrien ihre Einladungen zum Schiff hinauf, entblößten fette Brüste, fleischige Schenkel und stolzierten, die breiten Hüften schwenkend, auf und ab. Die wenigen Kinder, die es gab, trugen schon den leeren Blick der Hoffnungslosigkeit im Gesicht, wenn nicht bereits ein von Gier und Bösartigkeit geprägtes Grinsen.
Die offenen Wunden und Narben der Bettler waren das deutlichste Anzeichen für das gnadenlose Elend auf der Insel. Schlechter noch war es um jene bestellt, die im Gefecht schwere Verwundungen davongetragen, wenn nicht gar Arm oder Bein eingebüßt hatten – die mußten wohl in diesem Höllenloch langsam und schmerzvoll vor sich hinkrepieren. Solche armen Wichte mit verstümmelten, mißgestalteten Leibern, das Antlitz eine Grimasse unheilbarer Pein, daneben ausgemergelte und tausendmal geschändete Frauen, die wie Hexen aus einem grausigen Märchen aussahen – sie alle standen in stummer Schicksalsergebenheit im Hintergrund.
Ihre rüstigeren Leidensgenossen und -genossinnen, die noch einen blassen Funken Lebenskraft in sich fühlten, drängten sich rücksichtslos vor dem Piratenschiff, um vielleicht ein Geldstück aufzufangen, ein Stück Abfall, ein Stück von irgendwas, das noch zu etwas nütze sein mochte.

Ein paar Matrosen warfen Münzen vom Schiff und grölten, wenn sich knochige Kinder und halbverhungerte Männer im seichten Wasser um diese Schätze prügelten.

Shanna zog sich bei diesem gräßlichen Anblick der Magen zusammen. Sie war sich stets als Frau von Welt vorgekommen, weitgereist und gebildet, aber durch nichts, was sie bisher gesehen oder gelesen hatte, war sie auf diese Elendsszenen vorbereitet. Nun endlich ahnte sie, warum ihr Vater sich immer so verzweifelt wünschte, von den Menschen, die er liebte, alle Armut fernzuhalten. In den qualvollen Kindergesichtern erkannte sie jetzt das Elend, das ihr Vater in seiner Jugend durchgemacht haben mußte, und tief in ihrem Bewußtsein fühlte sie Verständnis aufkommen. Aber Shanna war zu müde, zu erschöpft, um noch denken zu können. Mit Schmerzen an allen Gliedern, Hunger im Leib, Kopfweh von der gnadenlosen Sonne, fühlte sie sich wie betäubt.
Fast gegen ihren Willen richtete sie ihren Blick auf Ruark. Der stand am Bug und beobachtete aufmerksam, wie das Schiff nun an dem grob angelegten Kai festmachte. Sein Haar wehte in der leichten Brise, Schweiß glänzte auf seinen breiten, braunen Schultern. Wie ein Fremder kam er Shanna vor, ein Mann, den sie nie gekannt hatte, abweisend und fern; und finster war seine Miene, als trüge er schwere Besorgnis. Angst befiel Shanna, daß er nichts dagegen unternehmen würde, wenn schmutzige Hände sie erniedrigten, und diese Angst verdichtete sich zur Gewißheit und ließ sie das Schlimmste für ihre Zukunft fürchten. Deutlich spürte sie, daß sie nicht mehr die Kraft aufbringen würde, sich gegen diesen entsetzlichen Pellier zu wehren, wann immer er Hand an sie legte. Verzweifelt kämpfte Shanna gegen die Hoffnungslosigkeit an, die aus ihr ein winselndes, schluchzendes Häufchen Elend zu machen drohte.
Ruark indessen hatte, da er nichts außer dem besaß, was er am Leibe trug, keine Sorgen, die ihn selbst betrafen. Er pries sich glücklich, daß er vor Pitneys schicksalhaftem Besuch nicht auch noch seine Hose abgelegt hatte. Zwar hatten ihm die beiden Kapitäne einen Teil der Beute als Dank für seinen Beistand zugesprochen, doch gab er sich nicht der Hoffnung hin, daß Pellier sein Versprechen einzuhalten gedachte – schon gar nicht, nachdem er ihm bereits einmal den Spaß, den er mit Shanna treiben wollte, handgreiflich verdorben hatte.
»Und so, wie's aussieht, werde ich's wohl mit der ganzen Bande aufnehmen müssen«, dachte Ruark. »Und das auch noch um dieses verflixten Frauenzimmers willen, das nicht einmal etwas von mir wissen will!«
Eine Weile schaute er in das blaugrün funkelnde Wasser, welches den Augen glich, die ihn in diesen ausweglosen Winkel des Universums geführt hatten.

Das Piratenschiff legte am Kai an, die Leinen wurden am Ufer festgemacht. Harripen stiefelte übers Deck, klatschte in die Hände und rief lauthals: »Wer will mit mir wetten, welche Dirne als erste auf dem Rücken liegt! Was meint Ihr? Ich setz' ein Pfund auf Carmelita!«
Vom Heck schrie eine schrille Stimme: »Habt Ihr keine Augen in den tumben Köpfen? Ich setz' mein Geld auf das Trahernsche Frauenzimmer! Eh ihr noch bis drei zählen könnt, hätt' ich sie schon auf dem Arsche liegen!«
»Aye!« schnaubte ein anderer dagegen. »Und wenn Ihr wieder aufsteht, habt Ihr Robbies Dolch im Rücken!«
Shanna rührte sich nicht. Sie ließ auch nicht erkennen, wie sie solche Grobheit aufnahm. Doch inwendig verkrampften sich ihr Herz und Seele. Qualvoll genug war schon die Nacht gewesen, und sie war sich bewußt, daß lediglich ihr möglicher Wert als Geisel sie davor bewahrt hatte, noch schlimmere Stunden in der Kapitänskajüte oder im Mannschaftsquartier zu durchleben, wenn nicht gar in beiden. Diese Galgenfrist, das wußte sie sehr wohl, hatte sie allein Ruark zu verdanken.
Ruark schenkte dem Geschwätz nur wenig Aufmerksamkeit. Er wertete es lediglich als dümmliches Haudegen-Geprahle, zumindest für den Augenblick. Die wahre Bedrohung konnte nur aus einer Richtung kommen – solange das Halbblut noch am Leben war. Mißtrauisch beobachtete er, wie der Franzose sich nun Shanna näherte. Und als Pellier eine lange Lederleine um Shannas zarten Hals schnürte, näherte er sich ihm.
Doch plötzlich, ohne Warnung, versperrte ihm die breite, dichtbehaarte Brust von Pelliers affenartigem Maat den Weg, und drei Matrosen, die eben noch das Schiff an den auf dem Kai vertäuten Seilen beigezogen hatten, bauten sich bedrohlich um ihn auf.
Einen dieser Kerle schob Ruark mit dem Ellbogen beiseite, doch der Maat tat einen weiteren Schritt und bleckte ihm mutwillig grinsend die lückenhaften Zähne ins Gesicht. Und über seiner Bullenschulter sah Ruark das teuflische Grinsen in Pelliers Visage.
»Hört zu, Mann«, blaffte der Maat ihn an. »Wenn Ihr einer der Unsrigen sein wollt, dann lernt zuerst einmal, wie man ein Schiff saubermacht!«
Die Gangway fiel auf den Kai, und der Korsaren-Kapitän ging die Landeplanke hinunter. Kalte Angst ließ Shannas Blut gefrieren, in einem letzten, verzweiflungsvollen Flehen richtete sie ihren Blick auf Ruark, ihre letzte Hoffnung. Doch der stand mit ein paar Piraten da und machte keinerlei Anstalten, ihr zu Hilfe zu eilen. Ja, seine Miene verfinsterte sich noch, als sie zu ihm hinüberschaute. Er wollte sie also diesem Freibeuterschwein überlassen.
»Da sieht man's nun, was seine hohen Ideale, seine Eheschwüre wirklich

wert sind!« zürnte Shanna. Und als ihre Blicke sich begegneten, hob sie in stolzem Verzicht den Kopf. Die Lederschlinge zog sich um ihren Hals zusammen. Stolpernd mußte sie Pelliers Schritten folgen.

So war Shanna gezwungen, als Paradestück der Beute, die hinter ihr an Land getragen wurde, den Spießrutenlauf an Land zu machen. Die Hände hatte man ihr wieder gefesselt, das wirre Haar umwehte ihr Antlitz – und so verbarg die wilde Lockenpracht sie wenigstens vor den gaffenden Blicken des Inselvolks. Wie Messerstiche schmerzte es sie, auf diese Weise zur Schau gestellt zu werden, doch gerechterweise – wenn auch bitter – bedachte sie nun, daß Ruark einstmals nicht viel anders unter ihren Augen an Bord der *Marguerite* gezerrt worden war.

Schmierige Hurenhände streckten sich aus und zupften boshaft an ihrem goldenen Haar, zwickten sie in den Hintern, und je heftiger sie sich sträubte, desto unverschämter wurde das Pack. Worte flogen ihr um die Ohren, deren gemeine Bedeutung sie nur erraten konnte.

Als sie dem neugierigen Gedränge der stinkenden Leiber entronnen war, erinnerte nichts an ihr mehr an die vornehme Dame, die sie war. Zerrissen war der Morgenmantel, den sie im Augenblick der Gefangennahme noch getragen hatte, das Nachtgewand darunter hing in Fetzen, die Steine hatten ihre nackten Füße wundgeschunden, der heiße Strandsand ihre Sohlen mit Blasen überzogen. Und trotzdem überstand sie diese Szene mit der unbeugsamen Würde einer Trahern, den Schmerz und die Erniedrigung unter der Maske des Zorns verborgen.

Fast wäre ihr ein Seufzer der Erlösung entfleucht, als die Quälerei ein Ende nahm. Jetzt erst hob sie wieder den Blick. Ein breites, ehemals weißgetünchtes Gebäude ragte vor ihr auf, an dessen Obergeschoß sich eine Veranda entlangzog. Und von einem Mast glotzte eine Gallionsfigur in Gestalt einer geschmacklos aufgetakelten Meerjungfrau mit üppigen Brüsten herab. Schäbig und arg heruntergekommen, dringender Reparatur bedürftig wirkte das Gebäude. Doch Shanna hatte längst erkannt, daß die Menschen, die auf dieser Insel lebten, kaum mehr als Parasiten waren, für die ernsthafte, ehrliche Arbeit fremd war.

Unter der Nymphe mit dem schamlosen Grinsen stand ein Monstrum von einem Mann, mindestens so groß wie Pitney, doch anderthalbmal so breit, der den Ankömmlingen einen Gruß entgegenrief. Auf seinem kahlen Schädel glänzte Schweiß, und die langen Haare seines Backenbartes waren zu Zöpfen geflochten, die Zopfenden mit bunten Bändchen geschmückt.

»Ha! Ihr schuppigen Säue!« schrie er mit einer merkwürdig hohen Tenorstimme. »Ihr seid ja wahrhaftig auf die Trahern-Insel gesegelt, wie Ihr's angekündigt habt! Und wie ich sehe, sogar mit heiler Haut davongekommen!« Vergnüglich kichernd betrachtete er die Kisten und die

Truhen, die nun auf der Veranda abgestellt wurden. »Und sogar Gepäck habt Ihr noch mitgebracht! Hübsch!«
Mit einem rücksichtslosen Zug an der Lederleine wurde Shanna vor den monströsen Mann gezerrt, der sie mit einem unverschämten Blick aus kleinen Schweineaugen musterte. Shanna schauderte vor Ekel, als er seine Schinkenhand unter ihr Kinn legte und ihr den Kopf nach links und nach rechts bewegte, als hätte er den Marktwert eines Stückes Vieh zu schätzen.
»Ein hübsches Kälbchen, in der Tat, wenngleich mir Trahern nicht viel gelassen hat, um es von Herzen lustvoll zu genießen. Doch was soll sie hier?«
Pellier grinste schelmisch. »Mister Mutter, das ist die Pflaume aus Traherns Obstgarten! Seine eigene Tochter! Die wird uns ein ansehnliches Sümmchen bringen.«
»Vorausgesetzt«, schnaubte Harripen, »wir leben lang' genug, um's nachzuzählen.«
»Trahern schafft's nie, ein genügend großes Schiff durch die Sandbänke zu bringen, ohne auf Grund zu laufen«, meinte Pellier.
Der Riese schürzte seine Lippen, ließ den Blick über den Horizont schweifen und verkündete beunruhigt: »Herr Trahern wird gewiß höchst verärgert sein.« Er wies auf die Gefangenen, die hinter Shanna kauerten. »Und wenn Herr Trahern sich bemerkbar macht, brauchen wir jeden Mann. Aber nun bringt das Frauenzimmer ins Haus, meine wackeren Krieger, und laßt uns einen Krug leeren!«
Die Sonne hatte sich auf dem Horizont niedergelassen, bald würde die Nacht den samtenen Mantel der Dunkelheit über die Insel breiten. Shanna wurde ins Haus gezerrt, noch einmal warf sie einen Blick zurück, doch Ruark war nirgendwo zu sehen. Bitter fragte sie sich, ob er sich nicht schon mit einer Hafendirne die Zeit vertreibe.
Eine kurze Treppe führte in einen Schankraum hinab, wo bereits Laternen brannten. Die großen, glatten Steine des Fußbodens fühlten sich kühl unter Shannas Fußsohlen an, eine Erlösung nach dem glühenden Sand. Pellier durchquerte den großen, dämmrigen Raum und zerrte Shanna hinter sich her. Er setzte sich zu Mutter an den langen Tisch und schmetterte die Faust so hart auf die Tischplatte, daß Shanna zusammenzuckte. Unverzüglich erschienen zwei Frauen und füllten aus Fässern, welche die ganze Seitenwand längs standen, zwei riesige Krüge ab. Harripen tätschelte der einen Frau die euterartigen Titten und grinste sie an: »Ach Carmelita, Schätzchen, wie appetitlich Ihr doch wieder seid? Wie wär's denn mit einem kleinen Stößerchen?«
Aus dem Hintergrund des Schankraums grölte eine Stimme: »Er hat nämlich auf Euch gewettet, Carmelita! Jetzt will er kassieren!«

Carmelita warf mit frechem Lächeln ihren schwarzen Kopf zurück, drückte dem Engländer den Krug in die tätschelnde Hand und vergoß dabei den größten Teil des Inhalts über seine Hose. »Das hält die Lenden kühl, bis ich mit der Arbeit fertig bin, brünstiger Bock!« rief sie. »Ich leg' mich hin, mit wem ich will, und das seid Ihr wahrscheinlich nicht, mein dürrer Gänserich!«
Brüllendes Gelächter stieg rings um den Tisch auf. Pellier war nun seinerseits erpicht, unverzüglich darzutun, welchen Erfolg er bei den Frauenzimmern hatte. Sogleich warf er einen Arm um Shannas Taille und versuchte das Mädchen an sich heranzuziehen, um ihr – und darauf wartete er schon lange – einen Kuß zu rauben und ihr die Rundungen abzutasten. Shanna hieb dem schweißstinkenden Unhold die gefesselten, zur Faust geballten Hände unter die Rippen. Dem Halbblut blieb die Luft weg, er stolperte rückwärts. Im gleichen Augenblick setzte Shanna ihm einen Fuß hinter die Ferse und trat fest zu. Pellier verlor das Gleichgewicht und wirbelte im Sturz über eine Strecke von sechs Fuß hinweg den Staub vom Boden auf.
Die kleinere Schankmaid, eine graue Maus mit lustlosem Gehabe, die eben noch neben Pellier gestanden hatte, um ihm seinen Krug zu füllen, riß entsetzt die Augen auf. Shanna begriff, welche Gefahr sie mit ihrer Tat auf sich herabbeschworen hatte: vor versammelter Mannschaft hatte sie den Piraten der Lächerlichkeit preisgegeben.
Harripen stichelte auch schön: »He, Robby, steht endlich auf! Dort unten richtet Ihr allein nichts aus. Ihr habt wohl vergessen, das Frauenzimmer mit auf Euer Lager zu nehmen!«
Der Franzose fühlte sich nicht nur arg in seinem Stolz geschunden, sondern auch an seinem Hintern. Blutunterlaufen waren seine Augen, scharlachrot vor Wut sein Angesicht, als er sich wieder auf die Beine rappelte.
Heiser fauchte er Shanna an: »Das wird die hochnäsige Zicke mir büßen! Ich werd' Euch schon noch zu einem folgsamen Hündchen abrichten, das herangewedelt kommt, wenn man ihm pfeift!«
Grob packte er den Lederriemen, riß sie dabei fast zu Boden – so hart, daß sich an Shannas Hals Striemen bildeten. Quer durch den Raum schleppte er sie hinter sich her, bis vor ein großes, rundes Loch im Boden. Pellier zog eine Klinge aus dem Stiefel, und zu Shannas Überraschung schnitt er ihr die Fesseln durch. Doch dann stieß er eine Leiter ins Loch und bedeutete Shanna mit einer Handbewegung hinabzusteigen.
»Wenn Ihr's wünscht, bin ich beim Abstieg gern behilflich!« höhnte er und griff mit der Hand nach ihr.
Shanna entzog sich seinem Griff und gehorchte. Verängstigt stieg sie in eine finstere, stinkende Grube hinab. Ratlos schaute sie empor. Was

hatte Pellier mit ihr im Sinn? Die Leiter verschwand nach oben. Klirrend fiel ein schweres Eisengitter über das Loch.
Bestürzt blickte Shanna sich um. Einiges Licht fiel von oben herab, und Shanna erkannte, daß sie auf einem Berg von Unrat stand. Wollte Pellier sie das Fürchten lehren? Einen Augenblick lang fand Shanna den Gedanken lächerlich – wo sie doch nichts mehr fürchtete als Pelliers widerliche Nähe.
Shannas kaum erwachtes Selbstvertrauen schwand allerdings schon in der nächsten Sekunde wie unter einem eiskalten Wasserguß. Dicht neben sich vernahm sie schrilles Quieken. Sie starrte zu Boden: eine fette Ratte lief ihr über die Füße. Shannas Entsetzensschrei erzeugte bei Pellier nur ein Gegröle des Ergötzens. Verzweifelt reckte sich Shanna nach dem Gitter hoch, doch da rollte der Pirat ein schweres Faß darüber. Schlurfende Geräusche wurden nun rings um Shanna laut. Sie fuhr herum: Graue, pelzige Untiere kauerten sich an der Grenze des nun durch das Faß schmaler gewordenen Lichtscheins. Kleine, rotglänzende Augen starrten sie hungrig an. Den Atem anhaltend, kletterte Shanna den Unrathügel abwärts – nur fort von diesen gräßlichen Augen!
Der eklige Gestank der Grube drohte sie zu ersticken; sie würgte, fast mußte sie sich übergeben. Die kleinen, rotäugigen Tiere wurden frecher. Schon hatte sich ein halbes Dutzend versammelt, kauerte vor ihr, beobachtete sie; kroch näher, wann immer sie den Blick abwandte.
Shanna machte einen Schritt zur Seite – und stand knöcheltief in schlammig-schleimigem Abwasser. Schon wieselte eine Ratte auf sie zu; Shanna trat nach dem Tier, quiekend floh es zu seinem Rudel zurück. Aber aus dem Dunkel schlichen immer noch mehr Ratten herbei, bald hatte sich die Zahl der glühenden Augen verdoppelt. Nun bewegten sie sich in breiter Front vorwärts. Schaudernd schluchzte Shanna auf, wich zurück, stand schließlich bis zu den Knien in der fauligen Brühe.
Von oben hörte sie sardonisches Gelächter. Eine Brotkruste und ein paar Fleischbrocken fielen durchs Gitter.
»Wohl bekomm's, Milady! Da habt Ihr Euer Nachtmahl – falls Ihr's schafft, es vor Euren kleinen, gierigen Freunden in Sicherheit zu bringen. Und hier ein Schluck, um Euren Durst zu löschen!« Pellier war wirklich strahlender Laune. Er kippe einen Krug Bier durchs Gitter, auf die kreischenden Ratten, die bereits – nun in Shannas Augenhöhe – um die Speisereste kämpften. »Und sehnt Euch nicht zu arg nach mir!« rief Pellier hinterher. »Eure kleinen Freunde leisten Euch sicher noch Gesellschaft, bis ich Zeit für Euch habe!«
Pelliers Schritte verklangen. Der Unratgestank verursachte Shanna Husten. Die Ratten, denen die Happen von oben nur Appetit gemacht hatten, richteten ihre roten Augen wieder auf Shanna. Sie stieß mit dem

Fuß gegen einen Gegenstand, sie griff danach und zersprang fast vor Glückseligkeit; sie hielt ein Stück Holz in der Hand.
Hunger nagte in Shannas Eingeweiden, Durst brannte in ihrer Kehle, die Müdigkeit höhlte ihren Willen aus, die Angst ihre Lebenskraft. Kleine, kribbelnde Wesen zuckten im Schlamm zwischen ihren Zehen. Aber sie hatte eine Latte in der Hand.
Die Ratten, nur noch durch den Streifen Abwasser von ihrem Opfer getrennt, wagten sich zögernd in die Brühe vor. Plötzlich faßte eine Ratte Mut, sprang in den Tümpel und schwamm auf Shanna zu. Die kalte Entschlossenheit der Verzweiflung ergriff von Shanna Besitz. Böse wie die Welt, in die sie hineingestoßen worden war, visierte Shanna das Lebewesen an, hob die Latte. Jetzt! Schluchzend schmetterte sie ihre Waffe mit der scharfen Kante auf den Pelz. Wildes, schäumendes Umsichschlagen – dann war der Tümpel wieder glatt.
Mißtrauisch wichen die anderen Ratten ein wenig zurück, beäugten sie nun aus sicherer Entfernung, verschworen sich flüsternd, so schien es, zu einer wirksameren Angriffsstrategie.
Shanna zitterte am ganzen Leib. Nicht einmal der Sieg über die Ratte vermochte noch ihren Mut zu heben. Wenn es doch nur einen trockenen Fleck gäbe, zu dem sie sich flüchten könnte! Hoffnungslos ließ sie die Hand mit der Latte sinken.
Die Ratten starrten stumm.
Shanna war nach herzzerreißendem Weinen zumute. Doch sie wußte, wenn sie sich erst einmal gehen ließ, war sie rettungslos verloren. Und sie war so müde! So hungrig! So durstig! So schwach!
Blutrünstige Augen funkelten in der Dunkelheit. Krochen näher.
»Mein Gott! Laß mir doch eine Menschenseele zu Hilfe kommen!« schrien Shannas Sinne. »Hilft mir denn niemand! Ruark!«

16

Über die Schulter des Maats hinweg hatte Ruark mit angesehen, wie Shanna von dem Piraten-Halbblut über die Gangway und dann durch die Menge gezerrt wurde, bis sie seinen Blicken entschwand. Die vier Freibeuter waren inzwischen dichter an Ruark herangerückt.
»Ich habe Wichtigeres zu tun, als Euch Euren Dreck vom Deck zu fegen!« sagte er.
»Hört Euch den Kerl an!« blökte der Maat. »Möcht' wohl gleich von oben her anfangen, Pirat zu werden! Laßt Euch sagen, Grünschnabel, wenn Ihr Kapitän sein wollt, müßt Ihr schon ein eigenes Schiff besitzen. Und dann müßt Ihr immer noch der beste Mann der Mannschaft sein. Bis jetzt habt Ihr jedoch nur wenig Empfehlenswertes vorgewiesen. Außer, daß Ihr unseren Fraß gefressen und unser Bier gesoffen habt.«
Ruark wich vorsichtig zurück, bis er die Reling im Rücken fühlte. Mit dem Fuß stieß er gegen einen Eimer Sand, der hier für den Fall einer Feuersbrunst bereitstand. Mit der Hand berührte er das Nagelbrett, das der Aufbewahrung der langen Beleghölzer diente. Die Piraten trugen zwar keine Pistolen, streichelten aber mit offensichtlicher Vorfreude die Griffe ihrer Entermesser, die sie in den Gürteln stecken hatten. Ruark konnte nur vermuten, daß Pellier irgendeinen Befehl ausgegeben hatte, der ihn von der Aufteilung der Beute ausschließen sollte. Doch Ruark war entschlossen, solche Pläne zu durchkreuzen.
Ruarks Blick fiel auf die halboffenstehende Tür zur Kapitänskajüte – und darin hatte er, als man ihn zum ersten Verhör holte, einen Vorrat Waffen gesehen. Lässig lehnte er sich gegen die Reling und blickte die Männer, einen nach dem anderen, an. Bis jetzt hatte er den Piraten in der Tat den Grünschnabel vorgespielt – in der Hoffnung, ihre Wachsamkeit einzuschläfern. Er hätte wissen müssen, sagte er sich jetzt, daß sie allesamt Schakale waren und nur allzugern bereit, über einen Schwächling herzufallen.
Ein Lächeln spielte um Ruarks Mund. Die Piraten konnten nicht ahnen, daß Ruark in eben diesem Augenblick bei sich dachte: »Nun wollen wir einmal sehen, wie Schakale sich verhalten, wenn sie es anstatt eines Grünschnabels plötzlich mit einem Mann zu tun bekommen!«
Blitzschnell bückte er sich und schleuderte den Freibeutern den Eimer Sand in die Visagen. Und während sie noch rückwärts taumelten und sich

fluchend den Sand aus den Augen rieben, packte er eine Spiere vom Nagelbrett und hieb sie dem Nächststehenden über den Schädel, einem zweiten unter die Rippen. Der dritte hatte unterdessen sein Entermesser blank gezogen, und daran prallte die Stange entzwei. Da sie nun als Waffe nicht mehr brauchbar war, schleuderte Ruark sie dem vierten ins Gesicht, der sich freilich duckte, dabei aber mit dem Maat zusammenstieß.

Diese Atempause nutzend, sprang Ruark zur Kajüte, schmetterte hinter sich die Tür zu und schob den Riegel vor. Schon warfen sich die Verfolger wütend gegen das Holz, aber Ruark glaubte, Zeit genug zu haben, um sich nach geeignetem Rüstzeug umzuschauen. Einen kunstvoll gearbeiteten Schmucksäbel verwarf er, statt dessen legte er seine Hand um den abgewetzten Griff eines langen Krummsäbels. Er zog ihn aus der Scheide: bläulich schimmerte die Klinge im Dämmerlicht. Es war eine schwere Waffe, doch so ausgewogen geschmiedet, daß sie ihm fast gewichtslos in der Hand lag.

Wieder an der Tür, zählte Ruark die Sekunden zwischen den einzelnen Schlägen, die dagegen donnerten. Dann, gut abgepaßt nach einem Aufprall, der die Bretter beben ließ, schob er den Riegel auf die Seite. Krachend flog die Tür jetzt auf, und unter der Wucht des eigenen Ansturms purzelten die Piraten in den Raum. Den letzten mußte Ruark in den Hintern treten, damit auch er kopfüber in das Getümmel flog.

Der Maat kam als erster wieder auf die Füße, und wild das Entermesser schwingend sprang er Ruark an. Die schwere Klinge prallte von der Säbelkante ab, flog durch die Luft und blieb in einer eisenbeschlagenen Truhe stecken. Der lange Krummsäbel unterdessen fraß sich mit der Behendigkeit einer Kobra dem Maat tief in die Schulter und legte sie wie auch die Jacke darüber klaffend offen.

Nutzlos hing der Arm herab; erstaunt starrte der Maat an seiner Brust hinunter, auf der sich eine dünne, rote Spur tröpfelnden Blutes bildete. Die Piraten nahmen, leicht verstört, hinter ihrem Anführer Aufstellung, als könne dieser, hilflos, wie er war, sie vor dem bösen Krummsäbel schützen. Als einer dann doch, zögernd, sein Entermesser hob, wischte Ruark ihm die Klinge über den Unterarm, der daraufhin ebenfalls zu bluten anfing. Der arme Wicht schrie wie am Spieß, als würde ihm das Herz aus dem Leib gerissen.

Der kleinere der vier fand nun, daß die Stunde seines Heldenmuts vorüber war, nahm einen Anlauf und warf sich gegen das Achterfenster. Doch Glas und Rahmen waren im Hinblick auf die stürmischen Meeresgewalten angefertigt worden: am Kopf blutend und die Schulter ausgerenkt, krümmte sich der unbedachte Springer jämmerlich am Boden. Sein Kumpane, nun gewarnt, schlug erst die Verriegelung auf und

schwenkte die dicke Scheibe auswärts, ehe er den Sprung wagte. Auch der Maat und die zwei letzten Männer verließen die Kajüte durch die Luke schneller, als sie durch die Tür hereingestürzt gekommen waren – und das wollte schon einiges besagen.
Ruark lehnte sich aus der Luke, um den Heimweg seiner unerwünschten Besucher zu überwachen, welche, da sie in ihrer Eile auf der falschen Bordseite ausgestiegen waren, auch noch um das Heck des Schiffes herumschwimmen mußten – was zweien von ihnen, die nur noch je einen Arm gebrauchen konnte, offensichtlich schwerfiel. Doch half der dunkle Schatten eines Hais, der sich blutgierig unterm Wasserspiegel näherte, den kühnen Schwimmern, das Ufer ohne nennenswerten Zeitverlust zu erreichen.
Ruark verweilte noch einen Augenblick, um die Kajüte auf nützliche Mitbringsel abzusuchen, wenn auch die Ungewißheit über Shannas Schicksal ihn nur oberflächlich Umschau halten ließ. Ein Paar kostbare Pistolen auf dem Kapitänsschreibtisch erweckten sein Interesse, Schloß und Zündsatz schienen ihm in bester Ordnung. Ruark war begeistert, wie hübsch die beiden Dinger sich in seinen Hosenbund schmiegten. Dann war da noch ein breitrandiger Hut aus feingeflochtenem Stroh, der es als Muster hochbezahlter Handwerkskunst mit Herrn Traherns Kopfbedeckung aufnehmen konnte. Mitgehen ließ Ruark ebenfalls ein ärmelloses Lederwams, sowie – von einem Wandbrett – eine Tonpfeife nebst Tabaksbeutel. Dann hing Ruark sich die Scheide des Krummsäbels an einer Schärpe um die Schulter, und so aus- und aufgerüstet trat er nun aufs Deck hinaus und machte sich, die Mole entlang, auf den Weg zum Strand. Welche Richtung die Kapitäne mit ihrem Gefolge eingeschlagen hatten, wußte er nicht. Doch glaubte er richtig zu erraten, daß jenes weiße Haus, das größte weit und breit, das Hauptquartier der Piraten darstellte.
Auf seinem einsamen Vormarsch, der durch eine Anhäufung minderwertiger Behausungen führte, sah Ruark sich allerhand glotzäugigen Blicken ausgesetzt, doch nichts und niemand rührte sich, ihn aufzuhalten. Frecher waren die Blicke etlicher Weiber, die ihn mit dieser oder jener unzweideutigen Gebärde bedachten – und Fratzen schnitten, als er ihnen weder Aufmerksamkeit noch sonst etwas schenkte. Bald hatte er das Dörfchen hinter sich. Vor dem weißen Haus verhielt er den Schritt, schaute zu der windigen Meerjungfrau hinauf, lauschte auf Geräusche. Im Haus schien eine ausgelassene Gesellschaft zu tafeln, Pelliers lautes Gebelle, das nach mehr Bier verlangte, war unverkennbar. Ruark setzte den Fuß über die Schwelle.
Ein Chaos empfing ihn. Der Dunst verschwitzter, verdreckter Leiber, eng in einem Raum zusammengedrängt, mischte sich mit dem Aroma

von starkem Ale und dem Bratenduft, der von einem Schwein, das auf dem offenen Herd geröstet wurde, ausging.
Mister Mutter war's, der plötzlich den Bierkrug absetzte und schweigend in den Schatten neben der Türe starrte, das Lärmen ringsum freilich tobte weiter. Doch als der Riese dann seine Kinderstimme erhob, rauschte zorniges Gemurmel auf, und nicht wenige Fäuste griffen nach den Waffen.
»Kommt doch herein und trinkt einen Schluck mit uns!« rief Mutter ihn heran. »Und sagt an, weshalb Ihr so im Dunkeln schleicht!«
Pellier knallte seinen Krug auf den Tisch und blickte verblüfft, als Ruark aus dem Schatten hervortrat und den dargebotenen Willkommenstrunk entgegennahm. Lässig löschte Ruark seinen Durst und ließ das Volk auf Antwort warten. Endlich schien es ihm zu belieben, mit dem Seufzer eines trinkfesten Mannes, der einen guten Schluck zu schätzen weiß, den Krug sinken zu lassen. Sein Blick schweifte durch den Raum, über die erwartungsvollen Gesichter. Dann grinste er lässig und zuckte die Achseln.
»Es ist nicht meine Schuld, daß ich mich hier befinde. Andererseits auch ein bißchen meine Absicht. Mir scheint, daß da noch eine Rechnung offensteht, die diese ehrenwerten Herren mir zu begleichen offenbar vergessen haben.« Er wies mit der Hand zu den Schiffsführern hin. »Ich möchte nicht drängen, doch wie Ihr wohl wißt, bin ich ein armer Schlukker ohne jeden Penny, und mir scheint, selbst hierzulande läßt sich ohne klingende Münze nicht leicht leben.«
Ruark bemerkte, daß sich nicht wenige Blicke auf seinen Krummsäbel hefteten und auf die Pistolenkolben, neben denen seine Hände lagen.
»Pah!« höhnte Pellier. »Gebt dem Burschen eine Kupfermünze oder zwei und schmeißt ihn raus!«
»Kupfer?« schnaubte Ruark. »Das ist gerad' so viel, wie Ihr Eurem Maat zum Lohn verspracht. Freilich ist, was der geleistet hat, kaum ein Stück Kupfer wert. Nie sah ich einen Mann, der so begierig Wasser soff wie er!« Nach diesem sarkastischen Seitenhieb wandte er sich mit tödlichem Ernst an die übrigen. »Mir ist ein voller Kapitänsanteil versprochen! Und hätte ich Euch nicht gewarnt, wäret Ihr doch geradewegs in die Kanonenrohre Traherns hineingesegelt, und die hätten Euch voll Blei gepumpt, eh' Ihr auch nur ein Zipfelchen vom Uferstrand gesehen hättet.«
»Da hat er recht«, gab einer der Unterführer zu bedenken. »Die Wahrheit hat er gesagt.«
»Was soll's?« rief Harripen. »Mein Magen verträgt dergleichen Hickhack nicht.« Er zog einen kleinen Münzbeutel aus seiner Schärpe und warf ihn Ruark zu. »Hier, Leibeigener, sucht Euch eine Dirne und macht

Euch einen Spaß. Wenn das Gold abgewogen wird, bekommt Ihr Euer Teil.«
Ruark fing den Beutel auf und schätzte, daß er kein geringes Sümmchen enthielt. Pellier jedoch schnaubte angewidert und wandte sich wieder seinem Bierkrug zu.
Mutter indessen hatte bei dem Wort »Leibeigener« aufgemerkt und sich den Neuankömmling genauer angesehen. Nun beugte er sich vor. »Wart Ihr etwa in Traherns Leibeigenschaft?«
»Aye!« bejahte Ruark. »Ich hatte die Wahl nur zwischen dem Galgen und der Sklaverei, so wurde ich von England nach Los Camellos verschifft.« Er lehnte sich mit einer Schulter gegen einen stämmigen, grobbehauenen Pfeiler und sah sich die Männer an dem langen Tisch mit unverhohlener Neugier an.
Mutter winkte ihm kichernd mit dem Bierkrug zu. »Da haben wir wohl einiges gemeinsam. Auch ich war einst ein Leibeigener des Herrn Trahern. Das ist lange her, das Mädchen war fast noch ein Wickelkind.« Er schüttete weiter Bier in sich hinein, dann sinnierte er laut vor sich hin. »Da war ein Mann, mit dem hab' ich mich im fairen Kampf geschlagen. Der Mann hat's nicht überlebt. Trahern sagte, ich müßte nun außer meiner eigenen Arbeit auch die des toten Mannes tun, bis des toten Mannes Schulden abgegolten seien. Da versuchte ich zu fliehen – und wurde erwischt. Über einen Bock haben sie mich gespannt und ausgepeitscht. Als abschreckendes Beispiel. Dem Aufseher muß diese Arbeit Spaß gemacht haben. Denn als er mir den Rücken blutig geschlagen hatte, drehte er mich um und schlug mir auch noch den Bauch blutig. Und dann schlug er tiefer . . .«
Mutter leerte den Krug und warf ihn durch die Schenke, daß er an der Wand zersplitterte.
»Wißt Ihr, was man auf Traherns Insel aus mir gemacht hat? Einen verdammten Eunuchen!« schrie er und schmetterte krachend die Faust auf den Tisch. Dann sank er auf seinem Stuhl zusammen, sein Hals verschwand unter Fettfalten, die Augen glühten klein und barbarisch aus den Höhlen, und er kicherte: »Aber nun fängt er mich nicht wieder ein! Jetzt nicht mehr!«
Harripen stand auf, um sich die Beine zu vertreten, im Vorübergehen stieß er Ruark mit dem Ellbogen an und nickte zu dem dicken Riesen hin. »Deshalb nennen wir ihn nun Mister Mutter«, grinste er. »Manchmal auch nur Mutter. Er kümmert sich um das Dorf, ist 'ne Art Bürgermeister, sozusagen.«
Schweigen breitete sich in der Taverne aus. Ruark ließ aufs neue seine Blicke schweifen. Auf seinen Reisen war er schon allerlei merkwürdigem Volk begegnet, doch gegen diese wilde Brigantenhorde war selbst das

Pack im Kerker von Newgate harmlos wie unschuldige Waisenkinder. Gewiß, Mutter und Harripen verhielten sich für Räuber einigermaßen freundlich, doch wenn es darauf ankam, würden auch sie ohne Zweifel wie die Wölfe um sich beißen.

Ruarks Blicke suchten weiter: keine Spur von Shanna und den anderen Gefangenen. Doch da Pellier hier in der Schenke war, konnte Shanna sich eigentlich nicht in allzu drohender Gefahr befinden. Trotzdem, wohler wär' ihm schon ums Herz gewesen, hätte er gewußt, wo sie sich befand.

Pellier gab einen Schnaufer von sich und stand auf. »Pah! Dieses Bier versaut mir die ganzen Eingeweide!« Er packte die scheue Schankmaid beim Arm, die verschreckt zusammenzuckte. »Tolpatschige Schlampe! Fleisch und trinkbaren Wein will ich sehen!«

Die Maid nickte eifrig und eilte davon. Pellier, der sich händereibend wieder setzte, ließ Platten voller Schwein und Geflügel heranschleppen, Carmelita verteilte Weinkaraffen auf dem Tisch. Sie bot auch Ruark an; dabei lehnte sie sich an ihn und lächelte ihm einladend ins Gesicht, in welchem freilich keine Wimper zuckte. Carmelita schlenkerte von dannen, um kurz darauf mit einem Tablett edelster Kristallpokale zurückzukehren, von denen sie Ruark ebenfalls einen reichte, und bei dieser Geste rieb sie ihre üppigen Formen hart an seinem Leib und langte ihm mit einer sachverständig prüfenden Hand unter den Gürtel.

»Mann, ist das Weibsstück scharf auf Euch!« grölte Harripen. »Aber nehmt Euch in acht, Bürschlein, die hat einen Vulkan im Arsch!«

Carmelita, die unter ihrer weiten Bluse nichts trug, ließ diese mutwillig immer wieder von der Schulter rutschen. Jede Bewegung ihrer Brüste bot ein unverhohlenes Schauspiel, und mit ihren Avancen erregte sie aufs neue Pelliers Haß und Eifersucht auf Ruark. Das Gesicht des Halbbluts verfinsterte sich. Die Spanierin mit dem rabenschwarzen Haar und der dunklen Haut setzte eben Pokale neben Pellier auf den Tisch – da griff der Pirat nach ihr, riß sie sich über den Schoß, tauchte seine Hand in ihre Bluse.

»Kommt her, Carmelita!« rief er. »Und gebt einem alten Freund eine Handvoll von Euren Schätzen ab!«

Carmelita jedoch gab ihm einen anderen Körperteil zu spüren: ihre Ferse, die sie ihm auf den Fuß hackte, und ihre Hand, die ihm in die Visage klatschte. Und schon wirbelte sie mit hochgerafftem Rock davon. Verblüfft starrte Pellier ihr nach.

»Alter Freund! Ha! Ha!« keifte Carmelita aus sicherer Entfernung. »Ihr kommt an meine Tür und pocht mit den Fäusten: Bumm! Bumm! Bumm! Erzählt mir prahlerisch von all den Zweikämpfen, die Ihr ausgefochten habt, und wieviel Feinde Ihr getötet, und dann schlaft Ihr besoffen schnarchend ein!« Sie wandte sich an das schadenfrohe Publikum:

»Unser großer Kapitän ist in Wahrheit nur ein kleiner Polyp, der sich große Fische fangen will, und dann nicht weiß, was er damit anfangen soll!«

Und mit den letzten Worten schenkte sie Ruark rubinroten Wein in den Kristallpokal und steckte ihm einen ausgesuchten Happen Fleisch in den Mund.

Pellier stieß währenddessen seltsame Geräusche aus. Ruark fuhr herum und sah zu seinem Erstaunen, wie Pellier sich mit den Fingern ein riesiges Stück Schweinefleisch ins Maul steckte, bis ihm die Augen fast aus dem Kopf fielen. Er kaute mit offenem Mund, spülte die kaum zerkleinerten Bissen rülpsend mit einem Pokal Wein hinunter, dann schob er drei reife Bananen gleichzeitig hinterher, die er völlig ungekaut in seinen Pansen fahren ließ.

Harripen merkte verächtlich an: »Ein Bastard aus Santo Domingo ist er, müßt Ihr wissen. Halb Franzose, halb Indianer. Am Anfang wollte er sich als Edelmann ausgeben, aber seine Tischmanieren verrieten ihn, wie Ihr Euch denken könnt. Allerdings, wenn er sein Messer zieht, ist nicht mit ihm zu spaßen. Da ist er ein Zauberkünstler. Damit hat er in Santo Domingo allerhand Franzosen aufgeschlitzt. Angeblich wollte man ihn dort für ein Dutzend Morde hängen, doch wahrscheinlich liegt die Zahl drei Dutzend näher bei der Wahrheit. Er hat einen Haß auf jeden, der jung und hübsch genug ist, um ihn bei den Weibern auszustechen.«

Harripen kicherte in sein Bier. »Aye, aye, Sir, hier seht Ihr schon allerhand putziges Volk auf einem Haufen – und was Ihr hier seht, das ist sogar noch die Creme der Gesellschaft unserer kleinen Kolonie! Wartet nur ab, bis Ihr erst einmal den Rest gesehen habt!«

Ruark fand, daß er auf die Bekanntschaft mit dem übrigen Teil der Gesellschaft reuelos verzichten konnte. Was ihm jetzt auf der Seele brannte, war die Ungewißheit über Shannas Verbleib. Er schmeckte prüfend den Wein ab, ein schwerer italienischer roter, und fragte sich, von welchem Handelsschiff der wohl stammte. Ohne das Halbblut aus den Augen zu lassen, wandte er sich an Harripen: »Sagt an, wenn bei Euch ein Streit entsteht, weil zwei dasselbe Beutestück in Anspruch nehmen, wie tragt Ihr diesen aus?«

»Im Duell natürlich, junger Freund«, lachte er grunzend. »Und wenn's auf Leben oder Tod geht, kriegt der Sieger alles. Deshalb ist auch Pellier der reichste unter uns. Er hat fast alle seine Gegner getötet.«

Ruark nickte. Mehr brauchte er nicht zu wissen. Lässig wie eine Katze, die keine Eile hat, streckte er die Glieder, stellte den Fuß über eine Stuhllehne, stützte die Arme darauf und blickte einen Piraten nach dem anderen an, bis es diesem unter seinen kalten Augen ungemütlich wurde. Als die Spannung einen gewissen Grad erreicht hatte, brach er das Schweigen.

»Nun, meine wackeren Freunde, wie lange wollt Ihr noch am Bierkrug hängend ungenutzt die kostbare Zeit verstreichen lassen?«
Sogar Pellier unterbrach sein Mahl und schaute Ruark fragend an.
»Ich meine«, erläuterte Ruark, »daß es an der Zeit wäre – und auch weise –, dem guten Herrn Trahern ein Zeichen zuzustecken, daß Ihr seine Tochter in den Händen habt und daß sie wohlbehalten ist. Vielleicht sollte man endlich auch den Preis des Lösegeldes kundmachen. Zum Beispiel...« Er rieb sich nachdenklich die Faust über den Arm. »Zum Beispiel fünfzigtausend Pfund, das müßte sie ihm doch wert sein, oder nicht? Für Euch alle ist's gewiß genug, um ein schönes, neues Leben anzufangen. Natürlich muß davon ein Zoll an Mutter entrichtet werden und auch an mich ein Tausender, so ungefähr.«
Geldgier war diesen Männern zur zweiten Natur geworden, und einen Mann, der nichts für sich verlangte, würden sie nur mit Mißtrauen betrachten. Trotzdem fügte er hinzu: »Ich verlange nur einen kleinen Teil, da ich Euch lediglich den Weg gewiesen habe, es jedoch Euer Mut und Eure Kühnheit waren, die uns das Täubchen eingefangen haben.«
Er legte eine Pause ein, um ihnen Zeit zum Nachdenken zu lassen, und das ging bei ihnen nicht so schnell.
»Ich kenne Trahern gut«, merkte er dann an. »Er wird Euch mit allen Segeln jagen, die er setzen kann. Und schaut man erst einmal in die Kanonenschlünde, kann man so ungezwungen nicht mehr mit ihm verhandeln.«
Pellier drehte ihm wieder den Rücken zu und tat, als interessiere ihn das alles nicht. Doch die anderen lauschten aufmerksam.
Nun packte Ruark den schwierigen Teil seiner Rede an. »Vielleicht haben einige der Gefangenen Sehnsucht, in das Joch der Trahernschen Sklaverei zurückzukehren. Warum also geben wir ihnen nicht eine Nachricht an den Herrn Trahern mit auf den Weg?« Beifälliges Gemurmel wurde laut, und mit Unschuldsmiene erkundigte Ruark sich: »Wo, übrigens, sind denn diese Männer? Laßt mich sie fragen, ob sie einverstanden sind.«
Ehe noch jemand widersprechen konnte, hatte der große Mulatte schon den Raum durchquert und den Riegel vor einer schweren Eichentür zurückgeschoben.
»Raus mit Euch, Ihr hirnlosen Säue!« brüllte er.
Taumelnd schlurften die Männer, die mit Shanna zusammen in Gefangenschaft geraten waren, aus dem finsteren Loch hervor und blinzelten gegen das plötzliche Licht. Furchtsam hielten sie sich aneinander fest. Ruark stellte sich vor sie hin, prüfte, ob sie wohlbehalten waren, dann drehte er sich zum Saal hin um; breitbeinig, die Hände auf den Hüften, schrie er: »Und wo zum Teufel ist das Frauenzimmer?«

»Há!« schnaufte Pellier. »Da seht Ihr's! Um die Schlampe geht's ihm! Deshalb also die ganze Komödie!«
Zorniges Gebrumm erhob sich. Doch Ruarks Stimme fegte wie ein Peitschenhieb dazwischen.
»Was sonst, Narr!«
Pellier ballte die Fäuste ob dieser Beleidigung.
»Wollt Ihr etwa«, bellte Ruark, »daß diese Männer hier Trahern eine Forderung um Lösegeld überbringen – und ihm gleichzeitig erzählen, sie hätten seine Tochter nicht mehr zu Gesicht bekommen? Wo also ist das Frauenzimmer?«
»Dort, wo sie lernt, eine folgsame Sklavin zu werden!« tobte Pellier. »Und Euch geht's einen Dreck an!«
»Ich möcht' schon meinen, daß mich mein Leben einiges angeht – das Eurige mag ja nicht viel wert sein.« Ruarks Stimme war ätzend geworden. »Denn wenn Trahern hört, daß wir das Mädchen haben, daß sie lebt und unversehrt ist, haben wir nichts zu befürchten – doch nur dann. Kommen ihm aber Zweifel, wird er diese Insel mit allem, was da kreucht und fleugt, bis auf den Meeresboden stoßen. Ist es denn wirklich ganz unmöglich, eine so schlichte Wahrheit in Euer Gehirn hineinzutreiben?«
Das Halbblut legte ein Bein auf den Tisch, lehnte sich zurück, grinste zu Ruark herüber: »Ihr seid ein Tor, wenn Ihr meint, ich ließe Euch so ungeschoren auf der Insel herumkommandieren.«
Ruarks Augen verengten sich zu schmalen Schlitzen. Er war versucht, dem Mann eine offene Herausforderung hinzuschleudern – da hörte er ein Wasserplatschen und einen unterdrückten Aufschrei. Unwillkürlich flog Pelliers Blick zu dem Gitter überm Bodenloch, auf dem ein schweres Bierfaß stand.
Ruark stieß einen Fluch aus und durchflog den Raum, versetzte dem Faß einen wuchtigen Fußtritt, daß es umkippte und durch die Taverne rollte.
»Wollt Ihr denn alle an den Galgen, bloß weil der feine Herr Pellier sein perverses Spielchen treiben möchte?«
Er riß die Pistole aus dem Hosenbund, und das dämpfte für den Augenblick bei allen Anwesenden den Wunsch, sich einzumischen. Im Gegenteil, Harripen äugte zu dem Franzmann hin und grinste in Erwartung des unausbleiblich scheinenden Blutvergießens heiter vor sich hin. Mit einem Ruck riß Ruark das Gitter fort. Als Echo kam das Rascheln vieler kleiner Füße und ein erzürntes Quieken. Ein wachsames Auge auf die Piraten gerichtet, rief Ruark hinab: »Milady?«
Wieder das Geräusch von schwappendem Wasser. Shanna war quer über den Haufen Unrat gestürzt. Ein unterdrückter Schrei entfuhr ihr, als sie

den stinkenden, schleimigen Hang hinabrollte. Im trüben Lichtschein konnte Ruark Shannas Gesicht sehen, angstverzerrt und totenbleich. Doch dann erkannte sie ihn endlich, weit riß sie die Augen auf, und seinen Namen schluchzend mühte sie sich, auf die Beine zu kommen. Ein gräßlicher Fluch flog über Ruarks Lippen, Zornesblitze zuckten zu den Piraten hin, vor allem aber zu Pellier. Jemand würde teuer für die Schmach bezahlen müssen.

Er ließ sich auf die Knie fallen und reichte Shanna eine Hand hinunter. Shannas Hände klammerten sich an Ruarks Arm, und nur ein Brecheisen hätte jetzt noch Shannas Finger wieder loszwingen können. Ruark zog das Mädchen hoch, als wäre es leicht wie Distelwolle.

Unsicher setzte Shanna ihre Füße auf den Steinboden. An allen Gliedern bebend klammerte sie sich an ihren Retter, haltlos schluchzend verbarg sie den Kopf an seiner breiten Brust. Dann brach sie, wie eine Marionette, der man die Fäden durchschnitt, zu einem Häuflein Elend neben dem offenen Bodenloch zusammen. Shannas Tränen brannten sich wie weißglühendes Erz in Ruarks Sinne ein. Von nun an würde er nie mehr Ruhe finden, bis er Rache genommen hatte.

»Seht Ihr's!« lachte das Halbblut höhnisch. »Sie ist schon allerhand Trahernschen Hochmut losgeworden!«

Die Pistole in Ruarks Hand beschrieb behende einen kurzen Bogen. Das Auge, das nie zwinkerte, starrte den Korsaren eine lange, sehr lange Sekunde an. Da gefror selbst diesem Haudegen das Blut in den Adern, und von seinem glotzenden Narbengesicht verschwand das zynische Grinsen.

Ruark zähmte sich, bis sein Zorn verraucht war. Was zurückblieb, war das eiskalte Verlangen, diesen Pellier an der Säbelspitze zappeln zu sehen. Das war kein Mensch mehr – das war ein tollwütiges Untier, welches der Frau eines Beauchamps Schmach angetan hatte.

Doch Pellier hatte kein Gespür für das, was in Ruark vorging. Geräuschvoll schob er seinen Stuhl zurück, wie ein aufgeblasener Pfau stiefelte er durch den Raum.

»Nun, Milady!« sprach er sie höhnisch an. »Entsprach die Unterkunft einigermaßen Eurem Anspruch? Das Bett war vielleicht nicht ganz so frisch gemacht, wie Ihr's gewohnt seid.« Shanna klammerte sich fester an Ruark. »Seid Ihr immer noch der Ansicht, daß die kleinen Freunde, die dort unten leben, Euch kurzweiligere Gesellschaft bieten als unsereins?« Sein Ton wechselte. Nun brüllte er: »Dann wieder hinab in die Unterwelt mit Euch, Schlampe!«

Er sprang vor, um Shanna zu ergreifen – doch die flüchtete sich hinter Ruarks breiten Rücken. Wahrscheinlich kam Pellier einfach nicht auf den Gedanken, daß irgendein Mann auf der Welt ihm in die Quere zu

kommen wagte. So würdigte er Ruark keines Blickes, als er seinem winselnden Opfer nachsetzte. Und so sah er auch den Fuß nicht, der sich ihm im Sprung zwischen die Beine schob. Zum zweiten Mal an diesem Abend stürzte er auf den Boden der Taverne.
Eine tödliche Stille ergriff den Raum. Alle hielten in Erwartung dessen, was nun unausweichlich kommen mußte, den Atem an.
Pellier, auf dem Boden liegend, spuckte Dreck aus seinem aufgeplatzten Mund. Die haßglühenden Augen in dem immer noch verwunderten Gesicht krallten sich an Ruark fest.
Ruark griff lässig einen Stuhl bei der Lehne, zog ihn heran und setzte einen Fuß darauf. Dann beugte er sich, den Ellbogen aufs Knie gestützt, vor und schüttelte tadelnd das Haupt.
»Ihr lernt so arg langsam, lieber Freund! Ich hab' mehr Anspruch auf das Frauenzimmer als Ihr. Ich hab' sie stets einherstolzieren sehen, während ich für ihren Vater schuftete. Ich hab' Euch den Weg zur Insel gewiesen. Und wenn ich nicht gewesen wäre, würdet Ihr, Herr Kapitän, schon längst als Fischfutter durch Traherns Hafen treiben.«
Pelliers Blick wechselte zu Shanna hinüber, die sich nun wieder, Geborgenheit suchend, an Ruarks Seite schlich. Pellier stand vom Boden auf, klopfte sich den Staub aus dem Gewand. Er war ganz ruhig, doch seine Ruhe hatte etwas Tödliches.
»Zweimal habt Ihr mich schon angefaßt, Leibeigener!« stellte er fest.
»Um Euch nützliche Lehren beizubringen, guter Mann«, nickte Ruark nachsichtig. »Mit der Zeit bring' ich Euch vielleicht noch den schuldigen Respekt vor Leuten bei, die höher stehen als Ihr.«
»Seit dem ersten Augenblick kommt Ihr mir immer wieder in die Quere!« Jetzt hatte Pellier schon Mühe, sich im Zaum zu halten. »Ein Hundsfott seid Ihr! Ein verdammter Hundsfott aus den Kolonien! Und für einen Hundsfott aus den Kolonien hatte ich noch nie was übrig!«
Ruark zuckte die Achseln. »Das ist Eure Sache. Aber das Mädchen gehört mir!«
Pellier verlor nun endgültig jegliche Kontrolle. »Mein ist das Trahernsche Frauenzimmer!« kreischte er. Wollte er auf seiner Insel noch ein Wort zu sagen haben, durfte er keinen weiteren Zoll seines Ansehens verlieren.
Er trat vor, doch Ruark trat ihm den Stuhl vors Schienbein. Im gleichen Augenblick packte Ruark den Mulatten beim Hemd und hob ihn hoch, seine Zehen berührten kaum noch den Boden. Mit der anderen Hand schlug Ruark ihn ins Gesicht, und dann, im Rückschwung, noch einmal mit den Knöcheln des Handrückens. Dann schüttelte Ruark den Mann, der keinen Boden unter den Füßen mehr hatte, bis ihm die Augen aus dem schwarzen Kopf zu kullern drohten.

»Ich will meinen«, sagte Ruark, als er endlich innehielt, »daß Euch das als Herausforderung genügt. Ihr habt die Wahl der Waffen.«
Und damit versetzte er ihm mit der Hand, die immer noch das Hemd im Griff hielt, einen brutalen Stoß. Quer durch die Taverne torkelte der Pirat bis zu dem langen Tisch hin, der krachend mit Braten, Wein und Krügen um ihn herum zusammenbrach.
Als Pellier sich rotgesichtig aus den Trümmern erhob, spielte ihm ein berechnend siegessicheres Lächeln um den verzerrten Mund. Jetzt war es um den Eindringling geschehen. Im Duell hatte Pellier noch nie seinen Meister gefunden.
»Eine Klinge habt Ihr ja, Hundsfott. Dann zeigt, ob Ihr sie auch zu führen wißt!«
Ruark nickte nur. Er stellte den Stuhl an die Wand und hieß Shanna sich daraufsetzen. Er zog die Pistolen aus dem Hosenbund, spannte deren Hähne und legte sie in Shannas Reichweite auf ein Faß. Einen Augenblick lang sah er sie an. Shanna fühlte sich gedrängt, ihm in dieser – vielleicht allerletzten – Minute endlich ein liebes Wort zu sagen. Doch immer noch erfüllte Bitternis ihr Herz, und so blieben ihre Lippen geschlossen. Ins Auge wagte sie ihm nicht zu sehen.
Carmelita lehnte an der Tür zum Hinterzimmer, ihre schwarzen Augen glänzten geil, sie sah es gern, wenn Blut vergossen wurde. Die magere Schankmaid kauerte mit empfindungslosem Antlitz hinter ihr. Die Piraten schoben den langen Tisch zurück und nahmen ihre Plätze für das Schauspiel ein. Viel Geld wechselte die Besitzer, hohe Wetten wurden abgeschlossen. Nur Mutter hielt sich heraus. Er sah sich den Herausforderer genauer an.
Ruark erspähte Harripen, der eben mit einem Holländer eine Wette um eine Handvoll Gold abschloß.
»Nimm's nicht krumm, Bürschlein«, lächelte der Engländer. »Doch ich muß mich vor Verlust versichern. Der Beutel, den ich Euch gegeben hab', fällt nämlich an den Sieger – wie auch all sein anderer Besitz.«
Nur Shanna sah dem Ereignis voller Angst entgegen. Beklommen verfolgte sie jede Bewegung Ruarks. Gedanken taumelten in ihrem erschöpften Gehirn wild durcheinander. War der Mann, der nun für sie einen Kampf auf Leben und Tod einging, immer noch derselbe, mit dem sie einst in heißer Leidenschaft das Bett geteilt – derselbe, den sie im Zorn aus dem Weg geschafft hatte? Dieser Zorn schien ihr jetzt nur noch wie Erinnerung an ein anderes Leben, unwirklich und sinnlos; nun fürchtete sie um sein Heil.
Der leichte Degen, den das Halbblut führte, konnte dem Krummsäbel nicht gewachsen sein. Also nahm er ein Entermesser zur Hand, das er neben etlichen Pistolen an der Lehne seines Stuhles hängen hatte. Ein

schweres, breites Hack-Stück war diese Klinge, nur ein paar Zoll kürzer als Ruarks Säbel.
»Das ist wahrhaftig eine Männerwaffe!« höhnte Pellier. »Die ist zum Töten wie geschaffen. Also auf zum Sterben, Sklave!«
Pellier stieß sich vom Tisch ab und ging sogleich zum Angriff über. Er attackierte tückisch und entschlossen, doch Ruark parierte mit behendem Arm und federndem Sprung jeden Hieb. Zu lange hatte er Entscheidungen über sein Leben und seinen Tod anderen überlassen müssen, nun hing zum ersten Male wieder alles von seiner eigenen Kraft und Geschicklichkeit ab. Mochte kommen, was da wollte – in dieser Stunde war er endlich wieder Herr des eigenen Schicksals.
Er parierte, er stieß zu, und immer drängender führte er seine Klinge zum Angriff. Mit flinken Finten lotete er die Stärken und die Schwächen seines Gegners aus, und schnell wurde ihm klar, daß er alles andere als einen Neuling vor sich hatte. Pellier kämpfte zielbewußt und gerissen, doch mit jedem klirrenden Aufeinanderprall der Klingen spürte Ruark deutlicher, daß es der Hand des Gegners an Finessen mangelte. Ein trickreicher Angriff – und wie durch Zauberhand klaffte ein Riß in Pelliers Wams. Verblüfft wich der Pirat zurück.
Das Entermesser war gewiß eine Waffe zum Töten, doch schwerfällig und billig geschmiedet. Scharten sprangen in der Klinge auf, immer und immer wieder hakte sie am feingeschliffenen Stahl des krummen Säbels fest. So leicht, wie Pellier gedacht, war dieser Sieg nicht zu erringen, denn vor ihm stand kein Farmerjunge aus den Hinterwäldern der Kolonien. Die Anstrengung, die für das unablässige Schwingen des schlechtausgewogenen Entermessers nötig war, forderte allmählich ihren Preis, und jedesmal, wenn die unhandliche Waffe sich verfing, brauchte er mehr Kraft, um sie freizuschlagen.
Da sah Ruark eine Blöße. Er stieß tief von unten und von außen her, und aus Pelliers Schulter spritzte Blut. Tief war die Wunde nicht, aber Ruark tänzelte zurück und war bereit, Pardon zu geben. Doch Pellier stieß nach, schwang das Entermesser nun mit beiden Händen. Shannas Nerven verkrampften sich, schon erwartete sie, Ruark entzweigehauen zu sehen – aber blitzschnell griff der neben sich zur Scheide, legte dieselbe schützend und stützend längs der Klinge an – und der edle Stahl hielt auch diesem furchterregenden Angriff stand.
Einen Augenblick lang standen beide Männer mit über den Häuptern gekreuzten Waffen Aug' in Auge, jeden Muskel bis zum Bersten gespannt. Da sprang Pellier plötzlich wieselflink zurück, auch Ruark sprang zur Seite, und um Haaresbreite rettete er seinen Unterleib vor einem hinterlistigen Hieb. Ruarks Riposte folgte auf dem Fuß, kaum blieb Pellier Zeit für die Parade.

Ermüdung stellte sich bei beiden Kämpfern ein. Immer häufiger gerieten die Hiebe schwerfällig, längst nicht mehr zielgenau, kaum noch elegant. Vernichtung, ganz gleich wie, war jetzt die Parole. Pellier hieb zu, Ruark parierte, und unversehens hing das Entermesser mit einer tiefen Scharte auf dem gekrümmten Säbelrücken fest. Ruark setzte seine Waffe nun als Hebel an: die dicke, weiche Entermesserklinge bog sich seitwärts; und als Pellier mit aller Kraft, das Gesicht zur grausigen Fratze verzerrt, dagegenhielt, brach sie klirrend in zwei Stücke. Verdutzt taumelte Pellier ein paar Schritte rückwärts, mit irren Augen starrte er auf das Heft, das er allein noch in der Hand hielt. Dann ließ er das nutzlose Ding fallen und breitete, wie zum Zeichen, daß er sich geschlagen gebe, beide Arme aus. Ihm jetzt den Säbel durch den Leib zu rennen, wäre Mord gewesen; Ruark nickte auch so befriedigt und wollte seinen Säbel in die Scheide stecken.
Nur Shannas Aufschrei warnte ihn. Ein schneller Blick: Pelliers Hand fuhr eben aus dem Stiefelschaft heraus, wo er ein Stilett versteckt gehalten hatte. Tückisch blitzte die scharfe Klinge in Pelliers Faust. Schon holte der Pirat mit seinem Arm zum Wurfe aus. Für einen Gegenschlag stand Ruark jetzt zu weit entfernt, doch er hatte eben noch den Bruchteil eines Herzschlags Zeit, um den schon halb in der Scheide steckenden Krummsäbel so zu schwingen, daß die Scheide durch die Lüfte flog. Voll breitseits prallte sie dem Piraten vors Gesicht. Abermals geriet Pellier ins Taumeln, das Stilett fiel aus seiner Hand, scheppernd glitt es über den Boden. Der Franzmann fing sich, fluchte, las die Todesbotschaft in Ruarks Augen.
Doch schon hatte Pellier einen schlanken Degen in der Hand, offenbar von einem Piraten zugereicht, welcher alles Geld auf Ruarks Tod verwettet hatte. Nun verteidigte sich Pellier mit all der Geschicklichkeit und der Erfahrung, die er aufzubringen wußte. Auch Ruark lächelte nicht mehr. Er hatte die Spielregeln begriffen. Bis zum Tode! Von diesem Augenblick an war sein Angriff von grauenhafter Rücksichtslosigkeit. Ein Riß klaffte in Pelliers Hemd. Schon biß die Klinge tief in Pelliers Oberschenkel, rot färbte das Blut sein Hosenbein. Und die nächste Riposte traf den Piraten unterm Arm. Nur für die Dauer eines Wimpernzuckens senkte sich der Degen, aber da zischte der krumme Säbel abermals durch die Luft.
Pellier stürzte rücklings, nahm das Schwert, das ihm im Leibe steckte, im Fallen mit. Noch einmal bäumte sich der Körper auf den Bodenplatten auf. Dann lag er ruhig.
Finster war Ruarks Miene, als er umherblickte. Stumm, entsetzt, erstaunt starrten die Briganten.
Niemand forderte ihn heraus.

Ruark trat an den Toten, zog den Säbel aus dem blutenden Fleisch, wischte die Klinge an Pelliers Wams ab, steckte die Waffe in die Scheide. Auf den Griff gestützt, ließ er aufs neue seinen Blick durch die Schenke schweifen. Mutter saß schweigend mit seltsam krummem Rücken da.
»Ich hatte eine gute Waffe«, sagte Ruark schließlich. »Die hat mir wacker Dienst geleistet.«
Mutter nickte. »Gewiß. Aber wißt Ihr auch, wie's weitergeht?«
Ruark zuckte die Achseln, als interessiere es ihn nicht, und hing sich das Schwert wieder an die Schärpe.
Harripen stand auf, kam um den Tisch und klopfte Ruark auf die Schultern. »Ein feiner Kampf, mein Bürschlein! Und es springt auch allerhand für Euch dabei heraus. Der Schiffsanteil gehört nun Euch, natürlich, und was Robby sonst alles sein eigen nannte. Sein Anteil der Beute, und ...«
Er blickte sich nach seinen Kumpanen um: »Was meint Ihr? Hat er's sich verdient?«
Zotiges Gelächter stimmte ihm bei.
»Ein Sieg der Gerechtigkeit!« schrie Mutter, stemmte die fetten Pranken auf den Tisch und wuchtete sich auf seine stämmigen Beine. »Traherns Sklave soll Traherns Tochter besitzen!«
»Es ist also abgemacht!« verkündete der Kapitän. »Das Mädchen gehört Euch, bis das Lösegeld bezahlt ist!«
Frisch gefüllte Bierkrüge wurden aufgefahren, und Ruark gewann, da die Spannung nun aus ihm wich, auch sein Lachen wieder. Ein Trinkspruch nach dem anderen feierte seinen Sieg, Pelliers Leiche wurde unterdessen höchst unfeierlich ins Freie hinausgeschleppt. Niemand schien den Tod des Mulatten zu bedauern, und Shanna – die mit den Händen vorm Gesicht erleichtert schluchzend dasaß – am allerwenigsten. Nun konnte sie ihre Dankbarkeit nicht mehr verhehlen. Als Ruark in ihre Nähe kam, um die Pistolen wieder an sich zu nehmen, brachte sie ein Lächeln zustande, bevor die Tränen sie aufs neue überwältigten.
Ruark ging zu den drei gefangenen Leibeigenen und fragte sie:
»Wer von Euch hat Lust zu bleiben?«
Sie sahen einander belämmert an; keiner fand den Mut, ein Wort zu sagen.
»So! Ihr zieht also die Sklaverei der Freiheit vor, die Euch hier geboten wird! Sei's drum. Falls wir Euch nun ziehen lassen – werdet Ihr dem Inselherrn bezeugen, daß seine Tochter bei rosigster Gesundheit ist und bis zur Zahlung eines Lösegelds als Geisel hierbehalten wird?«
Die drei nickten eifrig mit den Köpfen. Mutter schnaufte verächtlich.
»Wir schicken das Kleeblatt im Morgengrauen mit der Schaluppe heim«, schlug Harripen vor. »Aber laßt die traurigen Wichte sich endlich auch den Bauch vollschlagen. Und, bei allen Heiligen, gebt dem Frauenzim-

mer was zu futtern. Sie wird's nötig haben, wenn unser junger Hengst sie diese Nacht zum Galopp besteigt!«
Shanna bedachte den Engländer mit einem bösen Blick, aber den wohlgefüllten Teller, den ihr die Schankmaid brachte, nahm sie, ohne sich zu zieren, an.
Immer mehr breitete sich Festtagsstimmung aus, vor allem Harripens skurriler Humor schlug wahre Purzelbäume. Irgendwo fand der Engländer einen Ballen greller roter Seide; mit dem Dolch schnitt er eine endlos lange Bahn ab, dann knüpfte er unter grölendem Gelächter aus dem einen Ende eine Schlinge, die er Shanna um den Hals legte. Daran führte er sie, pausenlos frivole Zweideutigkeiten versprühend, zu Ruark hin, dem er das andere Ende der seidenen Fessel in die Hände gab. In der Manier eines Volksfestgauklers erklärte er nun Shanna feierlich zu Ruarks Sklavin – und mit satanischem Gebrüll riß er sich dann selbst an die Brust und zwang ihr einen brutalen Kuß auf die zarten Lippen, nicht ohne seine Hände brünstig über ihren Hintern fahren zu lassen. Die Empörung flammte aus Shannas tränennassen Augen, doch Ruark sah wohl, daß man heitere Miene zum frivolen Spiel machen mußte. So ließ er sich denn auch von Harripen anleiten, das Mädchen über die Schulter zu nehmen und in die Zimmer hinaufzutragen, die bislang des seligen Pellier Quartier gewesen und nach Piratenrecht nunmehr in Ruarks Besitz übergegangen waren.
Der Holländer hielt die Tür auf, Ruark nahm Shanna von der Schulter und setzte sie auf die Füße; mit der Hand auf ihrem Hintern stieß er sie in die Kammer. Die Kumpane machten Miene, mit hineinzukommen, doch breitbeinig versperrte Ruark ihnen den Weg. Und als sie aufbegehrten, züchtigte er sie mit solch bedrohlichen Blicken, daß sie sich murrend mit dem Verzicht abfanden und wieder die Treppen hinunter zu ihren Bierfässern stolperten. Ruark warf die Tür zu, schob den schweren Riegel vor und lehnte sich aufatmend gegen das Holz.
Shanna war in der Finsternis der Kammer stehengeblieben, wo Ruark sie hingeschoben hatte – aus Angst, sie möchte einem neuen Alptraum, schlimmer als der Rattenkeller, in den Rachen stürzen. Und in der Tat war der muffige Gestank, der ihr entgegenschlug, durchaus angetan, ihr die eben erst überstandene Gefangenschaft aufs neue zu vergegenwärtigen. Bänglich tastete sie nach Ruark und klammerte sich an ihn wie ein verlorenes Kind.
»Pelliers Schweinestall!« merkte Ruark an. Auch ihm verursachte der Pesthauch Husten. »Wollen sehen, ob ein Licht zu finden ist. Vielleicht bietet sich dem Auge dann Erfreulicheres als der Nase.«
Nach einigem Herumgetaste in einer mit den rätselhaftesten Hindernissen überfüllten Gruselwelt fand Ruark einen Kerzenstummel. Dann zog

er eine seiner Pistolen, entledigte die Zündpfanne des Pulvers und gab statt dessen Werg hinein. Er drückte ab, ein Funke blitzte auf und glimmte im Zunder weiter. Diesen blies Ruark behutsam an, bis ein Flämmchen entstand, an welchem er endlich den Docht entzünden konnte.

Was sich daraufhin ihren fassungslosen Blicken bot, war eine schaudererregende Gespensterbühne: überall Haufen alter Kleider, leere Flaschen, eine Auswahl von Seekisten und von Fässern, unzweifelhaft Überreste ausgebeuteter Kauffahrteischiffe. Ein wuchtiges Himmelbett mit kunstvollen Schnitzereien an den vier Pfeilern schien auf einem Meer von Unrat zu segeln. Unter befleckten Laken stapelten sich Dutzende von muffigen Federbetten übereinander, vom Rahmen des Betthimmels hingen zerrissen und verfilzt die Moskitonetze herab. Das Fußende des Bettes war unter einem Riesenhaufen von Gewändern überhaupt nicht mehr zu sehen, ein gewaltiger Kleiderschrank, offen, mit schief hängenden Türen, quoll über von Kleidungsstücken aller Art aus Samt, Seide und Satin. Kein Stuhl war frei. Schwere rote Samtvorhänge, verstaubt und in Fetzen, hingen vor den Fenstern. Ein Badezuber aus Porzellan, obwohl von gigantischen Ausmaßen, war bis obenhin mit den Überresten von Flaschen und Karaffen gefüllt, die samt und sonders über einen langen Zeitraum hinweg in jene, offenbar immer nur recht groß angepeilte Richtung geschleudert worden waren. Jetzt, im Kerzenschein, entdeckte Shanna, daß ihre bloßen Füße nur um Haaresbreite dem Tritt auf scharfgezackte Scherben entgangen waren. Eine Reihe von mannsgroßen Spiegeln stand im Gemach herum, alle auf das Bett gerichtet. Als Hauptschuldiger an dem Gestank wurde schließlich ein Nachttopf entdeckt.

Während Shanna vor Übelkeit würgte und sich entsetzt zur Seite wandte, machte Ruark kurzen Prozeß mit der Pellierschen Hinterlassenschaft. Er riß die staubenden Vorhänge zur Seite und die Fenster auf, gestattete einer frischen Meeresbrise Zutritt in die Gruft und schleuderte das Bettgeschirr in den Hof hinab. Verkrustete Laken und Decken folgten, und bald lag der größte Teil von Pelliers Erbe als Gerümpelhügel unter dem Fenster. Flaschen aus dem Badezuber zerschellten unten auf den Steinen; alles, was der Bewohnbarkeit des Quartiers im Wege stand, nahm den gleichen unsanften Abgang. Mit einer Armbewegung fegte Ruark den Tisch leer, die Überreste unzähliger Mahlzeiten purzelten kunterbunt in ein auf dem Boden ausgebreitetes Tuch, welches der nun von einem wahren Reinlichkeitsfanatismus ergriffene Ordnungschaffer zu einem Bündel zusammen- und dann in den Nachtwind schlug. Zwar war die Luft im Gemach noch immer eine arge Beleidigung für jede empfindsamere Nase, doch konnte man nun zumindest wieder atmen. Ruark

blies in die finsteren Tiefen einer Wasserkanne auf der Waschkommode – als Gegengruß flog ihm eine Staubwolke entgegen.
»Für einen Seefahrer«, meinte Ruark, »scheint der verschiedene Captain Pellier eine bemerkenswerte Abneigung gegenüber Wasser empfunden zu haben.«
Shanna schauderte angewidert, als sie sich nun auch das eigene verklebte und verschmutzte Gewand ansah. Sie sehnte sich nach einem Bad, nach der weichen Behaglichkeit eines sauberen Bettes. Ruark betrachtete sie mitleidvoll und fühlte mit ihr. Doch dann wurde er sich der erwartungsvollen Stille bewußt, die vom Schankraum unten her das ganze Haus zu durchwehen schien. Ruark trat auf Shanna zu.
»Schreit!« kommandierte er.
Shanna riß begriffsstutzig die Augen hoch.
»Ihr sollt schreien! Laut!«
Shanna starrte ihn nur an.
Fast zärtlich legte er eine Hand auf den durchschimmernden Stoff, der ihren Busen bedeckte. Dann, mit einem knappen Riß, teilte er Nachtgewand und Morgenmantel der Länge nach entzwei. Völlig entblößt stand sie vor seinem sich geschwind erwärmenden Blick.
Nun endlich machte sie mit einem durchdringenden Schrei, der die Spiegel beben ließ, all ihrer aufgestauten Wut, Angst und Enttäuschung Luft. Sie holte Atem und ließ ein nicht minder markerschütterndes Echo folgen. Diesmal freilich legte Ruark ihr die Hand auf den Mund und brach die Darbietung ab. In der lastenden Stille, die darauf folgte, erscholl dann, endlich, von der Taverne her der grölende Sturm des zotigen Gelächters, den zu entfesseln die Piraten eine gute Stunde abgewartet hatten.
Ruark schloß Shanna in die Arme, und während sich ihre nackten Brüste an sein Lederwams schmiegten, spürte sie sein unterdrücktes Lachen.
»Nun haben die Kerle wenigstens wieder für eine Stunde Unterhaltung«, grinste er.
Aber die Schreie hatten auch Shannas Geister wiederbelebt. Erzürnt riß sie sich von ihm los.
»Nehmt Eure Pfoten von mir!« keifte sie, sprang auf die andere Seite des Bettes, um ein – wenn auch gefahrbringendes – Hindernis zwischen sich und ihn zu legen. »Gibt es denn wahrhaft keine Macht der Welt, die mich je von Euch befreit? Ist denn weit und breit kein Ende Eurer lästigen Beharrlichkeit abzusehen?«
Ruarks Augen flackerten in fassungsloser Verwunderung. Dann gewann sein Sarkasmus wieder die Oberhand: »Nun, Euch selbst braucht Ihr wohl keinen Vorwurf zu machen. Ihr habt, weiß Gott, alles Menschenmögliche versucht, um mich aus Eurem Leben fortzustoßen. Aber, Pech

für Euch, mochte der brave Pitney aus seinem Herzen keine Mördergrube machen. So kommt's, daß ich nun hier bin und weiter Euer Spielchen spielen muß. Um Euretwillen habe ich einen Mann getötet – doch wißt Ihr mir Dank dafür? Beim Teufel, nein! Euch hätt's ja auch nichts ausgemacht, mich an seiner Statt mit der Klinge im Leib am Boden verbluten zu sehen, hättet Ihr nicht zufällig fürchten müssen, daß Euch dann die Piraten auf den Rücken geworfen hätten.«
»Ein Satan seid Ihr!« schluchzte sie. »Eine Ausgeburt der Hölle, auf Erden ausgesetzt, um mich zu martern!«
»Ach nein, Shanna, ich bin's nur – ein Mann aus Fleisch und Blut, mit einem wunden Herzen, der nun zweimal schon den giftigen Stachel Eures Lugs und Trugs erdulden mußte! Ich bin's nur – Euer rechtmäßig angetrauter Ehegemahl, den Ihr nun bereits zum zweiten Male loszuwerden suchtet. Und beileibe nicht auf dem Pfade des Gesetzes, sondern indem Ihr Eure Hände mit meinem Blut beflecken wolltet!«
Shannas erschöpften Sinne waren diesem Angriff nicht mehr gewachsen, der sie, an allen Gliedern zitternd, an den Rand der Ohnmacht brachte. Ruark packte sie und schüttelte sie, bis ihr die Zähne klapperten und ihr Blick wieder eine Spur von Verstand bezeugte.
»Von nun an seid Ihr meine Sklavin!« knirschte er.
Shanna öffnete den Mund, doch Ruark ließ sie nicht zu Worte kommen.
»Von nun an seid Ihr meine Sklavin, wann immer die anderen in der Nähe sind. Demütig und liebevoll ergeben werdet Ihr Euch zeigen, auf daß den Rindsgemütern, die dort unten tafeln, kein Verdacht kommen kann. Und folgt Ihr mir nicht aufs Wort, werd' ich Euch als ungehorsame Sklavin züchtigen. Habt Ihr mich verstanden? So lang wir uns auf der Pirateninsel befinden, seid Ihr eine Sklavin, wie sie leibt und lebt.«
Er wartete auf Antwort, auf ein Zeichen des Begreifens, doch sie starrte ihn nur mit leerem Gesicht an. In das Schweigen, das nun den Raum ausfüllte, warf ein schüchternes Pochen an der Tür ein alarmierendes Echo. Ruark setzte Shanna mit zärtlicher Fürsorge auf einen Stuhl, wo sie mit gefalteten Händen reglos wie eine Irre sitzenblieb. Ihre Blößen bedeckte er noch mit einem leichten Federbett, ehe er zur Türe trat.
Mit dem blanken Säbel in der Hand schob er den Riegel zurück und warf die Tür weit auf. Der Mann, der Gaitlier hieß, stand im Rahmen und brach unter zwei randvoll gefüllten Wassereimern fast zusammen. Hastig stammelte er eine Entschuldigung.
»Sir! Ich war Captain Pelliers Leibdiener, und soeben hat man mich belehrt, daß Ihr mein neuer Herr seid. Also, Captain, ich bringe Euch hier Wasser. Ich nehme an, Ihr wünscht ein Bad.«
Die kurzsichtigen Augen hinter den drahtgefaßten Brillengläsern blinzelten verängstigt.

Ruark gab ihm den Weg frei. Auf den Säbelgriff gestützt, betrachtete er ihn aufmerksam, wie er nun die Holzeimer in den Zuber leerte.

»Wie kommt Ihr unter die Piraten?« fragte Ruark schließlich. »Ihr sprecht gebildet.«

Gaitlier unterbrach seine Arbeit und zögerte zunächst mit seiner Antwort. »Schulmeister war ich auf San Domingo. Als Kind war Pellier einer meiner Schüler, wenngleich ich auch schon damals ahnte, daß es mit ihm ein schlimmes Ende nehmen mußte. Vor etlichen Jahren dann befand ich mich auf einem kleinen Schiff unterwegs nach England. Pellier war der Pirat, der's kaperte. Es gefiel ihm, mich zu seinem Sklaven zu machen. Steht noch etwas zu Diensten, Captain Ruark?«

Ruark zeigte in das Zimmer. »Vielleicht findet Ihr morgen Zeit, den Raum zu säubern. So, wie's ist, ist's kaum eines Mannes würdig, und die Lady ist noch viel weniger in der Lage, ihr Leben in einem Schweinestall zu fristen.«

»Sehr wohl, Sir. Es wird gefegt und geschrubbt werden. Und falls die Lady besondere Wünsche hat – für eine Kupfermünze oder zwei wird Dora gewiß hilfsbereit sein.« Erläuternd fügte er hinzu: »Dora – das kleine Mädchen aus der Schenke.«

Gaitlier ging, und Ruark konnte sich endlich ums Bett kümmern. In einer Truhe entdeckte er frische Laken, die breitete er über die aufgestapelten Federbetten, welche den Bettrahmen ausfüllten, und glättete sie, so gut er konnte. Von einem Bett oder der Kunst, es herzurichten, war in den Lebenslehren, die ihm in seiner Kindheit erteilt worden waren, nie die Rede gewesen.

Nach diesen Vorbereitungen holte er sich einen Eimer, den er umstülpte, um sich darauf an Shannas Seite zu setzen. Er befreite das schlafende Mädchen von den Resten der verschmutzten Kleidung, welche er ebenfalls aus dem Fenster warf. Mit einem feuchten Tuch wusch er dann Shanna das Gesicht, wobei er aufpaßte, ihren sonnverbrannten Wangen nicht wehe zu tun. Als er ihr die Hände wusch, biß er in stummer Wut die Zähne aufeinander: die Fesseln, die ihr bei der Gefangennahme angelegt worden waren, hatten tiefe Striemen in das zarte Fleisch geschnitten. Nun ja, wenigstens einem ihrer Peiniger hatte er ein wohlverdientes Ende bereitet.

In einer Schüssel lauwarmen Wassers wusch er Shanna schließlich die Dreckkruste von Füßen und Beinen und tupfte dieselben trocken. Einen Augenblick lang gestattete er sich dann, in zärtlicher Liebkosung über Shannas holden und doch, ach, so geschundenen und erschöpften Leib zu blicken. Für Shannas verstrupptes Goldhaar ließ sich im Augenblick wenig tun. Also nahm er das zarte Geschöpf nun auf die Arme, trug es zum Bett. Er deckte ein Laken über sie und betrachtete sie lange.

»Traurig ist's, mein Herz, daß Ihr immer noch eine Lüge für die Wahrheit haltet. Doch glaubt mir, nie hab' ich Euch betrogen...«
Fast war ihm, als habe sie ihn gehört, denn ihr Antlitz entspannte sich zu einem verträumten Lächeln; sie rollte sich zur Seite und kuschelte sich unters Laken.
Ruark stellte einen Sessel vor die Türe, legte die Pistolen auf den Tisch daneben und zog einen Hocker für seine Füße heran. Dann ließ auch er sich nieder, den Säbel griffbereit auf den Knien, und bewachte so den Frieden der geliebten Frau.

17

Schmerzhaft grell war das Licht der gnadenlosen Sonne, das in die Kammer fiel. Nur allmählich drang das flammende Leuchten in Shannas Sinne; sie flüchtete sich unter die Kissen, um noch einmal in den wohligen Armen des Schlummers Vergessen von der Welt zu suchen, welche sie beim Erwachen zu empfangen drohte. Eine sanfte, feste Hand begann, den Ansatz ihres Rückens zu liebkosen. Verschlafen rührte sie sich ein wenig dieser Hand entgegen, die ihr kenntnisvoll die Verspannung in den Muskeln löste. Als die Hand ihr nun auch von den Schultern her Schauer des Wohlbefindens verursachte, bildete sich in ihrem Hals eine Heiserkeit, die dem Seufzer, der wenig später ihren halbgeöffneten Lippen entfloh, ein sehnsuchtsvolles Schwingen verlieh. Voll traumverlorenen Verlangens ließ sie sich dem Ursprung aller dieser Wohlgefühle entgegengleiten. Ihr Rücken drückte sich gegen eine harte, haarige Brust. Ihr Kopf rollte gegen eine muskulöse Schulter, und ihre Wangen rieben sich an straffer, warmer Haut. Fragende Gedanken zogen ihr durchs Gemüt. Bis jetzt hatte nur ein Mensch in ihrem Leben je ein Bett mit ihr geteilt. Aber niemand, nicht einmal Hergus, hatte ihr den Rücken gestreichelt. Neugierig öffneten sich ihre Lider. Sie blickte in Ruarks Goldaugen, und alle Erinnerungen kamen zurück.

»Oooooh!« stöhnte sie auf, ließ sich vornüber auf den Busen fallen, riß sich das Kissen übers Haupt und preßte es sich fest gegen die Ohren. Trotzdem drang die sanfte Stimme, in der ein fröhliches Lachen mitklang, zu ihr.

»Einen guten Morgen wünsch ich Euch, Madam. Ich hoff', der Schlummer ist Euch wohl bekommen!«

»Nie zuvor«, fauchte sie mit kaum verhohlener Enttäuschung, »hat ein Himmel so geschwind zur Hölle sich gewandelt!«

»Zur Wirklichkeit, Madam!« verbesserte Ruark spöttisch. »Und zwar zu einer miserablen Wirklichkeit, wie ich gestehe. Aber mir scheint, wir haben schon Landesbräuche angenommen. Die Sonne steht längst hoch am Himmel, auch ist die Mittagsstunde nicht mehr fern. Wir haben, fürchte ich, den Morgen ganz verschlafen, und sosehr mein armer, allen Liebesglücks beraubter Körper auch danach hungert, dicht bei dem Eurigen zu liegen, muß ich Euch doch aufzustehen bitten, soll nicht auch der Rest des Tages ganz ohne unser Dazutun verstreichen.«

Shanna riß sich die Kissen vom Kopf und entdeckte verschreckt, daß sie völlig nackt und bloß seinen Blicken ausgeliefert war. Noch erniedrigender war's, daß er schamlos ihre Erschöpfung ausgenutzt und sie ihrer Kleider entledigt und zu Bett getragen hatte. Verzweifelt mühte sie sich nun, das Laken, auf dem sie lag, über sich zu zerren und sich damit zu schützen. Doch da half ihr alles Hinundhergerolle nichts: Ruark, der lächelnd, den Kopf in die Hand gestützt, auf der Seite lag, hatte den größeren Teil des Lakens unter sich begraben. Nun legte sich auch noch sein Arm um sie und streichelte ihr wieder den Rücken.
»Nun ja, mein Liebchen«, gurrte er. »Wenn es auch nicht mehr ganz die Stunde ist, zu der eine Gattin ihrem mit hochfliegenden Plänen beschäftigten Gemahl das Feuer ihrer Leidenschaft entgegenbringen soll – ich vermöcht's wohl kaum, Euch abzuweisen.«
Sein Mund senkte sich auf ihre Lippen, seine hagere, harte Brust legte sich auf ihre weichen Brüste, Schenkel banden sich um Schenkel. Überzeugt, daß sie sich entweder bedecken oder der Gefahr einer Vergewaltigung ins Auge sehen mußte, sprang Shanna aus dem Bett. Genüßlich schaute Ruark dem Spiel ihrer dahinfliegenden Glieder nach.
Hastig ergriff sie das erste beste Kleidungsstück, das ihr in die Finger fiel. Ruarks Lederwams schien einigermaßen Schutz zu bieten – es reichte ihr immerhin bis zu den Knien, wies allerdings keinerlei Verschluß ober- oder unterhalb des Gürtels auf. Ruark grinste und blickte auf die vollen, reifen Rundungen, die zwischen den ledernen Revers hervorlugten. Er stand vom Bett auf und schritt, ebenfalls nackt, wie er war, auf sie zu, was ihm mißtrauische Blicke eintrug. Aber er nahm nur von dem Stuhl, an dem sie stand, seine alten, abgeschnittenen Hosen auf.
»Das Gewand, das Ihr da angelegt habt, Madam, erfüllt mich ehrlich mit Bewunderung. Auch erhebe ich keinen Einwand, meinen Besitz mit Euch zu teilen. Doch möchte ich in Anbetracht der Freibeuter, von denen wir umgeben sind, ein wenig mehr Zurückhaltung empfehlen. Sonst möchte Euch leicht widerfahren, daß Euch ein horniger Bock, ehe Ihr's Euch verseht, auf den liebreizenden Rücken wirft.«
Shannas Blick flatterte andeutungsvoll an seinem Leib herab.
»Von mir selber natürlich ganz zu schweigen, Madam.«
Ungläubig rollte Shanna die Augen. »Ob ich wohl je den Tag erlebe, Sir, an dem Euch einmal nicht die Versuchung überkommt, mich auf den von Euch soeben lobenswert erwähnten Rücken zu werfen?«
»Nicht einmal, wenn ich sechsundachtzig bin, Madam!« versicherte er mit leichtem Ton. »Solange Ihr mir nahe seid, vermöchte allenfalls das eisige Meer des Nordens mein heißes Blut zu kühlen.«
»Wie wahr gesprochen«, nickte sie. »Und ebenso ergeht es Euch mit jeder Dirne, die Euch unters Auge kommt.«

Ruark straffte sich und empörte sich mißbilligend. »Mit jeder? Mein Gott, Frau, so erlaubt mir doch hin und wieder einen kritischen Unterschied in der Auswahl!«
Shannas schmales Kinn hob sich. »Ihr hättet schon früher kritisch unterscheiden sollen. Jetzt ist's zu spät. Mit uns ist es vorbei.«
»Liebste Shanna«, seufzte Ruark und setzte sich zu seinen Pistolen, um deren Ladung zu überprüfen. »Erklärt mir den Zwiespalt Eurer Worte. Ihr habt mir doch so oft versichert, daß ich Euer Gemahl nicht bin und Ihr nach allen Rechten eine Witwe seid? Diesen Fall gesetzt – welchen Anspruch habt Ihr dann auf mich? Wieso rügt Ihr's dann lauthals, wenn ich – falls ich's wirklich täte – eine andere nehme? Ihr gabt mir keine Chance, ein Wort der Verteidigung zu sagen, sondern hetztet ohne jeglichen Verzug Euren Bluthund auf mich. Und damit fällt alles, was seitdem geschehen ist, auf Euren hübschen Kopf zurück. Denn hätte nicht Euer irrwitziger Zorn mich ins Meer geworfen, wäre Euch alles, was geschehen ist, nie widerfahren. Genügend Männer hätten im Herrenhaus gewacht, um Eurer Leben und Eure Freiheit zu beschützen. Andere Männer wären bei der Hand gewesen, um den Schurken Beine zu machen. Was sagt Ihr nun, mein Herz? Bin ich nun Euer Ehegemahl? Oder bin ich frei? Und ist das letztere der Fall, weshalb springt Ihr mich dann bei jeder Gelegenheit wie eine eifersüchtige Füchsin an? Bin ich denn ein Spielzeug, das man hinter sich her am Stricke zieht, das sein Männchen machen soll, wenn's der gnädigen Herrin beliebt?«
Shannas Zorn ebbte ab. Sie mühte sich, nicht ganz erfolgreich, wie sich zeigte, Vernunft an dessen Statt zu setzen. »Wenn ich einen Anspruch geltend mache, dann ist's nicht der Eheschwüre wegen. Dann ist's wegen einer anderen Sache, die eine jede Frau aus tiefster Seele haßt – nämlich, als Spielzeug angesehen zu werden, das man sich in der einen Nacht aufs Lager holt, mit Liebe und Verehrung überschüttet, welches sich dann jedoch schon in der nächsten Nacht mit anhören muß, wie eine andere Frau mit genau derselben Gunst bedacht wird. Wie kann ich zärtlich liebend bei Euch liegen, wenn ich weiß, daß Ihr jüngst erst eine andere mit denselben Worten in die Arme schlosset und in Kürze wiederum die nächste frech meinen Platz erobert, so daß mir billig und gemein erscheint, was mir ein Schatz sein sollte?«
»Das läßt sich hören!« sagte Ruark, ging im Raum einmal hin und einmal her und blieb dann vor ihr stehen. »Zum ersten Mal sprecht Ihr ein Wort, woran ein Mensch sich halten kann. Ein Schatz, sagt Ihr. Und so verhält sich's in der Tat. Ein Ding von Wert, das freilich billig wird, hält man's nicht in Ehren. Genauso ist's, und nun hab' ich's von Euren eigenen Lippen. Ein Schatz.« Er nickte. »Ach, lange hab' ich darauf warten müssen, ein solches Wort von Euch zu hören.«

Er trat ans Fenster, gedankenschwer sah er auf die Inselwelt hinaus. Shanna, freilich, runzelte unmutsvoll die Stirn. Sie hatte ihn in seinem Stolz treffen wollen – und nun hatte sie ihm selber eine Waffe in die Hand gegeben, die er gegen sie ins Feld führen konnte.
Shanna schlenderte, Ruarks Nachdenklichkeit nutzend, vor den Schrank, warf das Lederwams von sich und langte sich ein schwarzes Kleid von der schief in den Angeln hängenden Tür. Sie mußte sich ein wenig die Glieder verrenken – wie diese Schlangenbewegungen wohl auf Ruark wirkten, fragte sie sich –, dann hatte sich die Robe um ihren schlanken Körper geschmiegt. Doch was war das, was sich da so hauteng um sie schloß? Ein Nichts. Der abgrundtiefe Ausschnitt legte sie vorn fast bis zum Nabel frei, und das Netz der Schnüre vor Bauch und Busen hielt kaum ihre Rundungen in Grenzen. Vor den nächststehenden Spiegel tretend, stockte ihr der Atem. Das Kleid war eher dazu angetan, ihre Tugend allen denkbaren Gefahren auszusetzen, als dieselbe zu schützen. Gewiß gehörte noch irgend etwas zu dem Kleid. Ein Mieder? Eine Bluse? Ratlos drehte sie sich vor dem Spiegel – und erblickte Ruark in demselben. Er saß zwar immer noch, die Arme vor der Brust verschränkt, auf der Fensterbank, doch galt seine Aufmerksamkeit längst nicht mehr den Inselwinden.
»Ich muß noch das Zubehör zu diesem Kleid hier finden«, sagte Shanna entschuldigend.
Ruark trat zu ihr hin und unterzog das Problem einer eingehenden Prüfung. »Harripen wird's so gefallen, wie es jetzt ist«, meinte er. »Dem Holländer wohl auch.«
»Ruark!« rief sie, allen Ernstes in dem Glauben, er möchte sie in diesem Aufzug den Piraten zur Schau stellen. Doch dann sah sie das Grinsen in seinem Blick. Und das war, weil sie ihn ernstgenommen hatte, noch viel schlimmer. Mit dem Fuß aufstampfend, ließ sie die Schnüre los – da allerdings sank das Oberteil des frivolen Nichts ihr bis auf die Hüften nieder. Ruark, überwältigt von dem unverhofft dargebotenen Augenschmaus, verschluckte sich fast.
»Madam«, verkündete er mit belegter Stimme, »auch eine Vergewaltigung hat ihre Reize, mögen dieselben auch einseitig sein. Doch wenn schon ein Mann wie ich durch Euch in solchem Kleid bis dicht vor diesen Abgrund getrieben wird – um wieviel weniger, meint Ihr nicht, vermögen sich dann die Piraten noch im Zaum zu halten? Ich möchte Euch nahelegen, bitte schön, ein Kleid zu finden, das unsere Freunde nicht gar so hitzig in Versuchung führt und zu gleicher Zeit auch mich vor gewalttätigen Gedanken verschont.«
Schmollend durchstöberte Shanna die Seekisten und die Truhen, verschmähte Kleid um Kleid, nichts war geeignet, und wenn ihr eines paßte,

so wirkte es doch höchst unpassend. Endlich blieb ihr Blick an einem schwarzen Etwas auf dem Boden einer größeren Truhe hängen. Wie eine solche Puritaner-Tracht den Weg in die Schatzkammer eines Piraten gefunden haben mochte, blieb ihr rätselhaft. Doch war sie im Augenblick so glücklich, als habe sie ein kostbares Geschenk empfangen. Aus schwarzer Wolle war das Kleid, am Halse hochgeschlossen, mit Ärmeln, die bis zu den Handgelenken reichten. Und in dem langen Rock lag, säuberlich zusammengefaltet, der dazugehörige breite, steife Kragen nebst Manschetten, daneben auch ein Häubchen, so freudlos wie das Kleid. Ein hastiger Seitenblick verriet Shanna, daß Ruarks Aufmerksamkeit damit beschäftigt war, ein Schermesser am Riemen zu schärfen, um sich zu rasieren. Shanna nahm ihren Fund und huschte hinter einen Spiegel. Ein Hemd hatte sie nicht finden können, also blieb nichts anderes, als das Puritanerinnen-Kleid über die nackte Haut zu ziehen – was sich schon im ersten Augenblick als gräßliche Tortur erwies, denn die grobe Wolle stach und juckte. Zweifel breiteten sich in ihr aus, ob nicht die nächsten Stunden ihr zur Folter werden mußten. Doch in dieser Minute schien es ihr am wichtigsten, Ruarks verdammter Selbstgefälligkeit und Ironie allen Boden zu entziehen und endlich auch einmal Ruhe vor seinem unverschämten Blick zu finden, der sich stets an jedem Quadratzoll Haut, das sie nur zeigte, auf ihre Kosten zu ergötzen suchte.
Freilich, ganz ohne seine Hilfe kam sie auch jetzt nicht aus. Leise trat sie hinter ihn und bat ihn, sie zu schnüren.
Er legte das Rasiermesser zur Seite, um ihr zu helfen, da überschattete ein schmerzvoller Zug seine Miene.
»Wo, um Himmels willen, habt Ihr denn nur diesen Fetzen aufgetrieben?« rief er aus.
Mit Unschuldsmiene fragte sie: »Bin ich nun ausreichend bedeckt?«
Ruark schnaubte nur und machte sich an die Arbeit. Schweigen breitete sich aus, und Shanna hatte Zeit, darüber nachzudenken, wie unter Umständen der Besitz eines Ehegatten möglicherweise doch recht nützlich war. Eine Art häuslichen Friedens herrschte jetzt im Raum.
»Habt Ihr schon eine Bürste für Euer Haar finden können?« erkundigte er sich hinter ihr.
Shanna schüttelte den Kopf, sie war sich des unordentlichen Zustands ihrer Mähne wohl bewußt. Dann spürte sie seine Hand in ihrem Haar und wie er wenigstens Strähnen glattzustreichen versuchte. Doch sie trat beiseite, die momentane Unvorteilhaftigkeit ihrer sonst so viel gepriesenen Lockenpracht machte sie beklommen. Sie fegte die feuchten Strähnen zu einem dicken Knoten oben auf dem Kopf zusammen, ging zum Himmelbett und setzte sich auf dessen Rand.
Die Hitze war noch drückender geworden. Das Kratzen der Wolle auf

ihrer zarten Haut, als sie sich das Haar feststeckte, war ihr eine eindringliche Warnung vor dem Martyrium, das zweifelsohne vor ihr lag. Unwillkürlich mußte sie sich unter der groben Wolle winden; im gleichen Augenblick sah sie sich um, ob Ruark es bemerkt habe.
Ruark hatte sich wieder aufs Rasieren konzentriert, und ihre Augen trafen auf seinen schlanken, sehnigen Rücken. Sie wandte sich ab, und ihr Blick begegnete in den Spiegeln ihren Ebenbildern. Eine Puritanerfrau bin ich also geworden, lächelte sie. Aber wäre das nicht ein weit besseres Geschick als jenes, welches ihr die Piraten zu bereiten gedachten? Sie versuchte sich das Leben vorzustellen, das eine Frau in Puritanerkleidern führte: ein Fleckchen Ackerland, ein Blockhaus in den Wäldern, Ruark hinterm Pflug, sie – hoch schwanger – hinter ihm, mit kräftigem Arm Samenkörner streuend. Seltsam, eigentlich hatte sie sich über den Gedanken vom Puritanerschicksal lustig machen wollen – und mit einem Mal kam ihr die Illusion gar nicht mehr so abscheulich vor. War das nicht verwunderlich? Dann freilich beschloß sie hastig, daß sie sich aus einem solchen Leben gewiß schon bald nach dem Luxus von Los Camellos sehnen würde ...
Ruark hatte sich den Bart geschoren, und nun sah Shanna ihm zu, wie er sich auf seine Rolle als Pirat vorbereitete. Die rote Seidenbahn, mit welcher Captain Harripen in der letzten Nacht Shanna in Sklavenbande geschlagen hatte, warf Ruark sich jetzt über die Schulter und quer über die Brust. Auf der Hüfte verknotet, wurde eine Schärpe daraus, an welche er nun seinen Säbel hängen konnte. Aus Pelliers reichhaltiger Sammlung wählte er sich die glitzernden Orden aus, seinen Hut schmückte er mit einer bunten Feder. Shanna stöhnte auf, als er sich ihr schließlich in dieser grellen Maskerade präsentierte. Nun stellte er wirklich einen Piraten dar, wie er im Buche steht.
»Aber Madam, ich muß hier nun einmal den Piraten spielen!« erklärte er. Dann blickte er auf das Waffenarsenal, mit welchem er sich ebenfalls behängt hatte. »Fehlt noch etwas?«
»Ich fürchte, nein, Herr Piratenkapitän!« seufzte sie. »Ich schwör's Euch, kein stolzer Hahn vermag Euch an prahlerischem Putz zu übertreffen!«
»Ich dank' Euch, Madam, für das wahre Wort!« grinste er und ließ die Zähne blitzen. »Auf, laßt uns unseren neuen Berufen nachgehen!«
Er stapfte zur Tür, legte eine Hand auf den Riegel und winkte ihr mit der anderen befehlend. »Kommt schon, Madam. Und brav stets ein Schrittchen oder zwei hinter mir, wie es einer Sklavin ziemt.«
Und ehe Shanna noch eine Antwort knirschen konnte, durchschritt er schon, freches Selbstvertrauen im schwingenden Schritt, die Halle, die zur Treppe und weiter zur Taverne führte. Shanna rappelte sich auf die

Beine, folgte ihm bedrückt, und unter dem kratzenden Wollkleid hatte sie auch schon jede Lust auf Streit verloren.
Die Piraten, im Tavernenkeller versammelt, gingen bereits ihrer gewohnten Lieblingsbeschäftigung nach, nämlich Zug um Zug und Krug um Krug die Fässer braunen Ales zu leeren. Einen Augenblick bildeten Ruark und Shanna eine Quelle überschäumender Belustigung. Ruark freilich, spielte seine Rolle mit Begeisterung. Mit offenen Armen und großen Worten entbot er seinen Gruß. Dann klimperte er mit seinen Medaillen und erzählte fantastische Geschichten, wie er sie sich errungen haben wollte. Seine Darbietung war so grandios, daß sich die Freibeuter vor brüllendem Gelächter die Bäuche hielten. Shanna stand stumm im Schatten und litt unter den zotigen Einwürfen des vulgären Packs. Als das Komödienspiel verebbte, schmetterte Ruark seine Faust auf den Tisch und brüllte nach Speisen. Dora, die graue Maus, huschte verschüchtert herbei. Ruark riß ein Bein aus der gebratenen Gans, die ihm aufgetragen wurde, griff nach einem Laib Brot und warf Shanna von diesem wie von jenem einen Happen zu. Mit einem klatschenden Schlag auf den Popo schickte er sie in die Ecke, wo sie, zusammengekauert, an den unappetitlichen Brocken würgte und den prahlerischen Ruark mit mißgünstigen Blicken bedachte, die er allerdings nicht zur Kenntnis nahm. Ruark setzte sich nicht; er stolzierte rund um den Tisch, hielt einmal hier, einmal dort zu einem Duell mit scharfgeschliffenen Frivolitäten an, und wenn er stehenblieb und sich einen Gänseflügel oder einen Bierkrug packte, dann stellte er einen Fuß auf die Bank – wie auch jetzt, als er den Männern winkte, sich rings um ihn zu scharen. Was er ihnen mitzuteilen hatte, entging Shanna, aber reichlich zotig mußte es schon sein, denn daß er genau den Geschmack der Schurken getroffen hatte, bewies das grölende Gelächter am Ende seiner Rede. Befriedigt lachte Ruark mit ihnen, dann winkte er ihnen zum Abschied und stapfte dem Ausgang zu. Im Vorübergehen schnipste er mit den Fingern zu Shanna hin. Jeder Zoll eine folgsame Sklavin, sprang sie schnell auf und trippelte hinter ihm her.
Als Ruark die Tür zu ihrem gemeinsamen Quartier aufstieß, bot sich ihnen ein überraschender Anblick. Der ganze Raum war peinlich sauber geschrubbt, der strenge Duft von schwarzer Seife wehte ihnen entgegen. Feuchte Flecken auf dem Fußboden zeigten, daß mit Wasser nicht gespart worden war, jedes Möbelstück glänzte unter dem Öl, mit dem der eifrige Hausgeist es poliert hatte. Verschwunden waren die befleckten Federbetten, weiße Laken, sauber und frisch, bedeckten das Himmelbett, vom Kopfende her luden große, weiche Kissen und reinliche Überzüge zum Ruhen ein. Aufgeräumt war auch das Kleiderarsenal, sogar der Badezuber blitzte jetzt wie ein Juwel vom anderen Ende der Kammer. Auf einem

Tischchen stapelten sich Bettwäsche und Handtücher, auf einem anderen lag eine reiche Auswahl an Seifen, Duftölen und Salzen. Es gab auch wieder einen Nachttopf, einen unschuldig weißen; schamhaft und bescheiden stand er unter der Waschkommode, und auf derselben bot sich eine Kanne frisches Wasser an; die Waschschüssel daneben hatte auf wundersame Weise ihre Schmutzkruste verloren.

All diese unverhofften Köstlichkeiten konnten Shanna freilich nicht die Qual vergessen machen, die sie in den letzten Stunden unter der harten Wolle des Puritanerkleides hatte dulden müssen. Für Shanna gab es in diesem Augenblick nichts Eiligeres zu tun, als sich aus dem scheußlichen Zwangsgewand zu befreien. Ungeachtet der begehrenden Blicke Ruarks riß sie sich das Folterinstrument von ihrem holden Körper und versetzte ihm auch noch einen haßerfüllten Tritt. Nun erst trat sie, Ruarks neugierige Gegenwart weiter mißachtend, vor die Waschkommode hin, um sich an den praktischen Symbolen einer längst auf immer verloren geglaubten Kultur zu erfreuen. Wohlig schloß sie die Augen, um sich die erfrischende Berührung sauberen Wassers und die köstlichen Düfte der Seifen um so inniger zu Gemüte zu führen. Als sie endlich die Augen wieder öffnete, sah sie im Spiegel Ruarks Bernsteinaugen ebenso genüßlich wie verlangend auf sich gerichtet.

»Laßt nur Euer glotzendes Eselsauge trinken, was die im wollüstigen Fieber zitternde Wimper hält!« höhnte sie. »Doch ehe Ihr im Rausche der Visionen wieder einmal Eurer Brunst die Zügel schießenlassen wollt – geht doch in die Taverne, dort wartet gewiß Carmelita auf Euch, um Euren gemeinen Zoten zu lauschen.«

Ruark riß sich den Hut vom Haupt – samt Feder – und ließ ihn von erzürnter Hand zum Himmelbett hinübersegeln. Seine Stimme klang scharf und bitter: »Euch mag weiß Gott widerfahren, was da wolle – Eurer Gabe, einem Menschen, der für Euch sein Leben riskierte, das Herz mit Worten wundzureißen, tut das keinen Abbruch.«

Er nahm die Schärpe von der Schulter, spießte mit dem Krummschwert ihr Puritanerkleid vom Boden auf und fragte, ganz in ihrem eigenen, sarkastischen Ton: »Soll ich Euer Lieblingskleid zum Lüften aus dem Fenster hängen? Gewiß wollt Ihr's morgen wieder anlegen.«

»Sehr wohl, Milord«, versetzte Shanna, um eine Antwort nicht verlegen, »hängt's nur zum Fenster hinaus – wie schon den übrigen Unrat.«

Bereitwillig gab er dem Kleid den Abschied. Als es außer Sicht geflattert war, wurden unterm Fenster Stimmen laut. Neugierig aus dem Fenster lehnend, sah Ruark ein Rudel Gassenbuben, keiner mehr als sechs Jahre alt, die sich bereits des Kleides bemächtigt hatten und sich nun gegenseitig wütend das Fundrecht streitig machten. Als sie Ruark erblickten, hielten sie augenblicklich in ihrem Tauziehen inne. Und bang, daß er den

Schatz zurückfordern möchte, stürmten sie Hals über Kopf die Mauer hoch und schlugen sich dann seitwärts in die Büsche, doch selbst auf der überstürzten Flucht ließ kein einziger von ihnen den Fetzen los. Ruark traute seinen Augen kaum, denn unterm Fenster, wo er in der Nacht die von Pellier ererbte Hinterlassenschaft zu einem Unrathaufen aufgetürmt hatte, war jetzt gähnende Leere. Selbst der vermaledeite Kammertopf war verschwunden, nur ein paar Flaschenscherben waren noch vorhanden. Betroffen zog Ruark sich ins Gemach zurück. Das hatte er nicht zu denken gewagt, daß in den Elendshütten der Pirateninsel selbst solcher Abfall noch als hochwillkommene Bereicherung angesehen wurde.
Schweigend wusch sich nun auch Ruark. Erst als er auf Shannas Nase vorwitzig ein abenteuerlustiges Seifenschäumchen reiten sah, kam er auf andere Gedanken. Er konnte der Versuchung nicht widerstehen, es mit den Fingern fortzuschnippen, und da die andere Hand gerade ohne Beschäftigung war, legte er dieselbe um Shannas junge, reife Brust. Doch mit dem nächsten Atemzug durchfuhr ein scharfes Stechen seine Rippen, und schon holte Shannas Ellbogen zum nächsten Schlage aus.
»Haltet Eure Tatzen bei Euch!« fauchte Shanna. »Ich bin Euer Spielzeug nicht!«
»So habe ich denn Eure Erlaubnis, Milady, mir anderswo zu suchen, was Ihr nicht gewähren wollt?«
»Nichts gewähr' ich!« blitzte sie schnippisch und drehte sich schelmisch lächelnd eine Locke seines Brusthaars um den Finger. »Allenfalls eine Faust in Euren Bauch, falls Ihr Euch noch einmal untersteht, mich zu berühren. Weg mit Euch.«
Sie riß die Hand, ohne seine Locke loszulassen, fort, schmerzhaft zuckten seine Lider. Doch Shanna würdigte ihn keines Blickes mehr; immerhin schlug sie sich ein Laken um den begehrten Leib und verbarg darunter die verführerischen Früchte, nach denen ihm der Mund so üppig wässerte.
Wortlos trocknete Ruark sich das Haar und nahm den Kamm zur Hand, den er auf dem Wäschestapel vorgefunden hatte. Ein hübsches Stückchen Handwerksarbeit war dieser Kamm, und bewundernd drehte Ruark ihn in der Hand. Schon im nächsten Augenblick wurde er ihm entrissen. Nun drehte Shanna das Ding überrascht zwischen den Fingern. Und aller Zorn war verflogen.
»Wo fandet Ihr denn dieses?« fragte sie erstaunt.
»Dort!« zeigte er. »Neben der Bürste.«
Mit einem wilden Aufschrei flog Shanna in die gezeigte Richtung und preßte sich die Bürste an den Busen, als wäre es ein vom Himmel gefallener Schatz. »Oh!« säuselte sie sanft. »Dank Euch, Gaitlier! Ihr wißt wahrhaftig, was eine Frau braucht!«

Ruark starrte sie, im Stolz verletzt, fragend an. »Aber es ist doch nur eine Bürste und ein Kamm?«
»Nur!« schüttelte Shanna den Kopf. »Was seid Ihr doch ein tumbes Rind! Hättet Ihr nur halb soviel Verständnis für ein Frauenherz wie dieser Mann – wie würden Euch erst dann die Frauenzimmer an den Hals fliegen!«
Glückselig machte Shanna es sich in der Mitte des Bettes im Schneidersitz gemütlich und legte die geliebte Bürste und den geliebkosten Kamm so zärtlich vor sich aus, als könnten sie unter der leisesten Erschütterung in Scherben springen. Ruark existierte für sie nicht mehr. Aber während sie sich nun der andächtigen Pflege ihrer verfilzten Lockenpracht widmete, lächelte sie sich in allen Spiegeln zu.

Der Tag ging zur Neige, die Dämmerung schlich sich in die Piratenherberge ein, Carmelita und Dora zündeten über dem langen Tavernentisch die Öllampen an. Und mit jedem Krug, der zwischen Harripen und den anderen Anführern umging, wuchs die laute, prahlhanserische Lustigkeit. Ruark saß, abseits von Bier- und Gesprächsrunden, im Schatten. Von dort aus hielt er die anderen Schatten an der Treppe im Auge, aus denen bald Shanna hervortreten mußte. Er hatte ihre Selbstvergessenheit beim Umgang mit Bürste, Kamm und Spiegeln nicht länger ertragen können, und um nicht in eine Versuchung zu geraten, die doch nur wieder zu einer Enttäuschung führen konnte, hatte er Schutz in der Menge gesucht.
Harripen löste sich von seinen Kumpanen und kam auf Ruark zu. »Auf Euch habe ich gewartet«, sprach er ihn mit nicht mehr ganz leichter Zunge an. »Ihr müßt nämlich wissen, daß ich über das Frauenzimmer nachgedacht.«
Ruark zog fragend eine Braue hoch. Im trüben Licht war sein Blick hart wie Stein. Ohne eine Spur von Wärme maß er den Kapitän.
»Ist's wirklich wahr, Bürschlein?« fuhr Harripen fort. »Einer von Traherns Leibeigenen hat mir gepfiffen, daß die Lady längst gar keine Jungfrau mehr ist. Eine Witwe soll sie sein.«
Ruark zuckte die Achseln. »Witwe ist sie seit ein paar Monaten. Ein Bursche namens Beauchamp war ihr Mann.«
»Oooiii!« machte Harripen mit geilen Augen. »Was so eine frische Witwe ist, die muß doch ziemlich dankbar sein, wenn sie einen guten Mann für ihren Bauch kriegt!«
Er ließ sich rücklings über den Tisch fallen und grölte seine Heiterkeit zu den Deckenbalken hoch. Die Kumpane scharten sich neugierig um ihn. Ruarks Sehnen spannten sich. Wenn Shanna zum Thema des Abends wurde, bedeutete das nichts Gutes.

Ein Pirat, der Hawks hieß, setzte sich auf den Tisch, lehnte sich über seinen Kapitän und tat, als habe er eine geheime Wissenschaft mitzuteilen. Aber er brüllte so laut, daß auch Ruark es hören mußte.
»Also, wenn der Lady schon ein Mann guttut«, blökte er, »ist es dann nicht logisch, daß ein Dutzend Männer ihr zwölfmal so guttun? Sie müssen's natürlich *gut* tun. – Ha! Ha! Ha! Aber da hab' ich, wie ich unsereins kenne, keine Bange. Also schlag' ich vor, daß wir jetzt alle einmal an die Reihe kommen, gerechten Sinnes, wie wir sind, auf daß nicht ein einziger«, sein Daumen wies auf Ruark, »den Löwenanteil für sich behält. Jedem das Seine, sag' ich immer. Und das hat er schon gehabt, und dem armen alten Robby seines noch dazu!«
Allgemeines Kopfnicken war die Antwort, rund um den Tisch breitete sich lüsternes Gegrinse aus. Harripen kicherte glucksend vor sich hin, er bildete sich ein, der erste sein zu müssen.
»Wo ist denn unser Frauenzimmer?« wollte Harripen jetzt wissen. »Für gewöhnlich hängt sie doch an Euren Rockschößen.«
Ruark winkte mit dem Krug zur Treppe hin. »Oben. Aber ich warne Euch . . .«
»Was habt Ihr uns schon zu warnen, Yankee-Schwadroner!« erdreistete sich der Mulatte, der mit dem schwarzen Rum ein Übermaß an Mut in sich hineingetrunken hatte. Faustschwingend ließ er sich vom Tisch hinabgleiten. »Ich geh' jetzt Madam Beauchamp holen, auf daß sie ihre Kavaliere begrüßen kann.« Mit unsicheren Schritten steuerte er die Treppe an. »Und macht Euch keine Sorgen, wenn's eine Zeitlang dauert!«
Im Schenkenraum machte der Schuß, der nun abgefeuert wurde, minutenlang alle Ohren taub. Der Mulatte erstarrte zur Salzsäule, als ihm der Putz von der Wand ins Gesicht flog – kaum eine Handbreit vor seiner Nase war die Kugel eingeschlagen. Wütend fuhr er herum; eben erst ließ Ruark seine rauchende Pistole sinken. Fluchend riß sich der Schwarze das Entermesser von der Seite und sprang auf Ruark zu. Doch kaum hatte er einen Fuß vor den anderen geworfen, als er auch den Schritt verhielt. Das Mündungsloch der zweiten, auf ihn gerichteten Pistole schien doppelt so groß wie das der ersten – und es stierte hungrig auf seine Brust. Der Mulatte übersah auch nicht, daß der Hahn bereits gespannt war. Da verflog sein Rausch so schnell wie seine Wut – er starrte geradewegs in die goldenen Augen des Todes, die wie zwei hartgeschliffene Bernsteine hinter dem verderbenbringenden Rohr aufleuchteten. Langsam und sehr bedacht steckte er das Entermesser fort und verzog seine dicken Lippen zu einem verkrampften Lächeln.
»Ich . . .«, stammelte er, »hab's ja nicht so gemeint, Captain. Nur ein kleiner Spaß, versteht Ihr . . . unter Freunden . . . nicht wahr . . .?«

Die Pistole senkte sich. Ruark nickte. »Eure Entschuldigung ist angenommen.«

Aus den Schatten der Treppe löste sich eine Gestalt, Shanna hatte sich ein monströses Kleid auserwählt, das den Proportionen einer Carmelita wohl angestanden hätte. Wie ein Sack hing es ihr von den Schultern; doch da die Vorbesitzerin – ein Fleischknödel mußte es gewesen sein – mindestens einen Kopf kleiner gewesen war, reichte das Gewand nicht einmal bis zu Shannas Fesseln. Ein Blitzen funkelte aus den Falten: Ruark sah den kleinen Silberdolch, den Shanna fest in der Faust hielt. Shanna mußte sich noch einmal genauer in Pelliers Hinterlassenschaften umgesehen haben. Freilich war's ein erbärmlich kleines Ding, doch wie Ruark seine Shanna kannte, war sie bereit, damit die ganze Welt in die Schranken zu weisen.

Der Mulatte suchte sich einen Platz weit unten am Tisch; und obwohl Ruark seine Pistolen wieder in den Hosenbund zurückgesteckt hatte, trug der Schwarze Sorge, seinem Blick nicht mehr zu begegnen.

»Leistet uns Gesellschaft, Madam Beauchamp, wenn ich bitten darf!« rief Ruark, ihr entgegengehend, aus.

Shanna verbarg den Dolch, ehe sie ins helle Licht trat, zwischen den Falten ihres Kleides. Dann stellte sie sich neben Ruark, der eben demonstrativ seine abgefeuerte Pistole aufs neue lud. Shanna wirkte sehr bleich, sehr klein, und sehr ergeben.

»Sie gehört mir allein!« bellte Ruark in die Schenke hinein und legte die Hand, in der er die Pistole hielt, auf Shannas Schulter. Sogar Shanna schreckte zusammen, so hart klang Ruarks Stimme. In der Taverne war es totenstill.

»›Jedem das Seine‹, habt Ihr gesagt. Wohlan denn, ich hätte Euch«, er zeigte mit der Pistole auf den Mulatten, »das Eurige streitig machen können. Oder Euch«, er visierte Hawks, den Maat, an. »Und sogar Euch!« Mit giftiger Freundlichkeit lächelte er Harripen zu. »Wie's scheint, ist wohl Mutter hier der einzige, der mir mein Recht auf Euch, Madam Beauchamp, nicht streitig machen will.«

Ruark steckte die Pistole weg und zog dafür den Krummsäbel; langsam beschrieb er einen Bogen mit der Säbelspitze, so daß sich ausnahmslos ein jeder angesprochen fühlen mußte.

»Will einer von Euch mein Recht auf irgend etwas, was immer es auch sei, in Frage stellen, dann möge er es jetzt tun, und wir werden die Sache auf der Stelle ein für alle Male klären.«

Kaum einer hielt seinen Blicken stand, einige schüttelten den Kopf, niemand nahm den Fehdehandschuh auf. Ruark ließ den Säbel in die Scheide gleiten.

Das Schweigen lastete im Raum. Endlich wuchtete Mutter sich aus seinem Sessel hoch, und der Tisch knackte ein wenig, als Mutter seine Pranken auf die Platte legte und seine Leibesfülle auf seine säulenartigen Arme stützte.

»Hört auf diesen Mann, meine wackeren Freunde!« hob er mit seiner scheußlichen Tenorstimme an, und sein kahler Schädel glänzte hin und her, als er einen Piraten nach dem anderen ansah. »Was der Mann sagt, hat wohl einiges für sich. Und ich muß fürchten, daß, selbst wenn Ihr ihm den Garaus macht, kaum die Hälfte von Euch übrigbleibt und noch in der Lage ist, eins unserer Schiffe zu bemannen. Doch in der Lage, in der wir uns jetzt befinden, sind wir auf jeden Arm, der eine Waffe führen kann, dringend angewiesen. Auch auf den seinigen.«

Gemurmel wurde laut und tat widerwillig Zustimmung kund.

Dann schmetterte Harripen den Bierkrug auf den Tisch. »Carmelita!« schrie er. »Dora! Bringt endlich was für meinen Appetit! Mein Bauch lechzt nach Speise und nach einem guten Stoß!«

Die feindselige Spannung war gebrochen, die Korsaren wandten sich wieder ihren Bechern zu. Ruark wies mit einem Kopfnicken auf eine Bank, die hinter seinem Stuhl im Schatten lag. Shanna, immer noch mit zittrigen Knien, nahm gehorsam Platz. Ruark setzte sich zu ihr. Sogar jetzt noch fiel es ihr schwer, ihm ein Zeichen von Dankbarkeit zu geben. Sie schaute in eine andere Richtung.

Die Männer nahmen wieder ihre zotigen Wortgefechte auf, als sei nichts geschehen, doch Ruark bemerkte immer wieder, wie doch hier oder dort ein mißtrauisches Auge auf ihn fiel. Orlan Trahern wäre sicher gut beraten, dachte er, so bald wie möglich seine Tochter heimzuholen. Selbst Ruark wagte nicht vorauszusagen, wie lange er die Piraten noch im Zaume halten konnte. Diesen Männern bereitete der Tod keine Furcht, konnte er doch lediglich das Ende eines sinnlos gewordenen Lebens bedeuten. Angst hatten sie nur vor einem Krüppeldasein, denn wie die Wölfe mußten sie zum Wildern stark und gesund sein; als Krüppel würden ihnen allenfalls die Knochen von den Schlachtfesten des grausam rücksichtslosen Rudels bleiben.

Ruark gab sich entspannt und selbstbewußt, er streckte die langen Beine von sich und stützte seinen Arm auf die Tischkante. Daß sich tief in seinem Inneren die Wachsamkeit des Dschungel-Raubtiers niemals zur Ruhe legte, wußte nur Shanna.

Gott sei der Welt gnädig, falls dieser Mann wirklich einmal zum Piraten werden sollte, dachte sie. Er gäbe einen verdammt guten Freibeuter ab. Er hat das Zeug, Männer zu führen ... ihre Augen verengten sich zu schmalen Schlitzen, als Carmelita sich ihm nun mit einem Teller Braten näherte ... und auch Frauen zu verführen.

Die Schankmaid Dora hielt sich so weit von den Männern fern, wie sie nur konnte. Sie lud am Herd die Bratenstücke auf die Bretter, füllte von den Fässern Bier, Wein und Rum in Krüge und Karaffen ab und setzte dieses oder jenes vor sich auf einen kleinen Tisch, von welchem Carmelita es dann aufnahm, um es aufzutragen – und das tat sie von Herzen gern. Geschickt verstand die Spanierin es, auf der einen Hand ein riesiges Brett mit Speisen im Gleichgewicht zu halten, mit der anderen eine Reihe Krüge bei den Henkeln zu packen und dann noch mit aus- und einladendem Hüftschwung durch den Saal zu tänzeln. Fröhlich lachend wirbelte sie sich aus der Umschlingung besitzergreifender Arme frei, entzog sie sich den groben Händen, die nach den griffigen Partien ihres Leibes langten. Nichtsdestoweniger gestattete sie jedem hungrigen Auge Einsicht in die tiefe Kluft zwischen ihren spielerisch zappelnden Brüsten. Allerdings, in Ruarks Nähe schien sie sich jedesmal am längsten zu schaffen zu machen, da beugte sie sich beim Nachschenken besonders tief, damit sich seine Augen an ihren Köstlichkeiten weiden konnten; da rieb sie sich dann mit ihren dicken, strammen Schenkeln fest an seinem Leib, da ließ sie dann auch, ganz ungehemmt und für jedermann zu sehen, ihre Brüste seinen Arm entlanggleiten.

Shanna kochte; vor allem, weil Ruark sich den Berührungen dieser Frau nicht zu entziehen schien. Nichts wünschte sie sich sehnlicher, als ihren Fuß fest in diesen üppigen Hintern zu stoßen. Als Ruark sich nach Shanna umdrehte und ihr sein Speisebrett hinhielt, entging ihm freilich nicht, daß sie mit fest aufeinandergebissenen Zähnen dasaß und daß sie ihr feines Näschen aufmüpfig hoch trug.

Plötzlich schmetterte Mutter seinen Becher auf den Tisch und stierte anklagend in die Runde.

»Es stinkt in diesem Saal!« schrie er. »Es stinkt nach Reichtum und Hochmut! Es stinkt nach Peitschen, Blut und Schweiß! Es stinkt . . .«
Mutter streckte den Arm aus und zeigte mit dem Finger auf Shanna. »Es stinkt nach Trahern!«

Shanna zitterte. Ruark setzte sein Glas ab.

»Nur die Ruhe, Mister Ruark!« schrillte Mutters Gelächter grell durch die Taverne. »Niemand macht Euch das Recht auf Euer Kätzchen streitig. Ihr wißt sehr wohl, daß ich nichts dagegenzusetzen habe. Aber ich verlange, daß sie uns dient, wie wir einst ihrem Vater dienten – nach Sklavenart!«

Beipflichtendes Gegröle erscholl von allen Seiten, und als der Lärm verebbte, gab auch Carmelita grinsend frech ihr Urteil ab: »Ei gewiß doch, soll sich das Dämchen doch einmal selbst den Lebensunterhalt verdienen!«

Mutter winkte in Shannas Richtung und befahl: »Marsch an die Arbeit, wie es sich für eine brave Sklavin ziemt!«

Shanna blickte Ruark fragend an. Ruark nickte stumm. Verwirrt erhob sie sich und wußte nicht, was nun von ihr erwartet wurde. Ratlos flatterte ihr Blick über die grinsenden Visagen, blieb schließlich an Mutter hängen. Der Riese lächelte breit.
»Wenn's beliebt, Madam Beauchamp, ein Pokal Wein würde mich fürs erste schon zufriedenstellen«, sagte er ganz sanft und sehr höflich.
Carmelita, selbstzufrieden lächelnd, stieß Shanna eine Karaffe in die Hand. Mit zitternden Fingern füllte sie dem Eunuchen das Glas. Andere winkten ihr mit blödem Grinsen und entgegengereckten Gläsern, verlegen ging sie den Tisch entlang und schenkte allen ein.
Harripen lehnte sich auf seinem Stuhl zurück und tätschelte mit seinen Blicken die sanften Rundungen unter dem überweiten Gewand. Mit einer knappen Handbewegung warf sich Shanna eine Locke aus dem Antlitz. Zum Vergleich schickte Harripen einen Blick zu der üppiger gebauten Carmelita hin. Harripen schlürfte seinen Wein und stopfte sich ein Stück Fleisch in den Mund. Er hatte sich entschieden, bei welcher Maid er seine Liebesnot zu lindern gedachte – bei der fetten Schlampe nicht.
Der Mulatte legte weniger Geduld an den Tag. Als Shanna in seine Nähe kam, packte er sie beim Handgelenk, wodurch sie Wein über sein Knie verschüttete. Der Schwarze zog Shanna immer dichter an sich heran, konnte sich jedoch einen Seitenblick auf Ruark nicht verkneifen. Da erstarrte er, denn abermals sah er die durchdringende Kälte in den harten Bernsteinaugen, die er schon hinter den Pistolen fürchten gelernt hatte. Mit schmerzlichem Lächeln ließ er Shanna los, und sie beeilte sich, seiner Reichweite zu entkommen.
Als allen eingeschenkt war, gab Ruark ihr ein Zeichen. Geschwind war sie an seiner Seite. Sie beugte sich vor, um Wein in seinen Pokal zu gießen, und bei einer unbedachten Bewegung streifte ihr Busen leicht über seine Schulter, wo das ärmellose Lederwams dieselbe nicht bedeckte. Ein ungestümes Feuer flackerte in ihnen beiden auf, ihre Blicke trafen sich mit einer Plötzlichkeit, die Shanna das Blut in die Wangen schießen ließ. Bestürzt richtete sie sich auf und preßte sich verwirrt die Karaffe an die Brust.
Harripen hatte alles genau beobachtet. Nun brach er in brüllendes Gelächter aus, packte den Holländer beim Hemd, der sich gleichfalls vom Ergötzen des Engländers anstecken ließ. Harripen zeigte mit dem Finger auf Ruark und Shanna, damit auch den anderen nichts entging.
»Ha, Mister Ruark! Dies Frauenzimmer habt Ihr aber gut erzogen!«
Ruark legte einen Arm um Shannas Hüften, tätschelte mit dreister Vertraulichkeit ihre Hinterbacken, höhnisch grinste er die Burschen an.
»Mag sein, doch bleibt ihr noch viel zu lernen. Genauso ist's, wenn man

ein gutes Fohlen einzureiten hat. Das darf man auch nicht allzulang sich selber überlassen.«
Er spürte, wie Shanna sich unter seinem Griff und seinem Wort verkrampfte, und konnte nur erraten, wie wütend sie auf ihn sein mußte.
»Aye, aye, so ist's!« bellte der Kapitän. »Aber das Frauenzimmer soll sich mal von Carmelita etwas zeigen lassen.«
Carmelita kam auch, eifrig die Hüften schwingend, gleich herbei, lehnte sich, als wäre Shanna gar nicht da, an Ruark und kraulte ihm das Haar.
»Habt Euch nicht so, Herzchen!« lachte sie Shanna frech ins Gesicht. »Der Bursche sieht ganz so aus, als hielte er für uns beide genug bereit! Die schönen Dinge des Lebens kann man gar nicht mit genug Freunden teilen, sag' ich immer.«
Shannas Augen verengten sich zu schmalen Schlitzen, als das Weib sich kichernd auf Ruarks Schoß fallen ließ. Ruark hatte alle Mühe, sich unter Carmelitas Leibesfülle aufrecht zu halten; seine Miene nahm einen schmerzlichen Ausdruck an, als die Spanierin ihm nun Gesicht und Brust mit schmatzenden Küssen übersäte. Sie rührte sich auch eifrig auf seinem Schoß, summte ihm ins Ohr, steckte sich seine Hand zwischen ihre Brüste und ging mit der eigenen Hand auf die Suche nach seiner Männlichkeit.
Da brach etwas in Shanna, ganz trocken, wie ein dürrer Zweig unter einem schweren Stiefel. Mit einem Aufschrei, der aus heiseren Tiefen in schrille Höhen stieg, versetzte sie der Spanierin einen Stoß, daß sie der Länge lang zu Boden stürzte. Da saß Carmelita nun, ziemlich überrascht; einen Angriff dieser angeblichen Dame hatte sie nicht erwartet. Die Piraten schlugen sich grölend auf Schenkel und Schultern – und das bedeutete, daß Carmelita diese Beleidigung nicht ungesühnt hinnehmen konnte. Eine lange, schmale Klinge blitzte in ihrer Hand auf.
Ruark erhob sich, da er, wie es schien, für Ordnung sorgen mußte. Hinter ihm zersprang klirrend Glas. Er drehte sich nach Shanna um – und staunte gar nicht schlecht, als er sie das Serviertuch durch einen abgebrochenen Krughenkel, an welchem noch ein zackiger Scherben steckte, ziehen sah. Da rückte er seinen Stuhl zurück und sich selbst aus dem Weg, wenn auch nicht allzu weit – Shanna schien sich ganz gut selber ihrer Haut wehren zu können. Wild entschlossen schwang sie ihre selbstgefertigte Waffe, die eine ganz brauchbare Hellebarde abgab. Er konnte nicht umhin, die furiose Schönheit zu bewundern, und die sonnendurchglänzten Strähnen ihres goldenen Lockenhaares umwehten in grandiosem Aufruhr ihr verbissenes Gesicht.
Carmelita wich einen Schritt zurück, Ratlosigkeit stand ihr im Gesicht geschrieben. Selbst wenn es ihr gelang, der Lady einen Stich zu versetzen

– die scharfen Zacken des zerbrochenen Krugs waren durchaus geeignet, sie fürs ganze Leben zu zeichnen. Und in einer Welt, in der eine Frau sich ihren Lebensunterhalt von Männern verdiente, konnte sie sich den Verlust ihrer Reize nicht leisten. Sie sah die Entschlossenheit in Shannas Blick, das Feuer in den grünen Tiefen ihrer Augen. Bislang hatte noch niemand sie kleingekriegt, doch für den Augenblick hielt sie den Rückzug für das Klügere.
Carmelita steckte das Messer weg, Shanna ließ ihre Hellebarde sinken. Harripen streckte lachend einen Arm aus, um Shanna, von Bewunderung überwältigt, den Hintern zu tätscheln. Er verschluckte fast seine Zunge vor Überraschung, als sie ihm klatschend die Hand durchs Gesicht zog. Ruark hielt den Atem an und rechnete mit einem Wutanfall des Engländers. Doch dieser begann, als er den Schrecken überwunden hatte, aus vollem Hals zu lachen.
»Verdammt noch eins, ihr wackeren Brüder!« grölte er. »Das Weibsstück ist um kein Jota weniger gemein als der alte Trahern selbst!«
Ruark ließ seinen Blick über die Piraten schweifen. Weit und breit war kein herausfordernder Blick mehr zu sehen. Endlich schienen sie, Mann für Mann, kapiert zu haben, daß mit ihnen beiden, Ruark wie auch Shanna, schlecht Kirschen essen war. Er drehte ihnen den Rücken zu, und obwohl sich seine Muskeln zum Zerreißen spannten, bekam er keinen spitzen Stahl zwischen den Schultern zu spüren. Mit einer Handbewegung schickte er Shanna voraus, dann folgte er ihr gemessenen Schrittes und atmete erst wieder auf, als sie die Tür ihrer Kammer verschlossen und verriegelt hatten.
Ruark lehnte sich gegen das dicke Holz, langsam ließ die Spannung in seinen Rückenmuskeln nach. Das Schweigen, unter dem sein Abgang erfolgt war, versprach nichts Gutes. Niemand saß dort unten, Mutter vielleicht ausgenommen, der sich nicht danach gesehnt hätte, so viel Mut aufzubringen, ihm eine Klinge zwischen die Rippen zu setzen. Er sah Shanna am anderen Ende des Zimmers am Fenster stehen und in die Nacht hinausschauen. Wahrscheinlich war sie Carmelitas wegen immer noch verärgert und wollte nun nichts von ihm wissen. Verdammt will ich sein, dachte er, wenn ich, vor ihr auf dem Bauche kriechen und um Vergebung betteln soll – für Dinge, die meine Schuld nicht sind. Und doch schmachtete er nach einem verständnisvollen Blick, nach ihren Lippen unter seinem Mund, ihrem seidigen Leib in seinen Armen. Doch er wußte auch, daß nichts vollkommen war, solange das beiderseitige Vertrauen fehlte.
Eine Kerze brannte neben dem Bett. Gaitlier, vermutete Ruark. Und einladend war das Bett aufgeschlagen. Aber Ruark konnte sich nicht erinnern, den kleinen Mann in der Schenke oder auf den Treppen gesehen

zu haben. Muß hintenherum gekommen und gegangen sein, sinnierte er, über die Außentreppe.
Ziellos wanderte Ruark durch den Raum, legte die Waffen und das Wams ab. Nicht die Spur eines Blickes von Shanna. Nur brütendes Schweigen. Neben dem Badezuber blieb er stehen, sah, daß er gefüllt war. Gaitlier weiß wirklich, was ein Frauenherz sich wünscht, lächelte er bei sich.
Ruark trat hinter seine Frau und hob sanft eine Locke von ihrer Schulter. »Shanna?«
Brüsk drehte sie sich um, blutunterlaufen die Augen, ein Zorneswort auf den Lippen.
»Pst!« machte er, bevor sie es aussprechen konnte, und legte ihr einen Finger auf den Mund. Er nahm sie bei der Hand und führte sie zum Zuber. Hier lag das Gemach in Dunkelheit, und sie erriet sein Vorhaben nicht. Bis er ein Kerzenlicht entzündete – dann seufzte sie überrascht auf, und ihm wurde warm ums Herz. Aber noch immer wollte sie keinen Frieden schließen. Sie stieß ihn fort und errichtete mit einem Laken zwischen zwei Standspiegeln eilig eine behelfsmäßige Wand zwischen sich und ihm. Wenig später hörte Ruark Wasser spritzen, gefolgt von einem langen Seufzer höchsten Wohlbefindens, und still lächelte er vor sich hin. Er trat ans Fenster, setzte einen Fuß auf den Sims und starrte in die Nacht.
Erst eine Weile später drehte Ruark sich wieder um, und da sah er, daß die Kerze Shannas Schatten auf das Vorhanglaken warf. Einmal erhob sie sich im Zuber, langte in den Schrank – und ihre Silhouette zeichnete sich in allen Einzelheiten auf dem Laken ab. Ein zärtliches Verlangen schoß ihm heiß ins Blut, das jetzt pulsender durch seine Adern floß. Eine Nacht kam ihm wieder in den Sinn, in welcher sie mit solcher Leidenschaft, wie er sie noch nie bei seiner Frau erlebt hatte, in seinen Armen lag. Mächtig war in ihm die Sehnsucht, daß alles wieder so sein möge. Langsam, doch mit zielbewußten Schritten trat er an das Laken und schob es beiseite.
Shanna schreckte auf, doch ungehemmt liebkosten seine Augen alles, was sich seinen Blicken bot. Tropfen funkelten im Kerzenschimmer auf den vollen Brüsten, das seichte Wasser verbarg nichts, und sein Begehren wuchs. Shannas Antlitz, das sich ihm entgegenhob, war überraschend milde, doch ein Funke Leidenschaft schien sich darin nicht entzünden zu wollen.
Shanna zog sich ein Tuch über den Busen: »Captain, Ihr seid aufdringlich. Soll ich denn nie und nimmer ungestört sein dürfen?«
»Shanna, mein Lieb, Ihr seid hinreißender, als es je ein Wort beschreiben könnte. Doch zu scharf – und neuerdings auch zu oft – muß ich den spit-

zen Stachel Eures Zornes spüren. Ist's denn gerecht, mich diesem Zorn auszusetzen, wenn kein Grund vorliegt?«
»Kein Grund!« empörte Shanna sich. »Ihr laßt Euch mit abgeschnittenen Hosen und nacktem Rücken auf allen Straßen sehen, und anschließend schwingt Ihr Euch über meinen Balkon und fleht mich an, Euch als langersehnten Geliebten zu begrüßen. Bin ich denn eine Törin? Bin ich blöde? Für jene«, sie wies mit dem Daumen zur Tür, »bin ich ja bereit, die tumbe Sklavin zu spielen. Doch gebt Euch keinem Irrtum hin, mein schwarzer Piratenkapitän: in diesem Gemach habt Ihr allein zu liegen. Es sei denn, Ihr wollt unbedingt auch hier den unerschrockenen Piraten spielen, dann könnt Ihr Euch meinetwegen mit Gewalt verschaffen, was Euch not tut.«
»Shanna«, schüttelte er das Haupt, »warum tut Ihr mir das an. Ich . . .«
»Seid so lieb und schließt den Vorhang, bitte«, fiel sie ihm ins Wort, »und gönnt mir endlich ein paar Minuten Frieden.«
Shanna lehnte sich im Zuber zurück, hob ein wohlgeformtes Bein und begann, es aufmerksam zu waschen. Ruark kämpfte das Verlangen nieder, ihr das Handtuch einfach fortzureißen und ihrer Gleichgültigkeit ein Ende zu setzen; seine Leidenschaft drängte ihn zu solcher Tat, doch sein Verstand hielt ihn zurück. Gewalt würde Shanna mit Gewalt begegnen und sich nicht eher geschlagen geben, bis all ihre katzenhafte Kraft erschöpft war – wäre es aber dann noch eine Lust, sie zu besitzen? Er hatte doch erfahren, wie wunderbar sie war, wenn sie sich aus freien Stücken gab. So wollte er sie wiederhaben, so und nicht anders.
Wütend warf er den Vorhang wieder über die Spiegel, streckte sich auf dem Bett aus, um sich wenigstens an ihren Schattenbildern zu ergötzen. Die Silhouette verschwand, als Shanna den Zuber verließ. Eine lange Zeit verging. Ruark schlüpfte unter die Laken. Ungeduldig wartete er und überlegte sich, daß Shanna wohl kaum, erst einmal im Bett, seine Gegenwart noch länger übersehen könne; hatte er doch bemerkt, daß die Federbetten die Neigung zeigten, sich nach der Mitte hin zu senken. Selbst mit Mühen konnte sie es da kaum schaffen, sich fern von ihm zu halten. Das Talglicht neben dem Himmelbett verbreitete ein schwaches Licht. Und immer noch lag er wartend da. Endlich löschte Shanna die Kerze bei dem Zuber und nahm den Vorhang fort.
Shanna war vollkommen angekleidet – aber wie! Einen langen schwarzen Rock mit grellen Blumen hatte sie sich, den Saum im Gürtel, nach Carmelitas Manier hochgeschürzt, und wohlgeformte schlanke Unterschenkel schauten voller Freimut darunter hervor. Locker fand eine dünne Bluse, viel zu weit, eben noch an Schulter und Busen Halt. Das goldene Haar hatte Shanna sich mit einem bunten Band zum Pferdeschwanz geschlungen, mit schimmerndem Glanz ergoß die Lockenpracht

sich über ihren Rücken. Doch boshaft blitzten die meergrünen Augen, als Shanna nun ihre Hüften aufreizend bewegte und ihre Hand darüber gleiten ließ.
»Ist solche Tracht nach meines Herrn Piratenkapitäns Gefallen? Endlich vulgär genug für Euren Geschmack?«
Näher kam sie ans Bett heran und ließ die Hüften schlingern wie ein Schiff auf hoher See, keck schaukelten die Brüste, und tiefer sank die Bluse.
»Wünscht sich der Herr Piratenkapitän eine heiße Bettgefährtin für die Nacht?«
Am Fußende blieb sie stehen, aufreizend verführerisch war der Blick, feucht und halb offen das Lippenpaar. Ruark merkte, daß auch ihm schon der Mund halb offenstand, und schloß ihn schnell. Dann, plötzlich, blitzte Zorn in Shannas Augen auf, in majestätischem Aufbrausen riß sie eine Seekiste auf, zog eine Wolldecke hervor und rollte sie zu einer langen, strammen Wurst zusammen – und die legte sie sorgsam in die Mitte des Bettes, dasselbe säuberlich in zwei Hälften teilend. Die Hände aufgestützt, beugte sie sich ohne Verschämtheit vor, weit offen gähnte die weite Bluse, Ruark konnte ihr bis zur Taille schauen. Da hingen die reifen Früchte, nach denen er hungernd schmachtete, und luden ein, gepflückt zu werden; wie gebannt haftete sein Auge daran. Doch als er den Blick dann endlich hob, traf er nur auf ein hartes Lächeln.
»In diesem Fall«, nahm sie ihr Wort von vorhin auf, »muß der Herr Piratenkapitän sich allerdings ein anderes Bett und auch ein anderes Kätzchen suchen!«
Spröde drehte sie ihm den Rücken zu, schlüpfte aus Rock und Bluse, öffnete das Haar und legte sich jenseits ihrer Grenze auf den Rücken. Sie zog das Laken hoch und blickte geradeaus. Doch so leicht entkam sie Ruark nicht. Wohin sie auch die Augen richtete – aus der Galerie der Spiegel grinste ihr in vieldutzendfacher Vielfalt sein halb trauriges, halb spitzbübisches Lächeln entgegen. Aufstöhnend benetzte sie die Finger, zischend erlosch die Kerze.
Leise fluchend, schüttelte Ruark sich die Kissen auf und wälzte sich auf die Seite. Nur die grobe Decke liebkoste kratzbürstig seinen Rücken.
»Weib«, brummte er vor sich hin, »allmählich wird's mir klar: Ihr seid verrückt...«

18

Weder im Traum noch in der Wirklichkeit hielt diese Nacht für Ruark irgendwelchen Trost bereit. Ruhelos wälzte er sich hin und her, Frieden fand er nicht. Auch die grobe Decke, welche ihn von Shanna trennte, konnte nicht verhindern, daß ihm ihre Gegenwart bewußt war. Durch die offenen Fensterläden schien der Mond, und in den Schatten, die er in das Zimmer warf, suchte Ruark nach einer Karaffe Rum. Als er sie endlich fand, stürzte er – mit einem Seitenblick auf die sanft ruhende Gestalt im Bett – einen großen Schluck als Seelenstütze hinunter. Dann schlüpfte er in seine kurzen Hosen, stopfte sich noch seine Pfeife und schob – leise, um seine schlafende Gemahlin nicht zu wecken – den Riegel zurück und die Türe auf.
Der Schankraum war leer – bis auf Mutter. Doch der Eunuch gab keinen Laut von sich; nichts deutete darauf hin, ob er schlummerte oder wachte. Ruark trat an den Kamin, hob ein angesengtes Holzstück hoch, blies die Glut an der Spitze zur Flamme an und legte sie an seine Pfeife. Er paffte, bis der Tabak glimmte, dann ließ er sich am Tisch nieder, um seine Pfeife zu genießen.
»Eine warme Nacht, Mister Ruark, nicht wahr?«
Überrascht blickte Ruark den Eunuchen an, und jetzt, im gedämpften Licht einer Laterne, sah er die wachsamen, kleinen Augen.
»Aye«, nickte Ruark und sagte, als müsse er sich entschuldigen, »an die Hitze hierzulande werde ich mich wohl nie gewöhnen.«
Mutters Fettrollen schwabbelten belustigt. »Hat Euch das Trahernsche Kätzchen wohl auch noch tüchtig eingeheizt? Ach ja, schon als Wiegenkind war das ein Wildfang. Die führt leicht einen Mann, der auf ihre Gunst erpicht ist, an der Nase herum. Seid auf der Hut, damit es Euch nicht so geht.«
Ruark brummte vor sich hin, zog an der Pfeife, blies eine Rauchsäule in die Luft und beobachtete, wie sie sich im Niedersenken ringelte.
»Ich bin auch nicht als Freibeuter auf die Welt gekommen«, begann Mutter unvermittelt.
Ruark blickte ihn fragend an. Mutters Stimme klang auf einmal anders, nicht mehr rauh, nicht mehr vulgär.
»Ich war einmal ein junger Mann und stand auf dem Höhepunkt meiner Karriere«, fuhr Mutter fort. »Professor war ich in Portsmouth, stellt

Euch das vor! Die Creme des blauen Blutes kam in meine Vorlesungen. Doch dann, eines Tages, verdrehte ein Heuchler meine Worte, und ich wurde angeklagt, Verrat zu predigen. Man machte kurzen Prozeß mit mir und warf mich in den Kerker. Dann kam ich auf die Liste und wurde zum Dienst in der Kriegsmarine gezwungen. Als einfacher Matrose.«
Er hielt inne, stierte auf die dunkel glimmende Asche im Kamin. Ruark drängte nicht. Bald gab der Eunuch einen Schnaufer von sich und nahm den Faden wieder auf.
»Soll ich Euch die Peitschennarben auf meinem Rücken zeigen, Mister Ruark? Es fiel mir schwer, die christliche Seefahrt zu erlernen, und der Maat war überzeugt, mir eindringlich Nachhilfe erteilen zu müssen. Der Captain, schließlich, hielt mich für gänzlich unbelehrbar und verkaufte mich als Leibeigenen an Trahern. Und der Trahernschen Abart von Gerechtigkeit verdank' ich's, daß ich nun unter diesem Pack hier leben muß. Seid auf der Hut, daß Ihr seiner Rache nicht anheimfallt. Nach Los Camellos könnt Ihr niemals mehr zurück, es sei denn, Ihr seid bereit, ein Stückchen Leben zu verlieren, wenn nicht gar gleich alles. Habt acht, daß Euch das Frauenzimmer nicht ins Blut geht, Bürschlein, es könnte Euch sonst die Versuchung überkommen, sie immer und immer wieder zu besitzen.«
»Pah!« gab Ruark grob zurück und spielte seine Rolle gut. »Unter einem Rock ist's so gut spielen wie unter einem anderen. Eh' ihr Vater das Lösegeld erlegt, bin ich so gewiß schon leid.«
»Dann seid Ihr klug. Ich weiß, daß Ihr kein gemeiner Räuber seid. Ihr werdet auch nicht lange bei uns bleiben.«
Ruark wollte widersprechen, doch Mutter hob die Hand und hieß ihn schweigen.
»Die anderen hatten schon beschlossen, Euch bei passender Gelegenheit aus dem Weg zu räumen. Deshalb warf Euch Harripen auch so großmütig seinen Beutel zu. Er war überzeugt, ihn bald schon wieder zu besitzen. Doch dann habt Ihr Pellier zur Strecke gebracht, was sich jeder von uns schon längst gewünscht hat, und seid einer der Unsrigen geworden und habt damit ein gewisses Maß an Freiheit und Respekt gewonnen. Doch keiner zweifelt, daß Ihr wieder gehen werdet. Denn junge, energiegeladene Burschen, die immer einmal den Weg zu unserem Haufen finden, kehren uns stets schnell den Rücken. Wir hoffen nur, daß Euer Weggang uns nicht allzu vieles Blutvergießen kostet, doch verschwinden möchten Euch die meisten sehen, wie auch immer. Ihr erinnert alle unablässig an die Jugend und die Kraft, die wir schon längst verloren haben. Geht also Eurer Wege, wackerer Freund, doch Vertrauen dürft Ihr keinem schenken, nicht einmal mir. Und fordert uns nicht allzu sehr heraus; nicht weiter, als wir's gerade noch ertragen können. Gewiß habt Ihr schon

festgestellt, daß wir auch unser eigenes Leben hier in diesem Loch als so lebenswert nicht ansehen und daß wir ihm ziemlich billigen Wert beimessen. Ich, für meinen Teil, schlag' auch nur noch die Zeit tot, die mir bleibt, und suche mir ein wenig Freiheit zu bewahren, bis der Tod mich von diesem Dasein erlöst. Vielleicht ist das auch der Grund, daß wir, nur um ein paar eitle Reichtümer zu erlangen, so mancherlei Gefahren trotzen und den Tod nicht fürchten.«
Ruark wußte zu Mutters Philosophiererei nicht viel zu sagen. Der Geist, der in diesem Riesenleib gefangensaß, nötigte ihm freilich einigen Respekt ab. Gedankenschwer starrte er die Pfeife an. Mutter sprach nicht weiter, vielleicht war er auch schon wieder in seinen Schlummer zurückgefallen, war der kurze Augenblick der Klarheit vorbei. Ruark erhob sich und schritt, immer noch in Gedanken eingesponnen, die Treppen wieder hoch. Er verriegelte die Tür, zog sich aus und stieg ins Bett, um auf der ihm zugeteilten Hälfte an den barocken Kopfteil angelehnt zu sitzen. Die Knie hochgezogen, einen Arm darum geschlungen, betrachtete er seine schlafende Frau und tröstete sich immerhin damit, daß er nicht bei Tagesanbruch fortschleichen mußte. Wie ein Fächer breiteten sich die goldenen Haare um ihr Antlitz aus, und in der goldenen Flut vergraben lag ihre zarte Hand, an der im bleichen Mondschein der goldene Ring leuchtete.
»Du bist mein Weib, Shanna Beauchamp«, flüsterte er. »Und als Weib will ich dich haben. Und einst wird kommen der Tag, an dem du unsere Ehe stolz der Welt verkündest. So wahr Gott mir helfe, so wird es sein . . .«
Die Hitze, die schon mit dem Sonnenaufgang kam, war bereits ein unheilvolles Omen dessen, was der Tag noch bringen würde. Shanna schlief noch fest, in ihre Laken eingehüllt. Ruark zog sich leise an und stieg in die Taverne hinunter, um Ausschau nach einem Morgenmahl zu halten. Viel hatte Shanna, wie er wußte, unter Mutters bösem Auge gestern zur Nacht nicht zu sich nehmen können. Und Ruark war auch gewillt, beim Frühstück Frieden walten zu lassen.
Nur Dora machte sich am Küchenherd zu schaffen, und Mutter war, wenn auch tief schnarchend in seinem Sessel, der einzige Gast im Schankraum. Allem Anschein nach hatte der Eunuch schon vor unmeßbarer Zeit dem Gebrauch von Betten abgeschworen. Wie Harripen einmal verraten hatte, fühlte der Eunuch sich im Liegen zu schwer von seinem eigenen Gewicht bedrückt und fürchtete, sich eines Morgens nicht mehr erheben zu können. Ein lebender Alptraum, dachte Ruark.
Ruark sah Dora eine Weile bei der Küchenarbeit zu. Ein mageres, knochiges Ding mit struppig braunem Haar war dieses Mädchen, mit einem schlichten Gesicht, das allenfalls beim Lächeln eine Spur von Anmut

zeigte, doch das war selten genug. Gaitlier hatte einmal angedeutet, daß Dora für ein Kupferstückchen oder zwei zu Diensten stünde, und Ruark fragte sich, ob Dora sich lieber so ihr dürftiges Brot verdiene als auf Carmelitas Weise.
Ruark verlangte nach dem Morgenmahl – und schon beim ersten Wort unterbrach Mutter seinen Schlummer mitten in einem Schnarcher, heftete seine kleinen Augen auf sie beide, wuchtete seine Leibesfülle aus dem Sessel und watschelte von hinnen.
Dora häufte Früchte, Brot und Braten auf ein Brett und machte sich daran, einen starken Tee zu brühen. Ruarks geduldiges Warten verwunderte das Mädchen – hatte er ihr doch am Vortag mit seinem Gebrüll vor Angst beinah die Seele aus dem Leib getrieben. Sie fand ihn hübsch und seine Art, sich zu bewegen, wie einen Traum – und doch hatte sie ihn einen Menschen töten und andere, erst gestern abend, mit dem Tod bedrohen sehen, wenngleich das auf der Insel fast alltäglich war. Wie auch immer, ein wenig fürchtete sie sich vor ihm und gab sich alle Mühe, ihn nicht zu erzürnen. Aber nun machte sie erst recht alles falsch, ließ den heißen Kessel fallen, verbrühte sich fast mit dem kochenden Wasser.
Das Herz schlug ihr bis zum Hals hinauf, als Ruark sich nun erhob und auf sie zutrat. Doch wer beschreibt ihr Erstaunen, als er sich lediglich nach ihrem Wohlbefinden erkundigte und ihr sogar den über den Boden gerollten Kessel aufhob und in die zitternden Hände gab? Als sie dann den Braten schnitt, flog ihr Blick immer wieder zu dem seltsamen Fremden hin: Andere Piraten wären längst über sie hergefallen, hätten sie wegen ihrer Ungeschicklichkeit gescholten: die anderen warteten stets nur darauf, sie mit ihren Pranken zu züchtigen, sie mit Stiefeln in den kleinen Hintern zu treten.
Ach ja, viel Leid und Erniedrigung hatte sie hinnehmen müssen, seit sie vor neun Jahren, als zwölfjähriges Kind, in Gefangenschaft geraten war, und Carmelita zählte zu ihren schlimmsten Peinigern. Nur Gaitlier und ein paar Leute aus dem Dorf behandelten sie freundlich, doch was half's, die meiste Zeit mußte sie doch im Frondienst für das Piratenpack verbringen, das ihre Eltern einst getötet und ihr selbst Gewalt angetan hatte, als sie noch nicht einmal eine Frau war. Diese Unholde ergötzten sich an allem, was grausam und pervers war, und Doras einziges Lebensziel hieß Flucht vor dieser Horde. Doch wie sollte sie es bewerkstelligen? Die junge Lady von Los Camellos war nur zu beneiden, denn die hatte einen reichen Vater, und der würde mit Geld seine Tochter aus diesem Höllenloch erlösen. Doch um sie, eine Dora Livingston, sorgte sich niemand auf der Welt – ja, es gab ja wohl nicht einmal eine Menschenseele jenseits der Insel, die von ihrem Sklavendasein wußte . . .

Ruark richtete seinen Blick auf Dora und wies mit der Pfeife auf ihre Bluse. Auf dumpfen Gehorsam dressiert, erwartete sie, wie üblich, daß er ihr nun befahl, sich zu entblößen und sich unter ihn zu legen.
»Läßt sich auf der Insel hier irgendwo eine Bluse, wie Ihr sie tragt, für das Trahern-Mädel finden?«
Doras Angst verdichtete sich zum Verdacht, trotzdem nickte sie und erteilte stockend Auskunft: »Eine alte Frau schneidert dergleichen und fristet ihr Leben damit.«
Ruark fischte ein paar Münzen aus dem Beutel an seinem Gürtel: »Besorgt mir ein paar, und auch einiges von dem Zeugs, welches man darunter trägt. Und ein Paar Sandalen, wenn Ihr könnt. Nicht zu groß. Etwa so, wie Ihr sie tragt. Was von den Münzen übrigbleibt, ist für Euch.« Er warf ihr eine Handvoll Kupferstücke zu; sie fing dieselben auf und schaute sie sich, leicht verwundert, an. Sie hatte nie gelernt, wie man Freundlichkeit begegnet. Wann immer sie einmal ein Pirat als Mensch behandelte, war's eine Falle, und nur um so Schrecklicheres folgte hinterher.
»Aber Sir, in Pelliers Truhen stecken doch so viele teure Kleider. In Eurem Gemach, habt Ihr's nicht gesehen?«
Ruark lachte verächtlich. »Pelliers Freudenhaus-Kostüme sind nicht ganz mein Geschmack. Auch muß ich das Frauenzimmer ihres Vaters wegen unversehrt erhalten. Würd' ich sie halb entblößt spazierenführen, wär' nichts als Mord und Totschlag zu erwarten.«
Beschämt senkte Dora den Kopf. »Pellier hat immer Frauen mit nach oben genommen, um ihnen das Zeugs anzuziehen. Sogar das alte Weib, das Früchte auf dem Markt verkauft. Das ließ er in den herrlichsten Kleidern, die er oben hat, vor sich auf und ab flanieren, und dabei lachte er sich dann halb tot.« Dora errötete tief und schlug die Augen nieder. »Mit mir hat er dergleichen auch getrieben.«
Sie schämte sich zutiefst, und gern hätte Ruark ihr ein Wort zum Trost gesagt. Doch seine Rolle als Pirat gestattete ihm solche Freundlichkeiten nicht.
»Ich will hier warten, während Ihr die Sachen für das Frauenzimmer holt. Also sputet Euch. Sie wird mir unruhig, bleib' ich zu lange fort.«

Als Ruark mit den Sachen, die Dora ihm besorgt hatte, in sein Quartier zurückkehrte, verriegelte er wieder sorgsam die Tür hinter sich. Dann setzte er mit mutwilligem Geklirr das Morgenmahl auf das Tischchen neben dem Himmelbett. Erschrocken fuhr Shanna hoch, zog sich das Laken bis unters Kinn.
»Keine Sorge, mein Herz! Es ist nur der Herr und Meister, der seiner schönen Sklavin das Morgenmahl serviert.«

»O Ruark!« rief sie aus, und vor lauter Angst klang ihre Stimme brüchig, dann rieb sie sich die Augen, wie um böse Träume zu vertreiben. »Ich träumte«, klagte sie, »Ihr hättet mich mit dem Pack allein gelassen und wäret heimgeflohen in die Kolonien, um endlich wieder frei zu sein! Werden Träume wahr, Leibeigener?«
Ruark zuckte die Achseln. »Manchmal schon, Shanna. Doch nur, wenn man's so will und danach strebt.« Er stellte, bei ihr auf dem Bettrand sitzend, die Speisen zurecht. Dann ließ er seine Hand über ihre Locken gleiten und sagte auf seine schelmische Weise: »Ihr wißt doch, daß ich Euch niemals verlassen werde, Shanna. Nie!«
Sie suchte in seinem Blick die Wahrheit zu ergründen und wußte wieder einmal nicht, ob er sich lustig machte oder aus ehrlichem Herzen sprach.
»Ich hab' Euch ein Geschenk gebracht«, sagte er unvermittelt und schleppte vom Tisch an der Tür das Kleiderbündel an. Mit einer höflichen Verbeugung legte er es ihr aufs Bett. »Dies wird Euch besser kleiden als das Zeugs, das uns der wackre Gentleman Pellier hinterließ.«
»Pellier war kein Gentleman«, stellte Shanna fest und führte die Teetasse zum Mund.
»Da habt Ihr recht, mein Herz!« stimmte Ruark bei. »Einen Gentleman erkennt man nie an seiner Sammlung von Reichtümern. Und auch nie an seinem Namen. Nehmt Euren Vater nur als Beispiel. Im Grunde ist er doch ein guter Mann. Ein Edelmann, wie man's auch dreht und wendet. Und doch: sein Vater endete am Galgen. Und was hat Euer Vater nicht alles an Leid erfahren müssen? Aber ist er nicht ein ehrenvoller Mann, reich und mächtig? Haltet Ihr ihn nicht jedem Lord und Herzog für ebenbürtig, Shanna?«
»In der Tat, das tu' ich!«
»Und Ihr selbst, mein Lieb? Enkelin eines Wegelagerers seid Ihr, doch kommt Ihr an Würde einer Großherzogin gleich. Und würde ich selber blaues Blut in meinen Adern haben, würde ich Euch auch deswegen nicht geringer achten. Und wenn wir, vielleicht, Kinder hätten, würde ihnen weder das eine noch das andere schaden.« Shanna stieß einen Schrei der Entrüstung aus, doch Ruark fuhr fort: »Gesetzt den Fall, mein Schatz, ich wäre reich und entstammte einer Familie, die mehr als einen guten Namen ihreigen nennen dürfte – würdet Ihr mich dann endlich lieben können? Würdet Ihr dann voller Glück die Frucht meiner Zuneigung unterm Herzen tragen? Würdet Ihr dann unseren Kindern, als herrlich schönem Zeichen unserer Liebe, gern das Leben schenken?«
Shanna zuckte mit den Schultern, Antwort wollte sie nicht geben. Dann brauste sie auf: »Es ist doch Torheit, davon zu reden, wenn wir beide wissen, daß alldem nicht so ist. Ihr könnt nicht mehr sein, als Ihr seid!«

»Und was bin ich, Madam?«
»Das fragt Ihr noch? Ihr solltet's selber doch am besten wissen!«
»Dann heißt die Antwort also, Madam, Ihr könntet mich als Gatten anerkennen, wenn ich nur Reichtum und auch einen Namen hätte?«
Shanna wand sich voller Unbehagen. »Ihr kleidet es so grob in Worte, Ruark. Doch ja, wenn Ihr so wollt, ich könnte mir eine Ehe mit Euch schon vorstellen, wenn alles, was Ihr aufgeführt, wahrhaftig wäre.«
»Dann, liebste Shanna, seid Ihr ein prüder Snob.« Und sehr freundlich fügte er hinzu: »Zieht Euch an, Madam.«
Schmollend stieg sie aus dem Bett, griff sich die Wäsche, die er mitgebracht, und zog sie an. Dazu wählte sie den schwarzen geblümten Rock vom Abend vorher, den sie freilich nun nicht mehr hochschürzte. Und endlich hatte sie auch wieder Schuhe an den Füßen; nie hatte sie sich über ein modisches Meisterwerk aus den Händen eines Londoner Schöpfers so sehr gefreut wie über dieses schlichte Paar Sandalen, welche nur aus Sohle und Lederband bestanden. Ein breiter Gürtel über der Zigeunerbluse, und der lange Zopf, zu dem sie ihr Haar geflochten hatte, machten ihren Putz vollkommen. Doch es war mehr als das: in Kleidern, die ihr paßten, fühlte sie sich endlich wieder als sie selbst.
Die Veränderung fiel auch den Piraten auf. Verblüfft verstummten die verkommenen Männer, die schon wieder an ihrem langen Tische becherten, und selbst Harripen, sonst stets zu einer Frivolität bereit, schwieg verdutzt.
An diesem Morgen fand kein zotiges Geplänkel mit dem wilden Haufen statt. Ruark war bestrebt, Shanna so geschwind wie möglich den lüsternen Blicken der Korsaren zu entziehen. Grob packte er Shanna beim Handgelenk und zerrte sie hinter sich her.
»Vorwärts, Dirne«, maulte er. »Meint Ihr denn, ich hätte den ganzen Tag nichts anderes zu tun, als auf Euch zu warten?«
»Der Bursche macht mir Spaß!« grölte Harripen. »Wie er das Frauenzimmer am Hüpfen hält, im Bett so gut wie außerhalb!«
Als sie die Herberge hinter sich hatten, machte Shanna sich lustig: »Ob den Kerlen wohl jemals anderes einfällt als . . .« Sie suchte nach einem Wort, hatte jedoch kein anderes auf der Zunge: » . . . als Liebe?«
Ruark schüttelte den Kopf. »Liebe ist das nicht, was diese Männer in den Betten treiben, Shanna. Zärtlichkeit ist ihnen fremd. Sie verrichten eine Art von Notdurft mit jenem oder jener, auf welchen oder welche sie für eine Nacht erpicht sind. Und halten sich für Weiberhelden, weil es schon so viele sind, die sie unter und hinter sich gebracht haben. Ein Stier treibt's nicht viel anders. Liebe jedoch, das ist ein Ding, das zwei Menschen miteinander teilen, weil ein tiefes Gefühl sie verbindet. Wahre Liebende verschmähen alle anderen auf der Welt und wollen nur mit

dem einen, einzigen Wesen zusammen sein, das ihre Sehnsucht, Hoffnung, Wünsche und Träume teilt, mit dem sie Hand in Hand durchs Leben gehen wollen, durch dick und dünn. Wahre Liebende halten fest zusammen, bis daß der Tod sie scheidet.«
»Seltsam, daß gerade Ihr das sagt«, versetzte Shanna kühl und blickte aufs Meer hinaus, da sie sich nun der Hafengegend näherten. Der Wind ließ Shannas Locken als holden Rahmen um ihr Antlitz wehen.
»Nicht ich bin's, Shanna, sondern Ihr, die sich nicht für den einzigen entscheiden kann.«
Shanna hob verächtlich die Nase. »Doch nur, weil ich den Richtigen noch nicht fand.«
Ruark erstarrte, als habe ihn ein Schlag getroffen. Dann breitete er die Arme aus, als wolle er Meer und Horizont umfassen, und höhnte: »Was wart Ihr denn, als ich Euch fand? Die Göttin Shanna aus dem Olymp, die auf einem von eigener Hand geschaffenen Sockel thronte, dem alle Männer sich in gebeugter Haltung nähern mußten! Die hochmütige Shanna, schön, unberührt und rein, die nur um einer flüchtigen Laune willen auf Erden wandelt und nach dem edlen Ritter auf dem Schimmel schmachtet, nach dem vollkommenen Mann, der aus dem Erdenelend sie erlöst und hin zu einem verborgenen Garten Eden führt und ihr mit gurrender Verehrung alle Wünsche von den meeresgrünen Augen liest, Hah!« schnaufte Ruark. »Seid auf der Hut, mein Lieb! Ist Euch schon einmal in den Sinn gekommen, daß dieser vollkommene Mann sich vielleicht auch nur – und nichts weniger als dies – die vollkommene Frau zur Gemahlin auserküren möchte?«
Ruckartig straffte Shanna sich unter diesen Worten, mit steifem Rücken stand sie da, ungebeugt. »Ihr sagtet einst, die Wahrheit käme immer an den Tag. Aber erklärtet Ihr mir denn auch nur ein einziges Mal, daß Ihr mich liebt?«
Ruark breitete die Arme aus und sprach wie zu den Winden und dem weiten Meer. »Madam, in diesem Augenblick wäret Ihr wohl die letzte, der ich sagen würde, daß ich sie liebe.«
Als er sich nach ihr umdrehte, war sie langsam von ihm fortgegangen, hocherhobenen Hauptes, und der Wind peitschte ihr den Rock um die schlanken, langen Beine. Ruark wollte ihr nacheilen, sie in die Arme nehmen, sich zu ihren Füßen werfen, ihr das allesverzehrende Verlangen beichten, das an den Wurzeln seines Seins zu nagen schien. Doch er ließ sie gehen, gab sich der Hoffnung hin, daß seine Weigerung sie zu neuem Nachdenken über sich selbst führen möchte.
Shanna wanderte den Strand entlang, auf die feine Linie zu, wo das Meer den Sand beleckte, fort vom Dorf und von der Herberge. Einmal drehte sie sich kurz nach Ruark um, doch hielt sie auf ihrem Weg nicht an. Ein-

mal bückte sie sich und zog den hinteren Saum des Rocks nach vorne, steckte ihn sich in den Gürtel, wie es die Fischersfrauen tun. Sie zog sich die Sandalen aus. Durchs seichte Wasser watend, trat sie verspielt nach den Wellenkämmen, rollte Muscheln und Kiesel mit den Füßen vor sich her. Und Ruark sah ihr nach und wußte nicht, wie er den Schmerz in seinem Herzen lindern sollte.
Später irgendwann hörte er dann hinter sich einen Ruf. Ruark drehte sich um. Harripen und ein paar Matrosen ruderten zum Piratenschiff hinaus. Der Captain winkte, Ruark erwiderte den Gruß und fragte sich, was sie nun wohl im Schilde führten.
Harripen und ein zweiter Mann kletterten an Bord des Schoners, das Beiboot legte sich ans Heck. Die Matrosen fingen eine Leine auf, die Harripen ihnen zuwarf, und machten sie fest. Dann legten sie sich kräftig in die Ruder, bis das große, schlanke Schiff sich endlich rührte. So brachten sie das Heck an den Kai. Harripen bellte einen Befehl zum Vorschiff, und der zweite Mann löste die Ankerwinde. Wieder ruderten die Männer im Beiboot mit aller Kraft, und langsam bewegte sich das Schiff in die Bucht hinein, während das Ankertau ablief. So näherte sich der Schoner allmählich dem neuen Liegeplatz; das Beiboot rudert hastig aus dem Kurs, weich rumpelte das Schiff gegen die Verpfählung und legte langsam längsseits. Harripen warf ein Tau mit einer Schlinge am Ende ans Ufer, die Ruark an Land befestigte. Ruark lief die Pier entlang, um auch das Tau aufzufangen, das ihm der zweite Mann vom Vorschiff herunter zuwarf. Harripen rief Ruark zu, an Deck zu kommen, und Ruark drehte sich nach Shanna um.
Shanna war stehengeblieben, hatte sich die Hand beschattend über die Augen gehoben, um das Schiffsmanöver zu verfolgen. Doch als Ruark nun zu ihr hinschaute, drehte sie sich um und nahm die Wanderung durchs seichte Wasser wieder auf. Ruark, beruhigt, sie in Sichtweite zu wissen, ging aufs Schiff zu. Shanna brauchte jetzt wohl das Alleinsein, um mit sich selbst ins reine zu kommen.
Ruark schwang sich über die Reling und trat neben Harripen, der die einsame Gestalt am Strand nicht aus den Augen ließ.
»Beim Teufel, Mann, um dieses Federbettchen dort beneid' ich Euch«, sagte Harripen zur Begrüßung. »Selbst aus der Ferne macht die Maid mir noch die Lenden heiß.«
Ruark grollte innerlich, doch er antwortete mit leichtem Ton und durchaus der Wahrheit getreu: »Aye, Captain, es fällt schon schwer, von ihr fortzugehen. Doch genug davon. Was treibt Ihr mit unserem Schiff?«
»Tja, äh, Euch gehört das Schiff ja wohl zur Hälfte, nachdem Robby nicht mehr ist.« Nachdenklich kratzte er sich das narbige Stoppelkinn. »Tja, also, wir haben nämlich abgestimmt. Weil es ja das größte Schiff ist.«

Er wies auf die kleineren Schiffe, die in der Bucht an ihren Vertäuungen schaukelten. »Also, wir haben uns gedacht, daß wir mal ein paar Sachen an Bord bringen. Verpflegung und so. Für den Fall nämlich, daß seine Lordschaft, der großmächtige Herr Trahern, mit seiner verdammten Flotte des Wegs geschippert kommt. Für heute abend erwarten wir die Schaluppe mit dem Bescheid zurück, ob er Lösegeld zahlen will oder nicht, aber wir möchten auch nicht gern, falls er sich selber herbemüht, den Arsch aus dem Wasser geschossen kriegen.«
Ruark nickte zu dem Wrack auf der Sandbank hin. »Aber wenn schon die spanische Flotte damals nicht...«
»Ha!« fuhr Harripen dazwischen. »Das waren doch nur Wasserflöhe! Viel Messing, Fahnen und Getue, nichts dahinter. Mit Trahern gar nicht zu vergleichen. Wenn uns einer an den Kragen kann, dann er.«
Ruark pflichtete schweigend bei.
Der Engländer beugte sich über die Reling. Ruark folgte seinem Blick. Zwei schwere Karren, mühselig von Mauleseln gezogen, rumpelten vom Dorfrand her heran. Als sie näher kamen, sah Ruark Wasserfässer auf dem ersten Wagen, aber doppelt soviel Fässer Rum und Ale. Der zweite Wagen trug zur Hälfte Kisten voller Salzfleisch und anderen Speisen, zur anderen Hälfte jedoch Truhen, die von Silber, Gold und anderer Beute überquollen. Hawks, auf dem Bock, hatte die kleine schwarze Kiste mit Goldmünzen neben sich stehen.
Diese kleine Kiste wurde als erstes auf das Schiff gebracht und schnell in der Kapitänskajüte verstaut. Das andere Zeug kam samt und sonders aufs Kanonendeck, wo es sorgsam so festgezurrt wurde, daß es die Bedienung der kleinen Geschütze nicht behindern konnte. Und nicht ohne Belustigung entdeckte Ruark jetzt auch, daß sich die aus dem Herrenhaus geraubte Kiste mit Traherns unbrauchbaren Musketen immer noch an Bord befand. Sie war dem Fleck, wo die Korsaren den »unermeßlichen Schatz« geöffnet hatten, stehengelassen worden.
Als alles verstaut war, wandte Harripen sich noch einmal Ruark zu. »Nun tut mir den Gefallen und macht die Leinen los. Wir ziehen dann das Schiff mittels der Ankerwinde wieder an den alten Liegeplatz.«
Einen seltsamen Blick hat der Mann, dachte Ruark, sagte aber nichts.
»Ein paar Mann lass' ich an Bord«, erklärte Harripen. »Damit alles unter Aufsicht ist. Und falls Ihr's nicht gesehen habt – das Schatzkästlein ist sicher weggeschlossen, und ein Mann allein kann's nicht heben.« Er kicherte fröhlich. »Die Schlüssel hat Mutter in der Hose. Das ist so seine Art, auf seinen Anteil aufzupassen. Immerhin, von uns beiden, Captain Ruark, einmal abgesehen, ist Mutter wohl die einzige ehrliche Haut weit und breit.«
Harripen lehnte sich zurück, prustete laut vor Lachen, als hätte er einen

ganz neuen Schwank erzählt. Schließlich wischte er sich mit seinem Arm die Nase ab. »Nichts für ungut, Bürschlein. Wie ich sehe, wartet die Lady schon voller Sehnsucht auf Euch.«
Ruark fühlte sich verabschiedet und hatte im Augenblick keine andere Wahl, als auf die grob gepflasterte Pier hinabzuklettern. Er machte die Leinen los und sah dem Schiff nach, wie es von der Mannschaft, die ein Shanty singend die Ankerwinde drehte, wieder ins tiefere Wasser vorgezogen wurde.
Ruark ging die Pier entlang zum Strand zurück. Shanna war ebenfalls zurückgekehrt und wartete auf ihn. Sie tat immer noch so stolz und so steif wie zuvor, doch wich sie jetzt seinen Blicken aus. Sie ließ den Rocksaum fallen und folgte ihm schweigend.
Ruark begab sich noch auf ein Bier in die Taverne, Shanna hingegen eilte hastig an ihm vorbei die Treppen hoch in ihr Quartier. Sie setzte sich aufs Fensterbrett und stieß die Läden auf. Dunkle Wolken hingen am Himmel, es war schwül, Gewitter lag in der Luft. Shanna seufzte, löste sich das Haar, ließ die Finger durch die langen Strähnen gleiten. Unten im Hof spielte ein kleiner Junge mit einem Ferkel. Im letzten Abendsonnenschein glänzten seine schwarzen Locken fast so wie Ruarks Haar im Kerzenschimmer.
Gaitlier hatte ein Bad bereitet, und tief in widersprüchliche Gedanken verstrickt, ließ Shanna sich ins laue Wasser sinken.
»Ein seltsamer Mann seid Ihr, mein Mister Beauchamp«, sinnierte sie halblaut vor sich hin. »Ihr überschüttet mich mit Gunstbeweisen, wie es einer Geliebten zukommt, dann scheltet Ihr mich wie ein Kind und bestellt Eure Sache schlecht, indem Ihr mir verkündet, daß ich der letzte Mensch auf Erden sei, der für ihn als Ehegespons in Frage komme. Wahrhaftig unerforschlich sind die Wege dieses Herrn.«
Sie ließ sich in Gedanken versunken gegen den Zuberrand sinken. Tief hatten seine Worte sie getroffen, ihren Stolz verletzt, doch sah sie auch das grobe Körnchen Wahrheit, das darinnen steckte. Alle anderen, die so erpicht auf eine Ehe mit ihr waren, hatten stets mit einem Auge schon auf ihres Vaters Reichtum geschielt.
»Sei's drum, Captain Ruark«, sprach sie spöttisch in die Spiegelbilder, die ihr ringsherum die Schönheit ihres Körpers und ihres Lächelns zeigten, »mag ich auch schuld dran sein, daß Ihr in einer argen Klemme steckt und der Strick Euch winkt – verkennt nicht, Sir, daß wiederum nur ich allein der Schlüssel zur Vergebung meines Vaters bin! So sind wir denn, was dieses Kerbholz anbetrifft, so gut wie quitt...«
Es war schon dunkel geworden, als Ruark endlich kam. Shanna zog wieder ihren Lakenvorhang zwischen den zwei Spiegeln auf und gab sich gemächlich ihrer Toilette hin. Eine Weile hörte sie ihn in den Kisten wüh-

len, als es dann jedoch ganz stille wurde, plagte die Neugier sie. Sie spähte um den Vorhang herum und sah ihn am Tisch sitzen. Ein großes Pergament lag vor ihm ausgebreitet, hier und dort machte er mit der Feder Anmerkungen oder Zeichen darauf. Shanna, in ihrem Zufluchtswinkel, kaute nachdenklich auf den Fingerknöcheln. Dann, einer plötzlichen Eingebung folgend, zog sie ein rotes Seidenkleid von gewagten Schnitt aus dem Schrank und warf es über. Die Robe mußte spanischer Herkunft gewesen sein, denn das Mieder war sehr lang, saß ihr wie angegossen auf den Hüften und verbreiterte sich von dort aus nach dem Muster einer Glocke zu einem weiten Saum, der seinerseits wiederum an einer Stelle aufgeschürzt war, auf daß etliche Lagen verschiedenfarbiger Unterröcke sich blicken lassen konnten. Höchstes Staunen – und gewiß auch Erregen – mußte der tiefe Ausschnitt bei jedem Betrachter bewirken. Auch der Rückenausschnitt, der mehr enthüllte als bekleidete, war infolge des Nichts, aus dem er zur Hauptsache bestand, von äußerst einladender Natur. Shanna fuhr mit der Hand vom Busen bis zur Hüfte über die sanfte, glatte Seide.

»Das wird gewissen Herren, die eine Lady nicht von einer Straßendirne unterscheiden können, zeigen, wie der Unterschied beschaffen ist!« sinnierte sie vor sich hin. Freilich bedachte sie offensichtlich nicht, daß dieses Kleid ihr wenig Damenhaftes verlieh. Immerhin, von einer Straßendirne hatte sie gewiß auch nichts an sich.

Der Vorhang flog zur Seite. Aufrührerisch die Hüften schwingend, erschien Shanna, und das Haar, das wild über ihre Schultern floß, verriet nichts von der Mühsal, welcher es bedurft hatte, um es gerade so wild fließend ausschauen zu lassen. Nur aus den Augenwinkeln heraus sah Ruark Shanna näher tänzeln. Genau dies hatte er erwartet: einen erneuten Angriff auf die Standfestigkeit seiner Sinne. Doch zu Shannas unbegreiflicher Enttäuschung schien er sie überhaupt nicht zu bemerken. Er saß nur da, ins Pergament vertieft, und rührte sich mit keinem Glied.

Ein schüchternes Pochen tönte von der Tür. Gaitlier bat mit seiner zögernden Stimme um Einlaß. Ruark nickte und Shanna entriegelte die Tür. Ein riesiges Brett trug Gaitlier vor sich her, Früchte, Brot, gebratenes Geflügel und gekochtes Gemüse luden zum Essen ein. Sogar eine Flasche edelsten Burgunders war dabei. Schon bei den würzigen Düften, die mit Gaitlier hereingeweht kamen, lief Shanna das Wasser im Mund zusammen, und sie konnte sich nicht enthalten, ihrer Begeisterung lauthals Ausdruck zu verleihen.

»O Gaitlier!« rief sie aus und klatschte in die Hände. »Was seid Ihr doch für ein lieber, guter Mann!«

»Dora hat es zubereitet«, merkte er verlegen an. Eilig trug er nun die Speisen auf, und Ruark rollte sein Pergament zusammen. Einen Augen-

blick stand Gaitlier fragend neben ihm, machte ein Schafsgesicht, trippelte unruhig von einem Fuß auf den anderen und hielt den Blick aufs Pergament gerichtet. Ruark sah, der Mann wollte ihm etwas sagen: abwartend lehnte er sich zurück. Doch mit einem Mal schien das Quentchen Mut Gaitlier zu verlassen. Hastig nickend schlurfte er davon.
Shanna schob den Riegel wieder vor, setzte sich Ruark gegenüber. Er öffnete den Wein, sie naschte an den Leckerbissen. Keiner sprach ein Wort.
»Was treibt Ihr da die ganze Zeit?« fragte sie endlich, als er das Pergament – sie sah nun, daß es eine Landkarte war – wieder entrollte und beim Essen weiterhin studierte.
»Ich versuche, eine Spur von dem Kanal zu finden, der durch die Sümpfe führen soll«, kaute er, ohne aufzublicken.
So nahm das Nachtmahl schweigend seinen Lauf, nach einer Weile schob Ruark sogar den noch halbgefüllten Teller auf die Seite. Da stand Shanna auf, nahm sich ein Stück Melone und setzte sich ans Fenster. Das dumpfe Donnergrollen in der Ferne war ein Echo ihrer Stimmung. Ein verirrter Windstoß wehte durchs Zimmer, verfing sich in den Vorhangbahnen und raschelte in Ruarks Pergament. Besorgt stieß Shanna die Läden weit auf und starrte auf die Abendflut, die dem Inselstrand entgegenbrandete. Ein Blitz verlieh der tiefgrau sterbenden Dämmerung auf Sekunden Leichenblässe, und ängstlich kauerte Shanna sich zusammen. Gewitterwolken zogen sich nun unheildrohend überm Eiland schwarz zusammen, erste Regentropfen klatschten in den durstigen Sand. Und bald war alles, was noch von der Welt zu sehen war, hinter dem dichten Schleier des entfesselt trommelnden Regens aus Shannas Sicht verschwunden.
Ruark saß noch immer über seinen Karten. Shanna betrachtete ihn lange. Ein seltsamer Schmerz machte sich in ihrer Kehle breit. Lange schien sie selbst nicht zu wissen, woher das rührte, und als sie den Ursprung dann erkannte, machte es die Pein nur stärker. Sie hatte weinen wollen, schon so lange, und nur ihr Stolz hatte sich nicht eingestehen wollen, wie sehr sie sich den ganzen Abend danach sehnte, in die Arme eines liebenden Mannes genommen zu werden. Nie zuvor im Leben hatte sie sich so allein gefühlt wie jetzt mit Ruark in einem und demselben Raum, mit Ruark, der sein Brandmal ihrem Schicksal aufgezwungen hatte und der sie jetzt nicht einmal sah. Wie eine Verlorene wankte sie durchs Gemach, warf sich übers Bett und konnte doch die Augen nicht von diesem bronzenen, nackten Rücken wenden, der stumm über den Tisch gebeugt dasaß, als wäre er aus Stein. Ein verzweifeltes Begehren wallte in ihr hoch, mit den Fingerspitzen über diesen Rücken zu streichen; zu spüren, wie unter ihrer Hand diese Muskeln bebten.
Die Reihe der Zahlen, die Ruark auf einem Blatt neben dem Pergament

notierte, hatte sich verlängert, doch allmählich verloren sie vor seinen vom angestrengten Schauen flirrenden Augen ihren Sinn. Er faltete das Blatt zusammen.
Shanna sah es, ihre Gedanken rasten: »Was soll ich tun? Er kommt ins Bett! Wie soll ich ihm begegnen? Vielleicht . . . vielleicht geb' ich mich hin . . . wenn er mich doch nur ein wenig drängen würde . . .«
»Nichts da, verdammt!« erwiderte ihr alter Zorn. »Vor meiner Nase wirft er sich mit Straßendirnen ins Heu, und das, nachdem er eben erst um Ehrlichkeit und Liebe flehte! Ich werd' ihn Ehrlichkeit und Liebe lehren! Winselnd soll er vor mir auf den Knien liegen!«
Ruark richtete sich auf und reckte sich, streckte die Arme hoch übers Haupt, um den Krampf vom langen Sitzen in seinem Rücken zu lösen. Shanna floh aus dem Bett und schritt hochnäsig stumm in ihr behelfsmäßiges Boudoir. Ruark sah wieder die Hüften schwingen, bis sie hinter dem Vorhanglaken verschwanden. Leise vor sich hin fluchend, leerte er das Weinglas, das vom Mahl her noch auf dem Tisch stand, in einem Zug. Er warf die Hose über einen Sessel und stieg mißmutig zwischen seine Laken. Abermals stand ihm also eine Nacht bevor, in welcher er Shanna so erregend nah, doch eiskalt, unberührbar dulden mußte.
Shanna kam zurück und hatte sich ein weißes Leinentuch um den schlanken Leib geschlungen. Ruarks Blicken wich sie aus, als sie sich abermals die wollene Decke suchte, die, zusammengerollt, als Barriere zwischen ihrer und seiner Hälfte dienen sollte.
Das war zuviel! Mit einem Wutschrei riß er ihr das garstige Ding aus den Händen, sprang ans Fenster, schleuderte es in den Hof und ins Gewitter. Hoch loderte die Flamme seiner Empörung – und seine Nacktheit machte diesen Anblick nur noch grandioser. Shanna stand wie gebannt vor Schreck – und auch Bewunderung.
»Madam – jetzt will ich's ein für alle Male wissen! Ihr leugnet unsere Gelöbnisse. Ihr leugnet meine Rechte. Ihr treibt Schindluder mit meinem Stolz! Ihr schickt einen Lakaien aus, um mich zu verjagen! Ihr übt Verrat mit jedem Wort und jedem Schritt!«
Shanna hielt seinem blitzenden Auge stand und schleuderte ihm aufbrausend eine Erwiderung entgegen.
»Ihr habt mir mein Herz genommen und Eure Finger darum gekrallt, um es dann, zweifelsohne stolz auf den Erfolg, mit Untreue entzweizureißen!«
»Untreu kann allein ein Gatte sein. Ihr treibt das Nämliche mit mir – und doch wollt Ihr mir jedes Eherecht bestreiten!«
»Und Ihr? Ihr schwört, Ihr seid mein treuer Mann und vergrault mir dennoch jeden Kavalier, der mir den Hof zu machen sucht!«
»Jawohl!« tobte Ruark. »Eure Verehrer – die scharwenzeln Euch mit

hitzigem Gelüst um Eure Röcke, und ihnen gewährt Ihr mehr als mir!«

Shanna trat dicht an ihn heran, Wut zeichnete ihr Antlitz. »Ein Bauernlümmel seid Ihr!«

»Sie tätscheln Euch keck, und Ihr schlagt ihnen nicht einmal auf die Finger!«

»Ein schurkischer Gauner!«

»Ihr seid eine verheiratete Frau!«

»Ich bin Witwe!«

»Ihr seid mein Weib!« Ruark schrie's so laut, daß er den wachsenden Sturm draußen übertönte.

»Und ich bin nicht Eure Frau!«

»Wohl seid Ihr's!«

»Nicht!«

Da standen sie nun, waren sich auf Armeslänge nah und schienen doch durch Land und Meer getrennt, keiner zum Nachgeben bereit, jeder mit zornverzerrtem Gesicht. Und keiner achtete der Naturgewalten, die das Eiland überfielen, als sie sich tausend böse Worte in die Ohren schrien.

Doch das Gewitter, das da draußen raste, wollte sich nicht länger von ihnen übertrumpfen lassen. Furios zuckte ein Blitz hernieder, hüllte einen herzzerreißenden Atemzug lang das Gemach in zischend gleißend grelles Licht, dann in bodenlose Schwärze, und ehe noch dieser Blitz erstarb, brach die Gigantenfaust des Donnergotts herein, als wollte er die Steine aus den Wänden brechen. Noch tobten die Echos ihren Tanz, da zerriß schon ein nächster Blitz die Welt, und in seinem gespenstischen Schein war Shannas Antlitz als versteinerte Maske von Panik und Entsetzen zu erblicken: den Mund weit aufgerissen unter einem irren Schrei. Wieder schmetterte die Donnerfaust hernieder und warf Shanna gegen Ruarks Brust; von Todesangst ergriffen, klammerte sie sich mit verzweifelten Händen an seinen Hals. Und zum Steinerweichen war der dünne Schrei, der sich aus ihrer gemarterten Seele quälte. Aller Haß war jetzt vergessen, schützend legte Ruark seinen Arm um ihren bebenden Körper. Eine Sturmbö rüttelte die Herberge, warf die inneren Fensterläden ins Zimmer hinein, peitschte Wind und Regen in den Raum, löschte auch die Kerzen aus.

Furchtsam flatterte Shannas Herz, als sie so an Ruark angelehnt stand, und die Angst, die Ruark im geisterhaften Blitzezucken in ihren Augen sah, schnitt ihm die Seele entzwei. Weit aufgerissen waren Shannas Augen, Tränen strömten über ihre bleichen Wangen. Schmerzhaft krallten Shannas Finger sich in Ruarks Brust.

»Habt mich lieb, Ruark!« flüsterte sie in ihrer Not.

»Ich liebe Euch doch längst, mein Herz! Ich liebe Euch!« flüsterte er ihr beruhigend zu.
In gräßlich-grellem Weiß blitzte abermals das Zimmer auf, wie irre rollte Shannas Haupt auf den von Frost geschüttelten Schultern, und unter ihrem festgeschlossenen Augenlidern quollen Tränen hervor. Sie preßte sich die verkrampften Hände auf die Ohren, um sie vor dem Donner zu verschließen, der gleich den Brechern an den Felsenufern über sie hinwegbrandete.
»Nein!« schrie sie gellend gegen die Urgewalten an und klammerte sich wie eine Ertrinkende an Ruarks Arm. »Nehmt mich! Nehmt mich ganz! Nehmt mich jetzt!« keuchte sie. Sie brach gegen das Himmelbett zusammen, und im Sturz noch zog sie Ruark mit sich nieder. Beim nächsten Blitzschlag sah Ruark ein gieriges Verlangen in ihrem Antlitz. Sein Blut erhitzte sich zum Siedepunkt – und mit dem nächsten Donnerschlag war die wahnsinnig gewordene Welt ringsumher vergessen. Jetzt hätte das Gewitter sich im Gemach entladen können, sie hätten sich nicht darum gekümmert. Das Gewitter, das in ihrer beider Sinne tobte, blendete sie nicht weniger als der höllischste Blitzschlag draußen, dröhnte ihre Ohren ebenso taub wie das wütendste Donnerschmettern. Nun war jede Berührung Feuer, jedes Wort Glückseligkeit, jede Bewegung eine Rhapsodie der Leidenschaft, die anstieg und anwuchs, bis ihnen war, als klängen alle Instrumente auf der Welt zusammen, um die Musik in ihrer beider Herz und Seele zu einem verzehrenden, verheerenden Crescendo hinzuführen, aus welchem sie schließlich still und ruhig wie die dunkelglimmende Asche des Universums nach dem Jüngsten Tag herniederschwebten. Schwach und schläfrig wiegte Shanna sich in Ruarks Armen, die Wangen noch gerötet, sanft wehte ihr Atem durch das Haar auf seiner Brust. Und hätte die ganze Welt jetzt an die Tür gehämmert – Ruark hätte, wie er sich seufzend eingestand, keinen Finger zur Verteidigung rühren können. Er drehte den Kopf – das allein schon kostete angestrengte Mühe – und barg sein Gesicht in Shannas Haar und sog dessen starken süßen Duft ein.
»Ist meine Liebe denn so mangelhaft, daß Ihr ständig andere suchen müßt?« kam Shannas Stimme nach einer langen Weile klein und schwach.
»Es gab nie eine andere, Shanna.«
Sie legte ihren Kopf auf seinen Arm und suchte in der Dunkelheit sein Gesicht zu deuten. »Und Milly?«
Er seufzte. »Die kleine Füchsin hat sich in ihrem Mausgemüt einen üblen Streich ersonnen, um Euch was anzutun, nichts sonst, mein Herz. Nie war etwas zwischen ihr und mir, das schwör' ich Euch.«
Shanna rollte sich auf den Rücken. Wie töricht war sie doch gewesen –

und was hatte sie nicht alles mit ihrer Torheit angerichtet! In tiefer Scham warf sie die Hände vors Gesicht. »Warum habt Ihr's mir denn nie gesagt!« schluchzte sie.
Ruark richtete sich halb auf dem Ellbogen auf und beugte sich über sie, die Hand ließ er auf ihrem Bauch liegen.
»Ihr gabt mir nie Gelegenheit dazu, mein Herz.«
Ein Seufzer entfloh ihr, Tränen quollen ihr unter den langen, seidigen Wimpern hervor.
Zärtlich hob Ruark die Hände von ihrem Gesicht und küßte sie verzeihend auf die bebenden Lippen.
»Ihr müßt mich nun schrecklich hassen, mein Lord und Piratenkapitän, nicht wahr?« flüsterte sie unter seinem Mund.
»Und wie sehr!« murmelte er leise. »Oh, wie ich Euch hasse, wenn Ihr Euch mir entzieht! Aber es dauert immer nur bis zum ersten Kuß.«
Wild warf Shanna ihm die Arme um den Hals und streute eifrig süße Küsse, vermischt mit dem Salz der Tränen, über sein Gesicht und seinen Mund; halb weinte sie, halb lachte sie, bis ihre Ängste, ohnehin schon recht gelindert, ganz verflogen. Vertrauensvoll wie nie zuvor kuschelte sie sich behaglich in die Geborgenheit seiner Arme. Und so ließen sie sich denn, trotz der Gefahr im Stockwerk unter ihnen und dem Irrwitz der Naturgewalten draußen, in den Schlummer treiben wie zwei kleine Kinder.

Bleigrau ließ der Tag sich blicken, heulend rüttelte der Sturm noch immer an den Giebeln, prasselnd riß der Regen an den Läden. Shanna tauchte aus ihren Träumen hoch; der Tanz der Wettergeister war Musik in ihren Ohren, denn solang er währte, brauchte sie das Bett nicht zu verlassen, durfte sie Ruark in den Armen halten. Sanft liebkosten ihre Blicke das schlafende Gesicht auf ihrem Busen, und die Erinnerung an die durchlebte Lust zauberte ihr ein warmes Lächeln auf die Wangen. Zufrieden seufzend sank sie in ihren Traum zurück.
Gegen Mittag brachte Gaitlier Essen. Verlegen setzte er die Speisen nieder, hastig schlurfte er aus dem Zimmer: er hatte Shannas ärgerlichen Blick gesehen und Ruarks Ungeduld empfunden. Ruark sicherte geschwind die Riegel, und schon warf Shanna ihm verlangend die Arme entgegen. Mit frisch erwachter Lust umfing er sie, sein Mund liebkoste ihren Hals, und seine Hand glitt unters Laken, streichelte mit sanften Händen ihren Körper. Sie kicherte und knabberte an seinem Ohr, und mit einem Seufzer voller Ungeduld hob sie sich ihm entgegen.
»Madam, Ihr habt die lasterhaften Launen einer Füchsin«, stichelte er sie. »Nun sagt mir, seid Ihr Verführerin oder Verführte, Vergewaltigerin oder Vergewaltigte, Hexe oder selbst behext?«

»Nun, all dies in einem, glaube ich!« Lachend rollte sie sich auf den Rücken. »Wonach steht Euch der Sinn denn, Sir? Nach der Verführten?« Faul streckte sie alle viere von sich und bog den schlanken, geschmeidigen Leib zur Brücke.
Ruark ließ seine Blicke auf der Augenweide ihres Körpers äsen. Sie war schöner, als nackte Worte es je beschreiben könnten. Und wieder erwachte die Lust in ihm. Doch mit kehligem Gekicher entzog sich Shanna ihm und warf sich über ihm auf die Knie.
»Vielleicht ist die Verführerin Euch lieber?« Sie warf ihn, der aufbegehren wollte, auf den Rücken, beugte unverschämt sich über ihn, bis ihr Busen seine Brust berührte und küßte ihn mit solcher Leidenschaft, daß ihm unter ihr vor Gier das Zittern kam.
»Oder wollt Ihr die Hexe gar herbeibeschwören?« Shanna warf den Kopf zurück, ließ wild die Mähne fliegen, krümmte die Hand zur Klaue und harkte die Fingernägel über seine Brust.
Ruark stieß ein dumpfes Grollen aus, hob sich hoch, und im nächsten Augenblick lag sie schon unter ihm. Zwar flimmerte ein lustiges Geblinzel noch in seinen Augen, doch die Lust am Spiel war ihm verflogen. Shanna spürte, als er sie küßte, daß ihm Sinn nach Ernsterem stand.
Laute Stiefelschritte dröhnten im Flur vor dem Gemach. Harripens Stimme röhrte: »Ruark! Ruark! Captain Ruark! Heh! Ahoy!«
Fluchend warf sich Ruark übers Bett, um Säbel und Pistole zu ergreifen. In fliegender Hast floh Shanna unters Laken und riß es sich bis an den Hals. Die Tür sprang auf und prallte krachend gegen die Wand. Doch schon im gleichen Augenblick starrte Harripen in das Schußloch der Pistole, die ein erzürnter nackter Mann ihm vor die Stirn hielt.
Bestürzt riß Harripen die Arme hoch. »Gemach, mein Sohn! So schreckt man doch nicht einen alten Mann!«
»Der Teufel hol' Euch!« grollte Ruark. »Was, zur Hölle, bringt Euch her?«
»Ohne Waffen komm' ich, nur mit Euch zu reden!«
»Ohne Waffen?« schnaubte Ruark und setzte die Säbelspitze hart unter Harripens Knie, wo ein Dolchgriff aus dem Stiefel schaute.
Der Engländer zuckte nur die Achseln und ließ die Arme sinken. »Wär' ich so ehrlich, junger Spund, dann wär' ich nicht Pirat.«
Harripens Auge richtete sich auf Shanna, und zwar ein wenig länger und ein wenig brennender, als es Ruark lieb war.
»Ich wußte ja nicht, daß Ihr im Zweikampf lagt, mein Bursche«, grinste Harripen. »Hab' ich Euch um Hieb und Stich gebracht, tut's mir leid.«
»Schert Euch zur Hölle! Es läßt sich auch in der Schenke reden.«
Der Engländer gestikulierte mit den Händen. »Nun refft die Segel, Bürschlein, und macht langsamere Fahrt! Ich führ' ja nichts Übles im

Schilde. Hab' nur gedacht, Ihr wäret jetzt beim Essen. Konnt' ja nicht wissen, daß Ihr einer ungebratenen Gans die Flügel auseinanderreißt.«
Mit einem Achselzucken, das wohl als Entschuldigung dienen sollte, stiefelte er durchs Zimmer und packte sich ein Stück Geflügel von dem Speisebrett und biß hinein, was ihn freilich nicht am Reden hinderte.
»'s ist eine Sach' von Wichtigkeit, die ich mit Euch bereden muß.«
Er flegelte sich an Shannas Seite auf den Bettrand und bedachte Shanna mit einem fettigen Lächeln, während er sich mit den Fingern einen Happen in den Rachen schob. Voller Abscheu wich Shanna zurück und suchte Schutz in Ruarks Armen. Halb saß, halb kniete Ruark auf dem Bett, dem Captain gegenüber, die Säbelspitze scharf auf ihn gerichtet.
Harripen klaubte sich einen Fetzen Fleisch aus seinem Stoppelbart und zeigte mit dem Gänsebein auf Shanna. »Nicht wahr, das ist schon ein gar lustig Ding! Und wenn ich denke, wie sie Carmelita auf den Rücken warf, möcht' ich fast meinen, sie wär' ein wenig zu heiß und wild für Euch allein. Was verlangt Ihr für das Frauenzimmer? Den Ärger, den sie Euch bislang gekostet, ist sie doch kaum wert.« Der alte Freibeuter legte den Schädel schief und kniff halb ein blutunterlaufenes Auge zu. »Leiht mir Euer Ohr, Kumpan. Ich biet' Euch noch mal einen Beutel Gold für drei Nächte hintereinander.«
»Mag sein, daß Eure Zeit noch kommt«, erwiderte Ruark vorsichtig. »Doch für den Augenblick gehört das Frauenzimmer mir.«
»Aye, aye, Captain, das habt Ihr deutlich zu verstehen gegeben«, seufzte der Alte. »Trotzdem . . .«
Harripen konnte der Versuchung nicht widerstehen und streckte seine fettige Hand nach Shannas Lockenpracht aus, doch plötzlich erstarrte ihm der Arm mitten in der Luft. Ruarks Säbel hatte sich gehoben. Harripen ahnte, falls er näher käme, würde ihm an dieser Hand allenfalls noch der Daumen bleiben. Der kalte Atem des Todes, der Harripen aus Ruarks Auge entgegenwehte, überzog ihn mit Gänsehaut.
»Hölle und Verdammnis, Mann!« sagte er fast ohne Ton in seiner Stimme. »Ihr seid ganz hübsch empfindlich.«
Er warf seinen halbabgegessenen Batzen Gans zum Tisch hinüber, verfehlte allerdings sein Ziel, er stand vom Bett auf, schlang die Hände auf dem Rücken ineinander, wippte auf den Stiefeln und versuchte endlich, sein Anliegen in Worte zu fassen.
»Das Schiff, das ich allein besitze, ist ein wenig kleiner als dasjenige, das Pellier einst gehörte und nunmehr das Eurige mit ist«, begann er umständlich. »Jedoch, ich bin schon lange scharf auf diesen Schoner, den Pellier damals auf den Namen *Good Hound* taufte. Nun will ich mich zwar nicht um eines Schiffes willen den Gefahren Eurer Fechtkunst stel-

len, doch vielleicht läßt sich ein Handel schließen. Ihr seid hier neu und wißt nicht viel von unserer Art. Mit einem Schoner wie dem *Good Hound* könnte ich leicht gar manches gute Stückchen Beute für uns einfangen, und würd' auch weder Segel oder wackere Männer drauf verschwenden, mich mit Trahern und seinesgleichen anzulegen. Was ich also im Sinn hab', ist ein Tausch. Mein Schiff würd' ich in diesen Handel werfen und noch meinen Anteil Gold. Ein gerechter Preis für Euren *Good-Hound-*Anteil, so will ich meinen.«
Ruark stand vom Bett auf, lehnte sich am Fußende gegen einen Pfosten des Betthimmels und setzte die Säbelspitze auf den Boden, um so Waffenstillstand anzudeuten.
»Dergleichen Dinge wollen überlegt sein«, erwiderte er schließlich. »Und das braucht seine Zeit. Ich setz' zwar keinen Zweifel in mein Können im Piratenhandwerk, doch in manchem Punkte habt Ihr recht, das soll ehrlich eingestanden sein. Ich hab' nun zwar schon den Anteil von Pellier, doch ist mein Appetit auf Reichtum längst noch nicht gesättigt. Nun gut, ich will's bedenken und geb' Euch bald Bescheid.«
Und damit nahm er Harripen beim Arm und führte ihn zur Tür.
»Nur eines«, fügte er noch an, »will ich Euch noch auf den Weg mitgeben. Diese Tür ist höchst stabil gebaut, und pocht Ihr mit der Faust dagegen«, er klopfte mit dem Säbelgriff aufs Holz, »dann gibt sie einen guten Klang. Wißt Ihr, ums Haar wär' Euer Handel schon ins Wasser gefallen, noch eh' Ihr Euer Maul geöffnet hattet. Ich leg' Euch ans Herz, daß Ihr fürs erste Ruhe gebt und mich nicht weiter stört.«
Harripen nickte fast eifrig und ließ sich über die Schwelle schieben. Und als er hinter sich den Riegel rasseln hörte, wischte er sich von der Nase einen Tropfen Schweiß und atmete hörbar auf.
Ruark legte sein Ohr ans Holz und lauschte Harripens gestiefeltem Schritt, der auf der Treppe hinunterpolterte. Shanna warf sich inzwischen hastig ihre Kleider über. Doch kaum war Ruark von der Tür getreten, als wieder ein Pochen tönte, diesmal leise.
Mit Vorsicht öffnete Ruark nur einen Spalt. Gaitlier wartete draußen.
»Vergebung, Sir«, flüsterte der kleine Mann und blinzelte furchtsam über seine Brillengläser hinweg. »Darf ich Euch einen Augenblick behelligen?«
Während Ruark sorgsam hinter ihm verriegelte, machte Gaitlier sich erst einmal am Geschirr zu schaffen, das noch auf dem Tische stand, hob auch die Speisereste auf, die Harripen hinterlassen hatte. Dann stand er vor Ruark und scharrte wieder verlegen, was Ruark schon einmal an ihm bemerkt hatte, mit den Füßen.
»Wohlan denn«, drängte Ruark. »Heraus mit der Sprache!«
Ruark hatte sich auf die Bettkante niedergelassen, Shanna kniete hinter

ihm und ließ ihr Kinn auf seiner Schulter ruhen, ebenso erstaunt wie er und doppelt so neugierig.
»Ich weiß, daß Ihr beide Mann und Frau seid!« platzte Gaitlier heraus.
Shanna hielt den Atem an, und Ruark runzelte die Stirn.
Gaitlier zeigte auf ein Gitter hoch oben an der Wand, welches weder Ruark noch Shanna bislang bemerkt hatten.
»Das«, sagte Gaitlier ernst und ohne eine Spur von Überlegenheit noch Ironie, »ist ein Lauschloch. Dahinter liegt eine Domestikenkammer. Für einen Domestiken hat das Lauschloch seinen Nutzen«, erst jetzt lächelte Gaitlier ein wenig, »da er erfährt, was seinen Herrn verärgert hat, bevor er zu ihm eintritt.«
Shanna errötete in peinlicher Verlegenheit und hoffte inständig, das Gewitter möge die Ausbrüche ihrer Leidenschaft mit genügend Sturm und Donner übertönt haben.
Gaitlier deutete klug Ruarks Seitenblick zur Tür: »Die Narren dort unten wissen nichts von diesem Lauschloch und würden's auch nie erraten. Eine Erfindung aus dem Fernen Osten, wenn ich mich nicht irre.« Er atmete tief. »Ich habe Euch einen Handel anzubieten – und, wie ich meinen möchte, ehrlicheren Herzens als Captain Harripen: ich weiß den Weg durch den Sumpf.« Er hielt inne, um der Bedeutungsschwere seiner Worte mehr Gewicht zu verleihen. »Erschießen würden mich die Piraten, wenn sie nur ahnten, daß ich's weiß.«
Schweigen breitete sich aus. Der Wind heulte, und der Regen trommelte gegen die Schindeln auf dem Dach. Gaitlier setzte die Brille ab und putzte mit dem Hemd die Gläser.
»Dieses Geheimnis hat natürlich seinen Preis«, wagte Gaitlier sich schüchtern zum Kern seines Anliegens vor. »Wenn Ihr flieht, muß ich mit von der Partie sein. Und die Schankmaid Dora auch.«
Er setzte sich die Brille wieder auf die Nase, und um seinen Mund lag eine unerwartete Entschlossenheit.
»Ich biete Euch auf jede mögliche Weise meinen Beistand an. Ich will gleich mit Euch gehen, um Euch den Eingang zum Kanal zu zeigen.«
Ruark betrachtete den kleinen Domestiken aufs genaueste. Nie hätte er in diesem Mann solchen Wagemut erahnt.
Gaitlier mißdeutete den scharfen Blick. »Abzwingen«, sagte er mit aller Bestimmtheit, zu welcher er fähig war, »lass' ich mir das Geheimnis nicht.«
Ruark lächelte und streichelte den Pistolenkolben. »Und was bringt Euch auf den Gedanken, daß wir fliehen wollen?«
»Wenn's Eure Absicht noch nicht ist, dann solltet Ihr eine solche jetzt ins Auge fassen. Gestern abend, just eh' das Gewitter losbrach, ist die Schaluppe von ihrer Überfahrt nach Los Camellos heimgekehrt. Die *Jolly*

Bitch ist um ein Haar, gerade als sie die Leibeigenen in einem Beiboot absetzte, von einer Fregatte abgefangen worden. Die Fregatte lag abseits der Insel auf der Lauer – die Schaluppe hat ein paar Kugeln abbekommen, eh' sie eben noch entfliehen konnte.«

»Die *Hampstead* muß es gewesen sein!« warf Shanna ein.

»Die Piraten«, fuhr Gaitlier fort, »zweifeln jetzt an Eurem guten Rat, Captain Ruark. Auch macht der Verlust von etlichen Kumpanen, die's erwischt hat, sie nur zorniger. Nun warten sie auf die Gelegenheit, Euch endlich den Garaus zu machen. Und wenn sie die Hälfte nur von allem, was sie jetzt im Schilde führen, in die Tat umsetzen, wird's mit der Lady ein schlimmes Ende nehmen.«

»Ihr habt recht«, bestimmte Ruark und sah Shanna an. »Wir fliehen, sobald sich die Gelegenheit ergibt.«

Nun wußte Gaitlier, daß er im richtigen Fahrwasser war. Eifrig zog er sich einen Stuhl heran und setzte sich, weit vorgebeugt, auf dessen Kante.

»Der Kanal«, begann der frühere Schulmeister zu dozieren, »ist bei Westwind schwierig zu durchfahren. Doch nach Gewittern dreht sich stets der Wind nach Norden. Das wär' die günstigste Zeit.«

»Es sind noch Vorbereitungen zu treffen.« Ruarks Augen funkelten vor Abenteuerlust. »Könnt Ihr bei Dunkelheit wiederkommen? Wir müßten es noch im Sturmwind wagen.«

Eine letzte Frage brannte Gaitlier auf den Lippen: »Und das Mädchen, Dora – Ihr nehmt es mit?«

»Aye, aye, Sir!« versicherte Ruark ihm. »Wir lassen doch eine reine Seele nicht in diesem Rattenloch verkommen.«

»Ich werde also bald zurückkommen. Zu später Stunde – oder, falls der Sturm nachläßt, eher. Und Dora gebe ich Bescheid, damit sie alles zusammenträgt, was wir brauchen.«

»Es ist beschlossen, Gaitlier«, verkündete Ruark ernst. »Seid guten Muts, mein Freund.«

19

Das Gemach wurde zu einer eigenen Welt für sich – ein sicherer Hort vor den rasenden Stürmen, welche über das wildbewegte Meer hinwegfegten und sich mit Macht gegen die schwankenden Behausungen schleuderten, die schwache Menschenhand geschaffen hatten. Der Sumpf nahm dem kochenden Meer viel von seiner Gewalt, und so blieb die niedrige Düne beinahe unbehelligt. Die Herberge, die sich unter dem Hügelkamme kauerte, bot mit ihren festen Wänden und dem dicken Schindeldach Schutz und Geborgenheit all jenen, die hier hausten.
Und die schwere Eichentür verwahrte Ruark und Shanna gegen die betrunkene, gefräßige Bestie Mensch in der Taverne unter ihnen. Mit zäher Spannung dehnte sich die Zeit über den sturmgepeitschten Nachmittag. Oft polterten die Piraten geil die Stiegen hoch, hämmerten mit Fäusten an die Tür, forderten und flehten, Ruark möge doch, beim Satan, endlich das ihm anvertraute Frauenzimmer einmal für sie tanzen oder gar noch Kurzweiligeres vollbringen lassen. Allein seine Drohungen mit Blei und Klinge hielten die wilden Haufen noch in Schach.
Dann wurden die Stunden altersgrau, bald senkte Dunkelheit sich auf die Insel. Und immer noch rasselten die Fensterläden, klapperten die Dachschindeln unter dem ungemilderten Zorn der Stürme. Shanna aber war das Toben des Windes nur willkommen. Denn je fürchterlicher es dort draußen wetterte, desto geborgener fühlte sie sich im Gemach, und es war, als habe sie ihr Leben lang nie anderes ersehnt, als vor einer sturmumtosten Welt in den Armen eines Mannes, der Ruark hieß, diese wärmende Geborgenheit zu finden. Nun war dieser Mann allgegenwärtig. Wandte sie sich plötzlich um, so hob er seinen Blick und lächelte sie an. Wachte sie aus kurzem Schlummer auf, dann konnte sie geduldig den Geräuschen lauschen, die ihr sein Bei-ihr-Sein bezeugten – wenn er durchs Zimmer ging oder in seinen Karten wühlte. Und mochten auch die rauhen Stürme drohen, sie beide gnadenlos ins Meer zu fegen – nun fürchtete sie deren Gewalt nicht mehr; und nie wieder auch vermochten, das wußte sie jetzt genau, Blitz und Donner sie zu erschrecken.
Trotzdem war es eine Wohltat, Gaitliers Pochen an der Tür zu vernehmen. Der stille Mann trat mit den Füßen ein großes Bündel vor sich her, welches er – nachdem er das Nachtmahl aufgetragen und die Tür geschlossen hatte – mit verhohlenem Stolz öffnete. Eine Strickleiter kam

zum Vorschein, welche ihnen bei der Flucht gute Dienste leisten konnte. Im Weggehen verhielt er noch einmal an der Tür, und sorgenvoll war seine Miene. »Dora muß sich bereits in der Küche verstecken, um der Zudringlichkeit von Harripen und den anderen zu entgehen. Carmelita hat ihnen Speis und Trank und auch sonst noch etliches geboten, doch ihrer sind sie nunmehr leid und schmachten nach anderer Zerstreuung.«
Die Stunden trieben, grau und grauer werdend, zäh der Nacht entgegen, das Toben draußen zerrte an den Nerven. Der trunkene Lärm, der von unten aus der Schenke dröhnte, begann indessen allmählich abzusterben, und bald war nur von Zeit zu Zeit noch ein zotiger Schrei zu vernehmen. Der Abend ging, die Nacht trieb vor sich hin, rastlos durchquerte Ruark, immer auf den selben Spuren, das Zimmer. Immer wieder prüfte er die Ladung der Pistolen und die Schärfe seines Säbels.
Die Stürme spielten nun eine andere Musik. Die Winde heulten längst nicht mehr so scharf um die Giebelerker, der Regen wich nebeligem Nieseln. Eine verschwörerische Hand tappte an die Tür, und als Ruark dieses Mal die Riegel öffnete, wußte er schon, daß er Gaitlier vor derselben finden würde.
»Wir werden diese Kerls das Fürchten lehren!« grinste der kleine Mann, der sich von Mal zu Mal veränderte. »Ein wenig Rache möchte doch schon sein, nicht wahr?«
Ruark, freilich, behielt seinen klaren Kopf. »Wir werden unsere Reise wohl verschieben müssen«, meinte er ernst, und das Antlitz des Domestiken wurde lang und länger. »Ich muß fürchten, dort unten ist Verrat im Anzug. Die Kerle sind viel stiller, als mir lieb ist.«
Da grinste Gaitlier, plötzlich sehr erleichtert. »Das ist nur, weil sie allesamt besoffen sind. Carmelita, müßt Ihr wissen, ist der wilden Spiele leid geworden und hat ihnen starken, schwarzen Rum in die Becher gefüllt. Nun dauert's Stunden, bis sie sich davon erholen.«
Ruark bedachte Gaitlier mit einem scharfen Blick. Dann trat er auf die Treppe, um sich mit eigenen Augen zu überzeugen. Dunkel war's in der Taverne, nur ein paar Kerzenstummel flackerten, die wilden Burschen hatten samt und sonders die nun allzuschwer gewordenen Köpfe auf den Tisch gelegt. Auch Mutter lag auf seinem dicken Bauch, alle viere von sich gestreckt, und schnarchte mit abwechselnd tiefem Baß und schrillem Pfeifen vor sich hin.
Ruark war zufrieden, verriegelte die Tür aufs neue und schob auch eine eisenbeschlagene Truhe noch davor. Er nickte kurz, und Gaitlier machte sich daran, die Strickleiter am Gitterwerk vorm Fenster zu befestigen.
Ruark warf alle Kleidung ab, bis auf seine ewigen kurzen Hosen. Die Pistolen legte er, den Hahn gespannt, auf den Tisch, wo sie für Shannas

Hand erreichbar waren. Auch Gaitlier behielt nur seine Unterhosen an
– und seinen Leibriemen, an den er sich ein schweres Entermesser
hängte. Dann folgte er Ruarks Beispiel und griff mit vollen Händen in
den Lampenruß. Die Männer lachten wie die Gassenbuben, als sie sich
nun Brust und Gesicht schwärzten. Auch Shanna kicherte ein Mädchenlachen und half Ruark eifrig, noch finsterer als die Nacht zu werden.
»Ich wußte es ja immer schon, daß Ihr ein schwarzer Gauner seid!«
lachte sie. »Nun kommt es endlich an den Tag.«
Ruark zog ihr einen rußigen Finger übers Näschen und vergnügte sich
köstlich, als sie sich in gespieltem Zorn dasselbe heftig rieb.
Sie löschten die Kerzen, bis auf eine in der Schiffslaterne, der sie auf dem
Tisch einen neuen Standort gaben. Ruark schloß die Laternenfensterchen, wodurch der Raum in undurchdringlichste Finsternis geriet und
kein Lichtschein durch die Fenster mehr nach außen dringen konnte.
Shanna spürte noch einen Abschiedskuß auf ihren Lippen, einen letzten
Druck der Hand, dann hörte sie, wie die Strickleiter die Außenwand herabgelassen wurde. Als alles still war und nur der Wind noch Regentropfen ins Zimmer hineinfegte, holte Shanna die Leiter wieder ein, wie
Ruark ihr geheißen hatte, schloß die Läden und konnte endlich das
Laternenfenster wieder öffnen.
Für Shanna begann eine endlos lange Zeit des Wartens. Ruark hatte zwar
versucht, ihr zu erklären, was seine Absicht war, doch sie war nur allzusehr um seine Sicherheit besorgt gewesen, hatte ihm mehr Tränen als
Gehör geschenkt und nur das wenigste von seinen Worten aufgenommen. Soviel, freilich, hatte sie verstanden, daß es sich um das Pulvermagazin der Piraten handelte und darum, einen Riesenhaufen Buschwerk
und Geäst in den Grabenwall davor zu häufen. Ohne darüber nachzudenken, wie sehr sie schon in Ruarks Haut geschlüpft war, überprüfte
sie noch einmal die Pistolen, ganz wie sie's ihn hatte tun sehen, tastete
behutsam auch die Klinge ihres kleinen Dolches ab, bevor sie sich denselben in den Gürtel steckte. Und ruhelos wie er durchquerte sie nun, hin
und her, den Raum. Auf dem Sesselarm lag Ruarks Lederwams. Sie hob
es hoch, legte es sich über ihren Arm und glättete es mit der anderen
Hand. Seltsam, wie sehr das Wams bereits ein Teil von ihm geworden
war, genauso wie die kurzen, abgeschnittenen Hosen. Sogar sein Geruch
haftete dem Ding schon an. Gedankenschwer rieb sie die Wangen darüber
und atmete tief den Mannesgeruch des Leders ein.
Zum tausendsten Male wohl durchquerte sie nun das Gemach, und immer wieder flog ihr Blick zum Stundenglas hinüber, wo die letzten Körnchen Sand niederrannen. Eben wollte sie die Hand ausstrecken, um das
Sandglas umzustülpen, als ein leises Scharren Wind und Wetter übertönte. Im nächsten Augenblick schon traf ein Kiesel auf die Läden.

Kaum unterdrückte sie einen Freudenschrei und flog dem Fenster zu, die Läden aufzuschließen. Im letzten Augenblick erinnerte sie sich der Laterne. Noch einmal zurück, schnell das Laternenfenster schließen – endlich konnte sie die Läden öffnen und die Leiter in die Tiefe lassen.
Ein schwarzes Antlitz tauchte am Fenstersims auf, dann Ruarks breite Schultern. Mit einem Sprung stand er im Zimmer, dann reichte er eine Hand nach draußen, um Gaitlier hereinzuziehen.
Shanna hatte nur Ruarks Arm berühren wollen, ihn nach dem Gelingen seines Unterfangens fragen, doch irgendwie – sie wußte selbst nicht, wie's gekommen war – lag sie auch schon in seinen Armen und hielt ihn fest mit aller Kraft, welcher sie mächtig war – nur eine Stunde, doch ein Stundenglas zuviel war er von ihr entfernt gewesen.
Ruark spürte das Beben ihres Leibes gegen seine Haut, drückte sie sich fest ans Herz, hob ihr das Kinn, um sie zu küssen – und vergaß darüber ganz den armen Gaitlier, der sich inzwischen mit dem Hereinholen der Strickleiter zu schaffen machte, auch die Läden schloß und behutsam schließlich die Laterne wieder öffnete.
Als endlich die beiden wieder voneinander lassen konnten, reichte Gaitlier Ruark ein Handtuch zu, damit er sich den Regen und den Ruß vom Leibe waschen konnte. Es war, als habe die Rückkehr der beiden Männer dem Sturm ein Zeichen zugeflüstert, denn nunmehr setzte mit verstärkter Kraft ein neues, noch viel ärgeres Tosen ein. Doch Shanna ringelte sich im Sessel still zusammen und lauschte auf die Männerstimmen, die mit ungedämpften Worten erneut das Karten-Pergament studierten. Shannas Wange ruhte auf dem Lederwams, und sein Aroma füllte ihre Sinne aus; in ihren Augen glomm eine Wärme, die zu erklären keine Menschenseele vermocht haben würde, am wenigsten Shanna selbst.
Der Kriegsrat war beendet, Gaitlier zog sich wieder an, murmelte ein letztes »gute Nacht« und schlich von dannen. Ruark verriegelte die Tür. Shanna stand auf, um nach einem Tag voll spannungsreicher Mühsal endlich dem Himmelbette zuzuwanken. Mit klammen Fingern mühte sie sich noch, das Gürtelband zu lösen – doch plötzlich machte hilfreich eine Hand sich daran zu schaffen. Rock und Bluse fielen zu Boden, auch das Hemd, und alle Müdigkeit verflog; langsam drehte Shanna sich in Ruarks Armen um, ihre Arme schlangen sich um seinen Nacken, und in fiebriger Selbstvergessenheit suchten ihre Lippen seinen Mund.
Im Laternengehäuse flackerte die Kerze wohl die ganze Nacht.

Als Ruark das Bett verließ, sah Shanna, daß es Morgen war. Sie lauschte, wie er durchs Zimmer ging, wie er sich ankleidete. Doch irgendwas war anders. Was mochte es nur sein? Sie öffnete noch einmal die Augen, und

ihr Blick fiel auf die abgeblätterten Zimmerwände, auf welchen sich im hellen Sonnenlicht Ruarks Schatten in bizarren Verzerrungen bewegte.
Nun hatte sie's: helles Sonnenlicht! Die Welt war still wie schon seit Tagen nicht, kein Sturm, der heulte, kein Regen und kein Donnergrollen. Shanna ließ sich auf den Rücken rollen und sah durch offene Fenster nichts als blauen Himmel leuchten.
Ruark trat zu ihr ans Bett, wieder als Piraten-Captain aufgeputzt. Zwei neue Waffen legte er ihr auf den Tisch, ein Steinschloßgewehr und eine mächtige Reiter-Pistole.
»Gaitlier hat die beiden Dinger wegstibitzt, als die Piraten schliefen. Sie sind beide geladen und gespannt«, warnte er mahnend. »Ich muß jetzt gehen, die Zündschnüre zu legen, damit alles für heut abend vorbereitet ist.«
Besorgnis furchte Ruarks Stirn. Shanna auf sich selbst gestellt allein zu lassen wollte ihm nicht recht behagen. Doch Gaitlier war im Umgang mit Schießpulver nicht geübt.
In der Nacht, bei Sturm und Regen, hatte Ruark sich mit Gaitlier einen Mechanismus zurechtgebastelt, welcher, falls er seinen Zweck erfüllte, die Aufmerksamkeit der Piraten verwirren und den Fliehenden das Verschwinden erleichtern mußte. Jetzt mußte noch die ölgetränkte Zündschnur ausgerollt und Schießpulver unter der Anhäufung von Buschwerk im Grabenwall oberhalb des Blockhauses – welches den Piraten als Magazin und Waffenlager diente – versteckt werden. Dünne Pfosten gaben dem Buschwerk einen schwachen Halt. Wenn alles so verlief, wie es Ruarks Plan und Anlage entsprach, dann mußte der ganze Berg des dürren Geästs, vom Schießpulver in lodernden Brand gesetzt und von Baumstämmen vorangetrieben, talwärts auf das Magazin zurollen, eine funkensprühend Angst und feuerspeiend Schrecken erregende Lawine.
»Gaitlier wacht vor der Tür«, versuchte Ruark Shanna zu beruhigen, »und die Piraten schlafen noch. Ich geh' nur für kurze Zeit fort, doch gehen muß ich jetzt, denn die Gelegenheit ist günstig, um mein Teufelswerk zu vollenden.«
Er beugte sich zu ihr nieder und brannte ihr einen heißen Kuß auf die Lippen. Ein letzter Blick noch über die Schulter – und schon war er, wie nun schon gewohnt, übers Fenstersims verschwunden.
Scharfen Auges suchte er die Hafenmole ab. Der Schoner lag noch draußen in der Bucht, schien zwar den Anker ein Stück mit sich fortgeschleppt zu haben, doch dadurch lag die *Good Hound* nur günstiger zum Ufer.
Ruark wählte einen Weg, der ihn hinter der Herberge vorbei zu seinem Ziele führte. So sah er in der Eile nicht die Gestalt, die im Eingang der Herberge lungerte.

»Beim Henker!« grinste der finstere Pirat. »Da entfleucht der Falke seinem Nest und überläßt das flügge Ding den Fängern...!«

Shanna kauerte sich in den fernsten Winkel ihres Himmelbetts. Vom Gang war gedämpftes Stimmengewirr zu hören. Nur ein paar Sekunden war es her, da hatte Gaitlier ihr noch durch die verriegelte Tür zuflüstern können, daß die Piraten bei ihr einzudringen und sie zu überwältigen gedächten, denn einer habe Ruark davonschleichen sehen. Eben hatte Shanna noch die Zeit gefunden, Gaitlier schleunigst hinter Ruark herzuschicken – als Leibgardist schien ihr der schmächtige Domestike kaum geeignet. Hastig prüfte Shanna noch einmal den Riegel und auch die schwere Truhe vor der Tür, und beides schien ihr auch fürs erste seinen Zweck als Bollwerk zu erfüllen. Trotzdem wappnete sie sich für einen Angriff. Unterm Kissen verbarg sie die zwei kleineren Pistolen und den Dolch, das Steinschloßgewehr hielt sie, mit beiden Händen fest gepackt und den Lauf auf das Bett gestützt, entschlossen auf die Tür gerichtet. Von diesen Eindringlingen hatte sie das Schlimmste zu erwarten.
Der Überfall nahm mit den allerleisesten Geräuschen seinen Anfang. Zuerst war da, kaum vernehmlich, nur ein unwirsches Seufzen am Eichenholz der Tür: da schien ein starker Arm zu untersuchen, ob sie sich nicht vielleicht ohne Mühe öffnen ließ. Dann knackte das Holz, als ein bullenstarker Mann seine Schulter fest dagegenlehnte. Nun endlich schienen die Piraten festzustellen, daß die Tür verschlossen und verriegelt war.
»Wer ist dort draußen?« rief Shanna.
Ein rauhes Räuspern, dann eine bekannte Stimme. »Captain Harripen ist hier, Madam! Ich bitt' Euch, mir die Tür zu öffnen. Ein Bescheid ist eben eingetroffen, den ich sogleich mit Euch bereden muß.«
»An einem kalten Tag in der Hölle!« gab Shanna keck zurück. »Doch steht's Euch frei, das Blei zu kosten, das ich Euch hier auf der Pfanne habe!«
Nun krachte es donnernd an der Tür. Wie unter Schmerzen ächzten die eichenen Planken, noch einmal, noch und noch, dann splitterte mit ohrenbetäubendem Knarren, langsam, doch unaufhaltsam, das harte Holz von den Bolzen und den Angeln weg nach innen.
Der Riegel hüpfte hoch und nieder, dann bog er sich, dann brach er. Mit zitternden Händen hob Shanna das Gewehr und richtete es auf den Einlaß. Fest schloß sie die Augen, dann riß sie an dem Hahn. Mit solchem Getöse schoß die Ladung los, daß Shannas Trommelfell zu platzen drohte. Mit dem Schuß brach auch die Tür nun vollends auseinander. Zwar flog einer der Piraten wie von einer Riesenfaust gebeutelt rückwärts durch die Luft, doch – von seinem Schicksal unbekümmert –

stürmten die anderen Korsaren jetzt herein; der Mulatte vorneweg, dann Harripen und der Holländer, zwei andere folgten nach.

Wutschäumend schleuderte Shanna ihnen das abgefeuerte Gewehr entgegen, doch ehe sie die anderen Waffen greifen konnte, war die Bande schon über ihr. Sie fauchte und sie kreischte, kämpfte wie ein Dämon im Wahn, trat und biß und kratzte, doch den kampfgeübten Piratenpranken waren ihre Kräfte nicht gewachsen.

Der Holländer krallte ihr die Hand ins Haar und riß sie grausam übers Bett. Dreckige Klauen packten sie an allen Gliedern. Doch sosehr sie auch gleich einer Furie um sich drosch, wie verzweifelt sie sich auch schreiend wehrte – bald war sie quer übers Bett gestreckt. Harripen drehte ihr ein Handtuch über den Mund, um ihre gellenden Schreie abzuwürgen, fast glaubte sie unter dem biersauren Atem des alten Engländers zu ersticken.

»Jetzt kommen wir, uns unseren Anteil holen, Dirnchen! Wir haben's ehrlich ausgewürfelt, wer als erster auf Euch kommen darf. Und diesmal habt Ihr keinen Mister Ruark in der Nähe, Euch zu retten! Dafür haben wir gesorgt!«

Schreckensweit riß Shanna die meergrünen Augen auf. Was war das? Was sollte dieses letzte Wort bedeuten? Hatten sie Ruark umgebracht? Verzweifelt wand sie sich unter den grapschenden Händen.

»So haltet sie doch fest!« bellte ein jüngerer Mann, den Shanna eben ins Gemächt getreten hatte, als er sie besteigen wollte. Jetzt sprang er zurück und höhnte die Kumpane an: »Nun ist sie nur solch kleines Ding, und doch könnt Ihr's nicht bändigen!«

»Schert Euch zum Henker, Bübchen!« spottete Harripen. »Tretet beiseite und laßt Euch von einem gestandenen Manne einmal zeigen, wie man dergleichen anfängt!«

»Den Teufel werd' ich tun!« widersprach der Junge. »Nun haltet sie endlich einmal fest!«

Unter dem Zugriff fleischiger Hände schürften sich Shannas Handgelenke wund; grinsend spreizten die Piraten ihr die Schenkel auseinander, und der faulige Gestank, welcher von dem wilden Haufen ausgedünstet wurde, trieb Shanna fast dazu, sich vor Ekel zu übergeben. Der dunkelhäutige Mulatte zog sich aus dem Gewalke an die Tür zurück, der junge Bursche hingegen schickte sich nun an, seinen Leibriemen zu lösen.

»Sputet Euch!« schrie Harripen ihn an. »Sonst will ich dafür sorgen, daß Ihr als letzter an die Reihe kommt! Ich bin schon lang genug auf diese Dirne scharf!«

Der Holländer indessen kicherte sich eins. »Da habt Ihr mal wieder Pech, Ihr geiler Bock, daß ausgerechnet Ihr der letzte seid!«

Shanna kreischte unter ihrem Handtuchknebel auf, als der junge Bur-

sche ihr nach der Bluse griff. Drei andere hielten sie – sie konnte sich nicht mehr bewegen. Und als der Stoff zerriß, zerfetzte ihr das Geräusch auch fast das Herz. Noch einmal suchte sie zu brüllen, als die gierigen Finger des jungen Burschen ihr den Rock hochschoben. Doch da – ganz plötzlich schien eine Gigantenfaust ihn in die Luft zu heben, und das Gemach erbebte unter einem ohrenbetäubenden Donnerknall.
Aller Augen flogen Ruark zu, der durch das Loch, wo einst die Tür gewesen war, zum Zimmer hereingeprescht kam. Eben hob er die zweite Pistole hoch und zog den krummen Säbel blank. In diesem Augenblick sprang der Mulatte hinter der geborstenen Tür hervor und schmetterte ihm einen Enterhaken zwischen die Schulterblätter. Vornüber stürzte Ruark, die Pistole flog ihm aus der Hand, den Säbel begrub er unter sich. Halb von Sinnen suchte er sich seitwärts zu rollen, um die Klinge in die Hand zu kriegen, doch da fielen schon die Piraten brüllend über ihn her. Auf Leben und Tod entspann sich jetzt ein grausiges Ringen; Ruark mühte sich verzweifelt, auf die Beine zu kommen, doch die Piratenfäuste umklammerten ihn mit eisernem Griff und klemmten ihn gegen die Wand.
Harripen stand frei und griff nach seinem Entermesser. Weit holte er zum todbringenden Hiebe aus.
Ein gespenstisches Stöhnen entrang sich Harripens Rachen. Seine Finger krampften sich auseinander und stellten sich steil aufrecht. Scheppernd fiel das Entermesser zu Boden. Langsam drehte sich sein Kopf, und als er über die Schulter schaute, nahmen seine Augen einen Ausdruck ungläubigen Staunens an. Aus seinem Rücken ragte das Heft eines Silberdolches hervor. Der Blick des Engländers hob sich, und er starrte in das bösartige Auge des Steinschloß-Gewehrs. Mit fester Hand hielt Shanna es auf ihn gerichtet. Sie zitterte nicht mehr und war in ihrer kalten Wut köstlich anzuschauen.
»Marsch, beiseite!« fauchte sie den Kapitän an.
Schlurfend taumelte Harripen zur Seite und nahm, nicht ganz aus freien Stücken, auf einer nahen Truhe Platz. Shannas Waffe visierte daraufhin den Mulatten an, auch der ließ nunmehr Vorsicht walten und wich zurück. Ruark trieb in diesem Augenblick des Schreckens seine Faust tief und machtvoll in den fetten Bauch des Holländers, brachte mit der gleichen Bewegung vorwärts auch die geladene Pistole und den Krummsäbel vom Boden an sich. Mit dem nächsten Schritt stand Ruark neben Shanna, und kalt glitt sein Blick über die Piraten.
»Mir scheint, daß ihr nur wenig Lust verspürt, nach dem Gesetz, nach dem ihr angetreten seid, weiter anzutreten!« warf er ihnen zynisch vor.
»Wer dennoch Manns genug ist, sich zu stellen, findet einen bereitwilligen Spielgefährten in mir.«

Fragend hob er eine Braue und richtete den gewundenen Säbel auf Harripen. Der Engländer zuckte nur die Achseln und warf Ruark den Dolch, den er sich unter Schmerzen aus der Schulter gewunden hatte, vor die Füße.
»Ich bin verwundet«, ließ er sich entschuldigen und behielt Platz.
Der Säbel schwenkte zu dem Holländer hinüber, der sich noch immer seinen Bauch mit beiden Händen hielt. Der Holländer jedoch schüttelte mit solcher Eifrigkeit verneinend seinen Kopf, daß ihm die dicken Backen flatterten wie Wäsche auf der Leine. Nur der Mulatte machte finster Miene, den Fehdehandschuh aufzuheben. Doch dann fiel sein Blick auf Shannas Pistole, und er besann sich eines Besseren und ging rückwärts schnell zur Tür hinaus. Die anderen, so sie noch am Leben waren, rappelten sich hastig auf und folgten ihm. Und plötzlich war es auch ganz still in der Herberge.
Ruark lehnte sich an den geborstenen Türstock und entleerte mit lautem Knall seine Pistole in den Gang hinein. Die Kugel summte ihr garstig Lied, als sie, von den Wänden prallend, die hasenfüßigen Piraten einzuholen versuchte. Doch von denen war jetzt nur noch das Poltern flinker Stiefel treppenabwärts zu vernehmen. Ruark lachte schallend.
Dann wandte er sich Shanna zu, und sein Antlitz nahm einen besorgten Ausdruck an. Mit einem Kopfschütteln gab sie Antwort auf die ungestellte Frage.
»Ich bin unversehrter aus dem Abenteuer hervorgegangen als die Herren Piraten!« versicherte sie ihm und riß sich die letzten Fetzen ihrer Bluse ganz vom Leib, so daß nur noch das dünne Hemd ihren Busen überdeckte. »Doch was soll nun werden, mein Piratenkapitän?«
Ruark steckte seinen Säbel in die Scheide und überblickte kurz den Schaden, der entstanden war. Der junge Korsar lag reglos auf dem Rücken, alle viere von sich gestreckt und die gebrochenen Augen himmelwärts verdreht. Die Türe war ein Trümmerhaufen und konnte keinen Schutz mehr gewähren.
»Wir müssen fort«, stellte Ruark fest, »ehe sie ihre paar Sinne wieder beieinander haben und sich neuen Mut antrinken.«
Die Vorbereitungen waren inzwischen weit genug gediehen. Ruark nahm die Strickleiter aus der Truhe, warf sie durchs Fenster und machte sie mit einem speziellen Knoten an dem Gitter fest, daß sie von unten später schnell mit leichtem Zug zu lösen war. Shanna brachte unterdessen vom Boden des Schrankes das Bündel Kleider hervor, das Gaitlier beschafft hatte. Und schon waren sie bereit, ohne große Wehmut Abschied von ihrem Quartier zu nehmen.
Ruark warf das Kleiderbündel in den Hof, dann half er Shanna über den Fenstersims zur Leiter. Ruark folgte unverzüglich hinterher, nicht ohne

jedoch zuvor noch die Fensterläden hinter sich zu schließen. Das half zwar vielleicht nur wenig, ihre Spuren zu verwischen, doch kam den Piraten möglicherweise der Gedanke, erst die Herberge nach ihnen abzusuchen, ehe sie sich auf die Fährte der Entflohenen setzten. Shanna, unten angekommen, hob das Bündel auf und hastete, wie von Ruark geheißen, gleich hinterm Haus entlang den Sümpfen zu.
Ruark riß, vom Hof aus, am Zugseil der Strickleiter, fing dieselbe auf und ließ sie hinter sich her über den sandigen Boden schleifen, damit sie seine und auch Shannas Spuren löschte. Als auch er das Waldstück mit dem dichten Unterholz und dem windgebeugten Geäst erreicht hatte, konnte er endlich die lästige Leiter in einem sicheren Versteck loswerden. Bald holte Ruark auch Shanna ein und nahm ihr das Bündel ab.
Hand in Hand überquerten sie in halsbrecherischem Lauf den Hügelkamm, rannten hangabwärts, bis sie plötzlich knietief im schlammigen Sumpfwasser standen. Finster glotzte der Morast sie an. Zwar stand die Sonne hoch am Himmel, doch das dichte Blattwerk über ihnen gab nur ein paar verirrten Sonnenstrahlen den Weg nach unten frei. Fauliger Gestank stieg ihnen aus dem jüngst erst von den Stürmen aufgepeitschten Moor entgegen. Und Shanna, von Ruarks Hand hastig immer weiter fortgezogen, spürte ein ekliges Würgen im Hals.
Seltsame Geräusche wurden ringsum laut, hier plantschte es, dort glitt etwas schmatzend dahin, hüben Quaken, drüben Grunzen – die Kreaturen der sumpfigen Welt flüchteten vor den Eindringlingen, die ihr morastiges Reich betraten. Und tiefer tastete Ruark sich in die schleimige Brühe hinein. Mit der einen Hand stemmte er sich das Bündel hoch über den Kopf, mit der anderen suchte er Shanna, die mit fest zusammengebissenen Zähnen Fuß vor Fuß auf unsichtbaren, unsicheren, glitschigen Boden setzte, einigermaßen festen Halt zu geben.
Dann wurde der Untergrund mit einem Male fest, für sie beide unterm trüben Wasser nicht erkennbar. Wie ein Wunder schien es ihnen, als sich mitten in der sumpfigen Dschungelwelt vor ihnen plötzlich eine kleine, trockene Lichtung auftat. Und das Wunder war noch größer als erwartet: sie hatten die Durchquerung dieses Sumpfarms zwar nicht trockenen, doch immerhin unversehrten Fußes überstanden.
Sie warfen ihre schlamm- und schmutzdurchtränkten Kleider ab und statteten sich aus dem mitgebrachten Bündel mit einer täuschenden Verkleidung aus. Gaitlier hatte gestreifte Matrosenhemden, knielange Hosen, Schlapphüte und Sandalen stibitzt. Verkleidung – schön und gut, doch woran es bei Shanna haperte, oder vielmehr eben nicht, wurde sogleich erkennbar. Denn trotz des lockeren Segeltuchhemdes und der Hosen mußte sie jedem, der sehen konnte, unzweifelbar als Frauenzimmer auffallen.

Lachend hieß Ruark sie, das Hemd gleich wieder ablegen; er riß das Tuch, worin die Kleidung gebündelt gewesen war, in Streifen, wickelte Shanna dieselben fest um den Oberleib, bis ihr Busen platt wie eine Planke war. Weitere Fetzen stopfte er ihr in die Hose, um die Rundung ihrer Hüften zu verschleiern. Nun ähnelte sie schon eher einem Seemann. Das lange Haar steckte er ihr unter den Schlapphut, dessen Krempe er ihr tief ins Gesicht zog. Ein rotes Tuch war auch vorhanden, das schlang Ruark ihr um den schlanken Hals. Nun trat er einen Schritt zurück und betrachtete wohlgefällig sein Werk.
»Buckelt die Schultern noch ein wenig!« sagte er. »Und spaziert nun einmal auf und ab. Halt! Keinen Schritt weiter! Denn, beim Zeus, so sah ich noch keinen Seemann gehen!«
Shanna blieb stehen, ließ eine Schulter hängen, stellte den Unterkiefer schief und nahm aufs neue ihren Gang auf, doch zog sie nunmehr lahm ein Bein hinter sich her.
»Aye, aye, Pirat Beauchamp!« grinste Ruark. »Nun rät niemand, daß dieses Rumpelstilzchen eine Prinzessin ist.«
Kichernd kam sie auf ihn zugehumpelt – und stolperte; da war's ein Glück, daß sich sein Arm ihr schon entgegenstreckte, daran konnte sie sich halten. Ruark aber konnte dem Spitzbubengesicht, umrahmt von schlappem Hut und rotem Halstuch, einfach nicht widerstehen, er mußte diese frechen Lippen küssen, und sie wußte auch, es mußte sein. Lange standen die zwei seltsamen Matrosen eng umschlungen, weltvergessen in der Abgeschiedenheit des Sumpfs – zwei fremdartig bunte Blüten, die von der Liebe und ein paar verirrten Sonnenstrahlen mitten im Morast erblühten.
»Gaitlier wartet gewiß schon ungeduldig«, flüsterte Shanna schließlich.
Ruark nickte. Er breitete sein Lederwams auf dem Boden aus, gab hinein, was sie an Lebensmitteln hatten, dazu Shannas Silberdolch und seine Pistole, und machte daraus ein Bündel. Zwei Pistolen steckte er sich in seinen Leibriemen, was auf der Pirateninsel kaum ein ungewohnter Anblick war. Die abgelegten Kleider versteckten sie im Gebüsch, mit Dreckwasser aus dem Sumpf verschmierten sie sich Seemannstracht und Gesichter. Blieb nur noch der Krummsäbel vor mißtrauischen Blicken zu verbergen. Nachdenklich sah Ruark seine edle Klinge an; sie zurückzulassen fiel ihm schwer, und gewiß ergab sich bald Gelegenheit für ihre Dienste, falls erst die Pistolen einmal abgeschossen wären. Er fand einen Knüppel von etwa gleicher Länge, den band er mit Fetzen Stoff samt Säbel zu einem Wanderstab von freilich unförmigem Äußeren zusammen. Doch wer sich allzusehr für das ihm innewohnende Geheimnis interessierte, hatte ohnehin verdient, es auch zu schmecken.

So kam es also, daß ein kleiner und verdreckter Seemann, bemitleidenswert verbuckelt und vom Schicksal auch mit einem Klumpfuß noch geschlagen, in Gesellschaft eines anderen, der zwar hübsch und hochgewachsen war, sich aber ebenfalls ob eines krummen Fußes auf einen nicht minder krummen Knüppel stützten mußte, querfeldein über das Korsaren-Eiland humpelten. Sie ließen bald die Hügelgegend hinter sich, grüßten auch brummig einen einsamen, alten Mann und kamen schließlich in der Nähe des Piraten-Schoners zum Strand. Im Schatten eines Palmbaums ließen sie sich nieder und boten aller Welt das Bild, viel Zeit zu haben und ein Nickerchen zu machen.
Still und reglos lag die Insel unterm gnadenlosen Schein der Spätnachmittags-Sonne da.
Und auf dem Kai am Hafen stand ein Mann mit Brille, neben ihm, auf einem Stein, saß eine junge Frau; auch diese beiden waren stumm und warteten auf irgendwas.
Nur wer genauer hingesehen hätte, dem wäre aufgefallen, daß der Mann mit Brille immer wieder einen gespannten Blick hinauf zum Hügel schickte. Dort oben stieg ein feiner Faden Rauch auf.
Aber die Insel stöhnte unter der Hitze, niemand sah die beiden Paare, niemand zählte zwei und zwei zusammen.
Ein dumpfes Wummern wurde laut, der Faden Rauch über dem Hügelkamm schwoll zur dicken, schwarzen Wolke an. Und plötzlich schien der ganze Hang in Flammen auszubrechen; Funken sprühten, Rauch wälzte sich wie Gewitterwolken.
Erregte Stimmen schrillten aus dem Dorf. Aus den Flammen auf dem Hügelkamm löste sich ein riesiger Feuerball, der rollte rasend auf das Blockhaus zu, an dem er Flammen schleudernd auseinanderbrach. Schon zuckte auch die Waberlohe aus den Wänden, aus dem Dach.
Nun kam das ganze Dorf auf die Beine, wie die Ameisen hasteten die Inselbewohner den Hügelhang hoch. Lautes Alarmgeschrei trieb immer noch mehr Menschen aus den Hütten und den Buden. Eine Eimerkette bildete sich zu einem nahen Bach hinab. Ganz Mutige warfen sich mit nassen Decken an die Ränder dieses Brandes, um ein Umsichgreifen der Feuersbrunst zu verhindern.
Auch jetzt noch blieben der Mann mit der Brille und das Mädchen auf dem Kai unbemerkt. Niemand schaute zu ihnen hin, als sie sich nun eines Nachens bemächtigten und mit ruhigen Ruderschlägen dem Schoner der Piraten näherrückten.
Die Wachen auf der *Good Hound* standen an der Reling und starrten mit beklommener Belustigung zu dem Flammenschauspiel hinüber. Während nun Gaitlier und Dora an der unbewachten Seite des Schoners längsseits gingen, sprangen auch die beiden maskierten Matrosen unter

dem Palmenbaum plötzlich auf, warfen die Hüte und die Sandalen in die Büsche und liefen barfüßig den Strand hinunter seewärts.
Ruark hatte längst schon seinen Säbel aus der Umhüllung gewunden; die Tuchfetzen hatte er sich zu einem Band geschnürt, an welchem ihm die Klinge nun von der Schulter hing. Nur wenige Schritte trennten ihn noch vom Wasser – da sah er, daß er allein war. Shanna war auf halbem Wege stehengeblieben und zerrte sich Stoffetzen aus dem Hemd. Ruark sprang zurück und wollte sie beim Arm reißen.
»Ich krieg' doch so keine Luft!« schrie sie unterdrückt. »Das Zeug drückt mir den Atem ab! Schwimmen kann ich damit noch viel weniger!«
Ein letztes Zerren, und Shanna war befreit. Ruark stampfte mit dem Fuß die Fetzen in den Sand. Nun sprangen sie, sich fest bei den Händen haltend, die letzten Schritte zum Wasser hinab ins Wasser hinein und tauchten unter. Unbemerkt am Rumpf des Schiffes angelangt, hangelte Ruark sich die Bordwand entlang bis zur Ankerkette. Sobald er festen Halt hatte, streckte er Shanna eine Hand entgegen. Shanna klammerte sich um sein Handgelenk, und langsam, um mit keinen Laut die Neugier der Wachen zu erregen, zog er Shanna zu sich empor.
Ruark klomm die Kette hoch, bis er übers Bootsdeck spähen konnte. Zwei Piraten standen an der entgegengesetzten Bordseite, lehnten sich über die Reling und stritten mit Gaitlier. Er versuchte sie zu überzeugen, daß sie an Land zum Löschen der Feuersbrunst benötigt würden.
Ruark hob sich über die Reling und setzte den Fuß aufs Deck. Mit dem lautlos schleichenden Schritt näherte sich Ruark seinem Wild. Ungewarnt verspürte einer der Piraten plötzlich eine Faust im Nacken – der Mann schrie auf, schon flog er durch die Luft, und noch ehe er klatschend auf das Wasser prallte, schlug Ruark dem anderen seine eisenharte Faust ins Gesicht, deren Wucht ihn seinem Kumpanen hinterher ins Wasser schickte. Prustend und schnaufend tauchten sie wieder auf und schwammen mit hastigen Stößen, als sei der leibhaftige Teufel hinter ihnen her, dem Strande zu.
Ruark hatte derweil die Leine von Gaitliers Nachen aufgefangen und zog denselben fest ans Schiff. Eben ließ er eine Strickleiter hinunterfallen, als Shanna vor Entsetzen aufschrie. Von der Kapitänskajüte her stürmte der Mulatte, splitternackt bis auf ein Entermesser und eine Pistole, dem Eindringling entgegen.
Der Mulatte hob die Pistole; Ruark zog den Säbel blank, da ihm in seinen eigenen Pistolen das Pulver naß geworden war. Eben wollte der Mulatte zielen, als eine weitere Gestalt im Kajüteneingang erschien und sich an dem Piraten vorüberdrängen wollte.
»Was, zum Teufel, wird denn hier gespielt!« schrie Carmelitas Stimme aufgebracht.

Knallend fuhr die Kugel aus dem Lauf, doch harmlos summte sie durchs Segelgestänge. Der Schwarze tobte vor Wut, schwang den Arm und stieß Carmelita zurück in die Kajüte. Dann setzte er zum Angriff mit dem Entermesser an.
Der Schuß mußte an Land gehört worden sein, also befand Ruark, daß für einen Zweikampf jetzt nicht mehr die Zeit war. Mit der Linken riß er sich die wassertriefende Pistole aus dem Gürtel und schleuderte sie dem heranstürmenden Mulatten ins Gesicht. Das betäubte ihn fürs erste. Nun, mit der Rechten, holte Ruark zum fürchterlich vernichtenden Schlag aus. Allein der in Betäubung taumelnde Mulatte entging mit knapper Not dem wohlverdienten Schicksal; die schwarze Hand vermochte zwar, weil abgetrennt, das Entermesser nicht mehr festzuhalten, dem nackten schwarzen Leib jedoch gelang gerade eben noch ein verzweifelter Sprung ins Wasser.
Über die Reling gebeugt, sah Ruark dem fliehenden Schwimmer nach. Am Strand lief jetzt viel Volk zusammen, die Warnungsrufe der übertölpelten Wachen, die triefend naß, mit den Händen gestikulierend im Sande auf und nieder sprangen, hatten inzwischen auch Ursache und Absicht der Feuersbrunst ahnen lassen. Ein Haufen Männer lief auch auf einen Schuppen vorne an der Pier zu, in welchem, wie Ruark sehr wohl wußte, vier alte Kanonen standen, gut gepflegt und stets geladen.
Auf ein Geräusch in seinem Rücken fuhr Ruark herum, Nerven und Sehnen schon gespannt, sich wieder in den Kampf zu stürzen. Doch diesmal war's nur Carmelita, die da rannte – ein Laken halb um ihre üppige Gestalt geschlungen, die andere Hälfte wehte als Schleppe hinter ihr her. Entsetzt sah sie das Entermesser auf den Planken liegen, im nächsten Augenblick den bedrohlich ihr entgegenfahrenden Säbel – da mußte sie das Schlimmste fürchten, und flehend eine Hand erhoben, rief sie aus: »Ich hab' Euch nie ein Leid getan! Verschont mich doch und habt ein Herz!« Dann wirbelte sie herum, ihr fetter, nackter Hintern blitzte rosig auf – so sprang sie über die Reling, und das Laken, welches an derselben hängenblieb, winkte flatternd noch lange zum Abschied, als sie schon mit entsetztem Schrei ins Wasser platschte.
Gaitlier hatte unterdessen auf der dem Lande abgewandten Seite seiner Dora auf das Deck geholfen und erwartete nun Ruarks Befehle.
»Kappt die vordere Leine!« schrie Ruark und rannte auch selber aufs Vorderdeck, um seinerseits mit einer Axt das Ankertau zu kappen. Langsam, viel zu langsam, setzte sich das Schiff nun in Bewegung. Ruark warf einen Blick zur Insel hinüber. An dem Pier-Schuppen standen jetzt die Tore offen, und mit bedrohlicher Gemächlichkeit kam ein Kanonenrohr zum Vorschein. Schon zuckte ein Feuerblitz, dichter Rauch umhüllte den Kanonenschuppen, und Sekunden später sprühte,

zum Glück weit hinterm Heck, eine Fontäne auf. Der nächste Schuß, das wußte Ruark, würde schon viel dichter sitzen. Die Ebbe führte die *Good Hound* zwar aus der Bucht, doch viel zu langsam.

»Setzt Segel!« schrie er Gaitlier zu. »Irgendein Segel! Eins der Vorsegel! Beeilt Euch, es geht um unser Leben!«

Gaitlier fand eine Leine, die ihm die rechte schien, und band sie los. Shanna und Dora hingen sich mit ihm daran, um soviel Gewicht wie möglich einzusetzen. Mächtig legten sie sich mit ihrer schwachen Kraft ins Zeug, und endlich ging das Segel dann auch hoch. Die leichte Brise griff ins schlappe Tuch, nun begann das Schiff sich immerhin schon zu drehen.

Ruark sprang ans Steuer, um das Schiff auf Kurs zu halten. Wieder krachte ein Geschütz, und diesmal zischte die Fontäne schon verteufelt nah, gleich unterm Heck, empor und überschüttete sogar noch Ruark mit ihren Spritzern.

Die Kanonen waren so gerichtet, daß sie die Fahrrinne, die durch die Sandbank-Kette führte, jederzeit bestreichen konnten, denn für gewöhnlich war aus dieser Richtung nur ein Angriff zu erwarten. Doch innerhalb der Riff-Barriere konnte man – mit Glück auch unbehelligt – den Sumpf erreichen, wo der geheimgehaltene Kanal seinen unter Busch und Bäumen gut verborgenen Anfang nahm. Vorausgesetzt, daß man die Stelle kannte.

Das erste Segel war nun oben. Gaitlier machte die Leine fest, Shanna löste schon die nächste. Mit dieser konnte man immerhin die Segelwinde auf dem Deck erreichen, sie daran befestigen und so – indem man sie, geschwind im Kreise laufend, drehte – auf bequemere Art das nächste Segel setzen.

Abermals donnerte die Kanone. Diesmal duckte Ruark sich; die Reling auf dem Vordeck splitterte, die Kugel traf den Besanmast, prallte quer ab und sank ins Meer. Ruark spürte einen Schlag am Schenkel, er taumelte, doch fing er sich wieder, gerade als das Steuerrad schon anfing, sich wie wild zu drehen. Mit fester Hand setzte er das Schiff wieder auf Kurs.

Das zweite Segel war gesetzt, und vor Anstrengung keuchend, machte sich die kleine Mannschaft nun ans dritte. Bald schäumte immerhin schon eine kleine Bugwelle auf. Ein neuer Schuß brach auf der Pier los, gleich danach pfiff eine zweite Kugel durch die Luft heran, doch beide ließen nur weitab achtern Säulen aus dem Wasser spritzen. Die *Good Hound* war aus der Schußlinie, und so geschwind konnten die Geschütze nicht gerichtet werden, als daß sie dem fliehenden Schiffe hätten folgen können. Ein letzter Feuerblitz – auch dieser Schuß lag weit zurück.

Ruark änderte den Kurs und drehte jetzt hart steuerbord. Er blickte zur

Pier zurück: Die Piraten hatten die nutzlosen Geschütze verlassen und warfen sich in die Ruderboote. Etliche Nachen waren schon, von kräftigen Fäusten vorangetrieben, auf dem Weg zu den Schonern und den Kuttern, welche in der Bucht vor Anker lagen. Drei Segel hatte die *Good Hound* gesetzt, gerade noch zur rechten Zeit, denn nun mußte Gaitlier zum Bug eilen, um den Kurs durch den Kanal zu weisen.
Das Schiff segelte parallel zur Küste, an Backbord und an Steuerbord flogen die Sandbänke in atemberaubender Nähe vorbei. Voraus zeichnete sich im grünen Wasser ein schmaler Streifen dunkleren Blaus ab – hier mündete der Kanal. Jetzt galt es, das Schiff haarscharf auf der Mitte dieses blauen Strichs zu halten.
Shanna kletterte zu Ruark auf die Brücke – und verhielt entsetzt den Schritt. Mit Schreckensblässe im Gesicht starrte sie auf Ruarks Bein.
Ruark blickte an sich hinab und konnte auch seinerseits ein Schaudern nicht unterdrücken. Ein Splitter von der eichenen Reling, fast einen Fuß lang und einen Zoll dick, war ihm, als die Kugel die *Good Hound* getroffen hatte, in den Oberschenkel eingedrungen und ragte nun zu beiden Seiten aus dem Fleisch.
Aufschreiend stürzte Shanna zu Ruark hin und wollte Hand an den gräßlichen Splitter legen. Ruark stieß sie zurück.
»Jetzt nicht!« bellte er unwirsch. »Es blutet nur wenig und tut auch nicht weh. Erst müssen wir hier heraus sein, dann könnt Ihr Euch darum kümmern.«
Es war wahrhaftig nicht im Augenblick die Zeit. Gerade eben hob Gaitlier den linken Arm, das Ruder war nach backbord einzuschlagen. Das Ufer raste ihnen entgegen, und Ruark spannte jeden Muskel an, denn es sah ganz so aus, als müßte die *Good Hound* im nächsten Augenblick im Sumpf steckenbleiben. Ein Einlaß war nirgendwo zu sehen.
Doch, o Wunder, kein gräßliches Knirschen oder Schmatzen hielt die volle Fahrt des Schoners auf, nur ein sanftes Rauschen war entlang des Rumpfes zu vernehmen, als sich nun vor dem Bug der *Good Hound* wider alles Erwarten doch das dichte Netz aus Blättern, Ästen und Lianen teilte. Das Schiff glitt hindurch, die schwarzen Segel schwebten über dem Meer des grünen Dschungels dahin. So schmal war der Kanal, daß links und rechts vom Rumpf kaum noch Shannas Hände Platz gefunden hätten.
Hinter ihnen donnerte ein Geschütz, eine Kanonenkugel rauschte zwischen den Mastspitzen hindurch. Die Schaluppe des Mulatten saß ihnen schon dicht auf den Fersen, hatte alles an Segeln gesetzt, was an Bord verfügbar war, den Einlaß aber noch nicht erreicht. Voll bemannt mußte es dem Verfolger jedoch ein leichtes sein, die Fliehenden einzuholen. Zwar besaß die *Good Hound* zwei Heck-Geschütze, doch zweifelte

Ruark, ob Gaitlier im Umgang mit Kanonen geübt war. Alles sprach dafür, daß dem Mulatten die *Good Hound* doch noch zur Beute fallen mußte.
Die Fliehenden hatten den Dschungelstreifen hinter sich gelassen. Ringsum dehnte sich der Sumpf; vor ihnen, eben noch erkennbar, zog sich die feine Linie des Kanals dahin, dessen Schlammwasser eine geringfügig andere Färbung als die morastige Ebene aufwies. Ruark blickte sich um. Erstaunt entdeckte er, daß der Mulatte nicht mehr hinter ihnen war. Das Piratenschiff hing am Einlaß fest. Der Schwarze hatte unter vollen Segeln die Einfahrt in den Kanal erzwingen wollen, doch beim Ändern des Kurses hatte die Schaluppe, unterm Druck des Windes, übergeholt und nun hing sie mit dem Bugsprit im Pflanzengeschlinge fest. Schlimmer noch – und für Ruark ein Anlaß zur Freude –, nun versperrte sie auch für andere Verfolger den Kanal. Das Schiff freizuhacken mußte Stunden dauern. Noch einmal bellten die Kanonen auf, doch die *Good Hound* war schon unerreichbar.
Ruark wandte seine Aufmerksamkeit wieder dem schwierigen Kurs zu. Das Sumpfgebiet erstreckte sich, wie er vom Studium der Karten wußte, etliche Meilen weit, bis es am anderen Ende des Eilands wieder ins Meer überging. Jeder geringste Fehler, den er sich am Ruder zuschulden kommen ließ, mußte für jedermann an Bord den sicheren Tod bedeuten. Einmal im Morast aufgelaufen, konnte keine Macht der Welt den Schoner wieder frei bekommen. Falls dann die Piraten sie nicht erwischten, um ihnen den Garaus zu machen, mußten sie sich auf ein endlos langes Sterben im Morast einstellen.
Die Sonne senkte sich dem Horizont entgegen, doch die Hitze ließ nicht nach. Myriaden gräßlicher, gefräßiger Insekten ließen sich auf das Schiff nieder, bissen, stachen, nagten, saugten ihre Opfer bis aufs Blut. Die Brise legte sich, kaum kam das Schiff noch von der Stelle. Schweiß brach den vier einsam im Sumpf Verlorenen aus allen Poren, tränkte ihre Kleider, ließ sie naß an ihrer Haut festkleben. Immer drückender wurde die Luft und so fühlbar dicht der Faulgestank, daß er ihnen die Nasen zu verstopfen schien. Grünlich schimmerte der Himmel über ihnen, als spiegele er die von schleimigen Pflanzen bedeckte Moorwelt wider, durch welche sie sich schneckengleich bewegten.
Zuerst schien das Auge es nicht wahrnehmen zu wollen, so unmerklich langsam färbte sich der Himmel wieder blauer. Ruark schaute um sich. Doch, ja, die Bäume schienen mit einem Male weniger, der Kanal breiter, auch lag der grüne Brei nicht mehr so zäh rund um den Rumpf. Es schwappte sogar schon wieder eine Welle vor dem Bug. Dann schimmerte auch etwas Weißliches unterm Wasserspiegel – eine Sandbank. Sie hatten es geschafft! Fast hätte Ruark, vor lauter Aufatmen, eben

diese Sandbank zu umsteuern vergessen. Es knirschte unterm Kiel; Ruark warf das Ruder herum – ein leichtes Rucken: sie waren auch vor der letzten Gefahr eben noch davongekommen. Sie waren frei! Das Wasser unter ihnen, der Himmel über ihnen strahlte und glänzte wieder in den klaren Farben der Karibik. Ruark hielt den Kurs, bis der Sumpf nur noch als Schmutzfleck weit hinten am Horizont zu sehen war.
Nun war es Zeit, auf östlicheren Kurs zu gehen, um südlich – und entfernt genug – die Inselkette zu passieren. Danach war ein Nordostkurs angezeigt, und in ein oder zwei Tagen mußte endlich Los Camellos vor ihnen liegen.
Gaitlier kam achtern, und zum ersten Mal seit Ewigkeiten entspannten sich die Gesichter aller zu einem breiten Grinsen.
»Ob Ihr wohl das Großsegel setzen könntet?« fragte Ruark. »Wir würden dann bessere Fahrt machen, und mehr Tuch bringen wir mit unserer Mannschaft wohl nicht an die Masten.«
Gaitlier versprach sein Bestes, und wenig später legte er sich mit Shanna und Dora kräftig in die Speichen der Winde. Langsam kroch knarrend das riesige Segel den Hauptmast empor.
In die Takelage hochzuklettern, um auch das Marssegel noch zu setzen, kam freilich nicht in Frage. Also ließ Ruark von Gaitlier das Ruder auf den angepeilten Kurs festbinden. Endlich konnte er sich eine Pause zum Verschnaufen gönnen. Den Gedanken, sich in der Kapitänskajüte ein wenig zur Ruhe zu legen, verwarf er allerdings sogleich; er war sich nicht gewiß, ob er dann auch wieder aufstehen konnte. Shanna und Dora suchten Decken, um ihm auf den Planken ein Lager zu bereiten, wo er sich gegen die Reling lehnen konnte.
Bekümmert umstand die kleine Mannschaft ihren Kapitän. Ruark ließ sich eine Flasche Rum bringen, goß aus derselben reichlich über sein verletztes Bein, dann trank er den Rest in einem Zug, bis ihm die Kehle brannte und die Augen tränten. Er hatte Gaitlier den Kurs erklärt, ihm die Strecke auf der Karte ausgewiesen und ihm weiterhin erklärt, was bei der Ankunft auf der Trahernschen Insel zu tun und zu sagen war. Mehr konnte er im Augenblick nicht für die ihm vom Schicksal Anbefohlenen tun. Die Sonne stand tief überm Horizont, in einer Stunde brach die Dunkelheit herein. Es war höchste Zeit, wenn er sein Bein noch retten wollte.
Er stopfte sich einen Fetzen seines Hemdes in den Mund und biß die Zähne fest darauf, dann griff er mit beiden Händen nach den Relingstangen hinter sich und klammerte sich fest dran und gab Gaitlier einen Wink.
Sanft legte der kleine Mann die Hände um den Splitter, und dennoch

schienen sich schon in diesem Augenblick tausend scharfe Dolche in Ruarks geschundenem Bein zu rühren. Der Rum in Ruarks Blut begann eben erst sein Werk zu tun.
»Jetzt!« schrie Gaitlier und zerrte, so hart er konnte.
Ruark hörte noch, wie Shanna aufschrie. Dann explodierte ein grelles, weißes Licht in seinem Schädel. Als es verdämmerte, war nur noch gnadenvolle Dunkelheit um ihn.
Nur wenig Zeit schien ihm verflossen, als er wieder zu Bewußtsein kam. Am Himmel waren die roten und goldenen Farben vergangen; immer noch stand die Sonne tief, doch starrte er geradewegs hinein. Und eine Wärme war an seinem rechten Arm. Ruark drehte den Kopf. Shanna lag dicht an ihn geschmiegt, unter einer Decke, die über sie beide gebreitet war. Sie schlummerte noch fest, und sanft strich ihm ihr Atem über die Haut. Behutsam legte er den Arm um sie. Zärtlich seufzend schmiegte sie sich nur noch enger an ihn.
Ruark ließ den Blick die schlanken Maste seines Schiffs hinaufgleiten – und da sah er, daß blauer Himmel sich über ihnen wölbte. »Es ist schon Morgen!« rief er aus.
Er tastete mit der Hand nach seinem Bein. Schwere Bandagen waren fest um seine Wunde gewickelt. Neugierig wackelte er mit den Zehen, dann dem Fuß. Es ließ sich noch alles bewegen. Nur von der Wunde her breitete ein dumpfer Schmerz sich aus.
Shanna rührte sich in seinen Armen. Zärtlich hauchte er einen Kuß auf ihre Lippen, schnupperte in ihrem Haar, um den frischen, süßen Duft zu atmen. Ihre Hand glitt unter sein Hemd und über seine Brust, und behaglich richtete sich ihr Kopf auf seiner Schulter ein. Die Augen, von liebender Wärme überfüllt, suchten seinen Blick.
»Wenn Ihr so bei mir seid, möcht' ich am liebsten auf ewig hier bleiben«, seufzte er ihr ins Ohr.
Und wieder küßte er sie, einen endlosen, glückseligen Augenblick lang kostete sein Mund die Süße ihrer Lippen, und seine Hand glitt unter ihr Matrosenhemd, um die weiche Rundung ihrer Brüste zu ertasten.
Shanna schlang den Arm um seine breite Schulter und zog auch die Decke höher über sie beide, um ungebetene Zeugen von den Liebkosungen, die sie ihm nun zu schenken gedachte, auszuschließen. Heißes Rot glühte vor Lust in ihren Wangen auf, als sein Daumen nun die Spitzen ihrer Brüste zum Erwachen brachte.
»Und Euer Bein?« flüsterte sie. »Wie fühlt es sich?«
Ruark warf einen Blick zum Vorschiff hin, wo Gaitlier sich mit Dora ein Lager aufgeschlagen hatte. Auch sie waren eben aufgewacht und nickten ihm zu.
»Hätten wir nicht Gäste an Bord«, lächelte Ruark verliebt, »dann wäre

ich schon sehr erpicht darauf, Euch eine Kostprobe meines Fühlens zu vermitteln.«
In Shannas Kichern lag Herausforderung, und sie kuschelte sich enger an ihn.
»Käm's Euch gelegen, die unteren Räumlichkeiten dieses Schiffs zu inspizieren?« murmelte sie ihm ins Ohr. »Weiß ich doch ein ungestörtes Plätzchen in der Kapitänskajüte.«
»Die unteren Räumlichkeiten verlocken mich sogar sehr«, stöhnte er. Seine Hand glitt in ihre weite Matrosenhose hinein und fand Shannas weibliche Weichheit in voller, rosiger Morgenblüte. Shannas Lider senkten sich, und ein Seufzer entrang sich ihren bebenden Lippen.
Gaitliers Schritte kamen näher. Verlegen rollte Shanna sich zur Seite und hockte sich auf die Fersen, zog auch den Gürtel wieder enger. Unwirsch warf Shanna einen Blick über die Schulter, um zu schauen, was Gaitlier gesehen haben könnte. Doch der kleine Mann war schon wieder auf dem Rückweg; Dora hatte ihn gerufen.
Shanna legte eine Hand auf Ruarks Hand und lächelte in verschworener Vertraulichkeit. Sie beugte sich über ihn, stützte die Ellbogen auf Ruarks Decken und schien sich wenig darum zu kümmern, daß ihr weites Hemd sich öffnete und den reifen, verlockenden Busen Ruarks Blicken preisgab.
»Ihr seid eine verruchte Verführerin, Shanna Beauchamp!« grinste er breit.
Ihre Finger drehten Locken in seinem Haar. »Ich weiß. Doch nur bei Euch, mein Piratenkapitän.«
»Wohlan denn, meine Liebste!« Widerwillig stützte er sich auf, doch seine Stimme war ernst und entschlossen. »Leider muß ich nunmehr Sorge tragen, daß unser Schiff nicht führerlos dahinsegelt und uns noch an Afrikas ferne Küsten wirft.«
»O Ruark, steht doch noch nicht auf!« entsetzte sie sich. »Ich will alles tun, was nötig ist.«
»Unmöglich, Shanna. Ich muß selber nach dem Rechten sehen. Meinem Bein wird's gewiß auch guttun, wenn ich ein wenig darauf herumspaziere.«
Shanna sah kopfschüttelnd, wie entschlossen er war. Beim Aufstehen zuckte er zusammen und wollte sich trotzdem von ihr nicht helfen lassen. Das Bein war steif und brannte, aber mit einiger Mühe schaffte er doch den Weg zum Ruder. Shanna, freilich, wollte ihn nicht allein lassen und blieb an seiner Seite.
Ein Blick in die Takelage zeigte Ruark, daß der Wind gedreht hatte und daß er den Kurs entsprechend korrigieren mußte. Doch wie weit sie gelangt waren, konnte er nicht ausmachen. Wenn der Wind in der Nacht

an Stärke zugenommen hatte, mußten sie längst an den Inseln vorbei sein. Doch bei der jetzt herrschenden Brise – und mit einer unerfahrenen Mannschaft – zurückzukehren, das war ... nun, Ruark war nicht der Mann, der »unmöglich« gesagt hätte. Aber schwierig war es schon.
Seine Augen suchten den Horizont ab, und unwillkürlich stellte er sich auf die Zehenspitzen des heilen Beins.
Dort – da hingen Wolken tief, aber war das wirklich ein dunkler Schatten darunter? Das konnte eine Insel sein. Aber welche?
Er spürte Shannas Hand auf seiner Hüfte. Eine bange Frage stand in Shannas Gesicht.
»Keine Furcht«, sagte er und mißdeutete ihre stumme Frage. »Wir haben es bald geschafft.«
Shanna öffnete die Lippen, um doch die Frage zu stellen, die er falsch beantwortet hatte. Aber sie schwieg. Wie sollte sie auch ein Gefühl in Worte kleiden können, das ihr selbst rätselhaft war?
Sie stellte sich auf die Zehenspitzen und hauchte einen Kuß auf seinen Mund. »Ihr müßt hungrig sein. Ich gehe nachschauen, ob sich in der Kajüte etwas zum Essen findet.«
Er sah ihr nach, wie sie hinunterging, und mit Wohlgefallen lag sein Blick auf ihren Hüften. Er lächelte. Ein Glück, daß ihnen auf der Flucht quer über die Insel kaum ein Mensch begegnet war. Matrosenanzug hin oder her – was sich darunter bewegte, war eindeutig mit keinem Seemann zu verwechseln.
Vergnügt vor sich hin lachend machte er die Halteleinen von den Ruderspeichen los, dann warf er sich gegen das brusthohe Rad, wirbelte es herum und trimmte den Schoner gegen den Wind. Er machte eben die Leinen wieder fest, damit der neue Kurs gehalten werde, als Gaitlier zu ihm trat.
»Eine Frage, Captain.« Der kleine Mann machte ein sorgenzerknittertes Gesicht. »Ist Trahern in der Tat so fürchtenswert, wie Mutter immer erzählt hat? Wird er mich zum Leibeigenen machen wollen? Welchem Herrn werde ich dienen müssen – ihm oder Euch?«
»Ihr werdet keinem Herrn mehr zu dienen haben, Mister Gaitlier«, sagte Ruark kühn. Sein eigenes Schicksal konnte er nicht voraussagen, doch würde er alles daransetzen, um diesem braven Mann wieder zu seiner Menschenwürde zu verhelfen.
»Vielleicht findet Ihr Gefallen an der Insel und möchtet bleiben. Wenn nicht, wird Trahern Euch – und dessen bin ich sicher – die Weiterreise nach jedem anderen Ort Eurer Wahl möglich machen. Er wird Euch für die Beihilfe zur Befreiung seiner Tochter danken, und das soll ihm wohl auch ein kleines Sümmchen wert sein.«
»Und was wird aus Euch, Sir?«

Ruark verstand mit Absicht diese Frage, auf die er selber keine Antwort wußte, falsch. »Ich bedarf des Geldes nicht«, sagte er. »Doch möcht' ich Euch bitten, mir einen Dienst zu erweisen.«
Der kleine Mann nickte ernst. »Was immer Ihr befehlt, Sir. Alles!«
Ruark rieb sich den Daumen über die ungeschorene Wange. »Trahern«, hob er an, »kennt mich nur als seinen Leibeigenen. Falls nicht Madam Beauchamp selbst es vorzieht, ihm die Wahrheit mitzuteilen, möcht' ich Euch bitten, unsere Ehe zu verschweigen. Für die Leute auf Los Camellos heiße ich John Ruark. Und die Lady ist Madam Beauchamp und eine Witwe.«
»Seid unbesorgt, Sir. Dora und ich werden strengstes Schweigen zu wahren wissen. Darauf geb' ich Euch mein Wort.«
Zu viert teilten sie ein behagliches Mahl, rund um Ruarks Deckenlager versammelt. Eifrig sorgte Shanna für Ruarks Bequemlichkeit, stützte sein Bein auf einem Kissen auf, füllte ihm den Teller, nahm ihm den Becher ab. Im Schneidersitz saß sie an seiner Seite, und besitzanzeigend ruhte seine Hand auf ihrem Oberschenkel, während er Gaitlier die Führung eines Schiffs erklärte. Es war eine schöne Stunde, ruhig und erholsam, und als alle ihren Hunger und ihren Durst gestillt hatten, raffte sich Ruark wieder auf die Beine und humpelte an seinen Platz am Ruder. Mit dem messinggefaßten Fernrohr vor dem Auge suchte er die immer noch entfernte Insel ab. Das Eiland, das voraus lag, war das letzte in der Kette; nach Osten fielen steile Felsen jäh zum Meer ab. Sobald sie es passiert hatten, konnten sie Kurs auf Los Camellos nehmen.
Ruark kehrte auf sein Lager zurück und streckte sich aus. Das Bein schmerzte, im Oberschenkel zuckte ein Muskel und jagte ihm Wellen eines gemeinen Schmerzes durch den ganzen Leib. Er rieb sich die Hüfte und den Schenkel, um das Pochen zu lindern. Shanna nahm seine Hand. Unter ihrer zärtlichen Fürsorge schlummerte er ein und träumte von rosa weichen Lippen, die sich zu ihm beugten und seinen Mund liebkosten.
Das Eiland lag tief am Horizont hinter ihnen, die Sonne stand hoch am Himmel über ihnen. Es war soweit: Ruark warf das Ruder herum, um direkten Kurs auf Los Camellos zu nehmen – und taumelte auf sein Lager zurück. Gaitlier hatte ihm ein Schattendach gebaut, und Shanna teilte den kühlen Fleck mit ihm. Die Schmerzen im Bein waren nun fast unerträglich geworden, mit jedem Mal kostete das Aufstehen mehr Anstrengung. Auch der Rum half nun nicht mehr viel, wie die Hölle brannte ihm das Zeug im Schlund und verstärkte nur sein Unbehagen.
Er legte das Haupt in Shannas Schoß, kühl streichelte ihre Hand ihm Stirn und Augen, ein wenig ebbten die Schmerzen ab. Shanna summte ein paar Zeilen eines Lieds, das ihr durchs Gemüt zog, und leise fiel

Ruarks voller Bariton mit den Worten dazu ein. Shanna schwieg still und lauschte. Plötzlich erkannte sie die Stimme wieder, die in einer sternenübersäten mondbeschienenen Nacht, als sie auf der *Marguerite* heimwärts segelte, vom Unterdeck zu ihr heraufgedrungen war. »Ach, Ruark...«, flüsterte sie leise und küßte die fieberheiße Stirn unter ihrer Hand.

Ein Ruf erscholl übers Schiff. Ruark erhob sich, von Shanna unterstützt, und humpelte an die Reling, um sich daran festzuhalten. Gaitlier kam schräg übers Deck auf sie zugerannt und winkte mit beiden Armen, Dora dicht hinter ihm her.

»Schiffe! Schiffe voraus!« schrie der kleine Mann. »Zwei Schiffe! Riesengroß!«

Gaitlier konnte sich nicht mehr beruhigen, er hüpfte auf und nieder, gestikulierte wild. Und auch Ruark lachte beinah irre, als er zum Ruder und zum Fernrohr taumelte. Er stützte das Instrument auf einer Ruderspeiche auf und schärfte es auf die Segel ein, die weiß in der Sonne leuchteten und mit jedem Herzschlag näher kamen. Er richtete das Glas auf das Fleckchen Farbe, welches an der Mastbaumspitze flirrte. Einen Augenblick noch war es verschwommen – endlich kam es klar.

»Englisch!« schrie er. »Englische Flagge! Englische Schiffe! Doch da... da ist noch eine andere Flagge!« Er blickte wieder durch das Fernrohr, dann drehte er sich um und lachte Shanna zu. »Euer Vater ist's! Die *Hampstead* und die *Mary Christian*!«

Shanna brach in Freudenschreie aus, und Ruark konnte sich kaum auf den Beinen halten, als sie ihm die Arme um den Hals warf. Fest drückte er sie an sich. Dann rief er Gaitlier seine Kommandos zu.

»Laßt die Segel fallen! Runter mit dem Zeug! Wir drehen bei und warten auf die Schiffe!«

Gaitlier bedurfte keines weiteren Ansporns. Er stürzte zur Reling, schnappte sich die Axt und kappte mit einem einzigen Hieb das Aufhängeseil des Hauptsegels, welches krachend heruntergepoltert kam und, sich noch einmal blähend, übers Deck ausbreitete. Mit wachsendem Eifer holte er auch die restliche Takelage herunter.

Ruark riß die Befestigungsleinen vom Ruder und warf es hart backbord. Der Schoner ächzte und knarrte und grub den Bug in die Wellen, während er Fahrt verlor und beidrehte, bis er achtern zu den näher kommenden Schiffen stand. Die *Hampstead* preschte vornewege, und bald waren auch die Männer dort an Bord zu erkennen. Neben der dürren Latte in Schwarz, die nur Ralston sein konnte, stand die weiße Kugel, die niemand anderer als Trahern war. Fröhlich rufend rannte Shanna zum Hauptdeck, wo sich Gaitlier und Dora zu ihr an die Reling stellten. Ruark hätte sich gern zu ihnen gesellt, doch das Bein wollte ihn nicht mehr tra-

gen. Als der mächtige Rumpf der *Hampstead* längsseits kam, hielt er sich am Ruder fest. Drüben wurden die Schießlöcher aufgestoßen und die Kanonen ausgefahren. Hinter den gähnenden Kugelmäulern sah Ruark die weißen, erpichten Gesichter der Schießmannschaften, die nur auf ein Anzeichen von Feindseligkeit warteten.
Die beiden Schiffe rumpelten aneinander, Enterhaken wurden ausgeworfen und verbissen sich ins Holz der *Good Hound*. Ein Maat bellte Befehle, und das Prisenkommando sprang an Bord, Pistolen und Entermesser kampfbereit, als sei eine Schlacht zu erwarten. Die *Mary Christian* stand backbords auf der Lauer, die vier kleinen Kanonen waren ausgefahren und die Lunten brannten.
Da niemand Widerstand leistete, folgte endlich Ralston, immer noch mit Vorsicht, seinen Männern, schrie ein paar unnütze Kommandos und stapfte mit seinem zornigen Storchengang nach achtern.
Einer der Matrosen steckte, als er sich von der Ungefährlichkeit der kleinen Besatzung überzeugt hatte, das Entermesser fort und reichte Shanna die Hand, damit sie zur *Hampstead* übersteigen konnte.
Kaum hatte sie den Fuß auf Deck gesetzt, rannte sie auch schon los, stürzte die Gangway zum hohen Achterdeck hinauf und warf ihrem Vater, vor Freude und Erlösung schluchzend, die Arme um den Hals. Er hatte schwer zu kämpfen, das Gleichgewicht zu halten. Dann tätschelte er ihr die Schultern und hielt sie auf Armeslänge von sich fort.
»In der Tat, es ist meine Tochter«, lachte er, »und kein Vagabundenstrolch, der meine Gutgläubigkeit zum Narren halten will!«
Shanna lachte von Herzen und öffnete die Lippen zu einer Erwiderung, doch da irrte ihr Blick ab – sie riß sich los, und was sie hatte sagen wollen, erstarb unter einem Aufschrei des Entsetzens. Was sie unter sich auf dem Deck des Schoners sah, krampfte ihr das eben noch so freudig schlagende Herz zusammen.
Ruark war bereit gewesen, sogar einen Ralston als Befreier zu begrüßen und streckte dem dünnen Mann seine Hand entgegen. Doch der hatte keinen Blick dafür, statt dessen schlug er ihm hundsföttisch den Knauf seiner Reitgerte voll ins Antlitz, und zwar mit solcher Wucht, daß Ruark den Halt am Ruder verlor, von der Brücke taumelte und aufs Deck hinabstürzte. Benommen versuchte Ruark sich zu erheben, doch da war Ralston schon über ihm und setzte ihm wuchtig den Fuß auf den Rücken. Der dünne Mann rief zwei stämmige Matrosen heran, die zerrten Ruark ohne viel Federlesens auf die Beine, banden ihm die Hände fest auf den Rücken und stopften ihm einen Knebel in den Mund, um seine Flüche zu ersticken. Dann stießen sie den Gefangenen vor sich her. Ruark, der sein verletztes Bein nicht belasten konnte, brach auf den groben Planken zusammen. Wieder hochgerissen, wurde eine gräßlich anschwellende

Beule auf seiner Stirn sichtbar, Blut rann ihm übers Gesicht. Doch unbekümmert zerrten die bulligen Matrosen ihn mit sich davon, und Ralston führte die abscheuliche Prozession mit strahlendem Siegerlächeln an. Entsetzt fuhr Shanna auf den Vater los, doch der war nicht geneigt, ihrem Flehen Gehör zu schenken.
»John Ruark soll als Pirat am Mastbaum hängen!« verkündete Orlan Trahern fest entschlossen. »Ich weiß über den Schuft Bescheid! Die drei Leibeigenen, die von den Piraten freigelassen wurden, haben mir über unseren Mister Ruark die Augen geöffnet!«
Und damit kletterte Orlan Trahern betulich vom Achterdeck herunter, um das vom *Good Hound* zurückkehrende Prisenkommando zu beglückwünschen.
»Nein!« schrie Shanna. Sie drängte sich an Kapitän und Steuermann vorbei und rannte hinter ihrem Vater her. Auf dem Hauptdeck traf sie Pitney. Der lehnte mit verschränkten Armen an der Reling, hatte zwei riesige Kavallerie-Pistolen im Gürtel stecken und eine säuerliche Miene im Gesicht. Einen Augenblick lang starrte er sie an, dann schnalzte er mit der Zunge und drehte ihr den Rücken zu. Soeben schleppten Ralstons Knechte den Gefangenen herbei. Mit einem unterdrückten Schmerzenslaut brach Ruark auf dem Deck zusammen. Ralston berauschte sich indessen lauthals an der Macht, die er an sich gerissen hatte.
»Dieser Sklave«, bellte er, »ist eines guten Dutzends Übeltaten schuldig! Von der Rahe soll er hängen!« Er gestikulierte wild auf die Matrosen ein, die sich um ihn versammelt hatten. Seine beiden Knechte warfen ein Tau über die Rahnock, rissen Ruark die Arme hoch und banden ihm dieselben über seinem Haupte fest. Dann hievten sie ihn, wie geheißen, in die Höhe. Kaum, daß er mit den Zehen noch das Deck berührte.
Noch einmal bestürmte Shanna ihren Vater mit flehentlichen Bitten, und wieder würdigte Trahern seine Tochter keines Blickes. Ralstons sonst stets graues Angesicht leuchtete in erregtem Rot; er trat vor Trahern, räusperte sich in seinen Handschuh und vertrat mit Unverschämtheit seine Anklage.
»Wenn schon der Ungehorsam eines englischen Matrosen gegenüber einem Offizier mit der Peitsche geahndet werden kann, dann hat dieser Mann gewiß mehr als tausend Hiebe verdient! Laßt uns also dafür sorgen, daß er zum mindesten für einige seiner Sünden den gerechten Lohn erhält – und nicht die geringste seiner Missetaten ist die Entführung Eurer Tochter, Sir! Und wenn Gerechtigkeit überhaupt ihren Sinn haben soll, dann muß sie ihren Lauf so geschwind wie möglich nehmen! Steuermannsmaat!« schrie er, um deutlich darzutun, daß kein Pardon gegeben werde, »holt auf der Stelle Eure Neunschwänzige herbei! Jetzt wollen wir einmal hören, wie der verdammte Bettler winseln kann!«

Trahern blieb stumm. Wie er es sah, hatte der Mann, dem er einst so blind vertraut, durchaus verdient, was ihm nun widerfuhr.
Triumphierend stapfte Ralston zu dem hängenden Ruark hin und riß ihm mit handschuhbekleideter Hand den Kopf von der Brust hoch.
»Nun sollt Ihr einmal sehen, guter Mann«, sprach er höhnisch, »was das törichte Wagnis einer Flucht einbringt! Jetzt wird Euch die Gerechtigkeit auf den Buckel geschrieben, und alle anderen Sklaven mögen sich Euren Fall als Beispiel wohl zu Herzen nehmen!«
Ralston riß seine Hand fort, Ruark fiel der Kopf wieder schlaff auf die Brust, dann wurde ihm der Knebel aus dem Mund gerissen.
»Habt Ihr nichts dazu zu sagen?« höhnte Ralston weiter. »Nichts zur Verteidigung, Milord? Kein Gesuch um Gnade?«
Dick war Ruarks Zunge angeschwollen, nichts linderte den reißenden Schmerz, der ihm vom Schenkel her unaufhaltsam immer höher stieg und nun schon fast den ganzen Leib ausfüllte. Auch das Hosenbein über dem verletzten Schenkel rötete sich mehr und mehr. Die Mühsal der letzten Tage hatte ihm alle Kraft abgefordert, nichts blieb ihm mehr, um Ralstons grausamem Spiel ein Ende zu setzen.
Shannas Blicke irrten in wildester Verzweiflung umher. Gab es denn niemanden, der ihr beistehen wollte?
Der Steuermannsmaat kam wieder an Deck geklettert, die gefürchtete Neunschwänzige, die er in den unteren Räumen besorgt hatte, in der Hand. Beim Gehen schlenkerte er den Griff, und die Bleikügelchen, die in die Enden der neun Peitschenschnüre eingewebt waren, rasselten auf den Planken. Ralston ließ von Ruark ab; dem Maat sah er genüßlich entgegen, sein Blick streifte aber auch Shanna, und in deren Antlitz erkannte er einen so haßerfüllten Ausdruck von Empörung, wie er ihn noch bei keiner Frau gesehen hatte. Doch ungerührt spreizte er sich erneut vor Ruark, und während er seine Hand nach hinten streckte, um das Folterwerkzeug in Empfang zu nehmen, dröhnte er: »Ich selbst werde die Bestrafung übernehmen – damit sich kein falsches Mitleid in die Hiebe schleiche und der Gerechtigkeit Abbruch tue! Her mit der Peitsche!«
Doch schon im nächsten Augenblick stieß Ralston einen entsetzten Schmerzensschrei aus, in Fetzen hing ihm der Rock vom Arm, Peitschenschnüre nebst Kügelchen hatten sich tief in sein Fleisch gefressen. In fassungsloser Überraschung fuhr er herum – nur um in Shannas wutverzerrtes Gesicht zu starren. Wie ein wildes, bis aufs Blut gereiztes Tier stand sie vor dem Dünnen auf den Sprung, und ihr Haar umwehte sie gleich der Mähne einer Löwin.
»Ihr selber werdet diese Peitsche schmecken, Milord Bastard, falls Ihr noch ein einziges Mal diesen Mann berührt!«

Der Maat stolperte vor, um Shanna die Peitsche zu entreißen. Doch wie angewurzelt blieb er stehen und sperrte staunend Mund und Augen auf. Pitney hatte die Pistole gezogen, und kaum einen Zoll vor des verdutzten Seemanns Nase lauerte die Waffe. Auch Ralston rührte sich nicht vom Fleck; in diesem Augenblick wußte er seinem Heldenmut sehr wohl die Zügel anzulegen, denn das zweite Feuerrohr aus Pitneys Hosenbund war auf seine Brust gerichtet.
»Holt den Mann vom Mast!« zerriß Shannas schriller Ruf das überraschte Schweigen, und die Hand, welche die Peitsche hielt, bewegte sich auf die beiden Männer zu, die Ruark angebunden hatten.
Ralstons Knechte beeilten sich, das Tau zu kappen; Ruark stürzte auf die Planken. Shanna kämpfte das Verlangen nieder, sich über den geschundenen, geliebten Leib zu werfen, mußte sie doch fürchten, daß man ihn wieder ergriff. Stolz trotzte sie ihres Vaters Blicken, während Pitney jedermann in Schach hielt, der sich einzumischen Miene machte.
»Ihr seid einem fürchterlichen Irrtum aufgesessen, Herr Vater!« erklärte Shanna förmlich. »Denn Mister Ruark war's, der uns alle aus Piratenhand befreite, was Euch auch diese beiden braven Leutchen bezeugen werden!« Sie wies auf Gaitlier und Dora, die mit schreckensweiten Augen den Ereignissen folgten und längst fürchteten, daß gleicher Lohn auch ihnen zugedacht war. »Und in der Tat war's auch Mister Ruark«, fuhr Shanna fort, »der sein eigenes Leben wagte, um mich vor der Mordlust der Piraten zu erretten. Ihm ist's zu danken, wenn ich heute ...« Niemand merkte ihr das Zögern an, als sie nun mit Vorsicht eine Klippe der Wahrheit umschiffte: »... so unberührt von fremden Händen bin, wie ich es vorher war!«
Ralston gab einen verächtlichen Laut von sich, und die kalten, meergrünen Augen blitzten ihn an; den Blicken ihres Vaters allerdings konnte Shanna nicht begegnen, und auch Pitney wich sie aus, als sie nun in ihrer Verteidigungsrede fortfuhr.
»Mister Ruark wurde gegen seinen Willen von Los Camellos nach Mare's Head verschleppt, und nur dank einer List gelang es ihm, mit uns zusammen den Piraten zu entfliehen. Wer ihn ergreifen will, schafft's nur über meine Leiche, das schwör' ich Euch, so wahr ich hier stehe!«
Ein herzzerreißendes Stöhnen kam über Ruarks Lippen, der in Ohnmacht auf dem Boden lag. Shanna ließ die Peitsche fallen und warf sich über ihn.
»Holt den Doktor!« rief Trahern. »Und dann setzt Segel. Kurs Mare's Head!«
Shanna bettete Ruarks Haupt auf ihren Schoß und wischte ihm die wirren Haare aus der Stirn. Auch Pitney kümmerte sich nun um ihn und versuchte, dem Verletzten zu einer bequemeren Lage auf den Planken

zu verhelfen. Dabei vernahm er das Gemurmel, das Tröstung spendend über Shannas Lippen floß.
»Nun ist alles gut, mein Liebling, alles gut...«
Ruark öffnete und schloß die Augen und tauchte in ein gnadenreiches Vergessen unter.

Am Vormittag des nächsten Tages hatte Ruark sich so weit erholt, daß er mit Orlan Trahern auf dem Achterdeck der *Hampstead* stehen konnte – auf des Inselherrn knorrigen Stock gestützt, der ihm, wenn auch ein wenig widerwillig, als Krücke ausgeliehen worden war. Zwischen beiden Männern hatte Shanna ihren Platz gefunden; sie hielt des Vaters Arm und ließ keinen Blick von Ruark. Der Doktor hatte eine Reihe kleinerer Splitter und Tuchfäden aus der Wunde entfernt, dieselbe auch mit Salben und mit Kräutern bestrichen und einen sauberen Verband drumgelegt. Ruark fühlte sich zwar fiebrig und seltsam leicht im Kopf, doch zu Bett liegen wollte er nicht. Er genoß die frische Brise, die das Achterdeck umwehte, und wartete gespannt darauf, die Pirateninsel wiederzuerblicken. Auf dem Hauptdeck machte die Mannschaft sich bereits an den Kanonen zu schaffen, und als die *Hampstead* dicht bei dem dem Eiland vorgelagerten Riff vor Anker ging, wurden die langen, silbergrauen Rohre geladen und schußbereit gemacht. Alle Mann wurden an Deck befohlen, langsam und drohend drang die Fregatte in die Bucht hinein.
Ein Bild des Chaos bot sich ihnen. Ruderboote eilten vom Strand zu den Piratenschiffen hin. Der Mulatte hatte seinen Schoner aus der Umschlingung des Sumpf-Dschungels befreien können; er lag nun an der Pier. Auf diesem Schiff wie auch um den Kanonenschuppen herrschte fieberhafte Tätigkeit.
Noch ehe die *Hampstead* näher kam, zuckte ein Blitz auf der Schaluppe auf, eine Rauchwolke erhob sich, und wenig später spritzte, sechshundert Fuß vor dem Bug der *Hampstead*, eine Fontäne zischend aus dem Wasser. Wenn das ein Warnschuß sein sollte, so war es ein erbärmlicher, zeigte er doch nur allzu deutlich die Grenze der Reichweite an, derer die altersschwachen Rohre der Piraten fähig waren.
Der Kanonenschlag von der Pier hatte das zweimalige, scharfe Aufbellen der Bordgeschütze auf der *Hampstead* übertönt, und so spritzte ohne Warnung dicht vor der Mulatten-Schaluppe eine Wassersäule hoch, während sich auf dem Hügel über dem Dorf eine riesige Staublawine bildete.
Im Dorf kam mit dem Kanonendonner alles Leben zum Erliegen, denn plötzlich wurden die Bewohner sich bewußt, daß ihre Insel keineswegs so unangreifbar war, wie sie stets geglaubt hatten. Mit Todesängsten im

Genick rannten die Menschen zwischen den armseligen Behausungen hin und her und mühten sich kopflos, was ihnen lieb und teuer war, in Sicherheit zu bringen.

Wieder bellten die beiden Bordgeschütze im Stakkato ihr tödliches Duett, und dieses Mal spritzten Trümmer und geborstene Balken mitten aus dem Dorf in die Luft. Bedrückt sah Ruark, wie sich die armen Wichte drüben unter den heranpfeifenden Kugeln duckten, die gnadenlos auf Schuldige und Unschuldige regneten. Seiner Schmerzen nicht mehr achtend, humpelte Ruark zu den Geschützen hin, die unterdessen neuerlich ihre tödliche Ladung über das Dorf schleuderten und Verderben und Vernichtung säten und eine immer dichter wachsende Wolke von Trümmerstaub himmelan steigen ließen, während die Schaluppe des Mulatten bislang ungeschoren Segel setzte.

Mit Traherns Stock trieb Ruark die Offiziere der Bordartillerie beiseite; einem nahm er die Handspake ab und richtete damit eigenhändig die Geschütze. Dann trat er einen Schritt zurück und hob den Arm, und zwei Kanoniere hielten die Lunten in Bereitschaft. Ruark ließ den Arm herniedersinken, die Lunten wurden angelegt, beide Rohre spuckten im gleichen Augenblick Feuer, und die Planken unter Ruarks Füßen bebten. Sekunden später war das Deck der Mulatten-Schaluppe ein wüster Trümmerhaufen, der Vormast knickte um, krachend brach die Takelage in die Tiefe. Eilig ließ Ruark wieder laden, aufs neue senkte er den Arm, berstend stürzte nun der Hauptmast auf das Deck, und im Schiffsrumpf, dicht über der Wasserlinie, klaffte breit ein Riß. Rumpelnd prallte das Heck gegen die Pier, Männer sprangen über Bord, und gemächlich setzte sich das Schiff im seichten Hafen auf den Grund.

Nun drehte Ruark die Kanonen. Zwei kleinere Schiffe bäumten sich im Wasser auf, als die Kugeln sie voll breitseits trafen, Rauch stieg von dem einen auf, das andere setzte auf den Strand, und die Besatzung flüchtete sich in die Sümpfe. Kugel um Kugel jagte Ruark gegen die Piratenflotte, bis nur noch ein rauchender Haufen treibender Wrackteile zu sehen war. Das nächste Ziel nahm Ruark besonders liebevoll ins Visier. Dreimal sprachen die Kanonen, dann brach das Blockhaus mit dem Pulvermagazin in Blitz und Donner auseinander, und wie unter einem Erdbeben schien die ganze Insel zu erzittern. Mutters Herberge indessen war ein harter Brocken. Fast zwanzig Kugeln waren nötig, bis endlich langsam die Fassade zu bröckeln anfing, dann in Trümmer sank und gähnend ihre Innereien freigab.

Einmal hieß Ruark noch die Mannschaft die Geschütze laden, sorgsam richtete er die Rohre auf sein Ziel. Zum letzten Mal ging seine Hand zum Zeichen »Feuer frei!« nach unten – und unbewegten Gesichtes starrte Shanna zur Insel, als die östliche Fassade des weißen Hauses auf dem

Eiland, das ihrer beider Heim- und Liebesstatt gewesen war, sich in eine Wolke braunen Staubs auflöste.

Ruark rief zu Trahern hoch: »Falls Ihr nicht noch einen Haufen Schuldloser erschlagen wollt – Schaden ist genügend angerichtet. Von hier aus wird so bald nicht wieder ein Korsar auf Raubfahrt gehen. Wer an der Entführung Eurer Tochter schuldig war, ist jetzt – so will ich meinen – entweder tot oder auf der Flucht. Die Entscheidung liegt bei Euch, Sir!«

Trahern winkte ab und wandte sich an Kapitän Dundas: »Fahrt die Geschütze wieder ein! Setzt Segel und nehmt Kurs auf Los Camellos! Was ich von diesem Fleck gesehen habe, reicht mir. Und so Gott will, werden wir auch nie mehr etwas davon hören.«

Die Anstrengungen hatten Ruark viel Kraft gekostet. Nun, da die Spannung von ihm abgefallen war, spürte er seine Schwäche. Das Haupt sank ihm vornüber, schlaff stützte er sich auf die Spake in der Hand. Ein Offizier hielt ihm den Stock des Inselherrn entgegen; den konnte er eben noch ergreifen, und es gelang ihm noch ein Schritt zum Achterdeck, zu Shanna hin. Trocken wie Pergament schien ihm sein Mund, im Gesicht und in den Armen brannte es ihm wie Feuer, die Sonne tanzte irre in den Masten. Er sah Shanna herbeieilen, dann scheuerte schon seine Wange über die rauhen Planken, und scharf biß ihm der Pulvergestank in die Nase. Der Himmel wurde grau, der Tag erstarb ringsum. Dann legten kühle Hände sich um seinen Nacken, und etwas seltsam Feuchtes fiel ihm ins Gesicht. In weiten Fernen schien auch eine Stimme seinen Namen auszurufen, doch er war müde, so entsetzlich müde. Die schwärzeste aller Nächte seines Lebens hüllte ihn ein.

20

Der deutsche Doktor brummte und fluchte, weil es ihm nicht gelang, Ruarks verletztem Bein in der rumpelnden und holpernden Kutsche einen festen Halt zu verschaffen.
Aber Shannas Stimme klang sanft und fest: »Nur Geduld, Herr Schaumann! Wir haben es nicht mehr weit!«
Shanna hielt Ruarks Haupt auf ihrem Schoß gebettet und preßte ein kühles, feuchtes Tuch auf die heiße Stirn des Geliebten. Trahern betrachtete verwundert seine Tochter von der Seite. Ein neues Selbstvertrauen und eine gefaßte Zurückhaltung, welche er zuvor noch nie an ihr bemerkt hatte, schienen von Shanna auszugehen. Viel Wesens hatte sie davon gemacht, einen Silberdolch nicht aus der Hand zu geben. Dieser Dolch nebst einer Pistole – so winzig, daß sie wenig nützlich schien – lag, sorgsam in ein Lederwams gebündelt, zu ihren Füßen. Und mit einer Zielstrebigkeit und einem zärtlichen Eifer, wie sie ihn für andere Männer nie an den Tag gelegt hatte, gab sie sich nun der Pflege dieses Leibeigenen hin, welchem sie doch früher nichts als Haß und Abscheu entgegengebracht hatte. Seltsam, in der Tat.
»Das Bein beginnt zu schwären!« Die Stimme des Chirurgen unterbrach den Inselherrn beim Sinnieren.
Trahern merkte auf und hörte sich an, was der Doktor sagte.
»Das Bein muß abgeschnitten werden. Und sofort! Noch ehe er wieder erwacht. Je länger wir warten, desto schwieriger wird es nachher!«
Stumm sah Shanna den Arzt an. Das Schreckensbild eines Ruark, der mit nur einem Bein auf einen Hengst zu steigen suchte, kam ihr in den Sinn.
»Wird ihn das denn retten?« fragte sie leise.
»Das vermag nur die Zeit zu sagen«, erwiderte Herr Schaumann ohne ein Quentchen Trost. »Jetzt besteht noch die Aussicht, daß er's überlebt.«
Lange blickte Shanna auf das Antlitz, in welchem sich schon die Blässe des Todes ausbreitete. Mutlosigkeit wollte sich ihrer bemächtigen, dennoch war ihre Stimme leise und entschlossen.
»Nein«, sagte sie. »Ich glaube, daß unser Mister Ruark auch um sein Bein kämpfen wird. Vielleicht schaffen wir es beide, er und ich, daß wir es ihm erhalten.«

Der Doktor und der Inselherr nahmen Shannas Worte als endgültig hin und sagten nichts weiter.
Die Kutsche kam rumpelnd vor dem Herrenhaus zum Stehen; Pitney, der vorausgeritten war, griff in den Wagen, um Ruark auf seine hünenhaften, starken Arme zu nehmen. Shanna wich nicht von seiner Seite.
»In das Zimmer gleich neben dem meinigen, Pitney, bitte.«
Traherns Brauen hoben sich scharf. War sie nicht ganz erpicht darauf gewesen, den englischen Edelmann Sir Gaylord so weit entfernt wie möglich, im entgegengesetzten Flügel des Hauses, einzuquartieren? Den Leibeigenen jedoch wollte sie in engster Nähe haben – äußerst seltsam, in der Tat.
Sir Gaylord hielt mit Leidensmiene den Ankömmlingen die Tür offen. Trahern schritt als letzter über die Schwelle und hielt inne, um einen Blick auf den umwickelten Fuß des Edelmanns zu werfen.
»Nun, Sir Gaylord«, brummte der Inselherr, »wie ich sehe, geht es Eurem Knöchel schon viel besser.«
»Das will ich meinen«, gab der Aristokrat zur Antwort. »Bedaure außerordentlich, an Eurem Ausflug nicht teilgehabt zu haben, aber mußte mir das blöde Tier just in dem Augenblick, da Ihr in See stacht, auf die Füße treten.«
»Das Schicksal der Wagemutigen, will mich dünken«, sagte Trahern, als er von dannen schritt.
»In der Tat«, beeilte sich Sir Gaylord, hinter seinem Gastgeber drein zu humpeln. »Wäre selbstredend mit von der Partie gewesen, wär's mir nicht so überraschend widerfahren. Doch so konnte ich leider nicht wissen, ob es sich verschlimmern würde und ob ich in der Lage gewesen wäre, im Kampf meinen Mann zu stehen. Und Kampf hat es ja wohl gegeben, wie ich sehe.« Er nickte zu dem Verwundeten hinauf, der die Treppe hochgetragen wurde. »Und wie ich ferner sehe, habt Ihr auch den Burschen eingefangen, diesen Ruark. Abscheuliche Sache, die er sich zuschulden kommen ließ, einfach davonzulaufen und Euer Töchterlein zu entführen. Eine faule Frucht, möchte ich sagen. Will hoffen, daß man ihn so weit zusammenflickt, daß er dem Gang zum Galgen auch gewachsen ist.«
Gaylord konnte von Glück sagen, daß Shanna sich eben mit dem Doktor stritt und nichts von seinen Worten mitbekam. Trahern gab zur Erwiderung nur ein nichtssagendes Grunzen von sich; er erwärmte sich schon an der Vorstellung, wie Shanna dem Edelmann den Kopf zurechtsetzen werde, und war gewiß, daß es auch ohne sein Dazutun bald geschehen mußte.
»Leistet mir doch bei einem Rum Gesellschaft, während man Mister Ruark zu Bette trägt«, lud Trahern den Edelmann ein. »Wir lassen uns

dann später erzählen, was alles unternommen werden muß, um ihn fürs Hängen am Leben zu halten.«

Sir Gaylord humpelte hinter seinem Gastgeber her, so schlecht und recht er es vermochte, da offensichtlich niemand bereit war, ihm Beistand zu leisten. Als Pitney dann freilich, oben auf der Treppe angelangt, den Leibeigenen in die Richtung auf Shannas Gemächer davontrug, vermochte er zwar noch eben seine Besorgnis zu verhehlen, doch war er überzeugt, diese Wahrnehmung gleich dem Inselherrn mitteilen zu müssen.

»Haltet Ihr's für weise, dem Renegaten in so enger Nachbarschaft Eurer Tochter Quartier geben zu lassen? Ich will meinen, wenn der Kerl sich bislang noch nicht von seiner ärgsten Seite gezeigt haben sollte, dann bringt er es womöglich jetzt noch zustande! Ein Tückebold ist das, wenn Ihr mich fragt, und die Lady sollte auf die Gefahren, die ihr drohen, hingewiesen werden, sofern sie dieselben nicht zu erkennen vermag!«

Trahern erwiderte, nicht ohne einen Anflug von Belustigung: »Mir erscheint es ratsam, meiner Tochter im Augenblick keinen Wunsch zu verweigern.«

»Nichtsdestotrotz, Sir«, Gaylord wurde eindringlich, »sollte die zukünftige Gemahlin eines Gentleman nicht im nämlichen Flügel mit einem Gauner residieren, andernfalls möchten böse Zungen den Gentleman vielleicht als Hahnrei beschreiben.«

Trahern verhielt unvermittelt seinen Schritt und starrte den Gentleman an, statt der Belustigung schimmerte nun Zorn in seinen grünen Augen.

»Ich«, sagte der Inselherr ganz leise, »stelle die Tugend meiner Tochter nicht in Frage noch würde ich jemals Gerüchten Glauben schenken, die von abgewiesenen Verehrern oder schwatzhaften Weibern in die Welt gesetzt werden. Meine Tochter hat einen eigenen Kopf und eigenen Willen sowie ein gutes Gefühl für das, was sich ziemt und was nicht. Stellt also nicht, indem Ihr Gegenteiliges zum Ausdruck bringt, meine Gastfreundschaft auf eine zu harte Probe.«

Unterdessen erfüllte geschäftiges Treiben das Zimmer, welches Shanna für Ruark zum Krankenlager bestimmt hatte. Pitney, der Arzt und Shanna waren dort versammelt, die Haushälterin Berta und die Zofe Hergus hatten in Windeseile das Bett gerichtet, nun wurden Ruark Hemd und Strümpfe abgenommen. Der Doktor ließ sich, für seine Messer und die anderen Instrumente, ein Tischchen in die Nähe rücken. Shanna tauchte ein Tuch in eine Wasserschüssel und machte sich daran, Ruark Gesicht und Brust zu waschen. Über dem verletzten Schenkel war das Hosenbein bereits aufgeschlitzt worden, und als Herr Schaumann nun die verklebten Wickel abnahm, wurde Hergus angesichts der blut-

verkrusteten, eiternden Wunde übel, und, fest die Hand vor den Mund gepreßt, drehte sie sich auf dem Absatz um und stürzte aus dem Raum. Überrascht starrte Shanna ihr nach, sie hatte diese Frau stets für unerschütterlich gehalten.
»Weiber!« brummte der Chirurg. Er wies auf Ruarks verdreckte Hose, die schwarz vor Schießpulver war und auch danach stank. »Falls es Eurer zarten Natur nicht wider den Strich geht, Mädel«, sagte er, »möcht' ich bitten, daß Ihr diese Fetzen da entfernt!«
Haushälterin Berta stöhnte auf, entsetzt über diese Bitte. Shanna jedoch kannte kein Zögern. Entschlossen setzte sie den kleinen Silberdolch an, doch gelang ihr nur ein dürftiger Riß am Knie. Pitney schob Shannas Hand beiseite, zog sein großes Messer mit der breiten Klinge und trennte jeweils mit einem einzigen Strich beide Hosenbeine auf.
Trahern hatte sich mit Sir Gaylord in der Zwischenzeit ebenfalls eingefunden und an der Tür Aufstellung genommen. Nun trat Gaylord, schwer auf seinen Stock gestützt, humpelnd zu Shanna hin und faßte sie beim Arm.
»Erlaubt mir, Madam Beauchamp«, hob er an, »Euch aus diesem Gemach fortzubegleiten. Dies ist gewiß nicht der rechte Ort für eine Dame.«
»Seid kein Esel!« blitzte sie ihn an. »Ihr seht doch, hier bedarf man meiner Hilfe, und helfen kann ich!«
Gaylord sperrte verblüfft das Maul auf, zog sich dann aber doch geschwind zurück, wobei er mit Trahern zusammenstieß. Pitney warf die Reste von Ruarks Hose auf den Boden, und Berta setzte wegen des Anblicks, der sich Shannas Augen bieten mußte, eine erschütterte Leidensmiene auf.
Shanna legte der bestürzten Frau eine begütigende Hand auf die gebeugte Schulter: »Berta, das macht mir nichts aus. Schließlich bin ich . . . war ich eine verheiratete Frau.« Shanna spürte ob des Schnitzers, mit dem sie beinahe ihr Geheimnis preisgegeben hätte, alles Blut aus ihren Wangen weichen. Mit mehr Bedachtsamkeit fuhr sie fort: »Ihr wißt also, für mich ist ein Mann kein unbekanntes Wesen. Und nun bitt' ich Euch, steht mir nicht im Weg.«
Berta fühlte sich entlassen und enteilte, um in der frischen Luft ihr verletztes Empfinden von Wohlanständigkeit zu heilen. Shanna lehnte sich übers Bett und hielt dem Arzt die Öllampe.
Ein Kissen wurde unter das Bein geschoben, damit der Doktor besser schneiden konnte. Weitere Splitter wurden aus der Wunde hervorgezogen sowie ein münzgroßer Fetzen Tuch. Ruark stöhnte und wand sich vor Schmerzen in seiner Ohnmacht. Shanna krampfte sich das Herz zusammen, fast glaubte sie am eigenen Leib die Pein zu spüren, die er dulden mußte. Und während sie half, einen frischen Ausbruch tiefroten

Bluts zu stillen, war sie sich durchaus der fragenden Blicke ihres Vaters bewußt, dem die Besorgnis seiner Tochter immer noch ein Rätsel war. Shanna freilich machte nicht die geringste Anstalt, ihre Angst um Ruark zu verhehlen. Sollte Vater doch vermuten, daß daran mehr war, als sich ziemte – sie würde schon später noch zur rechten Zeit die rechte Antwort dafür finden. Für sie zählte in diesem Augenblick nur eines: Ruark so bald, wie es nur menschenmöglich war, wieder zur Gesundheit zu verhelfen.

Das Blut hatte einiges von den Giften, die in der Wunde steckten, mit hinausgewaschen, und Herr Schaumann säuberte nun das zerfetzte Fleisch und trug von seinen Salben und Ölen reichlich auf. Dann umgab er das Bein mit festen Wickeln, bis es fast unbeweglich war.

»Mehr kann ich nicht tun«, seufzte er. »Setzt jedoch der Wundbrand ein, müssen wir das Bein entfernen, und dann gibt es kein Wenn und Aber mehr. Es steckt schon zuviel Gift darin. Das sieht man deutlich an der purpurnen Verfärbung – und an dem Rot, welches sich von der Wunde her ausbreitet. Und natürlich muß ich den Mann auch zur Ader lassen.«

Er legte sich Ruarks Arm zurecht, so daß derselbe zum Bett hinausragte, und machte sich an seinen Messern und Schüsseln zu schaffen.

»Kommt nicht in Frage!« platzte Pitney heraus. »Der Mann hat doch längst genug Blut verloren! Und zu viele sah ich schon, deren Leben in die Schüssel eines Quacksalbers verströmte!«

Der Doktor zuckte in rechtschaffenem Zorn zusammen, hielt jedoch die Zunge brav im Zaum, da auch Trahern gleicher Meinung war.

»In diesem Haus wird niemand zur Ader gelassen!« grollte er. »Auch ich mußte ein geliebtes Wesen unterm Chirurgenmesser bis auf den Tod verbluten sehen. Ich halte es nicht für weise, einen kranken Körper noch weiterhin zu schwächen.«

Der Doktor preßte fest die bleichen Lippen aufeinander, warf die Skalpelle in seine Tasche und schloß dieselbe geräuschvoll. »Dann bleibt mir weiter nichts zu tun«, entgegnete er scharf. »Ich bin im Dorf, falls Ihr mich doch noch braucht.«

Shanna breitete ein kühles Laken über Ruark und legte ihre Hand auf Ruarks fieberheiße Stirn. Seine Lippen bewegten sich, qualvoll langsam rollte sein Kopf von der einen Seite auf die andere. Plötzlich stieg eine neue Furcht in Shanna auf: Was, wenn er im Delirium ihren Namen riefe, Dinge spräche, die doch ungesagt bleiben mußten? Schnell wirbelte sie herum und drängte jedermann zur Tür hinaus.

»Geht jetzt!« rief sie. »Laßt ihn schlafen. Er braucht jetzt jedes Quentchen Kraft. Ich will noch eine Weile bei ihm sitzen.«

Pitney und Trahern schritten auf den Gang hinaus, nur Gaylord blieb noch auf der Schwelle stehen, obwohl Shanna sich bereits anschickte, die

Tür zu schließen. Gaylord zog ein Taschentuch, tupfte sich mit zierlicher Geste eine Prise Schnupftabak in jedes Nasenloch – und trat ins Gemach zurück.
»Verdammt anständig von Euch, Madam, was Ihr tut. Nach allem, was der Bursche Euch zugefügt hat.«
Shanna zuckte ärgerlich die Achseln und wies ihm abermals die Tür.
»Ich kann mir denken, daß Ihr unter den Händen der Piraten die ärgsten Grausamkeiten erdulden mußtet.« Noch eine Prise, ein Niesen, wieder diese gezierten Tupfer mit dem Taschentuch gegen die Nasenflügel. »Nichtsdestotrotz, Madam, ist's mir Bedürfnis, Euch zu versichern, daß mein Heiratsantrag seine Gültigkeit behält. Mehr noch, ich möchte raten, die Zeremonie in aller Kürze vorzunehmen, damit jeglichem Gerücht, zu welchem Eure Entführung und Eure Schmach Anlaß zu geben vermöchte, der Boden entzogen wird. Vielleicht wißt Ihr auch eine Frau hier auf der Insel, die uns zu Diensten steht, falls Ihr den Beweis Eurer Schändung in Euch tragt.«
Shanna war so entsetzt, daß sie im ersten Augenblick die Unterstellung wortlos hinnahm.
»Andererseits würde ich meiner Familie gegenüber kein Wort über dieses Euer, äh, Abenteuer verlieren. Es wird ohnehin schon schwierig genug sein, angesichts Eurer fragwürdigen Vorfahren meine Familie von meiner Wahl zu überzeugen.«
Shanna straffte sich. Die Empörung, die in ihr aufwallte, fühlte sich eiskalt an.
»Ihr seid zu gnädig, Sir. Doch sollte ich bei meinem, äh, Abenteuer irgendwelchen Samen in mir davongetragen haben«, ihr Lächeln war von knirschender Süße, »so werde ich denselben auch austragen.«
Sir Gaylord wischte sich ein nicht vorhandenes Stäubchen von den Manschetten und wollte noch ein weiteres Zeugnis seiner Großmut ablegen – daß dergleichen bei einem bürgerlichen Frauenzimmer Eindruck machen mußte, bedurfte für ihn keiner Frage.
»Nichtsdestotrotz, meine Liebe, wir werden Hochzeit halten, ehe die Schande offensichtlich wird. Solltet Ihr gesegneten Leibes sein, werden wir jeglichem Gerücht die Stirne bieten, und ich werde mich höchstselbst als Vater bekennen.«
Shanna ließ ihren Arm in die Höhe schießen, und ihr Zeigefinger bebte, als sie dem Edelmann den geradesten Weg zur Tür wies.
»Hinaus!« schrie sie.
»Wie Ihr befehlt, meine Gnädigste«, murmelte Sir Gaylord und ahnte nicht, wie nahe er in diesem Augenblick daran war, zum Krüppel zu werden. »Ich verstehe. Eure Nerven sind überspannt. Wir werden später davon reden.«

Er machte ein paar Schritte, ehe er fast über seinen Krückstock fiel, und da er ein ausgezeichnetes Gedächtnis sein eigen nannte, erinnerte er sich auch noch zur rechten Zeit, daß er auf seinem umwickelten Fuß zu hinken hatte. Hinter ihm fiel krachend die Tür zu.
Shanna lehnte sich gegen die Tür, und es dauerte eine Weile, bis sie die Ungeheuerlichkeit von Sir Gaylords Ansinnen aus ihrem Gemüt vertreiben konnte. Ein Stöhnen, das sich Ruarks gequälter Brust entrang, ließ freilich allen Zorn schnell vergessen. Sie flog durch das Gemach und an sein Lager. Gerötet und dunkel wirkte Ruarks Gesicht im trüben Licht, und heftiger als zuvor rollte sein Haupt mal links, mal rechts, als sei dasselbe nur noch locker an den Schultern befestigt. Die Hand, die sie ihm auf die Stirn legte, entdeckte auch nicht sehr viel Tröstliches: trocken und heiß brannte die Haut – Shanna fröstelte vor Angst.
Und im stillen verfluchte Shanna all die Schulen, welche sie besucht und wo ihr zwar eingetrichtert worden war, wie man einen Hofknicks macht und sich unter Adelsvolk bewegt, wie man nutzlos Verse schmiedet, wie man Stunden vor dem Rahmen zubringt und hübsche, bunte Stickereien fertigt – jedoch nichts von dem, was im alltäglichen Leben zu irgend etwas nutze gewesen wäre. Nichts wußte sie von Salben, Heilung und von Pflege, nichts, was bei Krankheit und Verletzung hilfreich war. Jetzt konnte sie sich nur auf eines noch verlassen, und das war der gesunde Menschenverstand. Wenn Ruark fieberte und seine Stirn sich wie heißes Pergament anfühlte, dann wandte sie kaltes Wasser an. Wenn er keuchte, japste und unzusammenhängend wirre Sätze von sich gab, dann sprach sie sanft zu ihm und streichelte ihn zärtlich, bis er wieder Ruhe fand. Eine dünne Brühe hatte sie aufs Zimmer bringen lassen, sie stand auf einem Wärmeöfchen vor dem Bett, und wann immer Ruark zu einem wenigstens nur halbbewußten Zustand aufwachte, flößte sie ihm ein paar Löffel voll davon ein. Doch ansonsten gab es wenig genug zu tun.
»So verdammt wenig!« stöhnte sie in wachsender Verzweiflung; Tränen ließen Ruarks Antlitz vor ihrem Blick verschwimmen, als ein überwältigendes Gefühl von Hoffnungslosigkeit sich in ihre Seele senkte. »O lieber Gott, ich bitte dich . . .«, und in der Stille, die sie umgab, war ihr Flehen fast ein Winseln, »laß ihn nicht sterben . . .«
Des Abends dunkle Schatten krochen übers Feld, der Mond erblühte rot am Horizont. Shanna hatte sich in einem Sessel neben dem Bett zusammengerollt, manchmal schlummerte sie ein wenig, manchmal sah sie nur Ruark an. Lustlos nahm sie zur Kenntnis, wie der Mond in seiner prachtvollen tropischen Herrlichkeit über den Wipfeln dahinschwebte, lauschte sie dem Ticken der zierlichen Pendüle, die Stunde um Stunde, Runde um Runde die Nacht durchmaß.

Ein fiebriges Delirium begann, Ruark noch heftigeres Stöhnen, noch wirreres Gemurmel abzuquälen. Shanna fürchtete, er möchte sich erheben wollen – und sie wußte, daß ihr die Kraft nicht mehr gegeben war, ihn niederzuhalten. Sie drückte ihn in seine Kissen und setzte sich zu ihm aufs Bett, säuselte ihm sanfte Worte zu und streichelte ihm das Angesicht, versuchte sogar, mit einem Kinderlied seiner gemarterten Seele Frieden einzuflößen.

Da, plötzlich verzerrte sich sein Gesicht zur alptraumhaften Fratze, weit riß er die Augen auf. Grob packte er sie bei den Schultern, riß sie an sich, und der rücksichtslose Griff seiner fiebergeschüttelten Hand krallte sich tief in ihre Haut.

»Verdammt!« fauchte er. »Ich sah das Mädel doch niemals zuvor! Warum glaubt Ihr mir denn nicht...«

Knurrend stieß er Shanna fort, ließ sich wieder in die Kissen fallen und starrte mit Augen, die nichts sahen, zu der offenen Balkontür hinaus. Dann zog eine unendliche Traurigkeit ihm die Mundwinkel nach unten, und mit der Singsang-Stimme eines Irren hob er an zu deklamieren: »Vier Wände... Decke... Boden... Tür. Zählt die Steine... inne... minne... meh... Zählt die Tage... eins zwei drei und vier... Doch wie soll ich, lieber Mann, wenn ich nie die Sonne seh'...«

Der Singsang erstarb in unzusammenhängendem Gemurmel, die Augen schlossen sich fest. Shanna wollte das Tuch aus der Wasserschüssel nehmen, hielt jedoch inne, als die Worte wieder klarer wurden – scharf und zornig wie die Miene, die sein Antlitz überzog.

»Dann nehmt doch alles! Nehmt mir auch das Leben! Was liegt mir noch daran, nun das Frauenzimmer mich im Stiche läßt! Verdammt soll sie sein! Verdammt ihr trügerisches Herz! Ach, Mensch, wie ich sie hasse! Trügerisches Weibsstück! Ha, wie sie mich lockt und mich verführt! Mich reizt – und mich flieht! Und nur noch heftiger begehr' ich sie! Hab' ich denn keinen eigenen Willen mehr?«

Die Stimme brach ihm, und er schluchzte, verbarg das Antlitz unter seinem Arm. Shanna schnürte es die Kehle zu, und nichts linderte die Pein, die ihr das Herz zerriß. Mit Tränen in den Augen versuchte sie ihn zu beruhigen, doch er hörte ihr Flehen nicht. Er hob die Hände, drehte sie vor den Augen hin und her, und betrachtete sie, als hätte er dergleichen nie zuvor gesehen.

»Trotzdem... ich liebe sie. Natürlich könnt' ich mir die Freiheit nehmen und fliehen... aber sie hält mich mit tausend Fesseln...« Die Hände ballten sich zu schlaffen Fäusten. »Bleiben kann ich nicht... und gehen auch nicht...« Die Augen schlossen sich, der Alptraum war vorüber.

Elend und verzweifelt senkte Shanna schluchzend den Kopf. Wie achtlos, wie gedankenlos hatte sie doch ihr Netz um ihn gesponnen! Nein, nie hatte sie ihn in eine Falle locken wollen, genausowenig, wie sie selbst in Fesseln gehen wollte. Damals, in jener kalten, finsteren Nacht im Kerker zu London, da hatte sie doch nicht ahnen können, wie alles enden mußte! Es war nur ein Spiel gewesen, ein Trick, den Vater zu überlisten, sich selber zu beweisen, daß sie nicht minder schlau wie irgendein beliebiger Mann sein konnte – doch die Gefühle, die Empfindungen anderer Menschen hatte sie dabei nicht bedacht.

Auf die Hände, die sie im Schoß gefaltet hielt, tropften Tränen – sie schämte sich. Von allen Männern, welchen sie mit dem scharfen Dolch ihrer Zunge Verletzungen an Seele und Gemüt zugefügt hatte, war Ruark gewiß der einzige, den sie niemals hatte verwünden wollen. Und nun war er dem Tode nahe – durch ihre Schuld. Und nichts, nichts vermochte sie zu tun, da die Gifte unaufhaltsam seine einst so überschäumende Lebenskraft austrockneten – nichts vermochte sie, nur dazustehen, nur es mit anzusehen.

»O Verdammnis!« rief sie aus und begann, in Verzweiflung die Hände ringend, auf und ab zu laufen. Gemartert drehte sie ihr Gedächtnis um und um, auf daß sie ein Quentchen halb vergessenen Wissens entdeckte, welches ihr und Ruark Rettung bringen könnte. Auch Mutter war vom Fieber überfallen worden, man hatte sie zur Ader gelassen, und es hatte nicht geholfen, denn sie war, von dieser Prozedur geschwächt, gestorben. Und gesetzt den Fall, man folgte doch dem Drängen des Chirurgen, ließe das Bein abnehmen – was dann? Wenn schon die Wunde eiterte, wie sehr mußte erst das rohe Fleisch eines verbleibenden Beinstumpfs Brand und Eiter zeugen? Wo war dort Logik zu erblicken? Womöglich starb er dann nur noch viel eher – und wie würde sie sich dann jemals trösten können?

Fragen, Fragen, nichts als Fragen – doch weit und breit bot sich nirgends eine Antwort an. Sorge und Erschöpfung hämmerten auf Shannas Gemüt ein, Dumpfheit breitete sich in ihren Sinnen aus, kein klarer Gedanke wollte sich mehr fassen lassen. Noch einmal wusch sie Ruark den Fieberschweiß vom Gesicht, pflegte, hegte, fütterte und besänftigte ihn, doch allmählich fing ein Gefühl von lähmender Vergeblichkeit schon an, ihr, einem tückevollen Dämon gleich, alle liebevolle Mühen zu vergällen. Schlaff legte sie die Hände in den Schoß.

Mit rasselnder Stimme phantasierte Ruark wieder: »Es bedeutet mir nichts ... Dringt nicht weiter in mich ... Sie soll das Geschenk haben ...«

Es war eine endlose Qual, und als das Schwarz des Himmels fahl wurde, als die aufgehende Sonne endlich ihre Lichtbalken durch die Verandatür schob, war Shanna im Sessel in einen unruhigen Halbschlummer gesun-

ken. Nur undeutlich bemerkte sie, daß sich hinter ihr eine Tür öffnete und schloß. Plötzlich ragte ein gewaltiger Schatten vor ihr auf, ein stummer Aufschrei lag in ihrem weitaufgerissenen Mund, als erwarte sie, das Gespenst Pelliers erscheinen zu sehen. Doch es war nur Pitney, und erleichtert atmete sie auf. Sie ließ sich in den Sessel zurückfallen und rieb sich mit den Händen die Stirn.
Pitneys rauhe Stimme fuhr liebevoll über sie hin, allerdings klang auch ein Hauch von Sarkasmus mit: »Wußt' ich's doch, daß Ihr keinem Menschen trauen würdet!«
Shanna wußte nichts darauf zu erwidern und blickte freudlos zu Ruark hinüber.
»So hat's keinen Zweck«, sagte Pitney und umfing mit einer allumfassenden Bewegung seiner Pranke den ganzen Raum. »Wenn Ihr so weitermacht, seid Ihr bald weder ihm noch Euch selbst zu irgend etwas nütze. Geht in Euer Gemach und versucht endlich zu schlafen. Ich will für Euch wachen.«
Widerspruch ließ er nicht gelten; er zog sie hoch und schob sie zur Verandatür hinaus.
»Geht nur«, fügte er hinzu, als er ihre sorgenvolle Miene sah. »Ich werde Euren Mann ebensogut wie Euer Geheimnis hüten.«
Da blieb Shanna nichts anderes übrig, als zu gehorchen. In völliger Erschöpfung taumelte sie zum Bett und ließ sich – noch in dem Gewand, welches ihr Vater auf die *Hampstead* mitgebracht hatte – zwischen die Laken fallen. Wenige Atemzüge später war sie eingeschlummert.
Nur Augenblicke schienen vergangen, als Hergus sie bereits wieder wachrüttelte.
»Kommt, Shanna!« drängte die brave Frau. »Essen müßt Ihr doch zum mindesten ein wenig!«
Mit einem Ruck setzte sich Shanna aufrecht, blickte verwirrt nach der Pendüle. Es war schon drei Uhr am Nachmittag. Unwirsch griff sie sich ein Stückchen Weizenkuchen vom Tablett, flog auf die Veranda hinaus, schlängelte sich um das Gitterwerk, welches die Veranden der Gemächer voneinander trennte. Pitney saß an Ruarks Krankenlager, hatte ein Kartenspiel vor sich ausgebreitet und vergnügte sich allein damit.
Der Hüne hob den massigen Kopf und sah Shannas unordentliche Erscheinung.
»Euer Vater hat mir ein wenig Gesellschaft geleistet«, berichtete er und wies auf die Karten. »Aber er mag Karten nicht leiden und ist wieder gegangen.«
Shanna erwiderte nichts darauf. Sie eilte an Ruarks Seite. Die Stirn hatte sich nicht um das geringste abgekühlt. Sie hob das Laken – und schrie auf, als sie die roten Streifen sah, die sich nun nach oben bis zur Hüfte

und nach unten bis zum Fuß ausbreiteten. Pitney tastete mit einem prüfenden Finger die Schwellungen ab, und seine Miene verfinsterte sich.

»Nun wird er wohl doch sein Bein verlieren«, meinte er traurig. Er hatte in seinem Leben zuviel von der Chirurgenquacksalberei und -schneiderei gesehen und gehört; eine Schande war's, daß diese Messerhelden auf hilflose Menschen losgelassen wurden. »Zu dumm, daß Euer Mister Ruark kein Pferd ist«, sagte er mit seiner – diesmal durchaus liebevoll gemeinten – Ironie, der er sich auch in jämmerlichen Lagen nicht enthalten konnte. Und als er daraufhin Shannas strafenden Blick auf sich gerichtet sah, beeilte er sich zu erklären: »Dann könnten wir eins von seinen Heilmitteln an ihm selber ausprobieren. Ich wollte nur sagen – die Stute ist geheilt, kaum eine Narbe sieht man noch an ihr.«

Shanna rümpfte die Nase, als sie sich an Aussehen und Geruch der abscheulichen Mixtur erinnerte. »Eine Roßkur!« schnaubte sie verächtlich. »Da möcht' ihm ja schon von dem Zeugs allein das Bein abfallen. Rum und Kräuter, daß es Gott erbarm'!«

Doch plötzlich hielt sie inne. Eine andere Erinnerung kam ihr in den Sinn. Hatte Ruark nicht einmal Kräuter vom Wegrand gepflückt und ihr auf einen Schnitt an der Ferse gelegt? Auch das hatte grauenhaft gestochen, dann aber war bald der Schmerz verebbt. Es zög' die Gifte aus dem Fleisch, hatte er gesagt. Entschlossen biß Shanna die Zähne aufeinander.

»Sucht Elot, den Stallburschen!« wies sie Pitney an. »Er soll die Blätter herbeischaffen, mit welchen Ruark die Mixtur bereitete. Den schwarzen Rum dazu finden wir im Haus.« Und als Pitney davoneilte, rief sie noch hinterher: »Und Hergus soll frische Leinentücher und heißes Wasser bringen!«

Die Tür fiel lärmend zu; Shanna beugte sich über Ruark, und behutsam nahm sie ihm die Wickel vom Schenkel. Die Besonnenheit und die Zielstrebigkeit, mit welcher sie den Bereich um das zerfetzte Fleisch wusch, war für sie selber überraschend. Und um des guten Anstands willen breitete sie ein Tuch über Ruarks Unterleib – damit Hergus, wenn sie eintrat, nicht wieder in Bestürzung fiel.

Unerträglich lang schien ihr das Warten, bis Pitney endlich wiederkam. Dann aber wurde in das kleine Wärmeöfchen frische Kohle nachgelegt, Shanna rieb die Kräuter in den kleinen Kessel Wasser, der bald dampfte, und durchdringender Geruch erfüllte das Zimmer. Noch einmal wusch Shanna mit heißen, feuchten Tüchern alles Geschwär aus der brandigen Wunde – und wild schlug Ruark um sich, als der Schmerz sein Delirium durchdrang. Pitney legte seine breiten Pranken auf das Bein und hielt es fest.

Shanna schickte ein stummes Gebet zum Himmel, dann mischte sie die Kräuter und den Rum und tupfte den warmen Brei in die Wunde und auf das Bein. Schon bei der ersten Berührung schrie Ruark wie irrsinnig auf und wand sich in grauenhafter Pein, beißend fraßen sich die ätzenden Kräuter und der warme Rum in das zerrissene Fleisch. Doch nun arbeitete Shanna wie besessen; Pitney hielt den Tobenden mit eisernen Fäusten fest, und Hergus gab unablässig frische Kräuter in den Kessel. Immer wieder aufs neue säuberte Shanna die Wunde, wenn der Wickel abgekühlt war, und ersetzte ihn durch einen neuen – immer wieder, und längst hatte sie schon aufgehört, nach der Uhr zu schauen und die Stunden mitzuzählen. Der Rücken schmerzte ihr vom gebeugten Stehen, rot brannten ihr die Hände von den heißen Wickeln, doch nichts vermochte sie davon abhalten, ihr barmherziges Werk zu tun – vielleicht das letzte, welches ihr für Ruark noch zu tun vergönnt war. Längst war es Nacht geworden, und endlich wollte ihr scheinen, daß Ruark nun viel ruhiger lag. Seine Lippen bewegten sich nicht mehr so widernatürlich, auch wand er sich nicht mehr wie auf einer Folterbank. Sie faßte ihn an: das Fieber hatte nachgelassen.
»Bringt mir eine Nadel und einen guten, starken Zwirn!« wies Shanna die Zofe an. »Und dann laßt uns sehen, ob die Stickerei, die ich gelernt hab', einmal wenigstens im Leben zu irgend etwas nutze ist.«
Hergus begriff nichts, schüttelte den Kopf, sagte aber nichts und schaffte das Nähzeug flink herbei. Mit banger Miene stand die Zofe dann am Fuß des Bettes und sah mit zuckenden Lidern zu, wie Shanna nun mit Nadel und rumgetränktem Zwirn sorgsam nähend die klaffende Wunde schloß.
Nicht ohne Stolz beendete Shanna ihr Werk und merkte an: »Es wird ihm nicht einmal eine Narbe bleiben, mit der er prahlen kann!«
»Als ob eine Narbe auf einem Männerbein ein Grund zur Aufregung wäre«, brummte Hergus.
»Legt ihm noch einen Wickel an, und den laßt kühlen«, schlug Pitney vor.
Shanna legte noch einmal eine Handvoll der Mixtur auf die Naht, band frische Leinenstreifen fest darüber und baute einen Berg von Handtüchern um das Bein, damit es möglichst ruhig liegen blieb.
»Ich will noch eine Weile bei ihm wachen«, sagte sie dann, als sie erschöpft in den nächsten Sessel sank.
Hergus schüttelte unwirsch das Haupt. »Wollt Ihr nicht wenigstens einen Happen zu Euch nehmen? Wollt Ihr nicht endlich baden? Ihr seid ja ohnehin nur Haut und Knochen, so, wie Euch die Piraten Hunger leiden ließen! Und schaut Euch an! Wachte der Mann jetzt auf, Ihr würdet ihn zu Tode erschrecken.«

Verlegen fuhr sich Shanna mit den Fingern durchs verstruppte Haar. In der Tat, auf der *Hampstead* hatte sie sich zum letzten Mal angekleidet, seitdem hatte sie sich nicht mehr gekämmt oder in einen Spiegel hineingeschaut. Eine Ewigkeit war das schon her.

»Und Euer armer Papa unten, wie ist er besorgt, wie grämt er sich nach Euch – natürlich sagt er nichts, aber man sieht's ihm doch an. Der Junge hier hat jetzt das Schlimmste hinter sich. Also schaut endlich nach Euch selbst, sprecht auch ein liebes Wort mit Eurem Vater oder zwei. Es hat ihn ja fast umgeworfen, als er erfahren mußte, daß Euch die Piraten mitgenommen haben.«

»Mir scheint's eher wahrscheinlich, daß er vor Wut die ganze Insel auf den Kopf gestellt hat«, widersprach Shanna mit leichtem Ton.

Pitney zog die Stirn in Falten und merkte polternd an: »Und geschworen hat er sich, den Mister Ruark aufzuhängen, als die Leibeigenen mit ihren Geschichten heimkehrten.«

»Was haben sie denn erzählt?« wollte Shanna wissen.

»Daß er um Euch gekämpft hat und Euch für sich behalten wollte!« war Hergus flink mit der Auskunft bei der Hand. »Und daß er, um Euch zu besitzen, sogar einen Mann getötet hat!«

»War das alles?«

Die Zofe warf Pitney einen argwöhnischen Blick zu und antwortete zögernd: »Nein, da war noch mehr.«

Pitney hingegen nahm kein Blatt vor den Mund. »Wir waren alle dabei, als die Leibeigenen einstimmig versicherten – wenn einer Euch Gewalt antut, dann ist es Mister Ruark.«

Er ließ eine wirkungsvolle Pause eintreten, um seinen Worten Gewicht zu verleihen, und sah Shanna scharf an, als sich ihre Augen nun vor Bestürzung weiteten. Doch dann zuckte er nur die Achseln und begab sich zur Tür.

»Die Leibeigenen meinten freilich auch«, fügte Pitney noch hinzu, »Genaues könne man nicht wissen, da er Euch noch die Treppen hinaufgeschleppt habe. Immerhin«, Pitney streichelte sich das breite Kinn und riskierte einen Schuß ins Blaue, »schlägt ein Mann sich um ein Frauenzimmer, dann holt er sie sich auch ins Bett.«

»Ich glaube«, sagte Shanna, ihr Lächeln war schwach und schmerzensreich, »es ist wohl am besten, wenn ich Papa alles erkläre.«

Noch einmal vergewisserte sie sich, daß Ruark auch fest schlief, dann ging sie in ihr eigenes Zimmer hinüber, wo eine mißgelaunte Hergus sie empfing, die ihr in den Badezuber half, ihr den Rücken schrubbte, das Haar wusch, trocknete und kämmte.

»Euer Pa kommt gleich herauf, hat er gesagt«, verkündete die Zofe und reichte ihr Nachthemd und Bettjacke. »Und ich hol' Euch jetzt das

Nachtmahl. Wenn Euer Pa mit Euch zu reden hat, ist's besser, Ihr seid gut bei Kräften.«
Shanna wollte die Frau mit einem halb verschwörerischen, halb dankbaren Blick bedenken, aber Hergus zuckte nur die Achseln.
»Geschieht Euch doch alles recht!« meckerte die Zofe. »Sich so tief zu erniedrigen! Geht mit einem Leibeigenen ins Bett! Und das bei all den Lords, die um Eure Hand anhielten, und den feinen Schulen, auf denen Ihr wart. Was habt Ihr denn zu erwarten von solch einem Mann – außer einem dicken Bauch Jahr für Jahr? Und nicht einmal einen guten Namen, bei dem man dann die Kinder rufen könnte! Wer will denn schon Ruark heißen?« Vor Abscheu rümpfte sie die Nase. »Ruark hört sich irisch an, und das allein bedeutet schon nichts Gutes, nur Ärger und Aufruhr; Schläger und Fremdgeher sind sie alle. Wenn Ihr bei Verstand wärt, würdet Ihr Euch einen braven Schotten suchen, der einen feinen Namen hat, geradeso wie Euer seliger Gemahl.«
Shanna seufzte erschöpft auf. »Ich erwarte nicht, daß Ihr die Sache mit Mister Ruark und mir versteht, Hergus, aber ich habe entsetzlichen Hunger, und Ihr verspracht mir ein Nachtmahl. Soll ich vielleicht vor Hunger sterben, während Ihr mir Anstandsregeln predigt?«
Wortlos verschwand die Zofe und stellte ihr wenig später ein Tablett mit ausgesuchten Leckerbissen auf den kleinen Tisch. Shanna saß eben beim Essen, als Orlan Trahern an die Tür pochte.
Der Inselherr wirkte leicht verlegen, und nach einer linkischen Begrüßung wanderte er mit unter den Rockschößen verschränkten Händen durch den Raum. Von Zeit zu Zeit stieg aus den Tiefen seiner Brust ein Grunzen auf; einmal blieb er vor einem kostbaren Mitbringsel aus fernen Erdteilen stehen, einmal hielt er inne, um in einem Gedichtband ein paar Verse zu lesen. Schließlich hob er mit dem Finger den mit exquisiter Einlegearbeit versehenen Deckel der Spieluhr, Ruarks Geschenk, wunderte sich wohl auch ein wenig über das ihm unbekannte Ding, hörte sich aber ein wenig das Geklimper an und schloß auch den Deckel behutsam wieder, als fürchte er, einen Schaden anzurichten.
»Hm«, brummte er. »Spielkram.«
Shanna ahnte, daß irgendein Kummer ihn quälte, und schwieg. Sie aß zwar weiter, während sie seinen Wanderungen zusah, schmeckte aber kaum etwas von all den köstlich zubereiteten Speisen.
»Man sieht es Euch nicht an, was Ihr alles durchgestanden haben müßt«, stellte er schließlich fest. »Im Gegenteil, mein Kind. Ihr habt sogar an Liebreiz noch gewonnen. Zum mindesten scheint Euch die Sonne nicht schlecht bekommen zu sein.«
»Dank' Euch, Papa«, sagte Shanna und versteckte sich hinter ihrer Teetasse.

Trahern stieß auf das Lederwams, das säuberlich gefaltet auf der Chaiselongue lag, darauf auch der Dolch und die Pistole. Die Pistole hob er auf, schaute das kleine Ding zweifelnd an.
»Es hat mir seine Dienste geleistet«, sagte Shanna achselzuckend.
Als Trahern dann vor dem Tisch stand, setzte Shanna die Tasse ab, faltete die Hände im Schoß und hob den Blick.
»Es ist Euch ... wohl ergangen?« fragte er besorgt.
»Ja, Vater«, sagte sie und wappnete sich auf das Verhör, das nun beginnen mußte.
»Und die Piraten ... Sie haben Euch nicht ... angerührt?«
»Nein, Vater. Ihr habt es ja schon gehört, daß Mister Ruark um meinetwillen einen Mann getötet hat. Es waren sogar zwei, wenn Ihr's genau nachzählen wollt. Überlebt hab' ich das alles nur, weil Mister Ruark so geschickt mit Waffen umzugehen weiß. Wär' er nicht gewesen, sähet Ihr mich heute nicht vor Euch.«
»Und dieser Mister Ruark ...?« Er ließ die Fragen offen.
Mit einem Ruck stand Shanna auf. Ins Gesicht mochte sie dem Vater nicht sehen; sie ging auf die Verandatüren zu und öffnete sie weit, um die Abendbrise hinein zu lassen, denn plötzlich war es drückend im Gemach geworden.
»Mister Ruark ist ein höchst ehrenwerter Mann. Er hat mir keinerlei Unrecht getan, und Ihr seht mich heut nicht anders, als ich vorher war.«
Sie wandte sich mit süßem Lächeln zu ihm um und sprach in aufrichtigem Ton, und in der Tat war nichts, was sie dem Vater sagte, Lüge.
»Meine größte Sorge, Papa, gilt zur Stunde seinem Befinden, und auch dieses hat sich, wie mir scheinen will, schon sehr gebessert.«
Trahern sah sie lange an, als bedenke er aufmerksam jedes ihrer Worte. Unvermittelt nickte er; er hatte sich wohl entschlossen, ihre Schilderung hinzunehmen.
»Dann wollen wir's dabei bewenden lassen.«
Shannas Stimme hielt ihn noch einmal zurück, als er schon zur Tür ging.
»Papa?«
Er drehte sich um und hob fragend die Brauen.
»Ich liebe Euch.«
Trahern stotterte ein wenig, als er hastig eine gute Nacht wünschte; er sah sich auch noch einmal um, als habe er irgendwas vergessen.
»Ach so ... Mister Ruark hat ja meinen verdammten Stock«, schnaufte er schließlich. Ehe er über die Schwelle trat, sah er sie noch einmal an.
»Gut, daß Ihr wieder daheim seid, Kind. Ja – sehr gut ist das.«

Shanna wachte davon auf, daß sie ihren Namen rufen hörte. Einen Augenblick lag sie noch reglos da, weil sie nicht wußte, ob die Stimme

wirklich war oder nur geisterhaft in einem Traum. Doch dann kam das Rufen wieder, diesmal klar zu hören.
»Shanna! Shanna! Geht nicht fort!«
Wie ein Notschrei klang das, einsam in der Stille der Nacht. Sie sprang aus dem Bett, auf die Veranda hinaus und zu Ruarks Zimmer.
Ruark wälzte sich auf seinem Lager und kämpfte gegen unsichtbare Fesseln an, schweißbedeckt war seine Stirn, und auch das Nachthemd, das ihr ihm überzuziehen gelungen war, war triefend naß von Schweiß. Shanna wischte ihm mit einem Tuch das Antlitz trocken und lachte beinahe freudig vor Erleichterung, denn seine Haut war kühl: das Fieber war gebrochen. Im Schein der schwachen Kerzen sah sie, daß er die Augen offen hatte. Verwunderung lag in seinem Blick.
»Ihr seid es wirklich, Shanna? Ihr seid wahrhaftig da? Oder täuscht ein Traum mein Augenlicht?« Fest schloß sich seine Hand um ihre Hand und brachte sie an seine Lippen; er küßte die sanfte Haut und murmelte leise.
»Ach, kein Mädchen meiner Träume schmeckt so süß wie Ihr! Shanna! Mir war so weh ums Herz, als hätt' ich Euch verloren.«
Sie beugte sich tief über ihn und preßte ihren zitternden Mund auf seine Lippen. »Ach, Ruark!« seufzte sie. »Und ich ... mir war so bang, als hätt' ich Euch verloren!«
Er legte einen Arm um ihren Hals und zog sie neben sich.
»Ihr werdet Eurer Wunde Schmerz bereiten!« widerstrebte sie aus Sorge.
»Kommt zu mir her«, befahl er, »ich muß wissen, ob's ein Traum ist oder noch Berauschenderes!« Ihre Lippen fanden sich, und ihre Zungen. Und die Zeit blieb stehen.
»Nun glaub' ich wirklich, das Fieber ist vergangen«, hauchte Shanna und schmiegte sich an ihn. »Doch ein wenig Hohlheit muß es trotzdem in Euren Sinnen hinterlassen haben. Eure Küsse sprechen mehr von Leidenschaft als vom Leiden!« Sie ließ ihre Hand unter sein Nachthemd gleiten, streichelte ihm die behaarte Brust und ergötzte sich an der Kraft in seinen Muskeln.
»Hohl!« empörte er sich. »So soll ich denn auf ewig dem Gestichel einer enttäuschten Braut ausgesetzt sein!«
»In Eurem Fieberwahn habt Ihr gesagt, daß Ihr mich liebt«, murmelte sie leise. »Und zuvor habt Ihr's schon einmal ausgesprochen. Als das schreckliche Gewitter über uns hereinbrach, flehte ich Euch an, mich liebzuhaben, und da sagtet Ihr, Ihr liebtet mich.« Shannas Flüstern war kaum zu vernehmen.
»Seltsam, daß der Wahn die Wahrheit spricht – doch es ist die Wahrheit.«
Shanna hockte sich auf die Fersen und blickte auf ihn hinab. »Und wieso

liebt Ihr mich? Ich tu' Euch unrecht, wo ich geh' und steh'. Als den Mann, der zu mir gehört, erkenn' ich Euch nicht an. Ich hab' an Euch Verrat geübt, und Euer Sklavendasein ist die Folge, wenn nicht gar Schlimmeres. Wie also könnt Ihr mich noch lieben: Ihr seid nicht bei Verstand.«
»Shanna! Shanna! Shanna!« seufzte er und zeichnete mit seinen Fingern die feinen Linien ihrer Finger nach. »Wo gibt es denn einen Mann, der sich rühmen dürfte, daß seine Liebe eine Sache des Verstandes sei? Wie oft hat nicht die Welt schon dieses Wort gehört: ›Was kümmert's mich alles, ich liebe!‹ Zähl' ich denn Eure Fehler, Eure Sünden auf und schnitze sie auf einem Kerbholz ein?« Er starrte in die Kerzenflamme. »Wenn ich nur an ein gewisses Mädchen denke, eins mit Mäusehaaren und von schlichtem Angesicht; ein Mädchen, dessen Tugend schon geräubert wurde, ehe es noch wußte, daß es Tugend gibt . . . Und dann denk' ich an einen braven Mann, der die Schmach des Sklavendaseins dulden mußte . . . Der brave Gaitlier und seine Dora – diese beiden trotzen Hand in Hand einer ganzen Welt, die ihnen Übles will. Und schließen fest die Augen und schreien in den Wind: ›Was kümmert's uns – wir lieben uns!‹ Wo gibt es auf der Welt nur einen Mann, der sich der Weisheit bei der Wahl des Gegenstandes seiner Liebe rühmen dürfte?«
Ruark legte das Bein aufs Kissen und tastete die Wickel ab, als könnte er so den Schmerz seiner Wunden lindern. Dann drehte er Shannas Antlitz so, daß sie ihm in die Augen sehen mußte – und in die Wahrheit seiner Worte.
»Ach, meine liebste Shanna! Wenn ich an Liebe denke, denke ich nicht an Verrat, und wenn ich Euch in meinen Armen halte, zähl' ich nicht, wie oft Ihr mich verleugnetet. Ich warte nur auf jenen Tag, an dem Ihr einmal sagen werdet: ›Ja, ich liebe.‹«
Tränen rannen ihr über die Wangen. »Aber ich will Euch nicht lieben!« Sie begann zu schluchzen. »Aus den Kolonien kommt Ihr: Ihr habt keinen Titel. Ihr seid ein verurteilter Mörder, ein Verbrecher und ein Sklave. Ich aber will für meine Kinder einen guten Namen! Ich will so viel von einem Mann, der mein Gemahl sein soll. Und ich will Euch nicht mehr weh tun.«
Ruark wischte ihr sanft die Tränen fort. »Shanna, meine Liebe«, flüsterte er voll Zärtlichkeit. »Ich mag Euch nicht weinen sehen. Ich will die Sache eine Weile ruhen lassen und nicht mehr in Euch drängen. Ich bitt' Euch nur, einmal zu bedenken, daß man selbst auf der längsten Reise immer nur einen Schritt nach dem anderen tut. Meine Liebe hat die Zeit zum Warten, doch aufgeben wird sie nie.«
Seine Stimme nahm einen leichteren Tonfall an, und in seinen Augen

blinkten wieder schelmenhaft die goldenen Lichter auf: »Inzwischen dürftet Ihr auch wissen, daß ich auf meine Art ein Trotzkopf bin. Meine Mutter hielt mich für entschlossen, mein Vater nannte mich verwöhnt.«
Shanna schnaufte und quälte sich ein schwaches Lächeln ab: »Da hat sie wohl leider recht gehabt!«
Er lachte. »Nun kommt, mein Lieb, und macht Euch keine Sorgen mehr. Liegt bei mir und laßt mich diese Wärme, diese Sanftheit spüren. Wenn Ihr mir schon Eure Liebe nicht erklären könnt, dann schenkt wenigstens einem Kranken Trost.«
Shanna schmiegte sich fest an ihn und legte ihren Kopf auf seine Schultern. Tief in seiner Brust machte sich ein Lachen bemerkbar, und fragend sah sie zu ihm hoch.
»Ich finde meine Ruhe nicht«, grinste er sie an, »denn mich bekümmert sehr, welches von zwei Dingen am ärgsten mir zu schaffen macht.« Sie stützte sich auf ihren Ellenbogen und sah ihn mit besorgter Miene an. Dann gab er Auskunft: »Der Schmerz im Bein oder die Drangsal meiner Lenden.«
»Wollüstiger Affe, der Ihr seid!« kicherte sie und ließ den Kopf wieder in die Beuge seines Armes sinken.
Ruark hielt sie lange fest umschlungen, küßte sie dort, wo's unter ihrem Ohr so herrlich weich war, ehe er nach ihren Lippen suchte. Still wurde es im Gemach, und für Shanna war es das Natürlichste auf der Welt, so in seinem Arm zu liegen. Nichtsdestotrotz dürfte es im Haus nicht wenige gegeben haben, die – hätten sie's nur gewußt – in schmachvollste Empörung ausgebrochen wären.

Berta hatte ihm ein Morgenmahl gebracht, und zum ersten Mal seit Tagen konnte Ruark richtig essen – da ging die Tür auf und Pitney trat mit einem weiteren Tablett herein, auf welchem sich ein Kaffeegedeck befand. Gleich hinterdrein kam Orlan Trahern höchstpersönlich. Bald standen dampfende Kaffeetassen auf dem Tischchen neben Ruarks Krankenlager.
»Es ist noch früh am Tag«, begann der Inselherr, »doch wohl die beste Stunde, um Euch Dank zu sagen, ohne daß meine Tochter uns wieder übers Maul fährt. Sie schlummert noch, also sprecht leise, sonst haben wir sie bald am Hals und wissen uns ihrer nicht zu erwehren.«
Ruark kaute mit vollem Mund und war sich nicht so recht über seine Lage klar. Er warf einen Seitenblick auf Pitney. Der stand mit verschränkten Armen am Fuß des Bettes, und die Falten auf seiner Stirn schienen eine Mahnung zur Vorsicht auszudrücken.
»Ich habe Orlan berichtet, daß ich von einem Mann weiß, der sah, wie

man Euch mit Gewalt auf das Piratenschiff verschleppte. In jener Nacht war dieser Mann betrunken und hatte nicht den Mut, davon zu sprechen.«

Ruark nickte und schlürfte seinen Kaffee, den er zu seiner Überraschung stark mit Rum versetzt fand. In stummem Dank trank er dem Inselherrn zu und genoß das prickelnde Aroma.

Pitney schien seinen Teil gesagt zu haben. Trahern lehnte sich in dem Sessel neben dem Bett zurück und faltete die Hände über seinem Bauch, während sich Pitney einen Stuhl herbeizog, auf welchen er sich rittlings setzte und die Arme auf die Lehne stützte. Eine Weile war es still im Raum, dann ergriff der Inselherr das Wort.

»Wollt Ihr mir nun schildern, wie es sich begeben hat? Ich habe Urteile zu fällen und weiß nicht, woran ich mich halten kann.«

Beim Essen begann Ruark zu erzählen. Er sprach vom Überfall und von der Reise zu der Insel. Er bekannte offen, welche Auskunft er den Freibeutern gegeben, um sie in die Irre zu führen, und welch unheilvolles Ergebnis der Versuch gebracht hatte. Er unterstrich, daß die gefangenen Leibeigenen samt und sonders sich für die Rückkehr entschieden hatten. Dann ließ er sich ein wenig drängen, über Shannas Aufenthalt in der Unratgrube zu berichten und sein Unterfangen, sie daraus zu befreien. Was die Tage und die Nächte betraf, die er mit Shanna verbracht hatte, so verzichtete er auf Einzelheiten, doch ließ er es so erscheinen, als hätte das Gewitter sie überrascht. Wie er zwei Piraten tötete und warum, das streifte er nur kurz; auch darüber, wie Shanna einem der Korsaren das Lebenslicht ausgeblasen hatte, machte er nur wenig Worte. Aber dann erklärte er in großen Zügen seinen Plan zur Flucht und schmückte Gaitliers und Doras Anteil daran recht hübsch aus. Die Männer vergnügten sich nicht wenig an dem Bild der tollkühnen Furie namens Shanna angesichts von tödlichen Gefahren.

Trahern und auch Pitney schien die ganze Geschichte recht gut zu gefallen, und sie grinsten auch erleichtert, als Ruark ihnen fest versicherte, daß Shanna kein nennenswertes Leid geschehen sei. Dann ließ der Inselherr das Haupt schwer auf die Brust sinken und verlor sich eine Weile lang in tiefem Nachdenken. Pitney nutzte diesen Augenblick, um Ruark anerkennend zuzulächeln. Dann richtete sich Trahern unvermittelt auf und schlug sich mit der Hand aufs Knie.

»Bei allen guten Geistern!« rief er aus, dämpfte freilich seine Stimme gleich auch wieder, »da kommt nichts anderes in Frage – die drei Leibeigenen sollen für ihre Dienste ein Zubrot erhalten.«

Ruark räusperte sich und brachte eine andere Sache zur Sprache. »Sir«, begann er, »Mister Gaitlier und Mistreß Dora setzten tapfer ihr Leben aufs Spiel. Wenn von Belohnungen die Rede ist, muß man auch sie ins

Auge fassen. Ich fürchte sonst, daß sie um ihrer Dienste willen in gar arge Not geraten.«
»Seid versichert, daß ich die beiden nicht vergesse!« Trahern hüstelte und warf einen Blick auf Pitney. »Man gab mir zu verstehen – wenngleich ich auch schon selbst den einen oder anderen Gedanken darauf verschwendete –, daß Ihr mir einen großen Dienst erwiesen, indem Ihr meine Tochter wohlbehalten zurückgebracht habt. Sobald Ihr wieder gut bei Kräften seid, werde ich Euch Eure Papiere geben, und wir sind quitt. Ihr seid ein freier Mann.«
Trahern wartete auf eine freudige Erwiderung, die seiner Meinung nach nun fällig war. Statt dessen legte Ruark die Stirn in Falten und sah erst den einen, dann den anderen an. Pitney legte, wie er sah, die größere Unbehaglichkeit an den Tag, und er konnte sich den Grund auch sehr wohl denken. Trahern freilich gab sich ziemlich ratlos, als der Leibeigene mit der Antwort auf sich warten ließ.
»Sir!« sagte Ruark schließlich. »Wollt Ihr wirklich, daß ich mich für eine Sache bezahlen lasse, die nichts als verdammte Pflicht und Schuldigkeit gewesen ist? Indem ich einer Horde von Übeltätern entfloh, habe ich mir selber einen Dienst erwiesen – und da konnte ich doch Unschuldige nicht im Stich lassen. Dafür nehme ich keinerlei Bezahlung an.«
»Pah!« schnaufte Trahern. »Schon mit den beiden Mühlen habt Ihr Euch Eure Freiheit gut und gern verdient.«
»Die gehörten Euch auch dann, hätte ich als freier Mann in Eurem Dienst gestanden. Mich kostete es nichts, und ich diente meinem Brotherrn nur, so gut ich es vermochte.«
Orlan Trahern starrte ihn mit Erstaunen an, Pitney jedoch wich seinen Blicken aus.
»Wäre ich nicht gezwungen gewesen«, erinnerte Ruark den Inselherrn mit einem Augenzwinkern, »mir teure Kleidung einzukaufen, hätte ich längst genug Geld gespart, mich aus der Leibeigenschaft auszulösen.«
Da begehrte empört das Kaufmannsherz in Trahern auf: »Ich habe für Eure Kleidung weit mehr bezahlt als Ihr selber!«
Ruark lachte, doch sogleich fuhr er mit ernster Miene fort – und dabei sah er Pitney von der Seite an, dem der Schweiß auf seiner breiten Stirn stand, denn den Doppelsinn in Ruarks Worten bergriff er nur zu wohl:
»Ich war immer als ein Mann bekannt, der bis auf den letzten Penny bezahlt, was er anderen schuldig ist!« Nun richtete er seinen Blick wieder auf den Inselherrn: »Geb' ich Euch eines Tages die volle Rechnung meiner Verschuldung in die Hand, wird kein Zweifel mehr bestehen, daß meine Freiheit kein Geschenk ist.«
»Ein seltsamer Mann seid Ihr, John Ruark!« seufzte Trahern. »Wäret

Ihr ein Kaufmann, möcht' ich nichts mit Euch zu schaffen haben, denn von fairer Bezahlung wollt Ihr offenbar nichts wissen.«
Er hievte sich aus dem Sessel, blieb stehen und sah Ruark prüfend an.
»Wieso nur werd' ich das Gefühl nicht los, daß ich jetzt mehr bezahlt habe, als mein Beutel hält?«
Er schüttelte den Kopf und drehte sich um. An der Tür ließ er Pitney vorausgehen, dann sah er Ruark noch einmal lange an.
»Auf irgendeine Weise melden meine Kaufmannssinne mir Gefahr. Irgendwie bin ich übers Ohr gehauen worden, Mister Ruark – nur weiß ich noch nicht, wie!«

21

Orlan Trahern nahm nur ein leichtes Frühstück ein und verließ eilig die Tafel, um einem Gespräch mit Sir Gaylord auszuweichen. Der Edelmann hatte es sich angewöhnt, der Familie beim Morgenmahl Gesellschaft zu leisten. Jedoch verstand er es immer wieder, das Gespräch, einerlei, welches Thema es gerade behandelte, auf die Vorteile einer Investition in eine kleine Schiffswerft zu bringen, die für den Preis eines einzigen, großen Kauffahrteischiffs Hunderte von Schonern und Schaluppen liefern könne. Sein Themenkreis war bemerkenswert beschränkt, doch seine Geschicklichkeit, jedes Thema in denselben einzubringen, erweckte immer wieder Staunen.
Solches Staunen ist freilich auf die Dauer nicht nach jedermanns Geschmack, und so kam es also, daß der Inselherr mit einem Eifer, der sein Alter und seinen Leibumfang Lügen strafte, das Haus verließ – nicht ohne zuvor noch seine Tochter mit einem mitleidsvollen Blick zu bedenken. Shanna sah, einen Anflug von Enttäuschung im Gesicht, den Vater davongehen. Sir Gaylord aber ließ sich dadurch nicht verdrießen. Seine Tischmanieren gestatteten ihm zwar nicht, mit vollem Mund zu reden – wofür Shanna unermeßlich dankbar war –, doch hinderte ihn das auch wiederum nicht, seine Blicke höchst genießerisch über Shannas Rundungen spazierenzuführen.
Shanna würdigte den Edelmann eines knappen Kopfnickens und zog sich in den Salon zurück, wohin sie Berta auch den Tee zu bringen bat – hoffend, es sei ihr vergönnt, denselben dort in ungestörter Ruhe zu genießen. Doch kaum hatte sie sich auf dem Diwan niedergelassen, als auch Sir Gaylord schon hereinstolzierte. Noch tupfte er sich die Reste seiner Mahlzeit von den Lippen – mit einer Serviette, die er dann sogleich im Ärmel seines Rocks verschwinden ließ. Als Berta eben den Tee in die Tassen gießen wollte, schob der Edelmann die Haushälterin beiseite.
»Zwar frommt dergleichen Dienst dem wahren Manne nicht«, verkündete er protzerisch, als er die Kanne in die Hand nahm, »doch muß er hier einmal wenigstens mit der Geschicklichkeit vollführt werden, welcher man allerdings, Gott sei's geklagt, außerhalb Englands nur höchst selten begegnet.«
Mit grandioser Geste füllte er beide Tassen nur zur Hälfte mit dem köstlich braunen Naß, zur anderen Hälfte gab er Sahne darauf und rührte

so lange um, bis beide Tassen nur noch ein dickliches, blasses Gebräu enthielten, das auf keine Weise mehr an Tee erinnerte. Bertas entsetztes Aufstöhnen nicht beachtend, häufte er nun mehrere Löffel Zucker in die eine Tasse; über der anderen hielt er eben noch inne und zog fragend eine Augenbraue hoch.
»Einen oder zwei Löffel, meine Liebe?«
»Keine Sahne, Sir Gaylord, bitte. Nur den Tee als solchen und einen Hauch von Zucker.«
»Ach!« erwiderte er verdutzt und kostete sein eigenes Gemisch. »Köstlich, meine Liebe!« schwärmte er. »Das müßt Ihr unbedingt probieren. Der letzte Schrei in London.«
»Ich hab's bereits probiert«, sagte Shanna, ganz ohne Bösartigkeit, und goß sich eine frische Tasse Tee ein, in welche sie nur wenig Zucker gab.
Gaylord ließ sich steif auf einem Stuhl nieder und schlug die Beine übereinander.
»Sei's drum. Steht mir doch ein Leben lang noch Zeit zur Verfügung, um Euch die Feinheiten britischer Adelskreise beizubringen.«
Shanna hob schnell die Tasse und schlug die Augen nieder.
»Shanna, meine Liebe!« Sir Gaylord lehnte sich zurück und betrachtete sie. »Ihr vermögt Euch kein Bild zu machen, was Eure Gegenwart selbst einem Aristokraten bedeuten kann. Und ich bin's im Herzen leid, daß uns so wenig Zeit des Alleinseins vergönnt ist. Wie gerne würde ich Euch von der herrlichen Leidenschaft sprechen, die mein Blut in Wallung bringt.«
Shanna schauderte. Als sie sah, daß er es bemerkt hatte, entschuldigte sie sich schnell. »Zu viel Zucker, fürchte ich«, sagte sie.
Der Edelmann räusperte sich und nahm vor ihr Aufstellung. »Meine liebe Shanna, wir hätten vieles miteinander zu bereden. Nur selten trifft man auf einen Menschen, der den Bedürfnissen der blaublütigen Elite Verständnis entgegenbringt. Ihr jedoch, Ihr seid so schön und so wohlhab... ich meine, wohlerzogen. Und begehrenswert. Ihr müßt meine Not erhören. Ich bin Hals über Kopf in Euch verliebt.«
Er kam noch einen Schritt näher, und Shanna wußte nicht mehr aus noch ein. Entweder, fürchtete sie, nimmt er jetzt meine Hand, oder ich platze vor Lachen. Ihr Ringen um innere Beherrschung mußte sich wohl in ihrem Gesicht widerspiegeln, denn noch drängender fuhr er fort.
»Ich bitte Euch, verzweifelt nicht, meine Liebe! Seid gewiß, daß nichts von dem, was Euch widerfuhr, meine Achtung vor Euch mindern kann.«
Noch näher kommend, hatte es den Anschein, als wolle er sich ihr vor die Füße werfen, doch plötzlich war sein Blick auf etwas anderes gerichtet, und er erstarrte.

»Guten Morgen!« schallte eine Stimme fröhlich von der Tür. »Und welch schöner Tag es doch heute ist!«
Shanna fuhr auf dem Diwan herum, und überrascht erblickte sie ihren Ruark; von ihm hätte sie zuallerletzt erwartet, daß er gerade jetzt zu ihrer Rettung erschiene.
»Mister Ruark!« rief sie mit solcher Besorgnis aus, daß ihr Gefühl der Erleichterung sich gut darin verstecken konnte. »Seid Ihr gewiß, daß Ihr schon aufstehen dürft? Wie steht's um Euer Bein? Hat es sich denn schon so erholt?«
Dabei wußte sie es selbst am besten, daß die drei Tage Ruhe und die Kräuterwickel ein wahres Wunder vollbracht hatten. Erst gestern abend hatte der Chirurg noch den Verband gewechselt und die Wunde für rosig und geheilt erklärt. Mit einem Seitenblick nahm Shanna von Sir Gaylords Seufzer der Enttäuschung Kenntnis.
Auf dem Krückstock ihres Vaters humpelte Ruark näher und nahm ihr zur Seite auf dem Diwan Platz. Unter Gaylords finsterer Miene wurde Ruarks Lächeln nur immer strahlender, und ein Glitzern glimmte in den goldenen Augen auf, die stets seine Stimmung widerspiegelten. Shanna eilte, ein Fußbänkchen herbeizuholen, auf welches sie zu seiner Bequemlichkeit sein verletztes Bein hob. Und als sie sich dabei niederbeugte, um auch noch ein Kissen unterzulegen, schien sie ihres Mieders nicht zu achten, welches Ruark ihren Busen in aller Pracht und Herrlichkeit vor Augen führte. Gaylord freilich grämte sich, daß der andere an der Augenweide, nach welcher er selbst so schmachtend gierte, sich nach Herzenslust erfreuen durfte. Ruarks Augen hoben sich, und seine weißen Zähne blitzten dem neiderfüllten Edelmann frech mit einem Lächeln unverhohlenen Vergnügens ins Gesicht.
Dieser Austausch entging Shannas Aufmerksamkeit, da sie selber zu sehr damit beschäftigt war, sich an Ruarks Erscheinung zu ergötzen. Er trug ein locker fallendes weißes Hemd, braune Kniehosen und weiße Strümpfe sowie braune Schuhe mit sehr hübschen Messingschnallen. Wie mußte er gelitten haben, den linken Fuß in einen Schuh zu zwängen, dachte Shanna. Und über dem Hemd trug er das lange Lederwams, das ihm als Piratenkapitän so gut zu Gesicht gestanden hatte. Sein Gesicht schien jetzt hagerer und dunkler, doch seine Augen waren lebendiger, seine Zähne blitzender, sein Haar schwärzer. Nie war er ihr schöner vorgekommen – und sie strahlte ihn mit sanftem Glanz in den Augen an.
»Madam Beauchamp!«
Überrascht merkte Shanna auf. »Verzeihung, Sir Gaylord, ich hörte nicht...«
»Ganz offensichtlich hörtet Ihr mich nicht! Bereits zum zweiten Male mußt' ich meine Frage wiederholen! Ich schlug Euch vor, mit mir einen

Spaziergang in den Garten zu unternehmen. Plötzlich ist es ziemlich stickig hier im Raum geworden.«
»Wie Ihr meint, Sir. Ich öffne gern die Tür.«
Sie eilte, um es zu tun. Antwort auf seine Frage erhielt Sir Gaylord allerdings nicht.
»Kühl ist's«, sagte Shanna auf der Schwelle zur Veranda. Und dann plauderte sie, Ruark zugewandt: »Wenn der September sich zum Ende neigt, sind die Winde immer schon ein wenig kühler, und häufig bringt der Abend Schauer. Nachmittags versammeln sich die Wolken überm Süden unseres Eilands, in der Abenddämmerung dann schlüpfen sie über die Hügelkämme und regnen auf uns nieder. Das ist die Zeit, in der das Zuckerrohr am höchsten steht.«
Die gläsernen Türen schenkten Shanna einen Rahmen wie von Geisterhand gemalt, und das Grün der Gärten hinter ihr hob leuchtend ihren Liebreiz noch hervor; so schön war sie, daß Ruark meinte, es müsse ihm vor Seligkeit das Herz fast in der Brust zerspringen.
Doch plötzlich erscholl von der Veranda her ein schriller Lärm, unmißverständlich Glas, das unter einem heftigen Schlag in Scherben ging. Neugierig trat Shanna zur Tür hinaus, gerade noch zur rechten Zeit, um Milly zu ertappen, die in hastiger Flucht davoneilen wollte.
»Aber Milly! Was treibt Ihr denn hier?« wollte Shanna wissen. Kein Zweifel, das Frauenzimmer hatte hinter einem Sessel hockend ihr Gespräch belauscht. Dergleichen hatte sie zwar schon im Pferdestall getrieben, aber Shanna konnte sich nur verwundert fragen, was das Mädchen dieses Mal im Schilde führte.
»Ich hab' nichts entzweigebrochen!« kreischte Milly. »Mir könnt' Ihr's nicht in die Schuhe schieben!«
»Schon recht, der Wind weht heut ein wenig stark!« gab Shanna voll Spott zurück. »Doch was sucht Ihr hier? Habt' Ihr uns Fisch gebracht?«
»Das nicht«, stammelte Milly und spähte an Shanna vorbei in den Salon. Dann platzte sie heraus: »Mir kam zu Ohren, Mister Ruark ist verletzt, und da wollt' ich fragen, ob ich nichts für ihn tun kann.«
»Ihr kommt ein wenig spät, doch kommt herein, hier ist er.«
Shanna schob das Mädchen in den Raum und wies ihr einen Stuhl an Ruarks Seite an; Ruarks fragenden Blick überging sie geflissentlich. Gewiß, Ruark hatte ihr beteuert, daß er nichts mit diesem Mädchen hatte, doch daß Milly ihn einfach nicht in Frieden lassen wollte, stachelte ihren Zorn aufs neue an. Sir Gaylord hatte sich beim Eintritt der jungen, wenn auch nicht sehr damenhaften Lady erhoben, und artig machte Milly einen Knicks.
»Milly Hawkins bin ich, Herr!« stellte sie sich keß vor und setzte sich in den ihr zugewiesenen Sessel. Gleich richtete sie einen unverschämten

Blick auf Ruarks Hose. »Im Zwickel hätt' es Euch erwischt, hab' ich gehört. Hoffentlich nichts Ernstes.«
Shanna schloß die Augen ob der Unverfrorenheit, Ruark tat sich schwer, seine Belustigung zu verheimlichen. Als er sich wieder in der Gewalt hatte, lächelte er zu Shanna hin.
»Madam Beauchamps Pflege hab' ich's zu verdanken, daß ich wieder auf den Beinen bin, Milly. Nur ihr.«
»Ach?« erstaunte Milly sich. »Sie hat sich sehr verändert, seit ich Euch beide das letzte Mal zusammen sah, denn da war sie ja wohl nicht sehr gut auf Euch zu sprechen. Wie sie Euch das Leder um die Ohren schlug, das war schon ziemlich toll.«
Gaylords Neugier wachte sichtlich auf. »Was? Leder? Was sprecht Ihr da?«
»Schon gut«, winkte Shanna ab. »Wünscht jemand Tee?«
»Berta wollte mir das Morgenmahl servieren«, fiel Ruark ein. »Ich trink' dann eine Tasse mit Euch.«
Berta schien wieder froh gestimmt, als sie nun Milan half, die Speisen für Mister Ruark aufzutragen, nur Sir Gaylord stand abseits und spielte den Gekränkten. Ihm war, als habe irgend jemand einen Witz erzählt, dessen Pointe ihm allein entgangen war, während die anderen sich vor Lachen schüttelten – und das war beinahe mehr, als ein Gentleman, der auf sich hielt, hinnehmen durfte. Und was das Schlimmste war, er wußte nicht, wie er in geziemender Form die Frage stellen sollte, was ein Leibeigener im Salon zu suchen habe.
»Ja, also dann!« schlug Milly sich die Hände auf die Schenkel und raffte sich auf. »Lange wollt' ich ohnehin nicht bleiben. Nur sehen, Mister Ruark, wie's Euch geht. Außerdem kann man nicht richtig mit Euch schwatzen, wenn so viele Leute in der Runde sind.«
Hüftenschlenkernd ging sie zur Tür hinaus, Berta schüttelte den Kopf und verschwand mit Milan. Von der Schwelle winkte Milly noch einmal Ruark zu, dann schloß sie die Tür fest hinter sich. Shanna wollte eben einen Seufzer der Erleichterung tun, aber schon kam Sir Gaylord auf sie zu. »Nun, Madam Beauchamp, wie steht's jetzt mit unserem Spaziergang?« fragte er beharrlich, die Hände auf dem Rücken unter den Rockschößen verschlungen.
Shanna strahlte auf. »Mit Vergnügen, Sir Gaylord!« rief sie, erhob sich und glättete die Krinoline über den weitausgestellten Reifen. »Mister Ruark, Ihr leistet uns gewiß doch gern Gesellschaft! Eurem Bein tut's bestimmt gut!«
Des Edelmannes Kinn sackte tief nach unten. »An seiner Stelle würd' ich's bleiben lassen. Könnte stolpern, sich das andere Bein gar auch noch brechen.«

Ruark sprang mit einer Behendigkeit, die Shanna erstaunte, auf die Füße und bedachte den säuerlichen Sir mit blitzblankem Grinsen. »Im Gegenteil, ich meine auch, daß ein wenig Übung meinem Bein nur heilsam ist.« Er deutete einen Kratzfuß an. »Nach Euch, Madam, selbstverständlich.«

»Wir gehen gleich hier vorn hinaus«, schlug Shanna mit liebevoller Rücksicht vor. »Da kann Mister Ruark sich an dem Geländer stützen, und es ist für ihn auch leichter, die Stufen hier hinabzusteigen.« Sie schwebte zur Verandatür, vor welcher sie graziös den Schritt verhielt, damit sie ihr geöffnet werde.

Gaylord, schnellen Fußes, war gleich bei der Hand und hielt ihr, sich galant verbeugend, den Ausgang offen. Ihr zur Seite wollte er den Platz einnehmen, der ihm zukam, wie er meinte, doch sah er sich zu seiner Überraschung sehr daran gehindert.

»Vielen Dank, Sir Gaylord!« So rauschte Ruark an ihm vorbei und schritt dicht hinter Shanna über die Schwelle. »Ihr seid zu rücksichtsvoll.«

Da blieb Sir Gaylord keine andere Wahl, als hinterdrein zu stapfen wie ein Domestike. Und selbst daß Milly noch im Haupteingang des Hauses lungerte, konnte Shannas Spaß an diesem Spiel nicht dämpfen.

»Aye, aye, Sir!« tönte Millys Stimme aus der riesenhaften Eingangshalle. Sie fing soeben eine Münze auf, die ihr von Ralston zugeworfen wurde. Flink verstaute sie das Geldstückchen im Mieder und hüpfte mit dem Rufe »Ich bin pünktlich dort!« zur Tür.

Ralston entbot den dreien, die jetzt des Weges kamen, verhalten seinen Gruß, wobei für Ruark nur ein kaum merkbares Nicken abfiel. Einen Seitenblick lenkte er auf Gaylord, doch dann wandte er sich eiligst Shanna zu.

»Ich kam nur, ein paar Papiere von Eures Herrn Vaters Schreibtisch zu holen«, erklärte ihr der dünne Mann. »Ihr entschuldigt mich, Madam.« »Wie's Euch beliebt«, erwiderte Shanna kühl. »Soll ich nach Jason schicken, falls Ihr Hilfe braucht?«

»Nicht nötig, Madam«, gab er steif zurück. »Euer Herr Vater hat's mir genau erklärt, wo ich das Gesuchte finde.«

Haßgeröteten Gesichts sah Ralston den dreien nach. Um die Gerte ballte sich die Hand zur Faust, als hätte er nicht übel Lust, den fragwürdigen Mister Ruark zu züchtigen, und erst nach einer Weile setzte er den Weg zu den Gemächern Traherns fort. Dort ließ er sich im Sessel nieder und machte sich daran, die Pergamente, Skizzen und Papiere durchzusehen, die ungeordnet auf dem riesigen Schreibtisch lagen. Jede Zeichnung für die beiden Mühlen prüfte er mit besonderer Sorgfalt. Doch obwohl er jede Zeile, jeden Merksatz las, hatten die Skizzen für ihn weder Hand

noch Fuß. Als Mittel, den verhaßten Pläneschmied in Mißkredit zu bringen, kamen sie daher nicht in Frage. Hochmütig lehnte er sich im Sessel des Inselherrn zurück und dachte über den seltsamen Aufstieg des Leibeigenen John Ruark nach. Gewiß mußte es Ralstons Gefühl der eigenen Wichtigkeit gewaltig kränken, daß ein Mann wie Ruark sich so weit emporgebracht hatte, daß der Inselherr ihn nun für unersetzlich hielt. Doch eines Tages, das gelobte Ralston sich in diesem Augenblick, würde er dem Leibeigenen heimzahlen, was er verdient hatte.
Indessen, auch Sir Gaylord empfand den Leibeigenen als Pfahl im Fleische. Selbst als halber Krüppel schaffte es John Ruark irgendwie doch immer, sich trennend zwischen Shanna und den Edelmann zu stellen. Gaylord schmachtete sehr nach einem Augenblick ungestörter Zweisamkeit, auf daß er bei der Tochter dieses unermeßlich reichen Inselherrn mit der Formvollendung, welcher er allein sich mächtig hielt, um die Hand anhalte. Jedoch – und für ihn unbegreiflich – ergab es sich immer gerade so, daß er um den frechen Kerl herum zu ihr sprechen mußte. Schließlich gab er auf und bat, entschuldigend, sich zurückziehen zu dürfen. Dieser Bitte wurde gern entsprochen.
»Eingebildetes Sklaven- und Domestikenpack!« murmelte Gaylord vor sich hin, als er mit weitausgreifend staksigem Schritt den Rasen überquerte. »Gehören ausgepeitscht, alle miteinander! Doch ist die Ehe erst einmal unter Dach und Fach, dann werd' ich dem Pack schon beizubringen wissen, was Dienstboten ziemt ...!«
Ruark sah, auf seinen Schwarzdornstock gestützt, dem Edelmann nach, wie er davonging. »Immerhin«, merkte an, »hat dieses Rindvieh doch das Feingefühl zu wissen, wann seine Gesellschaft nicht erwünscht ist.«
Shannas Hand lag auf Ruarks Schulter, und fast hungrig suchte er in ihrem Angesicht nach einem Zeichen. So standen sie reglos voreinander, spürten sich, begehrten sich, und Shannas weiche, sanftgeschwungene Lippen schienen ihn immer näher an sich heranzuziehen.
Shanna seufzte auf und tat einen Schritt zurück. Sie rieb sich die Hand, als brenne sie noch von der Berührung. »Wir müssen zurück«, sagte sie und zeigte auf sein Bein. »Ihr seid es ja noch nicht gewohnt.«
Ruark übersah die Geste und hielt sich nur an ihre Worte. »Da habt Ihr recht«, sagte er. »Ich bin es nicht gewohnt, mit Euch so lange Zeit allein zu sein. Und Ihr stellt meinen Widerstand auf eine harte Probe.«
Er legte seine Hand um ihre schmale Taille, doch Shanna zuckte und entzog sich mit einer Drehung seinem Griff.
»Nicht!« rief sie und versuchte sich zu fassen. »Rührt mich nicht an!« Sie mühte sich um heiteres Lachen, doch es klang gezwungen, halb erstickt. »Muß ich Euch erinnern, Sir, daß wir ohne Anstandsbegleitung sind? Also haltet Abstand!«

Ruark beugte sich auf seinem Krückstock vor, wollte seine Finger ihre Haare streicheln lassen. »Darf ich es nicht berühren – auch nicht auf einen Augenblick?«

Sie gab keine Antwort; sie zerpflückte eine Blüte zwischen ihren Händen, die fast unmerklich zitterten.

»Ich begehr' Euch ...« Sein Flüstern prasselte ihr gleich einem Feuer in den heißen Ohren.

»Ach, Ruark, sprecht nicht so!« Und plötzlich schluchzte sie auf: »Ich kann nicht ...«

Sie preßte ihre Hand fest auf die Lippen, wagte nicht, die Augen zu öffnen, versuchte gegen die Flut der Empfindungen anzukämpfen, die sie zu überwältigen drohten, und unbeachtet fiel die Blüte ganz zerpflückt zu Boden.

»Shanna!« rief Ruark, bestürzt über diesen Sinneswandel. »Shanna! Ihr habt doch nicht etwa Angst vor mir!«

»Doch! Doch! Doch!« schrie es in ihr in stummem Aufbegehren. »Angst, daß er mich berührt – und ich unter seinen Händen gleich zu einem Nichts zerkrümele. Angst, daß er sagt ›Ich liebe Euch‹ – und ich zu seinen Füßen schmelze. Angst, daß ich vor ihm nicht mehr ich selber bin. Warum nur will er's nicht verstehen? Zu gut habt Ihr mich kennengelernt, zu sehr hab' ich Euch liebengelernt. Ich habe Eure Wunden gepflegt und Euren Wahn gelindert – so wie Ihr bei mir. Bangen Herzens harrte ich eines Worts der Hoffnung Tag und Nacht von Euren Fieberlippen, sah ich Euch schwach und hilflos auf dem Krankenlager leiden. Ich kann mich Eurer nun nicht mehr erwehren. Mein Ich ist keinerlei Verteidigung mehr mächtig. Was soll, was kann von mir noch übrigbleiben ....«

So raste ihr Fühlen und ihr Denken im Kreise, doch nichts von allen diesen Stürmen, die in ihrem Inneren tobten, spiegelte sich in ihren Augen wider, drang ihr über die Lippen. Stumm stand sie nur da und rang die Hände.

»Ich ...«, hob sie an. Dann sprach sie unvermittelt: »Vater kommt nun bald nach Hause. Ich muß mich ums Essen kümmern.«

Das natürlich war die seichteste aller möglichen Ausflüchte, kaum besser als gar keine – doch damit floh sie aus dem Garten und überließ es Ruark, allein seinen Weg ins Haus zu bewältigen.

Plötzlich waren ihr Ruarks Worte wieder gegenwärtig; plötzlich blieb sie stehen, plötzlich war ihr bewußt, daß sie wieder einmal angefangen hatte, ziellos in ihrem Zimmer auf und ab zu gehen. Die Woche war zu Ende gegangen, sieben qualvolle Nächte waren verstrichen, seit sie zum letzten Mal mit Ruark allein gewesen. Nun bröckelte ihr Wille dahin wie

eine alte Mauer unter der Zeit. Seine Augen verfolgten sie, wo sie auch ging und stand, überall sah sie im Spiegel ihrer eigenen Leidenschaft, ihres Verlangens stets nur seinen Blick. Ruark hatte ein gewisses Maß an Bewegungsfähigkeit wiedergewonnen, nun war er stets in ihrer Nähe, beobachtete sie, wartete. Erlösung von diesem allgegenwärtigen Blick gab es eigentlich nur, wenn die Aufseher kamen und um Rat und Erklärung beim Bau der Sägemühle baten. Nur dann war sie eine Weile sicher vor seinem unverrückbaren Blick.
Nachts konnte sie nicht schlafen. Ruhelos wälzte sie sich in ihrem Himmelbett, nichts ließ sie unversucht, um erlösenden Schlummer zu finden: warme Bäder, Lesen, leichtes Essen, Poesie, ja sogar heiße Milch, die Hergus, kopfschüttelnd und besorgt, ihr brachte. Übergroß schien ihr das Bett, und kalt die Laken.
Die Uhr hatte schon zum elften Mal geschlagen, doch noch immer wollte sich der Schlummer nicht einstellen. Im Gegenteil, ein neues Erwachen regte sich in ihrem Inneren, so scharf und so durchdringend, daß es fast körperlich zu spüren war. Langsam und gedankenverloren trat sie hinaus auf die Veranda. Nur eine leichte Spur von Kühle war in der Nachtluft zu erahnen, doch war Shanna froh, noch nach dem Bad einen schwereren Hausmantel angelegt zu haben. So saß sie halb auf dem Geländer, hell und klar blinzelten die Sterne vom schwarzen Samt des Nachthimmels hernieder. Als strahlendes Band aus Sternenstaub zog die Milchstraße sich von Horizont zu Horizont.
Wieder begann Shanna rastlos auf und ab zu gehen, und irgendwann fand sie sich vor der Tür von Ruarks dunklem Zimmer stehen. Schlief er? Wachte er? Einmal hatte er gesagt, daß er sie oftmals durch ihr Zimmer wandern höre. Auf einmal meinte sie, es sei von großer Wichtigkeit, zu sehen, wie er sich befinde. Ihre Füße waren es, nicht ihr Wille, die sie zu ihm führten. Ja, da lag er. Sie sah seinen Schatten unterm Laken, sah seine breite Brust. Dann bemerkte sie, daß er die Augen offen hatte und sie beobachtete wie sie ihn.
Ihre Hände waren es, nicht ihr Wille, die an ihrem Gürtel zupften. Wehend sank das Gewand zu Boden; seidig schimmerte im Dunkel ihre sanfte, helle Haut, dann hob sie die Decke hoch und schlüpfte neben ihn. Und da waren auch schon seine Arme, die sich um sie legten, da war auch sein Mund auf ihren Lippen – hart, beharrlich, suchend, findend, Feuer zündend, welches die Lohe der Ekstase in ihr entfachte, doch sie empfand viel mehr als das: es war die Glückseligkeit des Heimgefundenhabens, das Donnergrollen der erneut erwachten Leidenschaft, die Süße des Frühlingserwachens, der köstliche Schmerz des Hingegebenseins, alles ineinander und in eins verschmolzen, alles aufgewühlt vom Rhythmus ihrer Leiber; gierig nahm sie ihn in sich auf, ein jäher Flug in den ster-

nenübersäten Raum begann, atemlos und erschöpft schwebten sie im Nachglühen des Kometensturzes.

»Ruark?« flüsterte sie an seiner Brust.

»Ja, mein Herz?« zog seine Stimme flüsternd durch die Nacht.

»Ach, nichts...« Enger schmiegte sie sich an ihn und lächelte in der Schlaftrunkenheit, die sie umhüllte.

Es gab nichts anderes mehr. Ihre alten, abgestandenen Träume zerbröckelten unter dem entschlossenen Ansturm seiner Liebe zu einem staubigen Nichts. Ihr Gemach war ein leeres Gehäuse, wenn er nicht bei ihr war. War er mit Trahern zum Mühlenbauplatz, wartete sie jetzt so ungeduldig auf seine Wiederkehr wie als Kind auf die Heimkehr des Vaters. Manchmal kamen, nach dem Mahl, die Aufseher ins Haus, um mit Ruark Schwierigkeiten beim Mühlenbau zu bereden, die nur er beheben konnte – lediglich dann zog sie sich, um Sir Gaylords aufdringliche Gegenwart zu meiden, allein in die Ungestörtheit ihrer Gemächer zurück. Und auch dort wartete sie nur auf Ruark, und ihr war, als setze das Pendel der Uhr den Schlag aus und stehe reglos in der Zeit. Mehr als einmal sank ihr das Poesiebuch aus den Händen, wenn der Schlummer sie überfiel. Doch dann, auf einmal, fühlte sie sich von einem starken Arm umfangen, und eine heisere Stimme flüsterte ihr ins Ohr »ich liebe Euch« – und sie wachte, verschlafen glücklich lächelnd auf, und plötzlich begann die Zeit dahinzufliegen, der Schlag der Uhr war rasendes Gerassel, das sie vergebens anzuhalten wünschte. Nein, nichts anderes gab es mehr.

Der kleine See, der so wichtig für die Sägemühle war, lag zwischen den Hügeln oberhalb des Dorfes, doch dicht an einer Stelle, wohin die Stämme ohne große Mühe entweder aus der Bucht hinaufbefördert oder auf dem Bach vom Hügelland herabgeflößt werden konnten. Der Damm, als Kernstück der Anlage, war nun fast fertiggestellt, dahinter war der Bach nur noch ein Rinnsal. Denn von dem Teich aus, welcher zum Sammelbecken für die Stämme bestimmt wahr, führte nun ein Kanal zur Sägerei, und auf demselben sollte alles Holz der Bearbeitung zugeleitet werden. Es war ebenfalls Sorge dafür getragen, daß die Mühle leicht zugänglich für die pferdebespannten Wagen war, die dann das Sägeholz fortzutransportieren hatten. All das war im großen ganzen aus den Skizzen auf den Plänen zu ersehen, wenngleich zahlreiche Einzelheiten auch darauf noch nicht festgelegt waren. So kam es also, daß Ruark seine Stunden teilen mußte, um einerseits dem Inselherrn zur Verfügung zu stehen, der ihn fortwährend um sich haben wollte, und andererseits den Aufsehern und den Vorarbeitern Ratschläge zu erteilen, die mit ihren Fragen zu ihm kamen. Stets war der Vormittag eine geschäftige Zeit, und

oft stellten sich die Aufseher schon zum Frühstück ein, damit Ruark ihnen die Schwierigkeiten lösen helfe.
Eines Morgens – eben war der letzte Vorarbeiter erst gegangen – fand Ruark sich allein im Herrenhaus, nur die Dienstboten geisterten durch die Gemächer. Wie meistens hielten Milan oder Berta sich in seiner Nähe auf, um ihm jederzeit zu Diensten sein zu können, und Jason wachte an der Eingangstür, um für den Fall, daß der geschätzte Gast das Haus zu verlassen wünsche, seines Amtes walten zu können. Irgendwie glaubte Ruark zu empfinden, daß er den gewohnten Tageslauf der guten Leutchen durcheinanderbringe, und dies Gefühl trug wenig dazu bei, seine Behaglichkeit zu fördern, ärgerte er sich ohnehin schon darüber, daß Shanna mit Sir Gaylord zu einem Ausritt aufgebrochen war. Es war immer noch eine bittere Pille, welche ihm zu schlucken schwerfiel, daß er andere Männer seine Frau mit Aufmerksamkeiten überhäufen sehen mußte, während ihm die offene Erklärung seiner Eherechte immer noch verwehrt war. So wurde ihm das Haus zur Folterkammer, und er warf sich in sein Lederwams und trat ins Freie.
Attila scharrte unruhig in der Stallung; der Hengst war's nicht gewohnt, lange Zeit sich selbst überlassen zu sein, und gierig fraß er Ruark aus der Hand, als dieser ihm Zuckerklumpen darbot. Seit seiner Gefangennahme hatte Ruark auf keinem Reitpferd mehr gesessen, und er war erpicht darauf, die Genesung seines Beines auf eine weitere Probe zu stellen.
»Wohlan denn, störrischer Ziegenbock«, brummte Ruark dem edlen Tier ins Ohr. »Wir wollen uns ein Vergnügen machen, ganz für uns allein!«
Eine Strecke weit hielt er die Zügel stramm, um erst herauszufinden, ob ihm das Reiten Schmerzen im Bein verursache. Dann, freilich, als er keinerlei Behinderung spürte, gab er dem Hengst freie Bahn und lenkte ihn auf die Straße, die zur Zuckerrohrmühle führte.
Windig und warm war dieser späte Vormittag, doch als Ruark den Hügelkamm der Insel überquerte, setzte ein feiner Nieselregen ein, und noch ehe er in das Mühlental hinuntergeritten war, klebte ihm das Hemd, wo es vom Lederwams nicht geschützt war, feucht am Leib. Erfrischend war der Ritt trotzdem – schade, daß Shanna sein Hochgefühl nicht mit ihm teilen konnte.
Die Mühlenwalzen standen still, da die neue Ernte erst erwartet wurde, und nur einige wenige Aufseher waren zur Stelle. Die anderen Männer arbeiteten jetzt alle am Sägewerk, da dieses noch, ehe Trahern in die Kolonien reiste, fertiggestellt werden sollte. Ruark trat durch den Boilerraum ins Gebäude; den Männern, die probeweise den Melassenkessel befeuerten, warf er eine fröhliche Begrüßung zu. Die Arbeiter staunten nicht schlecht.

»He, Mister Ruark! Wieder auf den Beinen?«
»Ich will nur nach dem Rechten sehen. Verläuft alles, wie es soll?«
Die Männer lachten. »Und wie, Mister Ruark! Ein sauberes Stück Arbeit habt Ihr geleistet, das muß man anerkennen. Doch kann der Meister es Euch sicher besser sagen. Er prüft soeben seinen Rum!«
Ruark begab sich in die Destilleriekammer und war sofort von der Geschäftigkeit berührt, die in dem Werk herrschte. Das Knistern des Feuers unter den großen Kesseln mischte sich mit dem Kichern der rieselnden Zapfhähne und dem Zischen des Dampfes in den Rohren zu einem Konzert geheimnisvoller Geräusche. Wo die Sonne am anderen Ende des riesigen Raumes durch die Fenster fiel, lag der Schatten eines Mannes auf dem Pflasterboden. Ruark rief dem Destilliermeister eine Frage zu, während er sich zwischen den Kesseln, die golden unter den Kupferschlangen der Rohrleitungen schimmerten, seinen Weg bahnte. Fast unerträglich war die Hitze, und Ruarks feuchtes Hemd und seine nasse Hose dampften, Schweiß strömte ihm aus allen Poren. Und im Vorwärtsgehen fragte sich Ruark, ob der Mann, von dem er nur den Schatten sah, in dieser heißen, feuchten Luft nicht lebendigen Leibes gekocht oder sonstwie taub geworden sei. Eben umging er einen Stützbalken, da rutschte er auf dem glitschigen Boden aus, und mit Mühe bewahrte er sein Gleichgewicht. Doch die plötzliche Belastung des verwundeten Beines erzeugte einen stechenden Schmerz, fluchend lehnte Ruark sich an den Balken, bis er sich erholt hatte.
Da erschütterte ein hartes metallisches Klirren den gesamten Raum; ein armdickes Rohrstück fuhr gegen den Pfeiler, an dem Ruark stand, und versprühte siedenden Dampf und brühheiße Melasse. Ruark sprang rückwärts, warf sich schützend einen Arm vors Angesicht – doch für solches Gauklerkunststück war das Bein noch viel zu steif, Ruark stürzte auf den Pflasterboden, besaß allerdings die Geistesgegenwart, sich im Sturz noch aus dem zischenden Strahl halbdestillierten Rums davonzurollen.
Kessel, Rohre, Deckenbalken – alles verschwand im Dampf, und hätte Ruark nur einen Schritt weitergetan, ohne Aussicht auf Errettung wäre er mitten hinein ins kochende Inferno geraten.
Ein Ruf ertönte hinter ihm: Arbeiter standen im Eingang und versuchten, durch den Dunst zu spähen. Ruark schrie eine Antwort, ein Mann kam zu ihm herangekrochen.
»Befindet Ihr Euch wohl, Sir?« versuchte der Mann den dröhnenden, zischenden Ausbruch zu übertönen.
Ruark nickte.
»Ich muß das Ventil dort hinten schließen!« schrie der Mann und kroch davon, noch ehe Ruark ihm zurufen konnte, daß sich der Destilliermei-

ster in der angegebenen Richtung befinden müsse, der sehr wohl die Schließung bewerkstelligen könne. Endlich erstarb das Zischen zu einem Lispeln und ließ zu guter Letzt eine unheimliche Stille zurück.
»Mein Gott! Was ist denn hier geschehen?« bellte eine Stimme vom Eingang her. Ruark zog überrascht die Augenbrauen hoch, als er von dort den Destilliermeister näher eilen sah. Er raffte sich auf.
»Ein Rohr ist geplatzt. Ein Unfall . . .«
»Das war kein Unfall, Sir!« sagte der Mann, der das Ventil geschlossen hatte und nun schemenhaft aus der Wolke trat. »Schaut Euch das an!« Er zeigte einen schweren Hammer vor. »Mit diesem Ding hier hat ein verdammter Idiot eine Muffe entzweigeschlagen!«
»Meine Kessel! Mein Rum! Alles verdorben!« jammerte der Meister und rang die Hände. »Tage wird es dauern, bis alles wieder seine Ordnung hat! Wenn ich den Schuft erwisch', ich breche ihm den Hals!«
»Laßt noch ein Stück von ihm für mich übrig, Timmy«, sagte Ruark und fragte sich im stillen, wessen Schatten er denn vor dem Unglück dort gesehen haben mochte. »Wenn nicht der Pfeiler im Weg gestanden hätte – Kochfleisch wär' aus mir geworden.«
Der Destilliermeister starrte Ruark an, als sähe er ihn zum ersten Mal, und tat sehr bestürzt.
»Aye, Sir!« bestätigte der Arbeiter. »Ein Schelm hat's darauf angelegt, aus unserem Mister Ruark Gesottenes zu machen. Immer, eh' ich Feuer unter den Kesseln mach', prüf' ich jedes Rohr und jede Muffe. Erst heute morgen noch. Von alleine konnt' sich da nichts lockern.«
»Vielleicht hat's der Übeltäter gar nicht auf mich abgesehen und wollte nur irgendeinen Schaden anrichten. Wie auch immer, wir wollen dies bis auf weiteres ruhen lassen.« Ruark machte eine Handbewegung, um jeden Widerspruch zurückzuweisen. »Wenn's mir galt, bin ich nun gewarnt und will demnächst Vorsicht walten lassen.« Er wandte sich dem Meister zu: »Ich kam, um nach dem Rechten zu schauen. Gibt es irgendwelche Schwierigkeiten?«
»Nein«, schnaufte der Mann. »Bis vor ein paar Minuten gäb es keine.«
»Dann hoff' ich, daß sich so etwas nicht mehr ereignen wird. Ich mach' mich nun wieder auf den Weg. Seid versichert, daß ich Euch Eure Arbeit nicht neide.« Er warf einen letzten, besorgten Blick auf das tröpfelnde Rohrwerk und ging davon.
Im Freien sog Ruark tief die herrliche frische Luft ein, auch rieb er sich sein Bein, um die Schmerzen zu vertreiben, die sich aufs neue eingestellt hatten. Seine Blicke wanderten durch den Vorhof, ob er nichts Verdächtiges entdecke, und plötzlich hielt er den Atem an. In einiger Entfernung, nächst dem großen Einfülltrichter für die Anlieferungen, standen zwei Männer, einer groß und dünn, in ernstes Schwarz gekleidet – kein ande-

rer als Ralston! Und der Mann, mit dem er sprach, war einer von den Destillerie-Arbeitern, ein stämmiger Bursche mit muskelstarken Armen. Als Ralstons Blick auf Ruark fiel, schien ein plötzlicher Ruck durch die dünne Gestalt zu gehen, unvermittelt drehte er sich auf dem Absatz um und schritt von dannen, verdutzt schaute der Arbeitsmann, den Mund vor Staunen aufgerissen, hinter ihm her. Nachdenklich bestieg Ruark den Hengst und schlug den Weg zum Herrenhaus ein.
Ruark hatte eben Attila in die Stallung gebracht und ihm den Schweiß von den Flanken gerieben, da hörte – oder vielmehr ahnte – er eine Bewegung hinter sich. Damit ihm nicht gleich das nächste Unheil geschah, fuhr er blitzgeschwind herum. Doch Milly war's nur, die da vor dem Stalltor stand.
Im ersten Augenblick schien das Mädchen schnell davoneilen zu wollen, doch dann nahm es allen seinen Mut zusammen und tänzelte hüftenschwingend näher. Ruark, noch unentschlossen, ob er sich erleichtert oder beunruhigt fühlen sollte, ließ sich bei seiner Arbeit nicht stören.
»Guten Morgen, Mister Ruark!« sagte das Mädchen in einem Ton, der wohl verlockend klingen sollte, und lehnte sich, an einem Heuhalm kauend, gegen einen Pfeiler. »Hab' Euch eben auf dem schönen Pferd die Straße entlangreiten sehen. Ich mag Tiere auch sehr gern, wir sind gar nicht so verschieden, stimmt's?«
Ruark grunzte nichtssagend und striegelte Attila den Schweif. »Was habt Ihr denn diesmal auf dem Herzen?« erkundigte er sich schließlich.
»Was ganz Feines!« kicherte sie frech. »Der Shanna-Zicke wird's 'nen schönen Schreck versetzen.«
»An Eurer Stelle«, sagte Ruark, ging um Attila herum und stützte seinen Arm auf einen Balken, »würd' ich meine Worte ein wenig umsichtiger wählen.«
Milly spreizte sich auf, beugte sich angriffslustig vor und zeigte sich mit dem Finger auf den Bauch. »Ich krieg' nämlich ein Kind! Jawohl!«
Ruark zog die Stirn in Falten. Nun wurde es Ernst. Und ehe noch Milly Atem holte, wußte er schon, was die nächsten Worte sein würden.
»Und Ihr«, Millys Finger streckte sich jetzt ihm entgegen, »seid der Papa.«
Ruarks Mund wurde zu einem schmalen, bösen Strich, und kalt und stechend blitzte es aus seinen Augen. »Milly, glaubt Ihr wahrhaftig, ich bin so leicht übers Ohr zu hauen?«
»Das nicht«, sagte Milly und lehnte sich wieder an den Pfosten, »aber ich hab' 'nen Freund, der mir alles, was ich will, bezeugt. Und ich weiß alles über Euch und das feine Fräulein Nasehoch. Und was Mister Trahern ist, der wird gar so gern nicht hören, daß sein heißgeliebtes Töchterlein mit einem Leibeigenen ins Bett zu gehen pflegt. Das müßt' ihr

doch 'nen Penny oder zwei wert sein, wenn ich mein Mündchen halte, findet Ihr nicht auch? Und ich verlang' auch gar nicht, daß Ihr nicht mehr mit Ihr schlafen geht. Nur find' ich, müßte sie dafür bezahlen. Davon könnten wir zwei uns dann ein schönes Leben machen, findet Ihr das nicht, mein Schätzchen?«
Ruark starrte sie an. Kein Zweifel, sie meinte jedes Wort so, wie sie's sagte. Ruarks Antlitz wurde finster. »So leicht laß ich mich nicht erpressen!« Ganz leise, aber zischend war jetzt seine Stimme. »Und ich denk' auch nicht daran, für irgendeinen Matrosenbastard den Papa zu spielen, bloß weil's Euch so beliebt.«
»Ich schwör's aber, daß Ihr der Vater seid!«
»Ihr wißt genau, ich hab' Euch niemals angefaßt. Ihr würdet einen Meineid schwören, und bald käm's an den Tag.«
»Ich sorg' dafür, daß Ihr mich heiratet.«
»Ich tu's aber nicht.«
»Trahern selbst wird dafür sorgen!«
»Ich kann Euch gar nicht heiraten!« fauchte er.
Jetzt fühlte Milly sich aus dem Konzept gebracht.
»Ich hab' nämlich schon eine Frau.«
Milly riß den Mund weit auf und wich zurück, als habe er sie geschlagen.
»Eine Frau!« lachte sie irre. »Ihr habt schon eine Frau! Na klar – in England habt Ihr sicher eine! Und Kinder womöglich auch, möcht' ich fast wetten. Da wird das Fräulein Nasehoch aber staunen!« Milly blickte um sich wie von Sinnen und begann gleich einer Besessenen zu lachen. »Er hat schon eine Frau!« Halb schluchzend und halb schreiend floh sie, von Verzweiflung getrieben, davon.
Shanna ritt eben auf Jesabel dem Stall zu, da scheute die Stute und bäumte sich auf. Milly, die aus dem Tor gestürzt kam, sah urplötzlich den Pferdeleib sich hoch vor ihr auftürmen, entsetzt starrte sie zu den Hufen empor, die über ihr auf und nieder schlugen. Ein Schrei in höchster Todesangst entrang sich ihr, ihr letztes Stündlein sah sie schon gekommen. Haarbreit neben ihr kam Jesabel wieder auf die Füße, Shanna hatte sich eben noch im Sattel halten können.
»Was, zum Teufel, treibt Ihr denn hier schon wieder!« rief Shanna wütend aus, mehr aus überstandenem Schrecken als aus Ärger.
»Da ist sie ja auch schon!« kreischte Milly. »Fräulein Hochnase Shanna Trahern Beauchamp! Und eh' Ihr mich das nächste Mal über den Haufen reitet, hab' ich Euch noch einen Bescheid zu geben. Der da drinnen«, sie streckte ihren Arm zum Stall hin aus, »der braucht Euch gar nicht! Der kann Euch gar nicht heiraten! Der hat nämlich schon 'ne Frau! So!«
Entsetzt versuchte Shanna das tobende Mädchen zu besänftigen. »Milly! Ihr wißt ja gar nicht, was Ihr da sagt! Milly!«

Aber Milly war nicht zu besänftigen. Sie breitete die Arme aus, warf den Kopf hin und her und lachte aus vollem Hals. »Ha, wenn das erst die Leute hören! All die feinen, braven Leute, die sich so lilienweiß und sauber dünken! Wenn die das erst mal hören!«
Shanna glitt aus dem Sattel. »Milly, das dürft Ihr nicht tun! Ihr wißt ja gar nicht, worum es geht!«
Das Mädchen tanzte im Kreis umher, wirbelte mit den Füßen den Staub hoch, woraufhin die Stute wieder unruhig wurde.
»Laßt das, blödes Ding!« rief Shanna und hielt die Zügel stramm.
»Ha, welch lausige Geschichte!« kreischte Milly. »Miß Shanna geht einem Leibeigenen auf den Leim! Und alle Welt grämt sich vor Angst, die Piraten könnten ihr Gewalt antun! Ha, wenn die Leute das erst alles hören!«
»Milly!« warnte Shanna.
»Schaut Sie Euch an, die reiche Witwe Allesmein! Die nie für einen Penny schuften muß, die sich nie etwas zu wünschen braucht, weil sie immer schon alles hat! Und nun hat sie sich auch einen Mann zugelegt. Aber sie ist kein bißchen besser als ich! Mit 'nem Verheirateten treibt sie's! Wetten, daß sie auch bald einen dicken Bauch hat?«
Karmesinrot lief Shannas Antlitz unter Millys Worten an. Keinen Augenblick länger wollte sie Schimpf und Schande hinnehmen. »Ja, was meint Ihr denn, mit wem er verheiratet ist!« schrie sie hinaus.
Kaum hatte sie diesen Satz hinausgestoßen, erkannte sie auch schon, was sie da angerichtet hatte. Entsetzt warf sie sich die Hand vor den Mund, als könnte sie so alles ungesprochen machen. Doch es war zu spät. Das mähliche Dämmern des Begreifens kroch in Millys Antlitz hoch, bis sie schließlich mit weit offenem Mund und aufgerissenen Augen dastand.
»Ihr!« kreischte sie auf. »Mit Euch! Oooooh! Neiiiin!« heulte sie. Dann floh sie, bitterlich schluchzend, in Richtung Dorf davon.
Jetzt erst ließ Shanna die Hand vom Mund sinken, und bangen Herzens schaute sie dem zwischen den hohen Bäumen immer kleiner werdenden Mädchen nach. In hilfloser Wut mit dem Fuß aufstampfend, stöhnte sie auf. Ausgerechnet diesem Frauenzimmer hatte sie das Geheimnis, welches sie über all die Monate hinweg so sorgsam gehütet, hingeworfen wie eine billige Münze. Mit einer kraftlosen Handbewegung wollte sie nach Jesabels Zügel greifen, um die edle Stute in den Stall zu führen, aber Ruark stand schon vor ihr. Und er lächelte sogar.
»Madam«, sagte er, »ich fürchte, soeben habt Ihr der größten Glocke im Dorf allerhand zum Läuten angehängt.«
»Ach Ruark!« warf sie sich ihm in die Arme. »Das dumme Ding wird geradewegs zu Vater gehen. Und er wird so wütend sein, daß er nicht

einmal mehr mit sich reden läßt. Nach England wird er Euch schicken, und Ihr müßt hängen.«
»Beruhigt Euch, mein Lieb!« Ruark drückte sie fest an sich und streichelte ihr übers Haar. »Sich nun dem Kummer hinzugeben ist ohne Sinn. Falls sie's ihm wirklich sagt, werden wir's auch eingestehen. Euer Vater ist ein vernünftiger Mann. Er wird uns zum mindesten gestatten, unser Sprüchlein aufzusagen.«
Seine Ruhe und seine Zuversicht verfehlten ihre Wirkung nicht, und obwohl sie im Freien standen, fühlte Shanna sich in seinen starken Armen wohl geborgen. Und seltsam – plötzlich schien ihr der Gedanke, diese Ehe eingestehen zu müssen, gar nicht mehr so widersinnig.
»Jedenfalls habt Ihr jetzt Ruhe vor Millys Nachstellungen«, sagte sie mit Galgenhumor.
Ruark beschattete seine Augen und spähte über die Wiesen in die Ferne.
»Was ist eigentlich mit Gaylord? Wo ist der brave Junge denn geblieben? Ihr seid doch mit ihm ausgeritten?«
Shanna lachte. »Als ich ihn das letzte Mal sah, war er sich mit seinem Pferd uneins über den einzuschlagenden Weg. Womöglich kämpft er noch immer mit dem Ungeheuer, um es zu einer Kehrtwendung zu bringen, so daß er den Heimweg antreten kann.«
»Mir scheint, er raubt Euch neuerdings viel von Eurer kostbaren Zeit«, bemängelte Ruark, ein wenig schärfer, als er eigentlich wollte.
»Aber Ruark!« lächelte Shanna verschmitzt, »Ihr werdet doch im Ernst nicht eifersüchtig auf Sir Gaylord sein!«
»Ich kann halt sein dümmliches Gehabe nicht ertragen«, brummte Ruark.
Shanna führte Jesabel an ihm vorbei in den Stall – und mit einem dumpfen Knurren ließ Ruark seine Hand klatschend auf Shannas Hintern landen und blieb auch gleich dort haften.
»Lümmel!« rief sie und schnitt ihm eine Fratze. »Wann werdet Ihr nur endlich lernen, Eure Hände bei Euch zu behalten!«
»Wohl nie«, versicherte Ruark und schmachtete ihren Hüften nach. Dann legte er einen Arm um Shannas Hals und zog sie an seine Seite.
»Für alle Male, wo ich Euch nur anschauen, nicht berühren darf, das schwör' ich Euch, Madam, hol' ich mir Entschädigung, sobald wir alleine sind!«
Seine Hand schmiegte sich um ihre weiche, runde Brust, sein hungriger Mund legte sich auf ihre Lippen; berauschender als Wein war dieser Kuß. Einem entfesselten Strom gleich brach die Flut der Leidenschaft über sie herein. Und heiser war Ruarks Stimme, als er rauh an Shannas bebenden Lippen murmelte: »Der Vater kommt erst später heim, laßt uns in die Hütte gehen.«

Shanna nickte stumm und willig. Von einer wundersamen Wärme überwältigt, lehnte sie sich gegen das schwere, duftende Holz des Pfeilers, während Ruark sich sputete, die Stute zu versorgen. Dann schloß sich das Stalltor hinter ihnen, und er nahm ihre zarte Hand in die seinige.
Es dämmerte schon fast, als Shanna sich ins Haus schlich und verstohlen die Treppen hoch eilte. Auf ihren Wangen glühte noch der rosige Hauch der gekosteten Leidenschaft, und Ruarks männlicher Duft steckte noch in ihren Poren, ihre Augen schimmerten mild wie zwei tiefe Teiche, und da es ihr nur halbwegs gut gelungen war, das Haar zu einem Knoten zusammenzustecken, hing es ihr noch wirr ums Antlitz. Kein Wunder also, daß Hergus, die mit dem längst bereiteten Abendbad ungeduldig in Shannas Gemach wartete, beim Anblick ihrer Herrin einen erschrockenen Seufzer ausstieß.
»Bei ihm wart Ihr schon wieder!« klagte die Zofe an. »Und auch noch bei hellichtem Tag! Schändlich ist, was ihr da tut, grad unter Eures Vaters Nase Hurerei zu treiben! Habt Ihr denn gar kein Schamgefühl?«
Shanna hob das Kinn. Nein, sie hatte nicht das Gefühl, Unrechtes zu tun, und sie wunderte sich selbst, weshalb sie nicht den kleinsten Gewissensbiß verspürte. Wie kam es nur, daß sie alles, was sie in Ruarks Armen tat, wohlgetan fand? War das die Liebe? Gewiß, er liebte sie. Er hatte es ihr ja gelobt. Doch sie selbst? Liebte sie ihn auch? Woran erkennt man Liebe, wenn sie einem begegnet? Was war es denn, das sie Ruark alles geben hieß, wenn es nicht die Liebe war? Leidenschaft? Gewiß, auch das. Doch da war mehr. Aber so, wie sie da vor Hergus' fragenden Blicken stand, wollte ihr keine Antwort einfallen.
»Nein«, flüsterte sie so leise, daß die Zofe es kaum hören konnte. »Ich schäme mich nicht. Er liebt mich, und ich . . .«

22

Die bunten Pantoffeln an Shannas Füßen waren nur ein farbiges Geflirre auf der weitgeschwungenen Treppe im Herrenhaus, kaum schienen sie die Stufen zu berühren, so flink eilten sie dahin. Nun war Shanna wieder wie ein kleines Mädchen, atemlos und rosig, ganz aufgeregt, weil es schon so spät war; und ganz unbekümmert, ob unter dem gerafften Rock nicht doch schlanke Fesseln hervorblitzen möchten. Hergus hatte kaum begonnen, mit bunten Schleifen das wirre Haar zu bändigen, da war Shanna aufgesprungen, weil sie plötzlich sah, wie weit die Zeit schon vorgeschritten war. Denn wenn es etwas auf der Welt gab, das des Vaters Zorn erregte, dann war's, wenn man ihn bei Tische warten ließ.
Jason stand wie immer, groß und aufrecht, am Hauseingang auf seinem Posten, anerkennend lächelte er Shanna an und machte eine Verbeugung: »Äußerst gewinnend seht Ihr heute abend aus, Madam!«
Anmutig nickte sie zurück: »Danke, Jason.«
Vom Salon her hörte sie Orlan Traherns dröhnende Stimme: »Berta! Schaut endlich, was das Mädel treibt! Schon eine halbe Stunde nach der Essenszeit!«
Shanna verhielt ein wenig, noch klang gute Laune in Vaters Stimme mit. An der Tür holte sie tief Atem, und ihr war ein wenig wie Daniel vor der Löwengrube. Doch dann bedachte sie, daß wohl längst ein Wutausbruch das ganze Haus erschüttert hätte, wenn es Milly bereits gelungen wäre, sie bei Vater anzuschwärzen. Shanna zauberte sich ein erhabenes Lächeln ins Antlitz, dann betrat sie den Raum. Artig blieb sie stehen, als die Herren sich erhoben. Pitney stand, mit einem Becher in der Hand, neben Orlan Trahern.
»Gentlemen, behaltet doch Platz«, sagte Shanna liebenswürdig und ließ den Blick durch den Raum schweifen.
Ruark hatte sich in feinstes Königsblau gekleidet, und neben seiner geschmeidig kraftvollen Grazie erschien die schlaksige Gestalt von Sir Gaylord eher als die einer unachtsam zusammengefügten Giraffe, zumal sich beide Männer nebeneinanderher auf Shanna zu bewegten. Ralston begnügte sich, mit einem knappen Nicken Shannas Gegenwart zur Kenntnis zu nehmen.
»Es tut mir leid, daß ich mich verspätet habe, Papa«, murmelte Shanna lieb. »Ich hab' einfach nicht gewußt, wie spät es war.«

Trahern machte eine verzeihende Handbewegung. Shannas strahlende Mädchenhaftigkeit begeisterte sein Herz nur allzusehr. »Ich bin sicher, daß die Herren das Warten für der Mühe wert gehalten haben. Es war soeben von unserer geplanten Reise in die Kolonien die Rede.«
»Ist es dort so wie in England?« Shanna richtete die Frage gleich an Ruark. »Es wird wohl kalt sein, will mir scheinen.«
»Kalt? Gewiß, Madam.« Ruark lächelte, denn Shannas Schönheit entzündete ihm ein warmes Glühen in den Augen. »Wenn auch sicher nicht so kalt wie England«, sagte er.
»Aber ich muß doch sehr bitten!« mischte sich Sir Gaylord ein. Er genehmigte sich eine Prise Schnupfpulver, welche er von seinem Handrücken hochschnaubte, woraufhin er mit zierlicher Geste ein monogrammbesticktes Taschentuch zu seinen Nasenflügeln führte. Dann wässerten sich seine blaugrauen Augen unterm Niesen. »Ein höchst unzivilisiertes Land, wohl kaum empfehlenswert für eine Dame. Ein paar primitive Forts in ungezähmter Wildnis. Und nichts als Heiden, weit und breit. Wir werden ständig von Gefahr umgeben sein, so möcht' ich meinen.«
Ruark zog zweifelnd eine Braue hoch. »Ihr scheint mit Autorität zu sprechen, Sir. Ihr wart schon dort?«
Gaylord bedachte den Leibeigenen mit einem kalten, vernichtenden Blick. »Hörte ich Euch etwa reden?« Er schien übers Maß erstaunt, als sei es ganz unglaublich, daß ein gemeiner Sklave das Wort an ihn gerichtet haben sollte.
Ruark überspielte seinen Spott mit gutgespielter Kümmernis. »Zu dumm, ich weiß wahrhaftig nicht, was mich dazu getrieben haben könnte.«
Gaylord, dem die Ironie in diesen Worten nicht auffiel, warf den Kopf hoch. »Dann seid in Zukunft bedachtsamer. Als ob's nicht schon widerlich genug wär', daß man mit einem Leibeigenen bei Tische sitzen muß. Nun fällt er auch noch einem Gentleman ins Wort. Und merkt Euch eins, mein Lieber, ich seh' allerhand Schurkisches in Eurem Angesicht. Ich halte Euch auch keineswegs für schuldlos an dem Raub der Trahernschen Schätze, und an der Stelle unseres Inselherrn würd' ich ein waches Auge auf Euch gerichtet halten. Es möchte ja sein, daß Ihr nun mehr auf edleren Raub erpicht seid.« Nur Ruark bemerkte seinen Seitenblick auf Shanna. »Ein Gauner scheut vor nichts zurück, um an andrer Leute Reichtum zu gelangen.«
Ruarks Muskeln strafften sich, und seine Augen wurden hart. Auch Ralston sah Ruarks Miene sich verfinstern und glaubte, die Gelegenheit nicht ungenutzt vorbeiziehen lassen zu dürfen, den verhaßten Mann herauszufordern. Ein böses Lächeln spielte um seine dünnen Lippen, als er sich zu den beiden Männern gesellte.

»Höchst unziemlich«, bemerkte er, als er Ruark geringschätzig ansah und sich dann an Sir Gaylord wandte, »daß ein Leibeigener das Wissen eines ehrenwerten Edelmanns in Frage stellt.«
Gaylord erkannte sogleich die Wahrheit in Ralstons unverblümter Anspielung und richtete sich zu voller Größe auf. Shanna hatte unterdessen mit einem Stirnrunzeln die Aufmerksamkeit ihres Vaters auf Ralston gelenkt. Trahern nickte ohne Zögern.
»Mister Ralston!« rief Trahern durch den Salon. »Auf ein Wort!«
Widerwillig folgte Ralston dem Befehl. Er hatte eben erst begonnen, sich an seinem Lieblingsspiel zu vergnügen. Trahern setzte, als der Dünne näher kam, sein Glas ab und machte ein tadelndes Gesicht. Der Inselherr sprach leise, so daß nur Pitney es mit anhörte: »Mister Ruark ist Gast in meinem Haus, und ich trachte, in meinem Heim für Ruhe und Frieden zu sorgen. Ich erwarte von Euch, der Ihr selber bei mir in Lohn und Brot steht, daß Ihr Euch meinen Gästen gegenüber verhaltet, wie es sich für Euch geziemt.«
Ralston lief vor verhaltener Empörung rot an. »Sir? Ihr tadelt mich im Beisein anderer?«
In Traherns Lächeln war nur wenig Freundlichkeit zu sehen. »Ich erinnere Euch lediglich daran, welche Stellung Ihr hier innehabt. Mister Ruark hat mir seinen Wert bewiesen. Stellt den Eurigen nicht in Frage.«
Ralston unterdrückte eine hitzige Erwiderung. Er hatte sich bereits zu sehr an die reich ausgestattete Wohnung gewöhnt, die er im Dorf unterhielt, und war sich auch durchaus bewußt, wie weit Traherns Macht und sein Vermögen reichten. Auch war er der Meinung, daß dem Handelsherrn der Abgang von ein paar hundert Pfund hier oder dort nicht leicht ins Auge fiel, und so hatte er im Lauf der Jahre, die er im Dienste Traherns stand, ein hübsches Sümmchen auf die Seite gebracht; peinlicher Prüfung würden seine Konten nicht standhalten.
Shanna unterdessen hatte mit der unaufdringlichen Geschicklichkeit der erfahrenen Diplomatin in die Fehde zwischen Ruark und Sir Gaylord eingegriffen. Sie war vor die beiden Männer getreten und, indem sie Ruark mit einem herzerwärmenden Lächeln bedachte, hatte sie sich des Edelmannes angenommen.
»Geehrter Herr!« sprach sie, und ihre Stimme vermittelte dem Edelmann den Geschmack von reinstem Honig. »Wie seid Ihr zu bedauern, daß wir hier so fern von London leben und sich niemand findet, der, Eurer ebenbürtig, die Konversation mit geschliffenem Geist bereichert. Wie schmerzlich müßt Ihr es empfinden, Gerede ohne Glanz nur über solch irdische Dinge anzuhören, wie sie uns nun einmal wichtig erscheinen – hier draußen an den Grenzen aller Zivilisation. Allerdings, auch das müßt Ihr bedenken, daß wir alle, selbst mein Vater und auch meine

Wenigkeit, durchaus niedriger Herkunft sind. Also laßt bei Eurem Urteil Gnade walten. Oder . . .«, Shanna lachte, als hielte sie den Gedanken für gänzlich unglaubwürdig, »oder wollt Ihr meinen lieben Vater und gar mich aus Eurer edlen Gegenwart verbannen? Das kann doch Euer Ernst nicht sein!«

Sir Gaylord hielt das ebenfalls für unglaubwürdig. »Bei meiner Treu'! In keiner Weise! Schließlich ist Euer Herr Vater hier der Gouverneur, und Ihr selbst, als seine Tochter, seid höchst . . .«, er seufzte, »höchst anziehend.«

»Dann ist es gut.« Shanna klopfte ihm mit ihrem Fächer auf den Arm und beugte sich näher, wie um ihm Vertraulichkeiten mitzuteilen. »Aus eigenem Wissen kann ich Euch verraten, daß Mister Ruark ganz gegen seinen Willen und mit Gewalt von der Insel weggeschleppt wurde. Ich bitt' Euch also zu verstehen, warum ich ihm mit einiger Ehrerbietung begegnen muß.« Sie warf Ruark einen Seitenblick zu und lächelte schelmisch.

Der Edelmann konnte da nur seine Zustimmung murmeln, obwohl ihm Shannas Gedankengang nicht ganz einleuchtend schien.

»Ihr seid sehr freundlich, Sir.« Sie knickste graziös und reichte nun auch Ruark ihre Hand. »Dann wollen wir uns zu Tisch begeben.«

Über ihre Schulter hielt Shanna Ausschau nach dem Vater. »Verspürt Ihr denn keinen Appetit, Papa?«

»Und wie!«

Trahern lachte still vor sich hin, war er doch soeben Zeuge einer Zurechtweisung auf die sanfteste weibliche Weise geworden, und fast empfand er Mitleid mit den Tölpeln, die seiner Tochter schon zum Opfer gefallen sein mußten. Stolz sah er ihr nach, wie sie, ganz und gar Prinzessin, neben dem Leibeigenen ging. Was für ein herrliches Paar die beiden abgaben! Und was für großartige Kinder Shanna in die Welt setzen würde, wenn die beiden . . .

»Pah! Wahnsinn!« Trahern schüttelte das Haupt, um diesen Gedanken zu vertreiben. »Diesen Würfel habe ich zu gut geworfen«, dachte er bei sich. »Einen Leibeigenen wird sie sich niemals zum Manne nehmen.«

Ruark und Shanna, ihre Hand auf seinem Arm, führten die Abendgesellschaft an, die sich in den Speisesaal begab. Milan klatschte in die Hände, zum Zeichen für die Boys, die Gerichte aufzutragen.

»Setzt Euch zu mir, Mister Ruark!« befahl Shanna und wies auf den Stuhl zu ihrer Seite; sie nahm den gewohnten Platz am Ende der Tafel ein.

Ralston ließ den Platz gegenüber dem Leibeigenen, an Shannas anderer Seite, für Sir Gaylord frei und setzte sich selbst Pitney gegenüber nieder, neben Trahern. Falls Unheil sich zusammenbraute, dann wollte er der

Braumeister sein und dafür Sorge tragen, daß die Mixtur auch auf das vortrefflichste in Gärung geriet.
Zu Beginn des Mahls verlief die Unterhaltung steif. Gaylord gaffte immer nur Shanna an, und wann immer es ihm möglich war, tauchten seine Blicke in ihr Mieder ein, welches, fest geschnürt, ihre Brüste zu höchst vortrefflicher Prachtentfaltung brachte. Ruark mußte sich, ohnehin wegen des Edelmannes Stieläugigkeit arg verärgert, sehr im Zaume halten. Ralston indessen gab sich ungewöhnlich beredsam.
»Mir ist aufgefallen, Sir«, wandte er sich an Trahern, »daß die *Good Hound* zwecks Überholung in unserem Hafen liegt. Ist's Eure Absicht, Sir, den Schoner zur Reise nach den Kolonien zu benutzen, oder gedenkt Ihr, ihn im Handel mit den Inseln einzusetzen?«
Trahern legte kurz einen Bissen zur Seite und zeigte auf Ruark. »Fragt ihn. Er ist der Besitzer.«
Ralston und Gaylord richteten je einen entrüsteten Blick auf Ruark, der jedoch nur kühl den Sachverhalt schilderte.
»Gentlemen, nach englischem Gesetz ist es Leibeigenen durchaus gestattet, Besitztum zu erwerben. Den Schoner habe ich im fairen Kampf gewonnen, wie Madam Beauchamp bezeugen kann.«
»Aber das ist doch ungeheuerlich!« verkündete Sir Gaylord. Daß ein Leibeigener ein Schiff besitzen sollte, während er, der Gentlemen mit Adelstiteln, noch auf der Suche nach Geldern zum Aufbau einer Werft war – das ging ihm wider die Natur.
»Wie dem auch sei«, beharrte Ruark grinsend, »der Schoner gehört nun einmal mir und bleibt mein Eigentum, es sei denn, daß ich ihn zum Wiedererwerb meiner Freiheit in Zahlung gebe. Allerdings glaube ich, daß es mich mehr Zeit kosten würde, mir ein Schiff zu verdienen, als meine Schuld zu löschen. Die *Sturm* steht dem Inselherrn für die Reise nach den Kolonien zur Verfügung – als Gegenleistung für die Überholung. Nach unser beider Meinung ein fairer Handel.«
»*Sturm* soll sie also heißen?« erkundigte sich Ralston hochnäsig.
»Ja, ich habe sie umgetauft. Neuerdings habe ich eine Vorliebe für Stürme und Gewitter, da sie mir nur Gutes zu bringen scheinen. Also halte ich das für passend.«
»Meine Tochter empfindet da eher Abneigung«, merkte Trahern geistesabwesend an, allerdings entging ihm, daß Shanna bei Ruarks Worten stark errötet war. »Ohne Grund zwar, wie mir scheint, doch das war bei ihr als Kind schon so.«
»Vielleicht wachse ich mit der Zeit darüber hinaus«, erwiderte Shanna leise, wagte freilich nicht, den Blicken ihres Gatten zu begegnen. »Schließlich gab ein Sturm uns die Gelegenheit, den Piraten zu entfliehen.«

Trahern nahm das mit einem Mundvoll Hummer hin und brummte: »Wird auch Zeit. Eines Tages werdet Ihr selber Kinder haben. Wäre nicht sehr sinnvoll, ihnen solche Ängste zu vererben.«
»Nein, Papa«, bestätigte Shanna.
»Und der Piratenschatz, der auf dem Schoner war«, wollte Ralston wissen. »Gehört der jetzt etwa auch dem Mister Ruark?«
»Er gehörte ihm«, erklärte Trahern. »Doch hat er alles, was nicht mein Eigentum war, Mister Gaitlier und Mistress Dora geschenkt, als Ausgleich für die jahrelange Fron, in welcher sie den Piraten dienten.«
Ralston zog erstaunt die Augenbrauen hoch. »Äußerst großherzig, wenn man bedenkt, daß der Mann sich damit die Freiheit erkauft haben könnte.
Ruark überhörte den Tonfall. »Es stand ihnen rechtmäßig zu. Ich betrachte es als faire Bezahlung für die den Piraten geleisteten Dienste.«
Gaylord schwieg. Er hatte kein Verständnis für Menschen, die etwas verschenkten, noch dazu ein kleines Vermögen. Ralston indessen glaubte die Großmut zu durchschauen. Mit solcher Torheit wollte der Leibeigene sich nur bei der Lady einschmeicheln, das war deutlich. Ratsamer war's, das Thema schnell zu wechseln – und den eigenen Heiratskandidaten geschickt ins Spiel zu bringen.
»Madam«, wandte Ralston sich an Shanna, »ist Euch eigentlich bekannt, daß Sir Gaylords Vater ein Lord ist und auch Oberrichter?« Er warf einen Seitenblick auf Trahern, um sich zu vergewissern, daß dieser auch von seiner Auskunft Kenntnis nahm – und war verärgert, als er den Inselherrn sich höchst ungerührt an seinem Leibgericht ergötzen sah.
»Wirklich?« Shanna richtete einen neugierigen Blick auf den Mann zu ihrer Linken. »Lord Billingsham? Als ich in London war, vernahm ich diesen Namen nie. Ist er schon lange Richter?«
Gaylord tupfte sich den Mund mit der Serviette ab, ehe er Shanna mit ernstem Blick ansah. »Ich kann mir auch den Grund nicht denken, Madam, welcher eine Dame Eurer Wohlanständigkeit zu einer Begegnung mit meinem Vater veranlaßt haben möchte. Mein Vater erfüllt die traurige, jedoch höchst segensreiche Pflicht, über den Abschaum der Menschheit zu Gericht zu sitzen. Über Mörder, Diebe, Räuber, Übeltäter jeder Art, und man würde wohl dort, wo solcherlei Gesindel sich sein Stelldichein zu geben pflegt, nach der zarten Blume, die Ihr seid, vergeblich Ausschau halten. Gar manchen Schuft hat er schon auf den wohlverdienten letzten Weg zum dreiarmigen Baum von Tryburn geschickt – und aus Gründen der Vorsicht hat er es vorgezogen, bei den Gaunern nur unter dem Namen Lord Harry bekannt zu sein.«
Ralston beobachtete Ruark aufmerksam, doch er ließ sich beim Essen nicht stören. Auch Pitney war höchst ausgiebig mit seinem Mahl be-

schäftigt. Und Shanna ebenfalls. Sie erinnerte sich nur zu gut, wie der Kerkermeister Hicks von Lord Harry gesprochen hatte – und von dem Geheimnis um das gegen Ruark gefällte Todesurteil und dessen Vollstreckung. Nur gar zu gerne hätte sie allerdings gewußt, welche Rolle Ralston dabei zugefallen war.
Man mußte wohl Ruark so gut kennen, wie Shanna ihn kannte, wenn einem die plötzliche Hinwendung zum Mahl und die allmähliche Verhärtung des Blicks auffällig erscheinen sollten. Ein unmerkliches Zucken umspielte jedesmal, wenn der verhaßte Name fiel, seine Nasenflügel. Ansonsten freilich fügte er sich, ohne das mindeste Aufsehen zu erregen, in die Rolle des Leibeigenen.
Shanna hingegen erkundigte sich bedachtsam bei Sir Gaylord, den sie mit einem liebenswürdigen Lächeln betäubte.
»Lord Harry?« hob sie sanft die Stimme. »Mir ist, als hätte ich diesen Namen doch schon einmal gehört. Allerdings kann ich mich beim besten Willen nicht erinnern . . .«
Brummend warf Pitney ein. »Ich habe von ihm gehört. Man nennt ihn ›Henker-Harry‹. Wohl weil er den Hängebaum von Tryburn recht großzügig behängt.«
Gaylord gab sich beleidigt: »Ein böswilliges Gerücht!«
Shanna hatte noch eine Frage auf dem Herzen: »Ich fragte mich schon oft, wie sich ein Mann wohl fühlen muß, der eben einen Menschen zum Galgen schickt. Ich bin sicher, daß Euer Herr Vater, Sir Gaylord, nur solche henken läßt, die es verdienen, doch manchmal frage ich mich, welch fürchterliche Bürde da auf seiner Seele lastet. Kennt Ihr Euch in diesen Dingen aus, Sir Gaylord? Ich könnt' mir denken, daß der Herr Vater Euch davon gesprochen hat.«
»Meines Vaters Amt liegt jenseits meiner Interessen, Madam. Ich habe mich darum nie gekümmert.«
»Ach«, sagte Shanna und strahlte erleichtert. »Wie schade.«
Nachdem die Tafel aufgehoben war, zog die Abendgesellschaft wieder in den Salon, und Shanna litt unter Sir Gaylords enger Nachbarschaft auf dem Diwan. Über den Fächer hinweg beobachtete sie Ruark, wie er sich nahe der Verandatür die Pfeife anzündete – und fing ein kaum merkliches Neigen seines Kopfes zum Garten hin auf. Den Fächer vor dem Gesicht, erhob sie sich und meinte schüchtern: »Schwül ist es geworden, Vater. Mit Eurer Erlaubnis möchte ich gern ein wenig auf die Veranda gehen.«
Trahern nickte, und Ruark war schnell bei der Hand.
»Madam«, lächelte er Shanna entgegen. »Seit dem Piratenüberfall kann eine Dame, die alleine geht, sich nicht mehr sicher fühlen. Erlaubt mir daher . . .«

»Dieses Mal habt Ihr recht«, unterbrach Sir Gaylord, und zu Shannas Ärgernis nahm er ihren Arm. »Ihr gestattet doch, Madam?«
Nun war Ruark derjenige, der abseits blieb, während der Edelmann mit Shanna die Schwelle überschritt. Und als Gaylord die Tür hinter Shanna schloß, grinste er dem Leibeigenen triumphierend ins Gesicht.
Ehe Ruark eine Hand auf den Riegel legen konnte, fühlte er sich sanft zurückgedrängt.
»Bleibt ruhig, mein Sohn!« flüsterte Pitney leise. »Wenn's not ist, bin ich schon zur Stelle.«
Der Inselherr, der eben mit dem Rumglas in der Hand vor einem Schrank stand, zog die Uhr aus der Tasche, warf einen Blick darauf und wandte sich an Pitney: »Fünf Minuten?«
Pitney zog ebenfalls die Uhr: »Weniger, würd' ich sagen. Der Edelmann ist gar zu eifrig.«
»Also gilt die Wette?«
»Gilt!« bestätigte Pitney, und als er seine Uhr forsteckte, sah er Ruark an. »Ihr habt Shanna noch nicht in großer Form erlebt. Wenn Ihr Euch unbedingt Sorgen machen wollt, dann eher um Sir Gaylord.«
Still wurde es im Salon, und nur in Ruark und Ralstons Gesichtern zeigten sich Empfindungen, wenngleich auch ganz verschiedener Art. Ruark fühlte sich unbehaglich, Ralston grinste höchst zufrieden. Dann, plötzlich, drang von der Veranda, nicht sehr laut, Wutgeschrei zu ihnen herein. Ruark sprang auf, und Ralston ließ verdutzt den Becher sinken. Kaum einen Herzschlag später war ein knallendes Klatschen zu hören, dem ein Fluch aus Sir Gaylords Mund folgte, dann ein Aufschrei – auch das war Gaylords Stimme –, der ein lautes Stöhnen nach sich zog.
Pitney blickte auf seine Uhr. »Ein Bier für mich!« rief er Trahern zu.
Wie ein Mann eilten sie zur Tür, doch da flog dieselbe schon auf, und Shanna stürmte in den Raum; mit der einen Hand hielt sie sich das zerrissene Mieder, die andere schlenkerte sie, wie unter Schmerz, und glutrot loderte ihr Antlitz unterm wirren Haar.
Trahern legte seiner Tochter eine Hand auf dem Arm, um sie aufzuhalten. »Ist alles gut, mein Kind?«
»Ja, Papa!« erwiderte sie strahlend. »Besser, als Ihr ahnt. Nur unser hochwohlgeborener Gast schmückt jetzt, wie ich fürchte, mit seiner Edelmannsgestalt die Büsche.«
Ruark legte der Gemahlin seine Jacke um die Schultern. »Wünscht Milady, daß ich ihr Genugtuung verschaffe?«
»Aber nicht doch, Ruark, mein Piratenkapitän«, murmelte sie leise. »Der arme Wicht hat seinen Lohn erhalten. Schaut nur.«
Pitney und Trahern stießen eben die Flügeltüren auf. Trahern schien fast an irgend etwas zu ersticken, als nun, im schwachen Lichtschein, Sir

Gaylord seinen schlaksigen Körper am Verandageländer hochzurangeln versuchte; in bizarren Mustern hafteten Gezweig und Blattwerk an seinem Rock. Endlich brachte der Edelmann einen unsicheren Fuß auf die Veranda und, nicht ahnend, daß man ihn beobachtete, begann er, das Grünzeug von seinem Gewand abzupflücken. Er war darin noch nicht sehr weit fortgeschritten, als er die Augen hob und drei Männer grinsen sah, während der vierte ihn entsetzt anstarrte.
Sir Gaylord zeigte sich der Situation gewachsen. Er hob das fliehende Kinn, blickte hochmütig um sich und stolzierte erhabenen Schritts an seinen Zuschauern vorbei. Shanna würdigte er dabei keines Blickes. Trotz allem ließ seine Haltung an Würde einiges vermissen, denn seinem Gang haftete ein Hinken an, ohne Zweifel durch das Fehlen eines Schuhs verursacht.
Shanna, in ihrem allzu groß geratenen Herrenrock, deutete einen Hofknicks an. »Guten Abend, meine Herren!« wünschte sie und schwebte aus dem Raum, immer noch die rechte Hand ein wenig schmerzhaft schlenkernd.
Trahern sah in sein leeres Glas hinein, seufzte fast traurig auf. Dann ging er, zweimal Bier einzuschenken, und reichte Pitney ein Getränk. Ralston verhalf sich selbst zu einem kleinen Brandy, den er unverzüglich schluckte, worauf er mit knappem Gruß davonging. Trahern schenkte ein drittes Ale ein und reichte es Ruark.
»Ah, meine Herren«, kicherte der runde Mann, nachdem er einen langen Zug genossen hatte, »ich weiß wirklich nicht, wie es um mein Vergnügen bestellt sein wird, wenn das Mädel einmal aus dem Hause geht.« Auch die anderen stimmten in sein Gelächter ein. »Aber nun muß ich mich zurückziehen. Ich werde wohl zu alt für solche Späße.«
Er verließ den Salon, und noch aus der Eingangshalle war sein Kichern zu hören.
Pitney füllte sich sein Glas aufs neue und nickte zu den offenen Verandatüren hin. »Ein wenig frische Luft gefällig, Mister Ruark?«
Sie schlenderten ins Freie, bewunderten den strahlenden Vollmond, und Ruark bot aus seinem Beutel Tabak an. Pitney zog eine wohlgebräunte Tonpfeife hervor, und nachdem er die erste Rauchwolke vor sich hin gepafft hatte, nickte er seinen Dank.
»Hab's mir angewöhnt, als ich auf Orlans Schiffen segelte«, murmelte er nach einer Weile. »Hier draußen ist es schwer, guten Tabak aufzutreiben. Der Eurige ist gut. Sehr gut sogar.«
Eine Weile gingen sie, wohlduftende Rauchspuren hinterlassend, schweigend nebeneinander her. Sie waren fast schon wieder zu den Flügeltüren zurückgekehrt, als Pitney stehenblieb, um seine Pfeife auszuklopfen.

»Schade«, sagte der Hüne.
Ruark sah ihn fragend an.
»Schade, daß Euer Bruder, Captain Beauchamp, nicht mit uns segelt.«
»Mein Bruder?« brachte er hervor; mehr fiel ihm nicht ein, alles andere wäre Lüge gewesen.
»Aye, aye, Sir!« Pitney richtete den Pfeifenstiel auf Ruarks Brust. »Und manchmal werd' ich das Gefühl nicht los, daß es mit Ruark Beauchamp mehr Bewandtnis hat, als John Ruark ahnen lassen will.«

Es war schon spät, und wie ein roter Ball hing der Mond tief überm Horizont. Dunkel lagen die Dorfstraßen da, als Milly zum wiederholten Male am Orte ihres Stelldicheins vorüberschlenderte und immer noch weit und breit keine Menschenseele sah. Unruhig blieb sie stehen, mit bangen Blicken spähte sie die gepflasterte Straße hinauf und hinab. Gänsehaut breitete sich auf ihr aus, Milly fröstelte. Deutlich hatte sie das Gefühl, beobachtet zu werden. Sie spähte in jeden Winkel, jede Ecke, konnte aber nichts entdecken. Und plötzlich stöhnte sie angstvoll auf: ein hochaufragender Schatten löste sich aus der Nacht und kam geradewegs auf sie zu. Milly warf sich die bebenden Hände vor den Mund und starrte wie versteinert – dann seufzte sie erleichtert auf.
»Ach, Ihr seid's doch, Herr«, kicherte sie. »Einen hübschen Schrecken habt Ihr mir versetzt. Ehrlich. Und zu spät seid Ihr auch.«
Der Mann zuckte die Achseln und äußerte keine Entschuldigung. Ein weiter, schwarzer Umhang verhüllte die Gestalt; der Kragen reichte bis unter den Dreispitz hoch, den er sich tief ins Gesicht gezogen hatte. Aus weichem schwarzen Leder waren seine Reiterstiefel wie auch seine Handschuhe, und die Gerte trug er, als sei er eben erst vom Pferd abgesessen.
»Also, Herr«, schoß Milly unverzüglich los. »Wichtige Nachricht habe ich für Euch. Und wir müssen uns bald einigen. Dieser Mister Ruark ist überhaupt nichts für mich, und alles ist ganz anders, als Ihr sagtet. Er hat nämlich längst schon eine Frau. Und Ihr kämt nie dahinter, wer das ist. Die Shanna Beauchamp nämlich! Und Witwe ist sie auch nicht mehr. Mistress John Ruark ist sie. Da staunt Ihr wohl? Und was das Komischte an all dem ist – sie selber hat es mir gesagt!«
Milly mußte eine Pause machen, vor allem, weil sie sich selbst an ihrer Schilderung ergötzte.
»Also, muß schon sagen, die ist überhaupt nichts Besseres als ich. Wenn sie mit einem Leibeigenen ins Bett geht! Geschmack hat sie überhaupt keinen. Aber ganz gut geheimgehalten hat sie es bis jetzt.« Einen Augenblick lang kaute Milly an den Fingernägeln, dann glimmte ein fröhliches Leuchten in ihren Augen auf. »Wenn ich's richtig überlege

– ihr Vater weiß bestimmt nichts davon. Einen hübschen Schlag wird's ihm versetzen, wenn ich's ihm verpetze. Und meiner Mutter auch. Die hat immer auf die ach so feine Shanna gezeigt und nur gesagt, so wie die, so müßt' ich werden. Also, wenn Ihr mich fragt – ich bin doch längst was Besseres.«
Der Mann blieb stumm. Aber Milly streichelte ihm den Arm; die säuerliche Miene, die er daraufhin machte, mußte ihr freilich in dem Schatten, den der Dreispitz ihm übers Antlitz warf, entgehen.
»Ich«, plapperte Milly weiter, »hab' mir da doch was Feineres ausgesucht als einen Leibeigenen, nicht wahr? Und ich sag's Euch am besten gleich, Herr, Ihr müßt mir jetzt zahlen, was Ihr schuldig seid. Ich hab' nämlich keine Lust auf einen Seemann, der die meiste Zeit auf Fahrt ist. Ich brauch' einen Mann, der bei mir ist, wenn ich meine Hitze kriege.«
Weich schlug die Gerte gegen des dunklen Mannes Stiefel, doch Milly sah es nicht und hörte es auch nicht; sie schickte ihr verführerisches Lächeln zu der Schattenmaske hoch.
»Natürlich«, schwatzte Milly weiter, »bin ich nicht so eine, die Euch an sich fesseln will, und wenn Ihr mal ein wenig fremdgehen wollt, schrei' ich auch nicht Zeter oder Mordio. Nicht, solang Ihr immer wieder zu mir kommt.«
Der Dunkle legte seinen Arm um sie und führte sie durch die leeren Straßen. Milly war selig ob dieses ungewöhnlichen Liebesbeweises und mißdeutete sein Lächeln. Sie schmiegte sich an ihn und ließ ihre Hand unter seinen Umhang gleiten.
»Ich weiß ein stilles Plätzchen unten am Strand«, murmelte sie. »Ganz versteckt. Und weiches Moos wächst dort auch, da ist mein Hintern gut gepolstert...«
Während sie immer tiefer in die Schattenstraße hinabtauchten, erstarb ihr fröhliches Lachen allmählich.

Ruark und Shanna wachten mit dem ersten Schimmer der Morgenröte auf; einmal küßten sie sich noch zum Abschied, dann machte Ruark sich heimlich auf den Weg in sein Gemach. Er wusch sich und rasierte sich und wartete, bis sich im Haus die ersten Lebenszeichen rührten.
Ruark war der erste an der Frühstückstafel. Er goß sich eine Tasse Kaffee ein, dessen dampfende Wärme ihm an diesem selten kühlen Morgen höchst willkommen war. Milan hatte eben allerlei Fleischwaren und die kleinen Weizenküchlein aufgetragen, als Trahern mit seiner Tochter lachend in den Raum trat. Für Trahern war es immer noch ein Rätsel, wie sehr seine Tochter sich im Lauf der letzten Wochen verändert hatte. Rosig leuchteten die Wangen, leicht war ihr Herz, und seit ihrem Abenteuer auf der Pirateninsel schien sie auch viel von ihrer steifen Förmlich-

keit verloren zu haben. Auch bissige Bemerkungen gingen ihr nun nicht mehr so häufig von den Lippen, eine Frau mit Grazie und Herzenswärme war aus ihr geworden, deren Liebreiz nun nur noch von ihrer Schönheit übertroffen wurde. Trahern genoß es still vergnügt und stellte dem glücklichen Wandel keine Frage. Und was sein Glück an diesem Morgen noch vollkommener machte, war der Duft der feingebutterten Pfannkuchen, welcher ihm nun in die Nase stieg; er eilte an seinen Platz und überließ es Mister Ruark, der Tochter den Stuhl zurechtzurücken, das war ja ohnehin schon seine Gewohnheit geworden.
Hufschlag wurde vor dem Herrenhaus laut, und wenig später polterte Pitney herein, rieb sich die Hände und sog genüßlich alle Frühstücksdüfte ein. Pitney reichte Milan seinen Hut und nahm dafür dankend einen Teller entgegen, und bald herrschte fröhliches Geplauder und Geplänkel rings um die Tafel. Es war ein schöner Tag, und alle Welt schien strahlender Laune. Doch so sollte es leider nicht bleiben. Milan hatte eben Ruark Kaffee nachgeschenkt, als vor dem Haus ein Schrei laut wurde, eine Faust hämmerte gegen die Eingangstür. Jason ließ einen Leibeigenen aus dem Dorf eintreten, der auf bloßen Füßen geradewegs zum Frühstückssalon hereinkam. Und da stand er nun neben dem Inselherrn und drehte, weder ein noch aus wissend, seinen Hut in den schwieligen Händen.
»Mister ... äh ... Euer Lordschaft ... Sir ...«
»Nun, Mister Hanks«, drängte Trahern ungeduldig, »heraus mit der Sprache.«
Der Leibeigene wurde rot und sah verlegen auf Shanna. »Also«, hob er schließlich an, »Sir, heute bin ich schon früh mit meinem Nachen ausgefahren, Fische wollt' ich fangen, für Mistress Hawkins, müßt Ihr wissen. Einen Sixpence gibt sie mir stets dafür. Also, ich zieh' mein Boot 'rein, um die Netze festzumachen, und die Köder auch, natürlich, da seh' ich etwas Buntes leuchten. Im Gebüsch, wißt Ihr. Weiter oben. Also am Strand. Es war noch Ebbe, und da hab' ich meinen Nachen auf den Sand gesetzt und bin hoch, um nachzuschauen, was da so bunt leuchtet.« Er zerdrückte vor Erschütterung den Hut zwischen seinen ungeschlachten Händen, und fast erstickte er an den nächsten Worten. »Die Miss Milly war's, Sir! Die lag da einfach so. Tot, Sir! Blutig geprügelt, in 'n Klump gehauen, und in einer Pfütze. Sir – die Milly! Einfach so ...«
Im eisigen Schweigen, das sich ringsum verbreitete, rang er weiter nach Worten: »Irgend jemand muß das jetzt doch der Missus Hawkins sagen, Sir. Und ich weiß nicht, wie ich mich ausdrücken soll. Ich meine, wo 's doch ihr einziges Kind gewesen ist. Das muß ihr doch einer sagen, der ihr das so beibringen kann, daß es nicht gar so weh tut, Sir. Würdet Ihr 's ihr sagen, Sir?«

»Milan!« bellte Trahern, und der Hausdiener ließ vor Schreck fast einen Teller fallen. »Maddock soll sofort anspannen lassen und die Kutsche bringen!« Er schob den Stuhl zurück, und alle am Tisch erhoben sich mit ihm. »Kommt mit, Hawkins, und zeigt uns die Stelle!«
Ganz tief hinten in Shannas Kopf meldete der Gedanke sich zu Wort, daß ihr Geheimnis jetzt wieder wohl behütet war, aber das bedeutete Shanna in diesem Augenblick nichts mehr. Liebend gern hätte sie jetzt dem Vater alles beichten wollen, wenn damit nur Millys Tod ungeschehen zu machen wäre. Abneigung hatte sie dem Mädchen gegenüber nie empfunden, lästig und aufdringlich war sie halt gewesen, und gewiß auch dumm – doch alles keine Gründe, ihr Unheil zu wünschen. All ihre eigenen Sorgen schienen Shanna nun auf einmal unbedeutend.
Ruark, der Shanna vors Haus begleitete, war nicht weniger bestürzt. Gestern das Attentat auf ihn, nun der Mord an Milly – gab es da Zusammenhänge? Ein häßlich dunkler Schatten hing nunmehr über der schönen Zeit, die er genoß, seit Shanna alle Barrieren zwischen ihnen beiden niedergerissen hatte.
»Shanna, mein Kind!« Traherns Stimme ließ alle den Schritt verhalten. »Ihr bleibt am besten wohl daheim!«
Shanna schüttelte in sanftem, aber entschlossenem Widerspruch das Haupt. »Da irgend jemand es der Mistress Hawkins sagen muß, ist es wohl am besten, wenn eine Frau bei ihr ist. Ich gehe mit.«
Vater und Gemahl blickten, einer wie der andere, Shanna mit herzenswarmer Dankbarkeit für ihrer Weisheit und ihr Verständnis an. Trahern nickte. Stumm kletterten alle in die offene Kutsche.
Milly lag, das Gesicht nach unten, in einer Mulde. Bei Flut wäre es wohl eine große Pfütze gewesen, aber die Sonne hatte den Sand gebleicht, nun sah es aus, als sei Milly nur am Strande eingeschlafen. Doch sobald man näher kam, stand man vor einem veränderten, einem gräßlichen Bild. Die Kleider waren ihr vom Leib gerissen worden, nur ein paar Fetzen waren übrig. Dünne Striemen zeichneten den jungen Leib – grausam war sie mit einer Peitsche oder Gerte zu Tode geprügelt worden. Und wo große, purpurrote Schwellungen die Arme und den Oberkörper bedeckten, hatte offenbar eine brutale Faust oder ein dicker Knüppel das mörderische Werk vollendet. Eine klaffende Wunde zog sich vom Gesicht bis in das dunkle Haar hinein. Eine Hand krampfte sich noch immer im Grasbüschel – und verriet, wie Milly noch um Halt gekämpft haben mußte, als die Ebbe einsetzte. Die andere Hand lag ausgestreckt, und dicht daneben fand sich, in den Sand geschrieben, ein nicht sehr deutliches »R«, dessen schräges Bein sich als geschlängelte Linie im Sand verlor – dort, wo sich die Finger mit einem letzten Todeszucken eingekrallt hatten.

Ruark starrte die Tote an, und in seine Erinnerung schob sich das Bild eines anderen Mädchens, das fast auf die gleiche Weise geendet war. Wie konnte das möglich sein, an zwei so weit voneinander entfernten Punkten der Erde, mit einem Ozean dazwischen? Wie war das nur möglich?
Trahern bückte sich über das Mädchen und starrte lange auf den Buchstaben im Sand. »Es ist ein ›R‹!« verkündete er schließlich, richtete sich auf und sah den Leibeigenen scharf an. »Es könnte natürlich auch ein ›P‹ sein. Aber für Pitney verbürge ich mich.« Er schürzte nachdenklich die Lippen. »Es könnte ›Ruark‹ bedeuten, doch bin ich geneigt, solches in Abrede zu stellen. Ich bin gewiß, daß ich auch für Euch, wenn's darauf ankommt, die Hand ins Feuer lege.«
Ruarks Kehle war trocken wie der Sand. Der im Tod verzerrte Leib bot ein nur allzu vertrautes Bild. Ruark brachte ein heiseres »Danke, Sir!« über die Lippen.
»Es könnte auch für ›Ralston‹ stehen«, sinnierte der Inselherr weiter, »wenngleich ich mir den Mann auch nicht mit solch jungem Mädchen vorstellen kann. Ralston zieht pummeligere, ältere Frauen vor, solidere und verläßlichere. ›Wie England‹, sagt er immer.«
Ruark suchte den Hügel über dem Strand ab. An einem Gebüsch waren Zweige gebrochen, und ein Stück höher hing ein Fetzen weißen Tuchs wie ein Fähnchen von einem Ast.
»Schaut!« zeigte er hoch. »Von dort oben muß sie herabgestürzt sein!«
Er ging zu einem Hügeleinschnitt und kletterte dann hoch, von Trahern und Pitney gefolgt. Mister Hanks blieb am Strand, er eilte zu seinem Boot hin, er wollte mit der schrecklichen Sache nichts mehr zu tun haben.
Die drei fanden eine von Bäumen überschattete und hinter Büschen versteckte Lichtung. Dichtes Moos bedeckte den Boden – und darin stand der Rest des Dramas geschrieben. Ganze Batzen Moos waren losgerissen und ringsum geschleudert worden – Spuren eines verzweifelten Kampfes ums Überleben. Überall lagen Fetzen von Millies Kleidung, und die tiefen Eindrücke von Stiefeln zeigten an, wo Milly an den Abhang getragen oder geschleppt worden war.
Nun hatte sogar Pitney ein Zittern in der Stimme. »Der dreckige Hurensohn hat sie für tot gehalten und ins Meer geworfen. Und fast hätte die Ebbe sie hinausgetrieben. Dann wär' sie ohne jede Spur verschwunden. Armes Mädchen. Nicht zu glauben, was ein böser Mensch an Bösem tun kann.«
Seine grauen Augen fingen Ruarks Blick ein, und ein paar Atemzüge lang sahen sich die beiden Männer an, ohne mit der Wimper zu zucken.
Als Pitney sprach, klang seine Stimme fest und überzeugt. »Ich kenne niemanden, der solcher Untat fähig wäre.«

»Ich auch nicht«, schnaufte Trahern. »Tierisch. Einfach tierisch.«
»Sir!« begann Ruark zögernd, und Trahern schaute fragend zu ihm herüber. »Sir, ich muß Euch etwas anvertrauen. Und mir liegt daran, daß Ihr's von mir selbst erfahrt – und jetzt.« Er mußte fast in die Sonne blinzeln, um den Blick des Inselherrn auszuhalten, doch er hielt ihn aus. »Milly behauptete, sie erwarte ein Kind von mir, und ich hätte sie zur Frau zu nehmen.«
»Und . . . wart Ihr der Vater?«
»Nein. Gewiß nicht. Ich hab' das Mädchen niemals angerührt.«
Der Inselherr ließ sich Zeit, bis er nickte. »Ich glaub' Euch, Mister Ruark.« Dann seufzte er schwer. »Wir müssen das Mädchen heimschaffen. Eliot wird bald mit dem Wagen hiersein.«
Die Männer ließen sich in Traherns Landauer zum Haus der Hawkins fahren, wo Pitney sich allerdings entschuldigen ließ und der Schenke zustrebte. Es war dafür gesorgt, daß eine Freundin der Fischersfamilie Millys Leichnam erst herrichtete, ehe das tote Kind der Mutter gebracht wurde. Trahern und Ruark verhielten einen kurzen Augenblick vor der bescheidenen Behausung, um sich innerlich für den bevorstehenden Gang zu wappnen. Im Hof vor dem Haus sah es wüst aus. Unter einem baufälligen Schuppendach grunzten ein paar magere Schweine, ein knappes Dutzend Hühner kratzte auf dem Pfad. Beklommen traten die beiden Männer in das Haus. Da drinnen war es ordentlich und sauber, wenn auch schmucklos, bis auf ein holzgeschnitztes Kruzifix an der Wand. Mister Hawkins lag auf einem wackeligen Diwan und sah die Eintretenden nicht einmal an.
»Die Alte ist hinten«, brummte er nur, sog an einer Rumflasche und hielt die Augen in die Ferne gerichtet.
Hinterm Haus hing ein Vordach auf schiefen Pfeilern, welches zwar vor Sonne schützte, aber den Regen wohl kaum behinderte. Darunter stand, an einem hohen Tisch, Mistress Hawkins und nahm mit einem großen Messer Fische aus, warf die Abfälle in einen Bottich – und war durch nichts zu stören. Shanna saß ihr zur Seite auf einem Hocker, Tränen in den Augen.
»Guten Tag, die Herren«, sprach Frau Hawkins, ohne aufzusehen. »Setzt Euch, wenn Ihr wollt, wo Ihr was findet. Ich muß meine Arbeit tun.« Sie hatte eine müde Stimme.
Ruark blieb mit Trahern stehen, verlegen sahen sie einander an und wußten nichts zu sagen. Die alte Frau arbeitete weiter, wischte sich ab und zu die Augen mit der Hand und schniefte.
»Das Mädchen hat nie viel Glück im Leben gehabt«, stellte sie plötzlich fest. Sie stand mit auf den Tisch gestützten Händen da und hielt den Kopf gesenkt. Zu hören war sie kaum. »Ich will beten, auf daß sie Frieden hat.

Immerfort grämte sie sich ob der Dinge, die sie nicht besaß, und was sie hatte, war ihr nie gut genug.«
Die alte Fischerfrau drehte sich um und sah sie alle der Reihe nach an. Nun weinte sie.
»Ein schlechtes Mädel war sie nicht.« Nun lächelte sie. Auf ihrer Schürze fand sie einen trockenen Fleck, damit wischte sie sich übers Gesicht. »Ein bißchen eigenwillig, manches Mal, das mag sein. Hin und wieder nahm sie von Männern ein Geschenk an, eine Münze, da meinte sie dann vielleicht, die Männer würden ihr alles geben, was sie wollte. Und dann hat sie Geschichten erfunden. Ach, Mister Ruark, ich weiß schon, was sie von Euch erzählte, aber ich glaub' nicht, daß Ihr sie je berühret. Ins Kissen hat sie geweint, weil Ihr sie nicht einmal anschauen wolltet. Wenn ich Euer Zeugs wusch, saß sie da und schmachtete nach Euch.«
»Mistress Hawkins«, fragte Ruark sanft, »gab es andere Männer, festere Freunde?«
»Viele andere!« Sie putzte sich geräuschvoll die Nase. »Aber keiner für dauernd. Ach ja, da war noch einer – kürzlich. Doch wer er war, das weiß ich nicht. Sagen wollte Milly nichts, und sie traf ihn nur spätabends. Weit weg vom Dorf.«
»Hat Mister Ralston jemals . . .« Trahern wußte nicht, wie er es ausdrücken sollte.
»Nein, der bestimmt nicht. Der hat immer gesagt, sie wär' billiges Pack. Hat sie einmal sogar mit seiner kleinen Peitsche, die er immer bei sich trägt, geschlagen.« Sie lachte ein wenig. »Milly machte sich lustig über ihn. ›Altes Knochengestell‹ und ›Sauertopfgesicht‹ sagte sie immer.«
Wieder kamen ihr die Tränen; sie schluchzte, ihre Schultern bebten. Shanna stand auf und suchte ihr Trost zuzusprechen.
Als Frau Hawkins sich beruhigt hatte, beugte sie sich herab und gab Shanna einen Kuß auf die Wange. »Geht jetzt, mein Kind«, lächelte sie. »Es war gut, daß Ihr gekommen seid, doch jetzt möcht' ich alleine für mich sein.«
»Wenn's Euch an irgend etwas fehlt, Madam«, sagte Trahern, »zögert nicht, kommt zu mir.« Dann fügte er hinzu: »Milly hinterließ ein Zeichen im Sand. Ein ›R‹. Wißt Ihr jemanden, der vielleicht . . .«
Frau Hawkins schüttelte den Kopf. »Über Millys Zeichen würd' ich mir kein Kopfzerbrechen machen. Schreiben hat sie nie gelernt.«

23

Der Oktober war schon weit fortgeschritten; die *Hampstead* lag im Hafen, die Lademeister und die Quartiermacher führten das große Wort, das Schiff bereitete sich auf die Reise vor, die Orlan Trahern mit seinem großen und nicht gerade anspruchslosen Gefolge zu der englischen Kolonie Virginia unternehmen wollte. Und während die Trahernsche Reisegesellschaft bei den Beauchamps zu Gast war – so sah es Traherns Planung weiter vor –, sollten die Brigg und der Schoner in den Küstenkolonien Handel treiben.
In der Zwischenzeit war die Sägemühle wie ein wohlgenährter Pilz herangewachsen. Mit jedem Tag kam sie der Vollendung einen Schritt näher, ein vom Dorfschmied grob zusammengehämmertes Sägeblatt tat schon erste Dienste, jedenfalls bis feineres Instrumentarium aus New York eintraf. Auf Ruarks Beharren war eine ganze Reihe von Sägeblättern, jeweils für einen verschiedenen Zweck geeignet, in Auftrag gegeben worden; es war ein großer Tag, als die *Marguerite* eintraf und die Werkstücke endlich ausgeladen wurden.
Die Trauer über Millys Tod war einem fröhlichen Fest gewichen: Gaitlier und Dora hatten im Herrenhaus vorgesprochen und schüchtern, wie es ihrer Natur entsprach, ihre Heiratsabsicht bekanntgegeben. Sogleich waren die Gläser zu einem herzlichen Glück- und Segenswunsch erhoben worden, und Shanna überredete das Paar zu einer Rundfahrt über die Insel – um freilich schon nach kurzer Fahrt das Kutschgespann vor einem kleinen Gebäude anhalten zu lassen, welches Shanna dem verdutzten Bräutigam als das Schulhaus vorstellte, das zu bauen sie ihren Vater schon vor langer Zeit überredet hatte. Gaitlier geriet vor Begeisterung fast von Sinnen, als er sich da gänzlich unverhofft vor all den Kisten voller Bücher, Schiefertafeln und anderem Lerngerät stehen sah, die Shanna während ihrer eigenen Studienzeit auf die Insel hatte schaffen lassen. Inmitten schwärmerischer Versicherungen, daß er, Gaitlier, sich nichts lieber wünschte, als auf Traherns Insel das Schulmeisteramt zu übernehmen, begann er gleich mit Doras Hilfe, den gesamten Bildungsreichtum auszupacken; Shanna schlich still davon und überließ, selber glücklich, das Brautpaar seiner Glückseligkeit.
Inmitten all dieser Geschäftigkeit schien der edle Sir Gaylord sich auf Los Camellos häuslich niedergelassen zu haben. Shannas Korb hatte er wohl

nicht übermäßig übelgenommen, jedenfalls traf er keine Vorkehrungen, um die Insel zu verlassen, wenngleich sich Orlan Trahern mittlerweile nur noch recht angestrengt seiner Gastgeberpflicht widmete. Nichtsdestotrotz, Sir Gaylords Manieren gaben zu keinerlei Tadel Anlaß, und sein Hochmut schien gedämpft, wenn auch nur um ein Quentchen.
So ging das Leben auf Los Camellos seinen gemächlichen Gang und geriet erst wieder außer Atem, als der Tag nahte, an welchem der neue Schulmeister Hochzeit halten wollte. Da Hochzeiten auf Los Camellos nicht gerade häufig waren, schien es für das Inselvolk beschlossene Sache, daß dieser Tag – ungeachtet der Schüchtern- und Bescheidenheit des Brautpaares – ein Anlaß zu ausgelassenstem, überschäumendem Feiern sein müsse. Und da bei dergleichen Anlässen mit Alkohol nicht gespart wurde, bestimmte der Inselherr – in weiser Voraussicht – den nächsten Tag zum Feiertag. Das Inselvolk legte Mann für Mann Hand an, der Schule gegenüber ein hübsches, kleines Blockhaus für das Brautpaar aus dem Boden zu stampfen; ausgestattet und eingerichtet wurde es mit Spenden, die von überall angekarrt und angetragen wurden. Pitney ließ es sich nicht nehmen, mit seinen geübten Pranken ein Himmelbett zu zimmern, Shanna und Hergus nahmen sich gemeinsam der jungen Braut an. Shanna stiftete ein kostbares Satinkleid in sanften Maisfarben, und von der Schottin wurde Dora so liebevoll gebadet, wie es sonst nur Prinzessinnen erleben; Hergus legte ihr das Haar in Locken und schuf ihr eine höchst bezaubernde Frisur. Unter dieser sorgsamsachverständigen Fürsorge blühte das unscheinbare Mädchen gleich einer strahlenden Blume auf.
Als dann feierlich das Ja-Wort gesprochen wurde, staunte Ruark mit ehrfürchtigem Blick, denn in dieser Stunde war Dora wahrhaftig wunderschön.
Mit dem herannahenden Abend löste sich alle Feierlichkeit in wildes, buntes Treiben auf. Shanna stand mit Pitney und dem Vater auf der Straßenkreuzung im Dorf, die zum Mittelpunkt des Volksfests geworden war, und der Trubel alles dessen, was zu sehen, zu hören und zu riechen war, brach über sie herein. Im Wirbel des fröhlichen Inselvolks spürte auch Shanna eine heitere Erregung in ihrem Herzen. Überall prangten Girlanden und exotischer Blumenschmuck in den grellsten Farben. Sträuße stark duftender Kräuter würzten die Luft, Fackeln und Laternen tauchten die Szenerie in kobaldhaft flackerndes Licht, dröhnendes Gelächter, freche Lieder aus allen Winden ließen schier die Sinne taumeln.
Mit einem Ausruf, der vergebens den Lärm zu übertönen suchte, tauchte Ruark neben Shanna auf und drückte ihr ein Glas Champagner in die Hand. Schon beim ersten Nippen verursachte ihr das Getränk nicht nur

ein Kitzeln in der Nase, sondern auch im Magen, und eine prickelnde Wärme stieg in ihr auf.
Die süßen Düfte saftiger Speisen trieben mit der sanften Abendbrise einher und mischten sich mit dem würzigen Aroma von frisch angezapftem Bier und Rum. Leibeigene und Lohndiener, Tagelöhner und Freie – alle stürzten sich vereint in den Festtrummel. Trahern schlenderte mit Pitney zu den langen Tischen voller Leckerbissen, um das Dargebotene zu kosten. Shannas Hand legte sich in Ruarks Hand, als sie dem Beispiel des frisch getrauten Brautpaars folgten und zu einem Rigaudon das Tanzbein schwangen; nun spielten die Musikanten um so beherzter auf, ein Dörfler drückte ihr ein frisches Glas Champagner in die Hand, und Shanna ließ ihrer Ausgelassenheit alle Zügel schießen. Atemlos leerte sie den Pokal in einem Zug, ließ sich bedenkenlos vom Rhythmus treiben, ihr Lachen mischte sich mit Ruarks Gelächter zum Duett, und im Kopf wurde es ihr auch schon ein bißchen leicht. Dicht vor ihren Augen tanzte Ruarks dunkles Antlitz mit den blitzendweißen Zähnen und dem golden funkelnden Blick, wild hämmerte ihr Herz, und alle Fesseln, die sie sich im monatelangen Doppelleben auferlegt, fielen von ihr ab. Ort und Zeit verloren jegliche Bedeutung, frei und fliegend wie ein Vogel fühlte sie sich nun. Was scherte sie Sir Gaylord Billingsham, der irgendwo in der Menge stand und entrüstet Traherns Aufmerksamkeit auf ihr ungehemmtes Betragen zu richten suchte! Was scherte sie Hergus' finstere ahnungsvolle Miene! Hier, mitten unter all den Menschen, war sie allein mit Ruark, hier sah sie nur ihn, hier spürte sie nur ihn, hier sprudelte sie über vor Glückseligkeit, nie hatte sie sich so leicht, so froh, so eins mit ihrer Welt gefühlt.
Gaylord, finsteren Gesichts an Traherns Seite, stellte den Inselherrn zur Rede: »Was gedenkt Ihr dagegen zu unternehmen? In England wäre es ein Skandal, wollte dort ein Leibeigener so mit einer Lady umzuspringen sich erdreisten! Es ist unerläßlich, daß der Kerl an seine Stellung erinnert wird. Ich gedenke nicht, mir Eure Autorität anzumaßen, doch wäre ich an Eurer Stelle hier der Gouverneur, ich würde wohl dafür zu sorgen wissen, daß er Eurer Tochter und damit allen anderen Damen den schuldigen Respekt entgegenbrächte.«
Trahern schlürfte seinen Wein und musterte den Edelmann mit vergnügtem Lächeln. »Es wird Euch nicht entgangen sein, Sir Gaylord, daß meine Tochter sich auf ihre eigene Art den schuldigen Respekt zu verschaffen weiß. Ich habe mich in jüngster Zeit daran gewöhnt, in vieler Hinsicht auf das Urteil meiner Tochter zu bauen, vielleicht schon mehr, als sie es selber tut. Jedoch, falls es Euch so unerläßlich scheint, steht es Euch frei, das Mädel zu erziehen.«
Gaylord zog seinen goldfarbenen Satinrock mit einem Ruck straff und

reckte seinen Kopf hoch über die Halskrause hinaus. »Gesetzt den Fall, Madam Beauchamp ist willens, meine Gemahlin zu werden, bin ich verpflichtet, ihr jeglichen Schutz vor solcherlei Gelichter zu gewähren. Das ist meine Pflicht als Ritter des Königreichs.«
Als er davonging, sah Trahern sich nach Pitney um und lachte: »Der Edelmann hat hier draußen immer noch nichts gelernt. Wir wollen hoffen, daß der Schaden, den er nun anrichtet, nicht zu teuer wird.«

Ruarks Lachen erstarb plötzlich, als ihm eine breite Hand grob auf die Schulter fiel und ihn herumriß. Höhnisch bleckte ihn Sir Gaylords Antlitz an. Shanna, fassungslos über diese Frechheit, riß erstaunt die Augen auf.
»Auf ein neues«, giftete der Ritter, »muß ich Euch an den Stand erinnern, den Ihr innehabt! Euer Platz ist beim Gesinde, bei den anderen Sklaven. Ich bestehe darauf, daß Ihr Madame Beauchamp nicht fürderhin belästigt. Habt Ihr mich verstanden?«
Ruark richtete lässig seinen Blick auf die langen Finger, die in seinen Rock gegriffen hatten. Doch ehe er handeln konnte, wischte Shanna sie hinweg, als wäre diese Hand ein ekliges Getier. Mit blitzenden Augen starrte sie dem Edelmann ins Gesicht, der auch sogleich, in Erinnerung an die Ohrfeige, die er von ihrer nicht immer zarten Hand empfangen, einen Schritt zurückwich.
»Sir, Ihr stört!« zischte Shanna tadelnd. »Liegt ein Anlaß vor?«
Das Inselvolk brach das Tanzen ab und gaffte. Stimmengemurmel erhob sich, und sogar Sir Gaylord entdeckte den zornigen Unterton darin. Hier war er nicht in seinem Element, Ruark jedoch hatte sich längst seinen geachteten Platz im Gemeinwesen von Los Camellos erworben, wo Sir Gaylord Billingsham ein Fremder war, und auch nicht gerade sehr beliebt.
Gaylord äußerte sich gemäßigter. »Madam, ich will nur Sorge tragen, daß dieser Mann Euch den geziemenden Respekt entgegenbringt. Mag sein, daß Ihr Euch ihm verpflichtet fühlt, weil er Euch aus Piratenhand errettete. Doch ist es meine Pflicht als Gentleman, über den guten Ruf einer feinen Dame zu wachen.«
Daß dieser Lümmel vor allem Volk ihre Ehre hüten wollte, während er im geheimen nach ihrem Mieder gierte, fand Shanna eher lustig. Sie lachte ihm voll ins Gesicht.
»Ich versichere Euch, Sir – ich bin keine feine Dame.« Und mit einem Blick auf Ruarks belustigtes Gesicht, kicherte sie: »Eine unfeine, allenfalls.«
Sie nahm ihrem Mann das Glas aus der Hand und reichte es, zusammen mit dem eigenen, dem verdutzten Edelmann. »Seid so lieb, Sir Gaylord,

und setzt mir irgendwo die Gläser ab.« Dann nahm sie Ruark bei der Hand, winkte den Musikanten zu, auf daß sie wieder zum Tanz aufspielten, und warf Sir Gaylord zu: »Mich gelüstet's nämlich jetzt, mit meinem Sklaven zu tanzen!«
Ruark grinste dem Ritter ins immer röter werdende Gesicht. »Ein ander Mal, vielleicht!« Und führte Shanna davon.
Die Stiele der Pokale zersprangen in Sir Gaylords Hand. Wortlos stapfte er von dannen.
Und wieder ließ Shanna sich vom überschäumenden Trubel umspülen. Die Musikanten fiedelten nun mit noch viel ausgelassenerer Fröhlichkeit, Tänzer und Tänzerinnen suchten sich gegenseitig im Erfinden neuer Schritte und Wendungen zu übertreffen, von rhythmischem Händeklatschen angefeuert, von Applaus belohnt, bis sie sich, außer Atem und erschöpft, zum Essen und zum Trinken niedersetzten. Shanna hatte ein frisches Champagnerglas in der Hand, ihre Heiterkeit war durch nichts zu dämpfen, und als sie auf der langen, vollbesetzten Bank vor einem der mit Leckerbissen überhäuften Tische eine Lücke fanden, schmiegte sie sich eng an ihn; sein Knie streichelte ihr Bein, seine Schulter die ihrige, und weil es gar so eng inmitten all der fröhlichen Menschen war, mußte er seine Arme hinter ihr auf die Rückenlehne legen. Und da die Lampions nicht überall hinleuchten konnten und auch niemand hinter ihnen stand, ergab es sich von ganz allein, daß seine Hand auf ihrem Rücken immer wieder dorthin wanderte, wo die lustvollste Gänsehaut entsteht.
Madame Duprey, die Schönheit mit den schwarzen Haaren, und ihr Gemahl saßen weiter unten an der Tafel und waren, da der Kapitän eben erst einmal wieder von langer Fahrt heimgekehrt war, sehr miteinander beschäftigt. Und wie Shanna nun den Seemann seiner Gattin verliebte Küsse auf Hals und Schultern schenken sah, schaute sie den sonst als Schürzenjäger Verdächtigten mit ganz anderen Augen an.
»Wie süß!« lächelte sie Ruark von der Seite an. »Ich glaube fast, er liebt seine Frau.«
»Ach, Mädel, nicht halb soviel, wie ich Euch liebe«, flüsterte Ruark ihr ins Ohr. »Mir will beinah vor Verlangen nach Euch die Hose aus den Nähten bersten, und Ihr – Ihr singt mir das Lob von anderen Männern! Soll ich denn an vollen Tischen schmachten, mit den leckersten, rosigen Brüsten und seidigen Lenden vor meinen Augen? Soll ich denn tun, als ob dergleichen saftvolle Frucht mich gleichgültig ließe! Mich verlangt's unbändig nach dem Apfel Eurer Liebe, und wie lustvoll würd' ich ihn verschlingen!«
»Pst!« kicherte Shanna und schmiegte sich ihm enger an. »Ihr seid betrunken. Wenn Euch jemand hörte!«

Aber Ruark war gewiß, daß unter allem Festplatzlärm außer Shanna niemand seine Worte hören konnte, und er grinste breit: »Gewiß bin ich betrunken – von jenem Nektar, der mich mehr berauscht als jeder Wein, und in meinem Blute glüht ein Fieber, ein Feuer, welches Ihr allein nur löschen könnt. In meinen Lenden fühl' ich's lodernd pochen. Reitet mit mir, schöne Maid! Reitet den brünstigen Drachen, und ich werde Euch die Träume vom Ritter ohne Furcht und Tadel in alle Winde zerstreuen! Nur ein Kuß, eine zärtliche Liebkosung, ein liebes Wort – und wie eine Motte werd' ich meine Hülle wechseln, statt des Schuppenpanzers wird sanfte Menschenhaut zum Vorschein kommen! Ach, geliebtes Herz, habt doch ein wenig Mitleid für das ungeschlachte Ungeheuer! Wie eine arme, verhexte Seele trottet es Euren Spuren nach und bettelt um nur einen Blick, um nur ein Zeichen des Erkennens vom geliebten Wesen! Wie ein Banner im Wind wehen Eure güldenen Locken – darf ich nun endlich hoffen, daß die holde Maid mich endlich nicht mehr als ein Untier sieht, sondern als den einen Einzigen, der für sein Leben gern die Sohlen ihrer Füße küssen möchte? Ach, Shanna, trautes Herz, habt Mitleid mit dem trunkenen Ungeheuer, nehmt mich an Euren weichen Busen und befreit mich von meiner Schuppenhaut...!«
Eine Wärme, eine Zärtlichkeit, die sie sich nicht erklären konnte, erfüllte Shannas Herz, und es lag ihr auf der Zunge, all den Träumen, in welche sie sich einstmals eingesponnen hatte, für alle Zeiten abzuschwören – Träume einer Puppe aus Porzellan. Was sie in dieser Stunde fühlte, das allein war Wirklichkeit: Ruarks Bein an ihrem Schenkel, ihr Arm an seiner Brust, das wilde Ineinanderklingen all dessen, was ringsum zu sehen und zu hören und zu riechen war. Nur er allein war der Geliebte ihres Lebens, und nur sein eigen wollte sie auf immer werden, sobald die Stunde kam. Sie leugnete ihn nicht mehr. Sie nannte sich nicht mehr Witwe – vergangen war die Trauerzeit. Ihre Sinne zitterten im Bewußtsein seiner Gegenwart.
Ein Trinkspruch auf das Hochzeitspaar wurde nun ausgesprochen, und Shanna kehrte aus dem Sinnieren in den Trubel zurück. Alles Volk hob jetzt die Gläser, Shanna folgte dem Beispiel, trank auf das Glück der treuen Gefährten Gaitlier und Dora, die nach den langen Jahren der Erniedrigung auf der Pirateninsel nun, mit Tränen in den Augen, so viel Glück und Menschenfreundlichkeit kaum fassen konnten.
Ruark und Shanna brachen mit allen anderen auf, um das Paar zu seinem neuen Heim zu bringen. Singend und scherzend, tanzend und lachend zog eine Prozession der Freude durch die Straßen. Shanna, an Ruarks Arm, sang und tanzte mit und nahm auch, wenngleich betroffen, die groben Scherze der Matrosen hin.
Nach so viel angestrengter Festtagsfreude war es fast eine Erlösung, als

die Menge sich nun nach und nach verlief. Ruark führte Shanna zu Trahern zurück, der Vater ließ die Kutsche vorfahren. Shanna nahm darin als erste Platz, züchtig hielt sie ihren großen Schal vorm Busen, und ihr Lächeln erinnerte an eine Katze, die sich eben an einem Schwarm Kanarienvögel gütlich getan hat; Ruark und Hergus nahmen links und rechts an ihrer Seite Platz und ließen Sir Gaylord die Auswahl zwischen einem Sitz auf dem Bock beim Kutscher und einem sehr langen und sehr einsamen Fußmarsch. Pitney, der die Not des Edelmannes sah, rückte etwas näher an den Inselherrn – was dieser mit einem ärgerlichen Schnaufer quittierte – und schaffte somit ein Quentchen Sitzfläche. Gaylord seufzte, doch da er weder willens war, sich in die Nachbarschaft eines Kutschers zu begeben, noch bereit, zu Fuß zu gehen, mußte er sich in sein Schicksal und den engen Raum zwischen Wagenwand und Pitney fügen. Die anderen nahmen im Vorüberschauen nur zur Kenntnis, daß Pitneys mächtiger Ellenbogen zwischen Gaylords Rippen ruhte, doch kaum hatten die Pferde angezogen, da stieß der Edelmann schon den ersten schmerzerfüllten Seufzer aus – dem viele weitere folgen sollten, so daß Sir Gaylord auf der ganzen Heimfahrt den zwar bemitleidenswürdigen, jedoch in seinem Fall kaum Mitleid zeitigenden Eindruck erweckte, als sei ihm an diesem herrlichen Feiertag etwas auf den Magen geschlagen.

Endlich daheim, begab Shanna sich sogleich, von ihrer Zofe gefolgt, zu ihren Zimmern hinauf, und erst, als die Tür hinter ihnen fest verschlossen war, nahm Shanna ihren Schal vom Busen, behutsam breitete sie das seidene Tuch auf ihrem Himmelbett aus und ließ eine neue ungeöffnete Flasche Champagner zum Vorschein kommen. Entsetzt und fassungslos schaute Hergus ihre Herrin an.

»Aber was, um Himmels willen, habt Ihr nun damit noch im Sinn?« Es war ganz offensichtlich, daß die brave Hergus meinte, sie müsse nun am Verstand ihrer Herrin zweifeln. »Als ob Ihr nicht schon längst genug getrunken hättet, so wie Ihr Euch mit Eurem Leibeigenen unverschämt vor aller Welt zur Schau gestellt habt! Und das auch noch unter Eures Vaters Augen! Falls Ihr den Inselherrn für einen Trottel haltet, zu blind, um Euer Treiben zu durchschauen, dann habt Ihr mehr Stroh im Kopf, als ich bislang dachte!«

»Ach, wenn Ihr doch nur nicht so viel denken möchtet, Hergus!« Lachend suchte Shanna im Salon nach einem Glas. »Es ist ja nur, weil meine Trauerzeit vorüber ist – und ist das nicht, weiß Gott, ein Grund zum Feiern?«

Hergus gab ein verächtliches Grollen von sich. »Ihr wart ja nicht einmal lang genug verehelicht, um eine richtige Witwe zu sein. Mister Beauchamp hätte wenigstens so lange noch am Leben bleiben sollen, bis er

Euch ein Baby in den Bauch gesteckt. Dann würdet Ihr Euch's heute vielleicht überlegen, Euch so schamlos mit diesem Mister Ruark herumzutreiben.«
Shanna setzte das Glas ab. Plötzlich war's ihr, als hätte sie in der Tat zuviel getrunken. Sie verbarg die Flasche im Sessel unter einem Kissen. Hergus sah ihr zu und war nur um so überzeugter, daß ihre Herrin nicht bei Sinnen war.
»Ich bring' Euch jetzt zu Bett«, brummte die Zofe. »Ich hör' schon den Mister Ruark auf der Treppe. Und was zu sagen war, das hab' ich ja gesagt. Er muß es ja nicht auch noch hören.«
Der Abendwind trieb mit den Vorhängen sein neckisches Spiel, und in der Stille, die das große Haus erfüllte, konnte Shanna in der Kammer nebenan Ruark auf und ab gehen hören. Wie unter Zwang schlug Shanna die Laken zurück, stand aus dem Bett auf und bewegte sich auf die Verandatüren zu. Und schon im nächsten Augenblick war sie, einem Irrlicht gleich, verschwunden.
Daß sich die äußere Tür zu ihren Gemächern öffnete und Schritte näher kamen, hörte sie nicht mehr.
»Euer Pa hat gerad gesagt, er kommt noch einmal herauf zu Euch . . .« Hergus blinzelte überrascht im leeren Schlafgemach umher. Sie stöhnte auf, als sie begriff. »O mein Gott! Sie ist schon wieder bei dem Kerl! Und der Vater ist vielleicht schon auf dem Weg.«
Ruark hatte eben begonnen, sich zu entkleiden; nun lehnte er mit nackter Brust an einem Pfosten seines Bettes. Mit güldenem Flammenbrand in seinem Blick sah er der geliebten Gestalt entgegen, die – vom Batist des Nachtgewandes kaum verhüllt – zu ihm in die Kammer kam. Übermütig prall preßten die reifen Brüste und die schmalen Hüften sich gegen das hauchzarte Gewebe, als wollten sie's zerreißen. Ruarks Sinne erregten sich auf das heftigste. Shanna glitt mit ihren bloßen Füßen über den Teppich dahin, und ihre Lippen kamen ihm mit einem Lächeln ohne jegliche Scham entgegen.
»Mein Piratenkapitän!« flüsterte sie. »Witwenmacher! Jungfrauenfänger! Finsterster aller Drachen! Welch feine Fäden versteht Ihr doch mit Eurem Wort zu spinnen, um unachtsame Maiden zu umgarnen! Doch nun sagt mir die Wahrheit, ja oder nein. War's wirklich nur ein garstig Schuppenpanzertier, das sich in einer sturmdurchbrausten Winternacht zwischen meine jungfräulichen Lenden warf? Ach nein, das mag ich nie und nimmer glauben. Ein dunkler, hübscher Freier war's, der sich die Pflaume pflückte und dann doch nur wenig davon naschte, eh' er, kaum gekommen, schon wieder in der Finsternis verschwand. Und was führte ihn auf diese Insel? Das Verlangen, die exotische Blume der Leidenschaft zu brechen? Oder ließ ihn der Durst auf Rache die zerbrechliche zarte

Maid verfolgen, die ja nur vor dem haarigen Kerkerwicht entfliehen wollte, in welchem Sie nur allzu spät erst den verwunschenen Prinzen ahnte. Welch finstern Drachen also seh' ich nun vor mir? Und was halt' ich von den rabenschwarzen Locken, von den starken Armen, die mich umschlingen wollen? Fließt Drachenblut in Euren Adern, mein galanter Kavalier, oder das heiße Blut eines Mannes, der der wahren Liebe fähig ist?«
Sein glühender Blick versengte ihr die Haut und drang ihr tief ins willige Fleisch: »Kommt, mein Füchslein«, flüsterte er heiser, »ich will's Euch zeigen!«
Shanna lachte leise aus den Tiefen ihrer Kehle, legte ihre Hände auf seinen harten, flachen Bauch, ließ sie aufwärts über seine Brust hingleiten, liebkosend und zugleich erregend, bis sie das Pochen seines Herzens spürte.
»Mir scheint, daß Ihr doch eher Mann als Drachen seid«, schnurrte sie, als seine Hände sich auf ihre Hüften legten. Ein leises Knurren löste sich aus ihrer Brust, gleich dem einer Katze, die den Kater sucht. Langsam und mit Vorbedacht schmiegte sie sich an ihn, erst mit den Lippen, dann mit den Spitzen ihrer kaum bedeckten Brüste, und als ihre Hitze nun auch ihn erfaßte, wallte sein Blut kochend auf.
»Shanna! Shanna!« rasselte seine Stimme heiser, seine Arme klammerten sich um ihren Leib, fast zermalmte er sie an seinem Körper, und zu ihr nieder senkte sich sein Antlitz, daß sein durstender Mund die weichen, feuchten Lippen schlürfen konnte.
Ein unterdrückter Aufschrei riß ihm weit die Augen auf. In der Verandatür, durch welche Shanna erst vor Augenblicken eingetreten, stand die Zofe Hergus, die Hand vorm Mund und weit die Augen – ob vor Überraschung, Angst oder Entsetzen, das war nicht auszumachen. Wie mit eisigkaltem Wasser übergossen fühlte Ruark sich.
»Wir haben Gesellschaft«, murmelte er, zog seinen Mund von Shannas Lippen und schob Shanna um Armeslänge von sich fort. Und als Shanna verwirrt herumfuhr, drehte er der Zofe den Rücken zu, denn seine engen Hosen verbargen nichts von der Begierde, die in ihm loderte. Hastig nahm er einen seidenen Mantel aus dem Kleiderschrank, um sich und den verräterischen Hinweis seiner Leidenschaft darin zu hüllen.
»Hergus!« Endlich fand auch Shanna ihre Sprache wieder. »Was fällt Euch ein! Ihr spioniert mir nach?«
Da mit Shanna, die nun wütend schmollte, offensichtlich nicht zu reden war, wandte sich die Zofe an den Mann, der freilich, da er träge grinsend seine Pfeife stopfte, auf Hergus in ihrer Gewissensnot auch nicht eben ermutigend wirkte.
»Mister Ruark!« rief sie aus. »Es ist keine Zeit mehr zu verlieren! Der

Herr des Hauses hat seinen Besuch bei Shanna angesagt – und sollte er sie hier bei Euch finden ... Mein Gott, wie wäre das entsetzlich!«
Sie hielt inne, und an ihm vorbei starrte sie erschrocken auf das Himmelbett. Ruark folgte ihrem Blick – und sah, daß Shanna sich ins Bett kuschelte und selig schlummerte.
»Mein Gott! Was nun?« Kaum vermochte Hergus ihr Erschrecken zu unterdrücken.
Ruark nahm die Pfeife aus dem Mund und flüsterte: »Geschwind! Eilt hinüber und faltet Shannas Bett auf!«
Hastig eilte die Zofe davon, Ruark legte seine Pfeife ab, und behutsam nahm er Shanna auf die starken Arme. Kaum hatte er Shanna in ihren eigenen Laken niedergelegt, kaum das geliebte Wesen zugedeckt, da öffnete sich auch schon die äußere Tür zu den Gemächern. Ruark hatte eben noch Zeit, bis zur Veranda zu gelangen. Dort freilich mußte er verharren. Trahern war zu nah, die Schritte eines Fliehenden hätte er gehört.
»Sie ist ins Bett gefallen – und schon war sie eingeschlafen«, hörte Ruark Hergus sprechen. »Verlöscht wie eine Kerze. Ich räume nur noch eben ihre Kleider auf.«
»Schon gut!« war Traherns Stimme zu vernehmen. Eine lange Pause folgte, dann fragte der Vater sorgenvoll: »Sagt an, Hergus – ist Euch nicht auch in letzter Zeit viel Veränderung an Shanna aufgefallen?«
»Ach, wißt Ihr, Herr ... eigentlich nein«, stammelte die Zofe. »Erwachsener ist sie vielleicht geworden. Doch ja, das kann man sagen ...«
»Ja, ja, das kann man sagen«, wiederholte Trahern nachdenklich. »Ich wünschte, Shannas Mutter lebte noch. Meine Georgiana hat sich immer sehr viel besser mit dem Mädchen ausgekannt als ich. Doch auch ich hab' viel gelernt in diesen letzten Monden.« Er seufzte. »Vielleicht wird sich doch alles noch zum Guten wenden. Gute Nacht, dann.«
Die Tür schloß sich, und erleichtert lehnte sich Ruark an die Verandawand. Hergus kam heraus, hielt nach ihm Ausschau in der Dunkelheit, dann baute sie sich vor ihm auf.
»Ihr seid ein Narr, John Ruark! Und mich macht Ihr zur Betrügerin! Der gute Herr vertraut mir felsenfest und glaubt daran, daß ich seiner Tochter nichts Unrechtes widerfahren lasse. Doch ich warne Euch – nicht noch einmal verbrenn' ich mir an einer Lüge die Lippen!«
Ruarks Antlitz war im Dunkeln nicht zu sehen, doch seine Stimme verriet, daß die Worte dieser braven Frau ihn schmerzlich trafen.
»So Gott will, werd' ich Euch nicht wieder um dergleichen bitten müssen. Es gibt eine Zeit zu leben und eine Zeit zu sterben. Doch manchmal will es scheinen, daß die Zeit zu leben uns sehr viel kürzer bemessen sei als die andere. Hergus, habt Geduld. Ich kann Euch nur schwören, daß

all mein Tun und Trachten Shanna Glück bringen soll. Denn Ihr müßt wissen, Hergus«, seine Stimme sank zu einem Flüstern herab, »ich liebe diese Frau über alles in der Welt.«

Immer fieberhafter wurden die Reisevorbereitungen, je näher der große Tag der Abfahrt kam, und auch die Sägemühle wurde noch rechtzeitig so weit fertiggestellt, daß die erste Ladung von Baumstämmen angeliefert werden konnte. Ruark nahm gemeinsam mit den Vorarbeitern eine letzte Überprüfung vor. Sorgsam schaute er sich an, ob die Achslager gut geschmiert, ob alle Räder, Zapfen und Schwingbalken so standfest waren, wie er es angegeben hatte. Auf die Probe wurde auch das große Wasserrad gestellt: es war wohl ausgewuchtet und ließ sich mit einem sanftem Druck der Hand allein schon in Bewegung setzen. Eingespannt war auch die neue Säge, sie wartete nur auf die erste Wagenladung, die vom Südplateau her angekarrt werden sollte.
Ruark war mit allem sehr zufrieden; das Werk, das er geschaffen hatte, erfüllte ihn mit Stolz. Als alles besichtigt war, schickte er die Vorarbeiter heim, dann ging er alleine noch den Kanal bis zum kleinen See ab, schaute auch noch an den Schleusen und im Kanalbett nach dem Rechten. Alles war bereit.
Am Rand des Sees verharrte Ruark. Da stand er nun und schaute über die spiegelglatte Wasserfläche in die Weite. Ganz still war es hier draußen – noch. Und er versuchte, sich vorzustellen, wie es wäre, wenn erst geschäftiges Treiben hier herrschte. Doch im Augenblick lag nur eine große Spannung in der Luft, die fast fühlbare Erwartung, die sich stets vor großen Ereignissen einstellt. Die Schleusentore harrten der Hände, die sie öffneten; die Baumstämme auf dem Wagen der Muskeln, die sie in den See stürzten. Und alles wartete auf das Zeichen von Ruarks Hand.
Ein Bersten und ein Splittern zerriß die Stille, wurde immer stärker, immer lauter. Ruarks Blick irrte zu dem Wagen hinüber – und da sah er zu seinem Entsetzen, wie sich die Ladepfosten an der Seite unter dem Gewicht der Stämme langsam auswärts bogen. Mit einem letzten Knakken barsten sie endgültig und gaben der ins Rollen geratenen Ladung den Weg hügelabwärts frei. Mit wachsender Geschwindigkeit polterten sie donnernd auf Ruark zu, der Boden bebte unter seinen Füßen. Ein einziger Fluchtweg blieb ihm offen – nur wenn er in den See sprang, konnte er sich vielleicht noch retten.
Ruark sprang so hoch und weit, wie er konnte, und streckte sich im Flug; der sehnige Körper bog sich leicht in der Luft und tauchte wie ein Pfeil schräg in die spiegelnde Fläche ein. Aufschäumend schlug das Wasser über seinem Kopf zusammen, Ruark tauchte so tief wie nur möglich.

Und trotzdem schoß ein Stamm so haarscharf an ihm vorbei, daß er die Luftbläschen in der Rinde sehen konnte. Ruark schürfte mit dem Bauch über den Boden, er hatte den ansteigenden Boden am anderen Ende des Teiches erreicht. Er rollte über, hoch oben schäumte der aufgewühlte Wasserspiegel. Noch ein Baumstamm sank bis fast auf den Boden, hielt dann inne, schoß aufwärts und in die Luft wie ein gesperrter Fisch, durchbrach abermals den Wasserspiegel und schlingerte noch lange. Ruarks Lungen brannten, drohten fast zu platzen. Er stieß sich vom Boden ab und zielte auf einen ruhigeren Fleck. Endlich konnte er wieder kostbare Luft in seine Lungen einströmen lassen. Vom Ufer, dort, wo er gestanden hatte, drang Rufen und zorniges Gefluche zu ihm herüber. Der Vorarbeiter und der Kutscher sowie eine Menge Volks, das in Windeseile von überall her zusammengelaufen war, spähten den See nach einem Lebenszeichen von ihm ab. An einen Stamm geklammert, winkte er ihnen mit dem Arm zu. Einen Augenblick Ruhe gönnte er sich noch, dann schwamm er langsam zurück.
»So gründlich gedachte ich den See eigentlich nicht zu inspizieren«, keuchte er, als er an Land kletterte.
»Der verdammte Kutscher hat die Stämme nicht angekettet!« tobte der Vormann.
»Beim Teufel, ich hab' wohl alles festgemacht!« gab der Kutscher zurück. »Ich bin doch kein Blödian! Alles habe ich geprüft, die Ketten waren fest!«
»Es ist ja nichts passiert!« Ruark griff nach der Hand, die ihm der Vormann reichte, und zog sich an Land. Das Geräusch, welches dem Rutsch der Stämme vorangegangen war, ließ ihm keine Ruhe. »Aber ich schau' mir den Wagen noch einmal an.«
Die anderen kletterten hinter ihm her den Hügel hoch. Ein Zapfen, der durch ein Kettenglied und eine Klammer auf der Ladefläche zu stoßen war, hielt normalerweise die Ketten um die Baumstämme fest. Auch sollten Holzpfosten zu allen Seiten die Stämme sichern, doch diese Pfosten lagen jetzt, zusammen mit den Zapfen, auf dem Boden – neben dem Hammer, den jeder Fahrer mit sich führen mußte. Kein Zweifel, irgend jemand hatte mit Absicht erst die Pfosten entfernt und dann die Zapfen herausgeschlagen. Und im Erdreich hatten sich zum Teil die Spuren eines Stiefels abgezeichnet. Ein schneller Blick ringsum bestätigte Ruark: die Arbeiter trugen allesamt, wie üblich, Sandalen oder Arbeitsschuhe. Kein Zweifel, ein Fremder mußte hier gewesen sein. Ruark folgte der Spur ein kurzes Stück, bis sie schließlich um eine – mit dichtem Gebüsch und Bäumen bestandene – Biegung führte. Dahinter fanden sich abermals eine Spur des Stiefelabsatzes sowie die Abdrücke von Pferdehufen. Irgend jemand hatte es darauf abgesehen, ihn zu töten.

Hufschlag wurde laut. Ruark blickte hoch und sah Ralstons kleine Kutsche um die Biegung eilen. Neben den Arbeitern, die sich um Ruark scharten, hielt der Dünne an. Ein siegessicheres Hohnlächeln im Antlitz, stieg Ralston von dem hohen Sitz herunter.
»Ha! Schon wieder wird gefaulenzt, wie ich sehe!« schrie er. »Vielleicht läßt sich Herr Trahern doch noch überzeugen, daß strengere Maßnahmen angezeigt sind, um nützliche Arbeit von Sklaven zu erlangen.« Seine Stiefel waren fleckenlos rein.
»Es hat einen kleinen Unfall gegeben«, erklärte Ruark gereizt und beobachtete Ralston scharf. »Ein Unfall, der kein Zufall war.«
»Wahrscheinlich ist wieder einmal die Unachtsamkeit der kostbaren Leibeigenen daran schuld.« Ralston richtete die Reitgerte auf Ruark. »Ist das der Grund, daß Ihr Euch in diesem ungewöhnlichen Aufzug sehen laßt?«
»Das kann man wohl sagen«, mischte sich der Vormann ein. »Mister Ruark stand am Ufer, als die Stämme rollten. Nur mit einem Kopfsprung in den See hat er sich retten können.«
»Wie herzergreifend«, höhnte Ralston. »Ihr müßt wohl immer mitten darin sein, wenn irgendeine Narretei geschieht, nicht wahr?« Er streichelte die Gertenspitze liebevoll und schien etwas zu bedenken. »Nichtsdestotrotz versteht Ihr's jedesmal, alles für Euch zum Guten zu wenden. Mehr Disziplin ist's, was Euch not tut.«
Ruark starrte den Dünnen mit kalten Augen an. Er, so schwor er sich, würde die verdammte kleine Peitsche nicht auf seinem Rücken spüren. Milly mochte winselnd unter gnadenlosen Schlägen sich gewunden haben, doch wenn Ralston wirklich der Mörder war, hatte er es jetzt nicht mit einem hilflosen Mädchen, sondern mit einem Mann zu tun.
Hufschlag von der Straße her lenkte die Aufmerksamkeit aller Männer ab. Mit donnernden Hufen galoppierte Attila um die Biegung. Überrascht riß Shanna an den Zügeln, schlitternd hielt der Hengst an.
»Mister Ruark!« Shannas erstaunter Blick flog über die triefende Kleidung. »Seit wann pflegt Ihr in voller Gewandung Euer Bad zu nehmen?«
»Ein Unfall, Madam!« trat einer der Arbeiter vor. »Und fast hätt's ihn erwischt.«
»Ein Unfall!« rief Shanna aus und schickte sich an, vom Hengst zu steigen. Schon legten sich Ruarks Hände um ihre Taille und halfen, unterm neidvollen Gegaffe des Arbeitsvolks, der schönen Tochter des Inselherrn auf den Boden. »Was ist geschehen? Seid Ihr verletzt?«
Ruark kam nicht dazu, ihr Rede und Antwort zu stehen. Ralstons Schulter schob ihn grob beiseite.
»Wahrt Euren Abstand, Narr!« Drohend kam die Gerte näher. »Ich

warne Euch zum letzten Mal, daß es einem Leibeigenen nicht zukommt, eine Dame von Stand zu berühren!«

Ralston hielt inne, um eine Erwiderung des Gescholtenen abzuwarten, doch Ruark bedachte ihn nur mit einem harten, durchdringenden Blick.

»Madam«, wandte sich der Dünne nun an Shanna, »es ist nicht klug, diesem Schurken zu vertrauen, und es ist höchst unbedacht, vertrauten Umgang mit ihm zu pflegen. All diese Männer sind der Abschaum der Gesellschaft und Eurer Besorgnis gewiß nicht wert.«

Starr vor Zorn war Shanna, ihre Augen sprühten grüne Blitze. »Mister Ralston, dreimal schon habt Ihr Euch mir in den Weg gestellt und mein Betragen getadelt!«

Ralstons Gesicht verfärbte sich karmesinrot ob dieser Abfuhr in aller Öffentlichkeit. Doch Shanna ließ ihm nicht einmal Zeit zum Atemholen. Sie trat auf ihn zu und legte ihm die Spitze ihrer eigenen Reitgerte auf die Brust.

»Wagt es nie mehr wieder, mir in die Quere zu geraten! Eines Tages werdet Ihr mir für viele Dinge Rede und Antwort zu stehen haben. Doch im Augenblick sag' ich Euch nur dies – aus meinen Augen!«

Ralston kochte, doch es blieb ihm keine Wahl, als zu gehorchen. Wutschnaubend stapfte er zu seinem Wagen, und bevor er aufstieg, bellte er noch: »Marsch, an die Arbeit, Leute! Genug gefaulenzt! Den nächsten, den ich lungern sehe, lass' ich auf der Stelle peitschen!«

Im Augenblick freilich gab er nur seinem Pferd die Gerte zu spüren. Es stob davon, als ritte es der Teufel.

»Seid Ihr verletzt?« fragte Shanna leise.

Ruark lächelte. »Aber nein, mein Liebstes.«

»Doch was ist nur geschehen?«

Ruark zuckte die Achseln, dann schilderte er ihr knapp den Hergang, sprach auch von den Spuren, die er gefunden hatte. Und jetzt berichtete er auch, was ihm in der Destillerie widerfahren war. »Ihr seht also, mein Lieb, einen Menschen gibt's, der ist mit meiner Gegenwart nicht einverstanden.«

Shanna legte ihm eine zitternde Hand auf den Arm. »Ruark! Ihr glaubt doch nicht, daß ich . . .«

Sie hatte Tränen in den Augen.

»Aber nein, mein Engel«, schüttelte er das Haupt. »Dergleichen ist mir niemals in den Sinn gekommen. Euch vertrau' ich wie der eigenen Mutter. Nein, nein, habt keine Angst.«

Einen Augenblick vermochte sie nicht weiterzusprechen, sei's aus Angst um sein Leben, sei's aus Rührung über sein Geständnis. »Doch weshalb sollte ein Mensch Euch nach dem Leben trachten?« brachte sie schließlich hervor.

Ruark lachte. »Ein paar Piraten, zum Beispiel, hätten Grund genug. Doch bezweifle ich deren Mut, sich bis hierher zu wagen. Jedenfalls will ich demnächst mehr Vorsicht walten lassen.«
Ein Arbeiter kletterte den Hügel hoch und hielt einen triefenden Fetzen Stroh in der Hand.
»Euer Hut, Mister Ruark«, sagte er und reichte ihm bedauernd das nutzlose Ding. »Ihr sähet jetzt genau so aus, hättet Ihr nicht so viel Geistesgegenwart bewiesen.«
Der Mann rutschte, ohne auf ein Dankeswort zu warten, wieder den Hügel hinunter. Ruark sah die Überreste an, die er in den Händen hielt, und richtete schließlich seine nun vor Heiterkeit sprühenden Augen auf Shanna.
»Seht Ihr«, sagte er, »ich könnte längst ein freier Mann sein, müßte ich mir nicht ständig neue Hüte kaufen.«

24

Nun blieb nicht mehr viel Zeit. Die *Hampstead* und die *Sturm* nahmen Proviant an Bord sowie zum Tausch bestimmte Waren. Auch Attila und Jesabel sollten mit auf die Reise gehen, und damit den beiden edlen Pferden nichts zustieß, wurde auf dem Deck der *Sturm* unter Ruarks Leitung ein Doppelstall mit weichen Polstern aufgebaut. Hastige Geschäftigkeit erfüllte die letzten Tage. Hergus lief wie eine Besessene in Shannas Gemächern umher, und einmal blieb sie, die Arme mit Pelzen und mit Wollumhängen überladen, vor Ruarks belustigtem Lächeln stehen.
»Hängt die Wintersachen in den Schrank! Bringt die Wintersachen auf das Schiff! So geht das nun andauernd!« stöhnte sie schon völlig außer Atem.
Dann gingen auch diese letzten Tage vorüber, alles war an Bord, und die Schiffe zogen sich an ihren Ankern in die kleine Bucht hinaus. Unter viel Geschrei und Lebewohl-Rufen stieg die Reisegesellschaft in die kleinen Leichter und ließ sich hinausrudern, um die Nacht an Bord zu verbringen und die ersten leichten Winde der Frühe nicht zu verfehlen.
Der Morgen dämmerte. Die Segel stiegen hoch, hingen zunächst noch schlaff und schlappten, bis der Wind auffrischte. Als sich endlich das erste Segel blähte, wurden die Anker gelichtet; noch war kaum Bewegung auszumachen, doch bald schon bildete sich eine weißschäumende Welle unterm Bug – endlich hatte die Reise ihren Anfang genommen. Ächzend schwankten die Mastbäume, als die *Hampstead* mit der ersten Brise die Bucht von Los Camellos verließ. Vom Eiland rollte das Echo eines Schusses herüber, und lange blickte Shanna heimwärts. Die *Hampstead* gab mit ihrem Heckgeschütz Antwort auf den Abschiedssalut, und Augenblicke später tat es ihr die *Sturm* gleich.
Als Los Camellos nur noch als undeutlicher Fleck am Horizont zu sehen war, ging Shanna endlich unter Deck. Sie war verstimmt. Ruark schien es nicht für nötig gehalten zu haben, ihr bei der Abfahrt seinen Gruß zu erweisen. Und zur Frühstücksstunde waren an der Tafel nur der Vater, Pitney und Kapitän Dundas versammelt, um sie an Bord willkommen zu heißen. Kapitän Dundas war ein stämmiger Mann, fast so groß und breit wie Trahern, nur nicht ganz so rund, was gewiß an all den Jahren lag, die er mit den Wellen und dem Wind verbracht hatte. Die Gespräche bewegten sich fast nur um die Rohstoffe, die man in den

Kolonien für die Mühlen Englands vorzufinden erwartete, und nach allem, was Shanna von den Männern hörte, durfte man in den Kolonien auf kaum mehr als palisadenumstellte Forts und grob zusammengezimmerte Blockhäuser hoffen. Doch ihre Phantasie versagte, als sie sich die bemalten, halbnackten Wilden vorzustellen versuchte. Die tiefe, volle Stimme Ruarks fehlte ihr, und da er ihr an der Frühstückstafel nicht zur Seite saß, schien ihr der Morgen unvollkommen. Es wunderte sie auch sehr, daß Vater ihn nicht eingeladen haben sollte.

Auch später, als sie auf Deck herumspazierte, sah sie keine Spur von ihm; sie wurde unwirsch, denn unter Deck, um ihn zu suchen, durfte sie als Dame nicht gehen. Also suchte sie sich nächst der Achterdeck-Reling ein geschütztes Plätzchen, von welchem aus sie das Schiff ganz überblicken konnte. Eine Weile war ins Land – oder vielmehr in die See – gegangen, als sie jemanden an ihrer Seite stehen spürte. Hoffnungsvoll drehte sie sich um, doch es war nur Pitney, der einen fast mitleidsvollen Blick hatte. Shanna nickte kurz zum Gruße und kam gleich zur Sache.

»Von Mister Ruark hab' ich bislang nichts gesehen. Wo mag er nur stecken?«

Pitney blinzelte in die Weite. »Etwa zwei Meilen entfernt, schätze ich, wenn's auf ein Viertel mehr oder weniger nicht ankommt.«

Shanna runzelte verwirrt die Stirn, weil sie keinen Sinn in seinen Worten fand. Pitney lächelte und neigte das Haupt und zeigte. Dort, wohin sein Arm wies, steuerbords weitab, war ein weißer Fleck zu sehen – Segel, die in der Morgensonne leuchteten. Betrübt erkannte sie, was Pitney meinte.

»Tja«, gab er auf ihre unausgesprochene Frage zur Antwort, »das war Ralstons Idee. Er müsse doch wohl bei den Pferden sein. Aber auch Hergus und ich sind, dieses Mal, der Meinung Ralstons. Es mindert die Versuchung, haben wir uns gesagt.«

Fester warf Shanna sich den Schal um ihre Schultern, und mit Eiseskälte in den Augen schaute sie Pitney an. Dann ging sie davon, mit Worten auf den Lippen, die für Pitney zu hören nicht gerade schmeichelhaft gewesen wären. Zornig stapfte sie unter Deck. Und kurz darauf zuckte Pitney doch zusammen. Mit solcher Wucht hatte er eine Kabinentür noch nie zuschlagen hören.

In den Tagen, die nun folgten, gab sich Shanna immer widerspenstiger und gereizter. Leer und lang waren ihr die Tage.

Irgendwann einmal drehte die *Hampstead* auf westlicheren Kurs, die Sonne kam wieder hervor, und frischere Winde trieben sie geschwinder ihrem Ziel entgegen. Und obwohl auch das Wetter wärmer wurde, war für Shanna alles kalt und trübe, und so schnell konnte das arme Schiff

gar nicht dahineilen, als daß es ihren Verwünschungen entgangen wäre.
Als sie zehn Tagereisen von Los Camellos entfernt waren, wandelte sich das tiefe Blau des Meeres zum Grün der seichteren Gewässer, und ehe die Sonne an diesem Tag noch den Zenit erreichte, kam tief am Horizont die Wellenlinie einer Küste in Sicht. Der Ausguck hoch im Mastkorb stieß einen Ruf aus, und Shanna zog den dicksten Mantel aus den Truhen, denn trotz des frostigen Windes, der über das Deck der *Hampstead* fegte, wollte sie sich zu den auf dem Achterdeck versammelten Männern gesellen, kam doch Ruarks Heimat jetzt in Sicht, und um nichts auf dieser Welt hätte sie darauf verzichtet, endlich jenes Land zu sehen, das einen Mann wie Ruark hervorgebracht hatte.
Ralston bibberte in seinem Wollzeug, und nach der Wärme Englands schmachtend, suchte er die Geborgenheit seiner Kabine auf. Sir Gaylord, tapfer, wie er war, hielt es noch eine Minute länger aus, dann zog auch er sich, nicht ohne einen Seufzer voller Abscheu, in den Schutz des Unterdecks zurück. Nur Pitney und Trahern harrten aus, um die grünen Hügel näher ziehen zu sehen. Shanna schmiegte sich zwischen beide, und so war sie zum mindesten ein wenig geschützt. Auf Befehl des Kapitäns änderte das Schiff nun seinen Kurs, um in südwestlicher Richtung parallel zur Küste zu segeln. Kleine Inseln kamen bald in Sicht, die natürliche Bastionen vor der Küste bildeten.
»Es sieht alles so leer aus«, meinte Shanna enttäuscht, und brachte damit nur zum Ausdruck, was sie alle dachten. »Nichts als Sand und Sträucher. Wo sind Häuser, wo sind Menschen?«
Kapitän Dundas stand dicht hinter ihnen. Er lächelte wissend. »Zwei oder drei Tage müssen wir noch den James-River hinauffahren, ehe wir Richmond erreichen.«
Später versank die Küste wieder unterm Horizont, doch am frühen Nachmittag kam erneut Land in Sicht. Und auf der Höhe von Hampton kam ein kleiner Zwei-Mast-Lugger backbords auf sie zu. Kapitän Beauchamps Erster Maat, Edward Bailey, kletterte an Bord.
»Captain Beauchamp schickt mich, Euch wohlbehalten den Fluß hinaufzugeleiten«, meldete der Lotse dem Kapitän der *Hampstead*. Dann zog er ein in ölgetränkter Haut verwahrtes Päckchen aus der Tasche. Für den Kapitän holte er ein Bündel Dokumente daraus hervor. »Meine Papiere und ein paar Flußkarten.« Für Trahern hatte er einen Brief. »Von Mister John Ruark«, merkte er an.
Während Trahern sich in die Botschaft vertiefte, richtete der Maat ein breites, offenes Lächeln auf Shanna. »Die Beauchamps sind schon ganz erpicht darauf, Euch kennenzulernen, Madam. Alle Welt hat den Captain einen Lügner gescholten, als er uns schildern wollte, wie Ihr aus-

schaut. Doch jetzt seh' ich's selbst – er hat's nicht einmal halb geschafft, Eurer Schönheit gerecht zu werden.«

Shanna ließ sich das unverblümte Kompliment gefallen und dankte dem Schmeichler mit ihrem schönsten Lächeln. »Da werde ich wohl mit Captain Beauchamp zu reden haben«, lachte sie. »So lass' ich nicht mit meinem Ruf umspringen.«

»Der Brief bestätigt«, verkündete Trahern, »daß Captain Beauchamp für unsere Weiterfahrt zu Lande, von Richmond aus, die nötigen Vorkehrungen getroffen hat. Mister Ruark ist bereits vorausgeeilt, um dort nach dem Rechten zu sehen.« Dann sah Trahern seine Tochter lange an. »Und ich hatte um ein Haar erwartet, daß der Kerl sein Schiff liegen läßt, wo es liegt, und in die Freiheit flüchtet.« Shanna öffnete verblüfft den Mund, doch Trahern zuckte nur die Achseln. »Ich hätt's so gemacht. Ich hätte den Schoner überschrieben und mich in die Büsche geschlagen.« Er kicherte und zwinkerte ihr zu. »Allmählich fang' ich an zu zweifeln, ob er wirklich solch ein kluger Kopf ist.«

Shanna drehte ihm ärgerlich den Rücken zu. Mister Bailey tat, als verstehe er das alles gar nicht. Er schaute mit zusammengekniffenen Augen in den Himmel und in den Wind.

»Was Mister Ruark anbetrifft«, merkte er schließlich an, »so hat er mich als ein Mann von seltenem Ehrgefühl beeindruckt. Wenn Ihr mich fragt, selbst bei strengstem Maßstab könnt' er gut und gern ein Beauchamp sein.«

Doch als Shanna sich ihm zuwandte, sprach er schon zu Kapitän Dundas. »Ihr könnt volle Segel setzen und auf Westkurs gehen. So schaffen wir noch eine gute Strecke Wegs, eh's dunkel wird.«

Hinter Williamsburg wurde der Fluß unruhiger. Hier waren die Ufer dünn besiedelt. Die Nacht brach herein, und das Schiff warf Anker.

Shanna kämpfte gegen die Einsamkeit ihrer Kajüte an. Ein kleiner Ofen strahlte Wärme aus, doch irgendwie drang doch die Nachtkälte herein. Im Bett fehlte ihr Ruarks Nähe. Sie stand wieder auf, trat an eine Seekiste und hob die Spieluhr heraus. Ruark hatte sie gebeten, das Musikkästlein mit auf die Reise zu nehmen, und nun war es das einzige, was sie mit ihm verband. Das Kästlein war schwerer, als es den Anschein hatte, auch täuschte die feine, zarte Schnitzarbeit, mit welcher es bedeckt war, eine Leichtigkeit vor, die es nicht besaß. Doch sorgte das Gewicht für eine volle Resonanz der Klänge.

Shanna hob den Deckel, und die glockenhelle Musik erfüllte den engen Raum mit Ruarks Gegenwart. Es erklang das Lied, das sie ihn so oft hatte singen oder pfeifen hören. Sie summte es leise mit und schloß die Augen, als die Erinnerung an starke Arme, die sie umfangen hielten, sie beschlich; an goldene Augen, die sich tief in die ihrigen senkten, an ein

Lächeln, das locken, zürnen und besänftigen konnte, an seine Wärme neben ihr, an die Kraft seiner Muskeln, wenn er in der Sonne arbeitete oder sich im Dunkeln voller Zärtlichkeit über ihr bewegte.
Das letzte Echo der Klänge erstarb in der Stille der Kajüte. Shanna öffnete die Augen, und ein langer Seufzer entrang sich ihrer Brust, als sie die Spieluhr wieder verpackte.
»Nur ein Tag noch oder zwei, mein Lieb«, flüsterte sie ins Dunkel. »Eine Ewigkeit, und doch ein Nichts . . .« Da erst erkannte sie, was sie gesagt hatte. Tränen wallten in ihren Augen auf. »Ja, mein Geliebter – ich liebe dich! Und nie wieder sollst du Grund zu zweifeln daran haben!«

Gleich nach dem Frühstück begab Shanna sich mit dem Vater aufs Deck, damit ihr nichts entging, was ihr die Neue Welt zu bieten hatte. Die Vielfalt, die nicht enden wollte, so weit das Auge auch übers vorbeiziehende Land dahinschweifte, begeisterte sie beide. Und voll Ehrfurcht brummte Orlan Trahern immer wieder: »Ein Traum für jedes Kaufmannsherz! Ein völlig unberührter Markt!«
Satter, schwarzer Boden lag an beiden Ufern brach, bald traten kleine Hügel auf, wurden höher, bis Felsen daraus wurden, die über den dichten Wäldern, die bis ans Ufer reichten, steil abfielen. Häuser kamen in Sicht, manchmal aus roten Ziegeln und groß genug, um hinter ihren Mauern Reichtümer vermuten zu lassen. Immer noch war der Fluß weit über eine Meile breit, doch die Strömung wurde bereits stärker.
Es war noch nicht Mittag, als das Schiff eine Flußbiegung nach steuerbord umrunden mußte, und von nun nahm der Strom einen wilden Verlauf, die Mannschaft wurde bis an die Grenzen ihrer Kraft gefordert, fortwährend mußten die Segel getrimmt, gerefft und wieder gesetzt werden, einige Male mußte die *Hampstead* über die gesamte Breite des Wasserweges kreuzen, um überhaupt voranzukommen.
So stürmisch und so wechselhaft der Tag auch war, Shanna war strahlender, fröhlicher Laune. Sie winkte Menschen an den Ufern zu, und es tat ihrem Hochgefühl auch keinen Abbruch, daß Sir Gaylord sich finsteren Gemüts aufs Deck begab und heftig gegen das Wetter in diesem Teil der Welt klagte. Allerdings stellten alle mit Erleichterung fest, daß er in seinem fuchsgefütterten Mantel fröstelte und infolgedessen wohl bald in den unteren Regionen des Schiffs verschwinden würde, was er dann prompt auch tat.
Wolken zogen erst an Shannas Himmel auf, als der Abend näher rückte und Maat Bailey Anker werfen ließ, obwohl Richmond nur noch zwanzig Meilen weit entfernt war.
»Es wär' nicht klug, bei der Nacht den Fluß hinaufzufahren«, versuchte er Shanna freundlich, doch bestimmt zu beschwichtigen. »Manchmal

tauchen plötzlich Strömungen auf, wo früher keine waren, da sitzt man schnell auf Grund. Besser ist's, den neuen Tag abzuwarten und wohlbehalten anzukommen.«

Am nächsten Morgen trieb der Wind peitschenden Regen durch die Takelage, und nicht einmal Shanna wagte sich aufs Deck. In der Enge der Kabine wanderte sie auf und ab, und plötzlich war sie nicht mehr so sicher, daß sie sich zügeln konnte, wenn sie wieder vor Ruark stand. Wie es verhindern, daß sie sich ihm nicht gleich vor Wiedersehensfreude in die Arme warf? Sie würde alle Kraft zusammennehmen müssen. Ein falscher Schritt konnte ihn auf den Weg zum Galgen schicken.

Die Tür flog auf, ein Windstoß fegte herein und mit demselben Pitney. Ehe er sprach, rieb er sich die Hände und wärmte sich am dicken Bauch des Kabinenofens.

»Wir sind fast da. Nur noch eine Meile oder zwei. Der Wind steht scharf querab, und stark ist auch die Strömung, doch in einer guten halben Stunde wird gewiß schon festgemacht.«

Shanna holte tief Atem. Das Ringen, das in ihrem Inneren tobte, drängte einem Ausbruch zu. Doch sie nickte ruhig. Und als Pitney und ihr Vater zum Deck hinaufgingen, folgte sie ihnen äußerlich unbeschwert.

Matrosen waren in die Takelage ausgeschwärmt, um die vom Wind gebeutelten Segel einzuholen; behutsam wurde die *Hampstead* jetzt an den Landeplatz bugsiert. Und kaum war die Gangway ausgefahren, kam auch Ruark schon an Brod gestürzt; triefend schlug sein Mantel an die Stiefelschäfte, Regen rann ihm vom breitrandigen Hut, und er lachte ein wenig verlegen, als er Trahern seine Hand entgegenstreckte.

»Ein elender Tag für ein Willkommen, doch es gibt Orte, wo man den Regen für ein gutes Omen hält.«

»Wir werden ja sehen, ob Ihr damit recht habt«, brummte Trahern und schnitt gleich sein neues Lieblingsthema an. »Bei Gott, Mister Ruark, das muß man Euch lassen, Euer Land ist wahrhaftig ein Lagerhaus der Schätze. Niemals sah ich je solch jungfräulichen Reichtum, welcher nur«, er kicherte vor lauter Vorfreude, »auf die Kennerhand des königlichen Kaufmanns wartet, um reiche Frucht zu tragen.«

Ruark winkte zwei Kutschen und einen Planwagen an das Schiff heran. Dann ergriff er auch Pitneys Hand zum Willkommensgruß.

»Ich denke«, polterte der Hüne, indem er sich die Lippen leckte, »daß ein guter Krug vom besten braunen Ale mir vortrefflich die Eingeweide wärmen möchte. Könnt' es sein, daß Ihr Kolonialisten auch die Einrichtung von Schenken kennt, wo ein Mann seinen fürchterlichen Durst löschen kann?«

»Gewiß doch«, lachte Ruark und zeigte auf die Hafenstraße hinunter. »Im *Fährhafen*, jenem weißgetünchten Haus dort unten, ist ein Faß von

Englands Bestem angeschlagen. Ihr braucht dem Wirt nur auszurichten, daß John Ruark die erste Runde gibt.«
Und Pitney eilte mit solcher Hast davon, daß nicht nur seine Not glaubwürdig scheinen mußte, sondern auch Sir Gaylord sich beeilte, die Gangway freizugeben, weil er sonst wohl auf die kopfsteingepflasterte Pier gestoßen worden wäre. Empört blickte der Edelmann dem Hünen nach, doch Pitney hatte jetzt anderes im Sinn, als sich umzudrehen und Entschuldigungen anzubringen. Unwirsch setzte Sir Gaylord seinen Weg zum Reedereikontor fort, um das Gepäck in Empfang zu nehmen, welches er auf der englischen Fregatte längst vorausgeschickt hatte.
Auch Ralston war von Bord gegangen, und einen Augenblick lang sah Ruark dem Dünnen nach, wie dieser die Pier entlangstolzierte und den Mantelsaum an seine Waden schlagen ließ.
Nur für Shanna hatte Ruark bis jetzt noch keinen Blick übriggehabt. Scheu wartete sie ein paar Schritte hinter dem Vater. Doch nun sah er sie an, und seine Augen sprachen Bände. Shannas Finger bebten, als sie in der allesumhüllenden Wärme von Ruarks Händen Zuflucht suchten.
»Shanna... Madam Beauchamp... Euch verdanke ich den strahlendsten Augenblick an diesem Tag!« Und als sie sprechen wollte, bewegten sich seine Lippen weiter, um stumm ein Geständnis abzulegen: »Ich liebe Euch!«
Der Hals war ihr wie zugeschnürt, als sie ihm mit unverfänglichem Lächeln Antwort gab: »Mister Ruark, Euer Witz und Eure gute Laune haben mir bei Tisch sehr gefehlt, ganz zu schweigen von Euren klugen Randbemerkungen und Eurer Tüchtigkeit als Tänzer. Habt Ihr in letzter Zeit Gelegenheit gehabt, vielerlei Festlichkeiten beizuwohnen? Habt Ihr schon ein Auge auf die Damenwelt der Kolonien werfen können?«
Ruark lachte. »Wißt Ihr denn nicht, daß mein Herz bereits gesprochen hat? Und Fortuna hat beschlossen, daß ich keine holdere als diese eine finden soll.«
Sanftes Erröten flog ihr übers Antlitz; er hatte ihre Hand nicht losgelassen, nun steckte er sie sich unter den Arm, während er einen Blick zum Himmel sandte.
»Wißt Ihr, es gibt da einen alten orientalischen Spruch, demzufolge es ein Zeichen von Weisheit sein soll, im Regen zu stehen«, sinnierte er laut vor sich hin. »Doch Eure Erlaubnis vorausgesetzt, möchte ich lieber Euch und Euren Vater an einen Ort bringen, wo Ihr's Euch bei einer Tasse Tee gemütlich machen könnt, bis das Gepäck in die Kutschen geladen ist.«
Trahern schaute fast sehnsüchtig Pitneys breitem Rücken nach, der eben in der Schenkentür verschwand. Er hob die Hand und ließ sie seufzend fallen.

»Nur zu, Mister Ruark, ich schätze, daß ein Vater Pflichten gegenüber seiner Tochter hat, wenngleich ich mir auch manches Mal sehr wünsche, sie wär' so geboren worden, daß ihr ein paar Hosen paßten.«
Ruark war heilfroh, daß dem nicht so war, doch hütete er sich sehr, diese Meinung laut zu äußern. Shanna fühlte seine Augen flammend heiß auf sich ruhen, und das erwärmte sie weit mehr als jedes Wort.
Es dauerte fast eine Stunde, bis der Kutscher des ersten Wagens kam, um sich zur Abfahrt bereit zu melden.
»Dann gehe ich jetzt Pitney holen!« Ruark erhob sich und fingerte nach Münzen in seinem Beutel. »Schließlich hab' ich ihm versprochen, daß ich die erste Runde zahle.«
Der Lärm in der Taverne, in der sich Hafenarbeiter und Matrosen drängten, ließ fast die Balken bersten, doch inmitten dieses Trubels schlürfte Pitney still sein Bier. Er lehnte an der Theke neben einem Mann mit roten Haaren, der sich eben heftig im Gespräch erhitzte. Was der Mann zu sagen hatte, vermochte Ruark im Gewirr der Stimmen nicht zu vernehmen; der Rote schüttelte den Kopf, schlug mit den Fäusten auf die Theke und richtete einen erregten Finger auf Pitneys Brust.
»Nein, heut sag' ich Euch nichts!« hörte Ruark ihn schließlich, als er sich durchs durstig schluckende Matrosenvolk den Weg zur Theke bahnte, lauthals schreien. »Erst muß ich den Burschen finden, auf daß ich's auch gewiß weiß, daß nur er allein in Frage kommt. Dann mach' ich reinen Tisch mit Euch und allen anderen, die es wissen sollen. Aber ich steck' doch meinen Hals nicht in die Schlinge, um eines Mannes Haut zu retten, den ich nie in meinem Leben sah!«
Ruark ergriff Pitneys Arm in herzlicher Begrüßung und warf seine Münzen auf die Theke. »Wirt, schenkt diesem Mann noch einmal ein, damit er auch den Rest des Tages übersteht, und seinem Freund dort neben ihm natürlich auch.«
»Nichts davon für mich«, lehnte der Schotte ab. »Ich muß wieder an die Arbeit in den Docks.«
»Eh' Ihr geht, Jamie, mein Freund, müßt Ihr noch Bekanntschaft mit einem wackeren Burschen machen. John Ruark heißt er«, sagte Pitney mit seiner heiser rasselnden Stimme und lächelte. »Oder kennt Ihr Euch beide schon?«
Ruark zog die Stirn in Falten. Nun, da er den Mann genauer ansah, fiel ihm Vertrautes an ihm auf. Doch Jamie raffte sich schnell auf und entzog sich Ruarks Blick.
»Sollte ich ihn kennen?«
»Vielleicht. Vielleicht auch nicht. Doch so lang ich weiß, wo er zu finden ist, wollen wir's für dieses Mal bewenden lassen.« Pitney schlürfte von seinem Bier und hob, sich bedankend, den Krug. »Ein gutes Gebräu.

Gönnt Euch selber auch noch eins, mein Freund. Das macht Euch den Rücken für die Heimfahrt stark.«
Mißtrauisch sah Ruark ihn an. »Wie Ihr so daherschwätzt, möcht' ich beinah' meinen, Ihr hättet schon genug für uns beide eingeschüttet.«
Mit dröhnendem Gelächter schlug ihm der Hüne auf den Rücken. »Trinkt nur zu, John Ruark! Ihr braucht's, weil Ihr sonst nichts anderes als das Frauenzimmer, dessen Mann Ihr seid, im Sinn habt!«
Als Ruark bei den Kutschen anlangte, hatte Shanna bereits in der ersten Platz genommen. Und während Pitney sich noch zu Trahern auf dem Hafenkai gesellte, richtete Ruark Attilas Sattel so, daß er die geliebte Frau betrachten konnte.
»Ihr wollt reiten, Mister Ruark? Ihr fahrt nicht mit uns?« fragte Shanna leise und sah ihn an.
»Aye, Madam. Bei diesem Regen muß ich voraus und schauen, ob die Straßen befahrbar sind.«
Shanna lehnte sich in die Polster zurück und zog sich einen Pelz über den Schoß. Ein zufriedenes Lächeln breitete sich in ihrem Gesicht aus. Immerhin war er nicht weit fort von ihr.
Der Innenraum der Kutschen war nicht übermäßig reich ausgestattet, doch machte das Gefährt den Eindruck von Verläßlichkeit und gemütlicher Geräumigkeit. Auf den Sitzen lag ein Haufen Pelzmäntel, auf dem Fußboden stand ein Kohlenbecken, das die Beine wohlig wärmte.
Gaylord kehrte zurück, und zu seiner Überraschung sah Ruark, wie der Edelmann etliche Seekisten auf dem Planwagen festzurrte.
»Sir Gaylord reist mit uns?« erkundigte Ruark sich bei Trahern.
»So ist's«, brummte dieser. »Zu unserem Leidwesen hat er den Entschluß gefaßt, seine Pläne und Bedürfnisse den Beauchamps vorzutragen. Und nach der Menge des Gepäcks zu schließen, gedenkt er wohl, die Beauchampsche Gastfreundlichkeit eine hübsche Weile in Anspruch zu nehmen.«
Pitney stieß Trahern mit dem Ellenbogen an. »Zumindest ist der liebe Edelmann nun nicht mehr Euer Gast. Nun muß ihn jemand anders füttern.«
Ruark schnaufte und rieb sich mit der Hand das Kinn. »Eure Schadenfreude ist mir unbegreiflich. Was habt Ihr nur gegen die ehrenwerte Familie Beauchamp?«
Pitney grölte laut vor Lachen, und auch Orlan Trahern kicherte ein wenig.
Ruark band die Stute Jesabel hinten an Traherns Kutsche fest und warf den Damensattel in den Planwagen. Als er sich noch einmal in die Kutsche beugte, war Orlan eben damit beschäftigt, die Pelze, die ihm beim Einstieg aufgefallen waren, einer genauen Prüfung zu unterziehen.

»Großartig!« murmelte der Handelsherr. »John Ruark, ich hätte es nicht bequemer treffen können. Wünschte, man würde stets mit solchem Eifer für mich sorgen. Ein kleines Vermögen an Pelzen umgibt mich – und den Beauchamps ist es eben gut genug als Wagendecken. Sehr bemerkenswert.«
»Wir sind soweit, Sir«, sagte Ruark. »Soll ich das Signal zur Abfahrt geben?«
Trahern nickte, Ruark sah noch einmal Shanna an und legte zum Gruß die Hand an die Hutkrempe, dann schloß er den Wagenschlag. Er hob den Arm, der Kutscher stieß einen Pfiff aus, schüttelte die Zügel und ließ die Peitsche über dem Führungsgespann knallen. Langsam setzten sich die Kutschen in Bewegung; sie schlingerten, als sie die schmale Straße, die vom Hafen wegführte, emporrollten. Auf den Straßen des kleinen Settlements, das Richmond hieß, fand der Hufschlag der Gespanne dann bald seinen Rhythmus.
Eine Zeitlang fuhren sie durch weite Felder. An einer Straßengabelung, die durch drei breite Einschnitte im Stamm eines großen Baumes bezeichnet war, bogen sie in eine schmalere Wegspur ein. Lang war die Fahrt, die vor ihnen lag, und doch veränderte sich die Landschaft unaufhörlich. Einmal fuhren sie unter hohen Granitklippen durch und schleuderten auf steinigem Pfad gefährlich dicht an Felsabgründen entlang. Dann wieder tauchten sie tief in Täler hinein, rumpelten über Knüppeldämme, die weniger festes Erdreich überbrückten. Am Spätnachmittag passierten sie eine der seltenen Plantagen und auch einige kleinere Farmen mit Blockhäusern. Hier und dort stand ein schlichtes Wegzeichen am Rand der Spur. In einem kleinen Dorf, das sich einer Schenke rühmen durfte, machte die Reisegesellschaft halt.
Die Fahrt hatte alle müde gemacht. Schweigend sprachen sie dem Wildbret zu. Sie waren sehr zufrieden, endlich einmal wieder auf einer festen Unterlage sitzen zu dürfen, die nicht rumpelte, polterte, stieß und holperte.
»Hier gibt's nur drei Kammern zum Übernachten«, erklärte der Wirt. »Die Männer verteilen sich auf zwei Gemächer, die Frauen nehmen das dritte.«
Gaylord blickte von seinem Teller hoch und zeigte mit der Gabel auf Ruark. »Der da«, sagte er, »schläft bei den Kutschern im Stall. Somit können Mister Ralston und ich das eine Zimmer nehmen, Mister Trahern und Mister Pitney das andere.«
Traherns Miene verfinsterte sich, und der Wirt zuckte Entschuldigung heischend mit den Achseln. »Mehr Kammern hab' ich nicht, aber hinterm Haus steht noch eine alte Hütte leer. Da kann auch noch einer schlafen.«

Ruark erklärte sich einverstanden, und als er den Becher an die Lippen hob, begegnete er Shannas Blick. Er stand auf, warf sich den Mantel um die Schultern. »Ich will noch Madam Beauchamps Pferde versorgen, Sir«, wandte er sich an Trahern. »Ich schlage vor, früh zu Bett zu gehen. Wir haben morgen noch eine gute Tagereise vor uns, und das wird ermüdend genug sein.«
Er setzte sich den Hut auf und schritt gemächlich durch den Schankraum zur Tür.
»Gute Nacht!« wünschte er noch.

25

Unruhig wälzte Shanna sich neben der schnarchenden Hergus im Bett, und sie hätte zu gern gewußt, wie spät es schon war. In der Herberge war alles still, keine Stimmen, kein Geräusch, weder aus dem Schankraum noch aus den anderen Kammern an dem Flur. Aber wie konnte Shanna gewiß sein, daß schon alles schlief?
»Hergus!« flüsterte sie und erhielt zu ihrer Erleichterung keine Antwort. Der Vater und Pitney waren freilich mit derselben Methode auf die Probe zu stellen. Noch eine halbe Stunde, sagte sie bei sich, dann mußten sie einfach alle im tiefsten Schlummer liegen.
Behutsam stieg sie aus dem Bett und schlich zu dem Stuhl, auf dem Hergus ihre Reisetasche offen stehengelassen hatte. Darauf lag ein wollener Umhang, den legte sie sich fest um die Schultern, und im schwachroten Schein der glimmenden Glut im Kamin fanden ihre Füße auch zu einem Paar Pantoffeln. Immer noch rann der Regen über die Fensterscheiben, und schrecklich heulte der Wind um die Erkergiebel. Eine naßkalte Nacht war es, doch das kam Shannas Absicht nur entgegen.
Zäh quälten sich die Minuten dahin, doch schließlich schlüpfte Shanna aus der Kammer, schlich die Treppe hinab, glitt durch den Schankraum – und war draußen. Der Regen peitschte ihr ins Gesicht. Frei! Nun lief sie dahin, ihre Füße versanken in kalten Tümpeln, doch ihr Herz flog ihr voraus.
Die Hütte war ein düsterer Schatten unter hohen, überhängenden Bäumen und ein wenig von der Herberge entfernt. Scheu pochte Shanna an das grobe Holz der Tür. Knarrend öffnete sie sich unter ihrer Hand.
»Ich hoffte sehr, Ihr würdet kommen«, klang Ruarks Stimme ihr heiser entgegen, und langsam trat er in den flackernden Schein des Kaminfeuers. »Bei Gott, wie habt Ihr mir gefehlt!« flüsterte er und nahm sie, die eisige Regennässe in ihren Gewändern nicht beachtend, fest in seine Arme. Einem Raubvogel gleich stürzte sich sein Mund auf ihre Lippen und packte sie mit einem wilden, brünstigen Kuß. Shanna klammerte sich an Ruark, als sei er der einzige feste Halt in einer taumelnden Welt. Ihr Umhang glitt zu Boden, und kaum fühlte sie noch die Kälte, die ihrem Nachtgewand anhaftete.
»Ich liebe Euch!« flüsterte sie; Freudentränen schimmerten ihr in den Augen, als sie den Kopf hob, um ihn anzuschauen. Seine Hände legten

sich um ihr Gesicht, hielten es fest, um in den Tiefen ihrer Augen die Wahrheit zu ergründen.
Und Shanna wiederholte ihr Geständnis, mit ihrem Herzen, mit den Augen, mit allen Empfindungen eines Frauenleibes, der die Liebe spürt.
»O Ruark, wie sehr lieb' ich Euch!«
Lachend vor überschäumender Glückseligkeit riß er sie hoch und wirbelte sie im Kreis herum. Er trug sie näher an das Feuer, da standen sie voreinander, er lächelte auf sie hinab, zärtlich legte seine Hand sich an ihre Wange, und sie liebkoste diese Hand mit ihren Lippen. Shanna bebte, vielleicht wegen des überwältigenden Gefühls des Zufriedenseins, das in ihr aufwallte und ihr das Herz zu sprengen drohte.
»Ich will Euch wärmen«, sagte er. »Wartet nur einen Augenblick!«
Ruark trat einen Schritt zurück – und ihre Blicke folgten ihm, als sei sein Anblick allein schon Seelennahrung genug für sie. Seine Kleidung war ihr fremd; er trug Wildlederhosen, die sich fest um seine harten, schmalen, sehnigen Schenkel schmiegten, sowie einen Biberpelzmantel. Er erinnerte sie an eine geschmeidige Raubkatze, und sie empfand gleichermaßen Furcht und Stolz. Nein, niemand würde ihn je zähmen können, und auch sie selbst würde ihn nie mehr wieder, auch in Gedanken nicht, jemals ihren Sklaven nennen dürfen. Ein Wort des Vaters kam ihr in den Sinn, und nun wußte sie, wenn er wirklich geflohen wäre, hätte er sie mit sich genommen – und sie wäre mit ihm gegangen, wohin auch immer.
Er zog die Schlaufen auf, ließ den Biberpelz von den Schultern gleiten und breitete ihn um sie herum. Shanna kuschelte sich in das Fell, das noch warm von seinem Körper war, und schaute ihm zu, wie er kleine Äste auf die Glut warf, bis die Flammen hoch auflohderten. Ihr Blick schweifte durch den Raum, staunend über all das Fremdländische, das sie umgab, und blieb schließlich an dem aus Holz und Stricken gefertigten Bettrahmen hängen, der einmal den früheren Bewohnern dieser Hütte gedient haben mußte – aber weit und breit war kein Federbett zu sehen.
Ruark sah, worauf sich ihre Blicke hefteten. »Keine Angst, mein Engel«, lächelte er lustvoll funkelnden Auges. »Ich hab' schon dafür gesorgt, daß es nicht an Bequemlichkeit mangeln wird.«
»Biest!« lachte Shanna und zog den Pelz enger um sich, als müsse sie sich schützen. »Gesorgt wollt Ihr haben! Eine Falle habt Ihr gestellt, um mich darin zu verschlingen!«
»Verschlingen?« Er zog sich das enge, dunkle Leinenhemd über den Kopf, und Shanna mußte den Atem anhalten, so schön war der Anblick des herrlichen, nackten Körpers, der sich im flackernden Feuerschein vor ihr reckte.

»Nein, mein Herz, nicht um Euch zu verschlingen.« Er streichelte eine goldene Strähne ihres langen, wellenden Haares. »Liebe ist ein Zaubertrank, den die Götter an ihrer Festtafel brauen, und je öfter man davon kostet, um so berauschender wirkt dieser Nektar. Reiche Könige haben sich an den Bettelstab gebracht, nur weil sie von dem Pokal nicht lassen wollten, bis sie ihn zur Neige geleert hatten. Sie wußten nicht, daß man diesen Trank nur schlürfen darf, wenn man ihn mit seiner Liebsten zärtlich teilt. Wer sich in selbstsüchtiger Gier allein daran betrinken will, dem verweigert sich die Wirkung. Dann läßt der Zaubertrank nur einen schalen Geschmack zurück.«
Shanna streichelte sanft über Ruarks Arm, und ihre Augen liebkosten sein Antlitz in glücklichem Besitzerstolz.
»Aber wenn ich bei Euch bin, mein Liebster, werde ich immer ganz entsetzlich selbstsüchtig!«
Sanft ließ er seinen Mund über ihre Lippen gleiten. »Mir ergeht's gerade ebenso, geliebte Shanna.«
Er kniete nieder und löste die Bänder eines großen Bündels, das auf dem Boden lag. Das Bündel öffnete sich gleich der Blüte einer unwirklichen Blume, die nicht von dieser Welt war – dicke, dichte wollüstig warme Felle und Pelze breiteten sich auseinander, in glänzendem Rot, lohfarbenem Gold, weichem Rostbraun, schimmerndem Schwarz. Jedes Stück war schon für sich allein eine Kostbarkeit, und alle zusammen bildeten die Lagerstatt, auf der sie in dieser Nacht ihre Liebe genießen wollten.
»Woher . . .«, hob Shanna an.
»Ich hab' das Zeug vorhin aus dem Planwagen geholt«, sagte er, als ob das selbstverständlich wäre. »Es gehört alles mir.«
»Euch gehört das? Doch wie ist es möglich, daß Ihr dergleichen Werte besitzt? Und die Kleidung, die Ihr tragt – auch die gehört Euch, nicht wahr? Sie ist Euch auf den Leib geschneidert.«
»Ja, so ist's.« Er kniete vor ihr und über seinen Pelzen und grinste sie von unten her an. »Als meine Familie erfuhr, daß ich hier an Land ging, hat sie mir ein paar Dinge geschickt. Das ist alles.«
»Eure Familie?« Shanna rückte neugierig näher.
»Bald, mein Herz«, lächelte er, »bald führe ich Euch hin.«
Er beugte sich wieder über seine Felle, breitete sie aus und glättete sie. Einen Pelz legte er als Zudecke beiseite. Und in diesem Augenblick, wie Shanna ihn da kauern sah, wuchs vor ihren Augen das Bild eines Wilden heran; Ruark war dieser Wilde, der halbnackt, mit goldener, bronzener Haut, das Haar im Genick zum Zopf gebunden, vor dem Lagerfeuer hockte. Wer immer glaubte, diesen Mann in die Zucht nehmen zu können, Gaylord, Ralston, selbst ihr Vater, mußte ein Narr sein.

Ruark erhob sich, und sie fühlte, wie ihr der schwere Pelz von den Schultern genommen wurde, wie Ruarks Finger sich an den Schlaufen ihres Nachtgewands zu schaffen machten, wie sie nackt dastand, wie seine Hände sich um ihre bebenden Brüste legten, um die seidigen Hüften. Im warmen, flackernden Feuerschein schimmerte goldener Glanz auf Shannas Haut. Schattenlichter spielten über ihren schlanken Leib, der noch viel schöner war, als er sich erinnern konnte. Ein Strahlen ging von ihr aus, das er früher nie bemerkt hatte, ein Leuchten, das ganz neu und anders war und das er nicht benennen konnte.

»Wie wunderbar Ihr seid«, flüsterte er fast ehrfurchtsvoll. »Niemals hätte ich glauben mögen, daß Ihr noch schöner werden könntet, als Ihr immer wart, doch genau das ist geschehen. Welches Hexenkunststück hat die Liebe nur vollbracht!«

Shanna lächelte ihn an. »Keine Hexerei, Geliebter! Eure Augen trügen Euch. Ihr habt nur zu lange gefastet, und nun will Euch Haferbrei grad' wie ein königlicher Leckerbissen munden.«

»O nein, dies ist kein schlichter Haferbrei!« sagte er mit belegter Stimme und zog sie auf die Pelze nieder. Mit zitternder Hand entledigte er sich seiner letzten Kleider, dann zog er sie ganz nah an sich heran. Ihre weichen Brüste brannten ihm an seiner Brust, und schöner war's als ein erfüllter Traum; Erlösung nach der Folter ohne Ende, die er in der Einsamkeit auf seinem Schiff erduldet hatte. Shannas seidenweiche Schenkel öffneten sich unterm fragenden Tasten seiner Hand, und als seine Liebkosung sich auf Wanderschaft begab, entrang ein atemloser Aufschrei bebender Lust sich ihren halbgeöffneten Lippen. Seine Küsse schlossen ihr den Mund, verschlingend, heiß und wild vor Liebe und vor Leidenschaft, glitten mählich tiefer, um die schmelzende Wärme auch über ihre bebenden Brüste zu verbreiten, die sich, kommendes Verlangen schon im voraus ahnend, seinen Lippen steil entgegenreckten. Und mit unerträglicher, doch unablässig Steigerung heischender Erregung in jeder einzelnen Nervenspitze schloß Shanna unterm gierigen Dürsten seines Munds die Augen. Dann spürte sie sein kühnes Drängen, dann schleuderte die lodernde Fackel des sengenden Feuerbrand in ihr tiefstes Inneres hinein, jagte die verzehrende Feuersbrunst durch ihren ganzen Leib, und ihr war, als wollten Wellen von rotglühend schmelzendem Erz über ihr zusammenschlagen; rasend hämmerte ihr Herz an seiner Brust, und unter ihren Händen strafften und entspannten sich die Muskeln seiner Hüften, vom tosenden, treibenden Rhythmus toll, um sich mit mutwillig maßloser Manneskraft immer wieder aufs neue zu spannen, blendend brauste die Brandung der Begierde über sie dahin und riß sie beide mit sich fort.

Und der Regen trommelte gegen die mit Öl getränkte Rinderhaut, die

vor den Fensteröffnungen aufgespannt war; geisterhaft heulte der Wind in der Nacht, doch die beiden Liebenden lagen sich nach dem Sturm der Leidenschaft in friedvoller Ruhe in den Armen. Sie starrten in das Feuer des Kamins; mit dem Rücken spürte Shanna seine Brust, in den Kehlen ihrer schwachen Knie spürte sie seine Knie, so sahen sie den Flammen zu, die an den Scheiten leckten. Gedämpft und träge waren ihre Stimmen, doch jedes Wort schien aus den Winkeln ihrer Hütte als Echo in ihnen zurückzuhallen. In ziellosem, vielsagendem Spiel hoben sich ihrer beide Hände vor der Feuerglut, schlangen sich sanft ineinander, um in Liebe untrennbar verbunden einander zu gehören.
»Ein großes Haus will ich Euch bauen«, flüsterte Ruark an Shannas Ohr.
Still lachte Shanna vor sich hin. »Ist nicht in dieser kleinen Hütte Raum genug – wenn Ihr und ich als zärtlich liebend Paar vereinigt sind?« Sie drehte sich auf den Rücken, damit Sie die milden, goldenen Augen sehen und darin die Liebe lesen konnte. »Bleibt immer bei mir. Laßt mich nie allein.«
»Niemals, Liebste. Nie mehr wieder. Ich liebe Euch!«
»Und ich Euch.«
Ruark glättete das wirre Haar, das sich schimmernd über seinen Arm ergossen hatte, wühlte sein Antlitz hinein, um ihren süßen Duft zu atmen.
»Ich glaube, ich habe Euch immer schon geliebt«, gestand Shanna, selbst erstaunt. »Als die Schuppen der Blindheit mir von meinen Augen fielen, sah ich in Euch nicht mehr den Drachen, sondern den Mann, den einzigen, den ich mir selber auserkoren hätte.«
»Ihr habt mich doch auserkoren, wißt Ihr's denn nicht mehr?« grinste Ruark.
Shanna schmiegte sich enger an ihn und kicherte. »Doch, das hab' ich – in der Tat!« Dann wurde sie auf einmal ernst. »Ihr kennt Euch in dieser Gegend aus, als wäret Ihr schon früher hier geritten. Sagt mir, wo seid Ihr zu Hause?«
Ruark reckte sich träge, ließ einen Arm in die Höhe schweben. »Wo immer Ihr seid, bin auch ich zu Hause.«
In holder Liebesseligkeit tauchte Blick in Blick. »Und wird unser Zuhause auch so sein wie hier?«
»Ein Blockhaus in der Wildnis?« flüsterte er fragend. »Monate ohne Ende, nur wir zwei, allein? Würdet Ihr Euch da nicht grämen, Liebste?«
Eifrig wie ein Kind schüttelte sie den Kopf. »Niemals! Ihr dürft mich nur nie mehr verlassen.«
Sanft und willig streckte sie sich unter seiner suchenden Hand, und heiß gab sie ihm jeden Kuß zurück.

»Würde ich denn mein eigen Herz verlassen, den Atem meines Lebens?« fragte Ruark heiser.

»Und was wird aus unseren Kindern?« flüsterte sie.

»Ein Dutzend werden wir zumindest haben«, versicherte Ruark. »Doch soll's mir auf ein Schock weniger oder mehr auch nicht ankommen.«

»Wird eins vielleicht zum Anfang reichen?« lachte sie.

»Eins oder zwei, gewiß.« Seine Liebkosungen wurden kühner.

»Aber dieses eine – wär's Euch ungelegen, falls wir für den Anfang nur ein Mädchen hätten?«

Ruark hielt inne. Das Schweigen wuchs . . . und wuchs. Unendlich sanft schob er den Pelz zurück, der sie bedeckte, entblößte unterm warmen Schein des Feuers ihren Leib, streichelte über ihre gespannten Brüste hin, ihr zartes Bäuchlein.

»Jetzt weiß ich, was an Euch anders ist!« lächelte er.

»Schlimm?« atmete sie und hing an seinen Lippen.

»Aber nicht doch!« grinste er und deckte den Pelz wieder über sie. »Seit wann?«

»Wenn ich's raten könnte«, seufzte sie. »Vielleicht war's auf der Pirateninsel.«

Ruark lachte plötzlich. »Mit jedem Tag wächst in mir die Gewißheit, daß die Pirateninsel uns nur Gutes brachte.« Er beugte sich dichter über sie und sprach mit vollem Ernst: »Ich brauch' Euch, Shanna!« Er küßte sie sanft. »Ich begehr' Euch, liebste Shanna. Ich liebe Euch, Shanna!«

Er streichelte sie und suchte sie, und wieder entflammte ihrer beider Leidenschaft. Und das Feuer rötete sich dunkler, die Kohlen wurden schwarz, und so geschwind verging die lange Nacht, daß sie es kaum bemerkten.

Es war noch dunkel, als er Shanna in die Herberge zurückgeleitete, doch unterm fernen Horizont stahlen sich bereits die ersten Sonnenstrahlen hervor. Im Schankraum war alles still. Vom kalten Kamin erhob ein Hund sich träge, suchte sich aber nur ein wärmeres Plätzchen auf einem Fell und schenkte ihnen kaum einen gleichgültigen Blick. Sie schlichen sich die Treppen hoch und über den Gang, dann trennten sie sich vor der Kammertür mit einem letzten, wilden Kuß, der für den ganzen langen Tag genügen mußte.

Wieder war alles still in der Herberge. Doch am Ende des Ganges öffnete sich nun eine Tür, und Ralston schritt aus der Kammer, die er mit Sir Gaylord teilte. Einen Augenblick lang verharrte er vor Shannas Tür, grinsend legte er sich einen Finger an die Wange.

»Madam John Ruark seid Ihr also, Milady«, sinnierte er verächtlich vor sich hin. »Sei's drum, bald werdet Ihr Euch abermals als Witwe fühlen. Das schwör' ich Euch . . .«

Der Regen hatte sich verzogen, aber mit der Sonne war eine empfindliche Kälte übers Land gefallen. Shanna wartete mit Ruark im Eingang der Herberge auf die Kutschen, die noch angespannt und vorgefahren werden mußten. Trahern und Pitney tranken in der Schenke ihren Kaffee aus, und Gaylord versuchte unterdessen in einiger Entfernung von dem Liebespaar mit einem Marsch im Kreis die Kälte aus seinen Gliedern zu vertreiben. Shanna hatte ihre zarten Hände tief im Muff verstaut und kuschelte sich tief in ihren pelzbesetzten Samtmantel hinein. Ehe sie bei den Beauchamps einträfen, würde noch ein langer Tag zu überstehen sein, doch Shanna hatte jetzt schon große Sorgfalt walten lassen, um auf das vorteilhafteste zu erscheinen. Das königsblaue Samtgewand mit dem Besatz aus alten Spitzen um den Hals tat ihrer ungewöhnlichen Schönheit alle nur erdenkliche Ehre an. Das Haar hatte sie sich unter der Kapuze ihres blausamtenen Mantels hochgesteckt, was ihr Würde und Erhabenheit verlieh. Ruark, der sich an ihr nicht satt sehen konnte, wunderte sich wieder einmal aufs neue ob der unabzählbaren Vielfalt von Frauen, die in dieser schmalen, schlanken Gestalt verkörpert schien – von der lockenden Versucherin bis zu der graziösen Dame von sanfter Kühle, welche sie an diesem Morgen vorstellte.
Hämisch dreinblickend ging Ralston an dem Paar vorbei.
»Wünsche wohl geruht zu haben, Madam«, grüßte er zu Shanna herüber. »War es eine angenehme Nacht?«
Ohne Zögern erwiderte Shanna mit süßem Lächeln: »Sehr angenehm, Sir. Und wie war die Nacht für Euch?«
Er klopfte sich mit der Gerte an die Stiefel. »Ruhelos. Fand fast die ganze Nacht keinen Schlaf.«
»Was mag er damit meinen?« blickte Shanna fragend zu Ruark auf.
»Das, mein Herz, weiß nur er selbst«, sagte Ruark und starrte dem Dünnen nach.
Trahern wuchtete sich in die Kutsche. Pitney kletterte ihm nach und nahm neben ihm Platz, womit dann auch die Sitzpolster auf der einen Seite schon mehr als reichlich ausgefüllt waren. Orlan schlug seinem wackeren Gefährten auf die Knie und lachte.
»Aber haltet mir ja Eure flatterhaften Flügel bei Euch, guter Mann! Jetzt kann ich mir wohl die blauen Flecken vorstellen, mit welchen ihr Sir Gaylords Rippen schmücktet. Doch neben mir nehmt Euch in acht!«
Ruark half Shanna in den Wagen; und Gaylord, der sie alleine sitzen sah, erlaubte sich sogleich, den Platz an ihrer Seite einzunehmen. Frech setzte er den Fuß aufs Trittbrett und stieß Ruark fort. Doch hatte er seine Rechnung ohne den eigenwilligen Handelsherrn gemacht. Trahern stieß den Krückstock vor und verwehrte kaltschnäuzig dem Edelmann den Einstieg.

»Wenn's Euch nichts ausmacht – fahrt mit der anderen Kutsche«, brummte Trahern unwirsch. »Ich hab' mit meinem Leibeigenen ein Wort zu wechseln.«
Sir Gaylord warf den Kopf hoch. »Wenn Ihr darauf besteht, Sir.«
Trahern lächelte sehr freundlich. »Ich bestehe darauf.«
Und wieder streckte sich die Straße lang vor ihnen her. Gnadenlos rumpelte die Kutsche dahin, und Shanna spürte nun, daß ihr der in der Nacht versäumte Schlaf fehlte. Bald legten sich die Lider über ihre müden Augen, einmal bezwang sie noch ein Gähnen, dann schlummerte sie ein, und es schien wohl die natürlichste Sache von der Welt, den Kopf auf die Schultern ihres Gemahls zu legen, während ihr Arm um seine Hüften glitt.
Ruark war diese schmiegsame Last willkommen; hemmend freilich war die Bürde, die sich ihm mit Traherns Blicken auferlegte. Da wurde es ihm doch ein wenig unbehaglich, und er rückte zur Seite.
Er räusperte sich und sah Trahern an. »Sagtet Ihr nicht, daß Ihr ein Wort mit mir zu wechseln hättet?«
Trahern schürzte nachdenklich die Lippen und betrachtete das Gesicht seiner Tochter.
»Eigentlich nicht. Doch es gibt viele Worte, die ich mit Sir Gaylord nicht zu wechseln wünsche.«
Ruark nickte und schwieg.
»Mir scheint, Ihr fühlt Euch nicht behaglich. Ist Shanna Euch zu schwer?«
»Keineswegs, Sir«, gab er gedehnt zur Antwort, und ein Lächeln spielte ihm um die Lippen. »Es ist nur – bis heut hab' ich noch nie ein Mädchen am Hals gehabt, wenn ihr Vater mir gegenüber saß.«
»Macht Euch nichts daraus, Mister Ruark«, lachte Trahern leise. »Solang' es dabei bleibt, seh' ich es nur als höflich an, daß Ihr meiner Tochter als Kissen dient.«
Pitney zog sich den Dreispitz tiefer in die Stirn und blickte drunterher, was auch nicht viel zu Ruarks Seelenruhe beitrug. Und er wurde das Gefühl nicht los, daß der Hüne weit mehr wußte, als Shanna und er ahnten.
Mittag kam, und die Kutschen hielten am Straßenrand an; die Reisegesellschaft stärkte sich mit ein paar Leckerbissen, die der Herbergswirt ihnen wohlverpackt mit auf die Fahrt gegeben hatte. Von nun an mußten die Gespanne sich bergauf mühen, das Tal mit den sanften Hügeln und den Wäldern lag hinter ihnen. Wo sie jetzt fuhren, trugen die Bäume nur noch wenig Grün, dafür aber waren sie in die wildesten Herbstfarben getaucht. Als sie eine Stelle erreichten, von der Ruark sagte, daß sie *Rockfish Gap* heiße, stiegen sie alle aus, um ein atemberaubendes Pan-

orama zu bestaunen, das sich nach allen Winden vor ihnen ausbreitete. Majestätisch reckte eine Hügelkette sich von Nord nach Süd, und auch diese Landschaft erstrahlte in herbstlichen Farben, und nur zu den Gipfeln hin verloren sie sich in bläulichem Dunst. Shanna sah ehrfurchtsvoll auf dieses herrliche Bild, und Ruark fand das größere Vergnügen daran, im Antlitz seiner Geliebten die sprachlose Begeisterung zu betrachten, mit der ihr Blick an den von der Nachmittagssonne vergoldeten Flecken hing, an den schimmernden Schattierungen von Kupfer und Messing. Hier verblaßten selbst die Erinnerungen an die weichen Dunstfarben eines Abends in Paris, an die üppigen, säuberlich gepflegten Felder Englands. Und sie empfand auch alle Achtung vor dem stillen Stolz, der in Ruarks Worten mitklang, wie er sie auf diesen oder jenen bunten Tupfer des Kaleidoskops hinwies. Und sie liebte ihn einmal mehr – weil er es so sehr liebte, ihr zu zeigen, mit ihr zu erleben, wie schön die Welt war.

»Möglicherweise hat der Regen ein paar Straßen ausgewaschen oder verschlammt«, sagte Ruark zu Trahern, als alle wieder in die Kutschen stiegen. »Ich will vorausreiten und für die Kutscher Zeichen hinterlassen. Den Weg kennen sie ohnehin, und von nun an geht's zum größten Teil auch bergab. Ich erwarte Euch entweder auf dem Weg oder bei den Beauchamps.«

Grüßend legte er die Hand an den Hut und ritt davon, ohne Antwort abzuwarten. Kurz war noch Hufschlag zu vernehmen, dann war er verschwunden.

Die Kutscher nahmen die Zügel in die Hände, schnalzten den Gespannen zu, und wieder setzten sich die Kutschen in Bewegung. Kurven reihten sich in schneller Folge, und bald hatten sie den Bergkamm verlassen, sanfter ging es nun über einen Hügelzug talwärts. Ein Kreuzweg mit einer Schenke und einem Handelsposten, später eine Gabelung, an der die Kutsche einbog, um nun nordwärts die Berge entlangzurumpeln – und wieder ging es bergab. Die Pferde galoppierten dahin, als seien die Kutschen hinter ihnen schwerelos; alle Kutscher stemmten den Fuß auf die Bremshebel, und wild kreischten die Bremsklötze auf. Unten im Tal begannen sich nun wohlbestellte Felder weithin zu erstrecken, hier und dort von Bäumen und Buschwerk unterbrochen.

Plötzlich jagte ein Pferd neben ihnen her, und durch das Wagenfenster hindurch erkannte Shanna das graue Fell Attilas. Langsam kam der Wagen auf Befehl des Kutschers zum Stillstand. Trahern lehnte sich zum Fenster hinaus, und Ruark beugte sich aus dem Sattel zu ihm hinab.

»Wir sind nun fast bei den Beauchamps, Sir. Nur noch eine kurze Strecke. Vielleicht würde es Madam Beauchamp Spaß machen, den Rest des Weges zu reiten?«

Trahern wollte seine Tochter fragen, aber die legte schon die Handschuhe an. Sie trat in die Wagentür, und Ruark hob sie gleich von dort auf Jesabel und in den Sattel. Die Gespanne zogen wieder an, und wie Pitney sah, als er sich aus dem Fenster lehnte, führten Ruark und Shanna die kleine Karawane an. Doch als Pitney sich später noch einmal hinausbeugte, hatte der Abstand sich schon sehr vergrößert.
»Ja, ja, das Ungestüm der Jugend!« seufzte Trahern, lehnte sich zurück und legte die Füße auf die nun leere Polsterbank gegenüber.
Pitney hob den Bierkrug, den er sich mitgenommen hatte, zum stummen Gruß.
»Es wird Zeit, daß wir bald ans Ziel gelangen«, murmelte er. »Viel ist nicht mehr übrig.«
Nun verlief die Straße gerade, und warm schien die Sonne. Ruark und Shanna hatten die Kutschen längst hinter sich gelassen, sie waren allein. Verstohlen warf Shanna einen Blick auf Ruark. Er schien seine Aufmerksamkeit jedoch ganz der Landschaft zuzuwenden. Er ritt leicht, und in seinem Wildlederanzug mit dem weißen Leinenhemd darunter war er gleichermaßen Gentleman und Waldläufer. Und hübsch war er. Shannas Augen glänzten vor Stolz und voller Liebe.

Riesengroß und weitläufig erhob sich der rote Ziegelbau zwischen gewaltigen Bäumen, deren Stämme wohl von drei Männern nicht zu umfassen waren. Für Shanna gab es viel zu staunen, denn dies war eins der größten Häuser, das sie seit der Landung gesehen hatte. Den Hauptbau schmückte ein hohes Steildach mit zahllosen Erkern und hohen Schornsteinen, und die beiden Seitenflügel ließen das Gebäude fast wie ein Schloß erscheinen. Aufgeregte Rufe wurden laut, als das Paar dem Herrenhaus näher ritt; die großen Eingangstüren flogen auf, und eine junge Frau stürmte auf die Veranda.
»Mama! Da kommen sie!«
Ein Schwarm von Menschen folgte, und als Ruark eben Shanna aus dem Sattel hob, kam auch schon Kapitän Nathaniel die Stufen der Veranda herab. Lachend nahm er Shanna bei der Hand. »Nun werdet Ihr eine große Familie kennenlernen, deren Namen Ihr Euch alle gar nicht merken könnt!« strahlte er. »Und hier seht Ihr längst noch nicht alle Beauchamps!«
Neben einem älteren Ehepaar stand eine hochgewachsene, dunkelhaarige Frau sowie ein junger Bursche, der ihnen breit entgegengrinste.
»Meine Eltern!« verkündete Nathaniel und führte Shanna den beiden älteren Herrschaften entgegen. »George und Amelia Beauchamp.«
Shanna sank zu einem achtungsvollen Knicks nieder. Vater George war ein gutaussehender Mann, groß und hager, mit schwarzem Haar und

breiten Schultern, und offensichtlich lachte er auch gern. Eingehend betrachtete er Shanna durch seine Brille.
»Das ist also Shanna«, nickte er anerkennend. »Ein schönes Mädchen. Gewiß doch, die erkennen wir als eine Beauchamp an.«
Die alte Dame, mit grauen Strähnen im kastanienbraunen Haar und braunen Augen, war zurückhaltender und betrachtete Shanna erst eine kleine Ewigkeit lang, warf auch einen besorgten Seitenblick auf ihren ältesten Sohn.
Doch dann schien sie zu einem Entschluß gekommen zu sein: sie griff Shannas Hand mit beiden Händen.
»Shanna«, sagte sie. »Was für ein hübscher Name.« Und nun lächelte sie auch endlich. »Wir werden uns viel zu erzählen haben.«
Shanna fand die Begrüßung durch die alte Dame ein wenig verwunderlich; viel Zeit, darüber nachzudenken, blieb ihr allerdings nicht, denn Nathaniel zog die große, schwarzhaarige Frau an seine Seite.
»Und das ist meine Frau Charlotte, die Füchsin!« grinste er und legte einen Arm um ihre Taille. »Unsere Kinderbrut werdet Ihr später noch früh genug kennenlernen.«
Charlotte lachte und reichte Shanna ihre schlanke Hand. »Ich fürchte, der Name Beauchamp wird hierzulande viel Aufmerksamkeit erwecken – oder auch gar keine, je nachdem. Dürfen wir Euch einfach Shanna nennen?«
»Aber gewiß doch!« Angenehm überrascht von der zu Herzen gehenden Freundlichkeit der jungen Frau, erwiderte Shanna nur zu gern den Händedruck.
»Jeremiah Beauchamp«, wies Nathaniel auf den jungen Burschen mit dem breiten Grinsen. »Mein jüngster Bruder. Er ist siebzehn und fängt gerade an, Geschmack am zarteren Geschlecht zu finden, also findet nichts dabei, wenn er Euch angafft. Ihr seid das Hübscheste, was er seit langem hierzuland zu sehen bekommen hat.«
Der Bursche errötete, doch das Grinsen wich ihm nicht aus dem Gesicht. Wie sein Vater war er groß und schlank, doch hatte er die braunen Augen und das Kastanienhaar der Mutter.
»Es ist mir ein Vergnügen, Jeremiah«, murmelte Shanna lieb und reichte ihm die Hand.
»Und da ist auch noch meine Schwester Gabrielle.« Nathaniel faßte einem jungen Mädchen unters Kinn, das eben erst aus dem Haus gestürzt war und nun lebhaft knickste. »Gebrielles Zwillingsschwester Garland werdet Ihr ein wenig später kennenlernen.«
»Ich finde, Ihr seid einfach viel zu schön, als daß man's mit Worten sagen kann!« rief Gabrielle. »Ist das wahr, Ihr seid schon in Paris gewesen? Garland sagt, das wär' eine ganz verruchte Stadt. Und wie bringt Ihr's

zustande, daß Euer Haar so hält? Meins würd' mir schon vor Mittag wieder um die Schultern fliegen.«

Shanna erwiderte die vielen Fragen mit herzhaftem Lachen und hob hilflos die Hände.

»Aber Gabrielle!« Amelia legte liebevoll ihren Arm um das Mädchen. »Wir wollen Shanna doch erst einmal zu Atem kommen lassen.«

»Mein Sohn hat äußerst pflichtvergessen gehandelt«, ließ sich nun Vater George wieder vernehmen. »Er hätte Euch schon viel eher zu uns bringen sollen«, meinte er mit fröhlichem Gesicht. »Willkommen bei uns, Shanna!«

Just in diesem Augenblick bogen in rasender Fahrt zwei schlammbespritzte, staubbedeckte Kutschen in die Zufahrt ein und kamen schleudernd vor dem Herrenhaus zum Stehen. Die Hengste, die wohl das Ende der Reise und den heimischen Stall gerochen hatten, waren dem schwereren Planwagen davongeprescht, der noch nicht in Sicht war. Ruark ließ das Trittbrett der ersten Kutsche herunter und riß den Wagenschlag auf. Trahern wuchtete sich aus dem Sitz, mühsam kletterte er die Trittstufen herab, als Nathaniel ihm entgegentrat, um ihn willkommen zu heißen. Pitney folgte und erneuerte ebenfalls seine Bekanntschaft mit dem Kapitän, als auch schon Sir Gaylord heranstolzierte.

»Gaylord Billingsham«, stellte er sich selber vor und streckte vornehm seine Hand aus, um sich begrüßen zu lassen. »Ritter des Reiches und Edelmann bei Hofe. Ich schrieb Euch vor einigen Monaten einen Brief, als ich von Herrn Traherns geplanter Reise erfuhr.«

»Ich entsinne mich«, erwiderte Nathaniel. »Doch ist jetzt wohl nicht so recht die Zeit, von Geschäften zu sprechen. Wir wollen uns zunächst den Annehmlichkeiten des Lebens zuwenden.«

Nathaniel stellte den Edelmann seinen Eltern vor. Niemand außer ihm selbst bemerkte, daß er als letzter vorgestellt wurde – oder fast als letzter, denn hinter ihm kam schon nur noch Ralston.

Die Sonne berührte schon die Hügel im Westen, und die Dämmerung wollte sich bereits einstellen, als die ältere Madam Beauchamp den Gesprächen, die sich auf dem Rasen anspinnen wollten, ein Ende setzte.

»Meine Damen und Herren«, tadelte sie lächelnd, »es ist nicht einzusehen, daß wir uns verkühlen sollten, wo ein schönes, warmes Haus dicht bei der Hand ist. Kommt also.« Sie nahm ihren Gemahl und Shanna bei den Armen. »Bald wollen wir uns zu Tisch begeben. Die Herren wünschen gewiß noch vor dem Essen einen guten Schluck zu sich zu nehmen, und wenn Ihr mich fragt – mich friert.«

Amelie führte alle ins Haus, und wenig später sprachen die Herren gutem, altem Brandy zu. Ein leichter Sherry funkelte in Shannas Glas, doch nippte sie nur behutsam, denn seit Gaitliers Hochzeitsfest empfand sie

wieder eine leise Abscheu vor berauschenden Getränken. Mit den Augen lächelte sie Ruark zu, der gefolgt war, aber nicht weiter als bis zur Tür gegangen war.
Gabrielle trat an Nathaniel heran, stupste ihn mit dem Ellenbogen an und nickte zu Ruark hinüber.
»Wer ist denn das?«
»Ach, natürlich . . .« Nathaniel schien verlegen. »Das ist . . . äh . . . John Ruark, ebenfalls ein Mitarbeiter des Inselherrn Trahern.«
»Ach so, der Sklave!« rief Gabrielle in kindlicher Unschuld aus. »Mama? Darf solch einer denn überhaupt ins Haus?«
Shanna hielt vor Schreck den Atem an. Ob die Beauchamps Anstoß nahmen? Darüber hatte sie nie nachgedacht.
Dem Edelmann war die Bemerkung nicht entgangen. »Ein kluges junges Mädel!« mischte Sir Gaylord sich ein. »Wie schnell sie doch die Feinheiten der Klassenunterschiede begreift! Bei Hofe könnte sie es weit bringen.«
Er fing zwar Shannas eiskalten Blick auf, doch ungerührt beglückwünschte er sich zu seiner schlauen Bemerkung.
»Pst! Gabrielle!« mahnte Amelia Beauchamp streng.
Doch das Mädchen starrte unverhohlen John Ruark an, der ihren Blick mit finsterer Miene erwiderte, die gewalttätige Gedanken ahnen ließ.
»Wie kann ein Mensch so blöde sein«, sagte Gabrielle zu Nathaniel, »für bloßes Geld sich selber zu verkaufen!«
Gaylord war, wie stets, mit einer Erläuterung bei der Hand. »Eine minderwertige Menschenklasse, junge Dame! Unfähig, selbst die simpelsten Angelegenheiten des Lebens zu bewältigen.«
Gespanntes Schweigen war das Echo auf diese Bemerkung.
»Gabrielle! Schluß jetzt mit dem Geschwätz!« tadelte Amelia Beauchamp ihre Tochter. »Es ist nicht Mister Ruarks Schuld, daß er wurde, was er ist.«
Gabrielle rümpfte vor Abscheu die Nase. »Nun, mag dem sein, wie ihm auch will, ich jedenfalls möchte keinen Leibeigenen zum Manne haben.«
»Gaby!« George Beauchamps Stimme war noch immer mild, doch war es klar, daß er weiteren Ungehorsam nicht mehr dulden würde. »Mutter hat recht. Es ist unchristlich, die weniger vom Glück Begünstigten zu plagen.«
»Ja, Vater«, sagte Gabrielle kleinlaut.
Shanna erspähte Pitney, der sich eins in seinen Becher lachte. Der hat sich auch schon von Sinnen gesoffen, dachte Shanna, nun vergnügt er sich sogar daran, daß andere sich über Ruark lustig machen. Doch stärker überraschte sie Ruarks Miene. Ruark blickte überhaupt nicht zornig

drein, ja, in seinem Antlitz blitzte fast so etwas wie Vergnügen auf, als er dem jungen Mädchen nachsah, wie es durch den Raum ging. Und Gabrielle drehte sich um und warf ihm ein Lächeln voll der reinsten Unschuld zu.
»Im Trahernschen Haus ist der Kerl ja ungemein freundlich behandelt worden«, fuhr Sir Gaylord unbekümmert fort. »Als ob er zur Familie gehöre. Doch dergleichen verdirbt solch Gelichter nur. Die Sklavenunterkünfte sind durchaus der geeignete Platz für ihn. Es tut wahrhaftig nicht not, daß Ihr Euch auch noch von seinesgleichen belästigen laßt.«
»Beim Gesinde ist kein Platz mehr«, blitzte Amelia in verhaltenem Zorn. George Beauchamps legte seinen Arm um ihre Schultern, und daraufhin sprach sie milder.
»Er darf im Haus bleiben.«
Der Edelmann verhalf sich nachlässig zu einer Prise Schnupfpulver. »Der Wicht versteht sich gut auf Pferde. Soll er doch bei denen schlafen.«
»Ich bin nicht gewillt . . .«, wollte Amelia in ihrem Zorn fortfahren, doch Ruark fiel ihr ins Wort.
»Bitte um Vergebung, Madam, aber es macht mir nichts aus, bei den Pferden mein Lager aufzuschlagen, falls Ihr nichts einzuwenden habt.«
Er lehnte sich, die Hände vor der Brust verschränkt, gegen den Türpfosten.
Und plötzlich empfand Shanna das drängende Verlangen, sich vor alle hinzustellen und ihnen die Wahrheit ins Gesicht zu schreien. Schon erhob sie sich aus dem Sessel. Sie brannte darauf, ihre Liebe und ihre Ehe zu verteidigen. Was ihr im letzten Augenblick die Lippen versiegelte, war nur die Angst, daß Gaylord sich zu seinem Vater, dem Richter, begeben könnte und diesem Mitteilung machen würde, daß der Mann, den er zum Galgen verurteilt hatte, munter weiterlebte.
»Madam Beauchamp«, wandte sie sich, eine zittrige Hand vor der Stirn, an die Dame des Hauses, »ob ich mich wohl vor dem Essen ein Augenblickchen niederlegen dürfte? Ich fürchte, die Reise hat mich mehr angestrengt, als mir bewußt war.«
Trahern ließ sein Glas sinken, Sorge stand in seinem Angesicht geschrieben. Shanna schien doch sonst immer über schier unerschöpfliche Kräfte zu verfügen. Aber auch da hatte er sich wohl in ihr getäuscht.
Auch Ruark war bekümmert, und augenblicklich wollte er sich an Shannas Seite begeben, doch da stellte sich ihm Charlotte in den Weg. Amelia Beauchamp trat zu Shanna hin und nahm sie beim Arm.
»Gewiß, mein Kind«, sprach sie beschwichtigend. »Ihr habt eine lange, ermüdende Fahrt hinter Euch gebracht. Gewiß möchtet Ihr Euch auch ein wenig erfrischen.«

Und im Vorübergehen warf sie dem Leibeigenen zu: »Mister Ruark, tragt Shanna das Gepäck aufs Zimmer. Der Planwagen ist wohl inzwischen eingetroffen.«
»Sehr wohl, Madam«, gab er mit Respekt zur Antwort.
In dem Eckzimmer im hinteren Teil des Herrenhauses knisterte ein fröhliches Feuer im Kamin. Das Gemach verbreitete Heiterkeit und männliche Bequemlichkeit. Ein weicher dunkler Teppich aus dem Orient machte das Gehen zu einem Genuß, Stühle und Sessel aus Leder und Holz luden zu gastlichem Verweilen. Rostbrauner Samt bedeckte das Himmelbett, vom gleichen Stoff waren auch die Vorhänge.
»Hier wohnt mein Sohn, wenn er daheim ist«, erklärte die Herrin des Hauses, während sie die Kerzen in den Leuchtern entzündete. »Ich hoffe sehr, es macht Euch nichts aus, damit vorliebzunehmen, doch wie sich zeigt, besitzen wir nicht genügend Gastgemächer. Leider läßt dieser Raum ein wenig die frauliche Hand vermissen.«
»Ein schönes Zimmer«, sagte Shanna. Ruark war eingetreten, mit einer Seekiste auf der Schulter und einer kleineren Truhe unterm Arm. Shannas Blick versank in Ruarks fragenden Augen – und plötzlich errötete Shanna: die alte Dame beobachtete sie beide.
»Meine große Truhe«, sagte Shanna geschwind. »Habt Ihr sie gesehen, Mister Ruark?«
»Sehr wohl. Ich schaffe sie sogleich herauf.«
»Laßt Euch von David helfen, Mister Ruark«, meinte Amelia.
Die Tür schloß sich hinter ihm, und Frau Amelia schlug für Shanna die Laken auf. »Eure Zofe habe ich bereits zu Bett geschickt und ihr etwas zu essen aufs Zimmer bringen lassen. Die arme Frau scheint unter der Reise schrecklich gelitten zu haben.«
Kein Wunder, dachte Shanna; die ganze Zeit mit Gaylord und Ralston in einer Kutsche. Laut sagte sie nur: »Hergus hat Reisen nie gut vertragen.«
Ein in Leder eingebundenes Buch, das auf dem Schreibtisch unter dem einen Fenster lag, hatte Shannas Neugier geweckt. Sie blätterte darin und stellte fest, daß ihr kein einziges Wort darin verständlich war. Fragend schaute sie Frau Amelia an.
»Das ist Griechisch«, sagte die alte Dame, während sie ein Kissen aufschüttelte. »Mein Sohn hat sich als Knabe schon mit allem möglichen beschäftigt und immer viel gelesen.«
Ein sanftes Pochen an der Tür, Ruark erschien mit einem großen älteren Mann, der makellose Domestikenkleidung trug. Gemeinsam schafften sie Shannas riesige Reisetruhe ans Fußende des Bettes. Selbst Ruark japste, als er sich wieder streckte, und seine Augen funkelten Shanna mit einem stummen Scherzwort an, als er David zur Tür hinaus folgte.

»Ich helf' Euch beim Entkleiden, Kind«, sagte Frau Amelia. »Soll ich Euch das Abendmahl heraufschicken lassen?«
»Nein, vielen Dank. Ich will nur eine kurze Weile ruhen.«
Shanna drehte sich um, und Frau Amelia löste ihr die Kleiderschlaufen auf dem Rücken. Und ehe Frau Amelia ging, blieb sie in der schon geöffneten Tür noch einmal stehen und sah das schöne junge Mädchen lange an.
»Ich glaube«, sagte die alte Dame leise, »wenn ein Mann es fertigbringt, sich die Anerkennung Eures Vaters zu erwerben, so wie es Mister Ruark offenbar gelungen ist, dann ist er auch Manns genug, alles andere zum Guten zu wenden. Macht Euch keine Sorgen, mein Kind.«
Shanna saß noch eine ganze Weile auf dem Bettrand und starrte auf die geschlossene Tür. Nie war ihr bewußt geworden, daß ihr die Empfindungen so leicht vom Gesicht abzulesen waren. Und wenn es für Frau Amelia so offensichtlich war, dann konnte es gewiß auch einem Orlan Trahern nicht mehr lange verborgen bleiben, daß sie seinen Leibeigenen liebte.
Das Geräusch einer Tür, die irgendwo im Haus zuschlug, machte Shanna plötzlich wieder hellwach. Sie lag quer über dem Bett, noch immer mit ihrem Hemd bekleidet, doch eine flauschige Decke war über sie gebreitet worden. Eine kleine Pendüle auf dem Kaminsims zeigte ihr an, daß es bereits halb neun war.
Shanna fuhr auf. Nur ein paar Augenblicke hatte sie ruhen wollen, und nun waren Stunden vergangen. Das Nachtmahl hatte sie gewiß versäumt, und plötzlich wurde ihr bewußt, daß ein gewaltiger Hunger in ihr nagte; vor zehn Stunden hatte sie zum letzten Mal gegessen.
Sie suchte in der Truhe einen Hausmantel, den sie anlegte, und war entschlossen – wenn nötig –, sogar in den Stall zu gehen, um Ruark zu bitten, ihr irgend etwas zum Essen zu verschaffen. Nie im Leben hatte solch quälender Hunger sie geplagt.
»Das Kind verlangt sein Recht«, dachte sie bei sich und lächelte in stillem Staunen. Ja, ihr Körper veränderte sich, und sie fand es schön. Und plötzlich sehnte sie sich voller Ungeduld danach, ein winzig kleines Lebewesen in den Armen zu halten. Knäblein oder Mägdlein, das war doch nicht wichtig. In diesem Augenblick war ihr, als könnte sie jedes Kind auf der Welt liebhaben. Und wie hatte dieses eine Jahr doch auch ihr Denken verändert – vor einem Jahr noch hatte sie die Möglichkeit, von Ruark schwanger zu sein, zu Tode geängstigt. Wie unschuldsvoll war sie doch damals noch gewesen, daß sie dergleichen überhaupt für möglich hielt; dabei war doch die Begegnung in der Kutsche viel zu kurz gewesen. Nichtsdestotrotz, eine unverschämte Kühnheit hatte Ruark damals schon bewiesen, ihr in jener Kutsche die Jungfernschaft zu rau-

ben. Doch kein anderer als ein kühner Mann hätte ihre Achtung je gewinnen können – und ihre Liebe.
Behutsam wagte Shanna sich die Treppen hinab. Im Speisesaal und im Salon war alles still, nur eine schwache Lampe brannte. Doch horch, aus dem hinteren Teil des Hauses kamen Stimmen. Dienstboten vielleicht? Ob diese ihr etwas zum Essen holen würden? Fragen konnte man immerhin.
Durch die Eingangshalle und einen kleineren Speisesaal ging sie den Stimmen nach. Und dann stieg ihr der Duft von Speisen in die Nase, und sie vergaß alles. Sie legte die Hand an eine Tür, das mußte die Küche sein. Schallendes Gelächter scholl ihr entgegen, als sie im Türrahmen stand. Nathaniel lachte lauthals, und auch sein Vater, neben ihm, trug ein Lächeln im Gesicht.
»Shanna!« ertönte neben ihr Charlottes Stimme, wo auch Amelia und Jeremiah standen. Vom Tisch erhob sich überrascht Gabrielle, und als die Männer sie nun sahen, floh die gute Laune ihrer Mienen.
»Es tut mir leid«, murmelte Shanna verlegen, als sie sah, daß die Familie unter sich war. »Ich wollte nicht stören.«
»Kommt nur herein, mein Kind!« Amelia hob die Hand und wandte sich gleich an ihre Tochter. »Gabrielle, einen Teller, bitte.«
»Aber, Mama . . .«
»Nur zu. Das arme Mädel hat doch Hunger.«
»Ich bin nicht angekleidet«, lächelte Shanna verwirrt. »Ich will lieber wieder gehen.«
»Unfug. Wir haben etwas für Euch warm gehalten. Kommt, setzt Euch nur zu uns«, drängte Charlotte und rückte einen Stuhl zurecht.
Ein Pfiff ertönte von draußen, die Hintertür flog auf und Ruark, die Arme voller Feuerholz, trat ein. Als er Shanna erblickte, blieb er verblüfft auf der Schwelle stehen und schaute in die erwartungsvollen Gesichter ringsum.
»Nun, mein Junge, worauf wartet Ihr? Legt nur das Holz ab«, rief George ihm zu und wies auf eine Kiste. »Habt Ihr nicht auch gesagt, Ihr hättet Hunger?«
»Aye, Sir!« bestätigte Ruark, warf das Holz an seinen Platz und erwiderte Shannas verwirrten Blick. »Ich habe mir soeben mein Essen verdient«, grinste er.
Amelia gab einen unbestimmbaren Laut von sich und hob scharf die Augenbrauen.
Jeremiah rieb sich die Hände an den Hosenbeinen.
»Mister Ruark«, sagte der junge Mann und trat näher, »hättet Ihr nicht Lust, mit mir morgen auf die Jagd zu gehen? In den Hügeln sah ich Spuren. Früh am Morgen wär's die beste Zeit.«

»Da muß ich meinen Herrn erst fragen«, meinte Ruark, warf ein paar Scheite ins Feuer und einen Seitenblick auf Shanna.
Immer noch bekümmert, weil sie sich als störend empfand, nahm Shanna den von Charlotte angebotenen Platz ein und legte die Hände übereinander.
Gabrielle eilte herbei und setzte einen Teller mit dampfenden Speisen vor sie hin, dann hastete sie wieder an den Ziegelherd, um einen weiteren zu holen.
Charlotte schenkte zwei große Gläser kalter Milch ein, als nun auch Ruark bei seinem Teller neben Shanna Platz nahm. Beim Essen wurden die Gespräche wieder herzlicher, und schließlich lachte auch Shanna mit der ganzen Familie. Ruarks leichte Art zu scherzen paßte sich mühelos dem fröhlichen Geist der Familie an, und zu Jeremiahs großem Spaß schilderte er alsbald das Abenteuer einer Jagd in Schottland. Es war eine freudvolle Stunde, und Shanna fühlte sich, auch wenn es sie seltsam berührte, fast als Mitglied der Familie. Und vielleicht, so fragte sie sich, war es tatsächlich so. Vielleicht war Ruark ein entfernter Vetter. Kapitän Beauchamp hatte es zwar geleugnet. Oder doch nicht? Darüber mußte sie noch einmal genauer nachdenken.
Als die Stunde elf geschlagen hatte, schickte sich die Familie allmählich an, die Schlafgemächer aufzusuchen. Shanna stand vom Tisch auf und wünschte dem Herrn des Hauses und dem Kapitän Nathaniel, die beim Herde stehenblieben, eine gute Nacht. Auch Ruark wollte sich erheben, doch George Beauchamp legte ihm die Hand auf die Schulter und drückte ihn wieder auf den Stuhl.
»Ihr wolltet mir von diesem Hengst erzählen, und ich hätte auch noch viel zu fragen. Also bleibt getrost noch eine Weile.«
Ruark konnte den Blick nicht von Shanna lassen, als sie nun zur Tür hinausging, und auch sie sah sich noch einmal um. Dann umfing die Dunkelheit des Hauses sie, nur eine Kerze im Speisezimmer wies ihr schwach den Weg, und in die Eingangshalle, die sie wieder durchqueren mußte, drang lediglich ein Licht von der Laterne im Salon. Einen Augenblick blieb Shanna vor dem Fenster stehen und blickte auf den runden Mond, dessen bleicher Schein durch die halbnackten Äste der riesigen Bäume vor dem Haus fiel.
Das Knarren der Küchentür unterbrach ihre Träumereien, Nathaniel betrat die Halle. Als er Shanna erblickte, stutzte er einen Augenblick.
»Shanna!« rief er in das Mondlichtdämmern. »Ich glaubte Euch längst zu Bett!«
»Ich wollte nur ein wenig schauen«, sagte sie leise, fast entschuldigend. »Es ist so schön.«
Nun schaute auch er durch die Kristallglasscheiben und ergötzte sich an

dem atemberaubenden Bild. »Ihr seht mit den Augen einer Künstlerin«, merkte er an.
Shanna lachte leise. »Das wollte ich auch einmal werden.«
»Habt Ihr Lust zu reden?« fragte er.
Sie lehnte sich an den Fensterrahmen und starrte in die winterliche Nacht hinaus. »Worüber, Sir?«
Er ließ sich Zeit mit seiner Antwort. »Was immer Euch am Herzen liegt.«
»Und was, glaubt Ihr, liegt mir am Herzen?«
»Ruark«, sagte er leise.
Sie suchte sein umschattetes Gesicht nach einem Zeichen des Mißvergnügens oder gar der Verachtung ab, fand jedoch nur ein freundliches Lächeln in seinen fragenden Augen.
»Ich kann's nicht leugnen«, flüsterte sie, den Blick wieder auf die Bäume vor dem Haus gerichtet. Sie drehte an dem kleinen goldenen Ring an ihrem Finger. »Einmal habt Ihr uns schon zusammen gesehen. Es mag nicht Eure Billigung finden – aber ich liebe ihn. Und ich trage sein Kind unter meinem Herzen.«
»Wenn es so ist«, sprach er sanft und mild, »warum dann dieses Gaukelspiel? Wär' die Wahrheit denn so schrecklich?«
»Wir sind in einer Falle«, seufzte sie verzweifelt. »Es gibt Gründe, aus welchem er sich nicht zu mir bekennen kann. Und auch ich muß noch die Mittel und die Wege finden, um nicht meines Vaters Grimm auf uns herabzubeschwören.« Sie schüttelte den Kopf und starrte auf ihre Hände. »Ich kann Euch nicht bitten, mir Verschwiegenheit zu geloben, denn das würde Euch zum Komplizen meines Betruges machen. Ich kann nur Eure Verschwiegenheit erhoffen. Doch ist der Tag nun nicht mehr fern, da alles ans Licht muß.«
Erst nach langer Zeit sprach Nathaniel wieder. »Auf meine Verschwiegenheit könnt Ihr Euch verlassen, Shanna, doch habe ich etwas anderes noch zu sagen.« Er holte tief Atem. »Ich glaube, daß Ihr beide uns allen schweres Unrecht tut. Seht Ihr denn Euren Vater für ein finsteres Ungeheuer an? Würde er Euch denn wirklich dafür strafen, daß in Euer Herz die Liebe eingezogen ist? Seht Ihr denn nur Feinde rings um Euch? Wollt Ihr denn nicht lieber glauben, daß Ihr Verbündete und Freunde habt, die Euch mit freudigem Herzen helfen würden? Nie und nimmer würden ich und die Meinigen eine Frau in Not im Stich lassen. Und ich will auch meinen, daß selbst Euer Vater Euch mit Klauen und Zähnen verteidigte, wenn Ihr Euch nur zur Eurer Liebe bekennt. Seht Ihr ihn denn schon als alten Trottel, der sich des Feuers seiner Jugend nicht mehr erinnern kann? Ich sehe Orlan Trahern als sehr einsichtigen Mann, mit einem Geist und einem Feuer ganz eigener Art.«

475

Nathaniel tat ein paar Schritte auf die Treppe zu, dann drehte er sich noch einmal um.
»Nein, nein, Ihr beide tut uns unrecht. Doch ich will schweigen, bis Ihr selbst die Zeit für gekommen haltet.« Er reichte ihr seine Hand. »Kommt, Shanna, ich geleite Euch zu Eurem Gemach. Es ist schon spät.«
Er lachte leise vor sich hin, und bald steckte seine gute Laune auch Shanna an.
Und dann konnte er sich doch nicht verkneifen, zu sagen: »Ich bin gespannt, wie lange Ihr Euer Geheimnis noch für Euch behalten könnt.«

26

Blaß schimmerte der Sonnenschein durch die Gardinen. Halbwach rührte Shanna sich wohlig in den Laken, träge öffnete sie die Augen. Ein Farbfleck auf dem Kissen neben ihr fing ihren Blick; sie hob den Kopf, um genauer hinzuschauen – und entdeckte eine Rose. Lächelnd nahm sie die Blüte in die Hand, sog den Duft ein und erfreute sich an der verletzlichen und doch so stolzen Schönheit. Und der Stiel trug keine Dornen.
»Ach, Ruark...«, hauchte sie.
Der Eindruck in dem Kissen neben ihr ließ darauf schließen, daß er in der Nacht neben ihr geruht hatte. Glückselig in die Stille lachend, schmiegte sie sich das Kissen an den Busen. Doch für verliebte Träumereien blieb keine Zeit. Es klopfte an der Tür.
»Guten Morgen, Mädel«, grüßte Hergus fröhlich. »Habt Ihr gut geschlafen?«
Shanna hüpfte aus dem Bett und streckte sich wie eine zufriedene Katze.
»Sehr gut. Und einen Hunger hab' ich!«
»Das, mein Mädel«, schüttelte die Zofe mißtrauisch das Haupt, »ist ein fürchterliches Zeichen.«
In aller Unschuld zuckte Shanna mit den Schultern. »Was meint Ihr nur damit?«
Hergus machte sich eifrig an den Kleidern zu schaffen, die sie aus der Truhe hob. »Als ob Ihr das nicht selber wüßtet! Meint Ihr denn, ich merk' es nicht, wie Ihr Euch Mühe gebt, sich mir nicht mehr unbekleidet zu zeigen? Ich glaube, es ist an der Zeit, Mister Ruark mitzuteilen, daß er wohl bald Vater sein wird.«
»Das weiß er längst«, gab Shanna zurück und wartete, wie lange es wohl dauern möge, bis sich das breite Bauerngesicht der Zofe zu einer Maske des Erschreckens wandelte.
»Ooooooh neeiiiin!« Da kam er schon, der Entsetzensschrei. »Was soll nun werden?«
»Das einzig Richtige. Ich sag's meinem Vater.« Aber dann griff doch die kalte Faust der Angst nach Shannas Herz. »Ich hoffe nur, er wird nicht allzu grimmig sein.«
»Hah!« grollte Hergus. »Darauf könnt Ihr wetten, daß er Euren Mister Ruark nun ein für allemal entmannen läßt, wie es sich auch gehört!«

Shanna fuhr herum und blitzte die Frau mit dem grünen Feuer ihrer empörten Augen an. »Sprecht mir nichts davon, was sich gehört! Was sich gehört, ist, daß ich Ruark liebe! Und was sich weiterhin gehört, da ich ihn liebe, ist auch, daß ich sein Kind zur Welt bringe!« Sie stampfte mit dem Fuß auf. »Und nun will ich kein böses Wort mehr gegen meinen Ruark dulden! Von niemandem mehr!«
Hergus wußte nur zu gut, wann die Grenzen von Shannas Geduld erreicht waren, und zog es vor, das Thema zu wechseln, während sie Shanna in die Kleider half.
»Die Männer«, schwatzte Hergus, nun in ganz anderem Ton, »haben alle schon gefrühstückt und sind aus dem Haus gegangen. Nur Mister Gaylord nicht. Der ist ganz hingerissen von Miss Gabrielle.«
»Geldgeil ist der Lümmel«, fauchte Shanna. »Am Ende schnappt er sich doch noch eine reiche Frau. Ich muß das Mädchen warnen.«
»Das ist nicht mehr nötig!« kicherte Hergus hinter vorgehaltener Hand. »Sie hat ihm schon den Kopf gewaschen. Sie hat ihm schon gesagt, daß sie nicht ständig seine Hand an ihrem Leibe spüren will und daß er darauf Obacht geben soll, wohin sie wandert.«
»Dann wird er wohl bald wieder hinter mir her sein«, seufzte Shanna. »Vielleicht gelingt es uns, eine tatterige alte Witwe für ihn aufzutreiben, mit einem dicken Knüppel, damit sie ihn in Zucht hält.«
Hergus schüttelte den Kopf. »Die Alten mag er nicht so gern. Nur wenn er Junge sieht, fallen ihm die Augen aus dem Kopf. Als wir durch Richmond fuhren, brach er sich beinah den Hals, um hinter einem hübschen jungen Ding her zu gaffen, das über die Straße ging.« Sie schnaufte laut, hob prüde die Nase. »Ich würd' ihn nicht geschenkt haben wollen.«
Shanna runzelte gedankenschwer die Stirn. »Ob er wohl die Beauchamps schon beschwatzt hat, Geld für seine Schiffswerft herzugeben? Die braven Leute möchten gar am Ende ja sagen, bloß um ihn wieder loszuwerden.«
»Nicht sehr wahrscheinlich«, kicherte Hergus. »Heut morgen, als ich durch die Halle ging, stand unser Edelmann ins Gespräch vertieft mit dem netten Captain Beauchamp da. Und der schien von Sir Gaylords Worten nicht sehr angetan zu sein.«
»Dann ist's gut«, lächelte Shanna. »Vielleicht macht er sich daraufhin bald fort.« Und wenn sie dem Vater ihr Geständnis machte, war es gewiß angenehmer, den Edelmann nicht in der Nähe zu wissen.
Als Shanna die Treppe hinabstieg, rief Frau Amelia ihr aus dem Salon entgegen: »Kommt, leistet uns Gesellschaft, Shanna. Tee und Frühstück warten schon auf Euch!«
Charlotte und Gabrielle spielten auf der Harfe eine melodische Weise zu Ende, dann nahmen auch sie in Sesseln neben Shannas Diwan Platz.

»Die Männer sind schon in der Frühe aufgebrochen, um Eurem Vater das Anwesen zu zeigen, und nun ist es so still im Haus, man könnte eine Feder zu Boden fallen hören«, lachte Amelia.
Lauter, klirrender Lärm schien im selben Augenblick ihr Wort nur zu bekräftigen. Erschrocken fuhren die Damen herum, um nach der Ursache zu sehen. In der Tür zum Salon stand ein Dienstmädchen wie versteinert und starrte mit entsetzten Augen auf das Teegeschirr, das ihr vom Tablett gestürzt war und nun in Scherben auf dem Boden lag. Und neben ihr bürstete sich Sir Gaylord mit der Hand seinen samtenen Rock und das spitzenbesetzte Vorhemd.
»Blöde Kuh! Gebt besser Obacht, nächstes Mal!« fauchte der Edelmann.
»Ums Haar hättet Ihr mir den Anzug befleckt!«
Hilflos sah das Mädel Frau Amelia an und rang die dünnen Hände in Verzweiflung; das schmale Kinn begann zu beben, und Tränen wollten ihr aus den Augen strömen.
»Kein Grund, sich zu grämen, Rachel!« beschwichtigte Frau Amelia das Mädchen freundlich, ging zu ihr hin und half ihr, die Scherben des Porzellangeschirrs aufzulesen. Dann wandte sie sich strengen Blickes an den Edelmann.
»Sir Gaylord, solange Ihr Gast in diesem Hause seid, will ich Euch herzlich bitten, Eure Geringschätzung der vom Schicksal weniger Begünstigten nicht weiterhin zur Schau zu stellen. Ich werde es nicht dulden. Rachel war als Fronarbeiterin verkauft, ehe sie zu uns kam, und man hat sie mißbraucht. Bei uns ist sie noch nicht lange, aber es ist ein braves Mädchen, und ich schätze ihre Dienste. Ich wünsche nicht, daß sie uns verläßt, nur weil ein Gast unseres Hauses sie ohne Not grob behandelt.«
»Madam, soll ich Euch so verstehen, daß Ihr mein Betragen in Frage stellt?« wollte Gaylord erstaunt wissen. »Madam, ich entstamme einer der edelsten Familien Englands und weiß, wie mit Domestiken umzugehen ist. Der Oberste Richter, Lord Harry, ist mein Vater. Gewiß ist er Euch nicht unbekannt.«
»In der Tat?« lächelte Amelia geduldig. »Dann ist Euch gewiß auch der Marquis, meines Mannes Bruder, nicht unbekannt.«
Gaylord riß den Mund auf, und sehr befriedigt drehte Frau Amelia sich mit rauschenden Röcken um und nahm wieder ihren Platz bei den drei lächelnden Damen ein.
»Der Marquis!« stammelte Sir Gaylord und trat einen Schritt näher.
»Der Marquis de Beauchamp zu London?«
Frau Amelia hob gelangweilt die Augenbrauen.
»Ich wüßte nicht, daß es einen anderen gäbe.« Sie winkte Rachel herbei; das Mädchen machte vorsichtig einen weiten Bogen um Sir Gaylord.
»Nun, meine Damen, wo waren wir stehengeblieben?«

»Ihr wart fabelhaft, Mama!« rief Gabriella begeistert aus, als der Edelmann sich endlich zurückgezogen hatte.
»Sehr fein war's nicht«, gestand Frau Amelia ein, zuckte mädchenhaft mit den Schultern, und ihr Lachen tönte durch den Salon. »Trotzdem hat's mir sehr gutgetan. Schon wie er gestern abend Mister Ruark von unserem Tisch verbannen wollte, hätte man ja meinen mögen, er habe sich zum Herrn in unserem eigenen Haus gemacht.«
»Nathaniel will erfahren haben, daß Sir Gaylords Vater zu Besuch in Williamsburg weilt«, verkündete Charlotte, als Frau Amelia ihr eine Tasse reichte. »Man möchte sich fragen, ob er ein ebensolcher Laffe ist wie sein Sohn.«
Charlottes dunkle Augen richteten sich bekümmert auf Shanna, die scheinbar unvermittelt aufgehört hatte, in ihrem Tee zu rühren. Unter Charlottes Blick wandte sie sich hurtig munter ihrem Frühstück zu, damit ihre Bestürzung nicht erkennbar wurde. Wie konnte sie jetzt das Haus verlassen, um Ruark vor der gefährlichen Nähe des *Henker-Harry* zu warnen?
»Meine Güte, Shanna, das war nicht sehr rücksichtsvoll von mir«, entschuldigte sich Charlotte. »Ich hätte bedenken sollen, daß Ihr den Edelmann vielleicht schätzt. Gaylord sagte mir bei Tisch, heut morgen, daß er dicht vor der Verlobung mit Euch stehe.«
Shanna erstickte fast an ihrem Teegebäck. »Mit mir?« Sie nahm geschwind einen Schluck Tee, um die Krümel aus dem Hals zu spülen. »Da ist er wohl seinen eigenen Wünschen aufgesessen. Meine Antwort habe ich ihm längst gegeben.« Und in Erinnerung an diese Ohrfeige rieb sie sich das Handgelenk. »Eine Antwort, die als Ablehnung doch gewiß nicht zu mißverstehen war.«
»Warum hört er dann nicht auf, Euch zu bedrängen, Shanna?« fragte Gabrielle. »Seit heute früh hat er mich zwar keines Blickes mehr gewürdigt – was ich dankbar als Erlösung ansehe –, aber es gab ein paar Augenblicke; da hätte man schwören können, er sei in tiefster Liebe zu mir entbrannt. Wenn Ihr ihm Euer Nein gesagt habt, wieso spricht er dann noch von Verlobung?«
Shanna konnte nur mit den Achseln zucken.
»Vielleicht«, lachte Charlotte, »hat Shanna ihre Weigerung noch zu zartfühlend zum Ausdruck gebracht, liebe Gaby. Nichts ist ernüchternder für einen Gentleman, als von einer jungen Dame gesagt zu bekommen, er sei alt genug, ihr Vater zu sein – und dann noch an seinen Bauch erinnert zu werden.«
Shanna kicherte in ihre Tasse hinein. »Und ich habe meine Antwort schon für brutal gehalten. Wenn ihn seine Backe nicht mehr schmerzt – meine Hand tut mir immer noch weh.«

»Ist das wahr?« strahlte Gaby. »Bravo, Shanna. Doch weshalb läßt er Euch trotzdem nicht in Frieden? Man möchte doch meinen, daraufhin gibt ein Mann auf.«

»Vermutlich hat Mister Ralston ihm gesteckt, daß mein Vater mich mit einem Edelmann verheiratet sehen möchte«, erwiderte Shanna. »Ohne Zweifel hofft Sir Gaylord, daß sein Ritterstand mich doch noch irgendwann beeindruckt.«

»Eurem Vater scheint an diesem Mann auch nicht viel zu liegen«, meinte Frau Amelia. »Im Gegenteil. Er wurde sogar zornig, als Sir Gaylord äußerte, Mister Ruark möge die Tafel verlassen und zu den Domestiken essen gehen. Ihr habt gestern abend einen hübschen Krach versäumt, Shanna. Euer Vater erklärte kurz und bündig, er lasse sich von nichts und niemandem daran hindern, das Nachtmahl mit seinem Leibeigenen einzunehmen, und Georg verkündete aller Welt, er sei immer noch der Herr in diesem Hause und lade sich zu Tisch, wen er wolle. Und mittendrin der arme Nathaniel, der nach allen Seiten Frieden zu stiften suchte und nicht sehr weit damit kam. Erst nach einer Viertelstunde merkten wir, daß Mister Ruark fortgegangen war. Aber Georg und Euer Vater haben mit Sir Gaylord seitdem kein freundliches Wort mehr gesprochen.«

»Dann war's vielleicht ganz gut, daß ich nicht dabei war«, merkte Shanna an.

Ein wenig später saß Shanna alleine mit Frau Amelia im Salon, und die alte Dame sprach von ihrem Haus, ihrer Familie und ihrem Leben.

»Wahrscheinlich, Shanna, habt Ihr viel davon gehört, daß Virginia ein wildes Land sei.« Sie lachte, als sie Shannas Nicken sah. »Nun ja, wild mag es sein. Doch ich bereute nie, daß wir uns hier unsere Heimat schufen. In einem Blockhaus lebten wir, bis wir das Land gerodet und dieses Haus gebaut hatten. Damals hatten wir nur Nathaniel – und waren selbst noch Kinder. Meine Eltern hatten Angst um uns. Sie wollten, ich solle in England bleiben und warten, bis George uns ein Heim geschaffen habe. Sie dachten, er würde aufgeben und zurückkehren. Und er sagt oft, er hätte auch aufgegeben, wäre ich nicht mit ihm gekommen.«

»Ihr habt ein wunderschönes Heim, Madam Beauchamp, und eine liebenswerte Familie.«

»Viel harte Zeit gab's durchzustehen, in England hätten wir gemütlicher gelebt. Doch ich glaube, die Sorgen, die wir teilten, machten bessere Menschen aus uns – und stärkere. Einen albernen Tropf wie Gaylord würde ich nie zum Sohne haben wollen. Mag sein, daß meine Söhne bei Hofe nicht am rechten Ort wären, doch kann ich mich dafür verbürgen, daß es richtige Männer geworden sind, die nicht auf anderer Leute Geld erpicht sind, um sich in ein weiches Bett zu legen. Und weil ich sie liebe,

wünsche ich mir nichts sehnlicher als ihr Glück. Es ist nur natürlich, daß sich eine Mutter für ihre Kinder das Beste wünscht. Bis jetzt haben sie die Gnade gehabt, den Menschen zu finden, den sie in der Welt brauchen. Und wenn Gott will, werde ich das eines Tages auch von Gabrielle und Jeremiah sagen können.«
Shanna schlürfte ihren Tee und fragte sich, ob auch Ruarks Mutter sie mit so viel Herzenswärme, so viel Liebenswürdigkeit willkommen heißen würde, wie Frau Amelia sie gegenüber Charlotte bewies. Charlotte war zu beneiden. Aber gewiß mußte auch eine Mutter, die einen Ruark zur Welt gebracht und großgezogen hatte, eine Frau von ganz besonderer Art sein.
»Fühlt Ihr Euch im Zimmer meines Sohnes wohl?« fragte Frau Amelia leise.
»Ich fühle mich dort wie zu Hause«, bekannte Shanna wahrheitsgemäß.
»Und ich stell' mir vor, daß der Raum im Sommer herrlich kühl ist, mit dem großen Baum, der dort gleich vor dem Haus steht. Wo ist eigentlich Euer dritter Sohn?«
»Wünscht Ihr noch ein wenig Tee, meine Liebe?«
»Nur eine halbe Tasse, danke.«
»Mein Sohn – nun ja, er kommt, er geht . . .«
»Irgendwann möcht' ich ihn kennenlernen.«
Frau Amelia richtete ihre Augen lange auf die junge Frau. »Das werdet Ihr, meine Liebe. Ganz gewiß werdet Ihr ihn kennenlernen.«

Als Shanna sich umgezogen hatte, kam sie in einem grünsamtenen Reitkostüm die Treppe herab, das ihren Augen fast die dunkle Tönung von Smaragden verlieh.
Gerade eben trat Gabrielle zur Haustür herein.
»Wißt Ihr einen Pfad, den ich entlangreiten kann, ohne mich zu verirren?« wollte Shanna wissen.
Das Mädchen führte sie hinters Haus. Von dort aus sah man Hügel, die sich nicht allzu fern erhoben.
»Bei der großen Eiche dort stoßt Ihr auf eine Spur, die in das hochgelegene Tal zwischen den Hügeln führt. Wenn Ihr Glück habt, könnt Ihr dort oben auch Jeremiah und Ruark treffen.«

Der Wind spielte mit der Feder an Shannas Reitkappe, und von unaussprechlicher Freude erfüllt, hielt Shanna die Zügel lockerer. Jesabel streckte sich und schien fast dahinzufliegen; der Boden war ihr vertraut. Shanna ließ ihr ihren Willen, bis sie die Eiche erreichten. Hier nahm eine überwachsene Wagenspur ihren Anfang; Shanna zog die Zügel straffer und zwang sich und Jesabel eine vernünftigere Gangart auf.

Die Sonne stand hoch am Himmel, trotzdem war es kühl. Eine Hirschkuh huschte durch das Schattengesprenkel. Bald begann der Pfad zu steigen. Hügel ragten zu beiden Seiten hoch, und der Pfad umrundete einen Felsen. Doch mitten auf der Biegung stieß Shanna einen Ausruf der Begeisterung aus und hielt die Stute an.
Ein weites Tal breitete sich vor ihr aus, satte Fruchtbarkeit strahlte ihr entgegen. Und in der Mitte des Tales unten schimmerte unter dem strahlenden Himmel eine Kette blauer Teiche auf, die von einem Wasserfall gespeist wurden, der sprühend und schäumend die Felsen hinabschoß, um sich an deren Fuß in das Tor eines Regenbogens zu ergießen. Jenseits der Teiche, unter den hohen Ästen eines Pinienwäldchens, stand ein kleines Blockhaus; ein dünner Faden Rauch ringelte sich in die Luft.
Shanna bemerkte die Spuren etlicher Pferde; nun drängte sie Jesabel schneller, an Weiden vorbei, über einen hellen klaren Bach und dann den Hang hinauf zur Hütte.
Weit offen stand die Tür, inmitten eines Haufens frischgespaltener Scheite lag eine Axt. Jenseits der Hütte zäumte ein Gatter eine Koppel ein, in der ein gutes Dutzend Pferde graste, und jedes einzelne hätte es an Grazie und Schönheit leicht mit dem ihrigen aufnehmen können. Fest hielt Shanna die Zügel in den Händen, während sie wie verzaubert über die harmonische Schönheit des friedvollen Tales blickte.
Nur unwillig riß sie sich von dem traumhaften Anblick los, als hinter ihr Geräusche laut wurden – doch dann sah sie Ruark, der eben seine langläufige Flinte an einen Baumstumpf lehnte. Lächelnd kam er auf sie zu und hob sie aus dem Sattel.
»Woher wußtet Ihr, daß ich hier bin?«
Sie lächelte ihm in die liebevollen Augen, als er sie auf den Boden stellte.
»Gabrielle hat's mir gesagt.«
Er beugte sich zu ihr nieder, und sie tauschten einen langen Willkommenskuß. Shanna seufzte zufrieden und schmiegte sich an sein Lederwams, während seine Arme sie umfingen. Doch dann, endlich, erinnerte sie sich wieder, was sie zu ihm hinaus getrieben hatte.
»*Henker-Harry* ist in Williamsburg«, berichtete sie, legte die Arme um ihn und bog sich rückwärts, um ihn anblicken zu können.
»Dieser Bastard!« grollte Ruark.
»Aber was ist zu tun?« fragte Shanna sorgenvoll.
Ruark streichelte ihr mit den Knöcheln seiner Finger über die Wangen.
»Fürchtet nichts, mein Lieb. Auch das stehen wir durch.«
Noch einmal küßte er sie, dann trat er einen Schritt zurück, hob den Kopf und stieß einen weichen, aber durchdringenden eulenartigen Ruf aus.
Shanna entdeckte Bewegung in den Büschen hinter dem Blockhaus, und Sekunden später tauchte Jeremiah auf. Auch er trug eine lange Muskete

und war ähnlich wie Ruark gekleidet, in wildlederne Kniehosen, eine lange Jacke und ein weißes Leinenhemd.

»Mister Ruark!« rief er aus, und ein seltsames Lachen schwang in seiner Stimme mit. »Ich muß das Loch im Zaun flicken, eh' die Stuten es entdecken. Das wird eine Weile dauern.«

Damit ergriff er die Axt und rannte in einem merkwürdig schlurfenden Trott davon, auf die Koppel zu. Shanna hätte schwören können, daß ein Kichern hinter ihm her wehte.

Ruark sah ihm nach. »Ein heller Junge«, meinte er fröhlich. »Immer bereit, mehr zu tun, als er muß.«

Shanna runzelte leicht die Stirn, irgend etwas war zwischen den beiden vorgegangen, das ihr verborgen geblieben war. Doch was bedeutete das schon, wenn sie mit Ruark allein sein konnte?

Er griff ihr in den Rock und hob ihn ein wenig hoch, daß der Saum über dem feuchten Gras schwebte. »Ihr braucht Hosen, wenn Ihr hier herumwandern wollt«, sagte er. »Laßt mich Jesabel versorgen, ehe sie uns davonläuft.«

Shanna raffte die Röcke und folgte ihm. Vor der Koppel nahm er der Stute das Zaumzeug ab, warf es über den Sattel, löste dann den Sattelgurt. Die Stute folgte ihm wie ein dressierter Hund, als er sie zum Gatter führte und hindurchtrieb.

»Wollt Ihr das Blockhaus sehen?« fragte er heiser dicht über ihrem Mund.

Shanna nickte und legte ihre Hand in die seinige. Vor der Hütte hob er Shanna auf seine Arme und trug sie über die Schwelle. Da drinnen war's schlicht, und nur ein Herdfeuer verbreitete eine rötliche Dämmerung. Ruark stellte seine Gemahlin auf die Füße, und während sie sich umschaute, schritt er zum Herd und zündete sich mit einem glühenden Scheit die Pfeife an. Shanna rieb mit der Hand über die rauhe Platte eines grobbehauenen Tisches, spähte naseweis in den großen Eisentopf, der neben dem Feuer hing, hüpfte ein wenig auf dem breiten Federsack, der auf dem Bett lag, streichelte den dichten Pelz, der darüber gebreitet war, und drehte sich dann in der Mitte der Hütte noch ein paarmal um sich selbst.

»Ach, Ruark«, rief sie aus, »wär' das nicht wunderbar, wenn wir diese Hütte ganz für uns allein hätten?«

Aus dem Rauch seiner Pfeife heraus blickte er sie zweifelnd an und lächelte: »Aber Shanna, könntet Ihr denn wirklich hier zufrieden sein?«

»Auch wenn Ihr's nur nicht glauben wollt«, schmollte sie, »aber ich bin aus ganz hartem Holz geschnitzt, Mister Beauchamp. Und wenn ich nur recht herausgefordert würde, vermöchte ich wohl auch aus meinem Leben hier das Beste zu machen. Ich werde kochen lernen. Vielleicht

nicht ganz so gut wie die Köchinnen in Papas Küche, aber ich will ja auch keinen fetten Mann.« Sie tätschelte seinen mageren Leib, dann strich sie über den Samt ihres Kleides. »Werdet Ihr mich denn auch noch lieben, wenn ich von unserem Kind einen dicken Bauch habe?«
»Ach, Shanna«, lachte er und umarmte sie, »ich werde Euch immer lieben.«
Sie hängte sich an ihn und erwiderte seine heißen Küsse. »Wie lang' bleibt Jeremiah fort?«
Ruark griff hinter sich und verriegelte die Tür. »Bis ich wieder nach ihm rufe.«

Die öden Zweige des Baumes kratzten klagend an die Scheiben des Schlafzimmerfensters. Shanna starrte hinaus in die sternklare Nacht. Die Stunden, die sie mit Ruark in der Hütte zugebracht hatte, wollten ihr nicht aus dem Sinn gehen. Nie zuvor hatte sie es so deutlich, so klar und stark empfunden, daß sie nichts anderes mehr wollte als ein Leben mit ihm gemeinsam, ob in Glück oder Gefahr. War das wenig? War das viel? War es nicht alles? Ihr Herz hatte sich entschlossen, und doch fühlte sie sich so unglaublich einsam. Ihr war, als stünde sie ganz allein in der Welt, als laste die ganze Bürde dieser Torheit allein nur auf ihren Schultern. Was sie jetzt tun mußte – und was sie tun wollte –, konnte gut und gerne dazu führen, daß ihr am Ende niemand blieb, weder Ruark noch ihr Vater. Niemand mehr. Würden die Beauchamps sie dann wirklich, mit all der Schande, die sie befleckte, in die Arme schließen, so wie Nathaniel es versprochen hatte?
Sie legte die Hand auf den Leib und spürte ganz deutlich das kleine Leben, das darin wuchs. Und plötzlich wußte sie: niemals würde sie allein sein.
Orlan Trahern saß im Ledersessel seines Gästezimmers und brütete über einem Stapel von Karten, Listen und Kontobüchern. Dieses Land brachte so viel Reichtum hervor, daß jedes Kaufmannsherz aufjubeln mußte. Und er sah nun auch schon, daß nur Vorteil darin liegen konnte, hier Land zu erwerben, vielleicht am James River, wo für seine Schiffe auch leicht ein Hafen zu bauen war.
In sein Sinnieren fiel ein leises Pochen an der Tür, und er hörte Shanna von der Tür her flüstern: »Papa, seid Ihr noch wach?«
Er ließ die Papiere auf den Schreibtisch sinken. »Kommt nur, Shanna. Kommt!«
Die Tür ging auf, Shanna schlüpfte herein und schloß gleich hinter sich wieder ab. Sie schwebte durch den Raum und drückte dem Vater einen Kuß auf die Stirn. Sie sah das belustigte Lächeln in seinem Antlitz und stellte die Frage, die sie von ihm zu hören fürchtete.

»Stimmt etwas nicht, Papa?«
»Aber nein, mein Kind. Ich habe mich nur an etwas erinnert. Ihr schaut so furchtsam drein, geradeso wie in Eurer Kinderzeit, wenn Gewitter drohte. Da pochet Ihr genauso zaghaft an unsere Tür. Ihr schlüpftet ins Gemach und kuscheltet Euch zwischen uns, zwischen Mutter und mich.«
Innerlich krümmte Shanna sich vor Angst. Sie mußte sich einen Stuhl herbeiziehen und sich setzen. Sie starrte auf ihre Hände. Und die Hände zitterten. Und Vater wartete.
»Papa... Ich...« Ihre Stimme war ganz klein und dünn. Dann holte sie tief Atem, stieß das Schreckliche heraus, alles auf einmal. »Papa, ich bekomme ein Kind, und Ruark ist der Vater.«
Augenblicke tödlicher Stille tickten dahin. Shanna vermochte den Blick nicht zu heben. Sie wagte es nicht, in das entsetzte, wutverzerrte Antlitz des Vaters zu schauen.
»Um des lieben Himmels willen! Weib!«
Dröhnend röhrte Orlan Traherns Stimme. Shanna zuckte zusammen. Orlan schoß aus dem Sessel und stand mit einem Schritt vor ihr. Shanna wappnete sich nun für das Schlimmste. Traherns Stimme kam jetzt leiser, aber immer noch rauh und laut in dem stillen Zimmer.
»Wißt Ihr auch, was Ihr da getan habt?«
Shanna hielt die Augen fest geschlossen. Tränen hingen an ihren Wimpern, drohten jeden Augenblick zu stürzen. Und dann vernahm sie Worte, von denen sie nicht glauben konnte, daß es der eigene Vater war, der sie sprach.
»Ihr habt für mich, mein liebes Kind, ein Problem gelöst, welches mir seit Wochen, Tag für Tag, den Magen versäuert hat. Wie konnte ich, nach all meinem Geschwätz von blauem Blut und Adelstiteln, noch meine Tochter fragen, ob sie einen Leibeigenen ehelichen will.«
Er beugte sich nieder, ergriff ihre Hände und hob ihr das Kinn, damit sie ihn anschauen konnte.
»Hättet Ihr's in mein Belieben gestellt – angefleht hätt' ich Euch, Ruark zum Gemahl zu nehmen! Doch ich hatte Euch gelobt, daß die Wahl ganz und gar die Eurige sei, und so hatt' ich denn kein Wort mehr zu verlieren. Liebt Ihr ihn denn?«
»Ach ja, Papa!« Shanna sprang auf, warf dem Vater die Arme um den Hals und verbarg ihr Gesicht an seiner Schulter. »O ja, ich lieb' ihn sehr.«
»Und liebt er auch Euch? Ist er auch willens, Euch zum Traualtar zu führen?« fragte Orlan Trahern, doch wartete er gar nicht erst die Antwort ab. »Verdammt noch eins, er hat's zu wollen!« Zorn wuchs in seiner Stimme auf. »Wenn nicht, dann werd' ich ihm...«

Shanna legte ihm ihre Finger auf die Lippen, brachte ihn zum Schweigen. Sie war schon entschlossen, ihm auch noch den Rest der Wahrheit aufzutischen, doch dann besann sie sich im letzten Augenblick. Die ganze Wahrheit – das wär' das Eingeständnis von einem ganzen Jahr voller Lug und Trug, das konnte doch noch böses Blut erzeugen. Ein wenig Wahrheit, dann und wann, das war sicher weiser, als mit einem Schlag vom Glück zuviel zu fordern.
»Papa«, fuhr sie daher fort, »ein Hindernis steht uns noch im Weg. Ich will's Euch beizeiten anvertrauen. Noch besteht Gefahr und Grund, die Wahrheit nicht ans Licht zu lassen.«
Sie sah den Vater mißtrauisch die Stirn runzeln, und sie flehte ihn an: »Vertraut mir nur, und alles wird sich zum Guten wenden. Vertraut Ihr mir?«
»Ich will hoffen, daß Ihr wißt, wovon Ihr redet«, gab er widerwillig nach. »Doch darf's mir nicht zu lange währen. Ich brenn' darauf, aller Welt zu verkünden, daß ich endlich einen Enkel haben werde.«
»Dank' Euch, Vater!« Sie küßte ihn und eilte davon.
Kaum hatte sie in ihrem Zimmer fest die Tür hinter sich verschlossen, glücklich unter Tränen lächelnd, als ein Schatten sich aus dem Sessel erhob. Ruark war's, und sie flog ihm in die Arme, schluchzend lachte sie an seiner Brust und hielt ihn in Liebesseligkeit umfangen.
»Ich hab's ihm gesagt!« jauchzte sie. »Papa weiß jetzt alles über uns.«
»Dacht' ich's mir doch.« Er strich ihr mit den Lippen übers Haar. »Ich hörte seinen Schmerzensschrei.«
»O nein!« rief sie aus, lehnte sich in seinem Arm zurück und sah zu ihm hoch. »Das war nur seine Art, sein Einverständnis auszudrücken. Er ist sehr glücklich.«
Ruark hob erstaunt die Brauen.
»Nun ja, daß wir Mann und Frau sind, habe ich ihm nicht gesagt. Nur, daß wir miteinander ein Kind haben werden.«
Ruark warf die Hände hoch und stöhnte auf. »Herzlichen Dank, Madam. Wie steh' ich Witwenschänder da!« Dann setzte er eine ernstere Miene auf. »Shanna, da dies die Nacht der Wahrheit zu sein scheint – auch ich hab' etwas zu gestehen.«
Doch Shanna hatte eine dringlichere Frage auf dem Herzen: »Wie kommt Ihr überhaupt in dieses Zimmer? Unten steht David, ich sah ihn an der Treppe. Sind Euch seit neuestem Flügel gewachsen?«
»Noch nicht, mein Lieb.« Er wies aufs Fenster. »Der Baum, der vor der Küche in die Lüfte ragt, genügte mir vollauf als Himmelsleiter. Und mir kam in den Sinn, daß Ihr nicht gern einsam seid.« Er legte seine Hand auf ihre schmale Taille und zog sie nah an sich heran. »Shanna, ich muß Euch etwas sagen. Dies hier ist mein . . .«

Shanna brachte ihn mit ihrem Mund zum Schweigen und schmiegte sich fest an ihn. »Wenn Ihr mir unbedingt ein Geständnis ablegen wollt, dann gesteht mir Eure Liebe, Sir Drache«, murmelte sie. »Und nach dem Geständnis will ich die Beweise sehen.«
Sie zog ihn zum Bett und schnurrte an seiner Brust. »Ich liebe Euch, wie die Blume den Regen liebt; und wie die Blume breite ich meine Blütenblätter aus und entblöße ihm mein zartes Herz, auf daß es seinen Segen empfange.«
Seine Lippen suchten ihren Mund. »Ich liebe Euch, Shanna, ich liebe Euch über alles auf der Welt.«

Shanna wachte plötzlich auf und lag ganz still – und wußte nicht, was geschehen war, was da mit einem Schlag ihren Schlaf vertrieben haben konnte. Sie lauschte, doch sie hörte nur die Uhr auf dem Kamin die dritte Stunde schlagen. Sie spürte Ruarks Körper im Schlummer fest ihrem Rücken angeschmiegt, ein Arm lag liebevoll auf ihren Hüften. Doch nein, auch er lag lauernd da, angespannt, sein Atem stockte. Behutsam drehte sie das Haupt, und im schwachen Schein des kleinen Feuers im Kamin sah sie ihn, auf den Ellenbogen aufgestützt, zur Tür hin starren. Und dann hörte sie es endlich auch: der Türknopf knirschte, weil von draußen eine fremde Hand daran drehte und ihn – da der Riegel keinen Einlaß gewährte – langsam wieder zurückkreisen ließ. Fragend lenkte Shanna ihren Blick auf Ruark.
Ruark legte einen Finger auf die Lippen, hieß sie schweigen, keinen Laut von sich zu geben. Behutsam glitt er aus dem Bett und zog sich seine Hosen an. Geräuschlos, mit schnellen Schritten, durchquerte er den Raum. Auch Shanna streifte sich ihr Nachthemd über – wer immer draußen vor der Tür stand: nackt wollte sie sich nicht ertappen lassen.
Ganz leise drehte Ruark den Schlüssel, bis ein kaum hörbares Klicken anzeigte, daß der Riegel aus dem Schloß getreten war. Dann, mit einer solch plötzlichen Bewegung, daß Shanna erschrak, sprang er zurück und riß im gleichen Augenblick die Tür weit auf.
Niemand war da. Auch im Flur war keine Menschenseele. Unhörbar schlich er den Gang entlang, spähte in die Schatten aller Winkel, aller Ecken. Doch niemand war zu finden. Mit finsterem Blick kehrte er ins Schlafgemach zurück und schloß die Tür wieder fest zu.
»Wer kann das nur gewesen sein?« flüsterte Shanna, als er sich zu ihr aufs Bett setzte.
»Ein Verdacht drängte sich mir auf«, erwiderte Ruark, aber wenig später streifte er sich die Hosen ab und kletterte wieder unter die Decke.
»Kalt seid Ihr«, zitterte Shanna und kuschelte sich an ihn.
Mit einem Ruck saß Ruark aufrecht. »Was, zum Teufel, ist jetzt das?«

Er legte den Kopf schief, um besser lauschen zu können. Ein schwaches, aber zorniges Wiehern drang durch die Nacht.
»Attila!« flüsterte Shanna und richtete sich neben Ruark auf. »Irgend etwas beunruhigt ihn.«
Ruark warf die Decken zurück und zog sich abermals die Hosen an. »Ich schau' mir das an!« Er riß sich das Hemd über den Kopf. »Verriegelt die Tür hinter mir. Will jemand eindringen, dann schreit, so laut Ihr könnt. Irgend jemand wird Euch dann schon hören.«
»Ruark, geht nicht!« flehte sie. »Ich weiß nicht, was im Gange ist, aber etwas stimmt da nicht.«
»Ich bin auf der Hut!« Er küßte sie schnell noch einmal. »Haltet mir das Bett warm. Wenn ich wiederkehr', werd' ich gewiß entsetzlich frieren.«
Wie geheißen, verschloß Shanna sorgfältig die Tür. Von wachsendem Unbehagen erfüllt, lief sie nägelkauend im Zimmer auf und ab. Nur die rote Glut gab Licht, es war kühl, und Shanna zitterte in ihrem dünnen Nachtgewand. Sie stocherte das Feuer an und legte Scheite nach. Dann saß sie lange da und starrte in die Flammen. Alles war still. Unheimlich still. Noch. Bis irgendwo im Haus Charlotte aufschrie.
»Der Stall! Der Stall brennt! Nathaniel, wacht auf – die Stallung steht in Flammen!«
Mit einem Aufschrei war Shanna auf den Beinen. Sie starrte auf die Vorhänge. Was sie da vorhin die ganze Zeit flackern gesehen hatte, das war nicht der Widerschein ihres Kaminfeuers gewesen.
»Ruark!« kreischte sie und machte sich mit bebenden Fingern am Schlüssel zu schaffen. »Um Gottes willen! Lieber Gott, hilf! Hilf meinem Ruark!«
Ihre bloßen Füße und ihr dünnes Nachtgewand nicht beachtend, lief Shanna auf den Gang hinaus, stieß fast mit Nathaniel zusammen, der noch damit beschäftigt war, sich seine Hosen zuzubinden. Hinter ihm stürzte Charlotte mit einer Laterne hervor, eine Steppdecke über den Schultern. Überall entlang des Flurs flogen Türen auf.
»Ruark!« schrie Shanna fast hysterisch. »Er ist im Stall!«
»O mein Gott!« rief Charlotte aus, die dunklen Augen weit offen vor Schrecken.
Nathaniel stürzte die Treppen hinab, als säße ihm ein Dämon im Nacken. Shanna flog hinter ihm her und bemerkte kaum, daß Charlotte ihr eine Decke überwarf. Sie rannten zum Hinterausgang hinaus und quer über den Rasen.
Zu Tausenden gierten Flammenzungen leckend an den Stallwänden hoch. Shanna und Nathaniel stürzten sich dem Inferno in den Rachen. Die Stalltore waren verschlossen, das große durch einen Riegel, das kleinere durch einen dagegengestemmten Holzpfosten. Das Wiehern

und das Winseln der eingeschlossenen Tiere zerriß die Nacht, das Knistern der Flammen wuchs zum knallenden Gedröhn an.
»Ruark ist da drinnen!« kreischte Shanna. »Er wollte nach den Pferden sehen!«
Nathaniel schleuderte Eimer voll Wasser aus der Pferdetränke gegen die kleinere Tür, und Shanna warf sich gegen den Sperrpfosten, doch verzweifelt mußte sie erkennen, daß ihre Kräfte nicht ausreichten, um Ruark zu retten.
Nathaniel stieß sie weg, und unter dem machtvollen Stoß seiner Schultern flog das Hindernis zur Seite.
Dicke Rauchwolken brachen hervor, hustend und keuchend mußte Shanna sich zurückziehen. Nathaniel riß ihr die Steppdecke von den Schultern, tränkte sie mit Wasser, bis sie tropfte, warf sie sich über den Kopf und tauchte in den erstickenden Rauch und die flammende Hölle hinein.
In Todesangst brüllte Attila auf; Shanna preßte sich die zitternden Hände gegen die Ohren, kämpfte gegen ihre eigenen Ängste an. Von überall her kamen jetzt Männer herbeigelaufen. Ketten bildeten sich, um Eimer mit Wasser entlangzureichen. Beherzte schleuderten das Naß in die immer heftiger um sich greifende Feuersbrunst. Ein Krachen übertönte aus dem Stall heraus das ohrenbetäubende Flammengeprassel, ein Regen von Funken stieg zum Himmel empor, um dann auf alle Helfer und alle Bangenden herabzusinken. Krank vor Schrecken fühlte Shanna ihr Blut in der Brust gerinnen, als die Phantasie ihr in den grausigsten Schreckensbildern vorspiegelte, wie Ruark sich nun, in dem lodernd zusammenbrechenden Stall gefangen, unter den mörderischen Krallen des Feuers winden mußte. Nichts hielt sie mehr, sie wollte sich in das flammende Inferno stürzen, um mit Ruark, wenn er schon nicht mehr zu retten war, den Tod zu finden. Da kämpfte sich eine gespenstische Gestalt taumelnd und torkelnd durch den Raum hindurch. Shanna sprang drauflos, der Qualm biß ihr in die Augen, die Lohe griff nach ihrem Hemd. Nathaniel war es, der ihr entgegenwankte, und Ruark lag reglos auf seinen Schultern. Shanna nahm Nathaniel bei der Hand und führte ihn aus der Verderbnis ins Freie.
Noch während sie sich einen Ruheplatz weit genug vom Brandherd suchten, kamen ihnen andere Männer vom Herrenhaus her entgegengestürzt, rasten an ihnen vorbei, warfen sich in die riesige Fackel, um die Pferde zu retten. Auch Pitney war dabei, im Nachthemd, daß ihm über die Hosen flatterte.
Keuchend, um Luft ringend, ließ Nathaniel sich auf die Knie fallen; schlaff glitt Ruark ihm von den Schultern, streckte unter der nassen, dampfenden Steppdecke alle Glieder von sich. Charlotte warf sich über

ihren Mann, Shanna riß Ruark die rauchgeschwärzte Decke vom Leib und hob sein Haupt an ihren Busen.
»O mein Liebling! Mein armer Liebling!« weinte Shanna vor Leiden und Erlösung gleichermaßen, als Ruark endlich die Augen aufschlug. »Ist alles gut? Seid Ihr verletzt?«
»Mein Kopf!« stöhnte er und tastete sich mit den Fingern übers Haar. Shanna starrte entsetzt – Blut hatte den Ärmel ihres Nachthemds rot gefärbt.
»Ihr blutet!« schrie sie auf.
Auch Charlotte kniete sich hin, beugte Ruark den Kopf vornüber. Ihre schlanken Finger fanden unterm Haar eine klaffende Wunde. Ruark verzog das Gesicht unter der Berührung.
»Irgendein verdammter Schweinehund hat mich hinterrücks angefallen!« stöhnte Ruark grimmig.
»Er lag bei den Pferden auf dem Boden, und die Stalltore waren von außen versperrt«, japste Nathaniel. »Wer immer den Brand gelegt hat, wollte Ruark darin rösten!«
Pitney rannte vorbei und führte die Stute Jesabel, andere Männer mit weiteren Pferden folgten ihm.
Ein schriller Wutschrei gellte durch die Nacht, und alle Blicke wandten sich dem immer heller auflodernden Stallgebäude zu. Attila preschte aus dem Chaos von Rauch und Flammen hervor, bäumte sich auf, schlug aus und schien gegen eine schattenhafte Gestalt anzukämpfen, die sich an seine Flanken klammerte. Ruark stieß seinen durchdringenden Pfiff aus, der Hengst wirbelte auf den Hinterhufen herum und galoppierte heran. Eine Handbreit vor Shanna blieb er stehen. Bebend und schnaufend stand das Pferd vor Herr und Herrin da, stampfte mit den Hufen auf, und die schattenhafte Gestalt, die an ihm hing, entpuppte sich als Orlan Trahern.
»Gott sei gelobt«, ächzte Orlan. »Ich hatte schon Angst, das Biest entführt mich in die Wälder.«
Er raffte mit der einen Hand den um ihn flatternden Hausmantel zusammen; und nun wurde auch sichtbar, daß er dem Hengst seinen Gürtel um den Hals geschlungen hatte, während er das Ende fest in der anderen Hand hielt – ein Glück, daß Orlan Trahern bei seinem Leibesumfang so lange Gürtel tragen mußte. Im übrigen war der alte Trahern in einem höchst beklagenswerten Zustand. Das Haar stand ihm fast wie eine silberne Strahlenkrone vom Kopf ab – an den Enden war es angesengt. – Rußverschmiert war sein Gesicht, und sein allerbester Hausmantel war von kleinen Brandlöchern übersät. Auch ein Pantoffel fehlte ihm, und Fuß wie Bein waren mit einem seltsamen bräunlichen Zeug beschmiert, über dessen Natur Vermutungen anzustellen die Wohlerzogenheit den

Anwesenden verbot. Der einzig noch vorhandene Pantoffel wäre im übrigen, hätte Orlans Fuß nicht daringesteckt, auch nicht mehr als solcher zu erkennen gewesen, so zermalmt war er.
Shanna richtete ihren Blick darauf und erschrak. »Papa! Was um Himmels willen...«
»Das Biest war im Stall festgebunden«, fauchte Trahern und drohte zusammenzusinken, doch hielt er sich mit Mühe aufrecht. »Und als ich es losband, hat's mir auf den Fuß getreten und wollte sich nicht von mir führen lassen.«
Wehleidig tastete er den Fuß ab und grollte vor Schmerz.
»Undankbares Ungeheuer!« winselte er grimmig. »Mich zu verwunden! Den Hunden sollte man's zum Fraß vorwerfen!«
Der Hengst schnaubte und stieß Trahern mit dem Kopf an. »Was ist denn das!« Trahern griff dem Hengst in den Biß und drehte ihm den Kopf. »Überall ist Blut!«
Ruark vergaß alle Schmerzen, sprang auf die Beine und untersuchte Attila an Stirn und Nase. Lange, blutige Striemen zogen sich kreuz und quer bis zum Maul hinunter.
»Er ist geschlagen worden. Und festgebunden, sagt Ihr, war er ebenfalls?«
»Und den Kopf hat er tief gesenkt gehalten, ganz dicht an den Balken«, berichtete Trahern weiter.
Der alte George Beauchamp trat näher und schaute sich das Unheil durch seine Brille an. »Das hat den Anschein einer Willkürtat – um jemand in den Stall zu locken.«
Nachdenklich sah er Ruark an, dann Shanna, die sich inzwischen auch erhoben hatte und an Ruarks Arm hing. Daß Ruark einmal gesagt hatte, er wolle bei den Pferden schlafen, hätte zu einer Frage Anlaß geben können, doch der alte Beauchamp war von kluger Lebensart und stellte diese Frage nicht. Zu seiner Schlußfolgerung gelangte er auch so. »Von Minute zu Minute verstärkt sich in mir der Verdacht, daß hier ein Mord geplant war. Doch warum, weshalb, um Himmels willen?«
»Das kann ich Euch nicht sagen«, grollte Ruark und wandte sich den anderen Männern zu. »Sind die Pferde jetzt in Sicherheit?«
»Das schon!« tobte Pitney voll Ingrimm. »Doch schaut, worüber ich gestolpert bin!« Er hielt eine Reitgerte hoch, die an ihrem Ende durch Schrotkugeln verstärkt war. Auf dem schwarzen Leder glänzte Blut, und daran klebten kurze, graue Haare.
»Verdammt soll dieser Hundsfott sein!« knirschte Ruark zwischen zusammengebissenen Zähnen hervor. »Und gnade Gott dem Hurensohn, wenn er mir in die Finger fällt!«
»Nun«, merkte Nathaniel trocken an, »wie immer Ihr den Unhold züch-

tigen wollt – Ihr werdet's wohl mit bloßen Händen vollbringen müssen, denn Eure Pistolen und Muskete sah ich vor dem Nachtmahl noch im Stall stehen, und jetzt werden sie den Flammen wohl zum Opfer gefallen sein.«
Das Stallgebäude war eine einzige Höllenfackel, alle Löschversuche hatten sich als vergeblich erwiesen. Einige Männer schlugen mit Äxten ein Loch in die Außenwand der Stallmeisterkammer, so konnte wenigstens etliches Zaumzeug nebst Sätteln gerettet werden. Und kaum war das Morgenrot über den Hügeln aufgeglüht, stürzte auch das verkohlte Holzgerippe des Gebäudes über dem flackernden Trümmerhaufen ein.
Bedrückt, erschöpft, die Gesichter schwarz, zerfetzt die Kleider, so kehrte die Familie zurück ins Haus. Die Frauen hatten sich, der Kälte wegen, schon früher zurückgezogen. Frau Amelia schenkte erfrischende Getränke ein und für Pitney einen wohlgefüllten, überschäumenden Krug Bier. Und da sie sich alle einig waren, daß es auch viel schlimmer hätte kommen können, hoben sie die Becher und tranken sich auf ihre Gesundheit zu. Amelia sah ihnen mit wachsender Belustigung zu und lachte schließlich: »Ihr seid mir vielleicht ein feiner Haufen!«
George schaute sich mit trübem Lächeln seine zerbrochene Brille an. »Ja, ja«, sagte er. »Krieger nach der Schlacht. Aber nun kann ich mir wenigstens den neuen Stall auf dem Hügel bauen, wo ich schon immer einen haben wollte.«
»Ein Glücksfall also«, lächelte Frau Amelia milde. »Wenn man einmal von Mister Traherns Fuß und Mister Ruarks Kopf absieht. Und von Eurer Brille. Wie konnte uns das geschehen?«
»Euer jüngster Sohn, Madam, hat mich für Luft gehalten und im Getümmel versucht, mitten durch mich hindurchzurennen.«
Die müden Männer lachten, und Jeremiah errötete bis unter die Haarwurzeln.
»Mister Ruark«, sagte Frau Amelia. »Was soll nun aus Euch werden? Wo wollt Ihr Euer wundes Haupt zur Ruhe legen?« Und ehe noch Shanna und Ruark verlegen und verräterisch aufblicken konnten, fuhr sie fort: »Ihr könnt Nathaniels altes Zimmer nehmen. Es liegt gleich neben Shannas Gemach. Ihr findet's sicher leicht.« Es hörte sich an, als lache sie ein wenig, doch wer ihr ins Antlitz sah, konnte nichts darin entdecken.
Und bald erfüllte geschäftiges Treiben das Haus, die Domestiken bereiteten Bäder für die Beauchamps und ihre Gäste, Ralston wurde gesucht, doch nicht gefunden, sein Bad war unbenutzt, und Sir Gaylord, so wurde vermeldet, schlief friedlich in den Morgen, das Schnarchen war bis auf den Gang zu hören. Endlich wurde auch ein Frühstück aufgetragen. Orlan Trahern humpelte auf umwickeltem Fuß ins Eßzimmer, Ruark

hingegen hatte, trotz Shannas inständiger Bitten, einen Verband für seinen Kopf abgelehnt. Er nahm neben ihr an der Tafel Platz.
Nun, endlich, ließ sich auch Sir Gaylord blicken; seine blaugrauen Augen schauten gütig in die Runde, er zog seine Uhr, stellte fest, daß der Morgen schon weit fortgeschritten war, und erkundigte sich: »Ist heut ein Feiertag, von dem ich nichts weiß?«
»Ihr habt die ganze Nacht geschlafen?« fragte Shanna erstaunt.
»Selbstredend«, seufzte er. »Zwar las ich noch lange in einem Büchlein mit Sonetten, doch dann . . .« Er hielt inne und kratzte sich mit makellosem Zeigefinger seine Wange. »Mich will dünken, daß mir irgendwann eine gewisse Unruhe ans Ohr drang, doch nach einer Weile hörte ich nichts mehr im Haus und fand daher, ich hätte nur geträumt.«
Er nahm an der Tafel Platz und verhalf sich zu einem wohlgefüllten Teller. Für einen Mann, der vornehmlich der Muße pflegte, war sein Appetit immer wieder bemerkenswert.
»Was fragt Ihr?« wollte er wissen. »Stimmt etwas nicht?«
»Ihr habt einen ausnehmend gesunden Schlaf, Sir«, merkte Ruark an, gar nicht einmal sehr ironisch.
»Gewiß doch«, lächelte Sir Gaylord und häufte sich großzügig von den eingemachten Früchten auf sein geröstetes Brot. »Eine Sache der vornehmen Erziehung, darf ich Euch versichern. Ein gutes Gewissen ist ein sanftes Ruhekissen.«
Er fixierte Ruark mit scharfem Blick und stellte fest, daß der Leibeigene sich neben der Herrentochter niedergelassen hatte.
»Ich fürchte, Ihr habt Euch wieder einmal vergessen, Sklave. Ohne Zweifel sind die braven Leutchen hier zu höflich, um Euch an Euren Stand zu erinnern.«
Ruark schnaufte verächtlich. »Und Ihr holt das natürlich nach.«
Shanna drückte ihrem Gatten unterm Tisch in stummer Warnung die Hand. Sie fürchtete mehr und mehr, der Edelmann möchte Lord Harrys Aufmerksamkeit auf Ruark lenken können. Besser war's, noch so lange stillzuhalten, bis Sir Gaylord abgereist war. Dann konnte man Orlan Trahern endlich die ganze Wahrheit sagen; dann konnte man gewiß auch das Notwendige in die Wege leiten, um Ruarks Namen wieder reinzuwaschen. Ruarks Hand erwiderte liebe- und verständnisvoll die Warnung seiner heimlichen Gemahlin. Und hielt ihre Hand fest.
Hausherr George hatte unterdessen geräuschvoll seine Tasse abgesetzt. Nun sprach er mit fester Stimme den Adeligen an: »Sir – an meinem Tisch ist Mister Ruark mir willkommen!«
Gaylord zuckte nur die Achseln. »Wie Ihr meint, es ist ja Euer Haus.«
Als die Tafel aufgehoben war, wandte sich der Edelmann an seinen Gastgeber: »Sagt, guter Mann, habt Ihr einen Diener, der mir ein braves

Pferdchen aus dem Stalle holen könnte? Ich hätte nicht übel Lust, mir ein wenig diese Landschaft anzusehen, von welcher Ihr so sehr schwärmt, und will mir auch Mühe geben, etwas Lobenswertes daran zu finden.«
Ruark sah ihn an und erkundigte sich nicht ohne Spott: »Findet Ihr den Weg allein, Sir, oder wünscht Ihr einen Führer?«
Pitney lachte sich ins Fäustchen, als der Edelmann ebenso verblüfft wie verächtlich den Leibeigenen musterte.
»Euch brauch' ich gewiß nicht dafür!« gab Gaylord patzig zurück.
Amelia mischte sich ein. »Die Stallung ist in dieser Nacht bis auf den Grund niedergebrannt.«
Gaylord hob die Augenbrauen: »Der Stall, sagt Ihr? Und die Pferde auch?«
Mit grollender Stimme warf Pitney ein: »Wir haben alle Tiere retten können. Und wie's den Anschein hat, legte jemand Feuer, nachdem er Mister Ruark im Stall einsperrte. Aber Ihr schlieft ja und könnt daher nichts davon wissen.«
Der Edelmann schnaufte geringschätzig: »Das ist natürlich die Schilderung, die der Leibeigene Euch aufgetischt hat. Gewiß hat er aus Unachtsamkeit das Feuer selbst verursacht. Übrigens kein dummer Trick, wenn Ihr mich fragt.«
»Das«, fuhr Nathaniel dazwischen, »kann kaum der Fall gewesen sein. Die Stalltüren waren von außen verriegelt.«
Gaylord zuckte mit den Schultern. »Vielleicht hat sich der Leibeigene einen Feind gemacht. Bei seiner unverschämten Art würde mich das nicht verwundern. Wie dem auch sei, ich habe Euch nur um ein Pferd gebeten und nicht um Rechenschaft, was für ein Unheil diesen oder jenen befallen hat.«
»Ihr werdet Euer Pferd bekommen«, sagte George knapp.
Zur allgemeinen Erleichterung gelang es dem Edelmann wenig später in der Tat, das Pferd auch zu besteigen und – während seine schlaksige Gestalt im Sattel auf und nieder hüpfte – sogar ohne Zwischenfall davonzureiten. Die Familie versammelte sich mit ihren Gästen im Salon, denn es war beschlossene Sache, nach der ereignisreichen Nacht den Tag erholsam zu verbringen. Des alten Herrn George Beauchamps Sicht litt ein wenig in Folge der zerbrochenen Brille, und was Orlan Trahern anbetraf, so trug sein verletzter Fuß auch nicht gerade zu seiner Beweglichkeit bei. Der Handelsherr war in einen geräumigen Sessel gesetzt worden, sein dick umwickelter Fuß ruhte auf einem Hocker. Gebrochen war Trahern nichts, doch geschunden und geschwollen, wie der Fuß nun einmal war, verursachte er ihm allerhand Unbehaglichkeit.
Mit munterem Hufgetrappel und Räderrasseln bewegte sich eine Kut-

sche auf das Beauchampsche Herrenhaus zu. Gabrielle sprang ans Fenster, schob die seidenen Gardinen beiseite und spähte hinaus. Über die Schulter des Mädchens hinweg sah Shanna eine junge Frau mit einem Säugling auf den Armen aus dem Landauer steigen, wobei der Kutscher ihr behilflich war. Gabrielle ließ die Gardinen fallen.
»Garland ist's!« rief sie entsetzt ihrer Mutter zu. »Habt Ihr sie nicht dem Hause fernzubleiben geheißen?«
Frau Amelia stöhnte und ließ die Stricknadeln sinken. Sie sprang auf, schien jedoch unentschlossen, in welche Richtung sie die Schritte lenken sollte. »O Gott, Garland!« rief sie aus. »Um Himmels willen!« Ratlos wandte sie sich an ihren Gatten. »George!«
Auch Ruark schien beunruhigt. Kummervoll den Kopf schüttelnd, verließ er Shannas Seite, stellte sich an den Kamin, die Arme vor der Brust verschränkt, unwirsch die Miene. Verwundert blickte Shanna in die bestürzte Runde.
Die junge Frau, die Garland hieß, brach wie ein Wirbelwind durch die Tür herein, und es war, als fege eine frische Brise durch das Haus. Sie blieb gar nicht erst stehen, als sie den Salon betrat, eilte schnurstracks auf Frau Amelia zu und legte ihr den Säugling in die Arme. Shanna sah zunächst nur einen schlanken, ganz in Samt gekleideten Frauenrücken und einen breitrandigen Hut, der das Gesicht verbarg. Ohne irgend jemand anderen anzuschauen, schritt sie gleich auf Ruark zu. Der lächelte geduldig, als Garland sich auf die Zehenspitzen stellte und ihm einen herzhaften Kuß auf den Mund gab.
»Willkommen daheim, Ruark!« sagte sie mit einer sanften und herzenswarmen Stimme.
Garland drehte sich um, fegte sich den Hut vom Kopf und schritt geradewegs auf Shanna zu – und die riß Mund und Augen auf: rabenschwarzes Haar und goldene Augen, ein strahlendes Lächeln, eine blendende Schönheit: da war kein Zweifel möglich, das war Ruarks Schwester. Aber dann mußte ... Shannas Gedanken rasten im Kreis: Garland war doch Gabrielles Schwester, alle hatten das gesagt, und damit war sie auch Nathaniels Schwester. Und Jeremiahs! Alle waren sie Geschwister – Brüder und Schwestern von – Ruark Deverell Beauchamp!
»Und gewiß seid Ihr Shanna!« strahlte Garland. »Nathaniel ist Euch mit seiner Beschreibung nicht gerecht geworden.«
»Oh!« Ein Aufschrei brach aus Shanna heraus, als sie sich vom ersten Schreck erholte. Zu Ruark flog ihr Blick, doch Ruark lächelte nur zaghaft und zuckte mit den Schultern.
»Oh! Ihr!« Worte fand Shanna nicht. Nun starrte sie wieder das Mädchen an. »Ihr ... O nein!«
Brandrot flammte Shannas Antlitz auf. Wie hatte sie nur so töricht sein

können! Sie sprang aus dem Sessel hoch, floh aus dem Raum, raste die Treppen empor und stürzte in ihr Gemach. Sie schloß die Tür ab und sah sich Hergus gegenüber, die eben mit Aufräumen beschäftigt war. Es war, als sähe Shanna dieses Zimmer jetzt zum ersten Mal, und da begriff sie endlich: das war Ruarks Zimmer! Sein Schreibtisch. Sein griechisches Buch. Sein Bett. Sein Schrank. Oh, wie hatte er sie hinters Licht geführt! Unterdessen dröhnte unten im Salon, über welchen ratloses Schweigen sich gebreitet hatte, plötzlich Orlan Traherns Stimme auf:
»Will mir nicht endlich jemand sagen, was hier vorgeht?«
Ein kurzes Auflachen entfloh Pitney, als Ruark nun vor Trahern hintrat, die Hacken zusammenschlug und sich verbeugte.
»Ruark Beauchamp, zu Diensten, Sir.«
»Ruark Beauchamp!« bellte Orlan.
Doch der Leibeigene verweilte nicht, um Erklärungen abzugeben, sondern eilte hinter Shanna her. Trahern sprang auf und wollte ihm folgen, doch dann wurde er schmerzvoll daran erinnert, daß ihm nur ein Fuß zur Verfügung stand. Er schnappte sich seinen Spazierstock, hüpfte auf einem Bein bis zur Treppe und brüllte hinauf:
»Wie zum Teufel kann sie Witwe sein, wenn Ihr Ruark Beauchamp seid?«
Ruark rief ihm über die Schulter zu: »Witwe war sie nie! Ich hab' Euch hinters Licht geführt.«
»Verdammt! Seid Ihr nun verheiratet oder nicht?«
»Verheiratet!« Ruark war schon halb die Treppen hoch.
Orlan bellte lauter: »Wißt Ihr das auch genau?«
»Aye, Sir!« Ruark verschwand im langen Flur, und Trahern humpelte in den Salon zurück, nachdenklich das Haupt gesenkt, die Stirne fürchterlich gerunzelt. Anklagend sah er Pitney an, der nur die Achseln zuckte und sich die Pfeife anzündete. Orlan blickte in die Runde, starrte in die betroffenen Gesichter der Beauchamps, und Garland hatte das allerbetroffenste. Garland hatte die Miene eines Mädchens, das nicht so richtig weiß, ob sie etwas Dümmliches getan oder genau das Richtige. Dann hob Traherns Bauch an, sich zu schütteln, ein Kichern brach aus ihm hervor, dann brüllendes Gelächter. In diesem oder jenem Antlitz eines oder einer Beauchamp zeigte sich ein erstes, zögerndes Lächeln. Orlan hinkte auf George zu und streckte ihm seine breite Hand entgegen.
»Was immer sonst auch noch geschehen mag, Sir – unter Langeweile werden wir gewiß nicht leiden!«
Ruark drehte den Türknopf, doch die Tür war abgeschlossen.
»Shanna!« rief er. »Ich will alles erklären!«
»Verschwindet!« keifte sie schrill. »Ihr habt mich vor allen Leuten zur Närrin gemacht!«

»Shanna! Macht auf!« rüttelte er am Türknopf.
»Verschwindet!«
»Shanna?« Nun wurde Ruark wütend, und er drückte eine Schulter gegen die Tür, doch die war so stabil, wie er sie in Erinnerung hatte.
»Laßt mich nur in Frieden, heuchlerischer Affe, der Ihr seid!« knirschte sie. »Sucht Euch eine andere Dumme für Eure Scherze.«
»Verdammt noch eins, Shanna, ich kann das doch alles erklären! Macht endlich die Tür auf!«
»Nein!«
Ruark nahm einen Anlauf und trat mit aller Wucht zu. Die Tür war zwar aus starker Eiche, aber Schloß und Riegel waren solchem Ansturm nicht gewachsen. Mit berstendem Krachen sprang die Tür weit auf, ein Schauer von Gips und Holzsplittern rieselte von den Wänden. Unten im Salon legte Frau Amelia ihrem Mann besorgt eine Hand auf den Arm, doch der tätschelte sie beschwichtigend.
Ruark trat durch die geborstene Tür, warf einen erstaunten Seitenblick auf die Zerstörung, die er angerichtet hatte, doch wo er Shanna zu sehen erwartet hatte, stand ihm eine erboste Hergus gegenüber.
»Mister Ruark!« fauchte sie ihn an. »Verlaßt auf der Stelle dieses Gemach! Ich werde nicht dulden, daß Ihr auch im Hause dieser guten Leute, bei denen wir zu Gast sind, Eure Abscheulichkeiten treibt!«
»Weib, steht nicht zwischen mir und meiner Frau!« Er brüllte schon fast so laut wie Orlan Trahern und schritt drohend auf sie zu. »Hinaus!«
Hergus starrte ihn mit offenem Mund an, dann trat sie, sehr kleinlaut, beiseite und verließ kopfschüttelnd vor sich hin brummelnd das Gemach.
»Shanna!« rief Ruark nun, immer noch grimmig. Doch dann wurde ihm schnell bewußt, wie verletzt sie sein mußte. »Shanna?« sagte er nun milder. Und dann ganz sanft: »Shanna, ich liebe Euch doch.«
»Beauchamp! Beauchamp!« Sie stampfte mit dem Fuß auf. »Ich hätte es mir denken sollen.«
»Gestern abend versuchte ich, es Euch zu sagen, doch Ihr wolltet nicht auf mich hören.«
Mit Tränen in den Augen stand sie vor ihm.
»Nun bin ich also eine Madam Beauchamp, von den Beauchamps aus Virginia. Ich bin keine Witwe und war's auch nie. Ich werde die Mutter eines Beauchamp sein – und mein Vater kriegt alles, was er sich immer gewünscht hat.«
»Der Teufel soll die Wünsche Eures Vaters holen!« sagte Ruark und nahm sie in die Arme. »Ihr werdet alles haben, was Ihr Euch gewünscht habt.«
»Vom ersten Augenblick an habt Ihr mich an der Nase herumgeführt«,

klagte sie ihn an und sträubte sich gegen seine Umarmung. »Hättet Ihr mir das alles gleich gesagt, wär' mir viel erspart geblieben.«
»Erinnert Ihr Euch noch, mein Herz, wie Ihr mir auf der Pirateninsel sagtet, Ihr könntet mich wohl anerkennen, wenn ich reich wäre und einer Familie mit gutem Namen entstammte?« fragte er. »Ich aber wollte, daß Ihr mich liebt, ganz gleich, ob als Leibeigener oder als Beauchamp. Hätte ich Euch damals schon alles gesagt, hätte ich nie gewiß sein können, daß Ihr auch wahrhaftig nur den Mann liebt, der ich bin.«
»Und es gehört alles Euch, nicht wahr? Dieses Zimmer? Das ganze Tal? Das Blockhaus und das Bett, wo wir uns liebten? Die Pferde? Selbst Jesabel war ein Geschenk von Euch, nicht wahr?«
»Alles, was ich habe, schenk' ich Euch mit Freuden«, murmelte er.
Shanna runzelte die Stirn; immer wieder neue Fragen stürmten auf sie ein. »Die Mühlen«, sagte sie. »Wie kommt's, daß Ihr so viel von Mühlen wißt?«
Seine Hand glitt ihr den Rücken hinauf, er wollte sie an sich ziehen, doch sie sträubte sich noch immer. »Ich hab' mir schon drei Mühlen am James River gebaut, und auch eine sehr große bei Well's Landing, oberhalb von Richmond.«
»Und die Schiffe?« Mißtrauisch suchte sie in seinen Augen. »Schon auf dem Schoner kam's mir merkwürdig vor, wie erfahren Ihr damit umzugehen wußtet.«
»Meine Familie besitzt sechs Schiffe.« Seine Augen liebkosten sanft ihr Gesicht. »Ich selbst hab' zwei. Mit dem Schoner sind's nun drei.«
Verzweifelt stöhnte Shanna auf. »Dann seid Ihr ja so reich wie mein Vater!«
Er lachte. »Das möcht' ich doch bezweifeln. Aber ich kann Euch schon fast alles an Kleidern kaufen, was Ihr Euch wünscht.«
Shanna wurde feuerrot. Nur zu gut erinnerte sie sich jetzt, wie sie ihm eines Tages vorgeworfen hatte, er könne als Leibeigener ja nicht einmal eines ihrer Kleider bezahlen. »Und die ganze Zeit habt Ihr mich im stillen ausgelacht«, stöhnte sie. »Aber wie müßt Ihr gelitten haben, daß Ihr Euren Reichtum nicht dazu benutzen konntet, um Euch loszukaufen und Los Camellos zu verlassen.«
»Geld war nie meine Sorge, auch das hab' ich Euch immer gesagt.« Er trat an die Spieluhr, und zu Shannas unbeschreiblichem Erstaunen öffnete er ein Geheimfach an der Seite, das den gesamten unteren Teil einnahm. Daraus zog Ruark mehrere, mit Ölhaut umwickelte Päckchen hervor sowie zwei Lederbeutel. Ein solides Klirren ließ sich hören, als er die letzteren in seinen Händen wiegte. »Das Geld besitz' ich seit dem Tag, da Nathaniel nach Los Camellos kam. Später ließ ich mir die Spieluhr schicken, um ein besseres Versteck dafür zu haben. Es hätte immer,

mehr als reichlich, genügt, um mich freizukaufen und eine Überfahrt nach Virginia zu bezahlen. Hätte ich nicht bei Euch sein wollen, hätte ich Los Camellos jederzeit verlassen können.«
Er wandte sich wieder seiner schönen, widerspenstigen Gemahlin zu, und seine Hände glitten über ihr goldenes Haar, ehe sie sich um das holde Antlitz legten.
»Ich liebe Euch, Shanna. Ich will, daß Ihr mein Leben und alles, was mein ist, mit mir teilt. Ein Haus will ich Euch bauen, wie es Euer Vater einst für Eure Mutter baute, wie es sich meine Eltern bauten. Und Kinder möcht' ich mit Euch zeugen, Kinder mit dunklem und mit blondem Haar, und mit Euch gemeinsam möchte ich sie, von unserer Liebe umsonnt, heranwachsen sehen. Ich habe Besitz am James River. Das Land ist gut und wird unsere Kinder ernähren. All das wartet nur darauf, daß Ihr mir endlich sagt, wo genau ich unser Haus erbauen soll.«
Shanna schluchzte. »Und ich hatte mich schon ganz mit dem Gedanken vertraut gemacht, in einer Hütte mit Euch zu leben.« Ruark drückte sie immer fester an sich, und sie murmelte an seiner Brust. »Den Skalp sollte ich Euch nehmen!«
»Wolltet Ihr Euch nicht mit einem Kind von mir zufriedengeben, Madam?« fragte er zärtlich.
»Kapitän – Pirat – John – Ruark – Deverell – Beauchamp. Wie wollt Ihr, soll ich Euch nennen?« Shanna wischte sich die Tränen fort.
»Geliebter! Gatte, Ehemann, Gemahl! Vater Eurer Kinder! Liebe Eures Lebens? Wie immer Ihr mich nennt – Ihr wißt doch, daß ich es bin.«
»Vater Beauchamp?« Shanna schüttelte den Kopf. »Ehemann Beauchamp?« Sie rümpfte die Nase. »Ruark? Geliebter?« Ihre Arme schlangen sich ihm um den Hals, ihre Lippen hoben sich, um seinen Mund zu suchen.
Ein höfliches Räuspern von der Tür her holte sie beide aus dem Himmel ihrer Liebe wieder auf die Welt hinunter. Dieses Mal, zum ersten Mal, drehten sie sich ohne jede Furcht vor Entdeckung um. Nathaniel stand da und grinste.
»Ich muß wohl immer stören«, lachte er.
Shanna lachte und schmiegte sich enger in Ruarks Arm. »Jetzt bitt' ich Euch nicht mehr um Eure Verschwiegenheit, Sir. Ihr mögt's verkünden, wem Ihr wollt.«
Ruark winkte seinen Bruder heran. »Was gibt's denn?«
Nathaniel kratzte sich nachdenklich das Kinn, und lustig blitzten seine braunen Augen auf. »Ich fürchte, Shanna hält mich nun für einen Lügner, weil ich Ihr verschwieg, daß ich einen Bruder namens Ruark habe. Und da nun das Geheimnis kein Geheimnis mehr ist, wollte ich ein paar Dinge richtigstellen.«

Shanna drückte Nathaniel einen Kuß auf die Wange. »Es ist Euch vergeben. Gewiß hat Ruark Euch auf Verschwiegenheit eingeschworen.«
»Das hat er«, lachte Nathaniel. »Als wir im Hafen von Los Camellos vor Anker gingen, suchte Ruark mich auf. Ich gab ihm Geld, damit er sich loskaufen könne, doch er wollte die Insel nicht verlassen. Ich hielt ihn für verrückt oder von einer Hexe verzaubert. Dann traf ich Euch, und da konnte ich ihn immerhin zum Teil verstehen. Und mit Verlaub, Madam, als ich mit Euch sprach, zählte ich wahrheitsgemäß alle meine Brüder auf. Ich habe Euch nie belogen.«
»Doch wie kam's, daß Ihr auf Los Camellos landetet? Das war doch gewiß kein Zufall.«
»Ich hatte mich in London nach Ruarks Verbleib erkundigt. Ich erfuhr, daß er des Mordes angeklagt und gehenkt worden sei. Und das Kerkerbuch in Newgate ließ erkennen, daß sein Leichnam dem Diener einer Madam Beauchamp ausgehändigt worden sei. Im Hafen erfuhr ich dann, daß eine Madam Beauchamp mit Gefolge zu einer Insel namens Los Camellos gesegelt sei. Nun war meine Neugier wach, also legte ich auf der Rückreise in Los Camellos an. Und von einer anderen Sache muß ich Euch noch berichten, gewiß wird's Euch die Seele leichter machen. In London habe ich Advokaten beauftragt, den Tod des Mädchens, welcher meinem Bruder angelastet wird, auf das genaueste zu untersuchen. Allerdings steht die Antwort noch aus.«
»Sie wird gewiß nicht lange auf sich warten lassen«, sagte Shanna. »Es muß eine Klärung geben. Nie und nimmer hat Ruark das Mädchen umgebracht. Und wir wollen uns auch nicht unser Leben lang vor der Welt verstecken. Wir werden viele Kinder bekommen, und die brauchen einen Namen und ein Heim.«
Ruark stellte sich hinter seine Frau und legte seine Arme um sie. »Und ob wir viele Kinder kriegen!« bekräftigte er. »Und alle Welt soll wissen, daß sie Beauchamp heißen?«
»Habt Ihr Eurem Vater schon von dem Kind gesprochen?« wollte Nathaniel von Shanna wissen.
Shanna streichelte die schlanken braunen Hände, die sie umfangen hielten.
»Ja. Gestern abend.«
Zufrieden nickte Nathaniel. »Dann ist also auch das nun kein Geheimnis mehr.«
»Vergib mir, mein Herz«, sagte Ruark. »Meine Familie hatte ich die freudige Nachricht schon überbracht, ehe Ihr ins Haus kamt. Als Ihr noch in der Kutsche fuhrt, war ich bereits vorausgeritten.«
»Und ich hab' gedacht, Gabrielle hätt' was gegen Euch, weil sie so häßlich zu Euch war«, lachte Shanna.

»Zuerst ging's ihnen allen wider die Natur, ein solches Spiel zu spielen, doch Gaylords Gegenwart überzeugte alle, daß es unumgänglich war. Wär' Sir Gaylord nicht dabeigewesen – Mutter wäre auf der Stelle mit der Wahrheit herausgeplatzt«, erklärte Ruark. »Sie mag einfach Lug und Trug nicht leiden.«
»Es war auch gemein von Euch«, schmollte Shanna. »Wißt Ihr, daß ich Euch um ein Haar verlassen hätte? So wütend war ich.«
»Ich hätte Euch verfolgt«, beteuerte Ruark und ließ seine Zähne blitzen. »Ihr habt mein Kind, Ihr habt mein Herz – ich hätte Euch nicht entfliehen lassen.«
»Das könnt Ihr ihm glauben, Shanna«, lachte Nathaniel. »Er hatte es sich nun einmal in den Kopf gesetzt, Eure Liebe zu erringen – und ich glaube, das hat er geschafft.«
»Ach ja, das hat er«, strahlte Shanna.
»Dann lass' ich Euch beide lieber jetzt allein.« Auf der Schwelle drehte sich Nathaniel noch einmal um und zeigte grinsend auf die zertrümmerte Tür. »Aber ob Ihr ungestört bleibt, ist noch sehr die Frage.«

27

Jubel und Freude herrschten im großen Salon des Beauchampschen Herrenhauses. Aus zwei herrschaftlichen, reichen, unternehmungsfreudigen Familien der Alten und der Neuen Welt war soeben eine geworden. Die Verbrüderung und Verschwägerung hatte längst noch nicht den feierlichen Höhepunkt erreicht, da gesellten sich auch schon wieder die beiden Hauptpersonen des nicht ganz auf diese Weise vorbedachten Familientreffens zur Verwandtschaft. Wie Nathaniel mit feinem Lächeln angedeutet hatte – selbst das verliebteste Paar findet am Alleinsein nicht das rechte Vergnügen, wenn die Schlafzimmertür nicht mehr abzuschließen ist.
Ruark ging geradewegs auf Trahern zu, ergriff die Hand des Inselherrn und legte einen langen, schmalen Beutel in dieselbe.
»Goldstücke«, verkündete Ruark, »befinden sich in diesem Beutel, jedes einzelne im Wert von fünfzig Pfund, dreißig Stück an der Zahl. Der Preis meiner Leibeigenschaft. Fünfzehnhundert Pfund.« Ruark ließ, bevor er weitersprach, einen Augenblick verstreichen, damit der Alte mit erfahrener Kaufmannshand den Beutel wägen konnte. »Und nun wär' ich Euch sehr verbunden, wenn Ihr mir meine Papiere gäbt, nicht ohne die bestätigende Unterschrift, daß alle Schuld bezahlt und ausgelöst ist.«
Trahern griff in die Innentasche seiner samtenen Jacke und zog ein Paket hervor, welches er ungeöffnet Ruark reichte. »Die Unterschrift ist schon darauf, seit Ihr mir meine Tochter wieder heimbrachtet.«
»Das war voreilig, Sir«, lächelte Ruark. »Denn nun nehme ich sie Euch wieder.«
»Verdammt!« begehrte Trahern zum Scherz im Zorn auf. »Das ist ein hartes Los, daß ich auf einen Schlag die einzige Tochter und den wertgeschätztesten Leibeigenen verliere.«
»Nichts verliert Ihr, Sir«, besänftigte Ruark ihn, »uns werdet Ihr nie los.« Zärtlich zog er Shanna an seine Seite und blickte ihr liebevoll in die Augen. »Und so Gott will, werden wir Euch noch eine Menge kleinerer Übel auf die Schwelle legen.«
Der alte George Beauchamp seufzte erleichtert und setzte die zersprungene Brille ab. »Endlich kann ich mir das verdammte Ding von meiner Nase nehmen. Mir ist nämlich bei Strafe untersagt worden, mich jemals ohne Brille sehen zu lassen, damit Ihr nicht entdeckt, wie sehr ich mei-

nem Sohn ähnlich sehe. Heilfroh bin ich, daß die Wahrheit an den Tag gekommen ist. Nun seh' ich die Welt endlich wieder klar.« Und seine goldenen Augen zwinkerten, als er Shannas Hand in die seinige nahm. »Mein Sohn hat eine gute Wahl getroffen. Ihr tut der Familie Ehre an, Shanna.«
Garland trat ein wenig schüchtern vor, sie hielt ihr schlafendes Töchterlein auf den Armen. »Es tut mir leid, daß ich der Grund für so viel Unruhe war. Ich hoffe nur, Ihr werdet mir vergeben, einfach so hereingeplatzt zu sein.«
»Ich war versucht, Euch übers Knie zu legen«, grinste Ruark. »Doch nun ist eine große Last von uns genommen, und so müßte ich Euch eigentlich danken.«
»Ihr seid wahrhaftig Gabrielles Zwillingsschwester?« fragte Shanna.
Garland lachte fröhlich. »Aber ja, doch war die Ähnlichkeit zwischen Ruark und mir am stärksten. Das hat schon viele Leute gewundert. Ruark und ich sehen mehr dem Vater ähnlich, während die anderen mehr nach Mutter kommen.«
Das Baby rührte sich auf Garlands Arm, und begeistert schaute Shanna zu, wie das Kind gähnte und die zarten Glieder streckte.
»Ob ich's wohl einmal halten darf?« fragte Shanna schüchtern.
»Gewiß doch«, strahlte Garland voll Stolz und gab das Kind der Schwägerin in den Arm. Fast ängstlich nahm Shanna das Bündel, das leicht wie eine Feder war und weich wie Distelwolle. Auf dem kleinen Engelsgesicht breitete sich Staunen aus, da sich eine Fremde ihm entgegenbeugte. Shanna, die noch nie ein so kleines Kind so nah gesehen hatte, war mindestens so überrascht. Auch Ruark sah seine Nichte bewundernd an und legte seinen Arm um Shanna.
»Es ist so winzig!« sagte Shanna.
»Das sind sie am Anfang alle«, meinte Garland. »Ihr werdet's ja selber bald erfahren.«
Orlan Trahern lehnte sich mit dem Lächeln der Befriedigung zurück. Gewiß, da war noch vieles, das irgend jemand ihm einmal erklären mußte, doch das würde wohl zur rechten Zeit geschehen. Wichtig war ihm jetzt nur eins – seine Tochter hatte alle seine Erwartungen weit übertroffen, sie schenkte ihm einen Schwiegersohn und einen Enkel, und alles auf einen Schlag. Orlan Trahern war in diesem Augenblick ein sehr glücklicher Mann, daran konnte auch der Schmerz in seinem Fuß nichts ändern.
Alle waren froh, daß aus den Nachwehen eines Unheils so viel Glück entstanden war. Selbst die Zofe Hergus, die so lange unter der Bürde des Geheimnisses gelitten hatte, lächelte jetzt von der Tür her. Und Pitney war sogar stolz auf seine Rolle, die – wenngleich auch äußerst fragwürdig

und zweifelhaft – zum Gelingen dieser Ehe beigetragen hatte. Trotzdem fühlte er quälend eine Ungewißheit in seinem Gemüt nagen, denn immer noch stand bei vielen Fragen eine Antwort aus, und manche Frage war auch noch zu stellen. Und es sollte nicht lange dauern, bis dieses Unbehagen auch von den anderen im Salon Besitz ergriff.
Ralston kehrte zurück, und fast augenblicklich legte lähmend sich ein kalter Hauch auf die Familie. Der dünne Mann warf dem Pförtner seinen Mantel zu und trat in den Salon. Ungewisses Staunen lag in seinem schmalen Gesicht, sein Blick ging in die Runde, wie um nach der Lösung eines unbekannten Rätsels Ausschau zu halten, schließlich blieben seine Augen an Orlans umwickeltem Fuß und angesengten Haaren haften.
»Ich . . .«, begann er zögernd, »wollte meinen Hengst zum Stall hinführen, doch habe ich ihn von der Straße nicht erblicken können.«
Trahern lachte dumpf. »Wer die Stallung finden will, muß schon die Augen sehr tief halten und auf dem Boden suchen. In Rauch ist er aufgegangen, diese Nacht, und nichts als Asche ist geblieben. Wo wart denn Ihr?«
»Mit Verlaub, Sir«, beeilte Ralston sich zu erklären, »ich hörte von einem alten Bekannten, der in Mill's Place leben sollte, und begab mich dorthin, um nach ihm zu suchen. Ihr sagt, der Stall ist abgebrannt?«
»Völlig«, brummte Pitney. »Da scheint Ihr einiges versäumt zu haben.«
Ralston zuckte die Achseln. »Als ich den Mann endlich gefunden hatte, war's zu spät, noch heimzureiten, und er drängte mich, die Nacht über sein Gast zu sein. Habt Ihr mich vermißt, Sir?«
Trahern winkte ab. »Wennschon. Mir war nur unbekannt, daß Ihr Freunde in den Kolonien habt, das ist alles.«
»Ihr scheint Eure Reitgerte verloren zu haben, Mister Ralston«, sagte Pitney plötzlich.
»Verloren? Hah!« begann er ärgerlich zu erklären. »Ich legte sie gestern ab, als mein Pferd gesattelt wurde, und wie ich aufsteigen wollte, war sie weit und breit nicht mehr zu sehen. Leider blieb mir keine Zeit, den Stallburschen ins Gebet zu nehmen, aber seid versichert, daß er sie wieder herausrücken wird, sofern er nicht ob seiner Spitzbüberei leiden will.«
Der alte George Beauchamp schien nicht bereit, dergleichen Anschuldigungen gegen seine Leute hinzunehmen, und runzelte die Stirn, doch Frau Amelia legte ihm die Hand beschwichtigend auf den Arm und schüttelte kaum merklich ihren Kopf.
Ralston zog seine Uhr und verglich sie mit der Pendüle auf dem Kamin. Die Unterhaltung wurde steif, und immer wieder legte sich ungemütli-

ches Schweigen über den Salon. Ralstons Gegenwart trug ganz offensichtlich nicht zur guten Stimmung bei.
Einmal, in einer solchen langgezogenen Unterhaltungspause, trommelte Orlan Trahern ruhelos mit den Fingern auf die Lehne seines Sessels. Dann hielt er inne, hob langsam die Hand und starrte sie verwundert an. Das Trommeln wollte nämlich nicht aufhören, und aller Augen richteten sich auf ihn. Doch allmählich nahm das Trommeln einen deutlicheren Rhythmus an – Hufschlag war's, der näher kam. Charlotte trat ans Fenster, und da ließ sich auch bereits eine Stimme vernehmen, die unverständliche Befehle bellte. Das Dröhnen der Hufe verstummte.
»Rotröcke!« gab Charlotte vom Fenster her bekannt. »Ein Dutzend mindestens.«
In der Aufregung, die sich daraufhin im Haus ausbreitete, war Pitney wohl der einzige, dem das zufriedene Lächeln in Ralstons Antlitz auffiel – und der offen feindselige Blick, mit dem er Ruark ansah. Ein lautes Pochen tönte von der Tür, und wenig später führte der Diener einen englischen Offizier in den Salon. Ruark, der am Kamin gestanden hatte, drehte sich um, wandte dem Raum den Rücken zu und sah ins Feuer. Zwei Soldaten mit Musketen folgten dem Offizier und nahmen links und rechts der Tür Aufstellung.
»Major Edward Carter, von der Virginia-Kompanie des Neunten Königlichen Füsilier-Regiments Seiner Majestät!« stellte sich der Offizier vor.
George Beauchamp trat dem Major entgegen, nannte seinen Namen und daß er kraft königlichen Lehnsbriefes der Herr dieses Hauses und des Anwesens sei. Die beiden Männer schüttelten einander die Hände, doch Major Carter blieb steif und förmlich.
»Ich komme in dienstlicher Mission«, erklärte er. »Ich ersuche mit allem schuldigen Respekt um Unterkunft für meine Männer und die Pferde.«
Der alte Beauchamp lächelte wehmütig. »Leider ist uns in der letzten Nacht ein Stall vollends abgebrannt, Herr Major. Allerdings stehen einige Scheunen zu Verfügung, und auch für Eure Männer wird gesorgt werden.«
»Wie immer Ihr es möglich machen könnt, Sir.« Der Major schien sich ein wenig lockerer zu geben. »Wir möchten Ihnen selbstverständlich keinerlei Ungelegenheit bereiten.« Er räusperte sich. »Und nun muß ich auf meinen Auftrag zu sprechen kommen. Es ist uns ein Bescheid zugegangen, wonach sich auf Ihrem Anwesen ein entsprungener Mörder befinden soll. Einem anonymen Brief zufolge, in Richmond aufgegeben, soll der Mann John Ruark heißen.«
Schweigen breitete sich gleich einem Leichentuch über den Raum. Nur Ralston schien nicht überrascht. Shanna wagte nicht, sich zu rühren,

wenngleich ihr Blick auch zu Ruark hinüberschlich. Mit einem resignierenden Seufzer drehte Ruark sich um, kühn blickte er den Major an, ein lakonisches Lächeln spielte ihm um den Mund.
»Ich stelle mich zur Verfügung, Major Carter. Ich werde nicht versuchen zu entfliehen.« Er nickte zu den beiden Soldaten an der Tür hin. »Ihr werdet keinerlei Gewalt anwenden müssen.«
Die Blicke des Majors schweiften durch den Salon, über die gespannten Gesichter der Anwesenden. »Gut. Ich nehme Eure Erklärung an. Ihr seid Euch darüber im klaren, daß Ihr Euch unter Arrest befindet?«
Ruark nickte, und der Major befahl den Soldaten, den Salon zu verlassen. Carter heftete seine Blicke erneut auf Ruark, und ein bitteres Lächeln machte sich um seine Lippen breit.
»Beauchamp! Ich hätt's mir beinah denken können.« Unwissentlich wiederholte der Major die Worte, die Shanna kaum ein paar Stunden früher ausgestoßen hatte. Und in eine offenbar schmerzliche Erinnerung versunken, rieb er sich das Kinn. »Ruark Deverell Beauchamp, wenn ich mich recht entsinne.«
Nun endlich zeigte Ralston die Überraschung, an welcher er es zuvor hatte fehlen lassen. Sperrangelweit riß er den Mund auf und stolperte einen Schritt dem Major entgegen. »Wa . . .« Aber seine Zunge war nicht weniger gelähmt als seine Füße. »Der? Beauchamp?« Wiederholt stieß er den Zeigefinger in Ruarks Richtung. »Er? Aber . . .«
Seine finsteren Augen wanderten über George zu Amelia, von Gabrielle über Shanna zu Jeremiah und Nathaniel. Am längsten blieben sie an Garland haften, die ihm süßlich entgegenlächelte.
»Ach!« schluckte er. Er spielte mit dem Handschuh an seiner linken Hand und zog ihn schließlich aus, während er sich zum Kamin zurückzog und nun seinerseits in die Glut starrte.
»Das letzte Mal, als wir uns begegneten, wart Ihr noch Hauptmann«, sagte Ruark und wies auf Carters Rangabzeichen.
»Allerdings«, der Major rieb sich wieder übers Kinn, »ich erinnere mich sehr wohl, Mister Beauchamp, und ich bin sehr froh, daß ich dieses Mal ein paar Männer mehr bei mir habe.«
»Es tut mir wahrhaftig leid, Major«, erwiderte Ruark, und es hörte sich an, als sei die Entschuldigung ehrlich gemeint. »Ich kann nur vorbringen, daß ich ohne irgendwelche Erklärung ziemlich grob aus dem Schlaf gerissen wurde. Und das hat ein wenig Zorn in mir geweckt.«
Major Carter lachte unfroh. »Dann ist es mein aufrichtiger Wunsch, niemals in der Nähe sein zu müssen, wenn Euer Zorn vollauf geweckt wird. Aber macht Euch nur um meine gebrochene Kinnlade keine allzu großen Sorgen. In diesen Friedenszeiten wird man nicht so leicht mehr befördert, und dieser Verwundung verdanke ich einmal, daß ich nicht

entlassen wurde, und zweitens meinen Aufstieg zum Majorsrang. Nun ja«, er blickte in die Runde, »offenbar seid Ihr ein Angehöriger der Familie.«
»Es ist mein Sohn!« Frau Amelias Stimme klang scharf. »Das Ganze muß ein schrecklicher Irrtum sein. Ich bin gewiß, daß Ruark an dieser gräßlichen Geschichte völlig unschuldig ist. Und wir sind entschlossen, alle Mittel einzusetzen, um es zu beweisen.«
»Natürlich, Madam«, gab der Major höflich zurück. »Ihr dürft versichert sein, daß der Fall auf das genaueste geprüft wird. Es gibt da allerhand zu untersuchen.« Er wandte sich an den Herrn des Hauses. »Sir, es war ein langer Ritt von Williamsburg her. Ich schätze, es ist ungefähr Teezeit, und ich sehe, daß Tee vorhanden ist. Darf ich mir erlauben, um eine Tasse Tee zu bitten?«
»Ich sehe, mein Verhalten als Gastgeber läßt zu wünschen übrig«, versetzte George verbindlich. »Vielleicht zieht Ihr etwas Stärkeres vor? Ich hätte einen ausgezeichneten Brandy anzubieten.«
»Sir, Ihr seid über die Maßen freundlich zu einem armen Diener der Krone.« Der Major grinste ein wenig, als ihm ein Glas in die Hand gegeben wurde; er ließ einen ersten Tropfen über die Zunge fließen und schloß genüßlich die Augen. »Eine Wohltat für einen müden Krieger«, seufzte er. Den zweiten Schluck genoß er nicht weniger als den ersten.
»Um Himmels willen!« rief der Major plötzlich aus. »Demnächst vergess' ich auch noch meine Stiefel!« Er suchte in den Innentaschen seines Uniformrockes und brachte schließlich ein Bündel von Umschlägen zum Vorschein. »Befindet sich unter den Anwesenden ein Captain Beauchamp?«
Nathaniel trat vor und gab sich als der Gesuchte zu erkennen.
»Heutzutage«, sagte der Major wehmutsvoll, »müssen wir Offiziere für alles mögliche herhalten. Also das hier sind amtliche Schriftstücke aus London an Eure Adresse, weiterzuleiten durch den Postmeister in Williamsburg und meine Wenigkeit. Mindestens einer dieser Umschläge trägt das königliche Siegel.«
Nathaniel nahm die Briefe in Empfang und zog sich damit ans Fenster zurück, wo das Licht besser war.
Shanna stellte sich neben Ruark und hakte sich bei ihm ein, was bei dem Major einen unsicheren Blick auslöste; die Schönheit war ihm gleich bei seinem Eintritt in den Salon aufgefallen, nun seufzte er leicht enttäuscht auf, als Ruark sie ihm vorstellte.
»Meine Gemahlin, Sir. Shanna Beauchamp.«
Der Major absolvierte eine zackige Verbeugung. »Ein Kompliment Eurer Schönheit, Madam! Ein Licht in der Wildnis, möchte ich sagen. Ich bin entzückt.« Er straffte sich und schaute sie schärfer an. »Wie war doch

gleich der Name? Shanna? Könnte es sein, daß Ihr Miß Shanna Trahern seid, äh, beziehungsweise wart?«
»Allerdings«, bestätigte Shanna liebenswürdig. »Und dort seht Ihr meinen Vater, Orlan Trahern.«
»Lord Trahern!« Der Major, offenkundig beeindruckt, eilte an Traherns Seite. »Habe viel von Euch gehört, Sir.«
»Mmmh!« Trahern gab ein undefinierbares, aber keineswegs freundliches Geräusch von sich und übersah auch die dargebotene Hand. »Nur Schlimmes, möchte ich wetten. Aber meine Laune wird sich schnell bessern, sobald dieser Humbug um den jungen Ruark aus der Welt geschafft ist. Ihr dürft getrost Euren Vorgesetzten Meldung machen, Herr Major, daß mein Einfluß und mein Geld voll und ganz zum Einsatz kommen, um Klarheit in diese Geschichte zu bringen.«
Der Offizier fühlte sich nicht ganz wohl in seiner Uniform. Wenn es zwei Namen und zwei Vermögen im Königreich gab, die dem Frieden der Krone zu schaffen machen konnten, dann waren sie hier in diesem Raum versammelt.
»Gemach!« beschwichtigte Nathaniel vom Fenster her. Er hatte die Schriftstücke durchgelesen und kam nun auf Orlan zu. »Geld braucht in dieser Sache wohl nicht mehr aufgewendet zu werden.« Er hielt dem Major eine offensichtlich amtliche Urkunde, mit zahlreichen Siegeln behaftet, entgegen. »Ich nehme an, daß Ihr als der nächsterreichbare Offizier der Krone anzusehen seid. Seid Ihr bereit, den Empfang zu bestätigen?«
Der Offizier der Krone stieß zögernd einen Seufzer aus und nahm das Papier in die Hand. Er begann zu lesen, wobei sich mit seinen Augen auch seine Lippen bewegten. Er warf einen Blick auf Ruark, setzte das Glas ab und las weiter. Schließlich las er laut vor:
». . . Somit, im Lichte neuer Beweiserhebungen und angesichts einer Petition seitens des Marquis de Beauchamp, sollen im Fall des Ruark Deverell Beauchamp alle laufenden Verfahren ausgesetzt werden, bis weitere Ermittlungen eine neue Würdigung der Tatsachen in dieser Angelegenheit ermöglichen.«
Major Carter ließ das Schriftstück sinken und sprach in den Raum hinein: »Und das Ganze trägt die Siegel sowohl des Marquis wie auch des Adelsgerichts. Und damit hat es wohl den Anschein, daß Ihr frei seid, Mister Beauchamp.«
Mit einem Freudenschrei warf Shanna sich an Ruarks Hals und erwürgte ihn fast vor Freude. Überall im Raum wurden Seufzer der Erleichterung ausgestoßen.
»Wollt Ihr damit sagen«, Ralstons schneidende Stimme fuhr wie ein Säbel in die kaum wiederaufgelebte Fröhlichkeit hinein, »daß ein ent-

sprungener Mörder aufgrund eines Fetzens Papier einfach so in Freiheit gesetzt werden kann? Das ist Ungerechtigkeit, sage ich. Ein ungeheuerliches Fehlurteil!«
Der Major richtete sich zu voller Größe auf. »Dieses Schriftstück liefert die bündige Erklärung, Sir. Die in Frage stehende Frau war verheiratet und unterhielt außerdem Verhältnisse mit anderen Männern. Es waren zuvor schon Anzeigen erstattet worden von Männern, die ihren Diebereien zum Opfer gefallen waren. Darin wurde immer wieder vorgebracht, daß die Männer sich an nichts mehr erinnern konnten, außer daß sie in einiger Entfernung von der Schenke wieder zu Besinnung gekommen seien. Außerdem liegen Zeugnisse von Herren in Schottland vor, die Mister Beauchamps Ankunft dort, von den Kolonien kommend, bestätigen. Er kann also auch nicht der Vater des Kindes der in Frage stehenden Frau gewesen sein, da sich dieselbe bereits in einem fortgeschrittenen Zustand der Schwangerschaft befand. Es wird nunmehr der Verdacht geäußert, daß der Ehemann die Frau in einem Anfall von Eifersucht ums Leben gebracht hat.«
»Da wird ein braves englisches Mädchen auf die grausigste Weise ermordet, und schwanger war sie auch noch, und nun soll der Übeltäter ungeschoren davonkommen!« Ralston verstand nur noch, was er verstehen wollte.
»Mister Ralston!« bellte Trahern.
Major Carter legte lässig die Hand auf den Säbelknauf. »Ihr wollt eine Verfügung des Adelsgerichts in Frage stellen, Sir?«
Diese doppelte Mißbilligung, durch zwei Männer mit Autorität, reichte fürs erste, den schäumenden Ralston zum Schweigen zu bringen. Zurückzuweichen begann er jedoch erst, als Shanna mit grünen Zornesblitzen in den Augen auf ihn zukam.
Er stammelte: »Ich meinte ja nur . . . Nein! Nein! Natürlich nicht . . .«
»Wagt es, den Namen meines Gemahls auch nur ein einziges Mal noch über Eure schmutzigen Lippen zu bringen – und ich kratze Euch die Augen aus!« Obwohl Shannas Stimme kaum mehr als ein Flüstern war, dröhnten ihre Worte ihm in den Ohren.
»Ja! Ja! Ich meine . . . Nein. Wie Ihr wünscht!«
Ralston stand sehr still da, bis sie endlich von ihm abließ. Dann erst hob er seinen Fuß von der Kaminkante und scharrte sich die heiße Asche von den Stiefelsohlen. Aber er hatte das Schlimmste noch nicht hinter sich.
»Mister Ralston, ich glaube, ich habe etwas gefunden, das Euch gehört.«
Pitney war vor ihn getreten und hielt ihm die Reitgerte vor die Nase, die er zuvor schon Ruark gezeigt hatte.
»Ach ja, natürlich. Vielen Dank.« Ralston tat sehr erleichtert und nahm die Gerte in Empfang. »Gewiß, das ist die meinige. War gar nicht so ein-

fach, wißt Ihr, nur mit einer Weidenrute zu reiten. Aber was klebt denn daran?«
»Blut«, brummte Pitney. »Und Haare. Alles von Attila. Mit dieser Gerte ist der Hengst geschlagen worden, bis er vor Schmerzen wieherte und dadurch Ruark in den Stall lockte. Aber natürlich könnt Ihr davon nichts wissen, wart Ihr doch die ganze Nacht unterwegs. Wie war noch der Name Eures Freundes?«
»Blakey. Jules Blakey«, gab Ralston geistesabwesend Auskunft.
»Blakey. Ich kenne den Mann«, warf Georg vom anderen Ende des Raumes her ein. »Er wohnt in einem Blockhaus etwas außerhalb von Mill's Place. Er hat gelegentlich einen Verwandten in England erwähnt, doch das war, laßt mich nachdenken«, er beäugte Ralston, »sein Schwager, der Bruder seiner Frau.«
Ralston starrte auf den Boden. Seine Stimme war ein Flüstern, als er endlich zu reden anfing.
»Meine Schwester – ich war damals noch ein kleiner Junge – wurde fälschlich des Diebstahls beschuldigt und in Leibeigenschaft verkauft. Sie heiratete dann diesen Mann – einen Mann aus den Kolonien.« Die Schande, die er ob dieses letzteren Eingeständnisses empfand, war offenkundig mehr, als er ertragen konnte.
Major Carter, der bei Trahern stand, hatte sich das alles interessiert angehört. Nun spitzte er die Lippen und griff tief in seine größte Jackentasche, um ein dickes Vorschriftenbuch zum Vorschein zu bringen. Er blätterte es schnell durch, bis er die Seite fand, die ihm weiterhelfen sollte, dann begann er – tief ins Lesen und Denken versunken – im Kreis herumzuwandern. Nachdem er mehrmals Traherns Sessel umrundet hatte, unterbrach er seine Wanderung und begann zu sprechen:
»Den größten Teil meiner Dienstzeit, sehr geehrte Damen und Herren, habe ich als Frontoffizier verbracht, einmal abgesehen von meiner Stationierung in London.« Dabei nickte er Ruark zu. »In der Kriegskunst kenne ich mich daher also einigermaßen aus. Offizier der Krone in Friedenzeiten zu sein ist dagegen ein ander Paar Stiefel. Dessen eingedenk haben nun die klügsten Köpfe im Kriegsministerium ein Handbuch verfaßt, welches einem Offizier dort von Nutzen sein soll, wo es ihm an Erfahrung mangelt. Nun ist das mit diesem Buch so eine Sache.« Er hielt es hoch, damit jeder es betrachten konnte, was immer das auch nützen sollte. »Einerseits enthält es eher Vorschläge als Vorschriften. Andererseits gibt es dem Offizier zwei Möglichkeiten an die Hand. Man kann sich bis auf den Buchstaben daran halten – und man kann es in den Wind schlagen und damit ein Kriegsgerichts-Verfahren riskieren. Ich ziehe es vor, mich an die Buchstaben zu halten. Und die Buchstaben sagen hier: Stößt ein Offizier im zivilen Bereich auf eine Angelegenheit, die ihm un-

gewöhnlich wirr erscheint und/oder verdächtigt dann muß er es auf seine eigene Kappe nehmen und die Sache untersuchen, um Tatsachen zu ermitteln.« Er tippte mit dem Finger auf die Seite. »So aufgeblasen das auch klingen mag – ich hätte kaum treffendere Worte finden können, um die Lage zu beschreiben, die sich mir hier und heute darbietet.«
Er begegnete furchtlos allen Blicken, die sich auf ihn richteten, dann suchte er sich Pitney aus.
»Diese Sache mit dem Stall. Ihr meint, das Feuer ist mit Willen gelegt worden?«
»Da ist kein Zweifel möglich«, warf Nathaniel mit Nachdruck ein. »Das Stalltor war mit Pfosten zugesperrt, und meinem Bruder ist aufs Haupt geschlagen worden.«
Auf Drängen des Majors hin wurde die ganze Geschichte erzählt.
»Gentlemen, ich muß um Nachsicht bitten. Ich bemühe mich nach Kräften, alles zu begreifen, doch die Sache wird immer verwirrender für mich. Vielleicht sollten wir mit dem Anfang beginnen.« Major Carter blickte in die Runde und seine Augen blieben an Ruark hängen. »Mister Ruark Beauchamp, es hat mich im höchsten Maß bestürzt, Euren Namen auf dem Hinrichtungsbefehl zu entdecken. Nichtsdestotrotz sehe ich Euch hier vor mir stehen, offenbar ohne daß Euch ein Haar gekrümmt worden wäre. Wie das?«
Ruark spreizte die Hände. »Ich weiß nur, daß ich aus meinem Kerker herausgeholt und in einen anderen gebracht wurde, wo schon zwei Männer saßen. Dann schleppte man mich auf ein Schiff, welches nach Los Camellos segelte. Aber vielleicht kann Mister Ralston mit einer Erklärung dienlich sein. Der hat nämlich die ganze Sache in die Wege geleitet.«
»Was?« Trahern richtete sich im Sessel auf und verrenkte sich den Hals nach Ralston. »Ihr habt ihn aus Newgate herausgekauft?«
»Herausgekauft ist wohl kaum das rechte Wort dafür, Papa«, nahm Shanna dem Angesprochenen die Antwort ab. »Der Kerkermeister, Mister Hicks, hat ein scharfes Ohr für klingende Münze, wie ich aus eigener Erfahrung bestätigen kann.« Sie sah Ralston scharf an. »Was hat Euch Mister Hicks denn für seine Mühewaltung berechnet? Hundert Pfund, zweihundert?«
Ralston hielt Shannas Blick aus – ein rettender Gedanke war ihm, wie er meinte, gekommen.
»Oft genug habt Ihr mich beschuldigt und bedroht, Madam. Erklärt aber doch nun Ihr einmal, Madam, wie es angehen konnte, daß Ihr Euch mit einem gewissen Ruark Beauchamp verehelichtet, während derselbige zu Newgate im Kerker residierte?«
Trahern renkte sich in seinem Sessel nun nach der anderen Richtung.

»Hmmmh«, brummte er, »Shanna, mein Kind, das zu erfahren wäre in der Tat höchst interessant.«
Shanna betrachtete eingehend die Brosche, die sie trug, scharrte ein wenig mit dem hübschen Pantöffelchen über den Teppich, lächelte auch ein wenig wehmütig zu Ruark hin, doch dann holte sie tief Luft und sah ihrem Vater geradeheraus an.
»Ich fuhr nach Newgate, um mir dort einen Namen auszusuchen, der Euch gefallen und Eurem Wunsch entsprechen würde – und dessen Träger, wie ich es mir dachte, mir nicht allzulang zur Last fallen konnte. Und da schlossen wir eben einen Handel ab, wir beide.« Sie lächelte zu Ruark hin und suchte seine Hand, und er legte beschützend seinen Arm um sie. »Es war eine bittere Lüge, ich will's eingestehen, und gerechterweise fiel sie dann auch prompt auf mich zurück, denn als ich dann erkennen mußte, daß ich in Wahrheit doch nicht Witwe war, konnte ich nicht mehr vor, nicht mehr zurück.« Sie lehnte sich behaglich an Ruark. »Der Betrug tut mir von Herzen leid, Papa – doch wüßte ich genau, daß alles zu dem gleichen Ende führte, ich würd's wieder tun.«
Trahern lachte fröhlich in sich hinein. »Ich hab' mich immer schon gefragt, wie lange Ihr die Sache mit dem Ultimatum durchzustehn vermöchtet. Doch nun muß ich eingestehn, Ihr habt mehr als Euren Anteil an Trahernschem Blut.«
Zögernd wandte Shanna sich nun wieder Major Carter zu. »In Ruarks Sarg ist ein fremder Mann begraben worden; vielleicht ein namenloser Leichnam, der für den Schindanger bestimmt war. Und das ist alles, was ich weiß.«
Pitney trat vor und nahm den Faden auf. »Ich bekam den Sarg von Mister Hicks in Newgate ausgehändigt. Ein Greis lag drin, verwelkt und ausgetrocknet, Hungers gestorben, was weiß ich. Doch wer immer es war, er liegt unter einem schönen Stein mit einem ehrenvollen Namen. Ansonsten gibt's wenig zu berichten. Außer, daß ich den Mann gefunden habe, der mit der Ermordeten zu London verheiratet war.« Der Major merkte auf und wollte etwas sagen, doch Pitney hob die Hand und hieß ihn schweigen. »Ich weiß, daß dieser Mann verdächtig ist. Zur Zeit befindet er sich in Richmond. Als ich ihn in London traf, war er ziemlich betrunken und sagte nicht viel mehr, als daß Ruark nicht der Täter gewesen sein könnte.«
Pitney fing einen ebenso fassungslosen wie anklagenden Blick von Shanna auf und beeilte sich, hinzuzufügen: »Als ich dahinterkam, daß Ruark dem Henker durch die Lappen gegangen war, sah ich keinen Grund, viel Wesens davon zu machen. Erst in Richmond war's, daß der Mann der Ermordeten mir sagte, er werde wohl bald den Beweis für Ruarks Unschuld liefern können. Also hab' ich's ihm überlassen, so zu

handeln, wie er es für richtig hält. Gewiß – es mag eine List gewesen sein, um aus der Sache herauszukommen.« Pitney zuckte die Achseln. »Doch ich vertrau' dem Mann.«

»Auf unserer Insel ist auch ein Mädchen ermordet worden«, sagte Trahern aufs Geratewohl. »Und im Todeskampf hat es noch ein ›R‹ in den Sand gezeichnet.«

»Ihr beschuldigt mich?« begehrte Ralston auf. »Ich fand das Luder abscheulich, doch ein Grund zum Töten war das nicht. Mir war sie Luft.«

Shanna blickte ihn finster an. »Milly trug ein Kind, und Ihr gabt ihr Münzen. Ruark und ich – wir beide haben Euch mit ihr gesehen, im Eingang unseres Hauses.«

Ralston machte eine wegwerfende Handbewegung. »Fisch sollte sie mir bringen, mehr war da nicht.«

»Und warum habt Ihr auf der Insel Ruark immerfort verfolgt?« wollte Pitney wissen. »Ich beobachtete Euch oft dabei.«

»Ihr wollt mir den Verdacht anhängen, seinen Tod geplant zu haben, gesteht es ein, so ist es doch!« Der Dünne suchte jetzt im Gegenangriff sein Heil. »Ihr und Shanna, Ihr habt Euch schon in London hinter meinem Rücken verschworen, um die Hochzeit mit Ruark auszuhecken. Nun, als ich die beiden auf der Insel an der Mühle bei einem zärtlichen Stelldichein ertappte«, seine Stimme wurde hämisch, »da wußte ich von der Ehe noch nichts. Mister Ruark nahm sich mit seinen Händen so viel Freiheiten heraus, daß ich von einer Liebschaft überzeugt sein mußte. Und da ich ja schließlich für seinen Aufenthalt auf Los Camellos verantwortlich war, wußte ich auch: wird der Mann einmal zur Rede gestellt, weil er die Finger nicht von der Tochter des Inselherrn gelassen hat, dann kommen auch auf mich peinliche Fragen zu. Daß die beiden Mann und Frau sind, erfuhr ich freilich erst auf der Reise hierher, und nach der Landung schrieb ich einen Brief an die Behörden. Für mich galt Mister Ruark immer noch als Mörder, versteht Ihr denn das nicht? Wie sollte ich am Wort des Kerkermeisters zweifeln!«

Shanna tauschte einen vielsagenden Blick mit Ruark – außer Pitney hatte nur Milly von ihrer heimlichen Ehe Wind bekommen.

»Mister Ralston«, meinte Pitney höhnisch, »Ihr seid ein Mann von höchst bemerkenswerter Unschuld.«

»Herr Major!« rief Ralston aus. »Ich bin ein Bürger Englands und verlange allen Schutz, den das Gesetz mir schuldig ist!« Er nestelte, in die Enge getrieben, an dem Handschuh, den er immer noch an seiner rechten Hand trug, riß ihn herunter und warf ihn zusammen mit dem anderen auf den Tisch, daß es nur so knallte. »Will jemand Klage gegen mich erheben, dann mag er das vor einem ordentlichen Gericht besorgen; da will ich Rede und Antwort stehen. Dieses Gaukelspiel jedoch brauch' ich mir

nicht gefallen zu lassen. Ich erwarte, daß ein Offizier des Königs mir den Schutz gewährt, auf den ich Anspruch habe!«
Frau Amelia war unterdessen ihrem Sohn zur Seite getreten, und nun stieß sie Ruark mit dem Ellenbogen an. Ruark sah fragend zu ihr hinab, und sie lenkte seinen Blick auf Ralstons nunmehr unbedeckte Hand.
»Woher, Mister Ralston«, fragte Ruark milde, »stammt der Ring, den Ihr da tragt?«
Ralston hob die Hand und schaute, als sei nichts Besonderes an dem Ring zu sehen. »Das«, erklärte er geringschätzig, »ist die Bezahlung einer Schuld. Warum?«
»Seit vielen Generationen war der Ring im Besitz meiner Familie. Ich glaube, daß er mir gestohlen worden ist.«
»Gestohlen? Blödsinn! Ich habe einem Mann Geld geliehen, er konnte es mir nicht zurückerstatten, da gab er mir das Ding dafür.«
Ruark drehte sich halb zu dem Major und sprach halb zu ihm und halb zu allen anderen. »Meine Mutter gab mir diesen Ring, damit ich ihn, sollte ich einmal ein Mädchen zur Gemahlin auserwählen, ihr als Unterpfand zum Verlöbnis gäbe. Ich trug den Ring an einer Kette um den Hals, und da war er auch noch, als ich in London mit dem Freudenmädchen auf die Kammer ging. Das war die Nacht des Mordes. Wer immer diesen Ring an sich nahm, muß in jener Nacht in jenem Raum gewesen sein.«
Ralston sackte die Kinnlade abwärts, als er begriff, was das bedeutete. Die Hand des Offiziers legte sich auf die Pistole, und Ralstons Gesicht nahm einen entsetzten Ausdruck an.
»Nein! Ich war's nicht! Ich hab' sie nicht umgebracht!« Er schwitzte. »Das könnt Ihr mir nicht auch noch in die Schuhe schieben! Hier, nehmt doch Euren verdammten Ring!« Er riß ihn sich vom Finger und schleuderte ihn in den Salon, und der Blick des dünnen Mannes klammerte sich an Ruark. »Wie könnt Ihr mich nur beschuldigen? Nie hab' ich Euch Böses angetan! Geld hab' ich bezahlt, um Euch vorm Strick zu retten! Zählt das denn gar nichts mehr bei Euch?«
Hier mischte sich Orlan Trahern wieder ein. »Soll ich Euch so verstehen, Mister Ralston, daß Ihr mir Männer aus dem Kerker zu bringen pflegtet, die Ihr dann mir gegenüber als auf der Schuldner-Versteigerung gekauft ausgabt? Soll ich Euch so verstehen, daß Ihr mir falsche Rechnung vorlegtet und das Geld Euch in die eigene Tasche stecktet?«
Ralston sah ringsum seine Welt zusammenbrechen, die Scherben flogen ihm um die Ohren. Vergebens versuchte er das Zittern seiner Hände und Knie zum Stillstand zu bringen.
Doch Ruark fand, daß seine Frage noch nicht beantwortet sei. »Wer, Mister Ralston«, beharrte er mit seiner gefährlich sanften Stimme, »gab Euch diesen Ring? War's vielleicht Sir Gaylord?«

Unvermittelt lachte Ralston auf. »Ach ja! Natürlich! Sir Gaylord gab ihn mir! Ja, jetzt entsinn' ich mich! Für Geld, das ich ihm lieh.«
»Und was sagt Sir Gaylord, woher er den Ring bekommen hat?« Ruarks Stimme übertönte das erstaunte Stimmengemurmel im Salon.
Ralston zuckte mit den Schultern. »Wohl von einem Schotten, wenn ich mich recht erinnere. Ebenfalls für eine Summe Geldes, das wiederum dieser Mann Sir Gaylord schuldig war.«
»Jamie ist Schotte«, merkte Pitney an, als sich seine Stirn runzelte. »Er könnte allerdings den Ring von Ruark entwendet haben.«
»Bleibt also die Frage, wo Sir Gaylord ist«, stellte Ruark fest. »Ist er ausgeritten?«
»Niemand hat ihn gesehen«, bemerkte Frau Amelia.
»Dieser Sache gehen wir auf den Grund, sobald er wiederkehrt«, beschloß der Major.
Trahern freilich war noch nicht mit seinem Handelsagenten fertig.
»Wieviel habt Ihr denn nun für Ruark bezahlt?« wollte er wissen.
Und Ralston, der schon den Kopf aus der Schlinge gezogen zu haben glaubte, stürzte wieder in tiefe Verzweiflung. »Zweihundert Pfund«, gestand er kleinlaut ein.
»Und fünfzehnhundert habt Ihr mir berechnet«, führte Trahern sachlich Buch. »Ich kann daraus nur schließen, daß Ihr mich auch früher schon betrogen habt.« Der Handelsherr wog den Beutel mit den goldenen Münzen in der Hand, dann warf er ihn Ruark wieder zu. »Ihr seid mir nie etwas schuldig gewesen, Mister Beauchamp. Mit den Diensten, die Ihr mir geleistet habt, ist längst alles abgegolten.«
Und ohne Ralston anzusehen, fuhr er fort: »Die Konten, über die Mister Ralston auf Los Camellos verfügt, werden als Ersatz für das, worum er mich betrogen hat, eingezogen.«
Stammelnd begehrte Ralston auf: »Aber das ist doch alles, was ich auf der Welt besitze!«
»Dann ist es leider schlecht um Euch bestellt«, sagte Trahern kalt, »denn in meinen Diensten steht Ihr nun nicht mehr. Ihr werdet Euch nun wohl in den Kolonien ein Auskommen suchen müssen.«
Der dünne Mann ließ schlaff die Schultern sinken. In diesem Augenblick hatte er mehr verloren, als er je mit seinen Schwindeleien gewonnen hatte, und ein grausamer Schicksalsschlag war's auch für ihn, wenn er den Rest seiner Tage nun in den verhaßten Kolonien fristen mußte. Und wenn Gaylord ihm nun auch das Darlehen nicht mehr zurückerstatten konnte, sah es bitter aus für ihn.
Es wurde still im Salon, als Ralston sich in den nächstbesten Sessel fallen ließ.
Der Höhepunkt der Spannung war überschritten. Eine plötzliche

Müdigkeit wollte Shanna überkommen. Der Morgen, der in der Nacht schon mit der Feuersbrunst begonnen hatte, war lang gewesen – und dann die Angst, daß die Rotröcke den geliebten Ruark mitnehmen würden. Völlig erschöpft fühlte sich Shanna nun. Sie flüsterte Ruark ein paar Worte zu und überließ es ihm, sie zu entschuldigen. Er geleitete sie in ihr Zimmer und schloß die Vorhänge vor den Fenstern. Mühsam unterdrückte sie ein Gähnen und ließ sich auf das Himmelbett fallen. Ruark, an einen Bettpfosten gelehnt, schaute sie mitempfindend an.
»Die Tür läßt sich zwar nicht mehr schließen«, lächelte sie angestrengt, »aber wißt Ihr eigentlich, was das bedeutet, daß wir uns nie mehr zu verstecken brauchen?«
»Und da ich nun auch mein Zimmer wieder offen für mich in Anspruch nehmen kann, erhebe ich auch Anspruch auf all das, was sich darin befindet«, erklärte er, ging zwar zum Schrank, um sich ein frisches Hemd herauszunehmen, doch nur zu deutlich sagte ihr sein Blick, daß er auch an andere Ansprüche dachte.
»Nicht, solang die Türe offensteht. Kühlt Euer Gelüste, Sir, bis sie sich wieder schließen läßt.«
»Dafür werd' ich sorgen, Madam, und wundern werdet Ihr Euch, wie schnell das geht.«
Shanna sah ihm zu, wie er sein Lederwams ablegte und sich das frische Hemd über den Kopf zog. »Eines will mir keine Ruhe lassen, Ruark«, sagte sie. »Wer trachtet Euch nach dem Leben?«
»Ich habe da so meinen Verdacht«, sprach er aus dem Hemd heraus. »Und ich komm' auch noch dahinter.«
Er steckte sich das Hemd in seine Hose und setzte sich zu ihr, neigte sich über sie, ließ seinen Mund nach ihren Lippen suchen und genoß ihren heißen Kuß.
»Ich liebe Euch«, flüsterte Shanna und schlang ihre Arme um seinen Nacken.
Ruarks Hände glitten Liebe schenkend über Shannas geschmeidigen Leib, tiefer, immer tiefer – und plötzlich hielten sie oberhalb von Shannas rechtem Knie in ihren Wanderungen inne.
»Ist Euch am Knie ein Überbein gewachsen?« fragte er verwundert.
Shanna kicherte, raffte die Röcke und auch das Hemd hoch und zeigte ihm, was sie im Strumpfband trug – den kleinen Dolch in seiner hübschen Silberscheide. »Seit heute morgen«, sagte Shanna ernst, »bin ich der Ansicht, daß ich Euch beschützen muß.«
Ruark, freilich, war mehr vom Anblick seidiger Schenkel angetan und streichelte die nackte Haut. Kühner wurden seine Küsse, und voller Begierde kochte das Blut in seinen Lenden.
»Die Tür!« flüsterte Shanna atemlos. »Wenn uns jemand sieht!«

»Das scheint wohl auf ewig unser Kummer zu bleiben, daß wir niemals ungestört sein können«, stöhnte Ruark heiser und hauchte einen Kuß auf Shannas Bauch, ehe er ihr widerwillig die Röcke wieder hinunterzog. »Also geh' ich jetzt, um nachzuschauen, wie ich die verdammte Tür wieder zum Schließen bringen kann. Aber lauft mir nicht wieder fort.«
»Bestimmt nicht«, versicherte sie ihm.
Sie lauschte seinen Schritten nach, wie sie den Gang und dann die Treppe hinuntereilten. Sie lächelte und schmiegte sich tief in ihre Kissen. Er hatte sich nicht die geringste Mühe gemacht, seine Schritte zu verheimlichen – und das war nun auch endlich nicht mehr nötig.
Ein paar Augenblicke gab sie sich der freudigen Glückseligkeit hin, ihre Liebe nun nie mehr verhehlen zu müssen, dann sanken ihr die Lider über die Augen, und friedvoll schlummerte sie ein.

28

Nur allmählich fanden Shannas Sinne sich in der Wirklichkeit zurecht. Ein leises, flüchtiges Geräusch hatte sie aus ihrem Schlummer aufgeschreckt. Still lag sie da, kaum halb wach, halb von Träumen noch umfangen. Und da war das leise, kratzende Geräusch schon wieder. Die Zweige des großen Baumes waren es, die raschelten an der Fensterscheibe. Shanna drehte den Kopf auf dem Kissen, und im Dämmerlicht des durch Vorhänge verdunkelten Gemachs erkannte sie den Schatten eines Mannes, der eben übers Fenstersims stieg.
»Ruark?« murmelte sie verschlafen. »Was für ein Spiel treibt Ihr denn nun?«
Der Schatten reckte sich, drehte sich um; die Vorhänge glitten auseinander, und Shanna stockte der Atem, ein Aufschrei wollte sich aus ihrem Hals lösen und blieb doch vor Entsetzen stumm. Der Mann kam auf sie zu, ein böses Grinsen verzerrte seinen Mund.
»Gaylord!« sagte Shanna überrascht, und ihre Ängste flohen, der trottelige Edelmann war lästig, doch Gefahr bedeutete er nicht. Entrüstet blitzte sie ihn an. »Was fällt Euch ein, in mein Gemach hineinzuschleichen?«
»Nun, meine liebe Shanna«, spöttelte der Ritter, »ich befleißige mich nur des Beispiels, welches Euer tapferes Ehegespons mir vorzuführen die unbedachte Freundlichkeit besaß. Bin ich nicht mindestens so hübsch wie er?«
»Meinen Geschmack trefft Ihr nicht«, versetzte Shanna hochmütig. Ihre Sinne waren immer noch halb vom Schlaf umfangen, doch irgendwo schimmerte schon eine Spur von Erkenntnis auf. Sir Gaylord war nicht dabeigewesen, als Garland eintraf. Mehr noch – all die dramatischen Ereignisse der letzten Nacht und dieses Morgens hatten sich in seiner Abwesenheit abgespielt – wie also konnte er nun von ihrer Ehe wissen? Da paßte irgend etwas nicht zusammen, und das nagte nun an ihr, weckte ihr Mißtrauen und auch ihre Neugier.
»Ehe ich die Diener rufe und Euch aus dem Hause weisen lasse, frag' ich Euch noch einmal, Sir – was sucht Ihr hier in meinem Zimmer?«
»Gemach, verehrte Dame!« Er stellte eine langläufige Muskete gegen die Sessellehne ab, nahm Platz und legte seine schlammbespritzten Stiefel übereinander. »Ich bin einigen Geschäften nachgegangen, und diese ha-

ben mich dazu geführt, daß ich nun ein Wort unter vier Augen mit Euch zu sprechen wünsche.«
Shanna erhob sich, glättete ihr Samtgewand und das vom Schlaf verwirrte Haar und war sich dabei stets der wässerigen Augen bewußt, die sich an sie geheftet hatten. Sie schlüpfte in die Schuhe und warf einen Blick auf die Pendüle auf dem Kaminsims. Die Mittagsstunde war eben erst angebrochen; sie hatte also nur wenige Minuten geschlafen, und Ruark mußte jeden Augenblick kommen, um die Tür wieder instand zu setzen.
»Ich wüßte nicht, was wir zu bereden hätten, Sir Gaylord«, meinte Shanna geringschätzig, während sie die Decke faltete und ordentlich ans Fußende legte. Falls dieser Lümmel ihr wieder den Hof zu machen gedachte, würde sie dem ein schnelles Ende zu bereiten wissen. Sie verspürte nicht die geringste Lust, sich sein Süßholzgeraspel anzuhören.
»Ach, meine bezaubernde Lady Shanna.« Billingsham lehnte sich im Sessel zurück, legte die Fingerspitzen seiner beiden Hände gegeneinander und errichtete so ein Türmchen über seinem Bauch. »Die Eiskönigin! Die Unberührbare! Die vollkommene Frau!« Ein böses Echo klang in seinem Gelächter mit. »Aber nicht ganz so vollkommen. Meine Liebe, Ihr habt Lug und Trug geübt, und nun wird die Schuld eingetrieben. Nun ist der Tag gekommen, da die Wechsel fällig werden.«
»Wovon sprecht Ihr eigentlich?«
»Von Eurer Ehe mit Ruark natürlich. Ihr wollt doch nicht, daß irgend jemand davon erfährt?«
Shanna stutzte. »Sir? Ihr wollt mich um Geld erpressen?«
»Aber nicht doch, meine Dame«, erklärte er, und seine Blicke folgten ihr mit unverhohlenem Hunger, als sie ein wenig vor ihm zurückwich. Gaylord stellte sich auf die Füße und begab sich mit scheinbar nachlässigen Schritten zwischen Shanna und die Tür. Dann drehte er sich unvermittelt um und nahm, mit ausgestelltem Knie, eine dümmliche Haltung ein, die überlegen wirken sollte.
»Solche Gemeinheit führe ich nicht im Schilde«, grinste er. »Lediglich Eures Beistands bedarf ich – und Ihr habt mir ja wohl etwas zu vergelten. Wenn Ihr also die Beauchamps und Euren Vater davon überzeugen könnt, wie weise es doch sei, in meine Werft zu investieren, dann werde ich nichts von der Heirat mit diesem Burschen Ruark sagen und auch nicht die Behörden informieren, daß Euer Ehegespons in Wahrheit ein entsprungener Mörder ist.«
»Und woher wollt Ihr das wissen?«
»Ralston, dieser Tor, hat mir auf der *Hampstead* sein Geheimnis anvertraut. Daß er einen Mörder aus dem Kerker herausgekauft habe und daß der nämliche John Ruark sei. Nun kenne ich meines Vaters Akten sehr

genau. Natürlich hieß der Mörder damals noch Ruark Beauchamp. Rätsel gab mir freilich auf, wie Eure Ehe mit dem Schuft zustande kommen konnte. Soviel ich wußte, hatte man den Mann gehenkt, und als Ihr Euch als Witwe vorstelltet, war ich überrascht, denn aus den Dokumenten meines Vaters ging hervor, daß Ruark Beauchamp Junggeselle war. Nun hatte ich Ruark Beauchamp niemals gesehen, kam also gar nicht auf den Gedanken, daß er und John Ruark ein und derselbe seien – bis Mister Ralston mir den Fall erklärte. Im Kerker habt Ihr ihn geehelicht, nicht wahr?«

Shanna nickte langsam. »Allerdings. Doch gesetzt den Fall, ich entspreche Eurem Wunsch – was gedenkt Ihr dann zu tun?«

»Nach London, selbstverständlich, reise ich zurück und gehe meinen Geschäften nach.«

»Nach London also, sagt Ihr.« Hinten tief in Shannas Kopf zog ein Dämmern auf. Anfänglich hatte sie den Mann mit der vollen Wahrheit der Lächerlichkeit preisgeben wollen, doch nun entschloß sie sich, noch weiter ihre Neugier zu befriedigen. »Es will mir scheinen, Sir, daß Ihr sehr um Geld verlegen seid. Und doch führt Ihr einen höchst großzügigen Lebenswandel. Nun seid Ihr gut Freund mit Ralston. Habt Ihr Euch Geld von ihm geborgt?«

»Und wennschon, Madam?« gab er gereizt zurück. »Was geht's Euch an?«

»Natürlich nichts.« Shanna lächelte, um sein Mißtrauen zu zerstreuen, und fuhr fort, als ginge es sie in der Tat nichts an. »Es ist nur, weil er einen hübschen Ring besitzt und sagt, er habe ihn als Zahlung einer Schuld erhalten.«

»Ach so«, der Ritter tat erleichtert. »Fast alle meine Preziosen und mein Geld befanden sich in dem Gepäck, das mir vorausgesegelt war, nach Richmond. Deshalb borgte ich mir bei Ralston ein paar hundert Pfund; in Richmond zahlte ich ihn aus. Kein großes Geheimnis, wie Ihr seht.«

»Und der Ring? Wie kam er in Euren Besitz?«

Seine Augen verengten sich ein wenig. »Da war ich's, der einem Schotten Geld lieh, und den Ring nahm ich als Pfand.«

»Mir scheint, es wird sehr viel Geld ausgeborgt in der Welt.«

»Dem mag so sein. Doch was ist Euch an diesem Ring gelegen, Madam?« Mißtrauen klang in seiner Stimme durch.

»Nichts im geringsten. Etwas anderes interessiert mich mehr«, wechselte sie schnell den Gegenstand der Unterhaltung. »Wie erfuhrt Ihr von meiner Ehe mit John Ruark? Denn offenbar wart Ihr es doch, der's Ralston steckte. Vielen Leuten war dieser oder jener Teil des Geheimnisses bekannt, doch nur wenige wußten alles. Ich vermag nicht zu erraten, wer...«

Kälte kroch in Shannas Adern hoch; sie trat zu den Fenstern hin und zog die Vorhänge beiseite, greller Sonnenschein fiel ins Zimmer.
»Nur Pitney wußte alles«, fuhr sie fort. »Ja, und Milly. Doch Pitney hat mein Vertrauen, also konnte es nur Milly sein. Die arme Milly... und gesegneten Leibes war sie auch...« Shanna richtete nun ihren vollen Blick auf Gaylord. »Ruark konnte sie nicht zum Weibe nehmen, und da muß sie sich wohl einem anderen zugewendet haben...« Sie stockte und riß den Mund weit auf, als mit einem Schlag die Steine des Mosaiks sich zu einem Bild zusammenfügten – zu einem Bild des Schreckens.
»Ihr wart es!« würgte sie hervor. »Ihr... und Milly! Und auch dieses Mädchen habt Ihr umgebracht!«
Gaylords Augen verengten sich zu schmalen Schlitzen, und Shanna begriff augenblicklich, in welch tödlicher Gefahr sie sich befand. Fliehen mußte sie, sonst gab es keine Rettung mehr. Sie stürzte zur Tür. Gaylord fing sie ohne Mühe ab, und seine langen, knöchernen Finger schlossen sich fest um ihren Arm. Mit einem gräßlichen Fluch riß er sie zurück und warf sie auf das Bett. Riesig türmte er sich vor ihr auf, schwankte über ihr, als wolle er sich jeden Augenblick auf sie stürzen.
»Ja! Milly!« höhnte der Edelmann. »Und bildet Euch nicht ein, Ihr wäret zu erhaben, um nicht ihr Schicksal ebenfalls zu teilen! Also hütet Eure Zunge, Lady!«
Unter seiner Jacke zog er eine dicke Reitgerte hervor und schlug sich den Knauf vielsagend in die Hand. Shanna sah die langen Striemen vor sich, die Millys kleinen Leichnam verunstaltet hatten, und die Wunden, die Attila auf den Nüstern trug. Und hütete die Zunge.
Gaylord begann, im Zimmer auf und ab zu wandern, doch achtete er darauf, daß er nie den Weg zur Tür freigab.
»Ja, Milly! Das verschlampte Luder! Tochter eines Fischweibs! Ha! Schwängern ließ sie sich und hielt mich für einen guten Fang. Doch das hat sie sich anders überlegt, o ja! Um Gnade hat sie mich auf Knien angebettelt, mir geschworen, daß ihr nie ein Wörtchen über die Lippen käme. Nun, ich hab' dafür gesorgt, daß dem so sei!«
Ekel stieg in Shanna auf, als sie Milly vor sich sah, wie sie unter den grauenvollen Hieben dieser Gerte um ihr kleines Leben flehte. Ein Wahnsinniger war dieser Mann! Ohne mit dem Augenlid zu zucken, würde er sie töten. Kein Zweifel, daß er auch die Frau in London auf dem Gewissen hatte, weil sie ihm hinderlich geworden war. Und Shanna wurde klar, daß jetzt auch sie dem Edelmann im Wege stand. Sie mußte etwas tun, mußte etwas sagen, um ihn abzulenken.
»Mein Vater wird...«, begann sie zögernd.
»Euer Vater!« spuckte Gaylord aus. »*Lord* Trahern!« schrie er verächtlich. »Ein Mann von niedrigster Herkunft! Sohn eines Straßenräubers!

Diebsgeschmeiß! Wie ich es haßte, ihn um Geld angehen zu müssen. Ihn! Ein Krämer, der den Adel um seinen rechtmäßigen Reichtum beraubt, Aristokraten um Häuser und um Ländereien bringt, weil seine empörenden Forderungen nicht zu erfüllen sind. Der edle Lords und Grafen vor sich auf den Knien rutschen läßt. Brave Männer, die Englands Geschicke wenden können, müssen sich vor einem Krämer neigen und um Pennys betteln!«
Wütend trat Shanna zur Verteidigung ihres Vaters an; einem Mörder durfte es doch nicht gestattet sein, ihren Vater zu verleumden! »Betrogen hat mein Vater nie! Und wenn Leute, die mit ihm Handel trieben, an den Bettelstab gelangten, dann nur, weil sie schon vorher keinerlei Verstand besaßen!«
»Mein Onkel dürfte da wohl anderer Meinung sein«, widersprach der Edelmann mit Hochmut. »Den ganzen Familienbesitz mußte er, weil das Gericht es wollte, Eurem Vater überschreiben. Euer Vater nennt das Anwesen heute, glaube ich, seinen Landsitz. Doch edel ist's von Euch, verehrte Shanna, den Vater so eifrig zu verteidigen, wo Ihr doch selbst schon so viel Kümmernisse habt. Viel zuviel wißt Ihr, als daß ich Euch die Freiheit lassen könnte.«
Nachdenklich hielt er inne und kratzte sich das Kinn mit seiner Gerte.
»Was tu' ich also jetzt? Ich brauche Eures Vaters Geld, doch kann ich Euch nicht laufenlassen, weil Ihr sonst Eure Fabelmären in die Welt setzt. Und Eure Neugier ob des Ringes! Sagt an, weshalb er so ins Auge fallen konnte.«
Er stellte seinen Fuß aufs Bett, stützte seinen Ellenbogen auf das Knie und starrte Shanna an.
»Ach, das war nur«, zuckte Shanna mit den Schultern und setzte eine Unschuldsmiene auf, »weil er so wertvoll schien und offensichtlich Ralstons Möglichkeiten übersteigt.«
»Weibergeschwätz!« winkte Gaylord ab. »Und dafür hab' ich wenig Zeit und noch viel weniger Geduld.« Seine Hand fuhr durch die Luft, landete ihr klatschend im Gesicht. Die Wucht des Schlages warf sie übers Bett, Schwindel breitete sich in ihrem Kopf aus.
»Das nächste Mal«, fauchte Sir Gaylord, »wenn ich Euch eine Frage stelle, bemüht Euch um eine triftigere Antwort. Also, was ist mit dem Ring?«
»Er gehört Ruark!« zischte sie ihm ins Gesicht. Sie stützte ihren Kopf auf einen Ellenbogen und tastete sich mit der anderen Hand die Wange ab. Bleich waren ihre Lippen.
»So ist's schon besser, meine Liebe. Dann hat mich Euer Ruark also schon wegen der Ermordung dieses Luders in London im Verdacht? Und will gar nicht glauben, daß ich den Ring von irgendeinem Schotten habe?

Nein, nein, lügt mich nicht wieder an! Sagtet Ihr nicht eben selbst, ich hätte *auch* Milly umgebracht? Und gewiß hat er Eurem Vater davon gesprochen . . . nun gut. Die Maskerade ist vorüber. Sei's drum! Ich war's ohnehin längst leid, Euch zur Liebe den vertrottelten Edelmann zu spielen.«
Shanna begriff schnell, daß wiederum ihr Gesichtsausdruck sie verraten hatte.
»Ach! Schaut Euch nur an! Ihr tut überrascht, verehrte Dame?« höhnte er, und mit einem Male war auch das Lispeln aus seiner Stimme geschwunden. »Es war mir zu klar, wieviel Vergnügen solch kleine Geister wie Euresgleichen am Zerrbild des Ritters von der traurigen Gestalt empfinden müßten. Nichtsdestotrotz betrübt es mich, daß ausgerechnet Ihr, Madam, so schnell bereit wart, es für echt zu halten.«
Shanna hatte nichts als einen haßerfüllten Blick als Antwort.
Gaylord ging zum Sessel hin und nahm die Muskete auf. Shanna machte große Augen: sie erkannte das Gewehr. Es war Ruarks Eigentum, und ehe der Stall in Flammen aufging, hatte er es dorthin getragen.
»Ihr seht recht, Madam«, grinste Sir Gaylord. »Dies ist die Waffe Eures Herrn Gemahls. Aus dem Stall hab' ich sie mir mitgenommen, nachdem ich ihn niederschlug. Ich hätte ihm ganz den Garaus machen sollen, eh' ich Feuer legte. Und war's nicht schlau, wie ich ihn durch Attilas Wiehern aus dem Hause lockte? Hätt' ich's bei den beiden ersten Mordversuchen klüger angefangen, hätt' ich ihn längst schon aus dem Weg gehabt. Aber damals wußt' ich ja noch nicht, daß er mit Euch verheiratet war. Ich saß mit Milly auf dem Heuboden und sah euch beide unten beim Liebesspiel. Da wurd's mir dann klar, daß er aus dem Leben scheiden mußte, denn offensichtlich wart Ihr ja in ihn verliebt, und das störte meine Heiratspläne. Und Ihr müßt wissen, ich brauche wirklich Eures Vaters Geld. Ja, ich hätte mir nicht einmal so lang meine Gläubiger vom Halse halten können, hätt' ich nicht damals in der Kammer dieses Mädchens – Ihr wißt schon, die zu London! – ein wahres Schatzkästlein gefunden. Das dumme Ding wollte mir ein paar Münzen abschwatzen, und ich hatte nichts, um ihr das Maul zu verschließen. Sie hatte ihren Tod verdient.«
Gaylord riß einen langen Schal aus dem Schrank und zerrte Shanna grob auf die Füße. Sie biß in seinen Arm, so fest sie konnte, doch war's wohl nicht fest genug, denn er scherte sich kaum darum.
»Und keinen Laut, meine Liebe!« warnte er sie. »Ihr könnt von Glück reden, daß ich noch Verwendung für Euch habe.«
Er riß ihr die Arme auf den Rücken und band ihr die Hände fest mit dem Schal zusammen, wobei er ihr über die Schulter hinweg ins Mieder stierte.

»Schön folgsam sein, mein Schätzchen!« Er griff ihr an die Brüste und tastete ihren Körper ab. Shanna öffnete den Mund, um einen wilden Schrei auszustoßen, doch in diesem Augenblick stopfte er ihr ein Taschentuch zwischen die Zähne. Verzweifelt suchte sie, den trockenen Leinenlappen auszuspucken, doch er schlang ihr einen zweiten Schal fest um den Mund und knotete ihn ihr im Genick zusammen. Er wühlte ihre Truhe durch, bis er einen schweren Umhang fand, den legte er ihr um die Schultern. Dann warf er sich das Gewehr am Riemen über den linken Arm und zog mit der rechten Hand die Pistole aus dem Gürtel. Diese Waffe stieß er ihr unter dem Umhang in die Rippen. Dann griff er ihr mit der anderen Hand ins Haar und zog daran, bis sie vor Schmerzen winselte.
»Nur damit Ihr mich nicht, einer plötzlichen Laune folgend, verlaßt, mein Kind«, lachte er.
So zerrte er sie durch den Raum zum Schreibtisch. Die linke Hand weiterhin mit festem Griff in ihrem Haar, legte er die Pistole hin, ergriff ein Blatt Papier und tauchte die Feder in das Tintenfaß. Dann begann er zu schreiben: »Von den Beauchamps und von Lord Trahern fordere ich hiermit jeweils fünfzigtausend Pfund. Genaue Anweisungen folgen.«
Als Unterschrift setzte er ein schmuckvolles »B« darunter, das in einer kühn geschwungenen Schleife endete. Er lachte schnaubend, ließ das Blatt zum Himmelbett hinübersegeln, nahm die Pistole wieder an sich und führte Shanna in den Gang hinaus.
Kaum am Treppenabsatz angelangt, stieß er Shanna an die Wand und preßte ihr den Pistolenlauf gegen den Hals, um sich ihres Stillschweigens zu versichern. Er spähte um die Ecke in die Eingangshalle. Dort unten ging in diesem Augenblick die Tür auf; ein drahtiger Mann mit rotem Haar trat ein und machte einen Schritt beiseite, um Ruark vorbei zu lassen. Ruark hatte beide Hände voll mit Werkzeug und etlichen Holzstükken. Der Rothaarige schloß hinter Ruark die Tür und half ihm dann, seine Bürde in der Ecke abzulegen.
»Übrigens ist mein Name Jamie Conners, Sir«, sagte der Fremde. »Und ich suche Mister Pitney.«
Shanna sah, wie Gaylord sich erschrocken straffte, als der Rote seinen Namen nannte.
»Mister Pitney ist gleich hier drin«, sagte Ruark und führte den Mann in den Salon.
Die Eingangshalle war nun leer, und Billingsham führte seine Geisel die Treppen abwärts, wobei er sie vor sich gehen ließ, sich selber jedoch die Wände entlang drückte und die Pistole schwenkte, als bedrohe ihn eine Welt von Feinden. Shanna spielte schon mit dem Gedanken, mit einem tollkühnen Sprung zu entfliehen, doch da riß Gaylord sie auch schon

wieder fester am Haar und drehte ihr schmerzhaft das Haupt zur Seite. Durch die verschlossene Salontür drang die Stimme des Schotten zu ihnen.

»Aber nein, ich hatte doch gar keinen Grund, mein Mädchen umzubringen. Doch wer's getan hat, weiß ich.« Der Schotte schwieg, ein anderer sprach Unverständliches, dann wurde der Schotte mit seiner lauteren Stimme und dem rollenden »R« wieder vernehmlich. »Nein, der da drüben, der war's nicht. Der Hundsfott, hinter dem ich her bin, der war größer und auch dicker. Aber er muß hier sein, der Schweinehund, der verdammte. Bitte um Verzeihung, Madams. Habt Ihr denn nicht noch einen Mann im Haus? So groß ungefähr.« Offenbar zeigte er nun mit der Hand die Größe an. »So groß wie Mister Pitney, möcht' ich sagen. Und wie ein Stutzer sah er aus, angezogen wie ein Lord, und eine Feder am Hut hat er auch gehabt. Ritter des Königreichs hat er sich genannt.«

»Sir Gaylord Billingsham!« war Ruarks schnaubende Stimme zu hören.

»Genau! So war der Name!« rief der Schotte. »Sir Gaylord Billingsham!«

Shanna wollte sich Gaylords hartem Griff entwinden; er jedoch hob die Pistole, wie um sie zu schlagen. Ohne jede Höflichkeit stieß er Shanna vorwärts, um die Treppen herum, auf den rückwärtigen Teil des Hauses zu. Gaylord hatte die Zeit schlau gewählt, da die Dienerschaft sich nun in der Küche befand, um das Mittagsmahl zu bereiten; so war es ein leichtes, ungesehen durch die Hintertür zu gelangen. Wenig später erreichten sie eine Hecke, die bis zu dem – inzwischen abgebrannten – Stall führte. Gaylord hieß seine Gefangene das Gatter übersteigen, dann drängte er sie auf ein kleines Waldstück zu.

Unter den Bäumen warteten bereits Jesabel und ein Pferd aus dem Gestüt der Beauchamps. Gesattelt war nur das Beauchampsche Pferd; Jesabel trug lediglich eine Decke, die Gaylord ihr über den Rücken geworfen und mit einem Strick befestigt hatte, und an demselben hingen auch zwei Beutel mit Lebensmitteln. Shanna bekam kaum noch Luft unter dem Knebel, doch ungerührt warf Gaylord sie auf die Stute und band ihr unter den Flanken des Pferdes mit einem Riemen die Füße zusammen. Dann trat er ein paar Schritte zurück, überschaute sein Werk.

»Nicht der gewohnte Komfort, Madam«, lachte er ohne eine Spur von Humor, »aber doch ganz angemessen.«

In der einen Hand das Gewehr, band er mit der anderen die Hände auf dem Rücken los, um sie vor ihr erneut zusammenzubinden. Dann gab er ihr eine Strähne aus der Mähne der Stute zwischen die Finger.

»Haltet Euch nur gut fest, Madam. Solltet Ihr zu Fall kommen, täte es

mir in tiefster Seele weh – Euch natürlich auch, wenngleich an anderen Teilen Eures begehrenswerten Körpers.«
Er lachte über seine Witzelei, dann schwang er sich in den Sattel des anderen Pferdes, und zwar mit der lässigen Geschicklichkeit des erfahrenen Reiters – wahrhaftig ganz anders, als er sich bisher zur Schau gestellt hatte. Jesabel trug kein Zaumzeug, nur ein Halfter; Gaylord schlang sich das Ende des Strickes um den Arm, dann versetzte er seinem Pferd einen Tritt in die Weichen – und Shannas Ritt ins fürchterliche Ungewisse nahm seinen Anfang.
Hilflos blickte Shanna immer wieder über die Schulter rückwärts. Blanke Angst zersetzte das bißchen Mut, daß sie noch aufrechterhalten konnte. Im Herrenhaus deutete nichts darauf hin, daß ihre Entführung bemerkt worden sei, da war alles ruhig und friedlich, und schnell schwanden Shannas Hoffnungen dahin, dem Wahnsinnigen je entfliehen zu können. Mochte er Vergewaltigung oder Mord im Sinn haben – nichts auf der Welt schien ihn jetzt noch davon abhalten zu können, sie war ihm ausgeliefert, wie es die Frau in London oder Milly auf Los Camellos gewesen war.
Nur wenig stand in ihrer Macht, die Flucht zu verzögern, doch Shanna war entschlossen, die geringste Möglichkeit bis aufs letzte auszuschöpfen.
Sie überquerten eine offene Weide. Gaylord legte einen wilden Galopp vor und strebte auf die hohe Eiche zu. Shanna trieb die Stute mit den Knien erst auf die eine, dann auf die andere Seite, immer noch in der Hoffnung, mit solcher List Zeit herausschinden zu können. Das Pferd schnaubte und bäumte sich wegen dieser unziemlichen Behandlung auf, und wenn Shanna damit auch keinerlei Verzögerung erreichte, so hatte sie immerhin die Befriedigung, Gaylords Arm, der das Führseil hielt, bis an die Grenzen des Erträglichen gestreckt zu sehen.
Der Wald umgab nun Fänger und Gefangene. Shanna erkannte den Pfad, der sie gestern erst ins Hochtal zu Ruarks Hütte hingeführt hatte. Ein Hoffnungsschimmer dämmerte in ihrem bangen Herzen auf; Gaylord ahnte nicht, daß der Ort, wohin er seine Beute zu schleppen gedachte, der denkbar unsicherste war.
Tief im Wald, als die Steigung schon begonnen hatte, ließ Gaylord anhalten. Er lenkte sein Pferd an Shannas Seite und nahm ihr den Knebel ab. Shanna spuckte aus, um ihren Mund vom widerwärtigen Geschmack des Leinenlappens zu befreien.
»Nun mögt Ihr schreien, so viel Ihr wollt, mein Schätzchen. So lange und so laut es Euch beliebt«, lachte er. »Hier hört Euch niemand. Und außerdem, natürlich, behagte es mir nicht, die Schönheit Eures Angesichts noch länger hinter diesem Knebeltuch versteckt zu wissen.«

»Vergnügt Euch nur, Milord«, sagte Shanna freundlich lächelnd. »Euer Ende ist nun nicht mehr aufzuhalten. Ich trage Ruarks Kind unter dem Herzen, und er wird Euch zu Tode jagen. Schon andere Männer vor Euch, die mich ihm nehmen wollten, haben ihre Untat nicht sehr lange überlebt.«
Überrascht sah ihr Gaylord ins Gesicht, dann lachte er mit pfeifendem Geschnauf. »Ihr tragt also sein Kind. Wie rührend. Aber glaubt Ihr vielleicht, das macht mich anderen Sinnes? Denkt, was Ihr wollt, Madam, doch nehmt Euch in acht. Und vor allem, nehmt Rücksicht auf meine Launen, dann kommt Ihr vielleicht noch einmal davon. Niemand folgt uns. Und niemand weiß, welchen Weg wir geritten sind.«
»Ruark wird kommen.« Shannas überzeugtes Lächeln änderte sich nicht.
»Ruark!« schnaufte Gaylord verächtlich.
Er trieb sein Pferd voran und mühte sich, die Stute schneller hinter sich her zu ziehen. Shanna jedoch befahl der Stute mit den Knien immer wieder anzuhalten. Es war ein Ringen wie beim Tauziehen. Nur langsam kamen sie voran. Und die heimliche Schadenfreude half Shanna immerhin, für Augenblicke ihre Ängste zu vergessen.

Der Major sprang auf die Füße und fragte fast im Zorn: »Und wie wollt Ihr so genau wissen, daß es Sir Gaylord war, der Eure Frau ermordete?«
Jamie Conners verlor plötzlich seine Selbstsicherheit. »Nun, ich . . .« und richtete seinen Blick auf Ruark.
Ruark begriff, daß er selbst der Anlaß war, weshalb der Mann nicht reden wollte.
»Sprecht nur frisch von der Leber weg, Mann!« drängte Ruark. »Wir warten schon lang genug darauf. Ich werde keine Klage gegen Euch erheben, und ich denke auch, der Major ist meiner Meinung, daß Eure Schilderung zur Klärung eines schlimmeren Verbrechens führt – einer Untat, die auch Ihr geahndet wissen wollt.«
»Also«, begann Jamie langsam. »Meine Frau und ich, wir hatten uns da so eine kleine Tücke ausgedacht. Sie tat den Männern freundlich und nahm sie mit auf ihre Kammer, dann gab sie ihnen heimlich ein Pulver in den Becher. Und wenn die Männer dann im Schlummer lagen, schauten wir uns deren Taschen an. Viel nahmen wir nie. Ein kleines Beutelchen hier, ein Stückchen Schmuck da. Gewalt«, beeilte er sich hinzuzufügen, »wendeten wir niemals an.«
»Doch wie wollt Ihr wissen, daß es Sir Gaylord war?«
»Darauf komm' ich gleich. Also, da kommt dieser Bursche«, er nickte zu Ruark hin, »und er schläft ein in ihrem Bett. Ich nehm' ihm seine Börse weg und ein paar andere Sachen und schließ' alles in unser Schatz-

kästlein ein. Wir sparten nämlich, müßt Ihr wissen, um nach Schottland heimzukehren. Und fast hatten wir auch schon genug zusammen. Jetzt ist natürlich alles weg. Nicht genug damit, daß er sie totgeschlagen hat – auch unsere hartverdienten Ersparnisse hat er uns geraubt!« Der Schotte besaß ganz offensichtlich einen rührend naiven Begriff von fremdem Eigentum.
Ruark zog den Ring hervor und zeigte ihn dem Schotten. »Erkennt Ihr das wieder?«
Jamie sah Ruark lange an. Schließlich gab er zögernd Auskunft. »Ja, ja – den hat sie Euch genommen. Ihr trugt ihn an einem Kettchen um den Hals. Meine Frau, Gott hab' sie selig, hat das Ding so hübsch gefunden. So etwas besaß sie selber nicht. Ein gutes Mädel war's, fleißig und treu.« Er schniefte laut und wischte sich mit dem Handrücken die Nase. »Dem Mädel trauere ich nach. Ehrlich. So eine find' ich nie mehr wieder.«
»Kommt endlich auf Sir Gaylord!« erinnerte der Major grob.
»Ich komm' ja darauf!« sagte der Schotte grämlich. »Sofort! Nur Geduld. Also, der Bursch da liegt im Bett, wir haben sein Zeug, und wir haben's weggesteckt. Plötzlich pocht's an der Tür. Aber nun ist's so: Ich darf nicht gesehen werden. Denn wir haben noch eine zweite List, mit welcher wir zu Werk gehen, nämlich besseren Herrn ein bißchen Geld abzuwacken, indem wir sagen, daß das Kind von ihnen ist und indem wir drohen, es den Familien kundzutun. Mit Sir Gaylord machten wir es auch geradeso. Zuerst hat er sich schrecklich aufgeregt, der Sir Gaylord, als meine Frau ihm sagte, sie sagt's seinem Vater, wo der doch so ein hochgestellter Lord ist. Also dieser Sir Gaylord steht da vor der Tür und will mit meiner Frau reden. Ich nichts wie die Regenrinne 'runter und vorne durch die Tür wieder in die Kneipe, wo ich mir in der Schenke ein Bier oder zwei bestelle, weil ich ja warten muß, bis Sir Gaylord wieder geht. Na ja, und da kommt er doch schließlich, ich seh's noch heute, seinen großen feinen Hut hat er sich tief ins Gesicht gezogen, damit ihn in der Schenke auch nur ja niemand erkennt, den feinen Herrn. Ich warte noch ein bißchen, bis ich mein Bier ausgetrunken hab', dann geh' ich los und schleich' mich wieder zu meiner Frau in die Kammer. Und da seh' ich sie liegen, überall Blut, und tot ist sie. Und der Mister Ruark liegt immer noch da, stumm wie 'n Fisch, im Bett; keinen Muskel hat er gerührt, seit ich weg bin. Unter der Decke lag er, meine Frau hatte schnell noch eine Decke über ihn geworfen, damit Sir Gaylord ihn nicht sieht. Ja, aber was dieser Edelmann ist, der hat das Schatzkästlein gefunden, und das hat er sich auch noch einfach mitgenommen, nach allem anderen, was er uns angetan hat. Ein kleines Vermögen ist da drinnen gewesen, das kann ich Euch schwören. Und alles, was ich jetzt noch hatte, war Mister Ruarks Börse.«

Ruark lachte unfroh. »Und das war auch ein kleines Vermögen!«
Der Schotte schüttelte den Kopf. »Das hatte ich auch bitter nötig. Ich mußte ja den Lord verfolgen. Und dafür ist auch fast alles draufgegangen. Sein Gepäck hab' ich im Aug' behalten, und die Fregatte hab' ich verfolgt, mit welcher er von London abgesegelt ist.«
Der alte George Beauchamp nahm den Major beim Arm. »Was mich anbetrifft, ich hab' genug gehört. Ich nehme an, Ihr werdet ein paar Männer rund ums Haus auf Posten stellen. Ohne Zweifel wird Sir Gaylord bald zurückkehren. Wenn nicht, müssen wir nach ihm suchen.«
Ruark ging auf die Tür zu. »Wenn die Herren mich nun bitte entschuldigen wollen, ich habe im ersten Stock eine Tür instand zu setzen.« Er sammelte seine Werkzeuge und seine Holzstücke auf, und Nathaniels brüderlich-liebevollen Spötteleien folgten ihm die Treppe hoch. Ruark trat, um Shanna nicht zu wecken, auf Zehenspitzen durch die halboffene Tür. Er legte sein Handwerkszeug auf dem Tischchen ab und warf einen Blick aufs Bett.
Und das war leer.
Sein Blick flog durchs Zimmer und wieder zum Bett zurück, doch der Schreibtisch mit dem Papier war ihm aufgefallen. Ruark trat näher, und im nächsten Augenblick erschütterte sein Wutschrei das Haus bis in die Grundfesten. Er stürzte die Treppe hinab, drei Stufen mit jedem Sprung, brach in den Salon ein und warf Trahern das zerknüllte Blatt in den Schoß.
»Er hat sie entführt!« schrie er aus dem roten Dunst seines Zorns hinaus. »Der Hundsfott hat mir meine Shanna geraubt!«
Frau Amelias Stimme, fest und herrisch, beruhigte seine tosenden Sinne. »Ruark! Faßt Euch! So vermögt Ihr Shanna nicht zu helfen!«
Ruark schüttelte den Kopf, wie um sich zu ernüchtern, und nun erkannte er auch, daß Nathaniel seinen Arm fest umklammert hielt, während ihm der Vater das Gewehr, nach welchem er schon gedankenlos gegriffen hatte, aus den nun nicht mehr widerspenstigen Händen nahm. Er kehrte in die Wirklichkeit zurück, und obwohl die Fackel der Wut auch erloschen war, brannte ihm doch weiterhin ein kaltes Feuer in der Magengrube.
Pitney, der Ruark beobachtete, fühlte sich an ein rachedurstiges Raubtier erinnert und war zur gleichen Zeit aufs höchste erleichtert, daß die wilde Wut sich dieses Mal nicht gegen ihn richtete, denn nun fesselten den Tobenden keine Ketten mehr. Der Tor, der diesen Löwen geweckt hatte, täte gut daran, seine Füße nie mehr im Leben rasten zu lassen.
Finster starrte Trahern das Blatt Papier auf seinem Schoß an.
Pitney erhob sich aus dem Sessel, trat hinter Trahern und las über dessen Schulter hinweg. Während er angestrengt die Hände rang, brach seine

Stimme in die angespannte Stille ein. »Das Ding da unten«, er zeigte auf Sir Gaylord Billinghams Unterschrift, »das hab' ich schon einmal gesehen.«
»Natürlich habt Ihr das«, blaffte Trahern mit unüblicher Härte zurück. »All seine Taschentücher, seine Hemden sind damit gezeichnet, alles, worauf man so ein Ding nur setzen kann. ›B‹ wie Bastard!«
»Nein! Nein!« fauchte Pitney. »Etwas anderes mein' ich. Millys ›R‹! Das war gar kein ›R‹! Das Mädel konnte doch nicht lesen oder schreiben und hat nur in den Sand gezeichnet, was sie gesehen hatte, gerade so gut sie's konnte. Ein ›B‹ mit einer kleinen Schleife unten. Billingsham!«
Trahern nahm das Blatt und schüttelte es vor dem Major. »Euer Ritter hat Milly umgebracht!«
»Mit Verlaub, Sir«, versetzte der Major kühl, »aber mein Ritter ist er nicht.«
»Ihr werdet's sehen! Ihr werdet's sehen!« tobte der rothaarige Schotte. »Nun tut er Eurem kleinen Mädchen grad genau dasselbe an wie einst dem meinigen! Mit seiner verfluchten Gerte und seiner verfluchten Faust!«
Der alte Herr George griff nach seinem Gewehr, Pitney tat's ihm nach, doch ehe noch die anderen Männer sich bewaffnet hatten, schlug die Haustür schon hinter Ruark ins Schloß. Ralston stand noch unentschlossen da, aber Trahern, der stumm in seinem Sessel vor sich hin gebrütet hatte, zog sich jetzt an seinem Krückstock hoch.
»Wenn Ihr denkt«, schnaubte er, »daß ich hier beim Weibervolk sitzen bleib', dann habt Ihr Euch geschnitten!« Zwei Schritte tat er mit dem Stock, dann schmiß er den Schwarzdornknüppel auf den Boden und eilte, seinen umwickelten Fuß nicht mehr beachtend, hinter den anderen her.
Der alte Herr George traf bei den Scheunen ein, als Ruark schon den Wachsergeanten befragte.
»Pferde, Mann!« schrie Ruark ungeduldig. »Hat jemand Pferde abgeholt?«
»Nur Sir Gaylord, Sir«, gab der Sergeant verwirrt Auskunft. »Kurz vor Mittag war's, da kam er her und befahl, ein Pferd zu satteln. Er sei den ganzen Morgen ausgeritten und bedürfe nun eines frischen Pferdes, sagte er. Ich selbst war's, der's gesattelt hat. Dann nahm er die kleine braune Stute, die mit den Narben, wißt Ihr, Sir? Sagte, er müsse irgend etwas irgendwohin befördern. Und er hat auch gesagt, er hätte die Erlaubnis vom gnädigen Herrn«, fügte der Sergeant ein wenig trotzig hinzu.
»Schon gut, Sergeant«, besänftigte George Beauchamps den Mann. »Es macht Euch ja niemand einen Vorwurf.«
Ein aufgeregtes Wiehern und Trommeln von Hufen ließ die Männer

herumfahren. Attila stampfte, bäumte sich auf und schnaubte in seinem Stand.
George zeigte mit dem Daumen auf den Hengst und fragte den Sergeanten: »Was hat das Tier?«
»Kann's nicht sagen, Sir«, der Sergeant zuckte die Achseln, »unruhig ist er schon geworden, als Sir Gaylord kam, und dann wurd's immer schlimmer, als man die Stute holte.«
George sah seinen Sohn an, hob die Augenbrauen, und die beiden Männer tauschten einen vielsagenden Blick. Ruark lief los und stieß die Scheunentore weit auf, während der Vater zu Attilas Standplatz ging und alle Männer, die im Umkreis standen, aus dem Weg winkte. George zog den Riegel zurück, stieß das Gitter auf – und Attila: die offenen Tore sehend und davonstürmend, mit Hufen, die Funken aus dem gepflasterten Boden schlugen, das war jetzt für ihn eines. Doch am Stalltor stand Ruark auf dem Sprung, und wie der stolze Hengst da an ihm vorbeipreschte, fuhr wie ein Blitze gleich Ruarks Hand dem Tier in seine wehende Mähne und, halb mitgerissen, halb aus eigener federnder Kraft, schwang er sich auf Attilas Rücken. Attila bäumte sich auf, versuchte, sich die unerwartete Bürde vom Leib zu schütteln. Doch Ruark nahm ihn mit den Knien in die Zange und stieß einen scharfen Pfiff aus. Da erkannte das Roß seinen Reiter, begriff auch wohl, daß sie hinter dem gleichen Wild her waren, und stob davon. Hinter ihnen, bald weit hiner ihnen, schrien George und der Major ihren Leuten Befehle zu.
Attila umrundete das Herrenhaus im strammen Trab, passierte das Tor neben dem niedergebrannten Stall. Ruark ließ ihm seinen Willen, hielt sich nur an der Mähne fest, lenkte ihn aber nicht. Sie ritten in ein Waldstück hinein, und auf der Lichtung verhielt das edle Pferd, warf den Kopf in die Luft und schnupperte – und schon ging es mit hämmerndem Hufschlag weiter. Sie brachen durch Büsche, erreichten die Weide, flogen dahin wie der Wind. Gaylords Witterung war eine heiße Spur in Attilas Nüstern – aber heißer noch war ihm die Witterung der Stute. Die hohen Eichen flogen nur noch als bräunlich verschwommene Schatten vorbei, nun waren sie auf dem Pfad, und Ruark sah den Weg, den er einschlagen mußte, vor sich. Von nun an lenkte Ruark den Hengst, und Attila ließ sich führen, denn sie waren beide eins, hatten beide dasselbe Ziel.

Gaylord machte eine finstere Miene, als er einen Blick zurück auf Shanna warf. Die Haltung dieses Mädchens, ihre Selbstsicherheit beunruhigten ihn. Er wollte sie unterworfen sehen, von Ängsten zermalmt. Er ließ sich zurückfallen, um neben ihr her zu reiten. Die Pferde gingen im Schritt. Shanna spürte den kleinen Dolch an ihrem Bein. Noch wagte sie es nicht, danach zu greifen. Doch der Augenblick würde kommen.

Gaylord versuchte, ihr Vernunft einzureden. »Ich bin nicht grausam, Madam, und Ihr seid über die Maßen schön. Ihr brauchtet mir nur ein wenig Gunst zu erweisen und Ihr würdet sehen, daß auch mein Herz Gnade kennt. Ich will doch nicht viel mehr, als einen Augenblick der Lust mit Euch zu teilen.«
»Wonach es mich gelüstet, Sir«, höhnte ihre sanfte Stimme, »das ist, Euch niemals wieder vor die Augen zu bekommen.«
»Frechheit! Ihr seid hilflos!« schrie er und richtete sich in den Steigbügeln auf. »Ihr befindet Euch in meiner Gewalt, und ich mach' mit Euch, was ich will!«
Shanna verbarg den Schauder, der sie durchrann, und lachte nur verächtlich. »Wie das, mein Herr? Im feuchten Wald? Ihr würdet Euer Gewand beflecken.«
»Niemand kommt, Euch zu retten!« tobte er.
Milde, wie zu einem kranken Kind, sprach sie: »Ruark kommt!«
Gaylord schüttelte das Gewehr vor ihr: »Dann werde ich ihn töten!«
Die Angst, die sie empfand, war beinahe überwältigend, und sie sprach nur, um das Zittern ihres Mundes zu verhindern.
»Erzählte ich Euch denn schon, Sir, daß er viel Zeit bei den Wilden verbrachte, ihre Listen, ihre Tücken lernte? Selbst deren Achtung hat er sich errungen. Und da war er noch fast ein Kind. Erzählte ich Euch schon, Sir, daß er einem Schatten gleich durch die Wälder streifen kann, ohne daß sich auch nur ein Blättchen rührt? Erzählte ich Euch, Sir, daß er ein Scharfschütze ist? Und ist sein Zorn gereizt, dann schlägt er wie ein Wilder um sich. In der Tat – er ist ein Wilder.«
Sie lachte auf. »Die Piraten würden es Euch bestätigen können – sofern sie noch am Leben wären. Selbst die Piraten hatten Angst vor ihm. Ich weiß es genau: Ruark kommt.«
Kaum ein Flüstern waren ihre Worte, doch den Edelmann erzürnten sie um so heftiger. Mit einem Fluch riß er am Strick, die Stute bäumte sich auf. Shanna hatte arg zu kämpfen, um sich im Sitz zu halten, und sie klammerte sich wie eine Besessene in der Mähne fest. Vor der Hütte riß Gaylord die Pferde zurück, daß sie im Galopp anhielten, und fast wäre die Stute gestürzt. Gaylord beruhigte die Pferde und stieg ab. Er band die Proviantbeutel ab und warf sie in die Hütte. Dann vertrat er sich die Beine, streckte die Muskeln, reckte sich, und nun erst geruhte er, sich um Shannas Wohl zu kümmern. Er löste erst die Fesseln an dem einen Fuß, dann kroch er unter der Stute zur anderen Seite, um auch dort den Fuß zu befreien. Doch damit nahm er sich Zeit, und seine Finger betasteten in unverschämter Weise ihr zartes Gelenk und schickten sich auch an, in höhere Regionen vorzudringen. Shanna hielt den Atem an. Jeden Augenblick mußte er den Dolch entdecken.

Plötzlich ließ Hufgeklapper am Ausgang des Tales sie beide aufhorchen. Einen Augenblick lang schimmerte auch das Grau eines Hengstes und das Dunkelbraun eines Reiters durch die Bäume. Shannas Herz jauchzte auf, Freudentränen machten ihr den Blick verschwommen. Doch sie hatte zu früh gejubelt, denn Gaylord nahm das Gewehr zur Hand. Er lachte vor sich hin, als er den schweren Hahn spannte und die Waffe auf dem Sattel seines Pferdes auflegte. Er nahm die Stelle ins Visier, wo der Pfad in seine letzte Biegung mündete.

Allerdings war es einer von den zahlreichen Fehlern, die er sich im Leben hatte zuschulden kommen lassen, daß er dabei Shanna den Rücken zukehrte. Als die Hufe näher donnerten und der Reiter fast die Wegbiegung erreicht hatte, hob Shanna den Fuß und schlug ihn mit aller Kraft, welcher sie fähig war, der Stute in die Weichen. Hellauf wiehernd suchte Jesabel dem Tritt zu entkommen, und infolge dieser Bewegung geriet Gaylord zwischen beide Pferde, was ihm den Atem nahm. Die Muskete flog in die Luft wie ein fehlgeleiteter Pfeil und fiel im hohen Bogen ins Gestrüpp – just in dem Augenblick, als Ruark auf Attilas Rücken in die Biegung galoppierte.

Die Stute empfing den scharfen Stoß eines Ellenbogens zwischen den Rippen und bäumte sich auf, Gaylord taumelte zwischen den beiden Pferden und rang nach Luft. Er blickte hoch und sah einen riesigen grauen Hengst, die Augen rot, die Nüstern gebläht, die Ohren angelegt, auf sich zustürmen. Und auf dem Rücken dieses rasenden Pferdes kauerte ein Mann, der ihn wie ein fürchterlicher Rachegeist erscheinen mußte.

Gaylord vergaß sein Gewehr. Die eisige Faust der Furcht ergriff sein Rückgrat. Brutal riß er Shanna von der Stute, zerrte sie zur Hütte, stieß sie zur Tür hinein. Immer noch war Shanna an den Händen gefesselt, sie taumelte über den Boden, stürzte übers Bett. Gaylord sprang gleich hinter ihr ins Blockhaus und warf die Tür zu. Er wollte eben nach dem schweren Riegel greifen, da barst auch schon die ganze Tür mitsamt den Angeln und dem Schloß aus dem Rahmen und senkte sich krachend über ihn.

Ruark war, mit den Füßen voraus, von seinem Hengst gesprungen, und in seinem Aufprall steckte noch die Geschwindigkeit des Galopps. Halb betäubt waren seine Füße, doch er rollte über eine Schulter ab, sprang auf und war zum Kampf bereit.

»Kommt her, Hundsfott!« hauchte er. »Wenn Ihr mein Weib wollt, müßt Ihr mich erst mit bloßen Händen töten! Dieses Mal gibt's keinen Stall abzubrennen!«

Gaylord war kein kleiner Mann, und nun kämpfte er um sein Leben. Er schleuderte die wuchtige Tür von sich, sprang auf und tastete nach seinen

Pistolen, die allerdings nicht mehr vorhanden waren, sondern draußen unter den Hufen der Pferde lagen. Kaum war dem Edelmann dieser Verlust bewußt geworden, da griff Ruark auch schon an. Ein Wutschrei flog über Gaylords Lippen, als Antwort auf Ruarks Fluch. Nun konnte Billingsham endlich im offenen Kampf diesem Leibeigenen entgegentreten, der ihm vom ersten Augenblick an ein Dorn im Fleisch gewesen war. Mit einem dumpfen Aufprall stießen die beiden Männer Brust an Brust aufeinander, die Arme winkelten sich zur Kraftprobe ineinander.
Selbst in seinem rechtschaffenen Zorn war Ruark erstaunt über die Kraft seines Widersachers. Durch zusammengebissene Zähne pfiff gehetzter Atem, bis zum Bersten spannten sich die Sehnen. Gaylords Füße verloren ihren Halt auf dem Boden, der ja nur aus festgestampftem Erdreich bestand. Nun blieb ihm nur die Wahl, nachzugeben oder auf den Rücken geworfen zu werden. Er versuchte, sich zur Seite zu ducken, doch Ruark ließ nicht locker. Sie stürzten beide krachend auf den Boden, eine Staubwolke wirbelte auf, und Shanna sah nur noch ein Gewirbel von verzerrten Armen und Beinen.
Vor tausend Ängsten bebend, raffte Shanna die Röcke und tastete nach dem Dolch. Fast fühllos waren ihre Hände unter den Fesseln geworden, dennoch gelang es ihr, die Klinge blankzuziehen und sich das Heft zwischen die Knie zu klemmen. Unverzüglich machte sie sich daran, die Stricke an ihren Händen gegen die Klinge zu reiben.
Die beiden Männer richteten sich auf den Knien auf. Ruark stieß seinen Schädel unter das Kinn des Gegners und klammerte seine Arme um dessen Brustkasten; unter dieser bärenhaften Umarmung drohte dem Edelmann das Rückgrat zu brechen. Gaylord stöhnte auf, doch dann entwand er sich seitwärts, der Griff war gebrochen. Wieder fielen sie übereinander her und verschwanden unter einer Staubwolke.
Gaylord drosch mit den Händen um sich – und plötzlich bekam er ein langes, hartes, glattgehobeltes Stück Holz zu fassen. Da war ein Stück Pelz an dem einen Ende, doch er hatte keine Zeit, es abzustreifen. Er lachte höhnisch auf, als er sich über Ruark rollte und ihm das Holz quer über den Hals drückte und sein ganzes Gewicht darauf warf. Ruark bekam das Holz zu fassen, an seinem Hals und seinen Armen traten Muskeln und Sehnen gleich der Takelage eines Schiffes hervor, als er mit aller Kraft dagegen ankämpfte, von dem Holz erwürgt zu werden. Kaum merklich rutschte das Holz ein wenig höher, und Gaylord schrie vor Enttäuschung auf. Ruarks Knie drückten gegen Gaylords Bauch, und auch das half, den tödlichen Druck zu vermindern. Ruark brachte einen Fuß unter die Hüfte des Ritters, und dann stieß er zu, schleuderte den Todfeind über den Kopf hinweg und in den Staub. Den Knüppel ließ Ruark dabei fahren, die Pelzumhüllung streifte sich ab, und da dämmerte es

Ruark, daß dies die Axt mit der zweifachen Klinge war, die er sonst zum Holzspalten benutzte.
Shanna schrie, Gaylord jubelte vor Freude und rückte sich die Axt in der Hand zurecht. Ruark raffte sich auf und bekam gerade noch zur rechten Zeit ein Stück Feuerholz zu fassen, als der Edelmann nun, die Axt im Kreise schwingend, auf ihn zukam. Schritt um Schritt mußte Ruark zurückweichen; er stieß mit den Hüften gegen die Tischplatte – es gab kein weiteres Zurück mehr.
Mit Triumphgeschrei auf den Lippen holte Gaylord beidhändig aus. Shannas Herz krampfte sich zusammen, ein Notschrei erstarb ihr in der Kehle. Ruark duckte sich zur Seite; mit berstendem Krachen brach der schwere Tisch in zwei Hälften auseinander. Gaylord versuchte die Axt aus den Trümmern des Tisches herauszureißen. Ruark schleuderte ihm das Feuerholz gegen die Schienbeine und raffte ein neues Scheit auf. Die Axt schwang auf Ruarks Unterleib zu, eben noch konnte er den Schlag mit dem Scheit abwehren. Und wieder schwang die Axt auf ihn herab. Ruark sprang rückwärts, seine Füße verfingen sich in den Trümmern des Tisches, er stürzte zu Boden.
Gaylords Triumphgeschrei endete im Schmerzgestöhn. Ein metallisches Blitzen hatte er gerade noch wahrnehmen können und war ihm ausgewichen, so gut er konnte, dennoch hatte ihn die Spitze von Shannas kleinem Dolch an der Wange erwischt, und nun verspürte er den brennenden Schnitt, der ihm bis zum Hals hinab das Fleisch offenlegte.
In seiner Blutrunst hatte er wieder einmal völlig die Dame vergessen, die in der Tat keine Dame war. Fluchend drosch Gaylord mit den Armen um sich, Shanna fühlte sich durch die Luft geschleudert, in einer fernen Ecke landete ihr Dolch. Doch als Gaylord erneut mit der Axt ausholte, war Shanna bereits wieder zur Stelle, ihre Fingernägel krallten sich in seine Schulter. Nun wußte Gaylord, daß er nicht nur gegen einen Löwen, sondern auch noch gegen eine Tigerin zu kämpfen hatte. Hart schlug seine knochige Faust zu, am Kinn getroffen, taumelte Shanna betäubt aufs Bett, schwarz war es um sie herum geworden.
Doch dieser Augenblick der Unaufmerksamkeit gegenüber dem anderen Raubtier kostete Gaylord die Axt. Ein wilder Schrei schrillte in seinen Ohren, und die Waffe wurde seinen Händen entrissen. Gaylord wich zurück und bereitete sich vor, im Aufblitzen der Axt sein letztes Sekündlein wahrzunehmen. Und da blitzte es auch schon, doch der Höllenschmerz, der seinen Leib zerriß, blieb aus – denn aufwärts, hoch und höher, zuckte der Blitz, und zwar mit solcher Wucht, daß die Klinge sich bis zur Hälfte in den Dachbalken hineinfraß. Der Stiel zitterte noch ein wenig, doch außerhalb der Reichweite seiner Hände.
Nur kurz währte Gaylords Erleichterung, denn nun legte sich ein

Schraubstock um ihn, der ihm allmählich, doch mit tödlicher Gewißheit alle Luft abdrückte. Er war in den mörderischen Griff des wahnsinnigen Raubtiers geraten, das kein Pardon gab und ihn mit stählernen Armen vom Boden hob. Quer durch den Raum geschleudert, prallte er gegen die Wand und geriet sogleich unter einen Donnerhagel mörderischer Schläge. Und über sich sah er gebleckte Zähne und dunkelumrandete Goldaugen in einem wutverzerrten Gesicht, das nur noch den Tod versprach. Hieb um Hieb schmetterte auf ihn nieder, und mit jedem Hieb verließ ein Stück Lebenskraft seinen sündigen Leib. Nun war es nicht mehr nur die Angst vor einer Niederlage, die mit schwarzen Krallen nach seiner Seele griff – es war die Angst vorm Sterben. Er hob einen Arm und schlug weichlich zurück, doch das trieb den Richter über ihm, der auch sein Scharfrichter zu werden drohte, nur zu noch härterer Bestrafung an. Gaylord rollte über den Boden, versuchte nur noch mit den Armen seinen Kopf zu schützen, und gerade als ein neuer Fausthieb ihm das Gesicht zerschmetterte, füllte sich seine Hand mit Samt und Seide; undeutlich erfaßte sein unter Blut und Tränen verschwommener Blick das Antlitz einer Frau.
»Gebietet ihm Einhalt!« schluchzte Gaylord. »Er tötet mich!«
Shanna kämpfte noch gegen die graue Dämmerung an, die ihre Sinne betäubte, und durch das Rauschen ihrer Ohren hörte sie ein fernes Fluchen, untermischt mit winselndem Geweine. Sie schüttelte den Kopf, um die Nebel zu vertreiben, schwach erkannte sie die Umrisse der grausamen Welt, die sie umgab. Sie sah Sir Gaylord, der ihr zu Füßen auf dem Boden kroch, der sich an ihren Rocksaum klammerte, der um sein Leben flehte. Und plötzlich waren ihre Sinne klar. Was dieser Mann anderen nie gewähren wollte, sollte ihm geschenkt sein – Gnade. Sie trat über den daliegenden Edelmann hinweg, fiel Ruark in den Arm, barg seine Rachefaust an ihrem mitleidsvollen Busen.
»Ruark!« flehte sie. »Mißgönnt ihm doch nicht sein Stelldichein mit dem Henker!«
Sie zog sein Antlitz an das ihrige und preßte heiße Küsse auf seine Lippen, bis aller Zorn ihn verließ und die Liebe wieder Einkehr hielt. Und als er sie endlich in seine Arme nahm und in wilder und verzehrender Umarmung zu sich emporhob – da wußte sie, daß sie ihren schönsten Sieg errungen hatte, den Sieg über den Haß.

Shanna saß auf dem Baumstumpf vor dem Blockhaus und ließ sich von Ruark ein kaltes, feuchtes Tuch auf die geschundene Wange legen, als Nathaniel Beauchamp und Major Carter vor ihnen die Pferde anhielten. Gaylord saß im Hintergrund auf einer grobbehauenen Bank, mit wohlverknoteten Stricken an Hand und Fuß.

Die Reiter betrachteten das Bild, das sich ihnen bot. Der alte Herr George wies auf den zertrümmerten Hütteneingang und konnte sich ein Lachen nicht verkneifen.
»In der Tat, mein Sohn, Ihr habt eine wunderliche Weise, mit Türen umzugehen!«
Gaylord wurde auf sein Pferd gesetzt, Shanna ließ sich von ihrem Mann auf Attilas Rücken heben, wo Ruark dann auch seinen Platz einnahm, um so, mit seiner Gemahlin vor sich, die sich fest in seine Arme schmiegte, heimzureiten. Und für kein Juwel der Welt hätte Shanna jetzt mit irgendeiner Menschenseele tauschen mögen. Doch waren sie kaum erst einen Hufschlag weit gekommen, als vom Waldpfad her ein Ruf ertönte und ein Roß mit Reiter sich im wildesten Galopp näherte. Erstaunt hielten alle an, um zu warten, ob nicht das Abenteuer jetzt noch eine neue Wendung nähme. Doch was aus dem Gehölz zum Vorschein kam, war eine Mähre fortgeschrittenen Alters mit solch klapperigem Gang, daß man um das Rückgrat ihres Reiters fürchten mußte. Und mit Gewißheit ließ sich auch nicht sagen, ob Reiter oder Reitpferd angestrengter keuchten, doch keuchen taten sie wahrlich beide. Nathaniel freilich empfand Mitleid mit dem späten Neuankömmling, sprang noch einmal von seinem Hengst, um dem von seinem Ritt arg mitgenommenen Trahern auf festen Boden herabzuhelfen. Lachend nahm der alte Herr Beauchamp den Sattel von dem ältesten und klapprigsten Pferd aus seinem Stall, welches sich in dieser Stunde all sein Gnadenbrot der letzten sieben Jahre verdient hatte, und zäumte für den Schwiegervater seines Sohnes die brave Stute Jesabel auf, die mit ihrem sanfteren Gang dem unglücklichen Reitersmann nun wenigstens einen erträglicheren Heimweg versprach. Die alte Mähre, die unter Traherns Leibesfülle gewiß auch genug erduldet hatte, wurde unter trostspendenden Worten auf die Koppel hinausgeführt, wo sie sich von dem soeben überstandenen Alptraum ihrer alten Tage bei friedlichem Grasen erholen durfte.
Die Dämmerung zog schon übers Land, als die – zum größten Teil – wohlgelaunte Gesellschaft sich endlich wieder dem Herrenhaus näherte. Daß Attila mit seiner zweifachen Bürde hinter allen anderen ins Hintertreffen fiel, wollte niemand sehen. Ja, es war höchst zweifelhaft, ob von den vier Händen seiner beiden Reiter auch nur eine willens oder in der Lage war, sich auch nur dann und wann der Zügel anzunehmen.
Sir Gaylord Billingsham genoß von nun an die Gastfreundschaft der Beauchamps aus einer weniger behaglichen Warte. In einer Scheune befand sich ein Verschlag, welcher zu anderen Zeiten wilden, bösen Bullen vorbehalten und infolgedessen mit äußerst starkem Plankenwerk gesichert war. Hier wurde dem Edelmann mit Tisch und Hocker, frischem Stroh und ein paar Decken ein immerhin recht luftiger Kerkeraufenthalt

bereitet. Und obwohl sich sein im Zweikampf malträtierter Leib nicht so schnell erholte, hatte sein Hochmut allem Anschein nach unter Ruarks Fäusten keine Lehren angenommen.
»Ungeheuerlich, einem Mann von meinem Stande solche Schmach zuzufügen!« tobte er hinter seinen Gittern. »Wißt Ihr denn nicht, daß nichts Geringeres als das Hohe Tribunal Seiner Majestät zu London allein über einen Ritter des Königreichs zu Gericht zu sitzen die Befugnis hat?«
»Dem mag so sein«, versetzte Major Carter. »Doch die Entscheidung diesbezüglich steht dem Gericht zu Williamsburg zu.«
»Von Eurer lümmelhaften kolonialen Gerechtigkeit will ich nichts wissen«, fauchte Gaylord Billingsham. »Mein Vater wird schon dafür sorgen.«
»Auch dem mag so sein«, meinte der Major. »Lord Billingsham ist vor kurzem in den Kolonien eingetroffen, um an die, wie es heißt, unzulängliche Handhabung der Gesetze hierzulande den strengeren Maßstab der heimatlichen Ordnung anzulegen. Im Augenblick hält er zu Williamsburg Gericht, und es mag wohl sein, daß Euer Fall der erste ist, den er mit aller von ihm selbst verkündeten Unnachsichtigkeit zu ahnden hat.«
Gaylords Mund öffnete sich vor Schrecken, und seine Augen schienen ein nicht allzu fernes, doch höchst ungewisses Zukunftsbild zu schauen.
»Ich weiß, man nennt ihn *Henker-Harry*«, flüsterte Sir Gaylord wie im Alptraum. Schlaff ließ er die Schultern hängen, aller Hochmut schwand aus seinem Gesicht, zum ersten Male schien er, was er wirklich war, ein armer Wicht.
Der alte Herr George, kaum im Herrenhause angekommen, schritt zu dem reichgeschnitzten Schrank, welcher die Brandy-Karaffen beherbergte, und führte sich ein gutes Schlückchen zu Gemüte. Dicht auf den Fersen folgten ihm Jeremiah und Nathaniel, während der Major und Pitney dem an allen Gliedern Schmerzen leidenden Trahern in einen weichen Sessel halfen. Tief sank er in die Polster nieder, und fassungslos das breite Haupt schüttelnd, starrte er auf die von Gras, Laub und Moos grünlich-bräunlich gefärbten Wickel, die um seinen Fuß flatterten. Als letzte trafen Shanna und Ruark ein, immer noch eng umschlungen, eitel Freude auf den Gesichtern, als hätte der Tag nichts als Glück und Seligkeit gebracht.
Freudenrufe und Gelächter tönten durch das ganze Haus, bis das Gemäuer selbst zu tanzen schien. Und alle sprachen aufeinander ein, erzählten sich von neuem immer wieder, was sie alles miteinander durchgestanden, dann noch einmal ganz von vorn, und auch von hinten, bis

jeder seinen Teil zur Schilderung beigetragen hatte. Hände wurden geschüttelt, Schultern geschlagen, Trinksprüche ausgebracht.
Shanna trat an ihres Vaters Seite, und liebevoll fragte sie ihn: »Schmerzt Euch der Fuß noch arg, Papa?«
»Nicht so sehr der Fuß, mein Kind, eher ein anderer Teil«, begann er schnaubend. »Wär's nicht um Leben oder Tod gegangen, hätt' kein Mensch mich auf ein Pferd gekriegt, doch ein weiteres Mal besteig' ich keines, und sollte unter meinen Füßen selbst die Erde auseinanderbrechen. Nun find' ich weder sitzend noch im Stehen Behaglichkeit, ich muß wohl ins Bett, damit ich weiterleben kann.«
Shanna kicherte und fand kein Ende, obwohl Traherns Grollen immer finsterer wurde, als er zu ihr aufsah.
»Ach, Papa, und das Ärgste ist auch noch, daß alles meinetwegen war!«
»Pah!« winkte er ab, drehte sich im Sessel etwas auf die Seite, in der Hoffnung, so besser sitzen zu können, und wandte sich an Ruark, der sich neben Shanna stellte. »Mir tut jeder Knochen weh, und die da kichert vor sich hin, als wär' sie nicht bei Sinnen. Seid auf der Hut, mein Sohn, sonst treibt sie auch Euch noch saft- und kraftlos bis ins Grab.«
Ruark lachte. »Und wüßt' ich das auch gewiß – um nichts in der Welt ließ ich mich retten!«
Shanna nahm die Hand ihres Gemahls und drückte sie verliebt, dann setzte sie sich zu ihrem Vater auf die Sessellehne und legte ihm einen Arm um seine Schultern.
»Von Raubgetier bin ich umgeben!« lachte sie. »Auf beiden Seiten! Ein Drache links, ein Bär zur Rechten – werd' ich im Leben jemals Eure Fänge nicht mehr fürchten müssen!«
»Sorgt bloß, daß sie immer ein Kind austrägt, mein Junge!« lachte Trahern, und seine Laune wandte sich zum Besseren. »Sonst habt Ihr niemals Ruhe. Macht Ihr so schnell wie möglich schon das nächste Kind!«
»Ganz meine Meinung, Sir!« sagte Ruark und lächelte Shanna an, und ihrer beider Blicke fanden sich zu einem Bund, der des gesprochenen Wortes nicht bedurfte.

Ruark stand am Fenster und sah den grauen Streifen der Morgendämmerung zu, wie sie das samtene Firmament der Nacht allmählich zum Himmelszelt des Tages wandelten. Auch Shanna war hellwach. Er kehrte zurück zu ihr, glitt unter die Laken.
»Kalt seid Ihr«, flüsterte Shanna.
»Wärmt mich«, hauchte er, und so schmiegten sie sich aneinander.
»Nun ist's fast ein Jahr«, murmelte sie.
»Und mit jeder Morgendämmerung«, flüsterte er, »kam die Sonne, die uns trennte. Doch das ist nun vorbei. Für immer.«

Ein Augenblick der Stille zog dahin. Sie hörten ihre Herzen schlagen. Seine Finger glitt eine Locke entlang, die sich auf ihrem Arm kräuselte.
»Hab' ich endlich Euren Drachen totgeschlagen, Liebste mein?«
»Meinen Drachen totgeschlagen? Dergleichen Unsinn will ich nicht hören!« Shanna schlang ihre Arme um seinen Nacken. »Soll der Teufel doch die strahlenden Ritter in schimmernder Wehr zur Hölle holen! Kommt, mein Drachen, schnaubt Euer Feuer und schenkt mir Wärme. Für uns beginnt der Tag!«

Epilog

Orlan Trahern saß in der Kirche auf Los Camellos und lauschte der Stimme des Pastors auf der Kanzel. Doch Orlan Traherns Gedanken waren woanders.
Auf der Insel war es einsam geworden in letzter Zeit. Irgend etwas fehlte. Das Leben ging seinen gewohnten Gang; langsamer, wenn die Mittagshitze kam; schneller, wenn die Zeit der Ernte und des Baumschlags nahte. In allen Mühlen drehten sich die Räder, und alles Inselvolk hatte Anteil an dem neuen Reichtum, der sich über die kleine Welt von Los Camellos ergoß. Alles war so, wie Orlan Trahern es sich stets erträumt hatte, und doch – nun, da es erreicht war, fehlte ein ganz besonderer Glanz.
Orlan Traherns Gedanken wanderten in die Ferne, zu seiner Tochter und zu seinem Schwiegersohn. Das Kind mußte inzwischen auf die Welt gekommen sein, doch würden gewiß Wochen vergehen, bis er schwarz auf weiß die beruhigende Nachricht in Händen hielt.
Sein Blick hob sich zu dem kleinen Ölbild, das seine verstorbene Gemahlin Georgiana darstellte und über den für ihn reservierten Kirchenbänken hing. Wie sehr hätte Georgiana sich gefreut! Gewiß wäre sie zu Sharina gereist, um in der schweren, schönen Stunde bei ihrer Tochter am Bett zu sitzen und ihr beizustehen. Fast sah er den duldsamen, wissenden Blick Georgianas vor sich.
Im vorigen Jahre noch hatte er gemeint, das Blut in seinen Adern sei nun alt und dünn geworden, doch nun pulse es längst schon wieder schneller, mit dem Umgestüm der Jugend, wenn er an den Reichtum neuer Märkte dachte, die in den Kolonien auf die tüchtige Hand des erfahrenen Kaufmanns warteten. Immer stärker regte sich in ihm der Wunsch, mit einem Bündel Wechsel in der Tasche und einer Schiffsladung Handelsware im Hafen wieder auf die Marktplätze der Welt zurückzukehren.
Er sehnte sich danach, sich mit seinen starken Ellenbogen den Weg durch die Menge zu bahnen, der Sprache der Händler zu lauschen, das Lied der Versteigerer zu hören und zu spüren, wie das Herz in jenem spannungsvollen Augenblick, da der Handschlag ein Geschäft besiegelt, schneller zu schlagen anhebt. Es drängte ihn danach, seine Erfahrung gegen die listigen Halbwahrheiten der Verkäufer zu setzen, seine eigene Schlauheit an der Wachsamkeit der Händler zu messen.

Selbst Pitney war in letzten Zeiten ruhelos geworden, sprach auch oft davon, die Insel zu verlassen und in der Neuen Welt sein Glück zu machen. Nicht zu Unrecht nahm Orlan Trahern an, daß der treue Gefährte so vieler Schicksalsjahre in das weite Land, das er auf seiner Reise kennengelernt hatte, verliebt war und nun das Leben auf der Insel eng und unfrei fand. Vorhin, als sie gemeinsam auf dem Weg zur Kirche waren, hatten sie ein Schiff gesichtet, und Pitney war zum Hafen hinuntergegangen, um es zu begrüßen – und da hatte Orlan Trahern das Feuer der Abenteuerlust in Pitneys Augen aufglühen sehen.
»Ja, bei Gott, das ist in der Tat eine Versuchung«, dachte Trahern jetzt. »Und auf allen Reisen in die Kolonien könnte ich mein Enkelkind besuchen.«
Wieder wanderten seine Blicke zu Georgianas Bild. »Und gewiß käm' ich auch immer wieder hierher zurück, Georgiana. Oft. Und stets würde ich die Erinnerungen heilighalten, deren Samen wir hier einstmals säten.«
Der Pfarrer hatte das Schlußwort seiner Predigt gesprochen und rief nun die Gemeinde auf, sich zu erheben und einen Choral anzustimmen – da hielt er plötzlich inne und starrte sprachlos auf das Kirchentor. Ehe Trahern sich noch umdrehen konnte, spürte er den festen Griff einer starken Hand auf der Schulter. Er blickte hoch und sah in Pitneys grinsendes Gesicht.
Trahern runzelte die Stirn und machte Miene, sich zu erheben. Doch schon im gleichen Augenblick wurde ihm ein kleines Bündel behutsam in den Arm geschoben. Kaum hatte er Zeit, dunkles Haar auf einem kleinen Köpfchen zu erkennen, als schon ein zweites Bündel auf dem anderen lag. Traherns Augen irrten zwischen beiden Bündeln hin und her, und hier wie dort erblickte er schwarzes Haar und ein grünes Funkeln in den klaren Kinderaugen.
Der Inselherr riß Mund und Augen auf. Shannas Antlitz strahlte ihm entgegen.
»Ein Junge und ein Mädchen, Papa!« rief sie.
»Das war eine Nachricht, die wir keinem Brief anvertrauen konnten!« lachte Ruark. »Und einen Besuch waren wir ja ohnehin längst schuldig.«
Orlan Trahern war sprachlos. Noch einmal fiel sein ungläubiger Blick auf die Zwillinge, und wär's um sein Leben gegangen, er hätte kein Wort hervorbringen können, um seinem Jubel Ausdruck zu verleihen.
Er schaute zum Bildnis an der Wand hinauf. Und mit erstickter, gebrochener Stimme flüsterte er: »Mehr als wir uns je erträumten, Georgiana. Mehr, als wir uns je erträumten...«

BLANVALET
Unterhaltung von der schönsten Seite

Sally Beauman
Engel aus Stein
Roman. 848 Seiten

Clive Cussler
Die Ajima-Verschwörung
Roman. 544 Seiten

Ruth Eder
Die Glocken von Kronstadt
Roman. 352 Seiten

Elizabeth George
Keiner werfe den ersten Stein
Roman. 448 Seiten

Heinz G. Konsalik
Der Jade Pavillon
Roman. 400 Seiten

Charlotte Link
Schattenspiel
Roman. 528 Seiten

Ruth Rendell
Die Werbung
Roman. 384 Seiten

Harold Robbins
Piranhas
Roman. 368 Seiten

Alberto Vázquez-Figueroa
Hundertfeuer
Roman. 352 Seiten
Santa Maria
Roman. 384 Seiten